N 1.6 Schw

Um die Freiheit

Schweichel, Robert

Erscheinungsjahr: 2004

Um die Freiheit

Robert Schweichel

Um die Freiheit

Historischer Roman

area

Robert Schweichel: Um die Freiheit

Einbandgestaltung: agilmedien, Köln
Einbandabbildung: AKG, Berlin
Satz & Layout: GEM mbH, Ratingen
Druck & Bindung: Grafica Veneta, Trebaseleghe

Printed in Italy 2004

ISBN 3-89996-089-0

Erster Teil

Erstes Kapitel

Es war am Vortag der Heiligen Drei Könige, einem Donnerstag, man schrieb das Jahr 1525. Trotz des rauh-feuchten Nebeltages hatte sich in dem Dorf Ohrenbach vor einer der ärmlichen Hütten eine große Menschenmenge versammelt und wich und wankte nicht. Das Dorf lag in waldreicher Umgebung zur Rechten der Heerstraße, die von Rothenburg ob der Tauber gen Norden über die mittelfränkische Hochebene zum Main führte. Eine undurchdringliche Dornenhecke umschloß das Dorf, und auch der Friedhof war durch eine starke Mauer aus Feldsteinen befestigt. Die Gassen liefen vom Dorfplatz bei der Kirche krumm und winkelig zwischen den Hofstätten der Bauern, den Holzhäusern und Lehmhütten der Hörigen und Tagelöhner hin. Die Bauernhöfe bildeten nach fränkischer Sitte geschlossene Vierecke, so daß man aus dem einstöckigen Wohnhaus in die Ställe und Scheunen gelangen konnte, ohne daß man den Fuß ins Freie zu setzen brauchte. Meistens waren diese Vierecke jedoch weder gleichseitig noch rechtwinkelig. Die Leibeigenen waren oft schlechter untergebracht als das Vieh der Bauern. Jedenfalls ließen die Wohnräume an Reinlichkeit alles zu wünschen übrig, hatten doch Hühner, Enten, Schweine freien Zutritt zu ihnen. Innen glitzerten Wände und Dekken von Ruß; Rauchfänge gab es nur in den wenigsten Häusern, und wo solche vorhanden waren, bestanden sie aus Brettern, die mit Lehm ausgekleidet waren. Seltener noch sah man Fenster aus Glas, ein dikkes, ölgetränktes Papier vertrat dessen Stelle. Die Dächer waren vorwiegend mit Stroh gedeckt, das wärmer hielt als Schindeln, und auf den Firsten fehlte ebensowenig ein Storchennest wie in den Grasgarten der Holunder an der Scheunenwand. In den Grasgärten mit verkrüppelten Obstbäumen standen auch die plumpen Backöfen. Überall Spuren von Vernachlässigung, Verfall und Schmutz. Die Bauern saßen in Erbpacht auf ihren vor Zeiten freien Höfen, die Hörigen auf ihren wenigen Äckern in Zeitpacht. Die Geschlechter der Ehrbaren von Rothenburg, in deren Händen ausschließlich das Regiment lag, waren bereits zu der Erkenntnis gekommen, daß die Bestellung der Felder durch verdrossene, von den Vögten zur Arbeit getriebene Leibeigene viel geringere Erträge lieferte als die Bewirtschaftung durch Zeitpächter, die scheinbar für sich selbst arbeiteten. Die Stadt hatte deshalb auf ihrem Gebiet, das über sechseinhalb Quadratmeilen mit fünfundvierzig Dörfern umfaßte, ihre Hörigen zum größten Teil als Zeitpächter angesiedelt. Selbstverständlich mußten diese neben allen anderen Abgaben einen unverhältnismäßig hohen Zins entrichten, so daß ihre Freiheit im Gegensatz zu derjenigen der Leibeigenen auf den Privatgütern der Stadtherren und den Besitzungen des Adels und der Geistlichkeit in Wahrheit darin bestand, verhungern zu dürfen, wenn sie in Not gerieten, ohne daß ihre Herren sich um sie kümmerten. Da nun der Ackerbau die wirtschaftliche Hauptgrundlage der Zeit bildete, mußten nicht nur diese Zeitpächter, sondern der ganze Bauernstand – die armen Leute, wie man sie nannte – um so mehr bluten, je höher die Bedürfnisse und der Luxus der Herren stiegen.

Die elende Hütte, vor der die Ohrenbacher, Männer und Frauen, sich versammelt hatten, beherbergte unter ihrem bemoosten, schadhaften Strohdach den Hörigen Konz Hart. Das Haus war verschlossen, und der Mann, der vor ihm wie der Pendel einer Uhr hin- und herging, erklärte das beklommene Schweigen, mit dem die Leute dastanden. Der Mann, der die auf ihn gerichteten Blicke mit dem Ausdruck eines schlechtgelaunten Kettenhundes erwiderte, war ein Gerichtsbote des Zentamtes Endsee, zu dem Ohrenbach gehörte. Er hatte übrigens außer dem schlechten Wetter noch einen anderen Grund für seine bissige Laune. Denn Konz Hart hatte ihm nicht aufgemacht, obwohl er im Namen des Schultheißen Einlaß gefordert hatte. Nicht einmal Antwort hatte er erhalten. Jetzt wartete er auf den Dorfschmied, nach dem er geschickt hatte. Was er von dem Hörigen wollte, errieten die Leute nur zu gut, und manchem mochte die geheime Angst, so wie er über kurz oder lang aus seiner Hofstelle gewiesen zu werden, das Herz zusammenschnüren. Das ganze Dorf konnte bezeugen, daß Hart und seine Frau sich von früh bis spät bei jedem Wind und Wetter geschunden hatten, um sich ehrlich zu erhalten. Und jetzt dennoch mitten im Winter erbarmungslos auf die Gasse geworfen!

»Der Dorfmeister!« hieß es, und es war wie ein Aufatmen, als dieser von dem nahen Dorfplatz herkam. Simon Neuffer stand in der Vollblüte der ersten Dreißig. Er war nur mittelgroß von Wuchs, jedoch breit in Brust und Schultern, und der Hals trug den eckigen charaktervollen Kopf in freier Haltung. Nach der Bauernsitte, die Bart und Stiefel dem Adel überließ, war das Gesicht rasiert und zeigte frei die lange Oberlippe und den breiten Unterkiefer. Kluge braune Augen überschauten die Menge. Er war erster Dorfmeister, wie es sein Vater vor ihm gewesen war, der als Witwer im Altenteil auf dem Gehöft des Sohnes saß.

Mit ihm kam Wieland, der Schmied, mit einem wuchtigen Hammer auf der Schulter, der Knecht des Amtsdieners mit Schwert und Sturmhaube begleitete ihn.

»Ihr habt einen Befehl des Herrn Schultheißen von Endsee, den Konz Hart aus der Pacht zu weisen?« fragte Simon Neuffer den Amtsdiener. »Zeigt ihn vor!«

»Was fällt Euch ein?« rief jener erstaunt. »Kennt Ihr nicht den Stökkerlein von Endsee, den Exekutor?«

»Und kennt Ihr Euer Amt so wenig, daß Ihr nicht wißt, daß Ihr in den Dörfern weder pfänden noch sonst amtlich handeln dürft, es sei denn, Ihr habt dem Gemeinderat Eure Vollmacht gezeigt?« Die Ruhe, mit der der Dorfmeister sprach, verstärkte den anderen noch mehr in seinem Hochmut. Er pfeife auf den Gemeindevorstand und alle Dorfmeister der Welt.

»Dann wird aus der Pfändung nix, und das Rügegericht nimmt Euch wegen Ungebühr gegen die Dorfobrigkeit in Strafe«, entschied Simon gelassen. Die Dorfgenossen aber gaben durch die Bewegung, die sich unter ihnen erhob, ihrem Oberhaupt ihre Zustimmung zu erkennen.

»Kreuz und Hagel«, fluchte Meister Stöckerlein, »das wollen wir doch sehen!« Und er befahl dem Schmied, die verschlossene Tür mit Gewalt zu öffnen. Dieser jedoch, dem das wirre Haar wie ein Storchennest um das verrußte Gesicht stand, blickte fragend auf den Dorfmeister, und da dieser schwieg, rührte er sich nicht. Zum Überfluß rief ihm noch seine Frau, ein hageres, starkknochiges Weib, zu: »Du tust's nicht, Jakob!« Sich zu den Dörflern wendend, fügte sie hinzu: »Wenn ihr Männer seid, dann dürft ihr nicht dulden, daß der Konz mit Frau und Kindern wie ein Hund aus dem Haus gejagt wird.«

Der Gerichtsdiener warf ihr einen bösen Blick zu, hielt es aber dann, angesichts des festen passiven Widerstands, auf den er stieß, für angeratener, das Begehren des Dorfmeisters zu erfüllen. Mit einem wütenden Schnaufen riß er das amtliche Schreiben, das die Ausweisung verfügte, aus seinem Gürtel. Während Simon es bedächtig auseinanderschlug und las, schaute ihm ein jüngerer Mann mit krausem Haar über die Schulter. Es war der Gemeindeschreiber Paul Ickelsamer, dessen Bruder Valentin lateinischer Schulmeister in Rothenburg war.

»Um die Pfändung auszuführen, braucht's aber doch keine Gewalt«, sagte Simon und gab Stöckerlein das Schriftstück, an dem nichts auszusetzen war, zurück. »Laßt den Konz in Ruhe! Er ist doch auch ein Mensch, und ich will dafür bürgen, daß er bis morgen früh seine Kate geräumt hat. Der Herr Schultheiß von Wernizer wird's zufrieden sein.«

Aber der Exekutor fauchte: »Nix da, gleich muß er raus. Sein Nachfolger will einziehen. Was? Seit länger als einem Jahr hat er den Pachtzins nicht mehr gezahlt, auch nicht den Zehnten an die Kirche. Die Obrigkeit und der Herr Pfarrer wollen auch leben.«

»Und wir können darüber verrecken«, schrie es schneidig aus der Menge.

»Konz, Konz, sperr auf!« erhob der Dorfmeister seine Stimme. Es blieb aber alles still im Haus. Stöckerlein wiederholte seinen Befehl an den Schmied. Als dieser auf die Haustür zuschritt, wurde es unter den Menschen so still, daß man seine lange, steife Schürze rauschen hörte. Meister Wieland nahm seinen Hammer nicht von der Schulter: er sprengte die Tür mit einem mächtigen Fußtritt auf. »Dazu wird einer von seiner Arbeit weggeholt«, rief er verächtlich, während er die Schrittsteine hinunterstieg. Hinter ihm in dem Türrahmen tauchte die von Arbeit und Entbehrung ausgemergelte Gestalt des Hörigen auf. Seine magere Faust hielt den Stiel eines Beiles umspannt, und er drohte mit funkelnden Augen: »Komm' mir keiner zu nah, der sein Leben lieb hat.«

»Sei nicht gar so unklug«, rief Simon ihm zu. »Mach dich nicht noch unglücklicher, als du bist. Denk an deine Frau und die Kinder!«

»Betteln können sie auch ohne mich«, erscholl die Antwort des Verzweifelten, und er schwang sein Beil gegen den Knecht des Zentamtes, der sein Schwert gezogen hatte.

Der Kampf konnte nur kurz sein. Der stämmige Knecht schlug dem Entkräfteten das Beil aus der Hand, packte ihn an der Brust und riß ihn mit solcher Gewalt von der Türe weg, daß er auf der Gasse der Länge nach hinschlug. Die laute Empörung der Leute über diese Rohheit wurde von dem Jammergeschrei der Frau des Hörigen übertönt, die jetzt mit einem Säugling auf dem Arm aus dem Haus eilte. Ein etwa dreijähriges Bübchen klammerte sich an ihren Rock, während ein Knabe von etwa zwölf bis dreizehn Jahren hinter ihnen sichtbar wurde und zitternd, mit schreckweiten Augen auf den blutenden Vater starrte, dem die jammernde Mutter vom Boden aufzuhelfen versuchte. Die Frau war um viele Jahre älter als Konz. Sie war eine Witwe, und ihr verstorbener Mann war Konz' Vorgänger in der Pachtstelle gewesen, aus der dieser jetzt vertrieben wurde. In der Hoffnung, die durch den Tod freigewordene Pacht zu erhalten, hatte er die Tochter eines Hörigen aus dem weiter nördlich gelegenen Reichardtsrode, die er liebte, heiraten wollen. Die Obrigkeit aber hatte ihm die Erlaubnis dazu verweigert und ihn gezwungen, die mit einem Kind zurückgebliebene Frau des Verstorbenen zu heiraten. Alle seine Vorstellungen und Bitten hatten nichts gefruchtet, und Konz Hart mußte für eine Frau, die er nicht liebte, und ein Kind, das nicht seines war, das Mark seiner Knochen hergeben.

Der Gerichtsdiener und der Knecht begannen, die Hütte auszuräumen und das dürftige Hausgerät auf die Straße zu werfen. Sie bekamen dabei von den erregten Leuten manch derbes Wort zu hören. Stöckerlein herrschte sie brutal an, daß sie die Mäuler halten sollten. Damit kam er aber schlecht an, denn Simon Neuffer trat ihm mit den zornigen Worten entgegen: »Na, damit seid Ihr auf dem Holzweg. Ihr peinigt uns bis aufs Blut, und wir sollen nicht schreien? Ich sag' Euch, wir werden schreien, und sie sollen uns schon hören, die Herren in Rothenburg, verlaßt Euch darauf!«

Paul Ickelsamer fügte hinzu: »Wenn der Hörige arbeiten soll wie ein Stück Vieh, dann soll die Obrigkeit auch dafür sorgen, daß er's kann. Wo soll der Konz jetzt im Winter Brot für alle Mäuler finden?«

»Ach! Ach! Wer kann das ändern?«, seufzte ein Bauer, dem das Haar schneeweiß um das in lauter Runzeln, Falten und Fältchen verschrumpfte Gesicht flatterte. Harte Arbeit, Alter und Rheumatismus hatten seinen Rücken gekrümmt, und er mußte sich mit beiden Händen auf einen Krückstock stützen. Es war Martin Neuffer, Simons Vater. Er fuhr fort: »Vor Zeiten, als wir noch eine freie Bauernschaft waren und unsere Sachen selbst in der Gemeinde richteten und schlichteten nach Recht und Billigkeit, da hätt' das einem redlichen Mann nimmer geschehen können. Aber heute ist's halt so!«

»Und der Teufel segne es, amen!« rief die Frau des Schmiedes.

Unterdessen hatte die Frau des Hörigen, deren Tränenquell in der Wüste des Elends längst versiegt war, ein kleines Bündel, das sie wohl schon vorbereitet hatte, aus der Hütte geholt. Konz Hart wischte sich mit dem Ärmel das Blut von der zerschlagenen Stirn, nahm das Bübchen auf den Arm und rief laut: »Kommt!«

»Wohin willst du denn?« fragte Simon. »In den ersten besten Straßengraben, um zu verrecken«, antwortete der Hörige mit wildem Hohn.

»Wartet noch!« rief ein kraftvolles schlankes Mädchen mit hellbraunen Zöpfen, während es sich vordrängte. »Hast du Geld bei dir, Bruder?« wandte sie sich an Simon Neuffer. »Wir können sie doch nicht so von dannen ziehen lassen. Helft und gebt alle, um Gottes Barmherzigkeit willen!«

»Ist recht, Käthe«, lobte sie der Dorfmeister, zog seinen ledernen Beutel und legte einige Kupfermünzen in ihre ausgestreckte Hand. Paul Ickelsamer folgte seinem Beispiele, und so kamen viele zu dem hübschen Mädchen, auch mancher, der sonst wohl seinen Heller festgehalten hätte, sich aber vor den Nachbarn schämte. Andere, deren Taschen leer waren, riefen der Frau des Ausgewiesenen zu, daß sie bei ihnen vorsprechen möge, bevor sie das Dorf verließ. Die klaren, braunen Augen des Mädchens leuchteten vor mitleidsvoller Freude, als sie den Ertrag ihrer Sammlung der unglücklichen Frau aushändigte.

»Gott vergelt's«, stammelte diese mit zitternden Lippen, während eine leise Röte in dem bleichen vergrämten Gesicht aufstieg. Es war weniger die Röte der Freude als die der Scham. »Betteln!« schlug es ihr aufs Herz. Ihr Mann schüttelte die geballte Faust gen Süden, die Richtung, in der Endsee lag, und knirschte: »Aber Gott soll's auch denen vergelten, die mich wie einen Hund ins Elend hinausstoßen, nachdem sie mir das Mark aus den Knochen gepreßt haben.«

»Gott vergilt es jedem nach seinen Werken, und ich sage euch, es entrinnt ihm keiner, wer er auch sei. Sein Gericht findet die Fürsten in ihrer Herrlichkeit genauso wie den Bettler in seinen Lumpen. – Aber was geht hier vor, ihr lieben Leute?« Diese Worte kamen aus dem Mund eines Mannes, der unbeachtet dazugekommen war. Ein abgenutzter Schäferhut bedeckte das fahle Haar, das in nebelfeuchten Zotteln auf die schmalen Schultern fiel. In der dürren Knochenfaust hielt er einen Wanderstecken. Den hageren, langgestreckten Leib umschloß ein grobes Zwillichgewand. Bartstoppeln umstarrten die hohlen, lederbraunen Wangen und das lange, spitze Kinn. Gesträubt standen die Brauen über den tiefliegenden Augen, die wie Kohlen glühten. Zwischen ihnen streckte sich eine langgezogene Nase über einem großen Mund mit dünnen, farblosen Lippen vor. Frau Wieland, die neben ihm stand, ergriff sogleich das Wort, um dem Unbekannten Auskunft zu geben. Es blieb ihr jedoch nicht unbestritten. Der Fremde aber hörte, auf seinen Stab gelehnt, mit geduldiger Aufmerksamkeit zu. Unterdessen hatte der Exekutor mit Hilfe des Knechts die Hütte ausgeräumt und wollte die Versteigerung der gepfändeten Sachen beginnen. Der Unbekannte aber machte ihm einen Strich durch die Rechnung.

»Vergönnt auch mir jetzt ein Wörtchen«, sagte er und richtete sich auf. Er wollte die Schrittsteine vor der Hütte betreten, Meister Stökkerlein duldete es aber nicht. Er brauche den Platz für die Versteigerung.

»Nach der Linde!« erscholl es mehrfach aus der Menge, und der alte Neuffer übernahm die Führung des Fremden zu dem nahen Dorfplatz. Männer und Frauen, alt und jung, groß und klein folgten ihm neugierig.

»Hölle und Teufel«, fluchte der Gerichtsdiener, »wer soll denn auf den Kram bieten, wenn Ihr mir die Leute alle weglockt?«

»Ei, Freund, wer anders als derjenige, den du riefst«, versetzte der Unbekannte in einer nicht landesüblichen Aussprache. »Sonst dürfte wohl keiner Lust verspüren, sich an der Habe der Armen zu bereichern.« Und er schritt davon. Auf dem Dorfplatz bestieg er die Bank unter der breitastigen, jetzt kahlen Linde, die dort stand, und ließ seine kleinen glühenden Augen über die Zusammenströmenden schweifen.

»Ein Prädikant!« murmelte es unter den Leuten. Zwar hatten sie noch keinen solchen gesehen, aber das Gerücht von jenen Männern, die, ergriffen vom Geist der Reformation, im Reich umherzogen und das Evangelium aus eigener Erleuchtung predigten, war auch zu ihnen gedrungen. Es waren ungelehrte Leute, meistens Handwerker, von denen viele erst aus der Bibel zu lesen gelernt hatten. Denn diese war das einzige Buch, das sie lasen und aus dem sie religiöse Überzeugung und Begeisterung schöpften, unbekümmert um alles theologische Gezänk. Mit unbeugsamem Mut ertrugen sie jede Entbehrung und Mühsal, Hunger und Durst, Frost und Hitze, wie jede Verfolgung. Weder Kerker noch öffentliche Züchtigung und Brandmarkung noch selbst der drohende Tod durch Henkershand vermochte ihre Begeisterung zu dämpfen.

Der Prädikant, den sein Weg nach Ohrenbach geführt hatte, war ein Weber aus Zwickau. Und er begann mit einer etwas heiseren Stimme, die sich aber allmählich klärte: »Also ein Höriger ist's, den die Obrigkeit von Haus und Hof vertreibt? Ja, ihr guten Leute, was ist denn das für ein Ding, ein Höriger? Ist's etwa ein Hund? Aber den jagt bei solchem Wetter selbst kein Heide aus dem Haus, geschweige denn ein Christ. Wenn es aber ein Mensch ist wie Ihr und ich, ei, so sagt mir doch, wo es geschrieben steht, daß ein Mensch dem andern hörig sein soll? Sind wir nicht alle als Gottes Ebenbild erschaffen, und heißt nicht das wichtigste Gebot unseres Herrn Jesus Christus: Liebt euch untereinander wie Brüder und Schwestern!? So frage ich euch denn: Kann ein Bruder der Leibeigene seines Bruders sein?«

»Nein, nein, nein!« scholl es ihm von allen Seiten entgegen.

»Nun eben«, bestätigte er. »Ist auch Joseph von seinen Brüdern, den stinkenden Neidhammeln, verkauft worden, so hat doch Gott Moses befohlen, daß jeder zu seinem Sohn so spreche: Wir waren Knechte des Pharao aus Ägypten mit mächtiger Hand. Und der Apostel Paulus schreibt an die Korinther: Bist du ein Knecht berufen, so sorge dich nicht. Doch kannst du frei werden, so brauche das viel lieber.«

»Ja, das wollten wir«, rief die irdische Stimme Paul Ickelsamers, und der Prädikant fuhr triumphierend fort: »Horcht, wie die Kutten, die den Herren nach dem Mund reden, zuschanden werden vor der Weisheit Salomons, der da sagt: Bist du verknüpft mit der Rede deines Mundes, so tue doch, mein Kind, ganz so und errette dich, denn du bist deinem Nächsten in die Hand gekommen; eile, dränge und treibe deinen Nächsten! Durch den Propheten Jesajas aber spricht der Herr: Ihr seid umsonst verkauft, und ihr sollt auch ohne Geld erlöst werden.«

Da brauste es durch die Menge wie ein Sturm durch die Waldkronen: »Hört! Hört! Das ist das wahre Evangelium! Wie haben uns doch die Pfaffen so schändlich an der Nase herumgeführt und betrogen!«

»Auch unserer«, schrie Frau Wieland und schüttelte die Faust gegen das Pfarrhaus.

»Der versteht's halt nicht besser«, erklärte der Gemeindeschreiber. »Eine lateinische Bibel hat der ehrwürdige Herr Bockel wohl, aber lesen kann er sie nicht. Er hat sein Latein längst ausgeschwitzt.«

»Beim Weinkrug«, rief es aus den hintersten Reihen. »Und bei seiner geistlichen Nichte Apollonia«, ergänzte eine andere Stimme.

Apollonia war die Wirtin des Herrn Nepomuck Bockel, und es entstand ein schallendes Gelächter.

»Sie sind allesamt Baalspfaffen«, warf der Prädikant laut ein, und es wurde wieder still. »Ja, Baalspfaffen! Ihr Wanst ist mit Sünde gemästet, und ihr Herz ist voll Fäulnis. Wahrlich, ich sage euch, eher springt ein klarer Quell aus einem Misthaufen als das lautere Wort Gottes aus ihren weintriefenden Mäulern. Der Teufel hat sich den Ornat angezogen und läutet mit dem Schwanz zur Messe.«

Vater Martin, der, auf seinen Krückstock gebeugt, dicht vor ihm stand, rief hier: »Es muß wieder werden, wie es der Brauch von altersher war, nämlich, daß jede Gemeinde ihren Pfarrer selbst wählt.«

Seine Stimme war jedoch viel zu schwach, um durchzudringen. Der Wanderprediger wiederholte daher seine Worte und fügte hinzu: »Dazu sag' ich ja und amen! Mit gepufftem und gekräuseltem Haar stehen sie am Altar und stinken vor Balsam. Sie schmausen und schwelgen von den Opfern, die Gott dargebracht werden, und ihre Herden weiden sie auf dürrem Acker, auf dem nichts gedeiht als die Knechtseligkeit. Das ist die einzige Seligkeit, von der sie wissen, diese Apostel des Satans. Ausgerottet sollen sie werden wie alle Widersacher Gottes. Schon ist die Axt an ihre Wurzeln gelegt, und der Erlöser wird sie richten nach ihrem Mund.«

»In die Hölle mit ihnen!« unterbrach ihn der tiefe Baß des Schmiedes.

Der Wanderprediger aber fuhr fort: »Geschrieben steht, daß wir Gott mehr gehorchen sollen als den Menschen. Aber die Pfaffen deuteln und fälschen das Evangelium, und zwar so, daß die Herren auf ihre Herrlichkeit aus ihrer Kenntnis der Schrift poltern und pochen. Ja, ihre Gewalt ist von Gott, aber doch so, als sie des Teufels Söldner sind und Satanas ihr Hauptmann. Und so richten sie eine neue Beschwerde über die andere auf euch. Heute ist's ein gutwilliger Dienst, den ihr leistet, und daraus wird schon bald ein vergewaltigtes Muß. Heuer Bitte, morgen Sitte, und hernach ist's Pflicht. So nämlich ist vor allem das alte Herkommen beschaffen, auf dem sie beharren.«

»Er hat recht!« – »Bei Gott, so ist's«, grollte und stöhnte es in der Menge, die wieder gebannt an seinem Mund hing. Paul Ickelsamer rief: »Hexenmeister sind's. Was heut ein Zinshahn ist, daraus machen sie morgen ein Kalb.«

»Und den Wein des armen Mannes verwandeln sie in Wasser«, sagte der Prädikant. »Sie schätzen und reißen ihm das Mark aus den

Beinen, und das muß er verzinsen. Sie aber sind voller als die überfressenen Hunde. Dazu müßt ihr ihnen Steuern, Zinsen und Gült geben, auch wenn ihr samt euren Frauen und kleinen unerzogenen Kindern weder Brot noch Salz noch Schmalz daheim habt.«

»Wie der Konz Hart«, warf eine Stimme ein.

»Dazu Handlehen und Faustrecht«, fuhr der Redner eifrig fort. »Ja, verflucht sei ihr Schandlehen und Raubrecht. Und sie selbst eignen sich Steuer, Zoll und Umgeld zu und vertun's schändlich und lästerlich, obwohl doch alles in den gemeinschaftlichen Säckel kommen und zum Nutzen des Landes dienen soll. Aber, daß sich ja keiner dagegen empöre! Oder mit ihm geht es gar flugs wie mit einem verräterischen Buben ans Pflöcken, Köpfen, Vierteilen. Da ist weniger Erbarmen als mit einem wütenden Hund. Hat ihnen Gott solche Gewalt gegeben, in welchem Kappenzipfel steht denn das geschrieben? Ich sage euch, Gott mag in seiner Gerechtigkeit solchen Jammer nicht länger dulden. Das behaltet in einem feinen Herzen, liebe Freunde!«

Er nahm seinen Schlapphut ab, wischte sich mit dem Ärmel den Schweiß von der Stirn und stieg von der Bank. Seine Zuhörer aber wichen nicht von der Stelle. Einen Augenblick blieb es noch still unter ihnen. Dann erhob sich ein Murmeln, ein Aufrauschen, und unzählige Hände streckten sich aus, um die des Prädikanten zu fassen, zu drükken. Andere drangen mit weiteren Fragen in ihn, und er stand allen Rede und Antwort. Meister Wieland fragte, was sie tun sollten, um sich der Söldner des Teufels zu erwehren? Der Prädikant betrachtete die nackten muskulösen Arme des Schmiedes und seinen wuchtigen Hammer, und er sagte mit einem leisen Lächeln: »Ihr seid teuer erkauft, werdet nicht der Menschen Knecht. Ihr seid niemandem etwas schuldig als das, daß ihr euch untereinander liebt. Richtet das Evangelium auf, dann wird keiner mehr sein als der andere, sondern wir werden miteinander leben als Brüder und Schwestern.«

Der Schmied stieß einen leisen gedehnten Pfiff aus. Er mochte einen verständlicheren Bescheid erwartet haben – und viele mit ihm. Denn er hatte gefragt, was ihnen auf der Zunge läge. Der Prädikant zog aus seinem Wams ein Stück Brot hervor und begann zu essen. Simon lud ihn zur Rast auf sein Gehöft, aber er lehnte mit den Worten der Schrift ab, daß der Mensch wirken solle, solange es Tag sei. Aber die Tage seien gar kurz. »Und wohin die Reise?« fragte Vater Martin, und jener zeigte mit seinem Stecken gen Osten.

»Wenn Ihr in den Aischgrund kommt, der Jörg Buchwalder in Ottenhofen ist ein sicherer Mann«, sagte Simon mit gedämpfter Stimme und fügte laut hinzu: »Aber hütet Euch vor den Ansbachischen! Der Markgraf Kasimir von Brandenburg ist einer von denen, die flugs mit der Strenge zur Hand sind, wie Ihr sagtet. Der schont selbst sein eigen

Fleisch und Blut nicht. Hat er doch mit seinen jüngeren Brüdern eines Nachts den eigenen Vater überfallen – in der Fastnacht war's – und ihn gefangen auf die Plassenburg geführt. Dort sitzt er noch, zehn Jahre schon. Sie geben vor, daß er nicht richtig im Kopf ist. Wer's glaubt.«

Der Wanderprediger verzog seinen großen Mund zu einem mitleidigen Lächeln. »Was will der Markgraf gegen mich, wenn Gott für mich ist?« Er reichte Simon die Hand und ging. Viele Männer und Frauen gaben ihm das Geleit bis weit vor das Dorf.

»Den Herrenleuten sollte er ins Gewissen reden. Wir wissen schon selbst, wo uns der Schuh drückt«, äußerte Wendel Haim, der zweite Dorfmeister, zu Simon, der noch mit seinem Vater und Ickelsamer zusammenstand. Wendel Haim war um mehrere Jahre älter als sein Amtsgenosse und hatte ein bis zur Einfalt treuherziges Gesicht. Wer ihm jedoch scharf in die Augen sah, der mußte darin wohl den Schalk entdecken.

»Den Herrenleuten?« zuckte Simon die Schultern. »Zu Rothenburg redet der blinde Mönch auf den Gassen von ihrer sündhaften Üppigkeit. Der Doktor Deutschlin predigt in St. Jakob die neue Lehre: Verspürst du's, daß unsere Lasten auch nur um ein Lot leichter geworden sind?«

»Wenn's das Predigen täte, es wär' uns schon längstens geholfen«, ergriff Vater Martin das Wort. »Ne, das Predigen tut's nicht. Von der evangelischen Freiheit ist schon lange vordem gepredigt worden, ehe noch einer von dem Luther etwas gewußt hat. Damals hießen sie Hussiten. Ich war fast ein Knabe noch, da hat so einer sich auch in unser Taubertal verirrt. Zu Niklashausen ist's gewesen, und Gemeindehirt war er. Und weil er zur Kirmes aufspielte, so nannten sie ihn das Pfeiferhänschen, auch wohl den Pauker. Ist noch blutjung gewesen, aber predigen konnte er gar gewaltig, und von weit und breit sind die Leute zu ihm gelaufen, in vielen Tausenden. In ihrer Not und Drangsal lag den Menschen das Herz wie ein kalter Stein in der Brust. Wer ihn aber reden hörte, dem wurd' es lebendig, dem wurd's warm, und es war uns, als ob der liebe Gott im Himmel auch für uns arme Leute lebte und nicht bloß für die Herren und Reichen. Ich seh ihn noch, den Hans Böheim, mit seinem weizengelben Haar, wie er auf der Wiese zu Niklashausen predigte und Tausende um ihn her standen.«

Er verstummte und drohte, sich in ein Nachträumen zu verlieren. Der Sohn ermahnte ihn um der anderen willen weiterzuerzählen. Denn er selbst kannte die Geschichte schon. An den Winterabenden, wenn der Alte auf der Ofenbank saß und die Spinnräder surrten, hatte er wohl dann und wann von dem Hans Böheim dieses und jenes berichtet.

»Ja, was ich erzählen wollte!« murmelte er und richtete seine gekrümmte Gestalt ein wenig auf. »Auch aus unserem Dorf ist mancher, dem heute kein Zahn mehr weh tut, zu den Sonntagen nach Niklashausen gelaufen. Ich auch, so jung ich noch war. Also! Am Sonntag vor St. Margrethen ist's gewesen. Da hat er uns gesagt, daß wir das nächste Mal wiederkommen sollten, ein jeder mit seinen Waffen, aber die Frauen und Kinder sollten daheim bleiben. Dann würd' er uns bekanntgeben, was wir tun müßten, um die evangelische Freiheit aufzurichten. So nahm ich meines Vaters Spieß heimlich von der Wand – konnt' ihn kaum schleppen den weiten Weg – und lief auch hin in der Samstagnacht. Dann, wie wir am Sonntag nach Margrethen in der Früh zuhauf kamen, da hatten die Reiter des Bischofs von Würzburg nachts zuvor den heiligen Jüngling in seiner Hütte vor dem Dorf überfallen und ihn auf das feste Schloß, den Marienberg, geschleppt. Dort ist er hernach hingerichtet worden, verbrannt bei lebendigem Leib, elendiglich.«

Simon Neuffer blickte mit seinen klugen braunen Augen seinen Amtsgenossen durchdringend an und fragte: »Nun, Wendel, was meinst du? Ob der heilige Jüngling wohl die Herrenleute kannte?«

»Ja, was half's ihm?« entgegnete der Angesprochene, Simons Blick vermeidend. »Es war verspielt. Wir haben längst verspielt.«

»Ja, wenn du unsere Freiheiten meinst«, begann Vater Martin. Der krausköpfige Schreiber fiel jedoch heftig ein: »Mit falschen Würfeln haben sie uns betrogen. Das gilt nicht!«

»Nun, wir haben wohl noch einen Wurf frei, was meint ihr?« fragte Simon mit bedeutungsvoller Miene. Und als Haim darauf seinen Filzhut mit einer unruhigen Gebärde tiefer in die querdurchfurchte Stirn zog, fügte er hinzu: »Wir reden da wohl noch ein Wörtchen drüber. Behüt' euch Gott.«

Er ging zu seinem Gehöft, das am Dorfplatz lag. Die Baulichkeiten befanden sich in einem guten Zustand, und auf dem von Schrittsteinen durchkreuzten Hof herrschte ziemliche Ordnung. Durch einen schmalen Flur, hinter dem die Küche lag, betrat Simon die Wohnstube. Es war ein großer Raum, der durch Fenster aus dickem grünlichen Glas spärlich erhellt wurde. Hier standen das eheliche Himmelbett, das bis zu der niedrigen geschwärzten Balkendecke reichte, und eine kleinere Bettstelle für die Kinder. Ein Ziegelofen, dessen Tünche in Rückenhöhe über der umlaufenden Bank ganz schwarz und blankgerieben war, drang weit in die Stube vor. Dem Himmelbett gegenüber stand in dem sogenannten Herrgottswinkel ein schwerer Eichentisch mit einer Bank dahinter, die unter den beiden kleinen Fenstern fortlief. Zwischen dem Bett und dem Ofen standen zwei Spinnräder mit einem nur noch ganz kleinen Rest von Flachs an den Rocken. Darüber hingen an der Wand eine Sturmhaube und ein Brustharnisch, Krebs genannt, und zu deren Seiten ein Schwert, ein Handfeuerrohr und der Spieß, den Martin Neuffer in seiner Erzählung vorhin erwähnt hatte. Wehr und Waffen fehlten in keinem Bauernhaus des Rothenburger Gebiets, und die Männer waren in deren Führung wohl geübt.

Simon schritt auf dem Estrich von gestampftem Lehm in seinen schweren Bundschuhen, deren Riemen sich bis hoch die Waden hinauf kreuzten, nachdenklich hin und her. Nach einer Weile richteten sich seine Blicke auf die Waffen. Langsam streckte er den Arm nach ihnen aus, nahm das Schwert herunter und trat damit an das nächste Fenster. Er entblößte die Klinge und betrachtete mit zusammengezogenen Brauen den blanken Stahl, an dem sich ein brauner Fleck zeigte. Es war nicht Blut, sondern Rost. Simon versuchte, ihn mit dem Ärmel seines grobwollenen Wamses wegzuputzen. Währenddessen kam seine Frau aus der angrenzenden Küche herein. Obgleich sie jünger war als ihr Mann, sah sie doch älter aus als er, und ihre Stirn wies tiefe Querfurchen auf. Ihr Gesicht war schmal, und in ihren Augen nistete die Sorge. Nach ihrer Gestalt zu schließen, mochte Zähigkeit den Mangel an körperlicher Kraft ersetzen. Sie war betroffen, als sie das bloße Schwert in den Händen ihres Mannes sah, und mit einem leichten Beben in ihrer etwas singenden Stimme fragte sie: »Was gibt's denn, was hast du vor?«

»Nichts«, erwiderte er barsch, stieß das Schwert in die Scheide zurück und hängte es wieder an seinen Ort. Gemäßigter fuhr er fort: »Du weißt ja, daß ich morgen nach Rothenburg muß, um den Zins für die Gült des Neureuter zu entrichten, und daß ich der Käthe versprochen hab', sie mitzunehmen. Du besinnst dich wohl noch anders und kommst auch mit, gelt, Ursel?«

Sein Ton war ganz mild geworden, und die Bäuerin dankte es ihm mit einem Blick. Aber sie schüttelte den Kopf. »Wer soll denn bei den Kindern bleiben? Ich bleib' gern daheim, da ist mir am wohlsten, und ich ruh' mich einmal richtig aus, während ihr lustig seid.«

»Und machst dir schwere Gedanken«, ergänzte er und setzte sich auf die Ofenbank, auf der sich die Bäuerin inzwischen niedergelassen hatte.

»Muß man das denn nicht?« seufzte die Frau. »Je schwerer für uns die Zeiten werden, desto härter werden die Herren. Morgen jährt es sich wieder, daß die drei heidnischen Könige aus dem Morgenland mit kostbaren Geschenken zu dem armen Christkindchen in der Krippe kamen, und heute waren es Christen, die dem Konz Hart und den Seinen den Strohsack unterm Leib und das Dach überm Kopf wegnahmen.« Sie wischte sich mit dem Zeigefinger die naß gewordenen Augen.

»Darum *muß* es halt anders werden«, rief Simon, dessen Miene finsterer und finsterer geworden waren, mit Nachdruck. »So kann es nicht weitergehen.«

»Du kannst nichts ausrichten und bringst dich selbst bloß ins Unglück«, seufzte die Bäuerin. »Der Stöckerlein wird den Mund nicht halten und der Herr Schultheiß es dir zum andern ins Kerbholz schneiden.«

»Sollen sie«, entgegnete er fest. »Was ich gesagt und getan hab', das kann ich verantworten. Wer soll denn reden, wenn nicht ich? Dazu hat mich die Gemeinde nicht zum Dorfmeister gemacht, daß ich den Mund halte, wo es das Recht gilt.«

»Der Gemeinde ist es freilich recht, daß du für sie einstehst«, gab seine Frau zu. »Sie lobt dich dafür, aber nachher mußt du's allein ausbaden. Vor dem Schultheiß, dem gestrengen Herrn von Wernizer, ducken sie alle. Wie war's zuletzt bei der Fronleichnamsprozession? Da hatten die Hausväter ausgemacht, daß keiner von ihnen mitgehen sollte, und nachher hast du allein gefehlt, und das Sendgericht hat dich zu einer Strafe von einem Pfund Wachs verurteilt.«

»Verurteilt wohl, aber der Bockel mag halt zuschauen, wie er's kriegt«, lachte Simon leicht auf. »Wie ich letztens bei meinem Bruder Andreas in Tauberzell war ...«

»Ach ja«, fiel sie ihm ins Wort, »wenn die geistlichen Herren alle so wie der zu ihrer Gemeinde hielten, dann wär's wohl gut.«

»... da hat er mir aus einem Gesprächbüchlein vorgelesen«, fuhr Simon fort, ›der neue Karsthans‹ hieß es, darin stand: Wenn ein Sendpfaffe zu uns käm', daß wir ihn mit Hunden vom Hof hetzen wollten. – Ich hab's gut behalten. Ein Pfund Wachs, weil ich unter den Schafen nicht mitlaufen und mitplärren wollte. Wer hat denn unseren geistlichen Hirten dafür bestraft, daß er an Maria Geburt so betrunken war, daß er über die Altarstufen gestolpert ist, als er die Messe hat lesen wollen.«

»Es war gar schlimm, aber was hilft's?« seufzte Ursel. »Wenn es uns armen Leuten gilt, dann ist die Obrigkeit geistlich und weltlich wie Hand und Handschuh, Gott sei's geklagt!«

»Aber ich lass' mich nicht mit Füßen treten von den Herren«, rief Simon und richtete den Kopf trotzig auf. »Faß dir nur ein Herz, Bäuerin! Noch ist nicht aller Tage Abend. Gibt es Kräuter, die heute nacht die bösen Geister aus Stuben und Ställen räuchern, damit Menschen und Vieh im kommenden Jahr kein Schaden geschieht, so ist auch wohl ein Kräutlein gewachsen gegen diejenigen, die uns ärger drücken als die Nachtmahren.«

Zweites Kapitel

Dem rauhen Tag war ein milderer, wenn auch nicht klarer Morgen gefolgt. Schleierartig wie um das Antlitz einer Schönen, so umwoben die Nebel die Mauern und Türme der freien Reichsstadt Rothenburg, die hoch über dem Taubertal thronte. Natur und Kunst vereinigten sich, die Stadt zu festigen. Im Süden und Westen von der Tauber umflossen, umschlossen sie gewaltig dicke Mauern mit etwa dreißig Türmen und verbanden sie mit der Burg der längst verflossenen Grafen von Rothenburg. Diese umfangreiche, von dem zyklopischen Pharamundsturm beherrschte Burg trotzte auf der jäh nach allen Seiten abfallenden Felsenzunge, welche die mittelfränkische Hochebene gen Westen in das liebliche Taubertal mit seinen zahlreichen Mühlen, dem Topplerschlößchen und der kleinen gotischen Wallfahrtskirche Unserer lieben Frau von Kobolzell vorstreckte. Auf der Seite der Hochebene, im Norden und Süden, verstärkten ein breiter und tiefer Graben und starke Doppeltore, innerhalb derer die Zugbrücken lagen, die dicken Stadtmauern. Eine zweite Reihe getürmter Tore erhob sich weiter zurück in dem ehemaligen Ring der älteren Stadtmauer, hinter der das eigentliche Herz von Rothenburg schlug. Denn hier lagen um das doppeltgestirnte Rathaus, dessen schlanker Turm alle anderen hoch überragte, die stattlichen, meistens mit einem hohen spitzen Giebel gekrönten Steinhäuser der Rothenburger Patrizier oder Geschlechter. Verstärkt wurde der Schutz der Stadt noch durch den sogenannten Bauerngraben, der, im Osten an der Tauber beginnend, das Gebiet von Rothenburg auf zwanzig Stunden hin umgab. Dahinter erstreckte sich eine undurchdringliche Dornenhecke und an den Durchlässen für die Landstraße ragten starke Türme auf, die mit guten Büchsen bewehrt waren.

Noch war der Siegfried nicht geboren, der dieser Brunhilde den Gürtel gelöst hätte. Dennoch hatte Rothenburgs waffentüchtige Bürger- und Bauernschaft in den zahlreichen Fehden mit dem habgierigen Landadel manche Burg erstürmt und vollends kurzen Prozeß mit jenen Edelleuten gemacht, die im Steigbügel lebten und den Straßenraub als ein adeliges Gewerbe erachteten. Der düstere Faulturm in der südöstlichen Ringmauer war manchem Sporenträger zur unheimlichen Herberge geworden. Unter den Raben, die ihn umflatterten, mochten noch einige Patriarchen leben, die von den Ulmen vor dem Galgentor, das jetzt das würzburgische hieß, ihr schauerliches Gekrächze erhoben hatten, als auf dem Rappen dort, dem Rabenstein, im Jahre 1441 dem ritterlichen Straßenräuber Wilhelm von Elm samt seinen adeligen Spießgesellen die Köpfe vor die Füße gelegt wurden. Ihr Räubernest, das nahe bei Giebelstadt gelegene Schloß Ingolstadt, hatten die Rothenburger erobert und zerstört.

Der Wormser Landfrieden, den noch der unlängst verstorbene Kaiser Maximilian aufgerichtet hatte, hatte dem Unwesen wirkungsvoll Einhalt geboten, wenn es ihm auch nicht gelungen war, dem wüsten Fehde-, Faust- und Raubrecht ein völliges Ende zu machen. Es gab noch immer adelige Wegelagerer, und der harte Druck, den die Herren in den Burgen, Klöstern und Städten auf ihre Untertanen ausübten, Leibeigenschaft und Zunftzwang, sorgten dafür, daß die Landstraßen nicht leer wurden von friedlosen Leuten. Bedenklicher jedoch als diese öffentliche Unsicherheit war für die freien Reichsstädte die anschwellende Gewalt der Fürsten. Aus diesen Gründen hielt denn auch Rothenburg, an dessen Grenzen der brandenburgische Markgraf Kasimir von Ansbach-Bayreuth, die Grafen von Hohenlohe und der Bischof von Würzburg saßen, seine Mauern, Wehr und Waffen in gutem Stand, Wächter auf den Türmen und Wachen an den Toren. Außerdem ritt der Weinschreier, so genannt, weil ihm tagsüber das Ausrufen des zu verkaufenden Weines oblag, nachts von Tor zu Tor und erstattete dem obersten Hauptmann, der über die in sechs Wachen eingeteilte Bürgerschaft gesetzt war, Bericht. Man lebte in einem Frieden voll Mißtrauen.

Heute, wie am Dreikönigstag, waren sämtliche Torwachen verstärkt, um sorgfältig darauf zu achten, daß sich unter den Scharen von Bettlern, den fahrenden Leuten aller Art und den Bauern aus den Dörfern weit und breit, die schon mit dem frühesten Morgen zur Stadt strömten, kein verdächtiges Gesindel einschleiche. Nach dem Volkskalender begann erst mit Heiligedreikönig das neue Jahr. Der sechste Januar beschloß die mit der Wintersonnenwende anhebenden heiligen zwölf Nächte, in denen einst die heidnischen Götter ihren Umzug durch die deutschen Gaue gehalten hatten. Die Kirche hatte zwar die Götter in böse Geister verwandeln, aber nicht die Erinnerungen an jene im Volk vernichten können. Es verehrte gläubig die drei Könige aus dem Morgenland, die nach Bethlehem zogen, aber immer noch hörte es in den zwölf Nächten Wodan mit seiner wilden Jagd durch die Lüfte tosen. Noch immer schritt Perechta, die leuchtende Göttermutter, obwohl sie von den christlichen Priestern zu einem Schreckbild gemacht worden war, im weißen Leinengewand durch die Dörfer und sah nach, ob die Mägde den Winterflachs sauber aufgesponnen hatten, belohnte die fleißigen und strafte die trägen. Der altheidnischen Göttermutter, dem Urquell allen Lebens, galt das Opfer der Familienoberhäupter, die in der Dreikönigsnacht mit Kohlepfannen, auf die sie heilige Kräuter streuten, Stuben und Ställe ausräucherten, um die bösen Geister zu verscheuchen. Der Winter mit seinen Arbeiten und Leiden war überstanden und mit den Heiligen Drei Königen zogen das Licht, die Freude, der Frühling ein.

Zu Ehren der Heiligen Drei Könige flatterte denn auch von der zierlichen Galerie des Rathausturms das Stadtbanner. Es war schräg rot und weiß gestreift und wies im Herzschild eine rote Burg mit zwei Türmen auf. In den engen Gassen und auf den Plätzen der inneren Stadt wimmelte es wie in einem Ameisenhaufen. Vom Stadtadel bemerkte man nur wenige darunter. Sie waren sogleich erkennbar, denn die streng überwachte Kleiderordnung unterschied sie auch äußerlich von der bürgerlichen Klasse und dem Landvolk, deren Frauen und Töchter durch die grellfarbenen Röcke und Mieder aus der eintönig dunkeln Menge hervorleuchteten. Unter dem »mühselig Volk der Bauern«, das sich die Gelegenheit nicht entgehen ließ, sein erbärmliches Los wenigstens ein paar Stunden zu vergessen, trugen die Männer des Rothenburger Gebietes als Festzier das Schwert an der Hüfte. Das Geläute der Glocken rief zunächst zu den Kapellen und Kirchen, derer die Stadt für ihre sechstausend Seelen allzu viele besaß. Der Hauptstrom aber zog zum dem Münster von St. Jakob, einem Schmuckstück des gotischen Stiles, das nördlich vom Rathaus die zierlich durchbrochenen Steinpyramiden seiner beiden schlanken Türme in den Nebel bohrte. Denn dort predigte Doktor Johann Deutschlin den neuen Glauben, und das, obwohl der Rat der Reformation alles andere als freundlich gesinnt war.

Nur fünf Jahre war es her, seit er, damals noch im römischen Glauben wurzelnd, durch die Macht seiner Beredsamkeit die Bevölkerung Rothenburgs derartig gegen die Juden aufgebracht hatte, daß deren Häuser und die Synagoge gestürmt und geplündert und die Kinder Israels aus der Stadt vertrieben wurden. Die Synagoge hatte er zu einer Kapelle der Heiligen Jungfrau geweiht, die er heute ein Grasmaidlein schalt. Im gleichen Sinn mit ihm wirkten Kaspar Christian, der Komtur des Deutschordens, der auch in Rothenburg, nahe dem Münster, ein Haus besaß, sowie der blinde Franziskanermönch Hans Schmid, genannt der Fuchs.

Die drei Schiffe des Münsters vermochten die Menge nicht zu fassen, die den unerschrockenen Reformator hören wollte. Auch auf dem Kirchhof, der damals noch nicht vor das Rödertor im Osten verlegt worden war, standen die Menschen dicht beisammen zwischen den Gräbern und Leichensteinen. Letzteres deutete, wie die sichtliche Spannung in den Mienen, darauf hin, daß etwas Außerordentliches im Gang sein mußte. So war es auch. Denn Doktor Deutschlin segnete, nachdem er vor dem in Kerzenglanz strahlenden Hauptaltar die Messe in deutscher Sprache gelesen hatte, den Ehebund eines katholisch geweihten Geistlichen ein. Der Deutsch-Ordenspriester Melchior verheiratete sich mit der Schwester des blinden Mönchs.

Nun erbrauste die Orgel, und auf den Türmen begannen die sechs abgestimmten Glocken ein harmonisches Geläute. Die bedeutsame

Tat war vollbracht. Die Leute auf dem Friedhof gerieten in Bewegung und drängten dem Menschenstrom entgegen, der langsam dem Südportal entquoll, das von einer Menge Bettler, von Lahmen, Blinden, Gebrechlichen und Elenden jeglicher Art umlagert war. Während Bekannte einander suchten und fanden und die Herauskommenden von den draußen Wartenden neugierig befragt wurden, stand unter letzteren einer wie träumend da und schien das erregte Stimmengewirr nicht zu vernehmen. Der Traum aber schien kein heiterer zu sein, denn seine blauen Augen schauten schwermütig in sich hinein. Es war ein junger Mensch, auf dessen kurzer Oberlippe das erste Bärtchen flaumte. Dickes blondes Haar, das im Nacken rund geschnitten war, quoll unter seiner schmucklosen Filzkappe hervor. Ein dunkelblauer Rock von grobem Tuch reichte ihm bis an die Knie, und darunter trug er graue Strumpfhosen, die in ungeschwärzten Halbstiefeln endeten. Das auf dem Rücken faltige Wams wurde von einem ledernen Gürtel zusammengehalten, an dem eine Tasche und ein auffallend langer Korbdegen hingen. Der Rat konnte sich gegen solch lange Klingen ereifern und deren Maß vorschreiben, wie er wollte, seine Strafmandate waren ohnmächtig gegen den Brauch, der unter den Handwerksgesellen herrschte. Der junge blonde Mensch war seines Zeichens ein Goldschmied. Ein derber Schlag auf die Schulter entriß ihn seinem Nachsinnen, und eine lustige Stimme rief: »Endlich! Hab' schon gedacht, daß du wieder der Himmel weiß wo steckst.« Den blonden Gesellen, der sich mit aufblitzenden Augen umwandte, lachte das breite Gesicht des Tuchscherers Kaspar Etschlich an, der an seiner freien Hand ein hübsches Mädchen hielt, zu der er fortfuhr: »Schau, Käthchen, das ist mein bester Freund auf der Welt, der Hans Lautner, von dem ich dir schon erzählt hab'.«

»Oh«, machte Käthe Neuffer, die unterdessen Lautner mit ihren klaren nußbraunen Augen gemustert hatte, und es klang nicht wie eine Enttäuschung. Das längliche, wohlgebildete Gesicht Lautners, seine ebenmäßige, beinahe feine Gestalt, die jedoch nicht schwächlich erschien, mochten einem Mädchen im Vergleich mit den derben Zügen und dem untersetzten Wuchs Kaspar Etschlichs wohl gefallen. Auch war sie für den Humor, der in seinen dunklen Augen zwinkerte, sicher weniger empfänglich als für den schwermütigen Geist, der auf der weißen Stirn des um mehrere Jahre jüngeren Goldschmieds wohnte. Diesem fiel es nicht schwer zu erraten, wer seine Begleiterin war, hatte Kaspar ihm doch seit der Rothenburger Kirchweih im Monat Juni wiederholt von seiner hübschen Base in Ohrenbach erzählt. Hans Lautner fand, daß er nicht zu viel von ihr gesagt hatte. Gefällig kleidete ihre kraftvolle biegsame Gestalt der rote faltenreiche Rock sowie die dunkelblaue Jacke, die, den runden bräunlichen Hals freilassend, die breitgewölbte Brust und die vollen Arme eng umschloß. Ein blaues Seidenband, der einzige Schmuck, den der Kastengeist jener Zeit außer einem silbernen Fingerring den Landmädchen erlaubte, hielt über der klugen breiten Stirn das hellbraune Haar zusammen, das in zwei dicken Zöpfen herabfiel.

Kaspar stieß den Freund mit pfiffiger Miene an, als ob er sagen wollte: »Gelt, sie ist des Anschauens schon wert!« Und heller schimmerte das gesunde, junge Blut durch Käthes volle bräunliche Wangen.

Eine Frage, die auf ihren dunkelroten Lippen schwebte, blieb unausgesprochen, weil sich in diesem Augenblick die Musik vernehmen ließ, die den Hochzeitszug aus der Kirche führte. Eben war auch die Sonne der Nebel Herrin geworden, und Jubelrufe begrüßten den seltsamen Zug, an dessen Spitze die Spielleute lustig in ihre Schalmeien, Pfeifen und Zinken bliesen. Fürwahr ein seltsamer Zug, denn die schlicht gekleidete Braut in Myrtenkranz und weißem Schleier wurde von dem Bräutigam im Priesterrock geführt, über dem er den weißen Mantel mit dem schwarzem Kreuz der Herren vom Deutschen Orden trug. In der gleichen Tracht erschien auch der Komtur des Ordens, Kaspar Christian, neben dem würdevollen Rektor der Lateinschule, dem Magister Wilhelm Bessenmayer, der für die Festtafel ein schwungvolles Gedicht in der Sprache der alten Römer verfaßt hatte. Unmittelbar hinter dem Brautpaar führte der Altbürgermeister und Pfleger des Gotteskastens, der kirchlichen Armenkasse, von St. Jakob, Herr Ehrenfried Kumpf, das Fräulein von Badell, in deren Haus unmittelbar am Burgtor die Hochzeit gefeiert werden sollte. Das reiche Fräulein war in mittlerem Alter, und man merkte es ihrem klugen Gesicht an, wie zufrieden sie mit diesem Ehebund war, der der alten Kirche offen den Fehdehandschuh hinwarf. Munter plauderte sie mit ihrem Begleiter, zu dem sie aufsehen mußte, denn er war ein großer, etwas hagerer Mann, in der Mitte der Vierzig ungefähr, dessen dunkle Augen mit dem Glanz und der Lebhaftigkeit der Jugend um sich schauten. Er wurde auf seinem Weg gegrüßt, und Fräulein von Badell nickte jedesmal freundlich mit, wenn er mit einer herzlichen Handbewegung oder einem Nicken seines Kopfes dankte. Ehrenfried Kumpf war bei der Bürgerschaft sehr beliebt, sowohl wegen seiner zuweilen etwas derben Wahrheitsliebe, die keinen Unterschied des Standes kannte, hauptsächlich aber als ein offener Freund der Reformation. Das waren denn freilich Eigenschaften, die ihn den Adligen, die alle Ratsstellen ausschließlich aus ihrer Mitte besetzten, zuweilen recht unbequem machten. Hätte das Wahlrecht bei der Bürgerschaft gelegen, er wäre nach Ablauf seiner Amtszeit wohl immer wieder zum regierenden Bürgermeister erkoren worden.

Neben ihm schritt, aus mächtigen Augen schauend und mit dem lebhaft geröteten Gesicht des sanguinischen Eiferers, die stattliche Gestalt des Doktor Deutschlin. An der Hand führte er den blinden Bruder der Braut, der sich sonst ohne Führung und nur mit Hilfe eines langen Stabes, der ihm heute müßig im Arm ruhte, so sicher durch die Straßen tastete, als ob er sehend gewesen wäre. Er hatte den großen, markigen Kopf, dessen Tonsur zu einer leuchtenden Glatze geworden war, etwas in den Nacken gebogen und verriet schon dadurch, daß seine starrenden Augen keine Sehkraft mehr besaßen. Ein dichter Bart floß bis auf die Kutte herab, die mit einem weißen Strick gegürtet war. Seine nur mit Sandalen bekleideten Füße waren rot von der Kälte. Es folgten Paul Ickelsamers gelehrter Bruder Valentin, der lateinische Schulmeister, wie er genannt wurde, und Meister Philipp, der Tuchscherer, an die sich noch einige angesehene Bürger mit ihren festlich herausgeputzten Frauen anschlossen.

Kaspar Etschlich nannte seiner hübschen Base die Namen der Hochzeitsgäste mit mancher lustigen Bemerkung, die ihr Lachen erregte. Er war ein Rothenburger Kind, während Böckingen bei Heilbronn die Heimat seines Freundes war. Beide hatten sich um die letzte Osterzeit herum auf der Wanderschaft kennengelernt. Hans Lautner hatte eben seine Lehrjahre in Heilbronn beendet und war nach dem kunstreichen Nürnberg gepilgert, Kaspar Etschlich war von Ulm, wo er zuletzt gearbeitet hatte, auf dem Heimweg nach Rothenburg begriffen gewesen. So hatten ihre Wege sich gekreuzt, und Kaspars Schilderungen seiner malerischen Vaterstadt hatten Hans verlockt, ihn nach Rothenburg zu begleiten. Der junge Goldschmied war dann auch so glücklich gewesen, hier in Christof Ellwanger einen ebenso geschickten wie gutherzigen Meister zu finden, während Kaspar bei seinem Vater, dessen einziges Kind er war, in Arbeit trat.

Käthe Neuffer hatte ihrem Vetter schließlich nur noch zerstreut zugehört und wandte sich jetzt plötzlich mit der Frage an Hans, warum er sich auf der letzten Kirmes mit seinem Freund nicht hätte blicken lassen.

»Weil er sich gern wie ein Uhu mit seiner Pfeife irgendwo verkriecht, wenn's einen freien Tag gibt und ein vernünftiger Mensch lustig ist«, antwortete Kaspar anstelle des Freundes.

»Ja, bist du denn ein Spielmann?« wunderte Käthe sich. »Ich hab' gedacht, daß du ein Goldschmied bist.«

»Oh, der versteht sich auf viele Sachen«, kam der Vetter abermals Hans zuvor. »So gut zum Tanz aufspielen wie er, könnt' selbst unser Stadtpfeifer nicht, aber im Tanzen bin ich ihm überlegen.«

»Aber so laß doch deinen Freund reden«, rief Käthe ungeduldig und krauste die leicht über der stumpfen Nase ineinanderfließenden Brauen.

»Aber er sagt's dir nimmer, wo er gesteckt hat«, schnitt Kaspar, um das Mädchen zu necken, dem blonden Gesellen das Wort ab. »Im Schlingenbach hat er gesteckt. Das ist nämlich ein grauenerregendes einsames Wäldchen, mußt du wissen, wo die verwunschenen Seelen unserer Ehrbaren spuken. Soll so ganz klein nicht sein, die vornehme Gesellschaft dort. Die hat der Hänselin durch sein Spiel auf der Pfeife erlösen wollen.«

Käthe drohte dem Vetter mit der Faust. Hans lachte ein wenig und sagte: »Wegen mir könnten sie bis zum Jüngsten Tag spuken, ich würd' darum nicht den kleinen Finger rühren. Was sollt' ich auf der Kirmes? Ich kann nicht tanzen.«

Simons Schwester sah ihn mit ihren schimmernden braunen Augen ganz erstaunt an, erwiderte jedoch nichts. Denn der Menschenstrom, in dem sie langsam mitgeschwommen waren, staute und preßte sich jetzt in der Enge zwischen der östlichen Langseite des Rathauses und der Herren-Trinkstube, hinter deren Rückseite sich der Hochzeitszug durch die Georgengasse auf den Hauptmarkt geschwungen hatte. An der Langseite des Rathauses befand sich unter einem schmalen Vordach eine Reihe von Verkaufsbuden. Der schöne Renaissancebau aus körnigem Taubersandstein, mit weit ausladenden Vorstufen und der Laube mit offenem Altan darüber, der heute die Marktseite des Rathauses ziert, wurde erst ein halbes Jahrhundert später errichtet. Die Herren-Trinkstube mit der Fronwaage im Erdgeschoß erhielt durch viele Steinbilder auf kunstvollen Tragsteinen und durch ein zierliches Ecktürmchen ein schmuckes Äußeres. Auf der Marktseite befanden sich zwei Uhren, von denen die eine die Zeit, die andere die Länge des Tages und der Nacht angab. Aus den Fenstern darüber sowie aus denen aller Häuser schauten Neugierige auf den Marktplatz, durch dessen Gewühl sich der Hochzeitszug mit seiner Musik bewegte und eben um die Stirn des Rathauses in die breite, zum Burgtor führende Herrengasse bog.

Käthes Augen musterten die Zuschauer an den offenen Fenstern, und jetzt rief sie, mit ihrem braunen Zeigefinger auf die Fenster der Herren-Trinkstube deutend: »Schaut den Stieglitz!« Sie lachte ausgelassen.

Hans und Kaspar folgten der Weisung, und letzterer rief: »Ah, unsere lieben Nachbarn, die Junker von Finsterlohr und von Rosenberg!«

»Der Rosenberg?« fragte Hans Lautner hastig, während ihm das Blut in die Wangen schoß. »Welcher ist's?«

»Der mit der dicken Nase, dem der rote Bart in zwei langen Zakken von Mund und Kinn auf den langen grünen Wappenrock hängt«, antwortete Kaspar.

»Brr«, machte Käthe, »mit dem möcht' ich nichts zu schaffen haben. Hat ein Gesicht wie ein Bullenbeißer.«

Hans hatte die Lippen fest zusammengepreßt und wandte kein Auge von ihm, während sein Freund fortfuhr: »Der neben ihm, mit dem schwammigen Gesicht, der Stieglitz mit dem Wald von bunten Federn auf dem Kopf und dem Rock halb rot, halb blau, und von den Ärmeln ist der eine rot, der andere blau und gelb gestreift, das ist sein eingeschworener Freund, der Philipp von Finsterlohr auf Laudenbach. Junker von Leuteschinder sollten sie eigentlich alle beide heißen.«

»Kommt weiter«, stieß Hans mit finsterer Miene heftig hervor.

»Ist auch Zeit, denn ich lechze nach einem Trunk wie ein ausgetrockneter Sumpf nach Regen«, sagte Kaspar. »Wir gehen in den ›Bären‹, wo der Simon gewiß schon auf uns wartet.«

Es schob sich aber plötzlich ein Hindernis in ihren Weg. Denn aus der schmalen Hafnergasse tauchten reichgekleidete Reiter hervor, von denen die vordersten ihre Pferde rücksichtslos rechts und links herumwarfen, um den folgenden eine Bahn durch das Gewühl zu verschaffen. Die zornigen Zurufe, das Geschrei und Flüchten der plötzlich Bedrängten, unter denen es nicht an Frauen und Kindern fehlte, erregten nur die Heiterkeit der übermütigen Stadtjunker, die von einem Spazierritt zurückkamen. Die Unverschämtheit der Junker lockte aus Hans Lautners blauen Augen ein zornig sprühendes Feuer, und seine Hand fuhr nach dem Schwertgriff. Wie er aber die Klinge ziehen wollte, überflog eine glühende Röte sein Gesicht, und er stand wie angewurzelt da. Hinter den rücksichtslosen Vorreitern erschienen zwei Amazonen auf reichgeschirrten Rossen. Die eine ließ sich in lässiger Haltung von einem milchweißen Zelter mit langer Mähne tragen, während ihre Augen unter einem blauen Samthut mit wallenden Federn teilnahmslos über die Menge glitten. Ein Netz von Goldfäden und Perlen fesselte ihr blondes Haar. Die andere wiegte ihre schlanke, von einem grünen Kleid umflossene Gestalt anmutig stolz auf dem Sattelkissen eines ungeduldigen Rappen. Ihre Wangen waren von der frischen Luft gerötet, und ihre großen schwarzen Augen strahlten. Schwarz wie die Augen war das Haar, das gleich schimmernden Schlangen in zwei Flechten bis auf den Rücken des Pferdes hinabzüngelte. Ein breiter Hut von dunkelrotem Samt mit goldenen Schnüren und Quasten und krausen weißen Straußenfedern beschattete das schöne lebensvolle Gesicht.

»Ist die aber sauber!« rief Käthe bewundernd aus.

»Darum heißt sie auch die schöne Gabriele«, antwortete Kaspar trocken.

Hans blieb stumm. Käthe schielte nach ihm, und die roten Schlängelein ihres Mundes krümmten sich schalkhaft, wobei sich in ihren vollen Wangen zwei Grübchen bildeten. Hans starrte mit glänzenden

Augen auf die Reiter, die unbekümmert von allem Schreien, Drohen und Fluchen ihren Weg quer über den Marktplatz nach der Herrengasse nahmen. »Da könnte einem schier der beste Durst vergehen«, brummte Kaspar ihnen nach. Käthe stieß Hans an, der lang ausatmete, und schweigend folgten beide dem Tuchscherer zum südlichen Schmalende des Hauptmarktes, wo es zur tiefer liegenden Burggasse, der ältesten Straße Rothenburgs, hinabging. Käthe blickte verstohlen auf Hans, der den Kopf geneigt hatte und in dessen Miene sich ein trübes, fast schmerzliches Sinnen ausprägte. »Ach«, seufzte sie, »wenn ich doch nur ein ganz klein bissel so sauber ausschaute wie die schöne Gabriele! – Nun, es ist halt, wie es ist«, fuhr sie sich bescheidend fort. »Was ich aber fragen möchte: Hat's bei dir in Schwaben auch so schöne Mädchen?«

Er hatte kaum auf sie gehört. Jetzt warf er den Kopf auf. »Nein«, versetzte er kurz und bestimmt. Fügte dann aber etwas verlegen hinzu: »Das heißt, ich weiß nicht. Ich hab' halt nach den Mädeln daheim nicht ausgeschaut.«

»Oh du geh«, lachte sie lustig auf.

»Es ist schon so«, versicherte er schlicht. »Ich kann es mir aber nicht vorstellen, daß es auf der Welt eine geben sollte, die schöner ist als sie.« Seine Augen leuchteten.

Wieder lachte auf Käthens frischen Lippen der Schalk. »Dann ist's gar schlecht mit dir bestellt«, meinte sie mit geheucheltem Mitleid.

Er runzelte die Stirn.

Sie waren mittlerweile die anfangs steil abfallende Gasse etwa bis zur Mitte hinuntergegangen, wo sie breiter wurde. Hier stand der ›Bär‹, der in seiner Höhle Mann und Roß gastlich aufnahm. Das Haus zählte nur zwei Stockwerke. Der Flur, in dessen Hintergrund eine Treppe nach oben führte, war mit Steinplatten ausgelegt. Daneben zur Linken lag die Schankstube, die aus drei Fenstern auf die Gasse schaute. Freiliegende dicke Balken, die von Alter, Staub und Ruß fast schwarz waren, trugen die niedrige Decke des großen Raumes, in den die runden, in Blei gefaßten Scheiben von dickem, grünlichem Glas nur eine kümmerliche Helle dringen ließen. In der von Seiten- und Hinterwand gebildeten Ecke befand sich der Schankverschlag, der mit der Küche in Verbindung stand. Hausflur und Stube waren dicht mit langen Tischen und Bänken bestellt.

Beide Räume waren schon mit Gästen angefüllt, meistens Bauern mit den Ihrigen, dazwischen verwandte oder befreundete Bürger, und ein lautes Stimmgewirr, ein Klappern und Klopfen mit Kannendekkeln und Bechern scholl Kaspar Etschlich und seinen beiden Begleitern entgegen. Nach Simon Neuffer sahen sie sich im Flur vergebens um. Als sie von der Türschwelle aus die große Trinkstube überblickten, deren matte Helle von Wein- und Speisedünsten geschwängert war, kam der Wirt, der zwischen dem Verschlag, in dem die wohlbeleibte Wirtin sich um das Zapfen kümmerte, und den Tischen hin- und herschoß, auf sie zu.

Von einem Wirt, wie man sich einen solchen gewöhnlich vorstellt, besaß Gabriel Langenberger nichts. Er hatte weder das seine Küche empfehlende Bäuchlein noch die seine Getränke rühmende Kupfernase. Sein Gesicht war von einer kränklichen, käsigen Farbe und mit einer langen Nase geschmückt. Er hatte eine schmale, eingefallene Brust und einen langen Hals, und seine kleinen Augen bewegten sich, auch während er mit dem ihm bekannten Kaspar Etschlich sprach, in steter Unruhe, als ob sie suchten, wo nach ihm geklopft würde, was oft genug geschah. Nach seiner Küche schien dagegen wenig Nachfrage zu herrschen, höchstens wurde einmal ein Kraut, selbstverständlich mit Wurst, bestellt. Die meisten Landleute hatten sich ihren Mundvorrat mitgebracht, dieser bloß ein Stück Schwarzbrot oder ein Gebäck, jener dazu Käse oder Speck, Rettiche, Nüsse. Die nackte Tischplatte diente als Teller, und die Abfälle wurden auf den Fußboden geworfen. Ein Messer trug jeder in einer Scheide am Gürtel.

Gabriel Langenberger schickte die drei jungen Leute zu einem Tisch in der Nähe des letzten Fensters. Dort saß der Dorfmeister in eifrigem Gespräch mit zwei anderen Bauern, von denen der ältere Käthe vertraulich begrüßte. Es war Jörg Buchwalder aus Ottenhofen im Aischgrunde, ein behäbiger Mann mit bereits ergrauendem Haar. Der zweite, mit Simon Neuffer etwa im gleichen Alter, war der Weinbauer Leonhard Metzler aus dem südwestlich von Rothenburg gelegenen Dorf Brettheim. Er betrachtete unter seinen überhängenden Brauen mißtrauisch die beiden jungen Burschen und nickte kaum merklich mit dem Kopf, als er erfuhr, wer sie waren. Simon aber reichte dem Freund seines Vetters die Hand und sagte: »Setzt euch daher, für zwei redliche Gesellen ist Platz bei uns.«

»Ihr wart also im Münster?« begann Jörg Buchwalder aus Ottenhofen das Gespräch. »Das war gescheit. Müssen wir auf den Dörfern uns doch mit der Pampe begnügen, die uns der Pfaffe sonntags in den Trog schüttet. Also hat der Doktor den Ordensmann wirklich getraut, und es hat keinen Einspruch gegeben?«

Er hatte diese Worte vorzugsweise an Lautner gerichtet, der ihm mit Kaspar gegenübersaß, während sich Käthe an seine Seite gesetzt hatte. Hans schien seine Teilnahme zu erregen. Der junge Goldschmied konnte ihm jedoch keine Auskunft geben, da die Kirche bereits so voll gewesen war, daß er nicht mehr hineingekonnt hatte. Statt seiner berichtete Käthe mit großer Lebhaftigkeit. Sie hatte genau achtgegeben. »Und von dem Gelübde hat er geredet, daß die Geistlichen nicht heiraten dürften. Das ist eine Gotteslästerung, hat er gesagt, denn es ist wider die Natur, da doch Gott die Frau dem Mann zur Gesellin geschaffen hat. Die Ehelosigkeit der Geistlichen, hat er gesagt, ist die Verführung zu Buhlerei, Ehebruch und allen Lastern. Und von den Heiligen Drei Königen hat er erzählt, wie die Geschenke, die sie dem Jesuskindlein dargebracht haben, von den Pfaffen zu Kirchenopfern, Viehsteuer und Zehnten gemacht worden sind, und daß die keiner zu geben verpflichtet ist.«

»Das Wort lob' ich mir. Das soll wahr werden«, rief Leonhard Metzler aus Brettheim mit einer ingrimmigen Freude.

»Ja«, bemerkte Jörg Buchwalder, »der Damm, den die Pfaffheit aufgerichtet hat, hält nicht mehr dicht, überall sickert's durch. Und das Loch gar, was der Luther gerissen hat! Die Herren werden es nimmermehr zustopfen.«

Gabriel Langenberger brachte für Kaspar eine Kanne Wein und zwei hölzerne Becher, und der Dorfmeister bestellte für Käthe ein Kraut und eine Halbe Würzwein und fügte hinzu: »Heut' langt's noch. Übers Jahr haben sie uns auch wohl den letzten Heller abgepreßt, und der Teufel ist Zahlmeister.«

»Ne, Dorfmeister, mit dem bleibt mir vom Leib«, hüstelte Langenberger und schlug ein Kreuz. Die anderen lachten.

Kaspar Etschlich hatte unterdessen Hans und sich eingeschenkt. Jetzt rief er ausspuckend, nachdem er gekostet hatte: »Ist das ein Säuerling! Höre, Langenberger, ich wollte, daß du ein Amt hättest! Dann wüßte jeder, was du wert bist.«

»Wieso denn?« fragte der Wirt mit umherflatternden Augen.

»Ei, ist dir unser fränkisches Sprichwort nicht bekannt, obwohl du im Wildbad da unten ans Licht der Welt gekrochen bist?« versetzte Kaspar. »Es ist ein gutes und wahres Sprüchlein: Es ist kein Amt so klein, daß es nicht henkenswert wäre.«

»Bist du aber spaßig!« meckerte Langenberger und entwischte nach dem Schankverschlag.

Die anderen lachten, Jörg Buchwalder aber machte ein ernstes Gesicht und warnte den kecken Burschen: »Wer eine lose Zunge hat, dem fällt sie sehr leicht vor die Füße. Weißt du denn nicht, daß jeder Bürger bei seinem Eid angehalten ist, es dem Rat anzuzeigen, wenn er Übles von der Obrigkeit sprechen hört?«

Kaspar entgegnete jedoch gleichmütig: »Wenn die Bürger dem nachleben wollten, dann hätten sie alle Füße voll zu tun. Wegen einer solcher Kleinigkeit setzt der Langenberger seine Kundschaft nicht aufs Spiel, so wenig ich ihm trau'. Er lebt ja von den Bürgern, und die Geschlechter machen ihnen wenig Lust, ihnen gefällig zu sein. Haben just auf dem Markt ein sauberes Stückchen von ihnen mit angeschaut.«

»Ach ja, wie übermütig die sind, das ist nicht zu sagen«, rief Käthe, die in Erwartung des Krautes ein Stück Weißbrot, ein Klöpfel, das Kaspar ihr verehrt hatte, aus der Tasche gezogen hatte und daran knusperte. Sie erzählte von den Reitern.

Simon und seine Freunde machten finstere Gesichter. Hans schaute in seinen Becher.

»Nun, ist's nicht eine große Ehre für uns, von den vornehmen Pferden zertreten zu werden?« rief Kaspar mit einem scharfen Lachen.

»Du mußt über alles deinen Spaß machen«, zürnte Käthe. »Dein Freund hat gleich nach dem Schwert gegriffen."

»Ließ es aber doch wohlweislich stecken«, neckte sie der Vetter und warf dabei einen verschmitzten Blick auf Hans, der seinen Becher zum Mund führte, um seine Verlegenheit zu verbergen. »Wozu soll ich mir vor der Zeit graue Haare wachsen lassen?«

Der Wirt brachte Kraut und Würzwein und entfernte sich eilig, als scheute er die Scherze des jungen Tuchscherers. Käthe ließ es sich schmecken, der alte Buchwalder sah nachdenklich auf ihre Schüssel, strich sich über die gefurchte Stirn und flüsterte: »Es ist eine gar schlechte und kostspielige Zeit worden. Wie ich ein Knabe noch war, dazumalen hat man bei uns Bauern ganz anders gegessen als heute. Und erst zu meines Vaters Jugend! Da waren jeden Tag Fleisch und Speisen im Überfluß, und auf den Kirmessen, den Hochzeiten und Taufen, da barsten die Tische von allem, was sie tragen mußten. Da soff man Wein als ob's Wasser war, da fraß man in sich hinein und nahm mit, soviel man wollte. Denn da war Reichtum und Überfluß. Jetzt ist die Nahrung selbst der Vermögenden unter uns fast viel schlechter, als vordem die der Tagelöhner und Knechte.«

»Um so wüster schlemmen und prassen die Herrenleute«, rief Leonhard Metzler, der Weinbauer, mit gerunzelter Stirn. »Und wir, die wir uns für sie schaben und schinden müssen, haben kaum das Leben. Mancher muß froh sein, wenn er täglich ein Stück trockenes Brot hat, und mancher ist's schon, wenn er es nur am Sonntag hat. Fleisch? Für wen ist es noch erschwinglich, seitdem der Rat die Klauensteuer eingeführt hat. Und dazu jetzt die Bed, die Getränkesteuer, die uns Weinbauern samt und sonders zugrunde richtet! Der Etschlich schimpft auf den Säuerling vom Langenberger, übers Jahr wird er ihn mit Gold aufwiegen müssen.«

»Was hilft es uns«, grollte Simon Neuffer, »daß wir unsere Schriften von alten Zeiten haben, in denen alles aufgeschrieben ist, was wir zu leisten schuldig sind an Steuern, Zinsen und Fronden? Es kümmert keinen, weder die weltlichen noch die geistlichen Herren. Wollen wir klagen wegen der ungerechten Beschwerden, wo finden wir Gerechtigkeit? Denn diejenigen, die wir verklagen, sind zugleich unsere Richter. Und jetzt das neue Recht, das ist vollends des Teufels! Außer den Advokaten kennt sich keiner darin aus, und die machen Schwarz aus Weiß und Weiß aus Schwarz. Aus Recht wird Unrecht, und uns kostet's Haus und Hof.«

»Die Last wird allzu schwer!« seufzte Jörg Buchwalder, und der Dorfmeister rief mit blitzenden Augen: »Darum müssen wir aufpassen, liebe Freunde, ehe daß sie uns auch das letzte Tröpfchen Mark aus den Knochen pressen. Meines Erachtens bedeutete der Stern mit dem feurigen Schweif, der im August zu sehen war, nicht bloß ein gutes Weinjahr, was ja eingetroffen ist. Er stellt wohl den Besen dar, der die Räubernester der Ritter und Pfaffen, die Klöster und Burgen ins Feuer kehren wird.«

»Ein Besen, aber keine Hand, die ihn führt«, sagte Buchwalder mit gedämpfter Stimme. »Wir werden zugrunde gehen, wie es schon vor etlichen Jahren geweissagt worden ist: Wer im 1523sten Jahr nicht stirbt, 1524 nicht in Wasser verdirbt und 1525 nicht wird erschlagen, der darf wohl von Wundern sagen.«

Hans Lautner, der bisher mit schweigender Aufmerksamkeit zugehört hatte, holte tief Luft und sagte mit hochgeröteten Wangen: »Mit Verlaub, wenn ich auch etwas sagen darf: Meine Großmutter hat zwei Ringe um den Mond gesehen, und in dem Mond stand ein Kreuz. Das bedeutet, sagt sie, daß bald das Kreuz von uns genommen werden wird. Denn, sagt sie, die Zeit ist nahe, wo die Welt erneuert und die Gottlosen mit dem Schwert von der Erde entfernt werden sollen.«

»So ist's recht«, rief der Dorfmeister, ergriff seinen Holzbecher und leerte ihn mit einem Zug.

Jörg Buchwalder schüttelte den ergrauenden Kopf und meinte bedächtig: »Wer nur daran glauben könnte!«

»Das könnt Ihr gewiß«, versetzte Hans eifrig. »Die Großmutter versteht mehr als andere Frauen, und daheim weiß jeder, daß allemal eintrifft, was sie vorhersagt.«

»Und wer ist deine Großmutter?« fragte Käthe neugierig.

»Das ist die schwarze Hofmännin zu Böckingen bei Heilbronn.«

In diesem Augenblicke betrat ein Bauer die Schankstube, der sich unter der Tür bücken mußte, so groß war er, und der Dorfmeister rief: »Der lange Lienhart!« Dieser stand überreichlich gemessene sechs Fuß hoch in seinen Bundschuhen, und ein topfartiger Filzhut, den zwei Hahnenfedern schmückten, setzte seiner Länge noch einiges hinzu. Unter dem schmalen Hutrand streckte sich eine schlecht verheilte Narbe bis zur Nasenwurzel hervor und setzte sich auf der rechten Wange fort. Die Nase krümmte sich wie ein Geierschnabel zwischen dunklen runden Augen, und unter ihr sträubte sich ein starker Schnurrbart. Ein kurz gehaltener Vollbart umschloß Wangen und Kinn. Diese

Abweichung von der Bauernsitte erklärte sich daraus, daß der lange Lienhart manche Reise als Landsknecht getan hatte, bevor er in seinem nahen Heimatdorf Schwarzenbronn von seiner Kriegsbeute einen Hof erstanden hatte. Er war nicht nur groß, sondern auch starkknochig, und seinem Gliederbau entsprach das mächtige Schwert an seiner Hüfte. Mit ihm kam ein etwa vierzigjähriger Mann in bürgerlicher Tracht, dessen bartloses Gesicht mit hervorstehenden Backenknochen einen Ausdruck von Verbissenheit hatte. Er war ohne Wehr. Der lange Lienhart aus Schwarzenbronn mußte wohl unter den Bauern ein bekannter und beliebter Mann sein. Denn er wurde bald hier, bald dort an die Tische gerufen, und der Becher wurde ihm entgegengehalten. Er begrüßte jeden, und seine Äußerungen erregten jedesmal ein Lachen. Unter solchen Umständen dauerte es eine Weile, bis er zu dem Tisch gelangte, an dem der Dorfmeister von Ohrenbach mit seinen Freunden saß.

»Es sind lauter gute Freunde«, bemerkte Simon, ihm die Hand schüttelnd. »Aber du kommst halt spät.«

»Dafür hab' auch ich einen guten Freund mitgebracht, den Fritz Büttner aus Mergentheim«, erwiderte der lange Lienhart, ließ sich nieder und stampfte mit dem ihm zunächst stehenden Becher auf den Tisch, um den Wirt herbeizurufen.

»Was euch am Herzen liegt, das liegt auch mir am Herzen«, sagte Fritz Büttner bedeutsam. Simon hieß ihn willkommen, und Metzler und Buchwalder nickten ihm zu.

»Und jetzt, was schafft ihr, liebe Freunde?« fragte der lange Lienhart, die Beine weit von sich streckend, nachdem der Wirt eine Kanne Wein und zwei Becher gebracht hatte. »Wir können wohl ohne Scheu reden, machen doch die Leute einen Mordslärm, daß die Toten davon aufwachen könnten.«

»Wir sprachen davon«, erklärte Leonhard Metzler, »daß überall Zeichen am Himmel geschehen, die darauf hinweisen, daß eine große Änderung kommen wird. Ihr habt wohl auch davon gehört, daß am Rhein am hellen Mittag ein großes Getümmel und Krachen von Waffen in der Luft wie von einer Feldschlacht vernommen worden ist?«

»Dran! Dran!« rief der lange Lienhart, der eine tiefe, starke Stimme hatte. »Mich gelüstet's längst, mein altes Eisen wieder einmal zu lüpfen. Wem meint ihr, daß es gelten soll? Den Pfaffen und Junkern allein? Das ist ein Irrtum. Die schlimmsten, das sind die Deutschordensherren, deren Hochmeister zu Mergentheim sitzt wie eine Spinne, die ihr Netz übers ganze Reich gesponnen hat. Die sind Pfaffen und Ritter zugleich und drücken ihre Untertanen doppelt.«

»Ja, das sind die schlimmsten«, bekräftigte Fritz Büttner. »Darum sagen wir Deutschherrischen auch: Unterm Krummstab ist gut wohnen. Daß sich Gott erbarm'!«

»Hört«, fiel der lange Lienhart ein. »Statt der Heiden spießen sie Hasen auf, gebratene Kapaunen, Rebhühner, Enten.

Kleider aus, Kleider an,
Essen, trinken, schlafen gan,
Ist die Arbeit, so die Deutschen Herren han.

»Nun, ist das nicht Mühsal genug für so einen schwarzen Kreuzträger?« spöttelte Kaspar, und seine Base lachte. Fritz Büttner warf ihr einen unfreundlichen Blick zu, knirschte und stellte den eben ergriffenen Becher so heftig wieder hin, daß der Wein auf den Tisch floß: »Letzten Juni haben sie mir mit ihren Pferden, Hunden und Jägerburschen ein Kornfeld in Grund und Boden gestampft. Und nicht bloß mir allein. Aber wir müssen es dulden, sind wir doch hörige Leute. Unsere Frucht- und Krautäcker betrachten sie als Äsung für ihr Wild, das sie über die Maßen hegen, und greift einer zum Knüppel oder gar zum Handrohr, um es zu verscheuchen: in den Turm mit ihm, und da mag er verfaulen!«

Lautner erblaßte, so daß Käthe ihn erschreckt fragte, was ihm fehle. Seine Brust wogte, er wollte sprechen, aber Kaspar kam ihm zuvor. Das Mädchens beachtete er nicht.

»Da machen's die Deutschherren ja noch gnädig«, rief ihr Vetter. »Als ich mich auf meiner Wanderschaft in Frankfurt am Main aufhielt, da bat ein Herr von Eppstein den Rat um den Scharfrichter. Ein Bäuerlein sollt' er ihm köpfen, das in seinem Bach ein paar Krebse gefangen hatte. Der Rat schlug's ab, aber die Ehrbaren einer anderen Stadt waren so freundlich, und das Gelüsten seiner schwangeren Frau kostete das Bäuerlein den Kopf!«

Käthe schrie entsetzt auf, und aus den Kehlen der anderen drang ein gurgelnder Laut. Der lange Lienhart aus Schwarzenbronn aber schlug mit der Faust auf den Tisch, so daß es dröhnte, die Becher tanzten und die Leute an den nächsten Tischen sich nach ihm umwandten. »Gelt«, rief er mit einem grimmigen Lachen, »es geht doch nirgends so lustig zu wie in dieser Welt. Hört!« Und er wiederholte mit seiner mächtigen Stimme die soeben vernommene Geschichte. Es war allmählich ganz still in der Stube geworden. Jetzt erhob sich ein unbeschreibliches Getöse. Gabriel Langenberger schoß auf Lienhart zu und schalt ihn, daß er den Leuten den Wein verderbe. »Soll's auch«, schnaubte Lienhart ihn an.

»Ich muß fort!« sagte Hans mit einer Stimme, die seine Aufregung nicht frei herausließ, und stand auf. »Ich bin zwar kein Bauer, aber mein Blut ist Bauernblut wie das eure, und eure Sache ist auch die meine. Zählt auf mich!« Er reichte den Männern die Hand.

Der lange Lienhart hielt ihn zurück. »Erst lass' uns prosten!« rief er und füllte die Becher. Sie stießen alle miteinander an, auch Käthe, deren Augen den jungen Gesellen zu bleiben baten. Sie schmollte, als er nicht darauf achtete, und ihr Vetter sah sie verstohlen an und preßte die Lippen zusammen.

»Ein sauber jung Blut!« äußerte Jörg Buchwalder. »Aber es steht in seinen Augen, daß was schwer auf ihm lastet.« Er blickte fragend auf Kaspar.

Dieser nickte. »Das kommt davon, wenn der Bauer Hunger hat. Da ging sein Vater nachts von Böckingen, wo er daheim ist, ins Württembergische und schoß einen Hirschen. Sie griffen ihn, und der Waldvogt ließ ihn in eine Hirschhaut nähen und die Rüden auf ihn hetzen. Der Waldvogt und viele adlige Herren und ihre Frauen schauten zu, wie er im Zwinger zerrissen wurde. War das eine Gaudi! Die Mutter vom Hans kam darüber zwei Monate zu früh mit ihm in die Wochen, und es kostete sie das Leben.«

Seine Zuhörer blickten starr vor Entsetzen. Käthe schlug grausend die Hände vor das Gesicht.

»Das Messer sitzt uns allen an der Kehle«, sagte Simon Neuffer mit wogender Brust. »Lassen wir uns abschlachten wie die Hammel?«

»So frag' auch ich«, stimmte Leonhard Metzler bei und machte den anderen ein Zeichen, daß sie näher rückten. Leise fuhr er fort: »Es ist mir Botschaft zugekommen von meinem Vetter Jörg. Ihr wißt, der das Wirtshaus zu Ballenberg über Krautheim hat. Der Bote sitzt noch in meinem Haus und wartet auf Antwort. Im ganzen Odenwald ist eine große Unruhe unter den armen Leuten, wie uns die Herren nennen. Auch anderorts regt sich's, und es summt wie unter den Bienen, bevor sie schwärmen. Es ist halt, als ob sich der Bundschuh regen wollte.«

»Mord und Tod! Heben wir also zum Tanz an«, rief der lange Lienhart, indem er seinen Baß soviel wie möglich dämpfte.

»Wehr und Waffen hätten wir ja«, fügte der Dorfmeister hinzu.

»Die haben wir Deutschherrischen nicht«, zischelte Fritz Büttner aus Mergentheim. »Aber Dreschflegel und Sensen tun's auch.«

»Das ist ein Irrtum«, warnte Buchwalder. »Wir allein schaffen's nicht.«

»Aber ihr hört doch, wie's allerorten ausschaut?« rief Leonhard Metzler ungeduldig, und Fritz Büttner sagte, indem er die geballte Faust auf den Tisch drückte: »Ich traue mich, mit den Freunden daheim ein Spiel anzufangen, daß die Gesichter der Ritter darüber weiß werden sollen wie ihre Mäntel.«

»Und ich steh' für Ohrenbach«, sagte Simon Neuffer. »Ziehe also ein jeder seine Freunde hinzu.«

Sie verabredeten, wann sie sich mit ihren Freunden im ›Bären‹ zusammenfinden wollten.

»Und du?« fragte Käthe ihren Vetter, der schweigend dabeisaß.

»Wenn der Tanz anhebt, tanz ich mit dir«, scherzte er.

Sie machte mit ihrer rechten Schulter eine Bewegung, als ob sie ihn von sich wegschieben wollte.

»Laßt uns Truppen anwerben«, rief der lange Lienhart und stampfte mit seinem leeren Krug auf den Tisch, als ob er die Werbetrommel rührte. »Noch eine Maß, Wirtshaus«, dröhnte er mit seiner tiefen Stimme den herbeischießenden Gabriel Langenberger an.

Drittes Kapitel

Erasmus von Muslor, der Erste Bürgermeister, bot den Gästen, die sich in seinem Haus auf der Herrengasse zum Dreikönigsmahl eingestellt hatten, den Willkommensgruß in der duftenden Rose von Rüdesheim. Der Bankettsaal lag in dem ersten Stockwerk. Die Wände waren mit bunten Darstellungen aus der Heiligen Schrift von Bartholomäus Zeitblom aus Ulm etwas steif bemalt. Seine Kunst hatte sich noch nicht frei aufgeschwungen. Die Zimmerdecke mußte dagegen Bewunderung erregen, so schön war sie getäfelt und geschnitzt. Der vielarmige Metalleuchter, der von ihr herabhing, deutete in seinem zierlichen Ranken- und Blattschmuck auf einen Nürnberger Meister, und auf dem Kredenztisch blinkte manch kunst- und wertvolles Geschirr aus Kristall, Silber und Gold.

Die Einladung, an der Tafel Platz zu nehmen, war von der Jugend schon mit einiger Ungeduld erwartet worden, denn die älteren Herrschaften, insbesondere die Herren von den beiden Räten, hatte bei einem Gespräch kein Ende finden können, das die Trauung in St. Jakob von politischen Gesichtspunkten aus erörterte. Die patrizische Jugend machte sich über das Brautpaar, das freilich nicht mehr in der Frühlingsblüte stand, sowie über die Hochzeitsgäste lustig. Das reife Alter stritt über die Maßregeln, die der Rat gegen Dr. Deutschlin ergreifen müßte. Denn dieser war seinerzeit vom Rat auf den Predigtstuhl berufen worden, während derselbe über die Seelsorger vom Deutschen Orden und mithin über Melchior keine Macht besaß.

Konrad Eberhard, der Zweite Bürgermeister, sprach sich mit seiner schneidenden Stimme für entschiedene Maßregeln aus. Es sei Zeit, daß der Rat rückhaltlos gegen den Doktor vorgehe, wenn göttliche und weltliche Ordnung nicht unheilbaren Schaden nehmen sollten. Erasmus von Muslor aber meinte mit einem Lächeln, daß man dem geistlichen Oberhaupt in Würzburg, dem auch die Deutschordenspriester unterstellt seien, nicht vorgreifen dürfte.

Herr Erasmus vereinigte in seiner Erscheinung die Würde eines freireichsstädtischen Oberhauptes mit dem Schliff des Weltmannes, und wenn auf seiner hohen, etwas schmalen Stirn der Stolz wohnte, so wohnte auf seinen Lippen die Verbindlichkeit. Und würdevoll verbindlich war die kurze, wohlgesetzte Rede, mit der er seine Gäste, nachdem sie an der Tafel Platz genommen hatten, begrüßte, worauf der silberne Pokal mit seinem Wappen von Mund zu Mund ohne Ausnahme die Runde machte.

Auf der Tafel prangten mancherlei in Silber getriebene Aufsätze und Schaugerichte, die von der Phantasie des Koches zeugten. Ein Hauptstück, jedoch nicht zur Schau, bildete ein riesiger Kuchen, der die Glücksbohne in sich barg. Wer sie nach Zerteilung des Kuchens in seinem Stück fand, der wurde König oder Königin. Thomas Zweifel, der gelehrte Stadtschreiber und Chronist von Rothenburg, äußerte zu seinem Nachbarn, dem Ratsherrn Georg von Bermeter, einem Mann, dessen rechtschaffene Gesinnung von den Bürgern um so höher geschätzt wurde, als er nicht gerade sonderlich mit Glücksgütern gesegnet war, daß die Bohne in dem Kuchen wohl ein Symbol der Sonne sei, die nach winterlicher Verborgenheit jetzt zum Frühling wieder hervorkomme.

Statt der Blumen schlangen die Gäste einen farbenreichen Kranz um die Mittagstafel. Die damaligen Menschen liebten lachende Farben, und von den schwarzen Trachten der Ratsherren hob sich die Jugend beider Geschlechter in Rot und Grün und Blau und Gelb ab. Jeder und jede suchte so viele Farben wie möglich auf sich zu vereinigen. Und die Männer in ihren halbierten, zerschnitzten und gepufften Kleidern überboten darin noch die Mädchen und Frauen. Und die Luft war von Wohlgerüchen erfüllt, denn beide Geschlechter parfümierten sich verschwenderisch. Auch dankte manches welkende Antlitz der Kunst die Rosen und Lilien der Jugend.

So reich wie die Trachten, so üppig war das Mahl, zu dem Wald, Weide und Wasser ihr Getier in den leckersten Zubereitungen geliefert hatten. Die Ratsdiener, die in den Stadtfarben, halb rot und halb weiß, gekleidet waren, trugen einen Gang nach dem anderen herum und hatten fleißig acht, die Becher mit goldenem Leisten-, Main- und Rheinwein zu füllen. Der Ermunterung, es sich schmecken zu lassen, bedurfte es nicht. Auch das zarte Geschlecht naschte nicht bloß von den Speisen, sondern griff, weil man die Gabel noch nicht kannte, mit den weißen Fingern herzhaft in die Schüsseln. Ebensowenig begnügten sich die Schönen damit, von dem flüssigen Gold zimperlich zu nippen. Auch ihre Wangen begannen sich mehr zu röten, feuriger strahlten die Augen, munterer regten sich die Zünglein, und es erhob sich ein Stimmengewirr, von Lachen durchklungen. Auch wenn man von dem Lärmen auf dem nahen Marktplatz nichts vernahm, war es doch laut genug.

Gabriele Neureuter war unter den Schönen unzweifelhaft die Schönste. Sie schien sich ihrer Reize auch wohl bewußt, denn sie trug den Kopf gar stolz auf dem weißen Hals, der sich, von einer dreifachen Perlenschnur umschlungen, aus der Goldspitze des durchscheinenden Hemdes erhob. Ein kleiner, goldener Kranz aus Efeublättern und Rosen schmückte die jetzt offenen schwarzen Locken, die seidenartig schimmernd bis zu den Hüften herabwallten. Den Kranz hatte Hans Lautner ersonnen und gemacht, und wie Alabaster in der Sonne, so leuchtete unter der Zier die Stirn der schönen Gabriele. Eine Gürtelschnur aus farbigen Edelsteinen umfunkelte ihre üppige, schlanke Gestalt, an der ein purpurrotes Damastgewand mit weiten, offenen Ärmeln herabrauschte. Es war vorn offen, und darunter zeigte sich ein weißes Kleid aus venezianischer Atlasseide mit eng die vollgerundeten Arme umschließenden Ärmeln. Ober- und Untergewand waren an den Säumen mit goldenen Blumen bestickt. Mit farbiger Seide ausgenäht war das rote Samttäschchen, das nebst einem Messer in einer von Edelsteinen blitzenden Scheide und einem Wedel aus Pfauenfedern an dem Gürtel hing. Kostbare Ringe funkelten an ihren schlanken weißen Fingern. Kein Wunder, daß die Blicke der jungen Patrizier die prächtige Erscheinung mit glühenden Pfeilen beschossen. Die schöne Gabriele aber ließ dieselben achtlos, ja selbst verächtlich von sich abgleiten.

Sie war eine Waise. Eine Pockenepidemie hatte ihre Eltern dahingerafft, während sie sich noch in dem Kloster der Dominikanerinnen befand, wo gleichzeitig Sabine von Muslor ihre Erziehung erhielt. Das Kloster in der Klingengasse stand in dem Ruf, seinen weiblichen Zöglingen den feinsten Gesellschaftsschliff zu geben. Mit Ausnahme der Bettelorden erschlossen die Klöster ihre weltabgeschiedenen Räume schon längst nur noch denjenigen, die reich genug waren, um das Gelübde der Armut ablegen zu können. Die Dominikanerinnen von Rothenburg rekrutierten sich nur aus dem vermögenden Land- und Stadtadel. Sie genossen zudem das Vorrecht, den Schleier wieder ablegen und selbst heiraten zu dürfen. In diesen Fällen verblieb jedoch das sehr beträchtliche Einstandsgeld der entlobten Himmelsbräute dem Kloster. Auch waren die frommen Frauen in dem Empfang ihrer Verwandten keiner Beschränkung unterworfen, und die Junker und Patriziersöhne statteten den Schwestern, Basen und Tanten in weißer Kutte und schwarzem Schleier um so fleißiger Besuch ab, als in dem Kloster der beste Tauberwein ausgeschenkt wurde. Unter anderem gehörten ihm die Weinberge in der besten Lage unterhalb der Stadt. In der Bürgerschaft hieß es, daß beim Klosterwein Karten und Würfel ebensowenig müßig gingen wie in der Herren-Trinkstube am Markt. Zeisolf von Rosenberg hatte unter den Dominikanerinnen eine Tante. Der Einsamkeit seines Horstes zu Haltenbergstetten über dem Vorbach müde, war er mit seinem Freund Philipp, dessen Burghaus weiter nördlich zu Laudenbach stand, am Morgen bei den Dominikanerinnen in der Klingengasse eingeritten.

Der Tod ihrer Eltern hatte die schöne Gabriele zur Besitzerin eines großen Vermögens gemacht, so daß man sie auch wohl die reiche hätte nennen können. Ihr Vater Joseph Neureuter war ein schlauer Kopf gewesen, der sich – zunächst mit erborgtem Geld – auf den Großhandel mit Wein und Getreide geworfen hatte. Ein anderer war den Patriziern nicht gestattet, und auf diesen waren auch die Häuser der Adligen eingerichtet. Zu diesem Zweck lagen große Keller unter den geräumigen Hausfluren, in denen von den Herren der selbstangebaute Wein ausgeschenkt wurde, und in den spitz zulaufenden Giebeln zwei-, auch dreistöckige Getreideböden sowie Speicher auf den Höfen. Joseph Neureuter hatte nicht nur Getreide und Wein, die zum Markt gebracht wurden, vor den Toren aufgekauft, sondern tat dies auch schon dann, wenn sie noch in Halmen auf dem Feld standen und als Trauben am Stock hingen. Daß seine vom Glück begünstigten Spekulationen dem Wucher so ähnlich wie ein Ei dem anderen sahen – nun, er arbeitete nach hochgeehrten Vorbildern, nämlich nach denen der großen Handelsgesellschaften in Nürnberg, Augsburg, Ulm, die durch ihre Ringe die Preise aller möglichen Waren bestimmten. Bürger und Bauer freilich fluchten auf sie. Was half's? Von mehr als einem Reichstag wurden Beschlüsse gegen solche wucherische Ausbeutung des Volkes durch die Handelsgesellschaften gefaßt, aber sie blieben tote Buchstaben. Die vereinigte Geldmacht war stärker als die Exekutivgewalt der Kaiser.

Das Vermögen Gabrieles bestand fast ausschließlich aus Gülten und Rentenbriefen auf Rothenburger Bauernhöfe. Auch auf dem Hof Simon Neuffers stand eine solche Gült. Verwaltet wurde das Vermögen von dem jetzigen Zweiten Bürgermeister, Konrad Eberhard, der ihr bei dem Tod ihrer Eltern vom Rat der Stadt zum Vormund bestellt worden war. Der Mann sah sehr scharf nach den Rechten des Mündels, wie mancher, der nicht so glücklich wie Simon war und seinen Zins auf Heller und Pfennig oder in natura entrichten konnte, am heutigen Morgen zu seinem schweren Leid erfahren hatte. Da die schöne Gabriele keine Verwandten in der Stadt besaß, hatte Erasmus von Muslor sich von seiner Tochter überreden lassen, ihre verwaiste Freundin in sein Haus zu nehmen, nachdem das Kloster die Erziehung der beiden Mädchen beendet hatte. Konrad Eberhard hatte sein Haus seinem Mündel nicht anbieten können, da er ein Witwer war.

Seinem Sohn war die vielbeneidete Ehre zuteil geworden, die schöne Gabriele zu Tisch zu führen. Max Eberhard war erst im Spätherbst aus Welschland heimgekehrt, wo er auf der berühmten Hochschule von Bologna die Würde eines Doktors des römischen Rechtes erworben hatte. Er war ein ernst blickender junger Mann mit scharfgeschnittenen, durchgeistigten Zügen, und die schwarze schmucklose Gelehrtentracht ließ ihn in dem bunten Geflitter ringsum noch ernster erscheinen. Sein Ernst wollte selbst angesichts der Schönheit seiner Tischnachbarin nicht weichen. Es mochte diese Wahrnehmung sein, die Sabine von Muslor veranlaßte, fragend zu ihrer Freundin hinüberzublicken. In diesen Blicken schien sich Sabines ganzes Interesse an der

Tafelrunde zu erschöpfen. Denn sonst saß sie ebenso teilnahmslos wie morgens auf ihrem Jagdpferd an der Tafel neben dem obersten Stadthauptmann, dem Ritter von Adelsheim, der sie zu Ostern als seine Gattin heimführen sollte.

Die schöne Gabriele erwiderte die Blicke der Freundin, indem sich ihre gewölbten Purpurlippen etwas spöttisch schürzten, und so sprach sie jetzt zu ihrem Nachbarn: »Hilf Himmel, Herr Doktor, Ihr schaut ja schon eine ganze Weile drein, als ob Ihr Erscheinungen hättet.«

»Vielleicht ist es auch so«, erwiderte Max Eberhard und richtete die tiefliegenden dunklen Augen ernst auf sie. »Was dünkt Euch, wenn der große Zauberer Vergil die Gestalten des Meisters Zeitblom an den Wänden dort in einen Totentanz verwandelte?«

»Oh, wie häßlich das ist!« rief Gabriele unmutig. »Leidet Ihr an solchen Gesichten, so hättet Ihr ein Bußprediger werden sollen.«

»Das glaube ich selbst, daß ich meinen Beruf verfehlt habe. Doch verzeiht meine Ungeschicktheit in höfisch kurzweiliger Rede. Man lernt sie nicht auf den Universitäten.«

»Mir scheint vielmehr, daß man sie dort verlernt«, erwiderte sie schlagfertig. »Ich erinnere mich zumindest, daß Ihr ehedem gern fröhlich mit den Fröhlichen wart. Selbst mit so unbedeutenden Geschöpfen, wie Sabine und ich es sind, pflegtet Ihr gern der Kurzweil. Unser Lachen und Lärmen wurde mitunter der guten Frau von Muslor zuviel.«

»Ja, so war es, bevor ich nach Welschland ging«, pflichtete er ihr mit einem rasch wieder erlöschenden Lächeln bei.

»Thomas Zweifel, der es verstehen muß, behauptet, daß Ihr dort sehr gelehrt geworden seid. Dennoch werdet Ihr mich nicht glauben machen, daß Ihr in dem Land Italia nur über den Büchern gehockt habt. Wie, Doktor, Ihr solltet bei den glutvollen Schönen Welschlands nicht auch ein wenig in die Schule gegangen sein?«

Sie sah ihn mit ihren samtartig schimmernden Augen herausfordernd an. Er aber versetzte ablehnend: »Leider darf ich mich solcher Lehrmeisterinnen nicht rühmen. Die einzige Schönheit, von der ich in meiner Muße zu lernen trachtete, war die der Meisterwerke italischer Kunst. Die Zeit ist zu ernst, um zu den Füßen schöner Frauen zu seufzen.«

Die stolz gewölbten Brauen Gabrieles zogen sich wie ein entstehendes Unwetter zusammen. Dennoch erwiderte sie munteren Tones: »Ist die Zeit wirklich so ernst, wie Ihr behauptet, Herr Doktor? Ei, um so eifriger sollte man die Blumen der Freude pflücken, wo sie sich bieten. So denke ich, mögt Ihr mich darum auch schelten. Wenn Ihr dem Recht Eurer Jugend entsagt, ich tu's mitnichten, sondern mache das der meinigen geltend. Ist Euer Blut, das früher so munter floß, in dem sonnigen Süden erstarrt, so müßte ich Euch aufrichtig bedauern – wenn ich es glaubte.« Sie richtete sich auf, als wollte sie ihm durch ihre Jugend und Schönheit ihre Berechtigung voll vor Augen stellen.

Er schaute ihr mit einem langen Blick in die strahlenden Augen, und sie errötete.

»Es ist wahr, daß ich als ein Veränderter aus Welschland heimgekommen bin«, sagte er. »Denn ich habe inzwischen einen tieferen Blick in das Leben getan, und so möchte ich bezweifeln, daß das Gaukeln im flüchtigen Sonnenschein wahrhafte Zufriedenheit zu gewähren vermag.«

Gabriele biß die kleinen weißen Zahne zusammen und wandte den Kopf ab. Er fuhr eindringlich fort: »Nein, schöne Gabriele, dieses Flattern in Putz und Tändeleien kann Euch nicht genügen. Ihr seid zu stolz dazu. Es gibt etwas Höheres, als nur seinem eigenen Ich zu leben. Ein neues Morgenrot erglüht am Himmel, und Millionen von beschwerten Herzen wenden sich ihm hoffend zu. Meint Ihr nicht auch, daß es eine schöne, eine große Aufgabe wäre, seine Kraft einzusetzen, damit diese Hoffnung sich erfülle? Wäre es nicht herrlich, den Beladenen das Joch von den Schultern zu nehmen, damit sie den Kopf frei erheben und als wahrhafte Ebenbilder Gottes auf Erden wandeln?«

»Horcht!« rief Gabriele mit einem Zug von Hohn in dem schönen Gesicht und berührte mit zwei Fingern seinen Arm. Das Getöse vom Markt drang in sein aufmerkendes Ohr. »Und für diesen rohen Pöbel wollet Ihr Eure Kraft einsetzen?« fragte sie mit wogender Brust. »Sind das nur Menschen? Ich hörte Euren Vater einmal zu dem Herrn von Bermeter sagen, daß man sie noch schwerer belasten müßte, sonst schlügen sie im Übermut aus. Ist das nicht ein Schreien und Toben wie von wilden Tieren?«

»Und wenn sie fast zu Tieren entartet sind, wessen Schuld ist es als die unsrige, schon von unseren Vätern her?« fragte Max Eberhard mit blitzenden Augen. »Es ist unsere Pflicht, das Unrecht, das sie entmenschlicht hat, zu sühnen. Wenn nicht, nun, so mögen wir es wohl erfahren, daß sie uns eines Tages die Zähne zeigen.«

»Mit Zuckerbrot wollt Ihr sie zähmen?« lachte Gabriele grell auf. »Ich bin für die Peitsche, Herr Doktor Eberhard. Ja, die Peitsche, die Peitsche!« Sie atmete rasch. Ihre Nasenflügel zitterten, und ihre Augen glitzerten. Wie abweisend erwiderte sie den besorgten Blick, den Sabine ihr auf ihr Lachen zuwarf.

»Ist's ein Frauenmund, der so spricht?« fragte Max vorwurfsvoll. »Dann freilich muß ich verstummen.«

Sie wendete schnell den Kopf nach ihm. »Ihr sagt mir Fehde an?«

»Vergebung, ich führe nur mit Männern Krieg«, antwortete er mit kühler Höflichkeit.

Sie schwieg. Die Diener trugen den inzwischen zerschnittenen Dreikönigskuchen herum. Gabriele zerbröckelte mit erregten Fingern ihre Stücke, ohne achtzugeben. Es enthielt eine Bohne. »Glück im Spiel«, murmelte sie, ohne das Sprichwort zu vollenden. Im nächsten Augenblick hob sie die Bohne in die Höhe. Die Tafelrunde brach in Jubel aus. Der Hausherr proklamierte Gabriele als Königin des Festes, und alle erhoben sich, um sie mit vollen Bechern hochleben zu lassen. Man eilte zu ihr, um mit ihr anzustoßen und ihr Glück zu wünschen, und sie gebärdete sich mit einer huldvollen Herablassung, als ob sie eine wirkliche Königin gewesen wäre. Dann wählte sie sich unter den Gästen ihren Hofstaat und wies jedem sein Amt an. Den Ersten Bürgermeister wählte sie zu ihrem Kanzler, und er kam wie die übrigen Würdenträger, beugte das Knie vor der schönen Herrscherin und küßte ihr die Hand. Max Eberhard ging leer aus.

Unter dem fröhlichen Lachen und Scherzen, mit denen Wahl und Huldigung vollzogen wurden, bemerkten es wohl nur wenige. Maxens Vater, der neben der behäbigen Frau von Muslor saß, entging es nicht, und er runzelte die Stirn. Der Zweite Bürgermeister hatte, wie sein Sohn, einen markanten Kopf, nur hatten die Jahre seine Züge noch verschärft und verhärtet, während sie seinen dunklen Augen einen kalten Glanz gegeben hatten.

Unterdessen schwärmte die Gesellschaft aus dem ›Bären‹ auf dem Herrenmarkt umher, wo jetzt allerhand fahrendes Volk sein Unwesen trieb. Nur Buchwalder hatte sich bereits auf den Heimweg gemacht, und Simon hatte sich zu seinem Onkel, dem Tuchscherer Kilian Etschlich begeben, wo er auf Käthe warten wollte. Das Getöse war unbeschreiblich, denn alles schwätzte, lachte, schrie, sang und zankte, trommelte, pfiff und trompetete. Man hätte taub davon werden können, aber es machte die Menschen nur noch lustiger und ausgelassener. Käthe zwang ihren Vetter, bei allem stehenzubleiben: bei dem Zahnreißer und Quacksalber, der schon ganz heiser vom Schreien war, bei dem Mann, der Werg verschlang und Feuer spie, bei dem Savoyarden, der zu Pfeife und Trommel einen ruppigen Bären tanzen ließ, bei dem starken Mann, der mit schweren Gewichten und Steinkugeln spielte, bei dem Bänkelsänger, der, von seiner Frau unterstützt, die in grellen Farben dargestellten Taten des berüchtigten Räuberhauptmanns und Freibeuters Konz Wirt auf der Halden besang. Kaspar seinerseits machte bei dem Buchhändler halt, der seinen Stand neben den Kaufbuden des Rathauses aufgeschlagen hatte, las seinen Begleitern die Titel der ausgelegten Schriften vor und erklärte ihnen die an Schnüren aufgehängten Bilder und Karikaturen mit manch beißender Bemerkung. Da waren Kalender, Kräuterbücher, Weissagungen, die alten ewig jungen Märchen und Volkserzählungen vom hörnernen Siegfried, der schönen Magelone,

Dornröschen usw., auch Brants mit vielen Holzschnitten geziertes Narrenschiff, dessen Moralen den Text zu mancher Predigt lieferten. Die dickleibigen Bücher für und gegen die Reformation mit ihren endlosen Titeln ließ Kaspar unbeachtet. Dafür hielt er sich an die fliegenden Blätter, die in derber Weise, bald satirisch, bald feurig beredt, gegen den Papst in Rom, gegen die Liederlichkeit, Unwissenheit, den Geiz und die Habsucht der Pfaffen zu Feld zogen. Von diesen Feuerbränden, die meistens ein Bild anziehend machten, sowie von den Satiren auf die Rom-Anhänger wurden von den Neugierigen, die eng den Tisch umstanden, viele gekauft. Auch mancher Holzschnitt von Luther, Frundsberg, Sikkingen und Hütten wanderte von hier in die Hütten der Landleute. Außerdem fehlte es auch nicht an Karikaturen auf den Reformator, und sie waren gepfeffert genug. Aber die Bürger und Bauern rückten um ihretwillen nicht mit ihren verschnürten Lederbeuteln heraus.

Die humoristischen Randbemerkungen des jungen Tuchscherers verursachten unter den Herumstehenden manchen Ausbruch der Heiterkeit. Käthe lieh ihnen nur ein zerstreutes Ohr. Ihre Blicke schweiften wie suchend in der Menge umher.

»Den da hab' ich noch gekannt«, äußerte der lange Lienhart, der mit Büttner hinter ihr stand, und zeigte auf das Bild Franz von Sickingens. »Im Jahr 1519 war's, damals, als es dem Herzog Ulrich wegen Reutlingen an den Kragen ging. War dabei, wie sich der Götz von Berlichingen ergeben mußte. Es war meine letzte Reise, und ich stand bei dem Fähnlein des Geyer von Geyersberg. Beim heiligen Jörg, ist das ein Kriegsmann, der Herr Florian! Und er hat ein Herz fürs Volk. Denn als er zu seinem väterlichen Besitz kam, schenkte er seinen Leibeignen die Freiheit.«

Eine kreischende Trompete lockte zu der Vorstellung des Seiltänzers. Plötzlich wich Käthe von der Seite ihres Vetters und drängte sich zwischen den Leuten hindurch. Sie hatte den jungen Goldschmied entdeckt, den seine Aufregung in das Taubertal getrieben hatte und der nun, durch das Kobolzeller Tor zurückgekehrt, über den Markt gehen mußte, um das Haus seines Meisters auf dem Marienplatz zu erreichen. »Wie mich das freut, daß ich dich noch find'«, rief Käthe, deren Augen noch deutlicher als ihre Worte ihre Freude ausdrückten, ergriff seine Hand und zog ihn fort zu den anderen, die stehengeblieben waren. »Gelt, der Hänselin ist jetzt auch *dein* bester Freud«, wurde sie von Kaspar geneckt, und sie versetzte mit heiterer Schlagfertigkeit: »Weiß nicht. Wenn ihr zwei beide nach Ohrenbach kommt, will ich's dir sagen.« Kaspar schnitt ein Gesicht.

Von allen Seiten wogten die Neugierigen auf den Seiltänzer zu. Der Meister blies die Trompete, und sein Narr unterhielt einstweilen die Leute mit saftigen Späßen, Fratzenschneiden und Gliederverrenkungen. Sein Anzug war auf der einen Hälfte der Länge nach rot und weiß, auf der anderen in die Quere gelb und schwarz gestreift, der eine Ärmel eng, der andere von unförmiger Weite und am Zipfel mit einer Schelle versehen. Eine solche hing auch an der Kappe, die alle vier Farben vereinigte und nur das Gesicht frei ließ. Dieses war so grotesk, daß die Menschen schon lachten, bevor er den Mund aufmachte. Eine dunkelhäutiges Mädchen in phantastischem Putz, die ihr schwarzes Haar mit blanken Metallstücken durchflochten hatte, wand ihre üppigen Glieder aalgeschmeidig zwischen den Zuschauern hindurch und sammelte in einer Schellentrommel, die sie zuweilen rasseln ließ, Geld ein. Der Narr erregte eben durch eine Zote, in der ein Mönch nicht gerade die Rolle des keuschen Josef spielte, ein wieherndes Gelächter, als bei der Herren-Trinkstube ärgerliche Ausrufe laut wurden. Die Veranlassung dazu gaben Zeisolf von Rosenberg und Philipp von Finsterlohr, die mit einigen befreundeten Stadtjunkern für ihr Gelage in der Trinkstube einen würdigen Abschluß auf dem Markt suchten. Alle diejenigen, die den Betrunkenen nicht schnell genug Platz machten, wurden von ihnen rücksichtslos beiseite gestoßen. Das dunkelhäutige Mädchen des Seiltänzers schlüpfte ihnen sogleich entgegen, ließ ihre Schellentrommel erklingen und lachte sie mit ihren feurigen Augen an.

»Alle Hagel!« schnaufte der Junker von Rosenberg und schlug ihr unter das Tamburin, so daß die Kupfermünzen, die es enthielt, nach allen Seiten hinstoben, umschlang sie und verschloß ihr den Mund, der schreien wollte, mit seinen rotbärtigen Lippen. Der Narr machte einen Luftsprung und rief: »Wunder über Wunder, die edlen Junker sind zu Säeleuten geworden. Und was säen sie? Geld!«

Es entstand ein Gelächter, das aber sogleich verstummte, als Büttner mit kräftiger Stimme rief: »Fremdes Geld! Wir säen, und sie prassen von unserem Schweiß.«

»Und ihre Hörigen lassen sie verhungern«, fügte der lange Lienhart dröhnend hinzu.

Der Seiltänzer aber schrie aufgeregt: »Mein Geld ist's. Der Junker muß es ersetzen.«

»Er muß zahlen«, rief es, und viele Stimmen wiederholten: »Zahlen! Zahlen!«

Der wilde Zeisolf lachte nur über die von ihm verursachte Aufregung, zumal viele sich bückten, um die verstreuten Münzen für sich aufzulesen und darüber miteinander in Streit gerieten. Das Mädchen hielt er noch immer im Arm, ohne daß sie sich gesträubt hätte. Sie lachte vielmehr ebenfalls.

»Halt, ich hab' einen Einfall!« rief Junker Philipp, dem das strohblonde Haar unter dem nach hinten geschobenen Barett in die weinrote Stirn hing.

»Potztausend, der Finsterlohr hat einen Einfall!« foppten ihn die jungen Patrizier. Er aber fuhr fort, schon im voraus über seinen Einfall so lachend, daß ihm der Bauch wackelte, den er sich trotz seiner Jugend bereits angeschlemmt hatte. »Der Mann soll sein Geld wiederhaben, der Narr soll es auflesen, jetzt gleich, mit dem Maul, auf allen vieren, wie ein Hund, der er ist.«

Seine Freunde stimmten in sein Lachen ein, auch mancher unter den Zuschauern. Aber zugleich entstand ein Murren, und es wurde lauter, als Philipp von Finsterlohr fortfuhr: »Platz da für den Hund! Vorwärts! Wird's bald, oder soll ich dich kitzeln?« Er zog seinen Dolch und richtete dessen Spitze auf den Narren, der erblaßte und sich hilfesuchend nach allen Seiten umsah.

»Das ist ein nichtswürdiges Spiel«, schalt Metzler. »Schämt Euch, Junker!«

Ein paar von den jungen Patriziern schlichen sich davon. Der von Finsterlohr aber rief, mit seinem Dolch fuchtelnd: »Auf die Pfoten, du Hund!«

»Wehr dich, Philipp, die Spatzen kommen«, höhnte der wilde Zeisolf. Denn Hans Lautner, der sich von Käthe, die ihn zurückhalten wollte, losgerissen hatte, stürzte sich auf den Junker Philipp und schlug ihm mit seiner Klinge den Dolch aus der Hand.

Die Zuschauer jubelten, der Narr machte einen Luftsprung rückwärts und verschwand. In demselben Augenblick stand der lange Lienhart neben Hans. Der Junker von Finsterlohr starrte den riesigen Bauer mit offenem Mund an, sein Freund aber wütete: »Hölle und Teufel, stich den Roßmucken über den Haufen!« Er stieß das Mädchen von sich. Es gelang ihm jedoch nicht, sich sogleich Raum zu verschaffen, denn er war inzwischen dicht umdrängt worden. Indessen war das Staunen seines Freundes in Wut übergegangen, und er griff mit seiner Wehr den langen Lienhart, der ihn mit seinem mächtigen Schwert wie eine Wespe behandelte, hitzig an. Mittlerweile hatte der wilde Zeisolf sich Luft gemacht und tat einen wuchtigen Hieb nach dem ehemaligen Landsknecht. Seine Klinge glitt aber an dem langen Degen Lautners ab, der sich wie ein Rasender gegen den Junker von Rosenberg kehrte.

»Schlagt sie tot, die Junker!« erscholl ein wüstes Geschrei, und wie eine Springflut drang die Menge vor. Die Händler und fahrenden Künstler ergriffen die Flucht, die Rathausbuden wurden hastig geschlossen, die Frauen und Kinder schrien. Kaspar riß seine Base trotz ihres Widerstands aus dem Handgemenge.

»Mord! Schlagt sie tot!« heulte es. Schwerter und Messer blitzten in der Luft und trafen klirrend aufeinander. Die Junker und Patrizier mußten zurückweichen, sie waren allzu wenige. Und sie wären trotz ihrer heftigen Gegenwehr, die manche Wunde schlug, verloren gewesen, wenn nicht aus der Wachtstube im Rathaus einige Stadtknechte herbeigeeilt wären und ihre Hellebarden zwischen die Kämpfenden gestreckt hätten. Das Getümmel hatte sich bis zu dem schmalen Durchgang zwischen dem Rathaus und der Trinkstube hingezogen, und während die Stadtknechte ihre ganze Kraft gegen die Bürger und Bauern aufboten, flohen die Junker hinter ihnen in Richtung Münster. Hans, der, allen anderen voraus, immer nur den wilden Rosenberg bedrängt hatte, und der lange Lienhart versuchten vergebens, den Widerstand der Stadtknechte zu brechen. Plötzlich erscholl der Ruf: »Zu den Dominikanerinnen!«

Der Losung gehorchend, stürmte die erhitzte Menge auf der anderen Seite der Trinkstube bei der Georgengasse nach St. Jakob und auf dem Straßendurchgang unter dem Orgelchor der Kirche zu dem Kloster in der Klingengasse. Aber die Klosterpforte hatte sich schon hinter den Flüchtlingen geschlossen, und die Verfolger stauten sich in dem kurzen Sträßlein vor derselben und in der Klingengasse. Um das starke Tor einzuschlagen, fehlte es an Hämmern und Äxten, und die Mauer war zu hoch, um sie zu erklettern. Das wütende Pochen mit den Schwertern und selbst mit den bloßen Fäusten bewirkte nichts, und die Steine, die über die Mauer in den Hof flogen, richteten keinen Schaden an.

Die Junker ließen die Belagerer pochen, schreien und toben und löschten derweil ihren Durst am kühlen Klosterwein. Sie waren bis auf Zeisolf von Rosenberg mit heiler Haut davongekommen, nur ihre Kleider waren übel zugerichtet. Der Junker von Haltenbergstedten hatte in den rechten Oberarm einen Hieb erhalten. Dieser war jedoch durch den dicken Puff des Ärmels abgeschwächt worden, und das geronnene Blut verschloß die Wunde. Er verlangte nach Rache an »den Hunden, die draußen heulen«, wie er sich ausdrückte, und er machte Philipp den Vorschlag, daß sie satteln lassen und mit ihren beiden Knechten aus dem Kloster ausfallen sollten. Der Junker von Finsterlohr stachelte ihn noch an, indem er ihn damit hänselte, daß er das dunkelhäutige Seiltänzermädchen für die schöne Gabriele gehalten hätte und wie diese über ihn lachen würde, wenn sie von ihrem tapferen Rückzug vor den Roßmucken, Schneidern und Schustern hörte.

Die Stadtjunker hielten sich heraus. Dennoch wäre der waghalsige Versuch wahrscheinlich unternommen worden, wenn nicht der Stadtrichter Hörner mit der gesamten Rathauswache in der Klingengasse erschienen wäre und den Zusammengerotteten mit weithin schallender Stimme im Namen des Rates befohlen hätte, sich zu zerstreuen. Die aus den Reihen ehemaliger Landsknechte angeworbenen Stadtknechte, die ihre Hellebarden zu Stoß und Hieb bereithielten, gaben der Aufforderung Nachdruck. Die Klingengasse war bald geräumt. Mehr Mühe kostete es, das Gedränge in dem Klostergäßchen zu lichten, und hier bekamen, wenn nicht die Schneiden, so doch die Stiele der wuchtigen Partisanen manche Arbeit, und etliche Widerspenstige mußten verhaftet werden. Die Aufregung verrauchte aber nicht so bald. In den schmalen und engen Gassen, durch die sich die Menschen allmählich von der Klingengasse verliefen, bildeten sich immer wieder Gruppen und sprachen und stritten lebhaft über das Geschehnis. Da fiel von den Bürgern manch scharfes Wort gegen den Rat, daß er die Vorrechte der Klöster in Schutz nehme, ja, daß er die letzteren überhaupt noch dulde.

Der lange Lienhart, Hans und Fritz Büttner, der sich der Schwebestange des Seiltänzers als Waffe bemächtigt hatte, waren nicht bis vor das Kloster gelangt. Bei der Trinkstube waren sie noch die ersten an den Gegnern. Aber als die Menge kehrtmachte, waren sie unter den zum Kloster Stürmenden so ziemlich die letzten. Da hatte Büttner bemerkt, daß das Wams des jungen Goldschmiedes an der rechten Seite aufgeschlitzt und blutig war. Hans, der bisher nichts gefühlt hatte, meinte zwar, es sei nichts; der lange Lienhart aber hielt ihn auf dem Kirchhof zurück und nahm die Wunde in Augenschein. Die feindliche Klinge hatte offensichtlich zuerst den Schwertgurt getroffen, und durch diesen war glücklicherweise die Kraft des Stoßes gebrochen worden.

»Der Bader und der Schneider, die flicken halt beides bald wieder zusammen«, tröstete der lange Lienhart und nahm seinen topfartigen Hut ab, um sich die heiße Stirn zu kühlen. Dabei sah er, daß von den beiden Hahnenfedern die eine geknickt und von der anderen nur noch ein Stück vorhanden war. »Schau, schau, wie sie mir meinen schönen Busch zerhauen haben!« rief er mit einem melancholischen Kopfschütteln, das die beiden anderen zum Lachen reizte.

»Dank es dem Lautner, daß dir der Hieb nicht den Schädel gespalten hat«, sagte der Mergentheimer. »Ich sah, wie er den Hieb des wilden Zeisolfs abfing.«

Die runden Eulenaugen des ehemaligen Landsknechtes schauten Hans eine Sekunde lang an. Dann ergriff er dessen Rechte mit seiner breiten Tatze, schüttelte sie kräftig und rief: »Wenn wir den stolzen Hähnen die Schwanzfedern ausrupfen, dann findet sich schon eine Gelegenheit, es dir zu vergelten. Hab' meine Freude dran gehabt, wie du dem Rosenberg zu Leibe gerückt bist.«

»Hätt' ich nur an ihn gekonnt, wie ich's wollte«, versetzte Hans halb unzufrieden, halb durch das Lob des erprobten Kriegsgesellen erfreut, und schnallte das abgelegte Schwert wieder um. Dann suchten sie den nächstgelegenen Bader auf. Die Stange des Seiltänzers blieb auf dem Kirchhof liegen, wo sie am folgenden Morgen gefunden wurde.

Viertes Kapitel

Nach heutigen Begriffen war es noch früh am Tag, hatte der Wächter auf dem Rathausturm doch eben erst die achte Morgenstunde an der Glocke angeschlagen, da saßen die wohlweisen Dreizehn des Inneren Rates schon würdevoll in ihren schwarzen langen Mantelröcken und flachen schwarzen Baretten auf den hochlehnigen Eichenstühlen um den grünen Tisch. Mancher von ihnen hätte der Ruhe wohl gern etwas länger gepflegt, denn die Feuergeister des Leisten-, Main- und Rheinweines hatten sich an der Tafel des Ersten Bürgermeisters ein übermütiges Spiel mit den ehrsamen, günstigen, lieben Herren erlaubt. Auch wirkte der umständliche Bericht, den der Stadtrichter Georg Hörner über den gestrigen Tumult erstattete, nicht sonderlich erquickend. Raufereien auf Märkten und Kirchweihen waren zudem ein zu gewöhnliches Ereignis, um darauf großes Gewicht zu legen. Nur Konrad Eberhard warf die scharfe Bemerkung ein: »Das sind die Folgen der gotteslästerlichen Hochzeit eines eidbrüchigen Pfaffen!«

In den Augen des Altbürgermeisters flammte es auf. Georg von Bermeter jedoch, der gern vermittelte, wo er es mit Ehren konnte, denn Zank und Streit waren ihm verhaßt, warf Herrn Ehrenfried einen bittenden Blick zu. Er war außer diesem der einzige im Inneren Rat, der wenigstens in seinem Herzen der Reformation zugeneigt war, und er sagte: »Aber es geht aus aus dem Bericht klar hervor, daß die fremden Junker die Schuld an den Händeln tragen.«

»Was? Was?« rief der Ratsherr von Winterbach. »Heißt das Händel anfangen, wenn ein Edelmann mit einem Narren einen Scherz macht?«

Erasmus von Muslor hob seine weiße, etwas fleischige Hand auf und mahnte: »Hören wir den Bericht weiter, wohlweise Herren!«

Der Stadtrichter trug daher weiter vor, daß der Seiltänzer und der Buchhändler, dessen Tisch in dem Getümmel umgestürzt war und dem die ausgelegten Schriften unter den Füßen zertreten worden waren, auf dem Markt ein großes Geschrei vor den Bürgern erhoben hätten und Schadenersatz verlangten. Sie warteten vor der Ratsstube, um ihre Klagen anzubringen. Auch der Narr warte draußen auf ein Schmerzensgeld für die ausgestandene Todesfurcht.

Da lachten einige von den Ehrbaren laut auf. Andere riefen zornig: »Schadenersatz von der Stadt? Reitet sie der Teufel? Schickt sie zu den Junkern. Die müssen zahlen.«

»Es gibt keinen Zweifel, daß die Junker für den Schaden zu haften haben«, sprach der Erste Bürgermeister. »Aber die Leute haben sich mit Fug und Recht an den Rat gewendet. Im Vertrauen auf den gebotenen Frieden sind sie nach Rothenburg gekommen und haben auch den

Marktgroschen gezahlt zur Ausübung ihres Gewerbes. Ein wohlweiser Rat wird mit mir einverstanden sein, daß wir ihre Ansprüche prüfen lassen und demgemäß entscheiden. Dem Narren aber mögen wir für die ausgestandene Angst sogleich einen Viertelgulden aus der Stadtkasse zubilligen. Da es nun erwiesen ist, daß die Junker von Rosenberg und Finsterlohr den gebotenen Frieden der Stadt gebrochen haben, so dünkt es mich recht und billig, daß jedem von ihnen eine Strafe von fünf Gulden auferlegt werde und sich die Stadt außerdem von ihnen den Schaden und die Kosten wiedergutmachen lässt, die ihr aus dem gestrigen Tumult erwachsen sind und vielleicht noch erwachsen werden.«

Ein Murmeln der Zustimmung lief um den grünen Tisch, und der Stadtrichter wurde beauftragt, von den Klägern eine schriftliche Angabe ihres Schadens einzufordern. Die jungen Patrizier, die mit den Junkern gemeinsame Sache gemacht hatten, wurden mit keiner Silbe erwähnt.

Konrad Eberhard aber bemerkte kalt: »So einig sich der Rat in der Sache selbst ist, so einig ist er sich wohl auch in der Überzeugung, daß die Junker auf Haltenbergstedten und auf Laudenbach weder Schadenersatz noch Strafe leisten werden. Ich bin daher der Meinung, daß wir schlecht daran getan haben, sie davonreiten zu lassen. Auf frischer Tat ergriffen, unterstanden sie der Gerichtsbarkeit der Stadt. Der Rat hat das verbriefte Recht, jeden bösen Mann, wenn er sich in die geistlichen Häuser, Klöster und Kirchen flüchtet, von dort wegholen zu lassen, selbst vom Altar.«

Herr Erasmus neigte bestätigend sein Haupt. »Dieses Recht steht Rothenburg vertragsmäßig zu. Aber, lieber Herr Kollege, wenn wir in diesem Fall von ihm Gebrauch gemacht hätten, würde es dann nicht geheißen haben, daß wir der Ketzerei Vorschub leisten, wo es not tut, den heiligen Glauben zu stützen? Das Ansehen der frommen Frauen würde im Volk schwerlich dadurch gewonnen haben. Und es kann nicht Aufgabe unseres Amtes sein ...«, hier streiften seine Blicke den Altbürgermeister, »... Wasser auf fremde Mühlen zu gießen. Ich denke, daß die Junker zahlen werden, denn sie werden sich die Stadt nicht just zu den Faschingslustbarkeiten verschließen wollen, was wir ja sehr bedauern würden. Sollte ich mich täuschen, nun, so bleibt uns ja noch die Berufung an das Reichskammergericht.«

»Das Reichskammergericht!« zuckte der Altbürgermeister Ehrenfried Kumpf empor. Er bezwang sich jedoch und fuhr mit äußerer Ruhe fort: »Es freut mich, daß der Rat dem Buchhändler und dem Seiltänzer gerecht worden ist. Desto mehr darf ich mich der Hoffnung hingeben, daß er einem eingesessenen Bürger dieser Stadt endlich zu seinem durch das Gericht des Kaisers bestätigten Recht verhelfen wird.«

Die Ratsherren sahen einander verwundert an. Wen konnte er meinen?

»Ich spreche von Kilian Etschlich, dem Tuchscherer«, erklärte Herr Ehrenfried.

Da erhob sich ein Murren unter den Herren, und der Erste Bürgermeister richtete Kopf und Oberkörper kerzengerade auf. Es kannte jeder den Handel. Zehn Jahre waren es her, da hatte Georg von Wernizer, der jetzige Schultheiß von Endsee, in der Herren-Trinkstube seinen Vetter Joas Trüb beim Spiel erstochen. Joas Trüb hatte wie die Mehrzahl der jungen Patrizier seinen wilden Hafer mit vollen Händen ausgesät. Darüber hatte er sich mit seiner Familie entzweit und hatte er geborgt, wo immer nur sein lustiges Wesen ihm die Beutel geöffnet hatte. Die Trübs gehörten neben den Wernizern zu den ältesten Familien der Stadt, und so hatte sich auch Kilian Etschlich wie manch anderer mit dem Glauben getröstet, daß Joas ein sicherer Mann sei. Noch am Morgen seines Todes hatte er mit Kilian abgerechnet, das heißt, er hatte seine Schulden bei ihm auf hundert Gulden abgerundet und war dann fröhlich zur Herren-Trinkstube gewandert. Aber das Oberhaupt der Familie weigerte sich, die Schulden des Erschlagenen zu bezahlen. Der Alte war nicht nur geizig, sondern spielte sich auch als Cato auf, und als der Tuchscherer klagte, rief er die Moral zur Hilfe. Die Verderbtheit der Jugend, über die man allgemein klage, so machte er geltend, habe ihren Grund lediglich in der Liebedienerei des Bürgertums, die der Leichtfertigkeit unbedenklich Kredit gewähre. Was aus dem Gemeinwohl, was aus dem Staat werden solle, wenn die Obrigkeit ruhig zusehe, wie die Jugend, die doch eines Tages an der Väter Stelle zum Regiment gelange, so verdorben würde? Der Quell des Übels müßte verstopft, ein Beispiel aufgestellt werden. Der Kläger müßte daher mit seiner Forderung nicht nur abgewiesen, sondern obendrein als Verführer der Jugend und Verderber der guten Sitten mit Strafe belegt werden. Der Rat schloß sich diesen Gründen an, denn es lag ihm daran, zwischen dem einflußreichen Geschlecht der Trüb und dem der Wernizer eine Aussöhnung zustande zu bringen, sollte das Patriziat nicht in zwei feindliche Parteien gespalten werden. Die Wernizer ihrerseits drängten ungestüm auf die Begnadigung des Totschlägers, der entflohen und auf zwanzig Meilen Wegs verbannt worden war. Was wog unter solchen Umständen das Recht eines Handwerksmeisters? Kilian Etschlich erstritt zwar von dem Reichskammergericht in Nürnberg einen günstigen Spruch, allein auf dessen Vollstreckung durch den Rat wartete er noch zur Stunde vergebens, während sich dem Georg Wernizer für eine Summe, die er an das Spital zum Heiligen Geist gezahlt hatte, die Tore der Vaterstadt längst wieder geöffnet hatten.

Erasmus von Muslor ermahnte den Altbürgermeister feierlich, die Toten ruhen zu lassen. Dazu war dieser mitnichten bereit, und er erwiderte, indem er seine hagere Gestalt streckte: »Tot ist das Recht, das Unrecht schreitet durch die Gassen. Wie mögen wir auf die Liebe, den Gehorsam, die Treue der Bürgerschaft zählen, wenn wir ihr den Glauben an die Gerechtigkeit des Rates nehmen?«

Nun schrien alle gegen ihn. Georg von Bermeter versuchte zu vermitteln. Es hörte aber keiner auf ihn.

»Was schert uns die Bürgerschaft?« rief der Ratsherr von Winterbach. »Was der Kaiser in Hispanien? Hier ist Rothenburg, und wir sind die Herren.« Krachend hieb er mit der Faust auf den Tisch.

»Was uns der Kaiser angeht?« fragte Herr Ehrenfried mit blitzenden Augen. »Ei, Ihr Herren, sehnt Ihr Euch so sehr danach, daß der Ansbach-Bayreuther sich unserer freien Stadt bemächtigt? Der Markgraf Kasimir wartet nur auf die Gelegenheit.«

»Schätze, daß unsere Mauern härter sind als sein brandenburgischer Schädel«, schnaubte der Ratsherr von Seyboth verächtlich.

»Ja, solange die Bürgerschaft zu den Adligen steht«, warnte Ehrenfried Kumpf.

Ein fast allgemeines Hohngelächter war die Antwort. Der Erste Bürgermeister versicherte kurz und nachdrücklich: »Das tut sie.«

»Ja, das tut sie«, krähte der kleine Ratsherr von Hipler ihm nach.

»Auch dann noch«, fragte Herr Ehrenfried uneingeschüchtert, »wenn sie durch Eure Ungerechtigkeit daran erinnert wird, daß sie ein verbrieftes Recht auf die Mitregierung der Stadt hat?«

Das traf die Herren wie ein Keulenschlag. Der Zweite Bürgermeister fuhr jedoch mit seiner harten Stimme rasch dazwischen: »Was streiten wir? Die Sache ist lang vor uns durch Ratsschluß abgetan. Wir haben nichts mit ihr zu tun.«

»Was? Was? Was?« entgegnete der Altbürgermeister hitzig. »Ein solcher Schluß ist nie gefaßt worden, konnte nie gefaßt werden. Wo hätte ein Rat das Recht, einen Entscheid des Reichskammergerichts aufzuheben? Vetterschaftsrücksichten haben das Urteil von der Ratstafel verschwinden lassen, ja Vetterschaftsrücksichten!«

Was entstand jetzt ein Sturm! Die Herren fuhren mit einem Ungestüm von ihren hohen Stühlen auf, so daß davon mehrere zu Boden polterten, und schrien und ballten die Fäuste gegen Ehrenfried Kumpf. Der Vorsitzende wollte reden, aber es dauerte lange, bis er sich Gehör zu verschaffen vermochte, und sein Gesicht wurde von der Anstrengung dunkelrot. Dann erklärte er mit Zurückhaltung und Würde: »Es ist nicht des Rates, seine Vorgänger im Amt zu richten. Was diese als Recht erkannten, ist auch für uns rechtens und bindend. Die Sache Kilian Etschlich ist somit für uns erledigt. Wenn Ihr der gleichen Meinung seid, sehr weise und edle Herren, so erhebt als Zeichen dafür eine Hand.«

»Wir alle!« riefen sie mit Ausnahme Georgs von Bermeter, der seufzend den Kopf schüttelte und die Hand nicht in die Höhe streckte.

Herr Ehrenfried stand auf, blickte sich an dem grünen Tisch um und sprach mit mühsam beherrschter Erregung: »Der Innere Rat hat durch diesen Schluß die Ungerechtigkeit seiner Vorgänger zu seiner eigenen gemacht. Demnach wird er auch die Verantwortung dafür zu tragen haben, und sie wird nicht ausbleiben.«

»Stützt Ihr Euch auf Euren ketzerischen Anhang, daß Ihr dem Rat droht?« fragte Konrad Eberhard, während er einen Schritt auf ihn zutrat. »Noch ist Rothenburg eine gut katholische Stadt, und sie soll es bleiben, bei meinem Eid.«

»Ja, bei unserem Eid«, wiederholte der kleine Herr von Hipler, und der beleibte Ratsherr von Seyboth fügte schnaubend hinzu: »Und Ihr sollt uns wahrlich kein Kuckucksei ins Nest legen.«

Ehrenfried Kumpf beachtete sie nicht. Seine kleinen Augen funkelten in die kalten seines Gegners, und er versetzte: »Ich drohe nicht. Aber wißt, Herr Eberhard, wo Ihr einen in der Bürgerschaft habt, da habe ich deren zwei.« Damit faßte er seine langen, schlichten Mantelrock, die Schaube, zusammen und verließ die Ratsstube.

Erasmus von Muslor warf seinem Amtsgenossen einen raschen Blick zu, der keine Billigung enthielt. Sein Vorschlag, zum nächsten Gegenstand der Beratung überzugehen, ging unter. Die Geister waren zu erregt, der Vorwurf der Vetterschaftsrücksichten hatte den wunden Punkt zu empfindlich getroffen. Waren doch die Geschlechter zum größten Teil unter sich versippt und verwandt. Herr Erasmus war genötigt, die Sitzung aufzuheben. Die Herren begaben sich zum Frühschoppen in die Trinkstube, denn Zorn macht durstig. Georg von Bermeter ging in der Hoffnung mit, die Wunden, die ihnen Herr Ehrenfried geschlagen hatte, bei einem Becher zu besprechen. Der Zweite Bürgermeister begleitete sie nur bis zum Markt, der heute wie ausgestorben war. Dort verabschiedete er sich und ging zu seiner Wohnung. Es war nicht Sittlichkeit, sondern Temperament, weshalb er die derbe Genußsucht seiner Zeit nicht teilte. Er war Witwer und Max der einzige Sprößling seiner durch den Tod früh gelösten Ehe.

Seine Wohnung lag an der unteren südlichen Schmalseite des Hauptmarktes der Herren-Trinkstube gegenüber. Das Haus hatte außer dem Erdgeschoss nur zwei Stockwerke, von denen sich das eine über das andere vorschob. Es trennte die zum Wirtshaus des Gabriel Langenberger abfallende Gasse von der Schmiedegasse, der längsten Rothenburgs, die bis zum Spitaltor hinunterführte. Die steinernen Stufen, die zur Haustür führten, waren von den Füßen dreier Menschenalter ausgetreten, wozu das gegenwärtige am meisten beigetragen haben durfte. Denn Konrad Eberhard verwaltete nicht nur das große Vermögen der schönen Gabriele Neureuter, sondern auch das einer Stiftung für mittellos hinterbliebene Witwen städtischer Bürger, und zudem lasteten auf ihm die Geschäfte des Zweiten Bürgermeisters und des Zweiten Pflegers von St. Jakob. Es stand daher die Haustür selten still. Rechts neben derselben lagen die Geschäftsräume des Hausherrn, zur Linken die Schreibstube des Sohnes, der sich nach seiner Heimkehr als Notar und Advokat niedergelassen hatte. Noch ließ ihm sein Beruf viel mehr Muße zu anderen Dingen, als ihm lieb war, und er benutzte sie, um aus den alten Urkunden und Pergamenten des städtischen Archivs die Geschichte Rothenburgs zu studieren.

Über einem solchen Pergamentbrief traf ihn der Vater. Herr Konrad griff mit einiger Hast danach, während er sich auf dem Stuhl vor dem schlichten Schreibtisch niederließ, von dem Max zu seinem Empfang aufgestanden war. Das Dokument war aus dem Jahre 1100 und bezog sich auf das Spital des Johanniter-Ordens in der Schmiedegasse. Konrad Eberhard warf es gleichgültig wieder hin und sagte: »Den Moder überlasse anderen, und genieße deine Jugend. Ich meine, nicht in der Weise unserer jungen Stadtherren, denn dazu bist du zu ernsten Sinnes. Nimm dir eine Frau.«

»Damit hat es wohl noch ein wenig Zeit«, meinte Max, von diesem Vorschlag höchst überrascht.

»Im Gegenteil, jung gefreit hat nie gereut«, erwiderte Herr Konrad mit einem mißlungenen Versuch, die starren Muskeln seines Mundes zu einem Lächeln zu zwingen. »Du weißt, daß es ein alter Brauch in unserer Stadt ist, daß sich die Söhne verheiraten, sobald sie eine Stellung haben, und ich wünsche zu deinem Besten, daß du dieser guten Sitte sobald als möglich folgst. Du mußt flügge werden. Rothenburg darf für dich nur eine kurze Zwischenstufe sein. Wie weit könntest du es hier günstigen Falles auch bringen? Höchstens bis zum Stadtschreiber und auch das wohl erst nach vielen Jahren. Denn Thomas Zweifel ist noch zu jung, um dir bald Platz zu machen. Die Bauern-Advokatur? Nun, sie ernährt wohl ihren Mann. Dazu aber war es nicht nötig, in dem berühmten Bologna zu studieren. Und wer dort den Doktor gemacht hat, der ist, so dünkt mich, zu einer höheren Stellung berufen.«

Max, der sich an der Schmalseite des Schreibtisches niedergelassen hatte, machte große Augen. »Ich verstehe Euch in der Tat nicht, lieber Vater. Denn wäre ich auch ehrgeizig genug, um nach einem höheren Ziele zu streben, so ...«

»So fehlen dir doch die Mittel dazu«, ergänzte der Vater, der ein Bein über das andere geschlagen hatte und mit einer Gänsefeder spielte, die er vom Tisch genommenen hatte. »Das wolltest du doch sagen? Eben darum sollst du heiraten, versteht sich, eine reiche Frau. Mein Mündel besitzt, was du brauchst, und ich werde daher die Angelegenheit mit ihr ordnen.«

»An Gabriele denkst du?« rief der Sohn betroffen. »Aber dann möchte ich dich dringend bitten, mein Vater, von allen Schritten abzusehen. Ich habe allen Grund zu der Annahme, daß Gabriele deiner Absicht keineswegs wohlwollend gegenübersteht.«

»Weil ihr gestern bei der Tafel einen Streit miteinander hattet? Es ist mir nicht entgangen. Der Frieden wird bald wiederhergestellt sein.«

Es lag eine leise Ironie im Ton des Herrn Konrad. Max aber entgegnete mit um so größerem Ernst: »Es würde zu nichts führen. Gabriele und ich haben einander nichts zu verzeihen. Unsere Ansichten stehen in einem solchen Gegensatz zueinander, daß nichts sie auszugleichen vermag, es sei denn die Liebe, und eine solche fühle ich für Gabriele Neureuter nicht. Eine Verbindung ist daher zwischen uns unmöglich.«

»Liebe?« rief der Vater und warf die Feder auf den Schreibtisch zurück. »Aber das sind altmodische Torheiten, derer ich dich nicht für fähig gehalten hätte. Die Ehe erfordert verläßlichere, festere Grundlagen und Bedingungen als eine flüchtige Erregung des Herzens. Und diese Bedingungen sind auf beiden Seiten vorhanden. Hast du darum den Doktorhut mit Auszeichnung erworben, um ihn in unserer kleinen Stadt verstauben zu lassen? Das würde dein Los sein, da du außer dem kleinen Erbteil deiner Mutter keine Mittel hast, denn ich besitze kein Vermögen. Du wirst wohl wissen, daß Rothenburg selbst seine obersten Beamten so kärglich bezahlt, daß ich mir die verschiedensten Nebenämter aufbürden mußte, um meiner Stellung gemäß leben und die Kosten deiner Erziehung bestreiten zu können. Sie hat viel, sehr viel Geld gekostet, vor allem dein Studium in Welschland und deine dortigen Reisen. Ich habe dazu nichts gesagt, weil es nach meiner Überzeugung bei deinen Fähigkeiten gut angelegt war. Nun wohl, diese Fähigkeiten eröffnen dir eine glänzende Laufbahn, aber ohne Vermögen bist du ein Hinkender, den jeder überholt. Heute ist es nicht mehr das Schwert, sondern in erster Linie die Kenntnis des römischen Rechts, was einem die Anwartschaft auf die einflußreichsten und höchsten Stellen im Rat der Fürsten verleiht. Das Vermögen meines Mündels wird dir den Weg bahnen, und du kannst auf ihm keine bessere Gefährtin haben als sie. Denn sie ist ehrgeizig und sowohl durch die Erziehung, die sie bei den Dominikanerinnen erhalten hat, als auch durch ihre Schönheit wie geschaffen dazu, selbst an den prächtigsten Höfen zu glänzen.«

»Um Gottes willen, Vater, so gering schätzt du mich?« rief Max mit schmerzlicher Erregung. »Nicht meiner Kraft soll ich meine Zukunft zu danken haben, sondern dem Gold, fremdem Gold? Und welchem Gold!« Er tat einen tiefen Atemzug und fuhr dann mit einer gewissen Hast fort: »Ich habe auf meiner Reise durch das Reich viel Elend gesehen, grenzenloses Elend. Ich sah, daß unsere Bauern oft das Allernotwendigste entbehrten, obwohl sie sich keine Rast gönnten und bei jedem Wind und Wetter vom ersten Morgengrauen bis in die sinkende Nacht arbeiteten. Ich sah ihre erbärmlichen Hütten, sah sie elend gekleidet, elend genährt und von ihren Herren schlechter behandelt als das Vieh. Ich sah die von der langen Tagesarbeit erschöpften Männer nachts bei ihren Äckern mit Klappern wachen, damit das Wild ihnen nicht die Frucht wegfrißt, von der ihr und der Ihrigen Leben abhing. Ich sah die armen Weiber an Sonn- und Feiertagen, anstatt zu ruhen, vor Tau und Tag auf den Wiesen Schneckenhäuschen zusammenlesen für die Schlossherrin, die darauf ihr Garn aufwickeln wollt'. Und, Vater, ich sah Männer und Frauen zusammen vor den Pflug gespannt und die Vögte sie mit der Peitsche antreiben wie das Zugvieh. Und ich fragte mich: Woher kommt das grenzenlose Elend der armen Leute? Wer ißt die Frucht ihres zähen Fleißes? Haften an dem Reichtum der Herren die Tränen, der Hunger, die Flüche der Armen und Elenden, so kleben sie dreifach schwer an den Schätzen derjenigen, welche die allgemeine Volksstimme die Tochter des Wucherers nennt. Ihre Schönheit vermag das Urteil nicht zu bestechen.«

Das einem verwitterten Stein ähnliche Gesicht Konrad Eberhards war womöglich noch starrer geworden. Aus seiner Stimme aber grollte es wie ein heraufziehendes Unwetter: »Not und Armut hat es stets gegeben, und sie werden dauern bis ans Ende der Welt. Kein Weltverbesserer wird je etwas daran ändern, denn Gott hat es so geordnet. Du aber hüte dich vor den Irrlehren der Neuerer, dieser Münzer, Karlstadt, Deutschlin und wie sie noch heißen mögen. Sie können nur Verderben über die Verführten heraufbeschwören, deren Leichtgläubigkeit und Blindheit sie zu ihrem Nutzen auszubeuten trachten. Im übrigen: Was kümmert dich das Geschwätz der Leute? Der alte Neureuter war ein kluger Mann. Hat er klein angefangen? Nun, die weltberühmten Fugger, die heute reicher sind, als jeder Fürst es ist, kamen als arme Weber nach Augsburg. Wie sie hat er die günstigen Umstände, die sich ihm boten, zu nutzen verstanden. Das ist nicht nur das Recht, sondern auch die Pflicht eines jeden Verständigen. Solche Köpfe sind es, die Leben in Handel und Wandel bringen und den Aufschwung ihrer Vaterstadt fördern. Gegen die Gesetze hat er nie verstoßen. Wenn seine Tochter in den Häusern unserer Geschlechter mit offenen Armen empfangen wird, wenn der Erste Bürgermeister der Stadt sie in seine Familie aufgenommen hat, so denke ich, daß selbst dein überfeines Zartgefühl sich zufrieden geben könnte. In ihren Händen ist das Vermögen ohne Makel.«

»Der Glaube an die Weltordnung, zu der du dich bekennst, versagt mir«, erwiderte Max mit Festigkeit, doch ohne Trotz. »Aber wenn ich auch Gabriele von aller Verantwortlichkeit für die Handlungsweise ihres Vaters freispreche, so bleibt dennoch der Makel an ihrem Reichtum haften. Ich würde meine Ehre in meinen eigenen Augen schädigen, wollte ich solche Mittel meinem Ehrgeiz dienstbar machen. Ich habe deine große Güte gegen mich nie verkannt, und ich bin dir dafür von Herzen dankbar. Du hast auch diesen Plan zu meinem Glück ersonnen, aber du kennst jetzt die Gründe, weshalb ich auf ihn nicht eingehen kann. Laß ihn daher fallen, ich bitte dich!«

»Deine Gründe beweisen nur die Unreife deines Geistes«, versetzte der Vater, während der Zorn seine hageren Wangen rötete. »So muß ich denn für dich denken und handeln. Ich habe für dich kraft meiner väterlichen Rechte gewählt. Danach richte dich!« Er schob seinen Sessel zurück und stand auf.

»Es ist schmerzlich, daß ich dir darin nicht gehorchen kann«, sagte Max entschlossen und erhob sich gleichfalls. »Ein Knabe bin ich nicht mehr, und was du meiner Überzeugung nicht abgewinnst, durch Zwang erreichst du es nicht. Ich bitte dich, laß uns nicht so auseinandergehen.«

»Die Wahl liegt bei dir«, antwortete Konrad Eberhard und verließ das Zimmer.

Max seufzte schwer, als er allein war. Es war ihm, seitdem er sich wieder in Rothenburg befand, mit jedem Tag deutlicher geworden, daß es zwischen seiner Geistesrichtung, zu der er sich in der Fremde durchgerungen hatte, und den fest im Alten wurzelnden Überzeugungen seines Vaters zu harten Reibungen kommen mußte. Nun hatte der Kampf begonnen, der die Gegensätze nicht ausgleichen, sondern nur verschärfen konnte, und das schmerzte ihn. Denn der früh mutterlos Gewordene war in der höchsten Meinung über den scharfen Verstand und die starke Willenskraft des Vaters aufgewachsen. In dieses Gefühl mischte es einen Tropfen von Bitterkeit, daß der Streit um Gabrieles willen entstanden war. Er hatte in Welschland gerne an die geselligen und heiteren Stunden gedacht, die er mit ihr und ihrer Freundin Sabine im Haus des Herrn Erasmus verlebt hatte, und gehofft, in der schönen Gabriele eine Vertraute seiner Ideen zu gewinnen. Das gestrige Festmahl hatte ihn vollends über den Trug dieser Hoffnung aufgeklärt. »*Jacta est alea**«, sprach er mit Ulrich von Hutten, dessen Schriften ihn vor allem auf die neue Bahn gebracht hatten. Der Name dieses genialsten und radikalsten

* Der Würfel ist gefallen.

unter den Humanisten hatte ihn in Bologna von der Mauer des Universitätshofes inmitten vieler Landsleute gegrüßt, und er hatte den Heimweg über die Schweiz nur deshalb gewählt, um das Grab Huttens auf der Insel Ufenau im Zürichsee zu besuchen. Der heilkundige Pfarrer Schneeg, der den Unglücklichen in seinen letzten Leidenstagen aufgenommen hatte, hatte ihm viel von Hutten erzählt. Es trat jetzt wieder lebhaft vor seine Seele, und er dachte an den fränkischen Ritter, der dem Pfarrer Schneeg das Geld geschickt hatte, um das Grab des so früh dem Tod Verfallenen mit einem Denkstein zu zeichnen. Florian Geyer von Geyersberg hieß er. Der Name war Max als einem Rothenburger nicht fremd, und es hatte den in seiner Vaterstadt Vereinsamten schon wiederholt die Versuchung überkommen, an Hutten anknüpfend, dem Ritter sein Herz zu öffnen. Jetzt gehorchte er diesem Drang. Den Brief trug er zu Langenberger, in dessen Gasthaus, dem ›Bären‹, sich am häufigsten Gelegenheit zur Beförderung zu finden pflegte. Noch gab es in Rothenburg keine Post.

Kaum wieder in seiner Schreibstube, erhielt Max den Besuch eines Mannes, der erst am Tag vor dem Dreikönigsfest in der Stadt eingetroffen war und von dem an der Tafel des Herrn Erasmus viel gesprochen worden war. Manches davon hatte Max bereits von seinem Vater vernommen, und nun verschlangen sich die Fäden zu einem Gewebe, wonach Ritter Stephan von Menzingen, einem turnierfähigen Geschlecht Schwabens entsprossen, zu Anfang des Jahrhunderts nach Rothenburg gekommen war, hier Margarethe, die Tochter des Ratsherrn Pröll, geheiratet und das Bürgerrecht der Stadt erworben hatte. Bald darauf war er als Oberamtmann des nahen Städtchens Kreglingen an der Tauber in die Dienste des Markgrafen von Brandenburg getreten und hatte, als er nach wenigen Jahren aus dieser Stellung geschieden war, das Schlößchen Reinsburg auf Rothenburger Gebiet erstanden. Dieser Kauf hatte zu Streitigkeiten mit dem Rat geführt. Denn Stephan von Menzingen hatte sich geweigert, die Steuer für die Übertragung des Besitztitels von Reinsburg, die sogenannte Rekognitionssteuer, zu zahlen. Zur selben Zeit hatten die Kreglinger beim Reichskammergericht gegen Stephan von Menzingen wegen harter Unterdrückung geklagt, und dieser war zur Entschädigung verurteilt und Rothenburg mit der Exekution beauftragt worden. Das hatte um so mehr Öl ins Feuer gegossen, als dadurch der Verdacht bestätigt schien, daß sich Ritter Stephan, dessen Vermögensverhältnisse bei seiner Ankunft keineswegs die glänzendsten gewesen waren, durch die Unterdrückung der Kreglinger bereichert hätte. Und Stephan von Menzingen war nicht der Mann, dergleichen geduldig hinzunehmen. Er ließ sich zu schweren Beleidigungen gegen einige der angesehensten Ratsherren hinreißen, und als deshalb nach ihm gefahndet wurde, floh er zum Herzog Ulrich von Württemberg. Jetzt hatte der Rat ihm auf sein Ansuchen freies Geleit gewährt, und er war zur Austragung seines Handels in der Stadt erschienen. Haltung und Miene des Ritters ließen klar erkennen, daß das widrige Schicksal seinen Stolz nicht geschmälert hatte. Auch war sein dunkler Anzug, der sich dem spanischen Zuschnitt näherte, wie er unter der Regierung Karls V. in Deutschland Mode zu werden begann, von kostbarem flämischen Tuch, und darüber hatte er einen feinen Kamelottmantel geworfen. Die große Gestalt begann zur Fülle zu neigen, und der Kopf saß auf einem starken, etwas kurzen Hals. Kurzgehaltenes schwarzes Haar streckte eine Spitze in die hohe runde Stirn vor, unter der dunkle Augen mit breiten Lidern sich ein wenig wölbten. Sinnlich geschnittene Lippen glühten zwischen dem gekräuselten Schnurr- und dem starken Knebelbart. Max fühlte sich dem Besucher gegenüber anfänglich nicht ganz unbefangen, als ob er und nicht Stephan von Menzingen in einem üblen Leumund stände. Der Ritter ließ ihn über den Zweck seines Besuches nicht lange im Ungewissen.

»Ich hatte nicht gedacht, daß Ihr noch so jung wäret, Herr Doktor, denn mein Gang gilt dem Rechtskundigen«, sprach er mit einem herzlichen Freimut. »Um so sicherer sind Eure Klienten, daß Ihr deren Sachen mit Eifer und Liebe betreiben werdet.«

»Vorausgesetzt, daß der Eifer von der Rechtskenntnis und Erfahrung nicht im Stich gelassen wird«, bemerkte Max, während er ihn zum Niedersitzen einlud.

»Kommen wir ohne Wortgefecht zur Sache«, ergriff der Ritter wieder das Wort. »Bei einem Becher guten Weines, meiner Treu, da hab' ich es gern. Warum ich im freien Geleit der Stadt hierher zurückgekehrt bin, ist kein Staatsgeheimnis. Ihr wußtet es sicher, lieber Doktor? Wohl! Der Altbürgermeister und selbst der Stadtschreiber, Ehrenfried Kumpf und Thomas Zweifel, haben mich beide auf Euch verwiesen als den vortrefflichsten Rechtsbeistand in meinen Händeln mit Rat und Reichsgericht, hauptsächlich mit letzterem. Der Kreglinger Prozeß muß revidiert, der Exekutionsbeschluß aufgehoben werden. Wollt Ihr also meine Sache führen?«

Max zögerte. »Ich habe noch nicht durch Taten beweisen können, daß ich das große Zutrauen der beiden Herren und das Eurige verdiene, Herr Ritter«, wandte er ein.

»Meiner Treu, ich lasse es darauf ankommen«, versicherte Herr Stephan mit einer Bewegung seiner Rechten, als wollte er alle Einwände zurückweisen. »Ihr werdet Euch aus meinen Papieren überzeugen können, lieber Doktor, daß ich in Kreglingen nur nach meinen Instruktionen verfahren bin. Ihr wißt so gut wie ich, in welchem Grund die Saugpumpen stecken, aus denen die Summen fließen, die auf

Schloß Onolzbach verschlemmt werden. Der wichtigste Befehl der Markgrafen lautete stets: Geld! Geld! Und wiederum Geld! Ich will nicht leugnen, daß ich selbst damals meine Lage verschlimmerte. Wer vermag auch seinen ehrlichen Zorn zu bezwingen, wenn er wahrnimmt, daß die Gerechtigkeit mit zweierlei Maß mißt? Wäre ich mit den großen Hansen versippt gewesen, ei, sie hätten die Rekognitionssteuer von mir nicht gefordert. Als ich ihnen das ins Gesicht sagte, hatte ich verspielt. Nichts mehr davon, es regt mir zu sehr die Galle auf! Jedenfalls aber hätte ich die Meinigen nicht nach Rothenburg mitgebracht, wenn ich der Gerechtigkeit meiner Sache nicht fest vertraute.«

»So will ich es denn versuchen, ihr zum Sieg zu verhelfen«, entschied sich Max.

Stephan von Menzingen schüttelte ihm die Hand.

Auf dem Rathausturm wurde die elfte Stunde angeschlagen. Der Ritter erhob sich.

»Schon Mittag! Schade!« sagte er. »Ich hätte wohl gern noch dieses und jenes mit Euch besprochen, sind doch die Zeiten gar wunderlich wirr. Alte Freunde werden zu Todfeinden, und alte Gegner reichen sich zu einem neuen Bund die Hände. Wie wäre es, lieber Doktor, wenn Ihr morgen mein bescheidenes Mittagsmahl teilen würdet? Ich bitte Euch, seid mein Gast!«

Max fand keinen stichhaltigen Grund, die Einladung abzulehnen. Lieber wäre es ihm gewesen, nicht eher in gesellschaftliche Beziehungen zu dem Ritter zu treten, als bis er sich aus dem Einblick in die Akten überzeugt hatte, daß die Unterdrückung der Kreglinger ihm zu Unrecht zur Last gelegt wurde. Eines Schwereren konnte nach seiner Ansicht niemand bezichtigt werden.

Stephan von Menzingen wohnte am Hauptmarkt. Nach außen hinaus, über dem gewölbten weiten Flur, lag das Speisezimmer, in das Max bei seinem Besuch gebeten wurde. »Mein wackerer Lotse auf dem klippenreichen Meer des Rechts!« So stellte der Ritter seiner Gattin und Tochter, die bei seiner Flucht auf Schloß Reinsburg zurückgeblieben waren, den Gast etwas hochtrabend vor. Über die Erscheinung der schlicht gekleideten Frau Margarethe von Menzingen war eine milde Würde ausgegossen. Das widrige Schicksal ihres Gatten und die langjährige Trennung von ihm hatten ihr von einer schwarzen Haube bedecktes Haar vor der Zeit mit silbernen Fäden durchwoben und ihre Augen den Blick geheimen Leides gelehrt. Diesen Ursachen war es dann auch wohl zuzuschreiben, daß die veilchenblauen Augen ihrer etwa neunzehnjährigen Tochter ungewöhnlich ernst blickten und der jugendliche Frohsinn auf ihrer weißen, festgebildeten Stirn keinen Wohnsitz fand. Der Ernst erhöhte den Adel des feinen, in gesunden

Farben blühenden Gesichts, um das sich, golden überhaucht, eine Fülle kastanienbrauner Locken ringelte. Sie war nur von mittlerer Größe und die schlanke Gestalt von einem seegrünen Kleid mit rosa unterlegten Schlitzen umflossen, das über den feinen Hüften durch einen silbernen Gürtel zusammengehalten wurde. Dem Gruß des Gastes dankte sie weniger mit einer Neigung des kleinen Kopfes als dadurch, daß sie flüchtig die Lider mit den langen Wimpern senkte. Kein Lächeln milderte dabei den Ernst ihrer Miene.

»Und nun nehmt mit dem Wenigen vorlieb, Herr Doktor, was mein Haus zu bieten vermag«, lud Stephan von Menzingen zu Tisch.

Das Wenige, was sein Haus zu bieten vermochte, bestand tatsächlich aus einer Reihe leckerer Gerichte und den feinsten Weinen, die der Ratskellermeister in der Herren-Trinkstube ausschenkte. Herr Stephan aß und trank wie ein Feinschmecker und nötigte Max, fleißig zuzulangen. Dabei vernachlässigte er die Unterhaltung nicht. Er war ein Mann von Geist, und die gute Mahlzeit schien nicht ohne Einfluß auf seine Laune zu sein. Max, der für die Freuden der Tafel wenig empfänglich war, weidete sich unterdessen in der Stille an der ernsten Schönheit des Mädchens, die wie ihre Mutter schweigend zuhörte. Der Ritter scherzte selbst über seinen Prozeß und knüpfte daran die Mitteilung, daß er in der Herberge in Heilbronn dem ehemaligen Kanzler der Grafen von Hohenlohe begegnet wäre, der an den Markttagen dorthin zu kommen und auch sonst in den Städten umherzureiten pflege, um den armen Leuten, denen von ihren Herren Unrecht geschehe, unentgeltlich Rat und Beistand zu gewähren. Damals hätte er sich auf dem Weg nach Nürnberg befunden, um vor dem Reichskammergericht die Rechte zweier armer Teufel gegen ihre gräflichen Tyrannen zu verteidigen.

»Aber das ist ein vortrefflicher Mann«, rief die Tochter mit einem Aufleuchten ihrer dunkelblauen Augen. »Es ist doppelt empörend, wenn der Mächtige dem Schwachen Unrecht tut!«

»Ich bin überzeugt, daß er den Prozeß gewinnen wird, wie wir den unsrigen, Herr Doktor, und darauf will ich mit Euch trinken«, sprach ihr Vater.

»Das walte Gott«, sagte seine Gattin leise, während die Becher der beiden Männer aneinanderstießen.

»Die Herren täten übrigens klüger daran, nicht mit dem Feuer zu spielen«, fuhr der Ritter fort. »Wir waren vorgestern von diesen Fenstern aus Zeugen eines Stückchens, aus dem ich schließe, daß es, wie überall, auch unter der hiesigen Bürger- und Bauernschaft gärt, sonst hätten sie den Übermut der Junker demütig über sich ergehen lassen.« Er warf dabei einen forschenden Blick auf den Gast, indem er die breiten Lider tiefer sinken ließ.

»Oh, es war abscheulich!« rief die Tochter, und die Entrüstung tauchte das feine Gesicht in Purpur.

»Aber Else!« wurde sie von der Mutter leise gemahnt.

»Es war ein Beweis dafür, daß die Entrechtung sich stets an den Unterdrückern durch deren Verrohung rächt«, kam Max dem Mädchen zu Hilfe. »Die Herren werden zuletzt die Leibeigenen ihrer wüsten Leidenschaften und stürzen so ins Verderben.«

»Wohl, es dünkt mich, daß auch das Regiment der Adligen nirgends sonderlich zu loben ist«, warf Stephan von Menzingen hin.

»Wir stehen an der Wende zu einer neuen Zeit, Herr Ritter«, antwortete Max. »Ich hoffe zu einer besseren, wenn jeder seinen Teil dazutut, wie es seine Pflicht verlangt.«

»Auch wir Frauen verspüren ihren Atem«, stimmte Frau von Menzingen ihm mit einem freundlichen Blick zu. »Auch uns stellt sie eine höhere Aufgabe, und jedenfalls ist sie zu ernst, als daß wir, anstatt uns im Helfen und Entsagen zu üben, unser Leben wie bisher in Nichtigkeiten vertändeln. Es würde mich demütigen, und Else denkt ebenso, wenn wir uns als Drohnen auf der Welt wissen müßten.«

»Wohl, wohl«, warf ihr Gatte ungewöhnlich scharf ein. »Doch darum braucht ihr euch vor der Gesellschaft nicht zu verschließen, wie es Eure frühere Einsamkeit mit sich brachte. Wir dürfen es nicht, und du, Else, magst es beherzigen, daß überhaupt nicht gelebt hat, wer in der Jugend nicht gelebt hat. Wir nützen den Armen nichts, indem auch wir entbehren.«

Else schüttelte die Locken. »Aber ich verlange nicht nach Vergnügungen«, versicherte sie. »Gewiß, ich entbehre nichts, nun, da wir wieder mit Euch, mein Herr Vater, vereint sind.«

»Und es bleiben werden, so bete ich zu Gott«, fügte die Mutter hinzu. »Es waren schwere Jahre der Heimsuchung!«

»Ja, sie sind für uns zu Ende«, sprach der Ritter. »Wir haben feurige Kohlen auf die Häupter derjenigen gelegt, die sie über uns gebracht haben. Mögen sie ihnen nicht zu heiß werden!« Er lachte kurz und eigentümlich auf.

Als sich Max nach Tisch verabschiedete, lud er ihn ein, sein Haus fortan als das seine zu betrachten.

»Ihr werdet uns jederzeit willkommen sein«, fügte Frau von Menzingen freundlich hinzu, während sie ihm die Hand gab, die er ehrfurchtsvoll an seine Lippen zog.

Auf den reizend geschwungenen Lippen Elses schien ein Lächeln erblühen zu wollen, als sie zu seinem Gruß den Lockenkopf neigte. Er ging mit einem Wohlgefühl davon, wie es seine Brust seit seiner Heimkehr aus Welschland nicht erfüllt hatte.

Fünftes Kapitel

Käthe hatte es ihrem Vetter ans Herz gelegt, ehe sie mit ihrem Bruder von Rothenburg fortging, daß er sich nach seinem Freund umtue und er sie wissen lasse, wie es mit ihm stehe. Sie hatte noch gesehen, wie sich Hans kühn auf die Junker gestürzt hatte, und sie war voller Besorgnis um ihn, aber auch voller Freude über seinen Mut. Nun war es Sonntag, aber Kaspar stellte sich nicht ein, weder allein noch mit Hans, worauf sie heimlich gehofft hatte. Nachmittags ging sie mit dem vierjährigen Büblein ihres Bruders an der Hand bis zum Gatter, das sich auf die Rothenburger Straße öffnete. Dort blieb sie eine gute Weile stehen und schaute die Landstraße entlang. Es zeigte sich aber nichts. Der kleine Martin, der ihr Liebling war, plauderte lustig, sie beachtete es nicht. Zögernd ging sie noch einige Schritte weiter. Zu ihrer Linken erhoben in der feuchten Luft ein paar Krähen ein heftiges Gezänk und jagten einander über ihrem Kopf den ausgedehnten, nur von wenigen Lichtungen unterbrochenen Waldungen zu, die weithin das rechte Ufer der Tauber bedeckten und sich bis dicht an Grenbach heranzogen. Die zänkischen Krähen erschienen Käthe als ein böses Zeichen, und sie kehrte um. Ihr Herz war voll Unruhe, aber sie kannte es noch so wenig, daß es ihr nicht einfiel, den Grund derselben in etwas anderem als in dem Mitleid mit Hans wegen des schrecklichen Schicksals seiner Eltern zu suchen. Und nun war er wohl selbst zu Schaden gekommen. Wie mit ihrem Vetter, so hatte sie bisher mit allen Buben unbefangen und heiter verkehrt. Die Wünsche manches von ihnen gingen auch wohl weiter, als bloß mit ihr zu scherzen. Denn sie war nicht nur hübsch und schlagfertig, sondern auch von einer flinken, unverwüstlichen Arbeitskraft, und Simon hatte ihr von dem Hof ein Stück Geld auszuzahlen, wenn sie heiratete. Ihr Bruder, der Pfarrer zu Tauberzell, hatte auf seinen Anteil an dem Hof zu ihren Gunsten verzichtet. Sie durfte daher an Feierabenden und den Sonntagen, sei es auf dem Dorfplatz, sei es im Haus, nicht darüber klagen, daß sie vereinsamt blieb. So war es auch heute, als sie auf dem Rückweg den Dorfplatz betrat. Sie aber verhielt sich gegen ihre Gewohnheit recht schweigsam.

Indessen wurde die Aufmerksamkeit bald allgemein auf einen Wagen mit einer Leinwandplane gelenkt, der, von zwei mageren Pferden gezogen, mit knarrenden Rädern auf dem Platz erschien und bei der Linde hielt. Das Gefährt und auch der Mann, der neben den Köpfen der Pferde ging, waren nicht nur in Ohrenbach, sondern in allen Dörfern weit und breit zwischen Rothenburg und Würzburg eine bekannte Erscheinung. Denn Krispin Wölffl war ein Hausierer, und seine Kisten enthielten so ziemlich alles, was besonders Frauen begehren. Er führte Nadeln, Scheren, Messer, Zwirn, Schnüre, Haken und Ösen, Gewandstoffe für Mann und Frau, farbige Sonntagsschürzen, grellbunte Blusen und schwarze Kopftücher, seidene Zopfbänder, Spiegel, Rosenkränze, Heiligenbilder und auch manch »Neues Lied, gedruckt in diesem Jahr«. Krispin Wölffl war jedoch nicht nur ein Handelsmann, sondern auch eine lebende Zeitung. Er wußte von allen Hochzeiten, Kindstaufen und Sterbefällen und was sich sonst Bemerkenswertes in den Flecken und Dörfern, auf den Edelhöfen, in Rothenburg und in Würzburg ereignet hatte. Auch übernahm er Aufträge und mündliche und schriftliche Bestellungen von Ort zu Ort. Daß er unterwegs ausgeraubt worden wäre, hatte man noch nie gehört. Es hieß, daß er dem berüchtigten Freibeuter Konz Wirth auf der Halden, dem die Bauern überall gegen die blinde Gerechtigkeit Vorschub leisteten und Unterschlupf gewährten, ein Schutzgeld zahle. Es war eine Steuer mehr zu den endlosen Brücken- und Wegzöllen, die Handel und Wandel erschwerten.

Kaum hielt er mit seinem Wagen bei der Linde, wurde er von den Dörflern umringt. Der in den mittleren Jahren stehende Mann, dessen Gesicht Wind und Wetter gebeizt hatten, schüttelte vielen die Hand. Munter rief er, während er die Pferde abspannte, ihnen die Gebißstangen aus den Mäulern nahm und das Zaumzeug über die Hälse schob: »Nur immer ran, Leutlein! Ich seh's euch an den Augen an, daß euch die Batzen aus dem Sack wollen. Für euch Maidlein vor allem habe ich ganz was Blitzfunkelnagelneues: Tücher von der Bamberger Messe.«

»Ne, Wölffl«, bemerkte Wendel Haim, »Ihr werdet schwerlich einen reichen Fischzug tun, die Zeiten sind gar zu schlecht.«

»Und sind sie heute schlecht, so werden sie morgen besser sein«, antwortete der Hausierer keineswegs entmutigt, und begann die Plane an der einen Seite des Wagens zurückzuschlagen. »Die Welt ist halt rund, und was heut' unten ist, das ist morgen oben.«

»Ihr sollt recht behalten«, rief Simon Neuffer, der eben dazugekommen war, nachdrücklich. »Woher des Weges heute?«

»Von Endsee, wo ich die Nacht geschlafen habe«, antwortete Wölffl.

»Und was gibt's Neues dort?« wurde gefragt.

»Nix Besonderes«, versetzte er. »Denn das werdet ihr ja wissen, daß es dort diese Nacht gebrannt hat. Ihr müßt ja das Gleißen am Himmel gesehen haben. Droben im Schloß war's. Die vollen Zehntenscheunen sind in Feuer aufgegangen.«

Die Leute standen erstaunt und betroffen. Frau Wieland rief schadenfroh, indem sie mit der rechten Faust in die linke Handfläche schlug: »Der alte Gott lebt noch!«

Vater Martin verbot es ihr: »Schwätzt nicht so dumm. Jetzt werden wir den Zehnten noch einmal entrichten müssen. – Aber wie hat denn Feuer in den Scheunen ausbrechen können? Es hat doch keiner dort mit Licht etwas zu tun.«

»Freilich nicht«, pflichtete der Hausierer ihm bei, der einsah, daß er erst die Neugierde befriedigen mußte, bevor an ein Geschäft zu denken war. »Es scheint halt, als ob in die Zehntenscheunen überhaupt eine absonderliche Hitze gefahren ist. Die Nürnberger und die Bamberger haben's auch erlebt, daß ihre Zehntenscheunen in Asche gelegt worden sind.«

»Also gelegt war's?« fragte Simon mit durchdringenden Blicken, und der Zweite Dorfmeister fragte: »Wer soll's denn getan haben?«

Wölffl zuckte mit den Schultern. »Der Bischof von Bamberg hat fünfzig Gulden ausgelobt für den, wer ihm die Brandstifter anzeigen könnte«, sagte er. »Bis zur Stunde hat keiner sich gemeldet. Gesehen hat auch in Endsee keiner den Brandstifter. Als der Türmer Lärm gemacht hat – nach Mitternacht ist's gewesen –, da brannte es in den Scheunen schon lichterloh, und es war an kein Löschen mehr zu denken. Nun, gestern morgen ist die Frau von dem Konz Hart oben gewesen mit ihren beiden kleinen Kindern aus der zweiten Ehe und hat den gestrengen Herrn Schultheiß inständig gebeten, daß ihr Mann auf der Hofstelle hier bleiben könnte oder daß er in eine andere eingewiesen würde. Er hat's abgeschlagen, weil keine frei sei, hat sie nachher im Dorf unten erzählt.«

»Der Konz?« zitterte und murmelte es erschreckt über die Lippen seiner Zuhörer.

»Er hat sich gerächt!« rief Paul Ickelsamer aus voller Brust.

»So wie ein Feigling!« fuhr Wendel Haim ihn zornig an.

»Auge um Auge, Zahn um Zahn«, triumphierte die Frau des Schmiedes.

»Gesehen hat den Konz keiner«, sagte Krispin Wölffl. »Und kriegen werden sie ihn schwerlich, wenn er's war. Die Knechte des Zentamts sind seit dem frühen Morgen auf der Streife nach ihm. Gefunden hatten sie ihn noch nicht, als ich vom Endsee fortmachte, aber ...«

»Nun?« – »Aber?« fragten die Leute gespannt, als er abbrach.

»Aber die Frau haben sie gefunden samt ihren beiden kleinen Kindern«, fuhr der Hausierer zögernd fort.

»Daß sich Gott erbarm'«, rief Simon mitleidig, und andere wiederholten die Worte.

»Ja, ja, er hat sich ihrer erbarmt«, sagte Wölffl, als ob ihm die Worte nicht aus der Kehle wollten, und er rückte seine Pelzmütze hin und her. »Just, wie ich meine Mähren anschirrte, brachten sie sie – alle drei tot – aus dem See.«

Seine Zuhörer waren tief erschüttert. Die Mütter standen stumm, während die Frauen ihrem Gefühl durch Ausrufe des Entsetzens und durch Tränen Luft machten. Es schien, als ob die Männer aus Furcht, ihre geheimsten Gedanken zu verraten, einander anzusehen sich scheuten.

»Und hier unter dieser Linde hat uns neulich der Prädikant unseren von Gott ausgestellten Freibrief ausgelegt, den keine Menschenhand zerreißt«, erhob Simon mahnend seine Stimme.

Wendel Haim entfernte sich. Simon folgte ihm.

»Feig schiltst du das Tun vom Konz?« fragte ihn Simon mit gedämpfter Stimme. Wendel Haim sah sich unruhig um. »Feig?« wiederholte Simon. »Er war ein einzelner gegen die Gewalt, die ihn zur Verzweiflung trieb. Aber wie nennst du es alsdann, wenn wir uns, anstatt zusammen unseren Schindern offen die Stirn zu bieten, mit Schafsgeduld den Fuß auf den Nacken setzen lassen? Wie die Bienen sammelt unser Fleiß in die Zehntenscheuern, und wir dulden's, daß die Herren den Honig verzehren.«

»Man kann mit dem Kopf halt nicht durch die Wand rennen«, verteidigte sich Wendel Haim. »Haben's doch die armen Leute hier und dort schon versucht, sich mit Gewalt gegen die Herren zu stellen. Es hat nimmer gelingen wollen. Wurd' ihr Vorhaben nicht schon vor der Zeit verraten, war den Pfaffen das Beichtgeheimnis nicht heilig, und so wurd's in Blut erstickt. Ich trau' keinem.«

Simon ließ sich jedoch nicht entmutigen. Er wollte lieber mit dem Schwert in der Hand erschlagen liegen, als das Joch der Knechtschaft weiter schleppen. Während Wölffl auf seiner Handelsfahrt die traurige Geschichte des Konz Hart in allen Dörfern verbreitete, benutzte Simon die stille Zeit in der Landwirtschaft, um mit den Leuten über ihre Lage ausführlich zu reden. Die Rede des Prädikanten hatte so manchen aus dem Elend, in dem er bisher stumpf und dumpf dahingelebt hatte, jäh aufgerüttelt: Erschreckt sah er den Abgrund zu seinen Füßen gähnen und ergriff begierig die Hand, die Simon ihm reichte.

Am Sonnabend fuhr er mit einer Last Dinkel nach Rothenburg zum Markt. Es hatte in den Tagen vorher zum ersten Mal in diesem Winter geschneit, dann war Frost eingetreten, und es gab eine prächtige Schlittenbahn. Friedel, der Knecht, mußte mitfahren. Der Wochenmarkt war aber nur ein willkommener Vorwand, um, wie verabredet worden war, mit den Freunden unauffällig im ›Bären‹ zusammenzutreffen. Käthe drängte es, ihn zu bitten, daß er sich nach Hans Lautner erkundigen möchte. Dennoch ließ sie ihn wegfahren, ohne ihren Wunsch über die Lippen gebracht zu haben.

Sie hatte die Woche über angestrengter als sonst gearbeitet, um sich die »dummen Gedanken«, wie sie es nannte, aus dem Kopf zu schaffen. Denn es erschien ihr gar zu dumm, daß sie sich fortwährend um den blonden Gesellen sorgte. Wenn ihm etwas Ernstes zugestoßen wäre, so würde Kaspar es ihr schon gesagt haben. Es wollte nicht helfen, und heute schon gar nicht. Die Schwägerin hatte es ihr längst angemerkt, daß sie nicht mit der frohen Sorglosigkeit aus Rothenburg zurückgekommen war , mit der sie hingegangen war. »Das Mädel ist wie aufs Maul geschlagen«, klagte sie einmal ihrem Mann. »Ich kenn' mich gar nicht mehr mit ihr aus.« Er wußte ihr keine Erklärung zu geben. »Wenn ihr Frauen euch nicht mehr miteinander auskennt, wer soll's denn dann?« sagte er. Aber auch er machte ihr Sorgen. Denn sie war an seine häufige Abwesenheit von Zuhause und sein Brüten daheim, ohne daß sie erfuhr, was er trieb und dachte, nicht gewöhnt. Der Argwohn, der in ihrer Brust keimte, lenkte ihre Aufmerksamkeit von ihrer Schwägerin ab.

Simon blieb ungewöhnlich lange aus. Schon wurde es dunkel. Käthe ging in die Küche und zündete das Abendfeuer im Herd an. Die Schwägerin folgte ihr. Die Kinder waren beim Großvater auf dessen Stube.

»Ich weiß gar nicht, warum der Bauer heut' so lang macht«, begann Ursel nach einer kleinen Weile, ihrer Unruhe Ausdruck gebend. »Sonst war er um diese Zeit immer schon vom Markt zurück. Mir schwant nichts Gutes.«

Käthe blies erst das Feuer an, dann fragte sie: »Wieso denn?«

»Er hat was vor, seit er mit dir letzthin in Rothenburg war«, seufzte Ursel. »Ich merk's halt, wenn er auch mit der Sprache nicht herauswill. Und du weißt auch darum. Aber das hilft ja alles nix. Wir kommen bloß tiefer ins Unglück, und wer's nachher auszubaden hat, das sind die Kinder.«

Käthes rötlichbraune Wangen erglühten. Sie hatte ihrem Bruder versprechen müssen, über den Beschluß, der im ›Bären‹ gefaßt worden war, zu schweigen. »Du siehst nach deiner Art halt zu schwarz«, rief sie. »Das Elend muß ein Ende haben, Schwägerin. Ich wollte, daß ich ein Bube wäre und auch etwas dazutun könnte! Fürchten tu' ich mich nicht, und Kraft hab' ich wie so mancher Bube nicht. Aber da schlenkern einem die Weiberröcke um die Beine, und aus ist's.«

»Jesus, Maria, was fällt dir denn ein, Mädel?« fragte die Bäuerin, die sich auf einem Schemel niedergelassen hatte, mit verwunderten Augen.

»Nun, da hockst du und wartest auf den Bauer«, rief Käthe heftig, »und ... und ... Ach, es ist gar zu dumm, daß wir Frauensleute in allen Stücken immer abwarten müssen, bis es zu uns kommt, ob's einem auch in allen zehn Fingern kribbelt.« Schmollend schürzte sie die Lippen.

Ursel sah sie noch immer erstaunt an. Dann sagte sie: »Wirst es schon noch lernen, geduldig zu sein, wenn du erst einen Mann und Kinder hast.«

»Das wär' erst recht ein Elend. Ich heirate nie!« antwortete Käthe entschlossen.

»Das sagt jede«, erwiderte die Schwägerin, und ein mattes Lächeln glitt über ihr schmales sorgenvolles Gesicht. »Ja, Geduld! Was hast du davon, wenn du dem, was kommt, entgegenläufst? Das Unglück kommt immer zu schnell und zu früh.«

»Das Unglück?« wiederholte Käthe betroffen, und das Herz schlug ihr bis zum Hals herauf. »Du weißt was? Was ist's?«

Die Bäuerin schüttelte verneinend den Kopf. »Ich weiß nichts. Aber wo soll denn ein Glück herkommen in diesen Zeiten?«

Der alte Neuffer mit den Kindern unterbrach sie. Die beiden kleinen Flachsköpfe mit den rotbackigen Apfelgesichtern sprangen zur Mutter und begannen eifrig durcheinander von einem Märchen zu zwitschern, das der Großvater ihnen erzählt hatte. Es handelte von Dornröschen. Der Alte wärmte sich unterdessen die Handflächen an der Herdflamme, die sich in dem kupfernen und blechernen Küchengeschirr spiegelte, das Käthe nachmittags am Dorfbrunnen blankgescheuert hatte. »Das Dornröschen, das sind wir Bauern«, erklärte er, sein verrunzeltes Gesicht der Tochter zuwendend, »und der Prinz, der sie mit seinem Kuß entzaubert, das ist die evangelische Freiheit. Der Pfeifer von Niklashausen war nicht der rechte.«

Käthe gab nicht acht und verstand ihn nicht. Denn die Worte ihrer Schwägerin lagen ihr wie eine schlimme Prophezeiung auf dem Herzen, und sie klapperte bei der Zubereitung des Abendessens mit dem Gerät geräuschvoller, als nötig war. Jetzt ließ sich auf dem Dorfplatz Schellengeklingel vernehmen, Hunde bellten, eine Peitsche knallte. »Der Bauer«, sagte Ursel, als das Hoftor knarrte, und stand rasch auf. Vater Martin nahm eine Stallaterne vom Nagel und zündete sie an. Bevor er damit fertig war, schrillte auf dem Flur vor der Küche eine Pfeife, brach aber nach zwei, drei Tönen wieder ab. Die Tür flog auf, und Simon schob lachend den jungen Goldschmiedgesellen herein, der zum Schutz gegen die Kälte einen leeren Getreidesack über die Schultern geworfen hatte. Käthe hatte bei den Pfeifentönen einen kleinen Schrei ausgestoßen. Jetzt war es ihr, als ob sie Blei in den Füßen hätte. Im nächsten Augenblick trat sie rasch auf Hans zu, ergriff kräftig seine Hand und lachte mit strahlenden Augen: »Ach du!«

»Ja, er«, bestätigte ihr Bruder heiter und gab der Bäuerin einen schallenden Kuß, worauf er fortfuhr, während er die Kinder, die sich an seine Beine drängten, auf die Arme nahm und herzte: »Mußte doch schauen, ob die Junker was von ihm übriggelassen haben. Er wollte morgen mit dem Kaspar herauskommen, und da es just Feierabend war, hab' ich ihn gleich mitgebracht. Ist alles wieder in Ordnung. Auch das Wams.«

»Wirklich?« fragte Käthe mißtrauisch besorgt. »Mir hat geschwant, daß du nicht heil wärst, du Armer.«

»Oh, es war gar nicht der Rede wert«, versicherte Hans. »Auch ist der Kaspar die paar Tage, die ich habe liegen müssen, nicht von meiner Kammer gewichen, und die Meisterin hat sich um mich gekümmert, als ob ich ihr eigen Fleisch wäre. Sie ist sonst nicht so.«

»Das kann ich bezeugen«, lachte Simon und verteilte an den kleinen Martin und sein Schwesterchen die Wecken, die er für sie aus der Stadt mitgebracht hatte. »Hat sie doch dem langen Lienhart und mir, als wir nach dem Lautner fragen kamen, den Kopf gewaschen, daß es eine Art hatte. Schämen sollten wir uns, daß wir das junge Blut in unsere Händel mit den Junkern stießen. Der Schuster sollt' bei seinem Leisten bleiben. Ist nur ein kleines Weibel, aber der lange Lienhart riß vor ihm aus.«

Hans hatte sich mittlerweile des Sackes und seiner Kappe entledigt und bot der Bäuerin die Hand. Er stand in der vollen Beleuchtung des Feuers, und Frau Ursel betrachtete ihn wohlgefällig und warf dann Käthe einen Blick zu. Sie kannte sich jetzt in dem Mädchen aus. Vater Martin starrte den blonden Gesellen mit weitgeöffneten Augen an, die brennende Laterne, die er dem Knecht hatte bringen wollen, in der Hand. Friedel kam sie jetzt holen. Da gewann der Alte die Sprache wieder und fragte mit zitternder Stimme, wobei er mit dem Finger auf Hans deutete: »Wer ist denn das?«

Der Sohn nannte ihm den Namen. »Hans Lautner!« wiederholte der Alte, ohne die Augen von diesem zu lassen. »Nein, den kenn' ich halt nicht.« Nach einem tiefen Aufatmen fuhr er fort: »Ich hab' gedacht, daß die Toten wieder auferstanden sind. Just so schaute er aus. So weizengelbes Haar hatte er auch und so blaue Augen, und so blaß war er.«

Die anderen starrten ihn mit einem unheimlichen Gefühl an. Simon legte ihm die Hand auf die Schulter, als ob er ihn wachrütteln wollte, und fragte: »Aber von wem sprecht Ihr denn?«

»Ja, von wem anders denn als von Hans Böheim, dem Pfeifer«, antwortete der Greis.

»Das war der Vater von meiner Mutter«, erklärte der junge Geselle, und er fuhr fort, während die anderen überrascht aufschrien: »Ihr habt ihn gekannt? Auch die Großmutter sagt, daß ich ihm ähnele.«

Vater Martin umarmte ihn und küßte ihn auf beide Wangen. Zwei dicke Tränen rollten ihm aus den umfältelten Augen, und er sagte bewegt: »Ach, sein Enkelkind! Ich hab' ihn predigen hören in Niklashausen. Aber ich wußt' nicht, daß er verheiratet war.«

Hans strich sich das blonde Haar aus der jugendlich gerundeten Stirn, blickte Käthe an und versetzte nach einigem Zögern: »Meine Großmutter war nach Niklashausen gepilgert, um ihn predigen zu hören. Und er kehrte ihr das Herz um. Weil sie aber so bettelarm war, daß sie gar nichts zu opfern hatte wie die anderen, schnitt sie ihre schönen schwarzen Zöpfe ab, auf die sie so stolz war, und brachte sie dar. Und sie ging zu ihm in das Hirtenhaus vor dem Dorf, wo er wohnte, umschlang seine Knie und bat ihn mit vielen Tränen, daß sie ihm dienen dürfe um Gottes willen als seine Magd. Und sie diente ihm und wurde seine Frau vor Gott. Aber ihr wißt«, schloß er mit Bitterkeit, »daß die Pfaffen mächtiger sind als der allmächtige Gott, und sie verbrannten ihn zu seiner Ehre.«

»Ja, wir wissen es«, sagte Simon dumpf.

»Ach, du armer Mensch, auch das noch zu allem übrigen«, weinte Käthe, schlang ihre Arme um Lautners Nacken und drückte die Stirn an seine Brust.

Auch die Bäuerin weinte, und man hörte nichts als das Knistern und Prasseln des Feuers und das Brodeln des Kessels. Die Kinder hingen sich verschüchtert an ihre Röcke. Sie schneuzte sich in ihre Schürze und ging an den Herd, Käthe richtete sich auf und trocknete ihre Augen. Hans sagte mit finsterem Gesicht: »Fast siebzig Jahr ist sie alt, die Großmutter, aber ihr Leib ist wie Stahl, obwohl doch alle Not und alles Herzeleid, das ein Armer erfahren kann, auf sie gefallen ist. Ihre Gedanken sind wie ein loderndes Feuer. Und sie weiß, daß sie nicht sterben wird, bevor der Kaiser Rotbart aus dem Berg herauskommt, in dem er schläft, denn er ist nicht gestorben. Wenn die Raben nicht mehr um den Berg fliegen, dann kommt er zum Gericht, und ihm voraus geht ein Bauer, der trägt ein bloßes Schwert in der Hand.«

»Ja, wir werden Gericht halten«, sprach Simon mit starker Stimme und reckte seine Gestalt in die Höhe.

Der Knecht, der unterdessen die Pferde versorgt hatte, kam aus dem Stall. Käthe legte einen Laib schwärzlichen Brotes auf den Tisch und für jeden einen Löffel und holte zu Ehren des Gastes einen Krug jungen Weines aus dem Keller. Die Bäuerin richtete das Essen an. Es gab ein Roggenmus und Hering. Käthe sprach das Tischgebet, und dann begannen sämtliche Löffel taktmäßig aus der gemeinsamen Schüssel zu schöpfen. Nur der kleine Martin, der nicht so weit langen konnte, hatte eine besondere Schüssel für sich. Er saß an des Vaters Seite, wie sein Schwesterchen, das von der Mutter gefüttert wurde, neben dieser. Das Geplauder der Kinder mit ihren feinen Stimmchen und die gelegentlichen Antworten der Eltern war alles, was bei Tisch gesprochen wurde. Vater Martin ließ kein Auge von dem Enkel des Pfeiferhänselin, und auch Käthes Blicke gingen oft in diese Richtung. Wie bleich er noch war. Der schwermütige Ausdruck seiner Miene ließ ihn der Bäuerin als einen vom Unglück Gezeichneten erscheinen. Sie hatte wohl richtig geweissagt.

Als sie alle nach dem Abendessen in der großen Stube um den warmen Ofen herumsaßen, mußte der junge Geselle Käthe über seine Verwundung ganz genau Rechenschaft ablegen. Er zog seine Pfeife aus dem Gürtel und zeigte ihr an dem Wams den wieder zugenähten Riß. »Es ist halt mein bestes Zeug. Ich hab' kein anderes gutes Gewand«, entschuldigte er sich dabei etwas verlegen. Neben ihnen, ganz in der Ecke, begann Friedel zu schnarchen. Vater Martin bog den Kopf um die Ofenkante zu den beiden jungen Leuten und fragte Hans: »Aber du hast mir noch nicht gesagt, woher du bist.« Hans gab ihm Auskunft. »Von so weit ist deine Großmutter bis nach Niklashausen gelaufen?« rief der Alte verwundert.

»Oh nein, bloß von Haltenbergstedten«, antwortete Hans, und seine Stirn umwölkte sich. »Sie war dort hörig.«

»Himmel, Herrgotts Donner, dem Rosenberg hörig?« fluchte Simon, der auf der anderen Seite des Ofens saß und sein Büblein auf dem Knie reiten ließ. »Jetzt versteh' ich, warum du so wütend auf den Junker losgegangen bist, wie mir der lange Lienhart erzählte.«

Hans wurde dunkelrot, seine Brust wogte, aber er schwieg. Es wollte ihm das schlimmste, was er noch hätte sagen können, nicht über die Lippen. Er griff nach seiner Pfeife und begann zu spielen.

»So ist's recht«, sagte Simon. »Vorhin, mit den klammen Händen, war's nicht richtig. Aber was Lustiges!«

Die Kinder stellten sich vor Hans und sahen mit neugierig runden Augen zu ihm auf. Mit dem Lustigen aber wollte es nichts werden, obwohl er es versuchte. Seine Stimmung ließ es nicht zu, und die Weisen wurden immer trübsinniger. Käthe seufzte vernehmlich. Er setzte ab und begann eine neue Melodie, die wie ein geistliches Lied klang, aber ganz und gar trotzig. Mächtiger schwoll sie an, feuriger wurde sie, und es gellte fast wie ein Triumphgeschrei, als der Spieler mit schrillen Tönen kurz endete.

»Das Lied, wo hast du das Lied her?« fragte Vater Martin aufgeregt. »Oh, ich kenn's halt, ich kenn's!«

»Das hab' ich die Großmutter sehr oft singen hören, deshalb hab' ich's behalten«, antwortete Hans, dessen Augen wie ein blaues Feuer leuchteten. »Sie sagt, daß es die Hussiten gesungen haben, wenn sie in die Schlacht zogen.«

»Ich hab's mitgesungen!« rief der Alte wie verjüngt. »Wir sangen es zu Hunderten, ja Tausenden, auf der Wiese von Niklashausen am Sonntag vor St. Margreten.«

»Und wir wollen es wieder anstimmen, wenn's Zeit ist«, sagte Simon. »Gelt, das soll wohl die schwarzen Vögel vom Berg scheuchen.« Er erhob sich, nestelte sein an der Seite geschlossenes Wams auf und zog einige zusammengeheftete Blätter hervor, mit denen er an den Tisch trat, auf dem ein Kienspan im eisernen Lichtstock brannte. »Schau her!« fuhr er fort und zeigte Hans, der ihm mit den übrigen und dem Knecht, der bei dem Spiel aufgewacht war, neugierig gefolgt war, den Holzschnitt auf dem ersten Blatt. Er stellte einen Ritter mit hohem Federbusch auf einem Streitross dar, der an der Spitze einer mit Spießen, Morgensternen und Sensen bewaffneten Bauernschar ritt. Darüber war ein Opferlamm abgebildet.

»Wenn's der Kaiser wäre! Kein Edelmann soll die Bauern anführen«, protestierte Hans, und Friedel, der Knecht, grinste beifällig.

»Anführen, ja, das möcht' sein«, spielte Vater Martin in seiner Aufregung mit dem Wort. »Zu Niklashausen waren damals auch ein paar Edelleute, sie waren Lehnsträger des Bischofs von Würzburg. Die meinten, daß wir für sie krebsen sollten. Wie es aber galt, den heiligen Jüngling aus der Gefangenschaft zu erlösen, hei, wo waren sie da hingestoben?«

»Nun, es gibt schon noch diesen und jenen, der's ehrlich mit uns meint«, wandte Simon ein. »Selten sind sie freilich wie die weißen Raben.«

»Na, dann geruhsame Nacht alle miteinander«, sagte der Knecht und verließ mit schweren Schritten die Stube.

Hans entgegnete dem Dorfmeister nichts. Die Stirn in Falten, las er die Aufschrift der gedruckten Blätter. Sie lautete: »Die gründlichen und rechten haupt Artikel aller Bauernschaft und Hyndersassen der Geystlichen und Weltlichen oberkeyten, von den sie sich beschwert vermeynen.«

»Das sind die Beschwernisse von uns armen Leuten im ganzen Reich«, erklärte Simon. »Es ist alles in zwölf Artikeln zusammengefaßt und aus der Heiligen Schrift belegt, daß sie gegen Gottes Wort sind. Morgen abend soll uns der Paul Ikelsamer die Schrift vorlesen. Sie ist dem Doktor Luther zugeschickt worden, daß er sie prüfen soll.«

»Was hilft's?« seufzte die Bäuerin. »Der Prädikant hat neulich auch von vielem, was uns bedrückt, bewiesen, daß es gegen die Schrift ist.«

»Den Obrigkeiten sollen die Artikel vorgelegt werden und sind es auch schon an manchen Orten«, versetzte Simon. »Wir verlangen halt nichts, was wir nicht als billig und recht erhärten können. Was es hilft? Es hilft, daß wir uns im Recht wissen, und das macht auch den Schwachen stark.« Er verbarg das Büchlein wieder, das ein herumziehender Kesselflicker dem Brettheimer Metzger von dessen Bruder in Ballenberg in vielen Abzügen gebracht hatte.

Hans blickte stumm in die rötliche Flamme des Kienspans. Der Ausdruck seines Gesichts war traurig, ja schmerzlich. Käthe beobachtete ihn mitleidig. Sie glaubte zu wissen, was in ihm vorging. Für die bäuerlichen Lebensgewohnheiten war es spät geworden. Simon leuchtete dem Gast über den Flur zu einer Kammer, in der ein Bett stand.

Des Hausherrn Wunsch einer guten Nacht erfüllte sich für den jungen Gesellen nicht. Die Erinnerungen, die der Abend aufgefrischt hatte, hielten Hans wach. Er sah sich wieder in der ärmlichen Hütte der Großmutter, die sich und ihn kümmerlich ernährte, indem sie Eier und Geflügel auf dem Markt zu Heilbronn feilbot. Und er hörte sie wieder von dem schrecklichen Tod seiner Eltern und des Großvaters erzählen in den Dämmerstunden oder wenn es abends um die Hütte stürmte und heulte oder der Regen auf das Schindeldach eintönig niederrauschte. Sie lebte nur in diesen furchtbaren Erinnerungen, und sie wurden für Hans das, was für andere Kinder die Märchen der Großmutter sind. Sie hatte dabeigestanden, als der Geliebte auf dem Bollwerk vor dem Schloß Marienberg verbrannt worden war, und als sie dann einige Monate später seiner Mutter das Leben geschenkt hatte, war sie nicht in die Heimat zurückgekehrt. Um ihr Kind vor der Hörigkeit zu bewahren und der rohen Gier des Herrn, der sie selbst zum Opfer gefallen war – war sie doch eine Sache –, hatte sie das Elend vorgezogen und war in die weite Welt gegangen. Und der Enkel sah sie wieder mit seiner Mutter auf dem Arm in jedem Wind und Wetter, in Regen und Schneegestöber, in Sonnenglut und Winterfrost wandern von Dorf zu Dorf, von Stadt zu Stadt, bettelnd, frierend, obdachlos. Sie mußte froh sein, wenn sie einmal irgendwo während der Erntezeit Arbeit fand. In Dienst behalten wollte sie wegen des Kindes niemand. Wie aber hätte sie sich von dem Vermächtnis dessen zu trennen vermocht, der ihre Seele durch seine Liebe erweckt und aus dem Schmutz und Schlamm der Leibeigenschaft erhoben hatte? Zu Bökkingen in dem wein- und kornreichen Neckartal hatte sie endlich eine dauernde Unterkunft gefunden und ihre Tochter verheiratet.

Mehr als diese Erinnerungen quälte den Schlaflosen das Bewußtsein der Untreue gegen seine Pflicht, die ihm das furchtbare Geschick der Seinigen auferlegte. Wie hatte er die Rache nur so gänzlich vergessen können. »Gedenke der Toten!« war das letzte Wort der Großmutter gewesen. Er aber hatte ihrer nicht eher gedacht, als am Dreikönigstag im ›Bären‹, und das Schuldbewußtsein hatte ihn während seiner Verwundung auf Dornen gebettet. Bittere Vorwürfe und schmerzliche Entschlüsse rangen in seiner Brust.

Das ging ihm noch am anderen Morgen im Kopf herum. Er nahm deshalb den Vorschlag Simons, der sich mit seinem Bruder, dem Pfarrer in Tauberzell, besprechen wollte, gern an, ihn nach dem Frühstück eine Strecke zu begleiten. Es war ein klarer Tag, der Schnee knirschte unter den Füßen der Wanderer, und das Gehölz, durch das sie der Weg führte, glitzerte in der Sonne wie versilbert. Die Bewegung in der kalten Luft tat Hans gut. Bei seiner Rückkehr fand er nur Käthe und die Kinder auf dem Hof, die anderen waren zur Kirche gegangen. Die große Stube war inzwischen aufgeräumt, der Boden gekehrt und mit weißem Sand bestreut. Das kleine Mädchen spielte mit einer Puppe, die nur noch einen halben Kopf hatte, unter dem Tisch, während ihr Brüderchen sein ungebärdiges Schaukelpferd mit Hü! und Hott! bewegte. Käthe saß in sonntäglicher Ruhe da, die Hände im Schoß und die gekreuzten Füße auf der Bank unter dem Fenster. Auch sie selbst hatte sich herausgeputzt, das hellbraune Haar frisch gezöpft und mit einem roten Band zusammengehalten und durchflochten. Schneeweiß bauschte sich das grobe Hemd aus dem dunklen Leibchen, und die zurückgeschlagenen Ärmel ließen ihre vollen, runden Arme frei. Sie sah Hans prüfend an und reichte ihm darauf mit einem zufriedenen Lächeln die Hand, damit er sich zu ihr setze. Luft und Bewegung hatten seine blassen Wangen gefärbt.

»Jetzt schaust du gut aus, und wenn du die Woche über dableibst, wirst du wieder ganz deine Gesundheit haben«, sagte sie.

Daran sei nicht zu denken, erwiderte er, er müßte Montag früh wieder in der Werkstatt sitzen, denn es gäbe viel zu tun.

Sie machte ein trauriges Gesicht. »Muß es denn sein?« fragte sie. Er bejahte, und sie sagte mit einem halben Seufzer: »Ich kann's mir freilich denken, daß der Meister dich nicht missen mag. Der Kaspar hat mir gesagt, daß du ein sehr geschickter Mensch bist, und er hat mir erzählt, daß du aus Gold ein Jungfernkränzlein gemacht hast. So was Schönes hätt' er sein Lebtag nicht gesehen. Für wen war's denn?«

Das Lächeln, mit dem er das Lob hingenommen hatte, verschwand aus seiner Miene. »Oh, es war für die Neureuterin«, zwang er sich gleichgültig zu antworten.

»Ah!« rief Käthe überrascht und wurde rot. »Das muß ihr zu den schwarzen Haaren gar prächtig stehen«, fügte sie hinzu.

»Ja, freilich«, bestätigte er lebhaft, und Käthe machte große Augen. »Hast du sie denn damit gesehen?«

Mit innerem Widerstreben befriedigte Hans ihre Neugierde. »Nun, weil ich das Kränzlein gemacht hatte, so wollte mir der Meister ein Lob zuschanzen und schickte mich, es selbst in das Haus des Bürgermeisters zu tragen. In der Stube waren die Frau von Muslor, ihre Tochter, die Neureuterin und noch etliche Jungfern.«

»Und da hat sie mit dir geredet«, unterbrach ihn das Mädchen gespannt.

Hans schüttelte jedoch verneinend den Kopf. »Kein Wort! Wie sie das Kränzlein aufgesetzt und sich vor dem Spiegel langsam gedreht hat, da riefen alle, daß sie über die Maßen schön aussehe. Und das ist wahr. Sie aber machte ein schiefes Maul. ›Wenn's noch eine Fürstenkrone wäre‹, hat sie gesagt.«

»Ist das aber eine Hochmütige!« empörte sich Käthe. Der junge Geselle entschuldigte sie jedoch: »Mag sie! Sie lebt halt in einer anderen Welt als wir beide.«

»Bist du so demütig?« fragte sie unzufrieden. »Wenn ich du wäre, ich wollte sie wohl gewinnen. Mir sollten die Trauben nicht zu hoch hängen.«

Er lächelte gutmütig. »Du meinst, weil die Goldschmiede die vornehmste Zunft sind, so bräuchte ich mich bloß als Meister niederzulassen und könnte dann frei vor sie hintreten?« Ernst fuhr er fort: »Mein Meisterstück wollt' ich wohl machen. Aber mich hier oder andernorts als Meister niederzulassen? Ja, wenn ich eines Meisters Sohn wäre! Die gehen vor. Die anderen lassen sie nicht zu, und mögen sie noch so geschickt sein, wenn die Meisterstellen besetzt sind. Die mögen als Gesellen ihr Leben lang weiterarbeiten. Und wenn's ihnen das Herz zerfrißt: Da sind die Schenken und die Landstraßen! Der Verdruß und die Verzweiflung haben schon manch tüchtigen Gesellen unter die fahrenden Leute getrieben. Der Narr des Seiltänzers in Rothenburg war früher auch einer, ist seines Zeichens ein Schuster gewesen. Der Kaspar hat ihn gefragt. Aber was ich eigentlich sagen wollte: demütig? Das bin ich ganz und gar nicht. Warum sollt' ich's sein? Glaubst Du, daß unser himmlischer Herrgott bloß die vornehmen Leute nach seinem Ebenbild erschaffen hat und daß er es in dir und mir verpfuscht hat, wie einer, dem nicht jedes Werkstück gelingt? Ich will und darf mit jenen nichts zu schaffen haben. Niemals!«

»Aber ...«, wollte Käthe einwenden, brach aber ab, und das Blut stieg ihr bis zum Stirnhaar empor. Entschlossen setzte sie dann hinzu: »Gelt, dein Herz hängt doch an ihr.«

»Es darf aber nicht sein«, rief er heftig und sprang auf und lief in der Stube hin und her. »Du weißt, was zwischen mir und jenen ist, wenn auch nicht alles. Es darf nicht sein.«

»Ja, ich weiß alles«, sagte sie leise und streckte bittend die Hand nach ihm aus.

Er strich sich das Haar aus der Stirn, sah sie mit einem langen, tiefen Blick an und sprach dann ruhiger, während er sich wieder zu ihr auf die Bank setzte: »Was ich für eine Kindheit gehabt hab', davon kannst du nichts wissen.« Er erzählte von jener einsamen und finsteren Zeit, und Käthe lauschte ihm bewegten Herzens. »Wie hätt's auch anders sein können?« fuhr er trübe fort. »Die einzige Hoffnung der Großmutter war, daß das Strafgericht Gottes alle Schuldigen ereilen würde, und wenn sie davon sprach, dann war es wie eine gewaltige Feuersbrunst, die den nächtlichen Himmel in Blut taucht. Erst als ich nach Heilbronn in die Lehre kam, da erkannte ich, wie schwarz der Himmel gewesen war, unter dem ich bis dahin gelebt hatte. Erst als ich auf die Wanderschaft ging, fing ich an zu leben. Da sah ich, wie schön die Welt ist, da fühlte ich, wie warm die Sonne scheint. Und ich hatte meine Kunst lieb und glaubte, daß auch ich ein Meister werden könnte, wie die im Welschland, wo es so berühmte Goldschmiede hat.« Er verstummte. Ein wehmütiger Glanz leuchtete aus seinen blauen Augen.

Käthe legte ihm die Hand auf die Schulter und ergänzte mit leiser Stimme: »Und nachher sahst du *sie*, und sie war tausendmal schöner als alles, was du je geschaut und geträumt hast. Und als du das Kränzlein für sie gemacht hast, da hast du immer an sie denken müssen mit deinem Herzen.«

Er seufzte und nickte mit einem bitteren Zug um die Lippen.

»Sie hat es dir angetan«, flüsterte Käthe.

»Fast glaub' ich's auch«, pflichtete er ihr mit dumpfer Stimme bei. »Wie hätt' ich sonst auch alles vergessen können! Darum traf es mich damals im ›Bären‹ wie ein Faustschlag auf das Herz, und wie ein Sturmwind trieb es mich weg. Ich wußte von mir nichts, bis ich auf einmal in dem Kirchlein Unserer lieben Frauen unten im Taubertal stand. Da sah ich meinen Großvater, meinen Vater und die Mutter. Sie sahen mich streng an und zeigten auf den blutigen Heiland am Kreuz. Ich hatte sie alle verraten.« Er schlug die Hände vor das Gesicht.

Die Hand des Mädchens ruhte schwerer auf seiner Schulter.

»Verraten um *ihretwillen*«, stöhnte er. »Ich darf *ihr* Bild nicht länger im Herzen tragen«, fuhr er fort und schnellte von seinem Sitz hoch.

Dem Mädchen perlten die Tränen über die braunen Wangen. Jetzt schlug sie die nassen Augen zu ihm auf und sagte: »Freilich, sie gehört zu denen, die uns armen Leuten den Fuß auf den Nacken setzen. Aber es tut halt weh, sich die Liebe aus dem Herzen zu reißen.«

»Aber es muß sein, und es soll zu Ende sein«, rief er entschlossen.

Käthe blickte in ihren Schoß. Er stürmte hin und her. Als er wieder vor ihr stehenblieb, sagte sie zögernd, während sie zu ihm aufsah und wie eine dunkle Rose erglühte: »Ich wüßt' was, was dich entzaubern könnte. Dein Herz hängt doch bloß darum an ihr, weil sie gar so bildschön ist. Die wahre Liebe ist das nicht.« Langsam erhob sie sich. Eine Sekunde lang blickte sie ihm in die Augen. Dann nahm sie rasch seinen Kopf zwischen ihre beiden Hände und küßte ihn dreimal auf den Mund.

»Jetzt bist du frei«, lachte sie darauf verwirrt und wollte zurücktreten. Hans aber, der nicht wußte, wie ihm geschehen war, hielt sie fest. »Käthe!« murmelte er verwirrt, »Käthe!« Da schlang sie beide Arme um seinen Hals und flüsterte: »Ach, Hans, ich hab' dich gar so lieb!«

Der kleine Martin machte mit seinem Steckenpferd vor ihnen halt und sah verwundert zu ihnen auf. Sie bemerkten es gar nicht.

Die Glocken läuteten zum Ende des Gottesdiensts. Käthe seufzte. Noch einmal bot sie den kirschroten Mund dem blondlockigen Gesellen, und er rief aus voller Brust: »Ich wollte, daß sie schon Sturm läuteten!«

Um dieselbe Zeit ungefähr stand Gabriel Langenberger in der Stube des ersten Bürgermeisters in der Herrengasse. Der Wirt des ›Bären‹ war gekleidet mit einem Wams von grasgrüner Farbe, die sein käsiges Gesicht wie angeschimmelt erscheinen ließ. Dazu trug er dottergelbe Hosen, die unter dem Knie gegürtet waren, und feuerrote Strümpfe. Herr Erasmus, der sich einer leichten Unpäßlichkeit wegen im pelzgefütterten Hausrock befand, mußte ein Lachen über die groteske Erscheinung des Mannes unterdrücken, der in ehrerbietiger Entfernung vor ihm stand und seine Augen in dem reich ausgestatteten Gemach gewohnheitsmäßig hin und her zucken ließ.

Die Miene des Herrn Erasmus wurden aber bald sehr ernst. Denn Gabriel Langenberger fühlte sich von seiner Bürgerpflicht dazu gezwungen, dem Oberhaupt der Stadt mitzuteilen, daß am gestrigen Markttag etliche Bauern in einer besonderen Stube seiner Wirtschaft zusammengesessen und allerlei bedenkliche Reden geführt hatten. Sie hätten sich bitter beklagt, daß sie von Schoß und Steuern und Zehnten gar arg beschwert wären, insbesondere durch die neue Klauen- und Tranksteuer, auch daß keiner in der Landwehr eine eigene Kuh halten dürfte, daß sie sich der Last wohl entledigen und die evangelische Freiheit aufrichten möchten, wenn sie zusammenständen wie die Bauern im Lechrain, in Oberschwaben und im Schwarzwald. Es wären fünfzehn bis sechzehn aus verschiedenen Dörfern gewesen. Gekannt hätte er nur den Dorfmeister Simon Neuffer aus Ohrenbach, den Leonhard Brennecken, den sie den langen Lienhart nannten, aus Schwarzenbronn, den Schwager des Wirtes ›Zum Roten Hahn‹ und Leonhard Metzler aus Brettheim. Von städtischen Bürgern wäre keiner dabei gewesen.

Erasmus von Muslor schrieb sich die Namen auf ein Blatt. Er lobte den Bürgersinn des Bärenwirtes, aber es geschah ein wenig kühl, und ebenso kühl verabschiedete er Langenberger, nachdem dieser sein Gewissen erleichtert hatte. Er hätte halt nicht alles hören können, denn er hätte das Haus voller Marktgäste gehabt, fügte dieser nach kurzem

Besinnen noch hinzu und zog sich mit krummem Rücken aus der Stube zurück. Mit unzufriedener Miene stülpte er vor der Tür seinen rauhhaarigen Filzhut auf. Er hatte das Gefühl, als ob seine wichtigen Mitteilungen eine andere Aufnahme verdient hätten. Als er auf die Straße kam, spuckte er giftig aus. Mochte der Rat sich fortan sichern, er würde seine Hände in Unschuld waschen.

Der Bürgermeister, der vor seinem Schreibtisch sitzen geblieben war, strich sich über die schmale, spitz zulaufende Stirn, als ob er etwas wegwischen wollte. Die Denunziation war ihm willkommen, der Verräter widerwärtig. Indessen war er nicht geneigt, den erhaltenen Mitteilungen großes Gewicht beizulegen. Was wollte auch das Murren einer Gruppe von Bauern bedeuten? Unzufrieden waren sie ja immer. Regnete es, so verlangten sie Sonnenschein, und war schönes Wetter, dann wollten sie Regen. Fiel die Ernte schlecht aus, dann jammerten sie, und bei reichem Segen klagten sie über die niedrigen Fruchtpreise. Die Unzufriedenheit und Zusammenrottung der Untertanen anderer Herren kümmerten ihn nicht. Das war deren Sache, und sie würden schon mit ihnen fertig werden.

Schellenklingeln und Peitschenknallen auf der Gasse entzogen ihn seinem Grübeln. Er verschloß das Namensverzeichnis, nachdem er noch eine Bemerkung dazugeschrieben hatte, in seinem Pult und trat an das Fenster. Ein Schlittenzug ordnete sich vor dem Hause; die Geschlechter wollten den klaren Wintertag ausnutzen. Die ein- und zweispännigen Schlitten hatten die Gestalten von Muscheln, Seejungfern, Drachen, Schwänen, Gondeln und waren mit lebhaften Farben bemalt. Die Kufen bogen sich vorn hoch auf und trugen mythologische oder allegorische Figuren. Bunte Federbüsche nickten von den Köpfen der Pferde, und die Geschirre waren mit vielen Schellen behangen. Zwei als Türken verkleidete Knechte ritten, fortwährend mit ihren Hetzpeitschen knallend, vor dem buntschillernden Zug her, der klingelnd quer über den Marktplatz zum Rödertor und durch dieses auf glatter, glitzernder Bahn gen Ansbach dahinsauste. Gleich in dem ersten, eine goldene Muschel auf roten Kufen darstellenden Schlitten, dessen Gespann der Bräutigam Sabines von Muslor lenkte, saß neben dieser die schöne Gabriele in einem kirschroten Atlaspelz. Sie hatte das mit Marderfell verbrämte Barett keck in die weiße Stirn gedrückt, und ihre schwarzen Augen blitzten übermütiger als je.

Sechstes Kapitel

Auf den Dächern, den Mauervorsprüngen und Zinnen des Burghauses zu Giebelstadt flimmerte der Schnee in der Mittagssonne. Das Haus lag in unmittelbarer Nähe des Dorfes gleichen Namens auf der mittelfränkischen Hochebene, die sich etwa drei Stunden weiter nördlich zu dem hochummauerten Städtchen Heidingsfeld am linken Ufer des Mains, schräg gegenüber von Würzburg, herabsenkte. Die Burg war nur von geringem Umfang und von einem sumpfigen, mit Weidensträuchern umsäumten Wassergraben, den jetzt eine dünne Eiskruste bedeckte, eingeschlossen. Hinter diesem erhob sich eine hohe Ringmauer mit dicken Rundtürmen an den vier Ecken. Eine Zugbrücke führte südwestlich vom Dorf zu dem Spitzbogentor, über dem ein Geier mit gespannten Flügeln eingemeißelt war. Auf dem engen Hofraum lag rechts das Herrenhaus, zu dessen beiden oberen Stockwerken man in den beiden Ecktürmen hochstieg, die es flankierten. Gegenüber, zwischen den beiden anderen Ecktürmen, lehnten die Ställe und Schuppen mit den Futter- und Getreideböden darüber an der Ringmauer, unter deren Zinnen ein Wehrgang die weit nach außen sich wölbenden Türme verband.

Auf der Burg saßen seit undenklichen Zeiten die Geyer von Geyersberg. Das noch in zwei Linien blühende Geschlecht hatte bereits zu der Adelspartei gehört, die durch einen Staatsstreich die Wahl Konrads III. zum deutschen Kaiser erzwungen und damit die Hohenstaufen an das Reichsregiment gebracht hatte. Die Geyer von Geyersberg hatten dann in den Feldzügen und am Hof des schwäbischen Kaiserhauses geglänzt. Und als der jüngere Sohn des dritten Konrad mit seiner jungen Gemahlin auf der Burg zu Rothenburg seinen fröhlichen Hof hielt, während sein Onkel Friedrich Rotbart die Kaiserkrone trug, hatte man sie dort als willkommene Gäste häufig einreiten sehen. Dieses gute Verhältnis zu der malerischen Tauberstadt, die dem Rotbart seine Reichsfreiheit verdankte, ging dann freilich zu Bruch, als um die Mitte des fünfzehnten Jahrhunderts die Städte zum Schwert greifen mußten, um ihr Aufblühen gegen die Habgier des wirtschaftlich rückständigen Feudaladels zu schützen. Damals wurde auch Burg Giebelstadt von den Rothenburgern erobert. Das gleiche Schicksal hatte das feste Haus der Zobel von Zobelstein, das, nur einen guten Büchsenschuß entfernt, an der nordwestlichen Ecke des Dorfes lag. Nun, die Spuren jener stürmischen Zeit waren verwischt, die niedergerissenen Mauern wieder aufgerichtet, und innerhalb derselben hauste eine neue Generation der alten Geschlechter.

Ritter Florian Geyer von Geyersberg war auf der Jagd. Ihn erwartend, saß seine Gattin in dem Mittelzimmer des ersten Stockwerks der

Burg am Kamin, in dem große Buchenklötze brannten. Sie tändelte mit einem erst einige Monate alten Kind, dem ersten Sprößling ihrer Ehe. Die junge Mutter saß in einem großen Lehnstuhl, und ihre Füße ruhten auf einem Bärenfell. Sie trug ein schlichtes dunkles Hauskleid, und ein mit Pelz verbrämtes Samtkäppchen bedeckte ihr ins rötliche spielende Blondhaar, das im Nacken in Flechten zusammengelegt war. Dieser Haarfarbe entsprach das zarte Weiß ihrer Haut, so daß ihre Wangen roten Rosen auf Schnee glichen. Ihr rundliches Antlitz war weniger hübsch als verständig und gut, und aus ihren blauen Augen leuchtete das reinste Mutterglück, als sie mit dem Knäblein auf ihrem Schoß plauderte, das dazu lachte und mit den dicken, rosigen Beinchen strampelte. Es war eine reizende Gruppe, vor der auf dem Fußboden die Mittagssonne spielte, die von der Hofseite so hell hereinschien, wie es die kleinen, in Blei gefaßten, vielkantigen Scheiben der schmalen Fenster gestatteten. Die Vorhänge aus grünem Stoff waren so weit wie möglich zur Seite geschoben. Eine braune Täfelung bekleidete bis zur Brusthöhe die Wände, die mit Jagdtrophäen und Waffenstücken geschmückt waren. Die Wände und das Kreuzgewölbe der Decke waren weiß getüncht. In den tiefen Fensternischen und an den Wänden standen Eichenbänke, die mit Polstern belegt waren. Keine Kissen hatten die Bänke zu beiden Langseiten des auf gekreuzten Beinen ruhenden Tisches, der zum Mittagessen gedeckt war. Es war zwölf Uhr vorüber, mithin um eine Stunde später als die Herrschaft zu speisen pflegte. Das Gesinde und auch die Bauern aßen bereits um zehn Uhr zu Mittag. Das saubere Tafeltuch war im Haus gewebt. Die Teller sowie der Krug, der einen leichten Landwein enthielt, bestanden aus blitzendem Zinn, und nur die beiden Becher und das Salzfaß waren aus Silber.

Frau Barbara unterbrach ihr Getändel, um zu lauschen. »Der Vater, Mätzchen«, rief sie, während ein rosiger Schein ihr angenehmes Gesicht überflog. Sie erhob sich aus dem Lehnstuhl, der einzigen Bequemlichkeit des Gemaches. Es war eine volle Gestalt. Ihr Ohr hatte sie nicht getäuscht, und gleich darauf überschritt der Burgherr die Schwelle.

Florian Geyer war ein stattlicher Mann Mitte der Dreißig, mit breitgewölbter Brust und muskulösen Armen. Sein grünes Wams und die grauen Strumpfhosen in den hoch heraufgezogenen Stiefeln bestanden aus gesponnener Wolle. In der Hand hielt er ein Feuerrohr, über seiner Schulter hingen Pulverhorn und Kugeltasche und an seiner Hüfte ein kurzes Schwert. Der mit Spielhahnfedern geschmückte Schlapphut beschattete ein energisches Gesicht mit kräftiger Nase und ernsten, scharfblickenden Augen. Ein starker Schnurrbart war über dem festen Mund aufwärts gedreht. Seine Wangen waren von der Luft gebräunt und von jener kernigen Hagerkeit, die das Leben in der freien Luft erzeugt. Mutter und Kind hatten noch geschlafen, als er zur Jagd aufgebrochen war, und so war es zugleich sein Morgengruß, den er auf die weichen Lippen der Gattin drückte. Der Kleine zog ein weinerliches Frätzchen, trotz der Vorsicht, mit der die bärtigen Lippen des Vaters seine Stirn berührten. Die Mutter machte es aber mit ihrem Kuß schnell wieder gut.

»Und die Jagd war gut?« fragte sie, während Herr Florian Hut und Jagdgerät ablegte.

»Nicht sonderlich, wegen des zu hohen lockeren Schnees«, entgegnete er und glättete das in die Stirn gestrichene Haar. »Der Bursche hat nur ein paar Hasen in der Küche unten abgegeben. Demnächst wird es aber ein anderes Wild zu jagen geben. Die Bauern in Ingolstadt erzählten mir, daß sich im Guttenberger Wald Wölfe hätten sehen lassen. Das Raubzeug muß schleunigst abgeschossen werden.«

»Ich hab's oft genug auf Burg Rimpar heulen hören«, bemerkte die junge Frau. »Aus dem Gramschatzer Forst scholl es in den Winternächten über die Pleichach herüber. Es war schauerlich anzuhören.«

»Und du zogst geschwind die Bettdecke über den Kopf«, neckte er sie.

»Wenn ich ein Stadtfräulein gewesen wäre«, lachte sie. »Aber auf dem Kamin liegt ein Schreiben aus Rothenburg. Der Wölffl brachte es. Hätte die Antwort Zeit, wollte er sie mitnehmen, wenn er aus Würzburg zurückkommt. Er ist mit seinem Kram wohl noch im Dorf.«

»Und was hat er dir Neues zum Kauf dazugegeben? Denn du wirst doch etwas zu seinem Unterhalt beigetragen haben?«

»Freilich, es fehlte mir dieses und jenes«, erwiderte sie. »Aber lies erst deinen Brief, das übrige hat Zeit.«

»Das heißt, die weibliche Neugierde hat den Vortritt«, scherzte er. »Oder war's keine gute Mär, die Wölffl dir zugetragen hat?« Er blickte sie forschend an.

»Es hat sich etwas Schreckliches in Ohrenbach ereignet«, antwortete sie mit Widerstreben, und dann erzählte sie von der Vertreibung des Konz Hart und wie sich seine Frau aus Verzweiflung mit ihren beiden jüngsten Kindern ins Wasser gestürzt und ihr Mann zur Vergeltung die Zehntenscheunen auf Endsee in Brand gesteckt habe. Er sei mit dem älteren Knaben verschwunden.

Mit feuchten Augen und zärtlicher Angst drückte Frau Barbara ihr Kind an ihren Busen. Ihr Gatte, dessen Antlitz sich bei der Erzählung verfinstert hatte, ging im Gemach hin und her, als sie schwieg. »Die blutige Saat muß blutige Frucht tragen. Sie wollen es nicht anders«, sprach er zwischen den Zähnen hindurch. Dann blieb er bei der jungen Frau stehen, blickte nachdenklich auf seinen Sprößling, der ihn von den Armen der Mutter mit großen Augen anschaute, und sagte: »Armer Schelm, du hast in einer traurigen Zeit das Licht der Welt erblickt. Überall sitzen Unrecht und Gewalt im Regiment und treten das arme, hart arbeitende Volk mitleidslos unter die Füße. Was für eine Zukunft steht ihm unter solchen Aspekten bevor? Wird er aus den Wetterwolken, die den ganzen Himmel verfinstern, den erlösenden Blitzstrahl fahren sehen? Wird er den Sieg der Freiheit und Gerechtigkeit erleben?« Er strich sich mit der Hand über die Stirn, worauf er fortfuhr: »Ein einzelner vermag die Erlösung nicht zu vollbringen. Wir alle müssen an ihr mitschaffen. Darum laß uns auch unseren Knaben dazu erziehen, an ihr mitzuwirken, zur Handhabung der Wahrheit und Gerechtigkeit ohne alle Menschenfurcht!«

»Ich werde es mit meinem Teil leicht haben«, versetzte Frau Barbara schlicht. »Denn um aus ihm einen Mann zu machen mit lauterem Herzen, starkem Willen und furchtloser Tat, dazu brauche ich ihn nur auf seinen Vater zu verweisen.«

»Still, Barbara!« sprach er fast streng. Sie aber rief lebhaft: »Nein, Liebster, ich schmeichle dir nicht, noch mache ich mich zum Echo des Urteils anderer über dich. Ich kenne dich bis auf den Grund deiner Seele. – Aber jetzt laß uns zu Tisch gehen!«

Sie verließ ihn, um das Kind der Wärterin zu übergeben und das Mittagessen anrichten zu lassen. Er nahm unterdessen vom Kamin den Brief, durchschnitt mit seinem Dolchmesser die Fäden, die ihn kreuzweise umschlangen, und vertiefte sich in den Inhalt. Als seine Gattin zurückkam, fand sie ihn in Grübeln verloren, den Brief in der lässig herabhängenden Hand haltend.

»Müssen wir den heutigen Tag doppelt schwarz anstreichen?« fragte sie besorgt.

Er verneinte. »Der Brief gemahnt mich an meinen unvergeßlichen Freund Ulrich von Hutten«, sagte er, faltete das Schriftstück zusammen und steckte es in seine Gürteltasche. »Den Schreiber kenn' ich nicht. Er ist ein Doktor der Rechte und nennt sich Max Eberhard. Es muß wohl in Rothenburg eine offene Aussprache über die Schriften und Ziele Ulrichs nicht möglich sein, so daß er mir, dem Fremden, seine Bewunderung jener ausdrückt und sein Herz öffnet. Die Furcht vor dem Toten dauert an, und der Haß, der den Lebenden verfolgte, wird wahrscheinlich auch den Gedenkstein an seinem einsamen Grab nicht lange schonen.«

»Wohl ihm, daß er endlich Ruhe fand«, tröstete Frau Barbara. »Erzähltest du mir doch, daß er seit langen Jahren an einer unheilbaren Krankheit litt.«

»Sein Feuergeist zwang den schwächlichen Leib, ihm dienstbar zu sein«, ergänzte Herr Florian. »Dennoch ahnte ich nicht, als wir uns nach dem mißglückten Zug Sickingens gegen den Erzbischof und Kurfürsten von Trier mit einem raschen Händedruck auf dem Landstuhl trennten, daß wir einander nicht wiedersehen würden. Er wollte Hilfe in der Schweiz suchen, ein anderer eilte an den Rhein, ich hierher, um unseren säumigen Adel in den Sattel zu bringen.«

»Ich für meinen Teil darf nicht klagen, daß du dich nicht mit Franz von Sickingen auf seiner Burg Landstuhl eingeschlossen hast«, äußerte seine Gattin mit einem bedeutungsvoll lächelnden Blick.

Er verstand sie. Denn damals war er ihr auf Burg Rimpar, dem Sitz derer von Grumbach, wo sie als eine Waise bei ihren Brüdern Hans und Wilhelm lebte, zuerst begegnet. Er legte seinen Arm um ihre vollen Schultern und drückte sie an seine Brust. »Ihm war das Glück nur ein einziges Mal hold, und just damals lernte ich ihn kennen«, sagte er, während sie mit einem zärtlichen Stolz zu ihm aufblickte. »Es war in Würzburg, im Winter von 1517 auf 1518. Er war von der Universität Bologna nach Deutschland zurückgekehrt und in Augsburg während des Reichstages von dem Kaiser Maximilian als Dichter gekrönt worden. Die schöne Konstanze Peutinger hatte ihm den Lorbeerkranz gewunden. Jung, von Ruhm strahlend, voll Zuversicht, daß der Morgen, den die Humanisten verkündet hatten, nun wirklich anbrechen werde, so traf ich ihn dann in Würzburg am Hof des damaligen Bischofs Lorenz von Bibra, der den Ideen der Reformation zugeneigt war. Es war eine herrliche Zeit und, wie Hutten sagte, eine Lust in ihr zu leben. Und heute ist die Nacht schwärzer als je!« Er machte eine Bewegung, als wollte er die trüben Gedanken von der Stirn scheuchen.

Die junge Frau zog ihn sanft zu dem Tisch, auf dem inzwischen das Mittagessen aufgetragen worden war. Es bestand aus Rindfleisch mit weißen Rüben und der gerösteten Keule eines Ebers. Es fehlte dem Ritter keineswegs an Glücksgütern, so daß er gut einen reicheren Tisch hätte führen können. Aber er war bedürfnislos, der damals in üppigster Blüte stehenden Verschwendung und Schlemmerei feind und sein Leib durch körperliche Übungen von früh auf durch Jagd und Krieg gestählt. Er war schon in jungen Jahren in die Kriegsdienste des Kaisers Maximilian getreten, und Georg von Frundsberg, der das Heer umgestaltet hatte, indem er dessen Schwerpunkt auf die Fußtruppen gelegt hatte, war sein Waffenmeister gewesen. Der Ritterstand als der eigentliche und bevorrechtete Kriegerstand, der mit seinen Dienstmannen bislang die Heere gebildet hatte, hatte sich überlebt. Nicht das Schießpulver allein hatte das Lehensheer mit seinen schwer gepanzerten Reitern unbrauchbar gemacht, auch der ritterliche Geist war in ihm erloschen. Es hatte selbst sein Todesurteil unterzeichnet, als es in den Hussitenkriegen bei Taus auf die bloße Kunde von dem Anrücken des vorwiegend aus Bauern bestehenden Volksheeres wie Spreu vor dem Winde auseinandergestoben war, obwohl ein Kardinal seine Waffen gegen die Ketzer gesegnet hatte.

Kaiser Max sah es gern, daß die adlige Jugend in seine Landsknechtsfähnlein trat, um die neue Gefechtsart und Taktik zu erlernen. Das gab ein Holz, um daraus tüchtige Hauptleute zu schnitzen. In einem solchen vierhundert Mann zählenden Fähnlein hatte auch Ritter Florian Geyer das Waffenhandwerk von der Pike auf gelernt und unter Jörg von Frundsberg in Italien gegen Frankreich zu Feld gelegen. Er mußte sich dabei trotz seiner Jugend wohl auffällig hervorgetan haben. Denn als im Todesjahr des Kaisers Max, 1519, der Herzog Ulrich von Württemberg mitten im Frieden die freie Reichsstadt Reutlingen überfiel, vorgebend, daß ihm deren Bürger seinen Waldvogt auf Schloß Achalm erschlagen hätten, und der schwäbische Bund ins Feld rückte, um an ihm die Reichsacht zu vollziehen, da erhielt Florian Geyer ein selbständiges Kommando. Während die Hauptmacht unter dem Truchseß von Waldburg vor den Hohenasperg und Tübingen zog, erhielt er den Befehl, sich nordwärts zu wenden, wo Götz von Berlichingen mit der eisernen Hand in Möckmühl die Sache des Herzogs verteidigte. Und der gefürchtete letzte Anhänger des Faustrechts hatte sich dem jungen Hauptmann ergeben und nach Heilbronn in ritterliche Gefangenschaft reiten müssen! In diesem Feldzug, der Württemberg der Regierung Österreichs überantwortete, geschah es auch, daß Herr Florian die Bekanntschaft Franz von Sickingens machte und von ihm auf die Eberburg eingeladen wurde. »Die Herberge der Gerechtigkeit«, pflegte Hutten sie zu nennen. Denn von ihr sollte das neue Zeitalter der Gerechtigkeit ausgehen, und es sollte fortan nur ein Haupt: den Kaiser, nur eine Kirche: die protestantische, geben.

»Ich kann es nicht mehr bedauern«, so spann der Burgherr seine Gedanken während des Essens weiter, »daß Sickingen den Tanz mit dem Erzbischof von Trier beginnen mußte, ehe die Vorbereitungen zum Sturz der Fürsten beendet waren. Auf Huttens Drängen war zwar mit den Reichsstädten Verbindungen geknüpft worden, aber Sickingen schaute mit der vorurteilsvollen Geringschätzung des Adligen auf die Stadtbürger, und die Gemeinfreien. Die Bauern heranzuziehen, davon war keine Rede. Mit der Reformation war es Sickingen wohl ernst, aber nur als zweites. Sein Hauptziel, das ist mir heute klar, war kein anderes, als sich mit Hilfe des Adels und des neuen Glaubens einen Platz unter den Fürsten zu schaffen und sich selbst als weltlicher Kurfürst auf den Stuhl des Erzbistums Trier zu setzen. Er war zu berühmt, zu reich und zu mächtig geworden, um noch ein Untertan sein zu können. Wäre er Sieger geblieben und etwa durch die Ereignisse wider Willen weitergedrängt worden, so hätten wir heute eine Adelsrepublik mit einem ohnmächtigen Kaiser an der Spitze. An die Stelle der Teilfürsten wäre eine Legion kleiner adliger Despoten getreten, die dem Volk auch das letzte Mark aus den Knochen saugte. Das ganze Reich wäre ihrer schrankenlosen Willkür zur Beute geworden. Mir graut davor, daran zu denken.«

Frau Barbara hatte die zarte weiße Stirn nachdenklich gesenkt. Jetzt seufzte sie und sagte, die guten blauen Augen zu dem Gatten erhebend: »Wenn daheim auf Burg Rimpar von dem Unternehmen gesprochen wurde, dann dachten alle immer nur daran, sich der Lehenspflicht gegen den Bischof von Würzburg zu entledigen, und verteilten dessen Güter unter sich. Die Not der armen Leute zu erleichtern, davon war nie die Rede. Auch ich fand damals nichts daran«, gestand sie errötend, »kannte ich dich doch noch nicht und glaubte meiner eigenen Pflicht vollauf genügt zu haben, wenn ich unseren Leibeigenen und Hintersassen in Notfällen mit irgendeinem Almosen beistand. Ich lachte wohl, wenn mein Bruder Wilhelm sich anmaßte, es eines Tages wie der Götz von Berlichingen zu machen, auf eigene Hand Fehde zu führen und den reichen Stadtbürgern die Kisten zu fegen. Ich sollte dann auch Schmuck und schöne Kleider genug haben. Unser Vater starb leider, als der wilde Bub seine kräftige Hand am nötigsten gehabt hätte.«

»Der Junge sagte nur laut, wozu sie alle ein starkes Gelüsten verspüren«, bemerkte Florian Geyer unmutig. »Besäßen sie Berlichingens Frechheit, Faustrecht und Straßenraub ständen noch in vollster Blüte. Wölfe sind sie, und es täte not, daß man sie alle erschlüge.«

»Arg ist's schon, aber du solltest dich Wilhelms annehmen«, bat dessen Schwester. »Dann könnte noch etwas Tüchtiges aus ihm werden. Er ist ja noch so jung, erst zwanzig Jahre alt, und hält große Stücke auf dich, just weil du den Götz gefangennahmst, den er so sehr bewundert.«

»Er ist jung, ja, aber sein Kopf ist alt«, versetzte Herr Florian ernst. »Da er ein jüngerer Sohn ist, so berechnet er, wessen Schultern stark genug sein könnten, um ihn in die Höhe zu heben.«

»Am verhaßtesten ist es ihm, daß ein Grumbach bei einem Pfaffen zum Lehen gehen soll, mag er sich auch Herzog in Franken nennen«, bemerkte die junge Frau noch, »und noch dazu bei dem jetzigen Bischof Konrad von Thüngen, der ein strenger und grausamer Mann sein soll.«

»Das ist er in der Tat, und die Bürgerschaft von Würzburg ist ihm darum feind«, bestätigte ihr Gatte. »Nun, ich will versuchen, ob ich den jungen Burschen für den Geist der neuen Zeit gewinnen kann, die der Welt einen anderen Mittelpunkt setzt als das eigene Ich.«

Er selbst hatte das Vertrauen auf den Sieg der neuen Zeit nicht verloren, wenn auch Sickingens Unternehmen gescheitert war. Huttens schnell auflodernde Begeisterung und überwältigende Beredsamkeit besaß er nicht. Nachdem er sich aber für dessen Ideen einmal erwärmt hatte, erkaltete er auch nicht wieder. Auf die Tat gestellt, wie sein Freund auf das Wort, sann sein praktischer Verstand unablässig auf die Mittel, seine Überzeugung umzusetzen. Er hatte daher keine Zeit verloren, die durch Sickingens Fall und Huttens Tod zerrissenen Fäden wieder zusammen- und neue Verbindungen anzuknüpfen. Mußte das Schwert ruhen, führte er um so fleißiger die Feder, und er bedurfte dazu keines sogenannten Briefdichters. Alle helleren Köpfe waren von der Erkenntnis erfüllt, daß die kirchlichen, sozialen und politischen Zustände im Reich unhaltbar geworden seien und reformiert werden müßten. In dieser Überzeugung fanden sie sich leicht zusammen, und auf Burg Giebelstadt gingen die Briefboten aus und ein, zuweilen in seltsamer Gestalt.

Hufgeklapper auf dem Burghof veranlaßte Herrn Florian, sich vom Tisch zu erheben. »Es ist ein Fremder«, sagte er, in den Hof blikkend, wo ein Reiter in einem langen, dunklen Mantel und einer Pelzkappe, deren Schirm er tief über die Augen gezogen hatte, von einem starkknochigen Gaul stieg. Hinter dem Sattel war ein Mantelsack aufgeschnallt. Frau Barbara war hinter ihren Gatten getreten und sah noch, wie der Fremde auf das Schloß zuschritt, während ein Knecht das Pferd in den Stall führte.

Sporenklirrende Schritte näherten sich dem Gemach, und der Fremde trat mit gelüfteter Pelzkappe über die Schwelle. Er hatte einen geistvollen Kopf mit leicht ergrautem Haar, und er sprach mit einer angenehmen Stimme: »Wir sahen uns noch nie, Herr Ritter, aber die Freunde unserer Freunde sind ja die unserigen, und so kenne ich Euch bereits durch Euren brieflichen Verkehr mit meinem Freund, dem kurmainzischen Keller Weigand zu Miltenberg. Mein Name ist Wendel Hipler.«

»Gott willkommen, Herr Kanzler!« rief der Hausherr angenehm überrascht und schüttelte dem Gast kräftig die wohlgepflegte Rechte, von der er den Handschuh abgezogen hatte. »Legt ab und macht's Euch bequem.«

»Erst gestattet, daß ich der edlen Burgfrau meine Ehrerbietung bezeige«, antwortete Wendel Hipler und ließ den Worten mit feinem Anstand die Tat folgen.

Frau Barbara bestätigte den Willkommensgruß des Ritters in schlichter Weise und fügte hinzu: »Ihr trefft uns beim Mahl, Herr Kanzler, so bitt ich denn, nehmt vorlieb.«

»Aber ohne den Kanzler, schöne Frau, denn den habe ich den Grafen von Hohenlohe vor die Füße geworfen«, erwiderte Wendel Hipler mit einem leichten Lachen.

Florian Geyer und seine Frau waren beide erstaunt, allein die Höflichkeit gestattete es nicht, den Gast mit Fragen zu behelligen, solange er noch nicht abgelegt hatte. Dieser selbst berichtete, während er sich seiner Kappe und seines Mantels entledigte und das Schwert abgürtete, das er über einem dicken Lederumhang ohne Ärmel trug, daß er von Nürnberg komme und zu seinem Freund in Miltenberg unterwegs sei. Er habe daher die Gelegenheit benutzt, um Herrn Florian persönlich kennenzulernen. Die Burgfrau entfernte sich unterdessen, um für den Gast ein Gedeck und einen edleren Wein auftragen zu lassen.

»Diese Reise«, fuhr Herr Wendel fort und wärmte sich die Hände an dem Kaminfeuer, »bekräftigt nur die alte Lehre, daß man eher von einem Dornbusch Feigen als Dank von Fürsten erntet.« Wie er erzählte, war er aus den Diensten der Grafen von Hohenlohe geschieden, weil er für seine lange und treue Amtsführung nur mit dem schwärzesten Undank belohnt worden war. Sein eigenes Vermögen hatte er in ihrem Interesse eingebracht, und er war so arm davongegangen, daß er bei dem Vater seiner Gattin in Wimpfen im Tal, unterhalb Heilbronn, zu wohnen genötigt war. Zwar hatten die Grafen ihm für seine Forderungen die Einkünfte eines ihrer Güter überwiesen, aber sie hatten dieselben bereits für sich eingezogen, als er sie erheben wollte, und so war er fortgegangen. Jetzt hatte er bei dem Reichskammergericht die Rechte zweier Untertanen der Grafen, die jene ebenso ungerecht wie hart gestraft hatten, verfochten und den Prozeß gewonnen. Er schloß: »Wer die Grafen Albrecht und Jörg von Hohenlohe kennt, der wird von ihnen keine Gerechtigkeit, geschweige denn Milde erwarten. Mir haben sie bei dieser Gelegenheit zum Undank die Schmach zugefügt, daß sie meine Ehrlichkeit verdächtigten. So sind die Herren!«

»Mich erstaunt das keineswegs«, bemerkte Florian Geyer mit rauher Stimme. »Das ist derselbe Eigennutz, dieselbe Habsucht, die das Reich von seiner Höhe so tief herabgestürzt haben. Das Reich kümmert unsere Ritter, Grafen, Fürsten keinen roten Heller. Wo für sie kein Vorteil herauslugt, da kann ihretwegen selbst der Ungläubige das Reich durch Schwert und Feuer verwüsten, sie rühren keinen Finger, noch nehmen sie den Daumen von ihrem Säckel.«

Der aufwartende Diener hatte mittlerweile die Tafel ergänzt und an deren oberes Ende für den Gast den Lehnstuhl vom Kamin geschoben. Der Hausherr füllte zum Willkommensgruß die Becher. Es war köstlicher Wein, der an den sonnigen Abhängen des Marienberges bei Würzburg gedeiht, und Wendel Hipler kostete ihn mit feiner Zunge.

»Ein vorzügliches Gewächs«, bemerkte er. »Diejenigen, die ihn im Schweiße ihres Angesichts anbauen, bekommen ihn leider nicht zu kosten, und so ist es mit allen guten Dingen. Sie mähen die Wiesen, pflügen die Äcker, säen den Flachs, reißen ihn heraus, rösten, waschen, brechen und spinnen ihn, klauben die Erbsen, brechen Möhren und Spargel – alles für die Herren. Selbst das gute Wetter ist nur für diese, denn da müssen für sie die armen Leute arbeiten, mag auch auf deren Feld die Frucht im schlechten Wetter verderben.«

»Gott sei es geklagt, daß es so ist, Herr Hipler«, pflichtete ihm die junge Frau bei, die über seinen Worten wieder in das Zimmer gekommen war, nachdem sie noch die Zubereitung einer Eierspeise angeordnet hatte. »Doch jetzt bitte ich, es sich schmecken zu lassen.«

Wendel Hipler hatte einen tüchtigen Ritt gemacht, und sein Appetit bedurfte daher keiner Ermunterung. Dabei vergaß er die Unterhaltung nicht. Des Spruches eingedenk, daß Politik den Frauen kein gutes Thema sei, erzählte er von der Wunderstadt, aus der er eben kam, von ihren edlen Kirchen und malerischen Häusern, ihren schönen Brunnen und sonstigen Kunstschätzen in Farben, Erz und Stein. Frau Barbara, die nur das eine Stunde von Schloß Rimpar entfernte Würzburg kannte, lieh ihm ein aufmerksames Ohr. Der Ritter hörte nur zerstreut zu, ihm summten die Töne nach, die der Gast vorher angeschlagen hatte. Er verriet es durch die Frage: »Und die Nürnberger, woraus sind die gemacht?«

»Ei, das sind gar kluge Leute«, gab Herr Wendel mit einem leisen Lächeln zur Antwort. »Sie mögen gern das Gute schmausen und fragen nicht danach, ob des Nachbars Teller leer sei. Wer ihnen nützt, dem helfen sie, wenn es ihnen keinen Schaden bringt. Sie haben die Zünfte beizeiten zum Rat zugelassen, so daß der Sturm, wenn er kommt, sich an ihren Mauern brechen wird.«

»Und kommen wird und muß er«, sagte der Hausherr nachdrücklich.

Der Gast zuckte mit einem bedeutungsvollen Blick die Achseln. Es drängte ihn selbst aber zum Reden. Er schob daher bald seinen Teller zurück, und als Frau Barbara die Männer bei dem Wein alleinließ, sagte er nach einem Schlückchen aus seinem Becher: »Wahrlich, mich erbarmt der Jammer der armen Leute aus tiefstem Herzen, und wenn wir die günstige Gelegenheit nützen, die sich uns bietet, so ist die Stunde ihrer Befreiung nahe.«

»Welche Gelegenheit meint Ihr?« fragte der Ritter mit großer Spannung.

»Die Machenschaften des vertriebenen Herzogs Ulrich, der auf dem Hohentwiel heimlich rüstet, um Württemberg wieder einzunehmen.«

»Davon weiß ich«, bestätigte der Burgherr. »Meine Freunde, die sich nach dem Fall von Landstuhl in die Schweiz retteten, haben es mir vermeldet und mich aufgefordert, mich dem Herzog ebenfalls anzuschließen. – Niemals!«

»Eine andere Antwort erwartete ich von Euch nicht«, gab Herr Wendel zu. »Es soll aber in Württemberg alles anders werden. Der Herzog läßt dort verkünden, daß er den armen Mann des Joches entledigen und fortan ein väterliches Regiment üben werde. Er selbst reitet am Untersee und im Schwarzwald umher und tut leutselig mit den Bauern.«

»Es mag ihm freilich gleichgültig sein, ob ihm Stiefel oder Schuh, Edelmann oder Bauer wieder zur Herrschaft helfen«, rief Florian Geyer mit gerunzelter Stirn. »Aber er und das Volk befreien! Er, dessen ganze Herrschaft eine Kette von maßlosen Unterdrückungen, Schlechtigkeiten und Verbrechen war! Bildet er sich etwa ein, daß die Württemberger die Grausamkeit vergessen haben, mit der er die Bauern im Remstal strafte, als sie die Not zum Bund des armen Konrad zwang? Vergessen seine nimmersatte Vergnügungs- und Prunksucht, die ihn gewissenlos nach allen Mitteln greifen ließ und das Land fast an den Bettelstab brachte? Vergessen, wie er das Gewicht und das Geld fälschte, das Recht bog und mit allen Ämtern Schacher trieb? Vergessen der feige Meuchelmord, den er an seinem Freund, dem Vetter Huttens beging, weil ihn nach dessen schöner Frau gelüstete? Vergessen seine ganze Wüstheit, die aus Württemberg ein Sodom und Gomorrha machte, so daß seine Gemahlin zu den Ihrigen in Bayern flüchten mußte? Kann das alles vergessen sein, auch wenn trotz der furchtbaren Anklageschrift Ulrichs von Hutten das Ohr der Gerechtigkeit taub blieb?«

»Es wäre auch taub geblieben wegen seines Überfalles von Reutlingen, nur daß von den Herren keiner dem anderen den fetten Bissen gönnte«, antwortete Wendel Hipler gelassen. »Ob die Württemberger etwas von alledem vergessen haben, ist mir nicht bekannt. Vielleicht nicht. Dennoch wird sich dort Bauer und Bürger für ihn erheben, sobald er das Zeichen gibt. Die Hoffnungen der Unglücklichen sind leicht geweckt, und die österreichische Herrschaft ist in Stadt und Land über die Maßen verhaßt. Und weil es dem Haus Österreich gilt, darum gibt dessen alter Widersacher König Franz das Geld für die Rüstungen des Herzogs, und die Vororte der Eidgenossen haben ihm Unterstützung versprochen. Oder glaubt Ihr etwa, Herr Ritter, daß der Herzog die französischen Kronen nicht nehmen wird? Ei, es ist ihm bei der letzten Kaiserwahl manch deutscher Kurfürst mit seinem Beispiel vorausgegangen und hat das französische Geld ohne Gewissensbisse eingesteckt, um für den welschen Franz gegen den hispanischen Habsburger Karl zu stimmen.«

»Man müßte sich fürwahr fast schämen, ein Deutscher zu sein«, knirschte Florian Geyer. »Wenn der Herzog über keine weiteren Hilfsmittel verfügt, als die von Euch erwähnten, Herr Wendel, dann wird er sich auf seinem wiedergewonnenen Stuhl nicht lange behaupten können, so geschickt er seine Zeit abgepaßt hat. Der Frundsberg hat den Sommer über überall im Reich die Werbepatente umschlagen lassen, und wer von den Landsknechten müßig ging oder unlustig zur Arbeit war, ist dem Kalbfell zugelaufen und über die Alpen geschickt worden. Was mit dem Herzog, wenn in der Lombardei der alte Streit zwischen Deutschland und Frankreich ausgefochten ist?«

»Ihr habt den Punkt berührt, der für uns von Wichtigkeit ist. Was kümmerten uns sonst die Machenschaften des Herzogs?« erwiderte der ehemalige Kanzler. »Worauf er sonst zählt, das ist die Verzweiflung der armen Leute im ganzen Reich. Überall glimmen die Kohlen unter der Asche, und seine Unterhändler blasen sie überall geschäftig an, vom Schwarzwald bis zum Böhmerwald. Des Herzogs gar geschickter Kanzler, der Ritter und Doktor Fuchsstein ...«

»Hat sich zu Kaufbeuren als Prediger des Evangeliums und Anwalt der Bauern aufgespielt«, unterbrach ihn Herr Florian. »Das weiß ich. Er sitzt dort inmitten der Bauernschaften des Bischofs von Augsburg, des Fürstabts von Kempten, des Abts von Irsee und vieler weltlicher und geistlicher Herren zwischen Iller, Lech und Donau, hart an Bayerns Grenze.«

»Dessen Herzöge von Böheim und Schwaben her zugleich angegriffen werden sollen, um sich zwischen sie und den Schwäbischen Bund zu schieben«, ergänzte Wendel Hipler.

»Ich hab's mir gedacht«, sagte der Burgherr. »Aber Ihr wißt es, wie es scheint, genau.«

»Wie ich von zu Hause nach Nürnberg ritt, traf ich in Heilbronn im ›Falken‹ den Ritter Stephan von Menzingen, der nach Rothenburg wollte«, erklärte der Gast mit einem feinen Lächeln.

»Den Menzingen?« rief Florian Geyer überrascht. »Den Menzingen, der damals den Absagebrief des Herzogs Ulrich an den Schwäbischen Bund mit unterzeichnet hat und in dessen Obhut die Kinder des Herzogs auf Hohentübingen zurückblieben? Und der ging nach Rothenburg trotz seiner Händel mit dem dortigen Rat?«

»Derselbe«, bestätigte Wendel Hipler. »Er hat sich zu Recht erboten und der Rat ihm freies Geleit gewährt. Vorerst ging er nach Reinsburg, um die Seinigen abzuholen, damit er in Rothenburg völlig unverdächtig erscheine. Beim Wein gab ein Wort das andere. Ich verhehlte ihm nicht, daß ich den Grafen von Hohenlohe bekämpfe, wo ich kann, und er kam mir gegenüber offen mit der Sprache heraus. Mit den Frühlingsstürmen gedenkt der Herzog von Hohentwiel vorzubrechen. Lodert alsdann der Brand überall im Reich auf, dann werden die Herren ein jeder für sich sattsam zu schaffen haben, so daß sie dem Herzog keinen Widerstand entgegenzusetzen vermögen.«

»Und auf solch gewaltigem Feuer gedenkt der Herzog sein Süpplein zu kochen?« hohnlachte Herr Florian. »Ja, fürchtet er denn nicht, daß der Topf auskocht, ehe daß die Suppe gar ist?«

Wendel Hipler sah ihn mit einem schlauen Blick an und sprach: »Er kennt wohl nicht das weise Sprüchlein des Kardinals von Cusa. Es lautet zu deutsch: So wie die Fürsten das Reich verschlingen, so werden die Völker die Fürsten verschlingen. Mag der Herzog den Wurf wagen, der Gewinn ist des Volkes.«

Er schenkte sich ein und trank in vollen Zügen. Florian Geyer saß in Nachdenken versunken da. Dann stand er auf und ging hin und her. Nach einer Weile blieb er vor dem Gast stehen und sagte mit verdüsterter Miene: »Ich müßte es als einen Verrat an der Freiheit betrachten, wenn wir die günstige Gelegenheit, die der Herzog schafft, nicht nützen wollten. Wir dürfen seinen Wurf nicht verhindern. Wie es mich aber ärgert, daß wir unsere reine Sache von seinem falschen Spiel nicht trennen können, ich kann es Euch nicht sagen.« Wieder durchmaß er das Zimmer einige Male. »Aber es muß sein«, schloß er, indem er stehenblieb und den Kopf emporwarf. »Frisch ans Werk, um den Kampf nach unserem Ziel zu lenken.«

»Ich ehre Eure Gesinnung«, erwiderte der Gast mit einer Neigung seines geistvollen Kopfes. »Der Erfolg kann uns nicht fehlen. Denn wir haben nicht allein die Bauern für uns, die der neue Glaube zum Gefühl ihrer Menschenwürde erweckt hat, so daß sie die bislang erduldete Not und Knechtschaft wie einen Feuerbrand in ihren Herzen empfinden. Auch die Bürgerschaft, vor allem der freien Reichsstädte, wird zu uns stehen. Sie ist der Adelsherrschaft müde, und Handwerk und Handel brauchen freie Ellenbogen, um sich nach Kräften zu rühren, und vor allen Dingen fürchten sie die mit allen Mitteln immer weiter um sich greifende Macht der Fürsten. Unsere Aufgabe ist, Raum zu schaffen für den Neubau des Reiches, der ein Tempel werden soll der Freiheit aller!«

»Mein Schwert gehört dem Volk«, sprach Herr Florian aus tiefster Brust.

»Wie die scharfe Feder Weigands«, fügte Wendel Hipler hinzu. »Gesegnet sei diese Stunde, Herr Geyer von Geyersberg. Frisch an's Werk denn!«

Er faßte die schwertgewohnte Hand des Ritters mit starkem Druck und erhob sich zum Abschied.

Siebtes Kapitel

Der Wächter auf dem Rathausturm hatte eben die neunte Abendstunde angeschlagen, als aus einem der ansehnlichen Häuser auf dem Kapellenplatz eine vermummte Gestalt trat. Sie hätte den Mantel und den über die Stirn herabgeschlagenen Barettrand nicht gebraucht, um unerkannt zu bleiben. Denn nur die Sterne, die wie Juwelen am klaren Winterhimmel leuchteten und funkelten, erhellten die Straßen, eine andere Beleuchtung besaß Rothenburg nicht, und in den Erdgeschossen der Häuser waren überall die Fensterläden geschlossen. Nur selten brannte hinter denselben noch ein Licht. Die Stadt schlief bereits, und der nächtliche Wanderer, der bei der Marienkapelle am oberen Ende des länglichen Platzes in die Stollengasse und weiter abwärts zur Rechten in die Rosengasse bog, begegnete keinem Menschen. Aus der Ferne nur klang der Schritt der Nachtwache durch die Stille. Der Vermummte hielt sich auf der Straßenmitte, da an den Häusern vorspringende Stufen, Kellereingänge und Schweinekoben bedenkliche Hindernisse in der Dunkelheit bildeten. Auch war man an den Häusern vor plötzlichen Sturzbädern bedenklichster Art aus den Fenstern nicht sicher. Etwa in der Hälfte der Rosengasse wandte der Verhüllte sich links in die Hofstatt, an deren Ende ein Turm der Stadtmauer unheimlich zum Sternenhimmel deutete. Vor einem schmalen Haus blieb er stehen und klopfte leise dreimal an den Fensterladen neben der Haustür. Gleich darauf wurde diese ohne Geräusch geöffnet und ebenso wieder hinter dem Eintretenden geschlossen.

»Ist er gekommen, Meister Etschlich?« fragte der späte Besuch mit gedämpfter Stimme im Flur, auf den ein Lichtschein aus einer offenen Stubentür fiel.

»Ja, er kam zwischen Licht und Dunkel, Herr Altbürgermeister«, antwortete Kaspar Etschlichs Vater, der den Gast erkannte, und holte aus der Stube die Kerze, die auf einem eisernen Leuchter brannte. Das Licht flackerte über derbe Züge, ähnlich denen des Sohnes, nur zeigte sich von dessen Humor in ihnen keine Spur. Meister Kilians großer Mund trug einen herben Ausdruck, und eine tiefe senkrechte Stirnfalte, welche die starken Brauen gegen die Nasenwurzel herunterdrückte, gab den Augen einen mürrischen Zug.

»Wollt Ihr mir folgen, Herr Altbürgermeister«, lud er diesen, auf die Treppe zugehend, ein.

»Er ist also noch nicht zur Ruhe gegangen?« fragte Herr Ehrenfried.

»Ich weiß nicht, ob er überhaupt Ruhe braucht.«

»Wie denn, Meister Kilian? Was meint Ihr?«

Der Tuchscherer schüttelte nur stumm den Kopf. Er führte Ehrenfried Kumpf in das oberste Geschoß, wo er mit den Worten: »Tretet nur ein, ich hol' Euch nachher wieder ab!« eine Tür vor ihm öffnete und sich danach entfernte.

Es war eine geräumige, doch niedrige Stube mit weiß getünchten Wänden, in die der Altbürgermeister trat. Ihre beiden Fenster, die auf den Hof hinausgingen, in dessen Gebäuden sich die Schergaden befanden, waren von innen durch Läden verschlossen. Eine schmale Bettstelle, einige Strohstühle und ein großer Tisch aus ungebeiztem Tannenholz bildeten die ganze Ausstattung des Gemaches. Der Bewohner desselben saß an dem Tisch und schrieb beim Schein einer Lampe, deren Blechschirm das Licht auf einen engen Kreis beschränkte. Neben ihm auf dem Tisch stand Eßgeschirr, dessen Inhalt kaum berührt schien, an der Seite lagen ein Schwert in einer zerrissenen Scheide und ein vielgebrauchter Schlapphut. Das Kommen des Altbürgermeisters hatte er überhört. Seine Gänsefeder knirschte weiter über das grobe Papier. Er unterbrach seine Beschäftigung erst, als Herr Ehrenfried, der ihn eine Weile still betrachtet hatte, an ihn die Worte richtete: »Das nenn' ich einen Feuereifer! Kaum in Sicherheit, so greift Ihr auch schon zur Feder. Ehrenfried Kumpf heißt Euch willkommen in Rothenburg, Herr Doktor!«

Nun warf jener die Feder weg, schlug den Lampenschirm in die Höhe und ergriff, aufspringend, lebhaft beide Hände des Besuchers. Es war ein kleiner dürrer Mann mit einem schwärzlichen Gesicht und dunklen, von innen heraus leuchtenden Augen. Gekleidet war er wie ein Bauer, in weißlichem Zwillich und Bundschuhen. »Ich habe zu lange feiern müssen, und Eile tut not«, sagte er, die Hände des Altbürgermeisters festhaltend und zu ihm hinaufblickend. »Ich zwicke das sanftlebende Fleisch in Wittenberg. Ach, Thomas Münzer wird seine Freude daran haben, wann er es liest, nicht minder die Freunde, die ich in Straßburg und Basel gewonnen habe. Mögt Ihr vielleicht einen Blick hineintun?«

Er raffte die von ihm bereits beschriebenen Blätter zusammen, ordnete sie und gab sie Herrn Ehrenfried, der unterdessen Barett und Mantel abgelegt hatte.

»Ein Waffengang mit Luther in der Abendmahlsfrage?« rief der Gast und begann zu lesen.

»Ihr kennt sicher seine Schrift, in der er behauptet, daß der Wein und das Brot wirklich der Leib Christi seien«, sagte der kleine Doktor. »Darauf antworte ich ihm, wie es einer solchen Grobkörnigkeit gebührt. Daß ich für meine symbolische Auffassung der heiligen Handlung auch Zwingli gewonnen habe, damit habe ich es mir jetzt vollends bei ihm verdorben, und er hält, wie er gesteht, gegen mich und meine Freunde alles für erlaubt. Er verleumdet uns als aufrührerische Geister und intrigiert bei Fürsten und Obrigkeiten, daß sie uns des

Lehramts entheben und aus dem Land weisen. Es soll uns kein Ort bleiben, wo wir ruhen und unsere Verteidigung gegen seine Verdächtigungen und Schmähungen, die seine ultima ratio sind, in Druck gehen lassen können. Ein römischer Ketzerrichter könnte diejenigen, die anderer Meinung sind als er, nicht fanatischer verfolgen.«

Es war Dr. Karlstadt, so nach seinem unweit von Würzburg gelegenen Geburtsort genannt, der diese schweren Anklagen erhob. Sein eigentlicher Name war Andreas Bodenstein. Selbst seine Gegner mußten einräumen, daß er an Wissen und Tiefsinn dem Reformator überlegen war, dem er als Dekan der theologischen Fakultät zu Wittenberg den Doktorhut gereicht hatte. Durch die Unduldsamkeit des »Gottesmanns« aus Sachsen vertrieben, war Dr. Karlstadt zunächst an den Oberrhein gewandert, wo sich auch Thomas Münzer, Bucer und andere von den Kanzeln und Lehrstühlen Verscheuchte aufhielten. Als er sich von dort seiner ostfränkischen Heimat zuwendete, ließ der Markgraf Kasimir nach ihm fahnden. Valentin Ickelsamer jedoch, dem lateinischen Schulmeister zu Rothenburg, der in Wittenberg zu seinen bedeutendsten Schülern gehört und die Universität nach seiner Vertreibung verlassen hatte, war es dank seiner Beziehungen zu Dr. Deutschlin, dem Altbürgermeister und anderen Gesinnungsgenossen gelungen, den Flüchtling in die Stadt zu schmuggeln. Die Wache am Rödertor, in dessen Nähe der Tuchscherer wohnte, mochte den kleinen, bäuerlich gekleideten Mann gar nicht beachtet haben, da der lateinische Schulmeister allgemein bekannt war und man wußte, daß er aus dem Dorf Ohrenbach gebürtig war, also bäuerliche Verwandte besaß.

Dr. Karlstadt hatte laut Verabredung seinen ehemaligen Schüler vor dem Tor in einer Herberge erwartet, in der die von Augsburg nach Würzburg ziehenden Frachtfuhrleute einzukehren pflegten. Seine Bauerntracht war übrigens keine Maske wie das Junkerkleid Luthers auf der Wartburg. Schon ehe letzterer von dort zurückgekehrt war, hatte Karlstadt in Wittenberg gelehrt, daß ein Handwerk zu treiben besser als Gottesgelehrtheit sei. Die Doktoren und Magister derselben seien ein Greuel. Die Jugend sollte die Hochschulen, die Mönche die Klöster verlassen und entweder ein Handwerk erlernen oder wie Adam die Erde aufgraben. Er selbst war mit seinem Beispiel vorausgegangen, hatte auf dem Gut seines Schwiegervaters zur Hacke gegriffen und nannte sich Nachbar Andreas.

Seine Äußerungen hatten Herrn Ehrenfried augenblicklich lebhafter interessiert als die noch unvollendete Schrift. »Es schmerzt mich«, seufzte er und legte die Blätter wieder aus der Hand, »daß dieser hochverehrte Mann sich nunmehr selbst zum Papst aufschwingt und danach trachtet, die kaum befreite Vernunft wiederum in Fesseln zu schlagen.«

»Auch ich habe ihn um seiner großen Gabe willen wie keinen geschätzt«, versicherte Dr. Karlstadt. »Durch die Hölle wäre ich für ihn gegangen, und Ihr wißt, werter Gönner, daß deren Fürst ihm viel zu schaffen gemacht hat. Aber den wahren Teufel, der in der Einsamkeit der Wartburg Macht über ihn gewann und ihn zu Fall gebracht hat, den hat er leider nicht erkannt. Das ist der Teufel der Eitelkeit, der ihn, seitdem er in Worms vor den Fürsten und Ständen des Reichs stand, glauben macht, daß die Reformation einzig aus seinem Kopf entstanden sei, so wie Pallas Athene aus dem Haupt des Zeus geboren wurde. Er maßt sich an, daß er unfehlbar sei und daß Gott einzig und allein durch seinen Mund spreche. Er ist unbestreitbar ein kühner Mann und von der Leidenschaft durchglüht, ohne die nichts Großes unternommen wird. Allein der Böse trübt seinen Geist, und seinem Blick fehlt die Hellsichtigkeit und Weite, deren es bedarf, um die Reformation zum Sieg zu führen. Und jetzt hat der Teufel ihn so verhärtet, daß er die Protestanten lieber in zwei Parteien auseinanderreißt, als daß er von seinem Irrtum in der Abendmahlslehre abrückt und die Hand faßt, die ihm Zwingli zur Verständigung bietet.«

»Da sei Gott vor«, rief der Altbürgermeister betroffen.

Der Flüchtling aber fragte: »Ja, was meint Ihr wohl, warum er zornentbrannt von der Wartburg herbeigestürmt kam, als ich in Wittenberg die Ohrenbeichte aufhob, die Messe abschaffte und das Abendmahl in zweierlei Gestalten reichte?«

»Und die Heiligenbilder aus dem Dom entferntet«, ergänzte Ehrenfried Kumpf.

»Das geschah ohne mein Zutun«, versicherte der Doktor.

»Aber es geschah mit Recht, daß man die Götzenbilder herausschaffte«, rief der Altbürgermeister. »Warum er alles wieder in den vorigen Stand setzte und sogar die Kutte wieder anlegte, anstatt das Tuch zwischen sich und Rom vollends zu zerschneiden, das hat keiner begriffen. Ihr hattet doch im Geist der Reformation gehandelt.«

»Auch bestritt er die Folgerichtigkeit meines Handelns nicht und konnte es auch nicht«, erklärte Dr. Karlstadt. »Es sollte aber alles und jedes nur durch ihn geschehen, das war es. Das war der Wendepunkt in seinem Leben. Da fing er an, Samtpfoten nach oben zu machen und uns, die wir unsere Vernunft nicht von ihm vernebeln ließen, die Krallen zu zeigen.«

Ehrenfried Kumpf schwieg nachdenklich eine Weile, dann sagte er: »Verwunderlich ist nur, daß die Fürsten seiner Unduldsamkeit zu Willen sind. Sie müssen ein sehr kurzes Gedächtnis haben. Hat er doch geschrieben, daß sie durch das Wort Gottes scheitern werden.«

Die dünnen Lippen des Gelehrten verzogen sich zu einem bitteren Lachen. »Er wird es schon wettzumachen wissen, verlasst Euch darauf! Er schenkt den Fürsten Klöster- und Kirchengüter, da sind sie mit ihm zufrieden.«

»Hm, unser Rat wäre es wohl auch zufrieden, die Hand auf das Vermögen der geistlichen Stifte unserer Stadt zu legen«, wiegte Ehrenfried Kumpf den Kopf. »Da sind die Dominikanerinnen, die grauen Schwestern, die Franziskaner samt ihren Schwester- und Brüderhäusern, die Deutsch-Ordensherren und Johanniter, und es ist ein ewiges Schellen und Klingeln, Plärren und Bittgehen, so daß man aus der Haut fahren möchte. Aber unsere Adligen fürchten, daß, wenn sie den Sturm entfachen, er sie hinwegfegt mitsamt dem Alten, in dem sie ihre Wurzeln haben. Sie haben gegenüber der Bürgerschaft kein reines Gewissen. Und weil der Doktor Deutschlin bei dem Judenrummel bewiesen hat, welche Macht er hat über die Gemüter, so wagt es wiederum der Innere Rat nicht, obwohl ihn der Äußere dazu ermächtigt hat, den Reformator zu vertreiben. Wenn mich nicht alles täuscht, so sind geheime Verhandlungen mit Würzburg im Gang, und der Rat läßt dem Doktor die Zügel schleifen, weil er hofft, durch den bischöflichen Stuhl von seiner Furcht befreit zu werden.«

»Steht es so«, rief Dr. Karlstadt lebhaft, »dann werden wir um so leichter den Widerstand des Rates brechen. Sorgt daher dafür, werter Freund, daß ich in der Stadt sprechen darf! Ihr wißt, daß es mir ebensowenig wie Euch darum geht, dem Kaiser vorzuenthalten, was des Kaisers ist. Ich bin kein Politikus. Nur darum, daß den dürstenden Seelen der reine und starke Wein des Evangeliums unverwässert durch den abfälligen Mann in Wittenberg ausgeschenkt werde.«

Der Oberbürgermeister machte jedoch ein bedenkliches Gesicht. »Das wird schwer möglich sein. Denn ich will Euch nicht verhehlen, lieber Doktor, daß man Euren Feuerkopf noch mehr fürchtet als den Deutschlins. Es ist Euch wohl nicht verborgen geblieben, wie man Euch nach den Anfangsbuchstaben Eures Namens nennt?«

»Freilich nicht«, zuckte der Gast mit einem Lächeln die Schultern, »sie nennen mich das böse ABC.«

»Wir müssen daher auf eine Gelegenheit warten, sie das ABC zu lehren«, lächelte auch Herr Ehrenfried. »Verlasst Euch darauf, daß ich Euren Wunsch nicht vergessen werde. Derweilen schreibt Ihr Euer Büchlein fertig. Einen Drucker für selbiges besorge ich Euch.«

»Eilt, drängt, werter Freund und Gönner, damit uns inzwischen ein so gewaltiger Mitstreiter wie Dr. Deutschlin nicht verlorengehe«, rief der kleine, schwarzbraune Mann eifrig. »Die Freunde in Oberschwaben, an der Donau, im Schwarzwald und die Sendboten Nürnbergs rufen alle Völker zum gemeinsamen Kampf auf gegen Rom. Tun wir auch unsere Schuldigkeit! Als ich in dem Wirtshaus vor dem Rödertor auf Ickelsamer wartete, siehe, da kamen sie vorübergestoben, die Geschlechter der Stadt, mit Peitschengeknall und Schellengeklinge, in all ihrer Üppigkeit. Es war wohl niemand darunter, der sich besonnen hätte, daß es der Fleiß der Armen ist, der sie in Samt und Atlasseide kleidet, und daß es ihr Schweiß ist, der sie wohlriechend macht. Rom läßt sie ins Verderben taumeln, obwohl es in der Apostelgeschichte heißt: ›Es war aber keiner unter ihnen, der Mangel hatte, denn wie viele ihrer waren, die da Äcker oder Häuser hatten, verkauften sie dieselben und brachten das Geld des verkauften Gutes und legten es zu der Apostel Füßen; und man gab jeglichem, was ihm not war.‹ Ja, werter Gönner, das ist die einzige Rettung der Menschheit, daß die christliche Kirche zu ihrem Ursprung zurückkehrt.«

Von seiner lebhaften Einbildungskraft fortgerissen, verlor er sich in Schilderungen eines goldenen Zeitalters, das mit dieser Rückkehr beginnen müßte. Es waren Visionen eines mystischen Tiefsinnes, wie sie die Propheten Jesajas und Daniel ihrem unterjochten Volk ausmalten von einem durch Gott errichteten Königreich, das ewig bleiben würde. Ehrenfried Kumpf vermochte ihn kaum ganz zu erfassen, geschweige Kilian Etschlich, der währenddessen in die Stube gekommen war, wo er sich still in eine Ecke setzte und zuhörte. Erst nachdem Dr. Karlstadt schon eine Weile verstummt war, erhob sich der Altbürgermeister, dessen Augen von jugendlicher Begeisterung glühten. »Ja, der Sieg kann uns nicht entgehen«, sagte er und reichte dem Bruder Andreas die Hand. »Doch legt Euch zur Ruhe, werter Freund! Das nächste Mal führe ich Euch unsere Mitstreiter zu, den Deutschlin, den Komtur, den blinden Mönch.«

»Sie werden mir hochwillkommen sein«, versicherte der Doktor warm.

»Meister«, sprach Ehrenfried Kumpf zu dem Tuchscherer, der ihm die Treppe hinunterleuchtete, »ich brauche Euch die Sicherheit Eures Gastes nicht ans Herz zu legen, Ihr wißt, wie es darum steht. Aber lasst Euch auch sein leibliches Wohl angelegen sein. Er selbst achtet nicht darauf.«

»Darüber macht Euch nur keine Sorgen«, beruhigte Meister Etschlich ihn. »Hab' schon selber gemerkt, wie es in dieser Sache mit ihm ist. Aber nichts für ungut, Herr Kumpf. Die Verheißungen des Doktors könnten mir schon gefallen, jedoch glaube ich, daß die Feder keinen umbringt.«

»Aber die Feder verbreitet die Wahrheit, und an der Wahrheit blutet sich die Lüge zu Tode.«

Meister Kilian schüttelte den Kopf. »Das ist ein langsamer Tod, wenn einen die Lüge bedrängt. Derweil erschlägt die Gewalt das

Recht. Warum will der Doktor warten, bis ihm ein Rat zu predigen erlaubt? Laßt ihn sich auf die Gasse stellen! Wenn er recht zu predigen weiß, wird die Bürgerschaft ihn schützen wie den blinden Mönch.«

»Keine Gewalttätigkeiten, Meister«, warnte Herr Ehrenfried. »Die lautere Wahrheit des Evangeliums wird den zähen Widerstand der Rom-Anhänger wie Wachs am Feuer schmelzen.«

»Ich bin kein Gewaltmensch«, widersprach jener. »Wie aber nennt Ihr's, Herr Altbürgermeister, daß der Doktor im Elend umherirren muß wegen seines Glaubens? Ist das auch rechtens, daß einer deswegen verfolgt wird? Der lateinische Schulmeister hat mir alles erzählt. Meine Frau – Gott hab' sie selig! – war wie er aus Ohrenbach, daher kenn' ich ihn. Was hilft mir mein Glaube, wenn ich ihn nicht bekennen darf? Was hilft mir ein Recht, wenn ich's nicht kriegen kann? Was hilft da alle Geduld und alles Warten?«

Sie waren mittlerweile im unteren Hausflur angekommen, und der Altbürgermeister fragte, während er stehenblieb, mit Teilnahme: »So, ist die alte Wunde immer noch nicht geheilt? Ihr seid doch heute ein Mann, der einen guten Stand hat.«

Das derbe Gesicht des Tuchscherers schaute unfreundlicher als vorher, und tiefer drückte die Stirnfalte seine Brauen herab, als er antwortete: »Das Geld hab' ich längst verschmerzt, aber nicht das schreiende Unrecht, das mir geschehen ist. Das grollt fort und fort. Von meinem Recht lass' ich nimmer, es mag biegen oder brechen.«

»Ein verständiger Mann muß sich in die Verhältnisse schicken, die er nicht zu ändern vermag«, hielt ihm der Altbürgermeister vor. »Ihr verhätschelt Euren Groll wie ein krankes Kind und macht es dadurch erst recht krank.«

»Ich will mein Recht«, murrte Kilian verstockt und schloß die Haustür auf.

Herr Ehrenfried legte ihm die Hand auf die Schulter und sprach eindringlich: »Das Wohl der Stadt hat auch Rechte an Euch. Begrabt die Vergangenheit und gesundet! Gute Nacht, Meister!« Er schritt in die Dunkelheit hinaus.

Die Mahnung blieb auf Kilian Etschlich wirkungslos. Sein Leben war ihm durch die erlittene Ungerechtigkeit vergällt. Immer nur darüber bei seinen Webstühlen grübelnd, war er fast menschenscheu geworden. Nun berührte es in neuester Zeit den wunden Punkt wieder schmerzhafter, daß er überzeugt war, der Rat werde die Exekution gegen Stephan von Menzingen ebensowenig ausführen wie die gegen das Geschlecht der Trüb. Er selbst hatte ihn eines Tages so stolz durch die Gassen schreiten sehen, als gebiete er über die ganze Welt.

Einige Tage später kamen in der Dämmerstunde einige Bekannte zu ihm, die sich im ›Roten Hahn‹ in der Schmiedgasse, St. Johannis gegenüber, bei dem Vespertrunk zusammengefunden hatten. Der ›Rote Hahn‹, dessen Wirt Hans Krätzer die Schwester des langen Lienhart zur Frau hatte, war die Trinkstube der Bürger. Es waren drei in ihren Zünften etwas geltende Meister, die den Tuchscherer in seinem Haus aufsuchten. Kaum in der Stube und während Kaspar die Schnabellampe auf dem schweren Eichentisch anzündete, so rief schon der bewegliche Meister Lorenz Diem von den Kürschnern, während er selbst lachte: »Heut' kannst du lachen, Etschlich ...«

»Denn der Rosenberg und der Finsterlohr haben den Rat mit derselben Münze bezahlt wie er dich!« fiel ihm der Schuster Melchior Mader mit seiner knarrenden Stimme ins Wort. Mit seiner großen Nase und der hohen, breiten Stirn, unter der die Augen wie in sich gekehrt schauten, hätte man den Meister für einen Gelehrten halten können.

»Ist halt wahr, du kannst lachen«, bestätigte der dritte Gast, der in seinem gedrungenen, kraftstrotzenden Gliederbau wie ein Herkules unter den anderen erschien. Der Metzgermeister Fritz Dalk war wegen seiner Stärke in ganz Rothenburg bekannt.

»Aber was gibt's denn?« fragte Kilian Etschlich, den Besuch der Reihe nach anblickend. »Doch setzt euch, und einen Trunk werdet ihr hoffentlich auch nicht verschmähen.«

»Nie«, versicherte Fritz Dalk, obwohl sie eben vom Wein kamen, und Kaspar verschwand mit einem dickbäuchigen Krug im Keller, nachdem er zuvor die Fensterläden geschlossen hatte.

»Er weiß wirklich noch nichts«, wunderte sich der geschmeidig schlanke Kürschner Lorenz Diem.

»Denn der Ratsbote ist seit einer guten Stunde wieder da«, erklärte Melchior Mader. »Und jetzt lärmt und rumort es auf dem Markt und in den Schenken. Die Stadt darf den Schimpf nicht auf sich sitzen lassen. Der Rat soll die Rüstkammern der Zunfthäuser öffnen. Im ›Roten Hahn‹ fing einer sogar das alte Kriegslied zu krächzen an, von damals, als die Stadt gegen den Wilhelm von Elem und seine adeligen Raubgesellen auf Ingolstadt auszog.«

»Ein Schneider war's, aber mehr als den Anfang wußte er nicht«, lachte Lorenz Diem. »Nun also! Der Rat hatte den Fingerling ausgeschickt, damit er von den beiden Junkern Strafe und Schadenersatz wegen des Rummels am Dreikönigstag einziehen sollte. Der Fingerling als ein kluger Hahn, der er ist, klopft zuerst in Laudenbach an. Der Junker Philipp aber nimmt das Mandat gar nicht an, sondern lacht ihm ins Gesicht und höhnt, daß er dem wohlweisen Rat einen Gulden zur Verehrung geben wolle, wenn er ihm das Mädchen des Seiltänzers auf die Burg schicken wolle.«

Fritz Dalk, der Metzger, fiel in ein etwas fett klingendes Lachen, so daß sein dickes, schon von Natur rotes Gesicht wie ein Feuerbrand loderte.

Kaspar hatte unterdessen Wein und Becher gebracht und eingeschenkt. Der Kürschner feuchtete sich die Lippen an und fuhr fort: »Der wilde Zeisolf auf Haltenbergstedten nimmt das Mandat zwar, aber er zerreißt es und wirft dem Fingerling die Fetzen ins Gesicht und läßt ihn mit den Hunden vom Hof hetzen. Die haben ihn übel zugerichtet, und der Junker und die Knechte lachten hinter ihm her wie die Teufel, sagt er.«

Kilian Etschlich, der mit der größten Spannung zugehört hatte, stieß ein langgezogenes dreimaliges »Ah!« aus. »Und jetzt?« fragte er.

Der Metzger Dalk hob mit seiner kehligen Stimme zu singen an und es klang greulich:

»An einem Sonntag es geschah,
Daß man das Panner auszieh'n sah
Zu Rothenburg aus den Mauern.
Sie zogen über die Landwehr hinaus,
Die Bürger und die Bauern.«

Lachend brach er ab, und Kaspar bemerkte trocken: »Heut' würden sie schwerlich auch nur so weit kommen.«

»Es wär' auch falsch, wenn's die Stadt wollte«, sprach Melchior Mader, der Schuhmacher. »Sie würde sich den Schwäbischen Bund auf den Hals hetzen. Die beiden Junker sind reichsunmittelbar. Der Rat müßte beim Reichsgericht gegen sie klagen.«

Der Tuchscherer lachte höhnisch. »Ich weiß von mir, was dabei herauskommt«, rief er. »Eine Krähe hackt der anderen nicht die Augen aus. Nur dem Schwachen zeigt der Rat die Zähne, der Bürger, mag er auch tausendmal im Recht sein wider die Ehrbaren, den zertritt er. Jetzt haben es die wohlwollenden lieben Herren an sich selbst erfahren, wie's ist, und ich will lachen, lachen.«

Er wiederholte sein Hohngelächter.

»Ja, dennoch ist's und bleibt's eine Schande für die Stadt«, knarrte der Schuster.

»Und was mir geschehen ist, ist keine Schande für die Stadt?« zischte der Tuchscherer.

»Beim Teufel, das ist's«, rief Fritz Dalk und schlug mit seiner gewaltigen Faust auf den Tisch. »Der Rat ist selbst schuld, daß er was abgekriegt hat. Hätt' er am Dreikönigstag die Junker aus dem Kloster herausholen lassen, so wär's nicht dazu gekommen.«

»Und überhaupt die Klöster und Stifte«, sprach Melchior Mader. »Sie genießen von allem, was wir Bürger mit unserem sauren Schweiß zu der Stadt Bestem schaffen, aber sie tragen keinen Heller dazu bei. Sie müssen zu den Steuern und Lasten herangezogen werden.«

»Wahr, wahr«, stimmte der lebhafte Lorenz Diem ihm bei. »Aber was brauchen wir denn die Klöster und Stifte? Meines Dafürhaltens sollten sie als unnütz und schädlich abgetan werden.«

»Und wer verhindert's, wenn nicht der Rat?« fragte Kilian Etschlich. »Wer ändert's, daß ich mit meinem Recht auf den St. Nimmerleinstag warten muß, wie mein Neffe sagt, der der Dorfmeister in Ohrenbach ist?«

»Und zu der Schande haben wir den Spott, daß wir Rothenburger mit dem neuen Glauben hinter den anderen freien Reichstädten hinterherhinken«, bemerkte der Kürschner.

»Und anderwärts sitzen auch die Zünfte im Rat«, fügte Melchior Mader hinzu.

»Und ich sag', daß der jetzige Rat den Teufel zu was taugt«, rief Fritz Dalk mit seiner kräftigen Stimme.

Unterdessen wurde dreimal leise an den Fensterladen geklopft. Die anderen beachteten es in ihrem eifrigen Gespräch nicht. Kilian Etschlich zündete ein Licht an der Schnabellampe an und ging, um zu öffnen. Seit dem heimlichen Besuch des Altbürgermeisters hatte sich das Zeichen alle Abende vernehmen lassen, denn Herr Ehrenfried hatte seinem Versprechen gemäß Dr. Deutschlin, den Komtur und andere Freunde der Reformation zu Karlstadt geführt. Der jetzt vorsichtig Eingelassene erregte Kilians höchstes Befremden, denn er erkannte in ihm den Ritter Stephan von Menzingen. Schweigend wollte er ihm zur Stiege leuchten, der Ritter hielt ihn jedoch mit den Worten zurück: »Ihr habt Freunde in Eurer Stube. Ich vernahm auf der Gasse ihr Reden. Ich mußte es hören, denn sie sprachen gar zu laut. Ihr solltet vorsichtiger sein, Meister! Habt Ihr kein Hinterzimmer?«

Kilian sah betroffen zu ihm auf. Dann murrte er: »Wir haben nichts Heimliches!«

»Natürlich nicht. Ihr könnt es ja auch am hellichten Tag auf dem Markt ausrufen, daß der jetzige Rat den Teufel zu was taugt«, versetzte Herr Stephan mit einem leisen Lachen.

»Ist's ein Wunder nach dem, was heute geschehen ist? – Kommt!«

Der Ritter hielt ihn aber noch zurück. »Es eilt nicht, Meister. Mich wundert's nicht nach dem, was Euch von dem Rat geschehen ist. Es ist arg, meiner Treu, es ist arg. Das heißt, altes Unrecht zu einem neuen machen, der Altbürgermeister hat es mir erzählt. Wahrhaftig, es ist arg. Aber Ihr starrt mich an, als ob ich Chaldäisch spreche. Sollte Ehrenfried Kumpf es Euch aus Mitleid verschwiegen haben? Ihr wißt also wirklich nicht, daß er Eure Sache kürzlich wieder im Inneren Rat zur Sprache gebracht hat und daß der Rat sie für alle Zeit als abgetan erklärt hat?«

Es rang sich ein Röcheln aus der Brust des Tuchscherers, und sein Gesicht nahm eine grünliche Blässe an.

»Fasst Euch, Meister«, ermahnte ihn Stephan von Menzingen. »Ich hab's an mir ebensogut wie Ihr erfahren, daß der Rat doppeltes Maß anlegt, und ich dachte, Ihr berietet mit Euren Freunden, wie Ihr zu Eurem Recht gelangen könntet. Vielleicht, daß Euch mein Rat nützen könnte.«

Kilian Etschlich schien ihn gar nicht gehört zu haben. Seine Betäubung bewies, daß er die Hoffnung, doch noch zu seinem Recht zu kommen, bisher nicht völlig aufgegeben hatte. Nun aber erging es ihm wie einem Schiff, dessen letztes Ankertau im Sturm reißt und das damit zum Spielball der empörten Elemente wird. Plötzlich fuhr ihm das Wort des Altbürgermeisters wie ein Blitz durch den Kopf, und er wiederholte mit grimmigem Hohn: »Keine Gewalttätigkeiten!« Darüber besann er sich auf sich selbst. Mit einem tiefen Atemzug sagte er: »Nein, davon wußte ich noch nichts. Wenn Ihr es nicht verschmäht, Herr Ritter, so geringen Leuten, wie wir es sind, mit Eurer großen Erfahrung zu raten ...«

»Ohne Umstände, Meister«, unterbrach ihn von Menzingen. »Den Bruder Andreas besuche ich ein andermal. Gehen wir zu Euren Freunden! Dem Rat wohlgesonnen und erwartungsvoll gegenüberzustehen, habe ich ebensowenig Ursache wie Ihr.«

Die Unterhaltung der Meister brach jäh ab, und sie schauten mit großen Augen auf den vornehmen Gast, den Kilian mitbrachte. Der Ritter wünschte ihnen in der angemessenen Weise einen guten Abend und nahm bei ihnen am Tisch Platz wie unter seinesgleichen. Der Tuchscherer holte aus dem Schrank einen silbernen Becher, den er einst bei einem Vogelschießen auf dem Brühl vor dem Rödertor gewonnen hatte, und brachte damit dem Gast den Willkommen. Stephan von Menzingen trank ihm tapfer zu, obwohl der Krätzer seinem verwöhnten Gaumen gar sehr widerstand. »Verzeiht, ehrenwerte Meister, daß ich Euch unseren Wirt so lange vorenthielt«, sagte er darauf. »Wie ich vernehme, beratschlagt Ihr, das gesunkene Ansehen der Stadt durch Beseitigung alten Unrechts wieder zu heben.«

Melchior Mader, der Schuster, ergriff zuerst das Wort. Er räusperte sich und sprach gemessen: »Dieses ist in der Tat unser Vorhaben, gnädiger Herr. Wir sind der Meinung, daß Recht Recht bleiben muß, weil ansonsten Treu und Redlichkeit dahinfahren würden ...«

»Zum Teufel«, ergänzte die kräftige Stimme des Metzgers.

»Denn wir sind das Gemeinwesen«, fügte Lorenz Diem hinzu, »und tragen alle Lasten, während die Ehrbaren wie die Motten im Pelz leben.«

»Also klopf' sie heraus, Kürschner«, äußerte Kaspar, der, des Schenkamtes waltend, hinter den Stühlen stand, halblaut.

Unter dem Lachen, das darüber entstand, ergriff Melchior Mader wieder das Wort. »Die Ehrbaren allein sind's nicht. Wir Bürger sind so bedrückt, daß wir von Junkern und Pfaffen nimmer genesen mögen. Gewerbe und Handel können unter ihnen nicht aufkommen.«

»Sie schöpfen von allem das Fett ab«, rief Fritz Dalk.

»Das ist leider wahr«, bestätigte der Ritter. »Doch davon reden wir wohl noch später ausführlicher. Zuerst fragt es sich, wie wir der Redlichkeit zu ihrem vorenthaltenen Recht verhelfen.«

»Es geht halt eines mit dem anderen«, sagte der Kürschner Lorenz Diem.

»Hätten die Zünfte Sitz und Stimme im Großen Rat«, begann der Metzger Fritz Dalk, und der Schuster vollendete: »Ja, das ist's, es ist alles ein Geflecht, auch das mit den geistlichen Häusern.«

»Und warum sind die Zünfte nicht im Rat vertreten, ihr werten Meister?« fragte Stephan von Menzingen, indem er mit seinen breitgeliderten Augen die am Tische Sitzenden musterte.

»Ist halt eine harte Nuß!« meinte der stiernackige Dalk.

»Ich will sie an Eurer Statt knacken, Meister!« antwortete Ritter Stephan. »Die Zünfte haben sich von den Ehrbaren hinausdrängen lassen, denn sie haben früher im Äußeren Rat gesessen.«

Die Meister schüttelten mit ungläubiger Verwunderung, ja mit Mißtrauen die Köpfe. Sie hatten nie etwas davon gehört. »Dennoch ist es so«, versicherte Herr Stephan. »Anno 1450 ist es gewesen, also noch nicht gar so lange her. Just so, wie Ihr vorhin sagtet, Meister Mader, genauso fühlten sich damals Bürgerschaft und Hintersassen von den Geschlechtern unterdrückt, daß sie sich gegen deren Herrschaft mit Gewalt erhoben und sie zwangen, den Zünften Sitz und Stimme im Äußeren Rat einzuräumen. Der Pakt, der damals von beiden Parteien geschlossen wurde, liegt im Archiv des Rathauses.«

Mit angehaltenem Atem horchten die Meister auf, und ihre Augen hingen noch an dem Mund des Ritters, als er schon schwieg. Dann schauten sie einander an, und es herrschte eine Stille, daß man das Bohren des Holzwurmes im Deckengebälk vernahm. Stephan von Menzingen weidete sich eine kleine Weile an ihrer Verzauberung und bemerkte dann mit einem Hauch von Geringschätzung: »Damals hatte die Bürgerschaft noch Mark in den Knochen, von den Kriegen der Städte gegen den Landadel. Der Frieden hat's verzehrt.«

»Oho!« rief Fritz Dalk und zeigte seine gewaltigen Metzgerfäuste.

»Um so besser, wenn ich mich irre, lieber Meister«, beschwichtigte Herr Stephan. »Meiner Treu«, fuhr er fort und drehte seinen Schnauzbart in die Höhe, »hätten eure Großväter und Väter besser achtgehabt, der Rat hatte dem Meister Etschlich nicht so mitspielen können, wie es geschehen ist.«

»Ja, wie soll einer das jetzt verstehen? Es klingt halt wie ein Märchen«, rief Lorenz Diem und fuhr sich mit beiden Händen in das Stirnhaar, das über den Augen in einem geraden Strich geschnitten war.

»Das ist so schwer just nicht«, antwortete Herr Stephan. »Die Bürgerschaft glaubte, daß mit ihrem Sieg über die Geschlechter halt alles getan sei, hatte sie doch ihr Recht verbrieft und feierlich beschworen. Was glaubt Ihr, Meister Etschlich, was ein Recht auf dem Papier wert ist, wenn Euch die Macht fehlt, es zu behaupten?« Kilian Etschlich machte eine zornige Gebärde. Der Ritter fuhr fort: »Nun, die Bürger kehrten zu ihrer Arbeit zurück, arbeiteten und verdienten und hielten ihr eigenes Wohl für wichtiger als das Gemeinwohl. Verstanden auch wohl nicht viel von den öffentlichen Geschäften und waren froh, daß die Ehrbaren ihnen die Scherereien abnahmen. Merkten nicht, wie sie durch deren Praktiken und Listen allmählich beiseite geschoben wurden. Witterte dieser oder jener auch einmal falschen Rat, so war's jetzt zu spät und unter der Bürgerschaft keine Einheit. Auf solche Art ist die Verfassung damals in Vergessenheit geraten.«

»Ist sie in Vergessenheit geraten, so müssen Rat und Bürgerschaft halt wieder daran erinnert werden«, rief der Kürschner mit glühendem Gesicht.

»Und das mit Nachdruck«, schnaubte Fritz Dalk und hieb mit seiner herkulischen Faust auf den Tisch, daß es krachte.

»Wenn die Bürgerschaft ihr verbrieftes Recht mit Nachdruck zurückfordert, dann wird sie es bekommen, da bin ich sicher«, nickte Stephan von Menzingen den Meistern zu. »Dann wird auch Meister Etschlich zu seinem Recht gelangen, und an den Zünften wird es sein, die vielen Mißstände, an denen das Junkerregiment leidet, auf dem Weg rechtens abzustellen. Bei Gott, die Mißwirtschaft des Rates währt schon allzu lange, und mir läuft die Galle über, wenn ich daran denke.«

Die in Hitze geratenen Meister redeten und schrien durcheinander, und Kaspar schenkte ihnen fleißig ein. Nur Kilian Etschlich sprach kein Wort, aber in seinen Augen leuchtete es.

»Es ist spät geworden, und wir reden darüber ein andermal mehr«, erhob Stephan von Menzingen seine Stimme. »Wie wäre es, Meister Etschlich, wenn Ihr uns eine Stube gönntet, vielleicht nach dem Hof hinaus?«

»So sei es«, willigte dieser entschlossen ein.

»Nun dann, am blauen Montag nächster Woche, wenn es den ehrenwerten Meistern recht ist«, schlug der Ritter vor.

Sie waren damit einverstanden.

»Diese Stube ist ohnehin zu klein, denn es gibt manchen in der Bürgerschaft, der unseres Sinnes ist«, äußerte Melchior Mader.

»Also, behüt' euch Gott, liebe Freunde«, winkte der Ritter von Menzingen den Meistern vertraulich zu und griff nach Hut und Mantel. »Ich bin euch gern mit meinem Rat zu Diensten.« Meister Kilian begleitete ihn bis zur Haustür. »Jetzt ist mir nicht mehr bang um mein Recht«, sagte er dabei.

Ein hohler Westwind pfiff durch die Nacht und wälzte die Wolken, zwischen denen nur selten ein Stern hindurchblickte, vor sich her. Die Wetterfahnen auf den Dächern und die Schilder an den in die Straße sich vorstreckenden Eisenstangen knarrten und kreischten. »Wartet nur«, dachte der Ritter, während er, den Mantel fester um sich ziehend, die Rödergasse hinaufschritt, »bald wird ein stärkerer daherbrausen und die ganze morsche Herrlichkeit durch die Luft wirbeln!« Plötzlich blieb er aufhorchend stehen. Der Wind trug ihm ein wüstes Lärmen zu, in dem er das Klirren von Eisen zu unterscheiden glaubte. Es erscholl aus dem Paradiesgäßchen, das unmittelbar vor dem inneren Rödertor rechts abzweigte. Dort stand das Frauenhaus nicht weit von den Badestuben, die heute das Tanzhaus der Juden genannt werden. Es war so selten nicht, daß bei jenem die Patriziersöhne mit den Handwerksgesellen in Zank und hellen Streit gerieten, wobei dann wohl die Schwerter das entscheidende Wort sprachen – nicht immer zugunsten der adligen Jugend, die sich auf diese Weise auf die Regierung vorbereitete. Mit einem halblauten Auflachen tauchte der Ritter in den finsteren Torbogen, der zum Herzen der Stadt führte.

Achtes Kapitel

Der Tauwind blies von West und Süd, und die Wolken ballten sich am Horizont. Es mochte sich darum kümmern, wen immer es anging, gleichviel, ob mit Güte oder Gewalt. Auch wußten die Herren in Rothenburg, daß der Bruder des Kaisers, Erzherzog Ferdinand von Österreich, von den Welsungen zu Augsburg ein Darlehen aufgenommen und den Truchseß Georg von Waldburg beauftragt hatte, Kriegsvolk zu werben, um den habsburgischen Besitz am Oberrhein und in Württemberg zu schützen. Aber in Rothenburg sorgte man sich darum nicht. Gabriel Langenberger erschien nicht wieder vor dem gestrengen Herrn Bürgermeister, obwohl die Bauern fortfuhren, in seinem Wirtshaus an den Markttagen zu ratschlagen. Er war fortan taub auf beiden Ohren. Die Entrüstung und Hitze der Bürgerschaft aber über die Schande, die die Junker von Rosenberg und Finsterlohr der Stadt zugefügt hatten, war den Herren ein Beweis dafür, wie fest ihr Regiment stand, und der Altbürgermeister mußte sich wegen seiner Schwarzseherei manchen Spott gefallen lassen. In keinem Winter zuvor hatte es zu Rothenburg eine solche Fülle von Lustbarkeiten gegeben wie in diesem. Die Hochzeit Sabines von Muslor mit dem obersten Stadthauptmann Albrecht von Adelsheim, die zu Ostern stattfinden sollte, bot den Adligen den willkommenen Vorwand, einander in Festlichkeiten zu überbieten. Die Braut war jedoch mehr dem Namen als der Tat nach deren Königin. Das Zepter führte ihre schöne Freundin, welche die Rechte ihrer Jugend und ihrer Reize mit einem Feuer, ja mit einer Unersättlichkeit geltend machte, die Sabine an ihr neu waren. Wenn diese nach Ruhe seufzte, dann lachte die schöne Gabriele, es sei Zeit genug, sich auszuruhen, wenn die Jugend verrauscht sei. Sabine fügte sich. Je toller die Lust um sie strudelte und schäumte, um so wohler schien es der schönen Gabriele zu sein.

Zu Frau von Menzingen und Else drang von den rauschenden Vergnügungen der Geschlechter nur spärliche Kunde. Frau von Menzingen hielt es nicht für angemessen, in der Welt zu erscheinen, wie man heute sich ausdrückt, so lange nicht die Ehre ihres Gatten öffentlich wiederhergestellt war. Die Familie der Pröll starb mit ihr aus. Sie hatte keine Verwandten in der Stadt, und ihre freundschaftlichen Beziehungen zu einigen Familien aus ihren Mädchenjahren und der ersten Zeit ihrer Ehe hatten sich durch ihre Entfernung von Rothenburg unter so peinlichen Umständen gelöst. Ihr damals fast krankhaftes Taktgefühl hatte sie gehindert, sich ihren Bekannten von Reinsburg aus in Erinnerung zu bringen. Sie hatte gewartet, daß diese ihr zuerst Beweise einer unveränderten Gesinnung gäben, aber die Frau des Flüchtlings war von ihnen vergessen worden. Um so weniger fühlte sie sich daher jetzt veranlaßt, die ehemals mir ihr Befreundeten aufzusuchen. Sie verließ mit Else ihre Wohnung kaum zu einem anderen Zweck, als um Dr. Deutschlin oder den Komtur Christian in St. Jakob predigen zu hören. Letzterer wurde von ihr bevorzugt, weil er mit seiner Männlichkeit eine ihr wohltuende Milde verband, während der vollblütige Dr. Johannes ihr zu erregt und stürmisch war. Der patrizischen Jugend, die sich nach beendetem Gottesdienst an den Kirchentüren aufzuhalten pflegte, um die fromme Weiblichkeit zu mustern, entging indessen Elses Erscheinung nicht. Die jungen Herren wetteiferten miteinander, ihr das Weihwasser in St. Jakob zu bieten. Man sprach von ihr in der Stadt, und ihre prächtigen braunen Locken, auf denen ein goldener Duft zu ruhen schien, gaben die Veranlassung dazu, sie die Schönhaarige zu nennen, da man ihren Taufnamen nicht wußte. Auch Gabriele Neureuter erfuhr von ihr.

Else fühlte sich in ihrer jungfräulichen Reinheit von dieser Aufmerksamkeit der städtischen Junker eher verletzt als geschmeichelt. Nach Zerstreuungen außerhalb des Hauses begehrte auch sie nicht. Ihre Tage in Rothenburg waren auch ohnedies völlig ausgefüllt. »Natürlich«, neckte sie der Vater, der dieses nicht gelten lassen wollte, »sich putzen, die Laute spielen und in Geschichtenbüchern lesen, lassen einem Fräulein keine freie Stunde übrig.« Aber Else war durchaus nicht putzsüchtig, des Lautenspiels war sie nicht kundig, und das einzige Buch, das sie abends zur Hand nahm, um daraus ihrer Mutter und den jüngeren Geschwistern – denn sie hatte solche – vorzulesen, war die Bibel. Sie war nicht nur die Tochter ihrer Mutter, sondern unter dem widrigen Geschick in der Einsamkeit von Reinsburg schon früh zu deren Freundin herangewachsen. Wie sie ihr in der Wirtschaft, deren schwersten Teil sie auf ihre jugendlichen Schultern nahm, und in der Pflege und Erziehung ihrer jüngeren Geschwister getreulich beistand, so teilte sie ihren Kummer um den abwesenden Gatten und Vater. Und dieser Kummer wollte auch jetzt das Herz der Mutter nicht freigeben. Denn es konnte auf die Dauer ihrer Wahrnehmung nicht entgehen, daß Zeit und Erfahrungen den hochmütigen Sinn ihres Gatten nicht gemildert hatten und daß er das damalige Verfahren des Rates immer noch als eine schwere Kränkung seiner Ehre empfand.

Unter solchen Umständen wollten ihre Hoffnungen auf einen gütlichen Vergleich zwischen ihm und den Herren von Rothenburg nicht erstarken. Da war ihr denn der Ernst und Eifer ein großer Trost, mit denen Doktor Max Eberhard sich der Sache des Ritters annahm und zunächst aufgrund der ihm von letzterem mitgeteilten Akten und Handschreiben eine Revision des Prozesses bei dem Reichskammergericht zu veranlassen suchte. Sein Wesen flößte ihr Vertrauen ein, und er wurde von ihr und Else freundlich empfangen, sooft er sich einfand. Er aber hatte nicht gezögert, von der Einladung des Ritters Gebrauch zu machen, und wurde ein häufiger Gast in dessen Haus. Die im Unglück gereifte Milde der Frau von Menzingen und das ernste Wesen der schönlockigen Else, dem durchaus nichts Säuerliches beigemischt war, taten ihm wohl wie ein kühler Abendwind nach einem heißen Tag. Der mutter- und geschwisterlos Aufgewachsene empfand zum ersten Mal den besänftigenden und befreienden Einfluß edler Frauen. Er fühlte sich nicht mehr wie seit seiner Rückkehr aus Welschland sowohl durch seine Ideen als auch durch die Sitten der jungen Patrizier vereinsamt. Frau Margarethe und Else hörten ihm aufmerksam und gern zu, wenn er von den in Italien empfangenen Eindrücken und den herrlichen Kunstwerken sprach, die er dort gesehen hatte. Sie kannten sattsam das harte Los der armen Leute und teilten seine Hoffnung auf deren Erlösung. Er sah es im besonderen an dem Aufleuchten von Elses dunkelblauen Augen. Es überflutete ihn vollends wie ein sonniger Strom, als er eines Abends die Antwort des Ritters Florian auf seinen Brief vorlesen konnte. Ohne jeden Wortschmuck, markig und klar, schrieb Florian Geyer, daß der neue Wein nicht in die alten Schläuche gegossen werden dürfte, sonst würde er verderben. Nur aus einem wahrhaft freien Gemeinwesen könnte das Wohl des Volkes erwachsen. Wie geschrieben stehe, daß der Mann Vater und Mutter verlassen solle, um dem Weib seiner Wahl zu folgen, so müßte Max seiner Überzeugung getreue Gefolgschaft leisten und vor keinem Opfer zurückscheuen. Nicht durch Worte, sondern durch die Tat würde die Welt überwunden.

Dieser Brief kam zur rechten Zeit, um Max in dem Kampf mit dem Vater zu stählen. Der Unwillen desselben, weil Max sich seinen ehrgeizigen, auf das Vermögen Gabrieles gebauten Plänen nicht fügen wollte, war noch mehr dadurch geschürt worden, daß der Sohn die Verteidigung Stephans von Menzingen übernommen hatte. Nach seiner Ansicht waren von diesem ersten Prozeß für Max weder Vorteil noch Ehre zu erwarten. Der Prozeß konnte nicht gewonnen werden. Der Aufenthalt im Vaterhaus wurde für Max immer unerquicklicher. In der Gesellschaft Elses und ihrer Mutter vergaß er es.

In dem Brief hatte sich eine Einlage befunden, die von einer anderen Hand als der Florian Geyers geschrieben war. Sie war für Stephan von Menzingen bestimmt. »Von Wendel Hipler«, sagte Max, als er ihm das Schreiben überreichte.

»Und er schreibt mir von der Burg des Ritters Geyer von Geyersberg«, rief Herr Stephan, den Brief hastig öffnend. »Das ist ein gutes Zeichen. Auch der Ritter lag mit seinem Fähnlein vor Hohentübingen, und ich bin überzeugt, daß die Sache damals nicht zum äußersten gekommen wäre, wenn er oberster Feldhauptmann gewesen wäre und nicht dieser listige, herzlose und grausame Truchseß von Waldburg. Der war freilich der rechte Mann, um den Edelstein Württemberg für Habsburg zu gewinnen, egal auf welche Weise. Wohl, wohl, aber der Herzog Ulrich lebt noch.« Er sah wieder in den Brief und äußerte dann: »Ah, er hat den Prozeß der armen Leute gegen die Grafen von Hohenlohe gewonnen. Und auch er verweist mich mit dem meinigen an Euch, lieber Doktor. Das ist für mich die gewichtigste Empfehlung. Denn erstens steht sicher Herr Florian dahinter, und zweitens sind ihm die Doktores der römischen Rechte ein Graus, wie er mir in Heilbronn gestand, wo er von Euch noch nichts zu wissen schien, Doktor. Diese Doktores sind es, schalt er damals, die das Reich mit dem römischen Recht zu Tode kurieren. Nichts für ungut, lieber Doktor!«

»Ich widerspreche Herrn Hipler keineswegs«, versicherte Max. »Das römische Recht ist der Schwamm in unserem Haus. Wie die Faust aufs Auge, so paßt es auf unsere deutschen Verhältnisse. Das römische Recht hat unsere Dorfgemeinden um ihr Eigentumsrecht an Grund und Boden und um ihre Freiheit gebracht. Es hat den Freien zum Hörigen und den Hörigen zum Sklaven heruntergedrückt. Wenn Junker und Landesherren, egal ob weltlich oder geistlich, sich jeden Übergriff, jede Unterdrückung erlauben, worauf stützen sie sich, als auf das römische Recht? Es hat den Eigennutz und die Selbstsucht großgezogen und heiligt sie, denn sie sind sein Grundgesetz. Auf ihnen baut es sich auf.«

»Mag sein, werter Doktor«, sprach der Ritter gleichmütig. »Allein so wie die Welt nun einmal ist, sind es nicht die schönen und großen Ideen, sondern der Eigennutz, der sie regiert. Frei ist nur, wer Macht hat, denn er hat Recht. Darum sage ich: Macht! Macht! Macht! Das ist die Wünschelrute, die alle Schätze hebt.«

Seine Gattin betrachtete ihn mit bangen Blicken. Sie war nicht die Vertraute seines Kopfes. Er aber war in rosiger Laune und ließ Wein bringen, um auf das Wohl Wendel Hiplers und Florian Geyers zu trinken. Er ersuchte Max, ihn dem letzteren bestens zu empfehlen, wenn er wieder nach Giebelstadt schriebe. Dann sagte er, die Becher nochmals füllend: »Ich würde meine Behauptung von vorhin Lügen strafen, lieber Doktor, wenn ich über dem Wohl jener vortrefflichen Männer unser eigenes vergäße. Ich bin auch ein wenig Zeichendeuter, und so trinke ich Euch, lieber Doktor, mit dem Wunsch zu, daß die glücklichen Aspekte, die ich für unsere Sache in den Sternen lese, sich erfüllen mögen, und zwar bald!«

Jedenfalls hatte er, seitdem er in Rothenburg war, keine Zeit verloren, um seine Sache zu fördern. Er war sogleich mit den Männern, die an der Spitze der reformatorischen Bewegung standen, in Verbindung getreten, indem er sich durch den Altbürgermeister bei dem Fräulein von Badell hatte einführen lassen, deren Haus am Burgtor ihnen zum Stelldichein diente. War dieser Verkehr kaum dazu angetan, ihn bei Rat und Adel in guten Ruf zu bringen, desto mehr gereichte er ihm bei der Bürgerschaft zur Empfehlung. Auch gab er sich dieser gegenüber leutselig, und die stolze Haltung, die er dem Patriziat gegenüber behauptete, galt ihr als ein Beweis dafür, daß er sich in seinem Gewissen von den Anschuldigungen, die auf ihm ruhten, rein wußte. Es war ihm keiner zu gering, und wenn ihn sein Weg über den Hauptmarkt führte, so blieb er bei den Krambuden am Rathaus stehen und unterhielt sich mit den Händlern und den Leuten, die sich dort zusammenfanden. Es fehlte hier gewöhnlich nicht an Müßiggängern, denn man erfuhr hier immer das Neueste aus der Stadt. Auch sorgten die Meister, mit denen er nachts im Haus Kilian Etschlichs über die öffentlichen Angelegenheiten beriet, dafür, daß sein Ansehen in der Stadt wuchs.

Eines Tages beschenkte er Else mit einem kostbaren Gewandstoff aus venezianischer Seide. Es stand ein Geschlechtertanz bevor, und er wollte bei dieser Gelegenheit die Tochter in die Welt einführen. Es dünkte ihn an der Zeit, aus der bisherigen Zurückhaltung herauszutreten, sollte diese nicht von den Patriziern falsch gedeutet werden. Die Kostspieligkeit des Stoffes machte Frau von Menzingen betroffen. Denn sie wußte nur zu gut, daß die Vermögenslage ihres Gatten eine so große Ausgabe nicht gestattete, und legte sich und den Kindern manche Einschränkung auf, um sein Verlangen nach einer feinen Tafel befriedigen zu können. Er gehörte zu den Männern, die sich für ihre eigene Person jeden Wunsch erfüllen, und seine Gattin war geneigt, seinen Hang zum Luxus mit den Entbehrungen zu entschuldigen, die er im Dienst des Herzogs Ulrich nach dessen Sturz hatte ertragen müssen. Da nachträgliche Vorhaltungen die Sache nicht mehr zu ändern vermocht hätten, schwieg sie über die großen Kosten, in die er sich um Elses willen gestürzt hatte. Auch wollte sie der Tochter die Mädchenfreude nicht verderben, mit der diese den prächtigen Stoff in der vollen Tagesbeleuchtung flimmern ließ. Else selbst aber faltete ihn bald wieder zusammen und legte ihn mit den Worten beiseite: »Das ist viel zu kostbar für mich. Darin könnte eine Grafentochter zu Hofe gehen.«

»Und warum du nicht?« fragte der Vater mit einem Stirnrunzeln. »Die Menzingen sind ein turnierfähiges Geschlecht, und wer weiß, ob der Tag nicht näher ist, als du ahnst, der dich an einen Fürstenhof führt.«

Else sah ihn mit weitgeöffneten Augen an, schüttelte in stummem Widerspruch die Locken und trug den Gewandstoff weg.

»Ihr solltet nicht versuchen, das Kind ehrgeizig zu machen«, hielt die Mutter dem Ritter vor. »Fürstengunst, was hat sie Euch eingetragen, mein Gemahl? Der eine hat es stillschweigend geschehen lassen, daß Ihr ihm Euren guten Leumund opfertet, der andere hat Euch mit in seinen Untergang gerissen. Der Sinn unseres Kindes ist schlicht und ernst, Glanz würde es nicht glücklich machen.«

»Laß Else ihn nur erst kennenlernen«, versetzte Herr Stephan. »Ihre Geburt weist sie in höhere Kreise, als es derjenige ist, den dieser Adel von Elle, Scheffel und Kelter bildet. Adelig wollen sie sein, es ist zum Lachen.«

»Und dennoch wähltet Ihr aus diesem Kreis Eure eigene Gattin«, betonte sie.

»Wohl, wohl!« rief er verdrießlich. »Der Mann hebt die Frau zu sich empor, oder er zieht sie zu sich herunter. Doch sorge dich nicht um die Zukunft, sondern nur, daß Else ihrem Stand gemäß im Tanzhaus erscheint.«

Frau von Menzingen schwieg bekümmert.

Während sie und Else sich in dem stillen Frauengemach mit den Vorbereitungen zum Fest beschäftigten, erhielt die schöne Gabriele aus dem Kloster, in dem sie erzogen worden war, von der ehrwürdigen Schwester Lamberta ein Briefchen, worin sie um ihren Besuch gebeten wurde. Schwester Lamberta unterwies die Klosterschülerinnen in den weiblichen Handarbeiten, unter denen für die vornehmen Fräulein die Kunst des Stickens oben anstand. Damit der Geist dabei nicht müßig blieb, ließ sie unterdessen die Schülerinnen abwechselnd aus dem »Leben der Heiligen« vorlesen, oder sie öffnete das Schatzkästchen ihrer eigenen Erfahrungen und erzählte von dem Leben des Adels, von Turnieren und Hoffestlichkeiten und lehrte, wie edle Fräulein sich dabei zu benehmen hätten. Sie war auch die Lehrmeisterin Gabrieles und Sabines gewesen, und die Kissen, Decken und Deckchen, mit denen in dem gemeinsamen Zimmer der beiden Mädchen alle Sessel, Betpulte, Tische und Tischchen belegt waren, legten rühmliches Zeugnis von der dort erworbenen Kunstfertigkeit ab, aus goldenen, silbernen und farbigen Fäden auf Tuch, Seide und Samt zierliche Gebilde herzustellen. Um der Wahrheit die Ehre zu geben, rührte jedoch die Mehrzahl dieser Arbeiten von der fleißigen Nadel Sabines her. Ihre Freundin verfügte nicht über die dazu erforderliche Geduld, wie ihr Handarbeiten überhaupt zuwider waren. Sie zog es vor, in einem der geschnitzten, weichen Sessel zu liegen und träumerisch die Gestalten und Muster der Teppiche, die an den Wänden hingen, oder die goldenen, silbernen und kristallenen Gefäße und Töpferwaren, welche die Gesimse schmückten, zu betrachten. Wovon träumte sie? Obwohl sie weder ein fleißiges noch ein artiges Kind war, war sie der

Liebling der frommen Schwester Lamberta gewesen und war es noch. Vielleicht weil sie in Gabrieles Wesen wie in ihrer verheißungsvollen Schönheit den Stoff erkannt hatte, aus dem sich das Muster einer Edeldame formen ließ. Sie hatte deshalb auch nicht die Bemühungen ihrer frommen Mitschwestern unterstützt, die nach dem Tod von Gabrieles Eltern den Goldfisch für den Klosterteich zu gewinnen trachteten, während der damalige Rat darauf bestand, das Vermögen der Stadt und den Geschlechtern zu erhalten.

Warum Schwester Lamberta ihren ehemaligen Zögling am folgenden Tage zwischen zehn und elf Uhr zu sprechen wünschte, war in dem Briefchen nicht angegeben. Es war nicht das erste Mal, daß Gabriele einen solchen Zettel erhielt, denn die fromme Schwester hörte sie gern von der Welt draußen erzählen. Die Pförtnerin des Klosters schickte Gabriele in den Garten, der auf drei Seiten von einer gewölbten Halle umschlossen war, die vierte Seite nach dem Tal bildete die Stadtmauer. Schwester Lamberta lustwandelte nicht einsam in dem Kreuzgang. Ein Mann in dunklem Mantel und schmucklosem Barett ging an ihrer Seite. Beide kehrten Gabriele den Rücken zu. Die Dominikanerin vernahm das Rascheln der weiblichen Gewänder auf den Steinfliesen zuerst. »Ach, da bist du ja endlich, mein süßes Kind«, rief sie erfreut, als sie sich umsah, und watschelte dem Mädchen entgegen. Denn wie den Frommen alles, so war der ehrwürdigen Schwester Lamberta auch das Klosterleben zum besten gediehen. Sie war vortrefflich genährt, und das runde Gesicht, das dem Besuch aus den weißen Binden unter schwarzem Schleier entgegenglänzte, strafte die reichlich vierzig Jahre ihres Daseins Lügen. Es war noch ganz glatt und schimmerte so weiß und rosig, als ob es nur eben mit Wachsfarben angestrichen worden wäre. Die Hand, die sie schon von ferne aus dem weiten Ärmel ihrer Kutte dem Mädchen entgegenstreckte und von diesem pflichtschuldigst geküßt wurde, hatte an Stelle der Knöchel lauter Grübchen. »Nein, wie reizend du wieder aussiehst«, fuhr sie fort und musterte mit kleinen entzückten Augen den schönen Besuch.

Unterdessen hatte sich auch ihr Begleiter dem Mädchen zugewandt, und Gabriele erkannte überrascht den Junker Zeisolf von Rosenberg. Diese Überraschung währte jedoch nur einen kurzen Augenblick, denn sie erinnerte sich, daß der Junker ein Neffe von Schwester Lamberta war und daß dort, wo der nördliche Flügel des Kreuzgangs an die Stadtmauer stieß, in dieser eine kleine Pforte war, um den Klosterleuten den weiten Umweg durch die Stadttore zu ihren Weinbergen im Taubertal zu ersparen. Ein etwas ironisches Lächeln züngelte um den stolzen Mund Gabrieles, als sie den Gruß des Junkers erwiderte, der mit mehr Anstand sich verneigte, als seine untersetzte Gestalt vermuten ließ.

»Du kommst gerade zur rechten Zeit, um mir beizustehen«, ergriff Schwester Lamberta wieder das Wort. »Ich mußte diesem bösen Menschen eine Strafpredigt halten. Du wirst dich an meinen Neffen noch aus der Zeit erinnern, in der du als kleiner Wildfang im Kloster umherflattertest. Aber setzen wir uns, Kindchen!« Sie setzte sich auf eine der dunkelbraunen Eichenbänke, die in dem Kreuzgang standen, und Gabriele folgte ihrer Einladung. »Er ist ein hartgesottener Sünder, man glaubt es kaum«, spann die ehrwürdige Schwester ihren Faden weiter, während sie ihre Äuglein wie mit der Zärtlichkeit einer schwachen Mutter auf den Junker richtete. »Ich habe ihm zugeredet, daß er die Buße an den Rat zahlen soll, aber er will nicht. Hilf mir, ihm zuzureden.«

»Ich?« fragte das Mädchen mit kühlem Befremden.

»Es wäre ein christliches Werk, denn er stirbt auf Haltenbergstedten vor Langeweile und Sehnsucht«, seufzte die Nonne lachend.

Die schöne Gabriele zuckte gleichmütig mit den Schultern. Zeisolf von Rosenberg starrte sie aus seinen etwas wäßrigen Augen an und zwirbelte an seinem roten Bart, der ihm über den Mund hing. Seine Tante aber rief noch heiterer: »Die Mutter Gottes sei gepriesen, daß ich nie schön war. Ich würde sonst so grausam sein wie du, meine holde Blume.«

»Das schöne Fräulein darf nicht glauben, daß ich eigensinnig bin«, räusperte sich der Junker. »Ich habe meine guten Gründe.«

»Über die mir ein Urteil nicht zusteht«, lehnte Gabriele seinen Versuch einer Rechtfertigung ab.

»Nein, aber die edle Jungfrau verkennt mich.«

»Da ich Euch nicht kenne, Herr von Rosenberg, so kann ich Euch auch nicht verkennen«, antwortete Gabriele kalt.

»Ihr tut's dennoch«, murrte er.

»Ihr braucht auf mich keine Rücksicht zu nehmen, Kinder, fechtet euren Strauß nur aus«, bemerkte die Nonne gemütlich. »Ich hab's gern, wenn die Jugend sich neckt.« Gabrieles befremdeter Blick glitt an ihrer unschuldsvollen Seele ab. »Also, sie verkennt dich, Neffe? – Aber war das nicht Schwester Beate, die den Kopf aus dem Refektorium herausstreckte?« Damit erhob sie sich, watschelte nach dem Refektorium, dessen Tür sie öffnete und hineinsprach, wie es schien. »Ich komme gleich wieder«, rief sie laut zurück und verschwand.

Gabriele, die ihr mit den Augen gefolgt war, krauste die feinen schwarzen Brauen. »Worin also verkenne ich Euch?« fragte sie gedehnt.

»Darin, daß Ihr das Recht und die Macht Eurer Schönheit über mich verkennt!« rief Zeisolf von Rosenberg aufflammend.

Die schwarzen Augen Gabrieles öffneten sich weit. Jener fuhr leidenschaftlich fort: »Das ist die Wahrheit. Ich erinnerte mich an

Euch noch gut aus den Klosterjahren. Aber dann sah ich Euch am Dreikönigstag und wie Ihr über den Markt rittet. Sturm und Hagel, seid Ihr eine Schönheit!« Er schlug sich mit der Faust so stark auf die Brust, daß der Harnisch, den er unter dem Mantel trug, dumpf erdröhnte.

Es flog wie Feuerschein über Gabrieles Gesicht. Dann lachte sie leise auf und spottete, während sie sich erhob: »Um Eure Beichte zu hören, wurde ich also hergerufen?«

Er war betreten, aber er rief, seine Verlegenheit mit rauhem Ton überspielend: »Nun ja, zum Teufel, ich mußte es Euch sagen, daß Eure Schönheit es mir angetan hat.«

Sie zog stumm die Schultern in die Höhe und wollte sich entfernen. Er streckte die Hand aus, um sie daran zu hindern. Ein eisig stolzer Blick ließ ihn davon absehen. »Hört mich an!« rief er. »Ihr müßt mich anhören, schöne Gabriele, denn, beim Satan, ich bin rasend in Euch verliebt!«

»Könnt Ihr's nicht noch lauter herausschreien, so daß es das ganze Kloster hört?« fragte sie und zog ihre weiße Stirn unter der Pelzverbrämung ihres Samtbaretts in zornige Falten.

»Was schert's mich?« rief er etwas weniger laut. »Meinetwegen mag es die ganze Welt wissen ...«

»Daß Ihr ein Narr seid«, zischte es von ihren Lippen wie ein Pfeil durch die Luft.

Er prallte zurück. Gleich darauf aber sagte er: »Im Gegenteil, ich war nie vernünftiger als jetzt. Bei meinem Schutzpatron – um Eure allerliebsten kleinen Ohren nicht wieder mit seiner höllischen Majestät zu beleidigen –, bei meinem Schutzpatron, ich lieb' Euch, schöne Gabriele.«

Nun schien er sie zu belustigen, denn sie spottete: »Das muß ein sonderbarer Heiliger sein, der den wilden Junker von Rosenberg in Schutz nimmt!«

Die Bezeichnung, die sie ihm gab, schmeichelte ihm sichtlich. Er faßte die beiden Feuerflammen seines Bartes zusammen und ließ sie durch die Hand gleiten, während seine Augen heiß auf ihr ruhten, und er murmelte: »Ich glaube wahrhaftig, es ist kein altes Märchen, daß der Teufel zuweilen die Gestalt einer schönen Frau annimmt, um uns toll zu machen.«

»So schlagt ein Kreuz, wenn Ihr es noch nicht verlernt habt, und der Spuk verschwindet«, höhnte sie abermals.

»Damit ich der Narr wäre, den Ihr mich schimpft«, rief er mit dumpfer Leidenschaft. »Diesen schönen Teufel halt' ich fest, und halt' ich ihn einmal, so weiß ich auch, daß er sich aus meinen Armen nicht wieder fortwünscht.«

»*Wenn* Ihr ihn haltet«, rief sie mit einem herausfordernden Blick. »Aber lassen wir ihn und die Heiligen! Beide halten Eure Schwüre nicht für schwerer als eine Flaumfeder, und das tue auch ich.«

Sie wollte gehen. Er aber trat ihr in den Weg und schnaufte: »Wenn Ihr meinen Worten nicht traut, so will ich Euch durch die Tat beweisen, daß ich Euch liebe. Was verlangt Ihr? Fordert, ich gehorche! Soll ich die verdammte Stadt an allen vier Ecken mit Feuer anzünden und mitsamt dem Rat verbrennen?«

»Wie?« rief sie verächtlich. »Seid Ihr so feige, daß ich Euch zum Vorwand dienen soll, Euch zu rächen?«

»Wenn das ein anderer Mund als der Eurige gesagt hätte, Hölle und Teufel«, polterte er, und seine Hand umklammerte den Griff seines Schwertes. »Ihr habt wohl keine Feinde?«

»Und wenn, was dann? Wer hätte keinen?«

»So nennt ihn, wer es auch sei, und er lebt nicht mehr!«

Die Augen der schönen Gabriele flammten unheimlich auf. Aber sie blieb stumm.

»Den Namen!« drängte er.

»Genug!« rief sie mit einer gebieterischen Bewegung ihrer Hand. »Lasst Euch von Eurer Tante, der Schwester Lamberta, unterweisen, wie man um Frauenliebe wirbt.«

Sie rauschte davon, und der wilde Zeisolf starrte ihr wie an der Stelle festgewurzelt nach. Gleich darauf kam Schwester Lamberta aus dem Refektorium zurück und tat verwundert, als sie Gabriele nicht mehr fand. »Schon fort?« fragte sie. »Aber du hast sie gewonnen?«

Der Ritter ließ die beiden Zacken seines roten Bartes langsam durch beide Fäuste gleiten. Dann sagte er mit dumpfem Groll: »Aber ich werde sie gewinnen, bei allen Teufeln!«

Die fromme Schwester schlug ein Kreuz. »Die Heilige Jungfrau verzeihe dir dein greuliches Fluchen, Neffe. Du bist also deiner Sache gewiß? Gott sei gelobt! Aber es ist auch die höchste Zeit, daß du dein wüstes Wesen ablegst, und das Geld kannst du wahrlich auch gebrauchen. So erzähle doch!«

Sie ließ sich neugierig auf der Bank nieder. Er betrachtete sie mit spöttischen Blicken, während er seinen Schnurrbart in die Höhe drehte, und sagte: »Sicher, wenn Ihr mir helft, fromme Tante. Denn sie sagte, daß ich mich von Euch unterweisen lassen sollte, wie man um Frauenliebe wirbt.« Er grinste höhnisch.

»Sagte sie das?« fragte Schwester Lamberta gedehnt. Nach kurzem Nachsinnen fügte sie hinzu: »Aber sie hat recht. In Herzensangelegenheiten seid ihr Männer ja alle Tölpel. Ich kann mir vorstellen, wie du um die verwöhnte Schöne geworben haben wirst, etwa wie ein Strauchritter um den vollen Beutel eines Kaufmannes. Gut, ich will dir helfen, denn ich bin überzeugt, daß der Himmel euch füreinander bestimmt hat. Ach, wann werdet ihr wilden Junker endlich einmal lernen, euch der Zeit zu fügen und zu Hofe zu gehen, anstatt in den Sträuchern zu liegen wie dein sauberer Vetter, der Kunz von Rosenberg, der Pappenheim, der Thomas von Absberg und wer seine Freunde sonst noch sein mögen. Du, Neffe, brauchtest dich dann auch nicht heimlich hier einzuschleichen, sondern könntest offen werben, wozu du morgen auf dem Geschlechtertanz die beste Gelegenheit hättest.«

Der Neffe hatte sie mit zunehmender Ungeduld angehört. »Ich zähle auf Euren Beistand«, sagte er jetzt. »Wenn Eure Frömmigkeit und meine Sündhaftigkeit einen Bund schließen, dann müßte es ja mit dem Teufel zugehen, wenn ich die schöne Gabriele nicht eroberte.«

Die ehrwürdige Schwester schlug entsetzt ihre fetten, weißen Hände zusammen. Er aber zog eine von ihnen fast gewaltsam an seine Lippen. »Ist das ein schrecklicher Mensch!« ächzte sie. »Mögen die Heiligen sich deiner erbarmen!«

»Amen, fromme Tante«, lachte er und entfernte sich durch das Pförtchen in der Stadtmauer. Vor demselben führte ein Pfad zum Teil durch dichtes Gebüsch steil zur Tauber hinab und auf einem schwankenden Steg über dieselbe zur Fuchsmühle. Unter den Erlen bei der Mühle wartete ein Reitknecht mit dem Pferd des Junkers. Einem Bettler, der eben des Weges kam, spuckte Zeisolf von Rosenberg in den demütig abgezogenen Hut. Das war ein Almosen. Der Bettler drohte dem talabwärts Reitenden wütend mit der Faust nach, und in den Mühlen, vor deren Türen er bettelte, und in der Stadt droben erzählte er, daß er den Teufel in Gestalt des rotbärtigen Junkers von Rosenberg aus dem Kloster der Dominikanerinnen hätte ausfahren sehen.

Die schöne Gabriele verließ das Kloster so eilig, als befürchtete sie, verfolgt zu werden. Erst in der Durchfahrt der Klingengasse unter dem Orgelchor von St. Jakob mäßigte sie ihre Schritte. Daheim erzählte sie Sabine mit einem ausgelassenen Lachen von der Liebeserklärung des wilden Zeisolf und daß er die Stadt anzünden wollte, um ihr die Aufrichtigkeit seiner Leidenschaft zu beweisen. Von seinem Angebot, ihre Feinde zu töten, sagte sie nichts. »Nicht wahr, Schatz, ich habe Ursache, eitel zu sein?« schloß sie mit einem erneuten Auflachen und warf einen Blick in den venezianischen Spiegel mit dem silbernen Rahmen, hinter dem Pfauenfedern hervorstaken. »Ich will mich daher morgen auch so schön machen, wie ich nur kann.«

»Sich für alle Welt herausputzen, das heißt, sich bloß für sich selbst herausputzen. Ich wollte, ich hätte jemand, für den es sich der Mühe lohnte«, seufzte die blonde Braut des Ritters von Adelsheim.

Ihre Freundin aber tat, was sie gesagt hatte.

Das Tanzhaus der Geschlechter, in dem das Fest stattfand, lag auf der Herrengasse, dem Rathaus schräg gegenüber. Dort hatte vordem das alte Rathaus gestanden, das abgebrannt war. Von ihm rührte noch das dicke Mauerwerk des Erdgeschosses mit den drei Eingängen her. Die Stockwerke darüber waren nur leicht ausgeführt, und das Dach zierten zwei goldene Kugeln, die Siegesbeute eines Auszuges der Rothenburger gegen das Schloß Archshofen. Das Erdgeschoß wurde von den Fleischbänken eingenommen, und die Metzger waren bei einer Strafe von fünf Pfund Heller oder zehn Gulden gehalten, ihre Ware nirgendwo anders als hier feilzubieten, so wie die Bäcker die ihrige in dem Brothaus auf dem kleinen Platz hinter dem Rathaus und der Herren-Trinkstube. Unmittelbar über den Fleischbänken lag der große Tanzsaal. Er war zum Fest mit Tannengewinden und Bannern geschmückt, und die Bänke, die sich rings an den Wänden hinzogen, waren mit roten Kissen belegt. Eine schmale Galerie im Hintergrund des Saales war schon lange vor der dritten Nachmittagsstunde, um die der Tanz beginnen sollte, von Zuschauern eingenommen. Die weniger Glücklichen ballten sich auf der Herrengasse zusammen, um wenigstens die Patrizier ankommen zu sehen. Still und feierlich ging es dabei nicht zu. Die Schaulust war groß, und die Mittelfranken sind alles andere, nur keine Murrköpfe.

Kaspar Etschlich war es dank seiner breiten Schultern gelungen, für sich und Hans, der ihm nur mit innerem Widerstreben gefolgt war, einen Platz auf der Galerie zu erobern und sich langsam bis an die Brüstung durchzudrängen. Sein Humor kam ihm dabei zustatten. So wie Thomas Zweifel, der Chronist von Rothenburg, die Geschichte der Stadt kannte, so eingeweiht erschien Kaspar in die geheime Chronik der Ehrbaren. Er verriet es in den spöttischen Bemerkungen, die er laut zu einzelnen Persönlichkeiten machte, wenn sie, nachdem sie sich aus Mänteln und Kapuzen geschält hatten, den Saal betraten. Seine nächste Umgebung lachte darüber zuweilen so laut und ausgelassen, daß es unten im Saal bemerkt wurde. »Ja, guckt nur«, sagte Kaspar. »Sonst schaut ihr auf uns herab. Heut' sind wir die obersten, und ihr müßt vor uns Komödie spielen.«

Plötzlich stieß er Hans an und flüsterte, indem er ihm mit den Augen ein Zeichen nach der Saaltür machte: »Schau den stattlichen Herrn in gerippten schwarzem Samt mit der dicken weißen Halskrause, auf der sein Kopf wie der des Täufers auf der Schüssel liegt! Das ist der Ritter von Menzingen, du weißt schon.« Hans folgte dem Wink, jedoch war es nicht Stephan von Menzingen, auf dem er seine Blicke ruhen ließ, sondern Else, die mit züchtig gesenkten Lidern an der Seite ihrer Mutter ging. Eine Perlenschnur, die auf der feingewölbten Stirn von einem Saphir zusammengehalten wurde, umschlang das reiche, kastanienbraune Haar, das in gewundenen Locken die blütenweißen Schultern küßte. Die Perlen schimmerten wie Tau vor Sonnenaufgang, und wie die erste Morgenröte umfloß mit Silber durchwirkte Seide die mittelgroße ebenmäßige Mädchengestalt, die sich mit einer natürlichen Würde bewegte. In ihrer Miene zeigte sich einige Befangenheit, die jedoch sogleich verschwand, als Max Eberhard sich ihr näherte und ihr die Hand bot.

»Gelt, das ist ein feiner Faden, das Jüngferlein«, raunte Kaspar dem Freund zu, der Else mit sinnendem Auge verfolgte, während der Saal sich nun rasch füllte. »Hast du den Frauenkopf am Chor von St. Jakob gesehen?« flüsterte Hans.

»Nun freilich«, bejahte Kaspar. »Er soll ein Fräulein darstellen, das den Chor auf ihre Kosten hat errichten lassen. Die Bürgerschaft hat den Dom ganz allein von ihrem Geld aufgebaut.«

»Sie ist längst vermodert, aber ihr Bild zeigt noch heute jedem, wie sie ausgeschaut hat«, sagte Hans und fügte seufzend hinzu: »Wenn ich doch auch so etwas machen könnte, damit das Schöne, das einer schaut, nimmer vergeht.«

Kaspar schielte ihn von der Seite an, er aber bemerkte es nicht. Traurigen Blickes schaute er ins Weite. Da hoben die Stadtmusikanten mit aller Gewalt zu trompeten, zu pfeifen und zu pauken an. Das Stadtoberhaupt mit den Seinen betrat den Saal. Die Platzmeister in roter Tracht und weißen Ärmeln eilten herbei, um sie zu den reservierten Plätzen zu geleiten. Das Antlitz Lautners flammte feuerrot auf. Wie eine Fürstin und so, als ob der goldene Blätterkranz, der ihr frei wallendes Haar schmückte, eine Krone gewesen wäre, so empfing Gabriele die Grüße der heranschwärmenden Junker. Gelber Atlas umknisterte die üppig schlanken Glieder, und funkelndes Geschmeide zierte Ohren und Hals. Am Saum und an den Handgelenken war das Gewand mit farbiger Seide bestickt. Blaues Atlasband mit flatternden Schleifen unterschnürte zweimal die gepufften Ärmel, deren Schlitze ebenfalls blau unterfüttert waren. Ein Mäntelchen, das nur bis zu den Ellenbogen reichte, bedeckte noch die nackten Schultern. Nachher beim Tanz warf sie es ab, wie auch die jungen Herren ihre Schauben.

Als sie sich flüchtig im Saal umblickte, traf ihr Auge auf Else von Menzingen. Sie wußte nicht, wer der Lockenkopf war, aber sie erriet es aus den Schilderungen, die sie über das junge Mädchen gehört hatte, und ihre dunkelroten Lippen verzogen sich ein wenig geringschätzig. Nach ihrem Urteil verdiente Else das warme Lob der jungen Patrizier nicht.

Mittlerweile hatten die Spielleute ihre früheren Instrumente mit Geigen, Flöten und Lauten vertauscht, deren weiche Klänge jetzt zum

Reigen einluden. Der Junker Hermann von Hornburg entführte die schöne Gabriele. Einer seiner Vorfahren hatte das Franziskanerkloster am Burgtor, dem Haus des Fräuleins von Badell gegenüber, gestiftet, um sich die ewige Seligkeit zu sichern. Junker Hermann trachtete nur nach der irdischen und säte seinen wilden Hafer mit vollen Händen. Sein blasses, nicht häßliches Gesicht verriet den Wüstling, sein Anzug den Gecken. Die phantastische Tracht der Landsknechte begann Mode zu werden, und er führte sie in Rothenburg ein. Seine Kleidung war rot, weiß und grün und an den Armen, den Hüften und Knien von Schlitzen durchbrochen. Selbst seine Schuhe, die man wegen ihrer breiten Abrundung vorne Kuhfüße oder Bärentatzen nannte, waren über den Zehen gepufft und geschlitzt und ebenso das schief auf dem rechten Ohr sitzende feuerrote Barett mit langer weißer Schwungfeder.

Als Gabriele ihm folgte, war es, als ob ihr Fuß zögern wollte. Sie sah Max, den sie in seiner schwarzen schlichten Advokatentracht bisher nicht bemerkt hatte, das Schönhaar an der Hand zum Reigen führen. Max, der Bußprediger, tanzte! Gabriele hätte hohnlachen mögen. Aber sie konnte nicht. Jetzt wußte sie, warum er sie verschmäht hatte, warum er sich seit dem Dreikönigstag nicht mehr im Haus des Bürgermeisters hatte blicken lassen. Gekränkte Eitelkeit und gedemütigter Stolz erhielten jetzt ihren schärfsten Stachel durch die Eifersucht. Sie schritt im Reigen dahin und hörte nichts von dem, was ihr Partner sprach.

Hans ließ kein Auge von ihr. Wie eine bunt glitzernde Schlange drehte sich zum Girren und Klingen der Lauten, Violen und Flöten der Reigen im Saal. Der aufgewirbelte Staub lag wie ein dünner Schleier über ihm. Zwei Platzmeister führten ihn an, und so wie sie vortanzten, so mußte jedes Paar nachtanzen. Sie bemühten sich, Ehre einzulegen, indem sie den Reigen nicht nur neu ersonnene und kunstvolle Figuren und Verschlingungen, sondern auch gar lustige und kühne Sprünge machen ließen, an denen dann die Zuschauenden ihre helle Freude hatten. Die derbe Zeit steckte dem Schicklichen sehr weite Grenzen. Else hatte dergleichen in ihrer ländlichen Einsamkeit nie gesehen, und daß sie darüber nicht froh war, verrieten die Blicke, die sie zuweilen ihrer Mutter zuwarf. Auch machten sie und Max die kecken Sprünge nicht mit. Plötzlich blieben die beiden Vortänzer stehen und umarmten und küßten einander mit übertriebener Zärtlichkeit. Unter Kichern und Lachen, das von dem Gewieher der alten Herren übertönt wurde, folgten die Paare dem Beispiel. Else schlug das Herz vor Schreck bis in den Hals hinauf, und auch Max klopfte das Herz stärker. Aber die Roheit empörte ihn, und er zog die eisigkalt gewordene Hand des Mädchens an seine Lippen. Sie dankte ihm mit einem Blick, der ihm süßer dünkte, als wenn er unter diesen Umständen ihren zarten Mund geküßt hätte.

Der Reigen löste sich auf. Die älteren Männer zog es zu dem Kredenztisch, der in einem Nebengemach aufgestellt war. Im Saal schwirrte es kichernd, lachend, schwatzend durcheinander, und man zerbrach sich die Köpfe darüber, wer die Platzmeister zu der Kußeskapade bestochen hätte. Denn solche Bestechungen kamen nicht eben selten vor. War es der Junker Hermann von Hornburg gewesen, wie man allgemein vermutete, so hatte er seine Absicht bei der schönen Gabriele nicht erreicht. Hans hatte gesehen, wie sie den Kopf schnell weggebogen hatte, so daß seine lüsternen Lippen nur ihre schwarzen Locken gestreift hatten.

Kaspar, der seinerseits Hans verstohlen beobachtet hatte, drückte diesem den Ellenbogen in die Seite und sagte: »Laß uns gehen, Hänselin! Es tut dir hier nicht gut.« Hans fuhr verwirrt wie aus einem Traum auf. Er machte keine Einwendungen. Nur einen Blick warf er noch auf das schwarz umflutete Haupt mit dem goldenen Kranz, dem leuchtend sich hebenden Nacken, und folgte dem Freund die steile Hinterstiege hinunter auf die Gasse. Hier stand der blinde Mönch und sprach zu den Leuten, die vor dem Tanzhaus versammelt waren. Lässig im Arm ruhte ihm der Stab, mit dem er sich durch die Straßen tastete. Einen anderen Führer brauchte er nicht, denn er war ein Rothenburger Kind und erst im Kloster erblindet. Er hatte die Kapuze seiner schwarzen, mit einem Strick gegürteten Kutte von seinem mächtigen Schädel zurückgeschlagen. Hans und Kaspar hörten ihn in seiner Rede fortfahren: »... und ihr törichten Leute ergötzt euch an dem Getön der Flöten und Geigen, bei dem die Herren über all eure Beschwernis hinwegtanzen! Die Fische im Wasser, die Vögel in der Luft, das Gewächs auf Erden muß ihnen sein. Wenn aber ein Hungernder ein Brot stiehlt, muß er hängen. Mit satten Bäuchen predigen sie Entbehrung, ihr Ohr aber ist taub für alle Lehre und Ermahnung. Hilf Gott!«

»Hüte deine Zunge, Mönch, das ist Aufruhr!« rief hier eine harte und scharfe Stimme. Der Warner war Konrad Eberhard, der von zu Hause kommend, unbemerkt herangetreten war.

»Der Herr Bürgermeister«, murmelten die Leute betroffen.

Der Barfüßige aber versetzte uneingeschüchtert: »Wenn es Aufruhr ist, mögen die Herren die Ursache abschaffen, aus der er entstehen muß.«

Herr Konrad warf dem Mönch – vergessend, daß er blind war – einen durchbohrenden Blick zu und drohte: »Deine Worte sollen unvergessen bleiben. Ich werde sie dir eines Tages ins Gedächtnis zurückrufen.« Damit ging er zum Tanzhaus.

Hans Schmid durchpflügte mit den knochigen Fingern seinen Bart, der ihm bis tief auf die Brust reichte und sprach: »Wir alle müssen eines Tages Rechenschaft ablegen, Bürgermeister. Dann wird es sich zeigen, für wen geschrieben steht: Mene tekel upharsin, das heißt gewogen und für zu leicht befunden. – Arbeitet, auf daß ihr nicht in Anfechtung geratet! Gott mit euch!« Er wandte sich seinem Kloster am Burgtor zu, wo er im Sinne Karlstadts die Mönche zu überzeugen versuchte, daß sie ihre Kutten auszögen und ein Handwerk erlernten.

Kaspar forderte seinen Freund auf, mit ihm in den ›Bären‹ oder in den ›Roten Hahn‹ zu kommen. »Der Wein macht das Herz wieder fröhlich, und dir tut's gar not«, sagte er. Hans aber lehnte ab. Er sehnte sich danach, allein zu sein. »Ich wollte, daß all das Reden erst ein Ende hätte«, seufzte er, als er sich auf dem Markt von Kaspar trennte.

Der Zweite Bürgermeister war unterdessen in den Tanzsaal getreten. Sein Erscheinen erregte manche Verwunderung, denn es war bekannt, daß er kein Freund öffentlicher Lustbarkeiten war. Sein Zusammenstoß mit dem Mönch ließ seine starren Züge noch starrer erscheinen. »Welch ein Wunder geschieht hier? *Ihr* hier?« sprach die schöne Gabriele, die sich eben vom Tanz zurückzog, ihn an. »Doch, ich kann es mir erklären.«

»Ich suche von Muslor«, gab er nicht gerade freundlich zur Antwort.

»Das ist freilich auch eine Erklärung«, lachte sie. »Ihr findet ihn, wo die Becher klingen. Aber ich glaubte, Ihr kämt, um fröhlich mit den Fröhlichen zu sein. Habt Ihr doch Ursache dazu, Herr Vormund.«

»Ich verstehe dich nicht, Kind, was meinst du?«

»Man darf Euch doch Glück wünschen?« fragte sie mit einem nekkischen Blick.

»Wozu denn? Ich wunsche nur eines, wie du weißt.«

Sie beachtete den Nachsatz nicht, obwohl sie ihn verstand, sondern sagte, die Stimme gesenkt, um nicht von anderen gehört zu werden: »Nun, mir scheint, daß wir außer Sabines Hochzeit zu Ostern noch eine zweite feiern werden. Oder soll es vorläufig noch geheim bleiben?« Ihre Blicke zeigten ihm die Stelle, wo sich Max mit Else, die neben ihrer Mutter saß, unterhielt.

»Wer ist das?« fragte er rauh.

»Wie, Herr Vormund, Ihr kennt das Fräulein von Menzingen nicht?«

Er sah nochmals hin. Dann sagte er kalt: »Er ist leider der Anwalt ihres Vaters.«

»Und sein eigener Anwalt bei dem Herzen seiner Tochter. Was gilt es, diesen Prozeß gewinnt er sicher.« Ihre verführerischen Lippen krümmten sich höhnisch.

»Unsinn, Kind, Unsinn!« wehrte er ihre Behauptung ab, während seine starken Brauen sich zusammenzogen.

Gabriele zuckte mit den vollen nackten Schultern. Ein Tänzer näherte sich ihr, und Konrad Eberhard begab sich in die Zechstube. Auch Stephan von Menzingen saß hier in lebhafter Unterhaltung mit dem Ratsherrn Georg von Bermeter und Thomas Zweifel, dem Stadtschreiber. Herr Konrad winkte dem Bürgermeister, und beide traten in eine Ecke, wo sie leise und eindringlich miteinander redeten. »Hol' der Teufel die ewigen Staatsgeschäfte«, schnaubte der Ratsherr von Seyboth, »morgen ist auch ein Tag.«

»Für Kopfweh«, fügte der kleine Herr von Schräg mit seiner hohen Stimme hinzu, und es entstand ein allgemeines Gelächter.

»Nun, ist das Ei gelegt?« fragte der wohlbeleibte Herr von Winterbach, als die beiden Bürgermeister wieder an den Tisch kamen, und, seinen Becher erhebend, fuhr er fort: »Ich bring' ihn aus auf Euch, Herr Konrad. Ihr schaut drein, als ob Ihr eine Stärkung braucht.«

Dieser trank ihm mit erzwungener Freundlichkeit zu. »Gelegt ist's längst, und das Junge will ausschlüpfen«, sagte er.

»Ich verwette meinen besten Durst, daß es eine Ente ist«, rief ein Herr von Buchau, dem auf Wangen und Nase die dunklen Rosen des Weins blühten.

»Es ist kein Geheimnis, ihr Herren«, sprach Erasmus von Muslor. »Vom Bundestagsausschuß in Ulm ist soeben ein Schreiben hergelangt: Herzog Ulrich ist vom Hohentwiel ausgezogen und gedenkt wohl, Württemberg wieder einzunehmen.«

Die Überraschung der Herren war groß, und sie fand ihren Ausdruck in einem Gewirr von Ausrufen und Fragen. Stephan von Menzingen war aufs höchste betroffen, aber seine Miene verriet nichts davon, und mit kühlem Stolz ließ er den Blick von sich abgleiten, den Konrad Eberhard auf ihn richtete. »Das gibt ein fröhlicheres Jagen als das auf Endsee, zu dem uns der Schultheiß zur Beendigung der Fastnacht geladen hat«, meinten einige, und andere riefen: »Halali! Halali!«, wozu Herr von Winterbach mit dem Mund den Ton des Jagdhornes nachahmte. Die vollen Lippen des Ritters von Menzingen verzogen sich verächtlich. Um es zu verbergen, erhob er seinen Becher und trank.

Im Saal wiegten sich die Paare. Else konnte sich mit Gabriele an Schönheit nicht messen. Aber die taufrische Jugend und Neuheit ihrer Erscheinung behaupteten ihr Recht, und sie wurde von den Junkern derart umschwärmt, daß Gabriele in ihr auch eine gesellschaftliche Nebenbuhlerin erkennen mußte. Sie gab sich den Anschein, Else zu übersehen, heimlich aber schoß sie manch feindseligen Blick auf das junge Mädchen ab, dem die Platzmeister wiederholt junge Herren vorstellten, die um die Ehre eines Vortanzes mit ihr warben. So verstohlen waren diese Blicke freilich nicht, daß Else nicht manchen davon aufgefangen hätte. Jedoch war es nicht das ihr unverständliche böse Flammen der schwarzen Augen, weshalb sie sich trotz ihres Erfolges weit weg wünschte. Die Ungebundenheit und mehr noch die losen und lockeren Reden ihrer Tänzer verletzten sie. Es war eine wüste Welt, und sie empfand ein Grauen vor ihr. Wenn Max mit ihr tanzte, atmete sie auf. An seiner Hand, von seinem Arm umschlungen, fühlte sie sich geborgen, es schmolz der Ernst in dem feinen Antlitz, das aus der Lockenfülle zu ihm aufschaute, und in ihren blauen tiefen Augen lag ihre ganze Seele.

Neuntes Kapitel

Stephan von Menzingen verließ mit den Seinigen früher als alle anderen das Fest. Er hoffte, daheim eine Erklärung darüber vorzufinden, was den Herzog bewogen hatte, sein Unternehmen, das für den Anfang des Frühlings geplant war, schon jetzt, um die Mitte des Monats Februar, ins Werk zu setzen. Ein Diener leuchtete mit einer Fackel voran. Max führte der Sitte gemäß seine Tänzerin an der Hand. Sie gingen in einem wortlos beredten Schweigen. »Schlaft süß«, wünschte Max dem Mädchen leise beim Abschied. Sie bewegte ein wenig die Lippen, allein ihre Antwort wurde nicht zu vernehmbaren Worten. Es bedurfte derer für Max auch nicht, denn der leise Druck, mit dem ihre schlanken Finger dabei seine Hand umspannten, wurde für ihn zum Dolmetscher ihres Herzens.

Der Ritter fand keine Botschaft vor, was ihn in eine so üble Stimmung versetzte, daß seine Gattin ihn besorgt nach der Ursache fragte. Er antwortete gereizt, ob sie denn im Tanzhaus nicht vernommen hätte, daß Herzog Ulrich im Begriff stände, sein Fürstentum zurückzuerobern?

»Das wolle Gott nicht!« rief sie betroffen.

»Mit Gewalt wurd's ihm genommen, mit Gewalt nimmt er es wieder. Das ist die Ordnung der Welt.«

»Eine entsetzliche Ordnung«, seufzte Frau von Menzingen. »Wieviel Blut unschuldiger Menschen wird darum wieder vergossen werden!«

»Was kommt es darauf an!« versetzte er schroff. Gemäßigter fuhr er fort: »Übrigens ist der Herzog im Unglück ein besserer Mann geworden, und die Württemberger werden es fürderhin gut unter ihm haben, besser als die Leute hier unter diesem verrotteten Patriziat. Ich, für meine Teil, möchte lieber *einem* Haupt gehorchen als diesen Geschlechtern, denn soviel Köpfe, soviel Blutegel am gemeinen Wohl.«

»So hoffst du immer noch auf den Herzog?« fragte sie mit einem eindringlichen Blick, der ihn einigermaßen verwirrte.

»Der Herzog war mir stets ein gnädiger Herr, wie auch die Markgrafen von Ansbach-Bayreuth«, antwortete er ausweichend. »Die Ereignisse sind mächtiger als der Wille des Menschen.«

Die Frau schwieg mit der traurigen Überzeugung, daß die Tage der Heimsuchung für sie und die Ihrigen noch nicht vorüber wären, wie er sie hatte hoffen lassen. Die Sorge, insbesondere um Else, in deren Herzen sie sich besser auskannte als diese selbst, hielt den Schlaf von ihren Lidern fern.

Und der Gedanke an Else war es, der auch Max wachhielt. Wohl war er sich bewußt, daß er sie liebte, aber die beseligende Ahnung, in der er von ihr geschieden war, wollte in der Einsamkeit nicht ihre Farbe behalten. Er konnte sich getäuscht haben, er hatte sich gewiß getäuscht: das Glück, von ihr geliebt zu werden, dünkte ihm zu groß, als daß es wirklich sein könnte. Schmerzliche Zweifel, die dennoch voll Süßigkeit waren, beunruhigten ihn. Wenn er sich aber nicht täuschte und ihr Herz ihm entgegenschlug, was sollte werden, wo er doch kein Vermögen besaß und es noch eine gute Weile dauern dürfte, bis seine Advokatur einträglich genug war, um einen eigenen Haushalt zu gründen? Das wäre unter gewöhnlichen Umständen kein großes Hindernis gewesen, Else sogleich zu seiner Frau zu machen. Denn es war Sitte, daß der Sohn die Gattin in sein elterliches Haus führte und die Eltern dessen Haushalt unterstützten, bis er auf eigenen Füßen stehen konnte. Die Patrizierhäuser waren geräumig genug, um zwei Familien zu beherbergen, auch das Konrad Eberhards. Bei dem angespannten Verhältnis zwischen seinem Vater und ihm konnte Max nicht daran denken, diesen alten Brauch für sich in Anspruch zu nehmen, selbst wenn es sein männlicher Stolz zugelassen hätte. Ebenso war es auch ausgeschlossen, daß sein Vater für ihn bei dem Ritter von Menzingen um Elses Hand würbe. Er mußte sein eigener Brautwerber sein. Weil er durch das Zerwürfnis mit dem Vater ganz auf sich selbst gestellt war und er es für unvermeidlich hielt, daß sich ihre beiden Wege eines Tages vollends trennen mußten, hatte er um so größere Bedenken, Elses Herz hinter dem Rücken ihrer Eltern sich zu sichern und ihre Liebe heimlich, wie ein Dieb einen gestohlenen Schatz, zu genießen. Nein, so ungünstig die äußeren Verhältnisse für ihn waren, er wollte zuerst mit den Eltern sprechen. Verweigerten sie ihm die Hand der Tochter – schon der Gedanke daran erfüllte seine Brust mit brennendem Schmerz –, so mußte er es eben ertragen. Else aber war und blieb frei, und auf der Ehre beider lastete kein Vorwurf.

Von solchen Erwägungen, die sich nur schwer zu einem festen Entschluß zusammensetzen wollten, schmerzlich hin- und hergeworfen, vermochte er am nächsten Morgen seinen Geschäften kaum die nötige Aufmerksamkeit entgegenzubringen. Zum Glück für seinen Seelenzustand war er kein überlaufener Advokat, und etwa eine Stunde vor dem Mittagessen konnte er seine Schreibstube verlassen, um sich höflicherweise zu erkundigen, wie Frau von Menzingen und seiner Tänzerin das gestrige Fest bekommen wären. Er fand nur die Mutter und deren Gatten. Letzterer, der in der Stube auf und ab ging, rief ihm sogleich mit erzwungener Lustigkeit die Frage entgegen: »Nun, Doktor, was sagt Ihr zu dem Fastnachtsscherz des Herzogs Ulrich? Habt Ihr neuere Nachrichten, etwa von Wendel Hipler?« Max, dem das Unternehmen des Herzogs in diesem Augenblick ferner als der Nordpol lag, wußte weder etwas Neues, noch hatte er Briefe erhalten.

»Er scheint alle Welt überrumpelt zu haben«, rief Stephan von Menzingen unangenehm enttäuscht. »Nun sitzen drüben die ehrsamen, günstigen, lieben Herren«, fuhr er fort, die vorschriftsmäßige Anrede des Rates verspottend, und deutete mit der Hand in Richtung Rathaus, »und ratschlagen über das Aufgebot der eilenden Hilfe, das der Bundesausschuß verlangt haben wird.«

Unter der eilenden Hilfe wurden die Mannschaften zu Fuß und zu Roß verstanden, die jeder Bundesstand im Kriegsfall zu stellen hatte. Stephan von Menzingen irrte sich in seiner Annahme nicht, nur handelte es sich bloß um ein Dritteil der matrikelmäßigen Hilfe, die sich spätestens in vierzehn Tagen auf den Sammelplätzen einfinden sollte. »Wie die Raben sah ich sie zuhauf über den Markt kommen. Da es aber im Reich nur das wenige Kriegsvolk gibt, das der Truchseß Jörg für den Erzherzog geworben hat, werden die Herren gestern abend zu früh ihr Halali geblasen haben.«

Was Max hierauf bemerken wollte, blieb unausgesprochen. Denn Else betrat, von einem Ausgang zurückkehrend, in einem schlichten dunklen Mantel und schmucklosem Barett das Gemach. Sie errötete, als sie den Besucher sah. Daß es nicht aus Verlegenheit geschah, verriet der Anflug eines Lächelns um ihren rosigen Mund, als Max sie begrüßte. In ihren dunkelblauen Augen lag ein stilles Leuchten. Sie kam aus dem Münster, wohin ein Diener sie begleitet hatte, weil die Mutter sich von dem gestrigen Fest etwas ermüdet fühlte. Das Verlangen, nach dem Rohen und Häßlichen, das sie im Tanzhaus gesehen und gehört hatte, gleichsam ein reinigendes Bad zu nehmen, hatte sie nach St. Jakob getrieben, und sie kehrte wie eine Geheiligte zurück.

»Damit ich's nicht vergesse, Herr Vater«, sagte sie zu diesem und legte Mantel und Barett ab, »auf der Diele steht ein Bauer, der Euch zu sprechen begehrt. Er hat einen Brief, den er nur Euch selbst geben will.«

»So entschuldigt mich, lieber Doktor«, bat Stephan von Menzingen den Gast und eilte aus der Stube.

Else war unterdessen neben den Stuhl der Mutter getreten, auf dessen hohe, steife Lehne sie sich leicht mit der einen Hand stützte. Max saß ihnen mit dem Gedanken gegenüber, daß die günstige Gelegenheit, seinen Wunsch den Eltern vorzutragen, für heute verpaßt war.

Sein Auge aber entzückte sich an der schlanken, zierlichen Mädchengestalt, die hold und blühend dem sorgenvollen Alter zur Seite stand.

»Es wird die Botschaft sein, die mein Gatte schon seit gestern abend mit großer Ungeduld erwartet«, sagte Frau von Menzingen, nachdem der Ritter sich entfernt hatte. »Als ob die Unruhe, in der wir leben, noch nicht groß genug ist, muß nun dieses Unternehmen des Herzogs die Verwirrung und Aufregung noch vermehren.«

»Freilich, gnädige Frau«, pflichtete Max ihr bei. »Um so dringender die Aufforderung an diejenigen, die durch die Bande des Blutes oder durch den Gleichklang der Herzen zueinander gehören, sich fester zusammenzuschließen. Denn woraus«, fuhr er fort, während seine Augen sich mit einem nicht mißzuverstehenden Ausdruck auf Else hefteten, »woraus sollten sie in dieser Zeit Mut zum Kampf und, wenn es sein muß, zum Erdulden schöpfen, wenn nicht aus ihrer Liebe?«

Else umschlang den Nacken der Mutter und drückte gegen deren bleiche Wange ihr in heißem Purpur brennendes Gesicht. Frau von Menzingen erschrak angesichts der plötzlichen Bestätigung ihrer Ahnungen. Der Geringschätzung ihres Gatten gegenüber dem Stadtadel, wie hoch er Max auch achten mochte, und seinem hochfliegenden Ehrgeiz war wohl nur schwer, wenn überhaupt, die Einwilligung zu diesem Herzensbündnis abzuringen, vor allem jetzt, wo der Aufstand des Herzogs die Segel seiner geheimen Pläne mit frischem Wind zu blähen schien.

»Verzeihung, edle Frau, daß ich mich vom Augenblick fortreißen ließ«, ergriff Max von neuem das Wort und versuchte sich zu beherrschen. »Ich kam in der Absicht her, den Eltern meine Verhältnisse darzulegen und sie entscheiden zu lassen, ob ich das Recht haben sollte, dem Fräulein als ihr Gatte in dieser verhängnisvollen Zeit zur Seite zu stehen. Das Fräulein wußte nichts davon, und sie ist freie Herrin ihrer Hand.«

Da löste sich Else vom Hals der Mutter, richtete sich auf und reichte ihm die Rechte. Mit Inbrunst ergriff er sie. Aus den Augen beider leuchtete das feste Vertrauen aufeinander.

»Ach, Ihr macht die Rechnung ohne den Vater«, seufzte Frau von Menzingen bewegten Herzens. »Er muß erst gewonnen werden, und dazu bedarf es der Zeit. Jetzt mit ihm zu reden, würde alles verderben. Ihr müßt Eure Ungeduld noch zügeln. Meinen Segen habt Ihr, lieber Doktor, und ich weiß, daß mein Gatte großes Vertrauen in Euch hat, aber Ihr werdet einsehen, daß es ihm widerstreben muß, schon jetzt sein Jawort zu geben und Euch dadurch vor der Welt an sein Interesse zu ketten, während dieser unselige Rechtshandel, der einen Schatten auf seine Ehre geworfen hat, noch nicht beendet ist. Das duldet sein Stolz nicht.«

Max mußte diesen Grund gelten lassen, so sehr es seinem offenen Charakter auch widerstrebte, sein Verhältnis zu Else vor der Welt zu verschleiern. Er zog die Hand, in der nun seiner Liebe Geschick ruhte, mit Dank und Ehrfurcht an seine Lippen. Else aber umarmte die Mutter, deren Augen feucht wurden, und küßte sie zärtlich. Dann warf sie sich verschämt und verklärt in die Arme des Geliebten, der sie in stummem Glück an sich drückte.

Stephan von Menzingen störte die Liebenden nicht, deren Schifflein die Mutter einstweilen vor dem Scheitern bewahrt hatte. Der Mann, der ihn zu sprechen begehrte, hatte ihm ein Schreiben aus Kaufbeuren überbracht und war, mit reichlichem Botenlohn bedankt, wieder fortgeritten. Der Brief kam von dem Kanzler des Herzogs, dem Ritter und Doktor Johannes von Fuchsstein, und Herr Stephan öffnete ihn hastig. Der Inhalt war wenig erbaulich. Die Ungeduld, wieder in den Besitz seines Landes zu kommen, und hauptsächlich Geldmangel hätten den Herzog sein Spiel vor der Zeit beginnen lassen. König Franz hätte seine Zusagen nicht ganz zu erfüllen vermocht, da er wegen seiner Aufrüstung gegen Kaiser Karl selbst Geld gebraucht hätte, und von den Juden sei nicht ein Pfund Heller zu erlangen gewesen. Herzog Ulrich sei außerstande, die angeworbenen Kriegsvölker noch bis zum Beginn des Frühjahrs zu besolden, und hätte befürchten müssen, daß die Schweizer abzogen und seine ganze Macht wie Schnee in der Sonne zerschmolzen wäre, wenn er jetzt nicht losschlüge. So sei er denn mit sechstausend Fußknechten und zweihundert Reitern, mit drei großen Geschützen, drei Feldschlangen und vier Falkonettlein von Hohentwiel aufgebrochen und zöge unmittelbar nach Württemberg, wo er sicher sei, mit offenen Armen empfangen zu werden. Auch sei noch in den letzten Tagen ein Bündnis mit dem Führer der Schwarzwaldbauern zustandegekommen. Noch ehe der Bund aufstehen könnte, würde der Herzog in Stuttgart einziehen, wo er die Fastnacht zu feiern gedenke und sich auf dem Schloß bereits ein Bett bestellt habe. »Wenn Ihr dieses Schreiben in der Hand haltet«, schloß der Fuchssteiner, »bin ich bereits im Lager Sr. Gnaden, des Herzogs. Von dort oder spätestens von Stuttgart aus erhaltet Ihr weitere Nachricht.«

Der Empfänger warf das Schreiben mit bitterem Verdruß auf den Tisch. Alles, was das Unternehmen des Herzogs hatte unterstützen sollen, war erst im Werden begriffen, die Lunte angezündet, ehe noch die Mine geladen war. Fuchsstein hatte wohl recht, das Netz, das er in Kaufbeuren zu knüpfen begonnen hatte, fallen zu lassen. Denn gelang es dem Herzog, spätestens in vierzehn Tagen in Stuttgart zu sein, dann bedurfte es der überall hingesponnenen Intrigen nicht mehr, und mißglückte das Abenteuer, dann konnte ihn das unfertige Gewebe nicht retten. Stephan von Menzingen dachte in schwerer Sorge nach. Alle seine persönlichen Interessen ließen ihn dazu geneigt sein, von dem in Rothenburg begonnenen Werk die Hand nicht abzuziehen. Wenn er es übernommen hatte, das Regiment der Geschlechter zu stürzen, so war es geschehen, um für die Schmach, die er einst von ihnen erfahren hatte, Vergeltung zu üben, indem er die Sache des Herzogs förderte. Dem Beispiel des Fuchssteiners folgen, hieß der Rache entsagen und sich vor dem Rat demütigen. Das war seinem hochfahrenden Sinn ebenso unmöglich wie seiner Vermögenslage. Nein, er durfte die Hände jetzt nicht in den Schoß legen. Triumphierte der Herzog, so war immer noch Zeit für ihn, zurückzutreten. Unterlag er, so hatte er in der Bürgerschaft einen Rückhalt.

Mittlerweile verbreitete sich die Kunde von dem Abenteuer des Herzogs und drang auch in die Werkstatt auf dem Kapellenplatz, wo Hans Lautner an dem Modell eines Pokals arbeitete, den, in Silber getrieben, die Hauptleute der sechs Wachen dem Stadthauptmann Albrecht von Adelsheim zu seiner Hochzeit verehren wollten. Es versprach ein sauberes Stück zu werden, mit Laubgewinden, Früchten, Masken und Figürchen verziert. Meister Ellwanger beschäftigte außer dem blonden Schwaben noch zwei Gesellen und zwei Lehrlinge. Hans aber war von ihnen der geschickteste und fleißigste, und besonders in den letzten Wochen gönnte er sich nicht Ruhe noch Rast. Er wollte an nichts anderes als an seine Kunst denken, aber es gelang ihm schlecht. Käthe hatte den Zauber der schönen Gabriele nicht zu brechen vermocht. Das frische, in sich selbst ruhende Wesen Käthes tat ihm so gut wie dem Wanderer ein kühler Labetrunk an schwülem Tage. Er war ihr gut, daran war kein Zweifel, und wenn er in Ohrenbach an ihrer Seite saß, ihrem Geplauder zuhörte, sie ihn aus ihren nußbraunen Augen mit inniger Zärtlichkeit anblickte, ihm die jugendlich kraftvollen Lippen zum Kuß bot, er ihre Gestalt an sich drückte, dann glaubte er wohl selbst, daß er sie liebte. Kehrte er aber nach Rothenburg zurück, atmete wieder dieselbe Luft wie Gabriele, sah diese gar, dann war alles ausgelöscht und vergessen. Ach, und nicht nur dann! Geschah es doch, daß in seinen Gedanken an Käthe diese sich in Gabriele verwandelte, daß er deren Busen an seiner Brust fühlte, ihren Mund küßte, während er Käthe liebkoste. Und dann gestern! So verführerisch schön wie gestern in ihrem goldgelben Atlaskleid und den nackten Schultern war Gabriele ihm nie vorgekommen. Wie sollte das enden? Wie er aus seiner Schuld gegen Käthe sich lösen? Nicht zum ersten Mal grübelte er darüber nach, ob es nicht das beste wäre, wenn er Rothenburg verließe und nach Nürnberg, wohin ihn seine Kunst von Anfang an gelockt hatte, weiterwanderte?

Über diesem Grübeln vernahm er die quakende Stimme Wilhelm Bräunleins, eines biederen Gewürzhändlers, der seinem Freund, Meister Ellwanger, von der Kriegsfahrt des Herzogs erzählte. »Äh, äh, äh«, schloß er seinen Bericht und schüttelte seinen spitz zulaufenden Kopf, der auf einem langen Hals saß, »nie was Gutes, nichts wie Unruhen. Wie sollen dabei Handel und Wandel gedeihen?«

»Nun, man muß sich halt in die Zeiten schicken, Gevatter«, erwiderte der Meister philosophisch. »Raufen ist nun mal die Art großer Herren, es liegt ihnen im Blut.«

»Und wir Bürger müssen dabei die Haare lassen«, quakte der Krämer. »Was wir brauchen, ist Ruhe. Ruhe, sag' ich, Gevatter!« Giftig fuhr er fort, während das Glöcklein der Marienkapelle das Ave-Maria läutete. »Aber diesmal sollte der Schwäbische Bund an dem Friedensbrecher ein Exempel von einem Beispiel aufstellen. Und überhaupt, was verhandeln die Obrigkeiten hier und dort mit den widerspenstigen Bauern? Über die Köpfe gehauen, gespießt, gevierteilt, so gehört sich's.«

»Um Gottes willen, Gevatter, die Furcht macht Euch ja zu einem blutdürstigen Tyrannen«, rief der Goldschmied belustigt. »Feierabend! Kommt in mein Stübele und löscht Euren Durst anstatt mit Fürsten- und Bauernblut mit einem Becher Schalksberger!« Damit führte er ihn über den Hof in das Vorderhaus.

Hans erinnerte sich, wie er vor sechs Jahren mit der Großmutter in Böckingen bei Jäcklein Rohrbachs Wirtshaus gestanden und die von Florian Geyer befehligten Fähnlein gen Stuttgart hatte vorüberziehen sehen, nachdem sie den Widerstand der Herzoglichen bei Möckmühl gebrochen und Götz von Berlichingen gefangengenommen hatten. Die Großmutter hatte mit wildem Gebet ihre Waffen gesegnet und ihnen zugerufen, daß sie den Herzog nicht lebend entkommen lassen sollten. Und jetzt war er wieder da, und das furchtbare Ende seines Vaters, der Tod seiner Mutter schrien noch immer ungesühnt gen Himmel. Es war ihm, als ob er das grimmige Hohnlachen seiner Großmutter hörte. Er räumte hastig seinen Werktisch auf und sprang zu seiner Dachkammer hinauf, wo er, von dem Zwang erlöst, den ihm die Gegenwart der anderen auferlegte, sich seinem gärenden Gefühl frei überlassen konnte.

Am Sonntag vor Fastnacht, die auf den letzten Februartag fiel, ging Hans mit einem festen Entschluß nach Ohrenbach, und Kaspar begleitete ihn. Es war noch früh und die Luft so mild, als ob das Jahr schon bis tief in den März vorgerückt wäre. Die Wintersaaten kleideten die Felder in ein helles Grün, das den düsteren Ernst der Tannenwälder auszulachen schien. Die beiden Freunde verfolgten die große Heerstraße, die manchen Bogen schlug, nur eine kurze Strecke und nahmen dann den näheren Weg, der links zum Steinbachtal und dann zu dem Dorf Gattenhofen führte. Hans schritt sinnend einher, und Kaspar ließ ihn ungestört. Er war es von ihren Spaziergängen her gewöhnt, daß Hans wenig sprach. Er pfiff und sang für sich, bis sie an den Stäffleinsbrunnen kamen, bei dem sich das wildromantische Steinbachtal vor ihnen auftat. Nur noch der Brunnen zeugte davon, daß hier einst das Dorf Obersteinbach gestanden hatte. Der Rat hatte es einige achtzig Jahre vorher abbrechen lassen, um die Einwohnerschaft der Stadt zu vergrößern. Kaspar trank von dem köstlichen, durch Sandstein quellenden Wasser. »Trink auch, Hänslein, das macht den Kopf frisch und klar«, forderte er den Freund auf, während er sich von der Brunnenröhre aufrichtete. »Was sinnierest du so an dem schönen Tag?«

Hans verspürte keinen Durst. »Ich dachte so, ob ich diesen Weg noch oft machen werde«, gab er zur Antwort. »Ich glaub' halt nicht.«

»Ja, wie meinst du denn das? Warum nicht?« fragte Kaspar erstaunt.

»Komm nur!«

Sie stiegen in die stille Wildnis hinunter, durch welche die beiden Lindach- oder Lindleinseen, von denen der größere nunmehr trockengelegt ist, zur Tauber hin abflossen.

»In dem Tal hier bin ich manchen schönen Sonntagmorgen herumgestrichen«, äußerte Hans. »Ist gar so wundersam einsam hier, daß nur selten einmal ein Mensch zu sehen ist und nichts zu hören, als der Wind in den Baumwipfeln, der Gesang der Vögelein und das Murmeln des Baches.«

»Und dann zogst du deine Pfeife heraus und spieltest darauf, just so, wie ich dich auf unserer Wanderschaft traf«, fiel Kaspar ein.

»Wohl auch«, lächelte Hans. »Es geht einem da manches durch den Sinn, was gar nicht zu sagen ist, selbst wenn es einer wollte. Zuweilen hab' ich mir ausgesponnen, wie das herrlich sein müßte, wenn es auf der Welt keine Fürsten und Herren, keine Pfaffen und Junker, keine Leibeigenen und Hörigen mehr gäbe, sondern lauter freie Menschen. Was meinst du, Kasperl, ob eine solche Zeit wohl mal kommen wird?«

»Nein, das gibt's nicht«, versetzte dieser, ohne sich zu besinnen. »Denn es ist etwas Teuflisches im Menschen, das ihn immer dazu drängt, den Schwächeren unter die Füße zu treten. Schau, wie's unter den Meistern rumort! Wie sie den Mund vollnehmen und nach Freiheit schreien! Aber sie meinen halt nur die eigene Freiheit, und wenn sie wirklich in den Rat gelangen, dann können wir Gesellen uns den Mund wischen.«

»Ich glaub's doch«, sagte Hans mit einem sinnenden Ausdruck in seinen blauen Augen. »Es wird kommen, wie es die Großmutter prophezeit hat, und du wirst es noch erleben, daß es besser wird.«

»Und du nicht?« fragte Kaspar mit einem Anflug von Ungeduld.

»Ich weiß nicht. Wenigstens nicht in Rothenburg«, antwortete Hans mit einem tiefen Atemzug. »Als mir gestern der Meister meinen Wochenlohn zahlte, hab' ich gekündigt. Meine Zeit hier ist um.«

Kaspar blieb wie erstarrt stehen. »Wa–as?« lallte er.

»Ich kann hier nichts mehr lernen«, gab Hans vor. »Wenn der Pokal fertig ist, schnür' ich mein Bündel. So lange noch hab' ich dem Meister zu bleiben versprochen.«

»Nichts mehr lernen?« wiederholte Kaspar noch wie betäubt. Dann aber brach er heftig los. »Und alle Gewalt, die deinen Leuten angetan wurde, die soll ungerächt bleiben, was?«

»Nein, lieber Bruder«, versicherte Hans. »Aber mich dünkt, daß ich noch länger Geduld haben muß. Jetzt, wo wegen dem Herzog Ulrich der Bund rüstet, ist die Gelegenheit für uns wahrlich nicht gut. Aber das macht nix. Wenn der Bundschuh aufgeworfen wird, ich werd' nicht fehlen, wo ich dann auch sein mag, das glaube mir.«

»Ja, das glaub' ich dir, aber das von wegen dem Lernen, das glaub' ich nicht!«

»Laß uns weitergehen«, forderte Hans ihn auf, seinem scharfen Blick ausweichend.

»Freilich, freilich«, murmelte Kaspar, während er sich in Bewegung setzte, und nach einer Weile fügte er vorwurfsvoll hinzu: »Daß du mir das antun kannst, Hänselin! Jetzt ist meine ganze Sonntagsfreude hin. – Und ich hab' dich immer gewarnt vor der ... der ...«

»Sei still, ich bitt' dich«, unterbrach Hans ihn schnell.

»Schon gut«, murrte Kaspar.

Jenseits des Baches, den sie von Stein zu Stein übersprangen, blieb Kaspar wieder stehen. »Und Käthe?« fragte er.

Die schmalen Wangen des jungen Goldschmiedes wurden dunkelrot. »Das ist's just, was mir am schwersten auf dem Herzen liegt«, seufzte er.

»Du darfst nicht fort«, rief Kaspar mit Entschiedenheit. »Um ihretwillen darfst du nicht. Ich bitt' dich, um Gottes willen, Hänselin, tu' ihr das nicht an. Sie hat dich ja ganz in ihr Herz geschlossen. Schon am Dreikönigstag hab' ich's gemerkt.«

Hans sah ihm mit einem langen, tiefen Blick in die Augen. Dann sagte er leise: »Und damals hätt' ich auch merken können, daß du ... Ich war halt blind.«

»Ach was, ich!« rief Kaspar ärgerlich. »Ich pass' nicht zu ihr, und ich gönne dir ihre Liebe von Herzen. Meinst du etwa, daß es nicht noch saubere Mädchen genug auf der Welt gibt? Ich kenn' schon noch manche.« Er lachte.

Hans ergriff und schüttelte bewegt Kaspars Hand. »Du bist ein guter Kerl! Ich hätt' ihre Liebe nimmer annehmen sollen. Vielleicht, wenn ich sie früher gekannt hätte! Jetzt war's falsch.«

»Ich begreif nicht, wie's möglich ist, wenn man mit offenen Augen die beiden Mädel vergleicht«, schüttelte Kaspar den Kopf. »Aber laß dir Zeit, Hans!« Er faßte diesen unter dem Arm, und sie stiegen unter den entlaubten Buchen den nördlichen Talrand hinauf nach Gattenhofen. Ein wehmütiges Lächeln umspielte die blaßroten Lippen des jüngeren Gesellen. »Ich würd' sie bloß unglücklich machen und mich dazu«, sprach er. »Du weißt jetzt alles, Kaspar, und mir ist das Herz leichter. Wenn ich erst mit der Käthe geredet haben werde, dann mag mit mir geschehen, was will. Sie soll dich kennenlernen, wie ich dich kenne, und ich will mein Leben lassen, wenn ihr zwei beide nicht doch noch glücklich miteinander werdet.«

Kaspar machte sich mit einem erregten Lachen über sich selbst lustig. »Als ob du dich in mir auskennst! Nix wirst du dem Käthchen von mir sagen, ich will's nicht. Sie weiß besser Bescheid als du, was ich für ein grobes, liederlich gewobenes Stück Tuch bin.«

»Freilich, du bist ein rechter Taugenichts«, versuchte Hans, auf seinen Ton einzugehen.

Sie hatten die Höhe von Gattenhofen erreicht und verschnauften ein wenig, bevor sie ihren Weg wieder unter die Füße nahmen. Ihre Blicke schweiften über die ausgedehnten Waldungen der hügeligen Hochebene. Im Nordosten erhoben sich die Giebel und Türme des Schlosses Endsee, im Norden ragte aus dem dunklen Tannengrün die Kirchturmspitze von Ohrenbach auf. Zur Rechten der beiden Wanderer zog sich die Heerstraße an Gattenhofen heran, wand sich zwischen Hügeln weiter und verlor sich im Wald. Lautners Blicke blieben an dem Schloß hängen, auf dem ein Banner im Wind flatterte.

Dort herrschte schon seit Mitte der Woche ein geräuschvolles und überschäumendes Leben. Fluren und Wälder waren mit dem frühen Morgen von Hörnern und Rüdengebell erfüllt. Hirsch, Rehbock und Wildschwein wurden gepirscht und gehetzt, Enten, Birkhühner und Fasanen mit der Armbrust oder dem Handrohr geschossen und zur Reiherbeize die Falken steigengelassen. War die reiche Beute im Schloßhof bei Fackelschein zur Strecke gebracht, dann ging es zur Tafel, und Tanz, Spiel und Gelage beschlossen den Tag. Georg von Wernizer, genannt Böheim, weil einer dieses ältesten Geschlechts der Stadt eine Gesandtschaft zu Kaiser Sigismund in Böhmen geführt hatte, pflegte jährlich eine solche große Jagd am Ende des Winters zu veranstalten. Er stattete damit seinen Dank für die Einladungen zu den patrizischen Lustbarkeiten in der Stadt ab, an denen er nur teilnahm, wenn sie einen offiziellen Charakter trugen. Die rasche Tat seiner Jugend warf einen Schatten über sein Gemüt, den der frühe Tod seiner Gattin vertiefte. Er war ein wortkarger, verschlossener Mann, dabei streng, aber gerecht, soweit bei Zuständen, in denen ausschließlich der Wille der Herrschenden das Gesetz macht und handhabt, von Gerechtigkeit die Rede sein kann. Gewannen die finsteren Geister über ihn Macht, dann griff er zum Becher. Karten und Würfel rührte er seit der Bluttat in der Herren-Trinkstube nicht mehr an. Eine arme Verwandte versah an dem Knaben, der seiner kurzen Ehe entsprossen war, die Mutterstelle und vertrat die Schloßherrin.

Die Junker von Rothenburg waren der Einladung des Zentamtmannes in großer Zahl gefolgt, und unter seinen weiblichen Gästen befanden sich auch Sabine und Gabriele. Der Bräutigam der ersteren, Albrecht von Adelsheim, hatte die beiden Mädchen begleitet. Die schöne Gabriele erwarb sich den Ruf einer kühnen und unermüdlichen Jägerin. Als man am Samstag eben zur Tafel gehen wollte, traf noch ein Gast ein, dessen Erscheinen die Mehrzahl der Anwesenden äußerst erstaunte. Es war der Junker Zeisolf von Rosenberg. Als Georg von Wernizer seinerzeit aus Rothenburg hatte fliehen müssen, hatte er sich wochenlang bei dem damals noch lebenden Vater Zeisolfs auf Haltenbergstedten aufgehalten. Daher stammte die Bekanntschaft, infolge derer Zeisolf von Rosenberg regelmäßig zu den großen Jagden auf Endsee eingeladen wurde, seitdem Herr von Wernizer hier Schultheiß war. Die Rothenburger Patrizier waren ihm bei der Gelegenheit schon in früheren Jahren begegnet. Aber es befremdete sie, daß er sich auf Rothenburger Gebiet und in ihre Gesellschaft wagte, nachdem er eben dem Rat in unzweideutigster Weise seine Mißachtung bewiesen hatte. Während der Schloßherr ihn wie immer empfing, zeigten ihm viele von den Stadtjunkern die kalte Schulter, was er seinerseits nicht beachtete und statt dessen unbefangen an der Tafel Platz nahm. Er war der letzte Mann, der sich von irgend jemand imponieren ließ.

Gegenüber den weiblichen Gästen hatte er sich mit einer allgemeinen flüchtigen Verbeugung begnügt und sich nicht weiter um sie gekümmert. Vielleicht hatte er bemerkt, daß Gabriele bei seinem Eintritt finster die Brauen krauste, und daher es unterlassen, sich ihr zu nähern. Sabine, die eine gute Beobachterin war, bemerkte zu ihrer Verwunderung, daß er auch bei Tisch keinen einzigen Blick zu ihrer schönen Freundin schickte, und schob es darauf, daß diese ungewöhnlich heiter war. Sie bemerkte ferner, wie die Stimmung gegen Zeisolf von Rosenberg während der Abendtafel in ihr anfängliches Gegenteil umschlug. Ja, der Umschlag war so völlig, daß der Nachttrunk der Männer, nachdem sich die weiblichen Mitglieder der Gesellschaft zurückgezogen hatten, zu einem wüsten Gelage ausartete, dessen Seele der Rotbart war. Die Weinfärbung ließ sein Benehmen gegen den Rat als einen tollen Streich in den Augen der Stadtjunker erscheinen. Seine Trinkfähigkeit erregte Bewunderung und der grobe Zynismus, mit dem er die Becher würzte, wieherndes Gelächter. Die Knechte mußten manchen Toten aus dem Saal ins Bett schaffen, Zeisolf von Rosenberg behauptete als Sieger das Schlachtfeld. Trotzdem war er am anderen Morgen einer der ersten, als die Hörner erklangen und die Meute ihr jagdgieriges Geheul erhob.

Das schwere Gelage verzögerte das Frühstück, und es wurde verhältnismäßig spät, bis die Gesellschaft die Pferde bestieg, bei deren Sattelung Zeisolfs Reitknecht eifrig geholfen hatte. Als er seinem Herrn den Jagdklepper vorführte, sagte er leise: »Es ist alles besorgt.« Und der Junker von Rosenberg raunte, während er sich in den Sattel schwang: »Behalte mich im Auge.« Er befand sich unter den letzten, die den steilen Schloßberg hinunterritten, und wie gestern, so hielt er sich auch heute von der schönen Gabriele fern, die etwas bleich aussah. Sie habe schlecht geschlafen, erklärte sie auf die an sie gerichteten, teilnehmenden Erkundigungen.

Der Waldvogt führte die Jäger zu einem Waldstück, in dem ein Vierzehnender seinen Stand hatte. Der Vorstehhund wurde losgelassen, und nicht lange, so verkündete sein Läuten, daß er auf der Spur des Hirsches war. Die Meute wurde entkoppelt, und die Jäger folgten dem führenden Waldvogt. In wildem Jagen ging es gen Westen.

Plötzlich zügelte Gabriele ihren Rappen und ließ sich zu Boden gleiten, während die anderen achtlos weiterstürmten. Sie hatte bemerkt, daß der Sattel sich nach der linken Seite zu neigen begann. In demselben Augenblick hielt Zeisolf von Rosenberg bei ihr. »Was ist geschehen?« fragte er und stieg ebenfalls ab. Der Sattelgurt war geplatzt, und Gabriele deutete, statt zu antworten, auf dessen längeres Ende, das unter dem Bauch des Pferdes zu Boden hing. Hätte sie es untersucht, so würde sie an der vorderen Kante einen über drei Finger breiten Einschnitt wie von einem Messer bemerkt haben. Sie tat es aber nicht, sondern fragte nur ratlos: »Was nun?« Zeisolf von Rosenberg zuckte die Achseln. Dann sagte er: »Auszubessern ist der Schaden augenblicklich nicht.« Nach kurzem Nachdenken fügte er hinzu: »Es wird am besten sein, wenn wir uns zu der Stelle begeben, wo nach dem ersten Jagen ein Imbiß eingenommen werden soll. Ich habe sie mir von unseren Wirten beschreiben lassen und traue mir wohl zu, sie zu finden.«

»Aber ist das verdrießlich«, rief sie mit gerunzelter Stirn.

»Freilich, denn Ihr müßt Euch meiner Führung anvertrauen. Aber da sehe ich meinen Reitknecht.« Er erhob seine Stimme und rief: »Stoffel, hierher!« Als dieser zur Stelle war, trug er ihm auf, die Pferde zu dem zum Stelldichein bestimmten Platz zu führen. »Es ist bei der alten Steineiche. Du kennst sie?«

Er bejahte, und Zeisolf von Rosenberg lud die schöne Gabriele ein, mit ihm zu kommen, während jener sich mit den Pferden zu schaffen machte. Gabriele warf die Schleppe ihres Reitkleides über den Arm, und sie gingen die Schneise hinunter, auf der sich das Mißgeschick ereignet hatte. »Und wo liegt die Steineiche?« fragte sie. Er deutete nach Süden. Nach einer kurzen Strecke blieb er bei einem rechts in die Schneise mündenden Fußpfad stehen und sagte: »Wenn wir ihn einschlagen, kommen wir schneller zum Ziel.« Sie betrat ihn, und er folgte ihr. »Ihr scheint Euch ja gar gut in diesen Wäldern auszukennen«, bemerkte sie, und er erwiderte: »Ist es doch heut' nicht das erste Mal, daß ich auf der Rothenburger Wildbahn jage.«

Eine Weile gingen sie schweigend weiter. »Ich erfuhr erst auf Endsee, daß Ihr den Wernizer kennt und wie Ihr mit ihm bekannt geworden seid«, begann Gabriele dann wieder.

»Wollt Ihr damit sagen, daß Ihr nicht gekommen wäret, wenn Ihr es vorher gewußt hättet?« fragte er dumpf.

»Warum denn?« erwiderte sie kühl. »Ich, obgleich ich eine Frau bin, bin nicht so eitel wie Ihr. Nicht einen Augenblick ist mir eingefallen, daß Ihr der Einladung des Wernizer meinetwegen gefolgt sein könntet.«

»Aber es ist so. Ich vermutete Euch hier«, rief er mit mühsam beherrschter Leidenschaft.

Ein gedehntes »Ah!« war ihre Antwort. Spöttisch fuhr sie fort: »Ihr wolltet mir also einen Beweis geben, daß Ihr um meinetwillen vor nichts zurückscheut? Ich argwöhnte es. Es gehört ja allerdings bei dem Verhältnis, in dem Ihr Euch zu Rothenburg befindet, einiger Mut dazu, hierherzukommen. Aber Ihr wißt, daß ich keinen Beweis Eures Mutes begehre, und er ist fehlgeschlagen.«

Sie erwartete, daß er aufbrausen würde. Es geschah nicht, obwohl er dunkelrot im Gesicht wurde. Schweigend gingen sie weiter, bis sie einen Holzweg erreichten, wo er sich an ihre Seite begab. »In einem Punkte traft Ihr das Richtige«, begann er jetzt. »Mein Platz ist nicht unter diesen Stadtjunkern und der Eurige auch nicht, schöne Gabriele. Hingegen irrt Ihr sehr, wenn Ihr glaubt, durch Euren Spott meine Liebe zu Euch auszulöschen. Sie ist ein griechisches Feuer, das nichts erstickt. Und jetzt in dem grünen Jagdkleid und dem Federhut schaut Ihr aus, daß ich rasend werden könnte, wenn ich es nicht schon wäre.«

»Vermag es nicht mein Spott, so verbiete ich Euch in vollem Ernst jeden Gedanken an mich«, erwiderte sie, stehenbleibend. »Sind wir bald bei der Eiche?«

Er schaute sich um. »Ja, gleich. Kommt nur, wir müssen uns rechts halten«, sagte er und bog nach einer kurzen Strecke in der angegebenen Richtung von dem Holzweg in das Dickicht ab. »Eure Macht ist groß, schöne Gabriele«, begann er nun. »Aber daß ich nicht mehr an Euch denken soll, das könnt Ihr mir nicht befehlen. Gebietet doch dem Mond, daß er von der Erde lasse, oder dem Teufel, daß er das Kreuz anbete. Und nebenbei, schöne Gabriele, liebt Ihr mich nicht, so soll Euch doch kein anderer besitzen. Wer es wagt, Euch zu begehren, der hat den letzten Tag gesehen.«

»Ihr seid groß im Schwören«, spottete Gabriele. »Heute soll denjenigen der Tod treffen, der es wagt, mich zu lieben, neulich schwort Ihr ihn meinen Feinden. Tötet Euch selbst, und ich will an Eure Liebe glauben.«

»Ich werde beide Schwüre halten, verlaßt Euch darauf«, erwiderte er mit unheimlich glühenden Augen.

»Entwerfen wir also die Liste der Todeskandidaten«, versuchte sie zu scherzen. »Um meine Hand bewirbt sich niemand. Wenden wir uns also meinen Feinden zu.«

Da flammte das Gesicht des wilden Zeisolf auf, und er drohte: »Auf diese Weise entschlüpft Ihr mir nicht. Glaubt Ihr, ich hätte nicht erfahren, daß der Sohn des Bürgermeisters Euch heimführen soll?«

»Ach!« rief sie mit einem tiefen Atemzug und blieb stehen. Sie sah sich rings um. In einiger Entfernung entdeckte sie zwischen den Bäumen einen Reiter und deutete mit dem Finger auf ihn.

»Es ist mein Reitknecht. Wir sind ganz nahe bei der Eiche«, erklärte er.

Gabriele wandte ihm wieder das Gesicht zu. Es war blaß, ihre Augen funkelten seltsam, und sie in die Zeisolfs bohrend, zischte sie: »Derjenige, den Ihr nanntet, ist mein ärgster Feind. Er hat meine Ehre tödlich beleidigt. So wie ihn hasse ich keinen.«

Er erwiderte ihren Blick, während er die beiden Zacken seines roten Bartes langsam durch beide Hände gleiten ließ.

»Aber es ist Torheit, Euch das zu gestehen«, rief sie mit einem Achselzucken. »Laßt uns weitergehen!«

Er rührte sich jedoch nicht. »Ich glaube Euch«, sagte er. »Und wenn ich Euch räche, wollt Ihr die Meinige sein?«

»Reden wir nicht weiter davon. Gehen wir«, wich sie ihm aus.

»Und wenn ich Euch räche, wollt Ihr die Meinige sein?« wiederholte er dringender seine Frage und ergriff sie beim Handgelenk. Sie versuchte, sich frei zu machen, aber es gelang ihr nicht. »Mein Wort ist so gut wie die Tat«, preßte er dumpf heraus. »Gebt mir das Eurige dafür. Ihr wollt nicht? Ihr glaubt, mich hintergehen zu können? Ihr täuscht Euch, schöne Gabriele. Der Pakt zwischen uns ist geschlossen. Er in sein Grab, Ihr in mein Bett!« Er zog sie trotz ihres Sträubens mit sich fort.

»Laßt mich los, Ihr tut mir weh!« rief sie, sich wehrend.

»Nichts da!« rief er brutal. »Ihr erinnert Euch, was ich Euch im Kloster sagte? Wenn ich den Teufel einmal habe ... und jetzt halte ich den schönen Teufel fest.«

»Seid Ihr wahnsinnig geworden?« schrie sie entsetzt auf. »Hilfe! Hilfe!«

»Es hört Euch keiner«, rief er, umschlang sie, wie sie sich auch wehrte, und trug sie auf seinen Armen fort, während sie ihr Hilfegeschrei fortwährend ergellen ließ.

Nur noch wenige Schritte, und sie waren auf dem Platz bei der Steineiche, den er ihr als Stelldichein der Jagdgesellschaft vorgegaukelt hatte. Es war niemand dort als sein Knecht mit den beiden Pferden und noch ein in einen Mantel gehüllter Reiter, der eine schwarze Maske vor dem Gesicht trug. Dieser ritt dem Junker entgegen, der ihm zurief: »Geschwind, deinen Mantel, damit ich der wilden Katze den Mund verstopfe.« Während jener dem Junker den Mantel zuwarf, riefen zwei Stimmen zugleich: »Halt! Halt!« Und Hans und Kaspar, die durch die fortwährenden Rufe um Hilfe von ihrem Wege abgelenkt worden waren, brachen aus dem Gebüsch hervor und stürzten sich, ihre Schwerter ziehend, auf die Mädchenräuber. Es war dem Junker Zeisolf noch nicht geglückt, Gabriele den Mantel über den Kopf zu werfen, und er hatte nur noch Zeit, sie seinem Spießgesellen zu übergeben, damit er sie auf das Pferd nehme, als er schon von Hans, der ihn auf den ersten Blick erkannt hatte, mit einem Wutschrei angefallen wurde. Während der Junker von Rosenberg sein kurzes Jagdschwert aus der Scheide riß, schrie Gabriele vor Schmerz gellend auf. Sie hatte sich den Armen des maskierten Reiters entwunden, und dieser griff ihr in das Haar. Der Federhut war ihr schon beim Ringen mit dem Junker Zeisolf heruntergefallen. Kaspar stürzte sich auf den Reiter, und dieser mußte seine schöne Beute wohl fahrenlassen, wenn er nicht wehrlos niedergestochen werden wollte. Die schöne Gabriele entfloh mit lautem Geschrei in den Wald. Die beiden Freunde kämpften mit stummer Erbitterung, Hans wie ein Rasender gegen den Junker Zeisolf.

Plötzlich erscholl der Ruf: »Auf sie! Auf die Junker!« Fünf bis sechs unheimlich wilde Gestalten, die mit Äxten, Schwertern, Büchsen und Spießen unterschiedlich bewaffnet waren, tauchten unter den Bäumen hervor und warfen sich auf den Junker von Rosenberg und seinen Helfershelfer. Der Kampf währte nicht viel länger als eine Minute. Es gelang dem wilden Zeisolf, in den Sattel zu springen, und gefolgt von seinem Spießgesellen und dem Reitknecht, stoben alle drei westwärts. Die Banditen, wie man die Heimatlosen nannte, stürmten ihnen nach. Kaspar hatte in ihrem Anführer den aus Ohrenbach vertriebenen Leibeignen Konz Hart erkannt, und er starrte den unerwarteten Helfern noch einen Augenblick nach, ehe er sich nach seinem Freund umsah. Hilf, Himmel! Hans Lautner lag am Boden, und sein Blut färbte das welke Laub rot. Zeisolf von Rosenberg hatte seine lange Klinge unterlaufen und ihm sein Jagdschwert in die Brust gestoßen. Kaspar warf sich neben ihm nieder und hob mit stummem Jammer sein Haupt auf seine Knie. Er war ebenso bleich wie Hans, dessen Blut in einem fort strömte. Kaspar sah sich allein mit dem sterbenden Freund, aus dessen Gesicht allmählich der wilde Kampfzorn wich.

Über ihnen breitete die alte Steineiche ihre mächtigen, noch kahlen Äste aus, und unweit von ihnen graste friedlich Gabrieles Rappe. Hans richtete seine Augen mit einem unbeschreiblichen Blick auf den Freund und bewegte die bleichen Lippen. Kaspar neigte sein Ohr dicht zu dessen Mund.

»Die Großmutter«, flüsterte er nach einer Weile. »Sag' ihr ...«

»Ja, Hans, ich weiß, was ich ihr sagen soll«, rief Kaspar mit einem kläglichen Gesicht. »Um Gottes willen, stirb nicht! Ich höre Geräusche. Es kommt Hilfe. Hans, lieber Hans!«

Ein Lächeln glitt über das Gesicht des jungen Goldschmiedgesellen. »Käthe!« hauchte er kaum vernehmlich, und in diesem Hauch erlosch sein Leben.

»Hans! Hans! Hans!« ächzte Kaspar und starrte auf das bleiche Gesicht, dem der Tod sein Gepräge aufzudrücken begann.

Das Haupt des Freundes auf seinem Schoß, saß er unbeweglich da. Wie lange, wußte er nicht. Und es kam ihm anfangs wie ein Traum vor, als es dann unter den Bäumen lebendig wurde. Die Waidgesellschaft, Herren und Damen, Jägerknechte, Treiber, Hundejungen, welche die Meute führten, tauchten bei der Eiche auf. Der Hirsch war erlegt, und die Jäger hatten sich fröhlich zum Imbiß begeben wollen, der ihrer freilich an einer ganz anderen Stelle als unter der Steineiche harrte, als die Hilferufe Gabrieles von einigen vernommen und sie gesucht worden war. Wäre die alte Steineiche nicht dem Schultheiß und dem Waldvogt bekannt gewesen, Gabriele hätte sie nicht wiederzufinden vermocht. Mit weitgeöffneten Augen starrte sie auf die Leiche des armen Hans. Ihr Haar war zerzaust, ihr Jagdkleid von dem Ringen mit dem Junker in Unordnung und von den Sträuchern, an denen es auf ihrer Flucht hängengeblieben, zerrissen. Die Schleppe hing in Fetzen.

Während ein paar Jagdknechte ihren Rappen einfingen und mit Schnüren, die sie wegen der Hunde im Notfall bei sich führten, den zerplatzten Sattelgurt wieder haltbar machten, stieg Wernizer, dessen Miene noch finsterer war als gewöhnlich, vom Pferd und trat neben die Leiche Hans Lautners. Seine Untersuchung überzeugte ihn, daß für Hans jede Hilfe zu spät kam. »Er ist tot«, sagte er, und die Worte fielen klanglos in die Stille, in der die Umherstehenden seine Entscheidung erwartet hatten. Aus Kaspars Kehle rang sich ein Laut wie ein unterdrücktes Aufschluchzen. Der Schultheiß von Wernizer winkte seinen Waldvogt herbei und sprach mit ihm. Sabine lenkte ihren milchweißen Zelter zu Gabriele heran und sagte leise: »Das ist der arme hübsche Mensch, der dir dein goldenes Kränzlein brachte.« Die feinen Brauen Gabrieles zogen sich finster zusammen. Was kümmerte sie der arme Geselle, der für sie gestorben war? Oder dachte sie an denjenigen, den sie kurz vorher dem Stahl des Rosenbergers überantwortet hatte? Ein Jagdknecht brachte ihren Hut, den er aufgelesen hatte, ein anderer führte ihren Rappen heran.

»Ich danke Euch für Euren Beistand, guter Freund. Meldet Euch in der Stadt bei mir um eine Belohnung.« So sprach sie zu Kaspar, der unterdessen dem Freund die Augen geschlossen und die Leiche sanft auf den Boden gelegt hatte.

»Belohnung?« fuhr er zornig auf. »Kann Euer Geld den da wieder lebendig machen, der für Euch gestorben ist?«

Sie wandte sich ab, machte sich zurecht, und der herbeigeeilte Junker Hermann von Hornburg durfte sie auf den Rappen heben.

»Die Jagd ist für heute zu Ende, meine Herrschaften. Kehren wir nach Endsee zurück«, sprach der Schultheiß laut.

Der bunte Schwarm verzog sich. Nur der Waldvogt blieb mit zwei Jägerknechten und einigen Treibern zurück. Während diese junges Stangenholz abhieben und eine Bahre herstellten, ließ er sich von Kaspar über ihn und seinen Freund und den Hergang bei der Eiche genaue Auskunft geben. »Aber das ist eine unerhörte Frechheit von dem Junker!« rief der schon graubärtige Waldvogt. »Er muß sich besser als ich in diesen Wäldern auskennen, wenn er hoffte, mit dem Fräulein ungefährdet die Tauber zu erreichen. Das geht ihm an den Hals, der Jungfernraub.«

»Ne, sie hängen bloß die kleinen Diebe«, gab Kaspar bitter zurück.

Der Tote wurde auf die Bahre gelegt, und Kaspar breitete den Mantel über ihn, den der entlarvte Reiter auf dem Platz zurückgelassen hatte. Wer derselbe gewesen war, vermochte er nicht zu sagen, er schloß aber aus dessen blondem Haar und dessen Beleibtheit, daß es Philipp von Finsterlohr gewesen sei. Das Erscheinen der Heimatlosen verschwieg er um Konz Harts willen gegenüber dem Waldvogt ganz. Der traurige Zug ging nach Gumpelsdorf, das das nächste Dorf an der Landstraße war. Dort wurde ein Ackerwagen mit einer Strohschütte in Anspruch genommen und Hans darauf gebettet. Die Dörfler kamen zuhauf.

Die Frauen weinten bei seinem Anblick und beklagten ihn, daß er so jung hätte sterben müssen. »Was gilt das Leben von unsereinem den Herren?« rief Kaspar mit schneidender Bitterkeit. Die Männer schwiegen mit finsteren Blicken. Sie hatten Angst vor dem Waldvogt des Zentamts, der von hier aus mit seinen Leuten nach Endsee zurückkehrte. Nur der älteste Jagdknecht sollte die Leiche nach Rothenburg begleiten, um dem Stadtrichter vorläufig zu berichten.

Der Zug hatte soeben das Dorf verlassen, als Kaspar die tiefe Stimme des langen Lienhart vernahm, der rief: »Himmlischer Herrgott, der Lautner!«

Kaspar ließ den Wagen halten, und der ehemalige Kriegsknecht klagte: »Oh weh, oh weh, du junges Blut! Und ich hatte geglaubt, daß er uns noch zum Tanz aufspielen würde.« Er schüttelte den Kopf, und zwei Tränen rollten ihm aus den großen runden Augen in den Bart.

»Gegen den Rosenberger ist er gefallen«, sprach Kaspar dumpf.

Die Riesengestalt des anderen streckte sich jäh, und die Faust gen Westen schüttelnd, rief er zornig: »Und hat ihn der Rotbart erschlagen, so soll er sich freikaufen mit seinem eigenen Leben. Die Sonne droben, die hört mich. Oh, du armer Bub!«

Kaspar fragte ihn, wohin sein Weg ginge. Er wollte nach Ohrenbach.

»Ist's was Wichtiges, oder kann ich's bestellen?« fragte Kaspar, und mit einem bedeutungsvollen Blick auf die Leiche fügte er hinzu: »Wenn Ihr ihm das Geleit geben wollt? Ich muß halt nach Ohrenbach.«

»So mach' fort! Ich beneid' dich nicht um *die* Botschaft. Wenn du vor der Dämmerung zurück bist, so findest du mich bei meinem Schwager im ›Roten Hahn‹. Den Simon sprech' ich ein andermal.« Damit wandte er sich um und ging mit seinen großen Schritten dem langsam vorangefahrenen Wagen nach, während Kaspar in die entgegengesetzte Richtung davoneilte.

Je näher er aber Ohrenbach kam, desto langsamer wurde sein Gang. Der Gedanke an die arme Käthe wurde ihm zu Blei an den Füßen, und er grübelte, wie er die traurige Botschaft mitteilen könnte, damit sie nicht zu sehr erschrecke. Die Mittagsstunde war längst vorüber, als er Ohrenbach erreichte. Simon Neußer saß mit den Seinigen in der Stube um den großen Eichentisch und las laut aus der Bibel vor, die ein Geschenk seines Bruders Andreas war. Er las das achte Kapitel aus dem Buche Samuel vor, wo erzählt wird, wie Israel von dem Hohenpriester begehrt, daß er ihm einen König mache, und Gott ihm befiehlt, dem Volk zu willfahren, aber auch es zu warnen und ihm darzustellen, wie schwer die Könige es belasten und bedrücken würden. »Wenn ihr dann schreien werdet zu der Zeit über euren König, den ihr euch erwählt habt, so wird euch der Herr zu derselben Zeit nicht erhören.« So las Simon eben, als Kaspar in die Stube trat.

Die Kinder hüpften diesem fröhlich entgegen, denn er gab sich bei seinen Besuchen viel mit ihnen ab, und sie hatten ihn lieber als seinen schwermütigen Freund. Er herzte sie und begann sogleich, sie zu nekken und herumzujagen, wobei er dann beiläufig erwähnte, daß er dem langen Lienhart begegnet wäre.

»Und dein Freund?« fragte Käthe.

»Oh, der Hans läßt grüßen«, erwiderte er und bückte sich zu dem Bübchen, damit er sie nicht anzusehen brauchte. »Er kann halt nicht kommen«, fügte er so gleichmütig, als er vermochte, hinzu. »Er hat ein Stück Arbeit vor, das er fertigmachen muß. Es ist eilig, denn ... Hops, Martin, hops!« Damit ergriff er das Bübchen und schwang es durch die Luft.

»Was denn?« fragte Simon. »Red erst!«

»Oh, weil er doch bald wieder auf die Wanderschaft will«, antwortete Kaspar, während er den Buben auf den Fußboden stellte.

»Mehr! Mehr!« bettelte der Kleine.

Käthe aber, die kein Auge von ihrem Vetter gelassen hatte, wiederholte betroffen: »Auf die Wanderschaft? Aber das ist nicht wahr, sonst müßt' ich's wissen.«

»Doch, doch!« versicherte Kaspar und wollte es durch seine Blicke bekräftigen. Käthe aber sah ihn so fest an, daß er die Augen abwenden mußte.

»Du lügst, Kaspar«, rief sie und sprang von der Bank hinter dem Tisch hervor. Sie faßte ihn kräftig am Arm und rief: »Was ist's? Schau mich an, ich will's wissen!«

»Nun ja«, erwiderte er in der größten Verlegenheit. »Ich erzähl' schon. Erschreck dich nur nicht. Es ist halt ein Unglück geschehen.«

»Was?« fragten die anderen außer Käthe wie mit einer Stimme.

Kaspar suchte nach Worten. Käthes Augen öffneten sich weit. »Tot!« kam es stockend über ihre Lippen, und kreidebleich fiel sie auf die Bank zurück.

Kaspar nickte mit einem kläglichen Blick. Ihm und allen versagte die Sprache. Die arme Käthe starrte mit entsetzten Augen und halbgeöffnetem Mund vor sich hin. Sie war wie gelähmt. Vater Martin wiegte mit einem jammervollen Gesicht den Kopf hin und her. Seine Schwiegertochter schlug die Hände über dem Kopf zusammen, und dann ächzte sie: »Heilige Mutter Gottes, wie hat denn das geschehen können?« Simon strich sich einige Male mit der Hand schwer über Stirn und Gesicht und forderte mit einer Stimme, die aus einer vertrockneten Kehle zu kommen schien, Kaspar auf, zu erzählen. Bevor er noch begann, griff Käthe mit beiden Händen an ihre Schläfen und taumelte aus der Stube. Gleich darauf ertönte in der Küche ein so entsetzlicher Aufschrei, daß den Erwachsenen das Herz gefror und die Kinder sich erschreckt und weinend an die Mutter drängten. Diese aber fasste sich rasch, sie schob die Kinder mit zitternder Hand zurück und eilte der Unglücklichen nach.

Zehntes Kapitel

In Rothenburg war mittlerweile jenes Ereignis eingetreten, das, wie der Altbürgermeister schon in seiner ersten Unterredung mit Dr. Karlstadt angedeutet hatte, vom Rat sehnsüchtig erwartet wurde. Rom hatte durch den Mund des Bischofs zu Würzburg gesprochen. Der Komtur Christian und Deutschlin waren in den Kirchenbann getan worden. Allein die Wirkung war eine unerwartete. Während sich Hans und Kaspar auf dem Weg nach Ohrenbach befanden, verkündigte Dr. Deutschlin selbst von dem Predigtstuhl in St. Jakob die über ihn und seinen Freund verhängte Ächtung. Er ereiferte sich nicht, sondern sprach mit einer Ironie darüber, die kundtat, daß er die Blitze Roms unschädlich unter seinen Füßen zucken sah. Er habe sich darüber gewundert, äußerte er, daß die von Würzburg noch immer das Wort der Menschen mehr achten als das Wort Gottes, das ewig besteht, während jenes zugrunde gehen muß. Er hätte gedacht, sie wären nun so gut im Evangelium erfahren, daß sie keinen Bruder mehr derart anführen könnten.

Das Gefühl, daß die Dinge zur Entscheidung drängten, Hoffen und Bangen zog die Menschen aus den Häusern. Dazu lockte sie das schöne Wetter aus den niedrigen Winterstuben auf die Gasse. Man mußte Bekannte sehen, sich aussprechen. Die Ahnung der kommenden Ereignisse verband sich mit der des nahenden Frühlings. Da polterte durch das Galgentor der Düngerwagen, auf dem die Leiche des jungen Goldschmiedes lag, in die Stadt. Der lange Lienhart ging mit finster drohender Miene nebenher, und voraus ging der Bote des Waldvogts in grünem Wams und roten Hosen, den Jagdspieß in der Hand und die Armbrust auf dem Rücken. Der unheimliche Zug war rasch von Neugierigen umringt, die erschrocken das blutige Geschehnis vernahmen. In der Würzburger Gasse wurden alle Fenster aufgerissen, die Leute stürzten aus den Häusern, und bei jedem Schritt wuchs die Menge. Das Gerücht von der Bluttat flog durch alle Gassen. Wegen des Gedränges kam der Wagen mit seiner traurigen Last nur langsam vorwärts, und vor dem schlanken viereckigen Turm, dessen Tor in die innere Stadt führte, mußte er eine Weile anhalten.

Da erhob der lange Lienhart, der wie der Jäger in einem fort mit Fragen bestürmt wurde, abermals seine tiefe Stimme: »Ja, der Rosenberger hat den armen Buben erschlagen, wegen der Neureuterin, die er vor ihm hat beschützen wollen. Aber ich will ein Schuft sein, wenn ich's dem frechen Junker nicht vergelte.« Bekräftigend schlug er sich mit der breiten Faust auf die Brust, daß es krachte, und die erhitzte Menge schrie: »Tod dem Junker!«

Als wieder ein wenig Platz war, ging der Jäger durch die Georgengasse zu dem Hause des Stadtrichters Hörner voraus, während der

Wagen hinter dem Weißen Turm links zum Kapellenplatz abbog. Bald war auch dieser voll von Menschen, so daß Georg Hörner, der mit dem Wundarzt und einem Schreiber zur Totenschau kam, nur mühsam in das Haus Ellwangers gelangte. Das Mitleid mit dem unglücklichen Opfer des wilden Zeisolf war um so größer, als Hans vom Ansehen her vielen bekannt war. Dem weiblichen Geschlecht insbesondere hatte der schmucke Geselle mit den blauen schwermütigen Augen gut gefallen. Die näheren Umstände seines Todes erhöhten die Teilnahme für ihn nicht wenig.

Max Eberhard hatte ihn persönlich gekannt. Er trug einen Siegelring, dessen Stein er aus Welschland mitgebracht hatte. Es war ein Karneol, in den äußerst kunstvoll eingeschnitten war, wie sich Hektor zum Kampf rüstet und Andromache ihm das Schwert reicht. Der Ratsherr Georg von Bermeter, der sich mit der Liebe zu den Künsten über seine kinderlose Ehe hinwegtröstete, hatte Max auf den geschickten Gesellen Ellwangers verwiesen, und Hans hatte mit Erlaubnis des Meisters den Stein gefaßt. Max hatte ihm das Bild erklären müssen. Else kannte den Ring, und die Darstellung hatte sie mit einem bedeutungsvollen Blick zu dem Geliebten aufschauen lassen: So würde auch sie ihm einst mit zärtlich starkem Herzen das Schwert reichen. Jetzt mußte er mit Wehmut an den armen Burschen denken, dem wie dem Trojaner eine schöne Frau zum Verderben geworden war.

Auf Schloß Endsee dachte man kaum noch an ihn. War er doch nur ein armer und fremder Handwerksknecht. Der schönen Gabriele verlieh aber die versuchte Entführung einen neuen Reiz in den Augen der Junker. Als der Wein die Köpfe erhitzte, schwor sich mancher von ihnen, selbst Hermann von Hornburg, den wilden Zeisolf auf Tod und Leben herauszufordern, um die schmähliche Tat zu rächen. Gabrieles schwarze Augen blitzten, aber sie verbot ihnen, ihr Leben für sie aufs Spiel zu setzen, und erklärte stolz, daß die Frechheit des Junkers von Rosenberg ihre weibliche Ehre ebensowenig beleidigt hätte, als wenn sie von einem wilden Tier angefallen worden wäre.

»Auch braucht das schöne Fräulein Eure Ritterdienste nicht, Ihr Herren«, mischte Georg von Wernizer sich ein. »Bürgermeister und Rat werden die Ehrverletzung nicht ungerächt lassen, denn in dem holden Fräulein sind die gesamten Geschlechter Rothenburgs gekränkt worden. Leider kann der Junker nicht vor das Gericht der Stadt gestellt werden, da er der reichsunmittelbaren Ritterschaft des Kantons Odenwald angehört. Verlaßt Euch aber darauf, daß der Rat es nicht versäumen wird, den wilden Zeisolf wegen des versuchten Jungfrauenraubes an geeigneter Stelle zur Verantwortung zu ziehen. Ich selbst werde darauf dringen, bin ich doch zunächst beleidigt, weil er meine Gastfreundschaft zu seinem nichtswürdigen Unterfangen mißbrauchte.«

Die schöne Gabriele neigte sich mit einem dankbaren Lächeln, während ihre Brust ein Erschrecken durchzuckte. Sie zog sich unter dem Vorwand, daß sie sich durch die Geschehnisse des Tages angegriffen fühle, vorzeitig aus der Gesellschaft zurück. Die Begleitung Sabines auf ihre gemeinsame Schlafkammer lehnte sie ab. Als die Freundin ihr später folgte, lag sie mit geschlossenen Augen da. Aber die wühlenden Leidenschaften ließen sie nicht schlafen. Ihre Eitelkeit fühlte sich durch Zeisolfs Entführungsversuch schwerer getroffen als ihre weibliche Ehre. Seine Tollkühnheit zeugte von seiner rasenden Leidenschaft für sie, und darum hätte sie ihm verzeihen können. Aber sie hatte geglaubt, sie beherrschen, sie nach ihrem Ziel lenken zu können. Daß sie sich darin getäuscht hatte, verzieh sie ihm um so weniger, als ihr geheimer Zweck nicht nur nicht erreicht worden war, sondern auch weil sie sich damit selbst gefährlich in die Sache verstrickt hatte. Das Band der Schuld, das sie mit dem Rosenberger verknüpfte, war durch ihre Befreiung nicht zerschnitten worden, und die Worte des Schultheißen hatten ihr die Gefahr gezeigt, die ihr drohte. So wie sie Erasmus von Muslor und ihren Vormund kannte, mußte sie überzeugt sein, daß sie die Gelegenheit nicht ungenützt lassen würden, Zeisolf zur Rechenschaft zu ziehen. Wer konnte sich dafür verbürgen, daß dieser dann seinen Mund hielt und sich für ihre Zurückweisung nicht dadurch rächte, daß er ihren Mordanschlag auf Max Eberhard enthüllte? Ging das Spiel doch um seinen Hals! Denn das Gesetz bestrafte schon den Versuch des Jungfrauenraubes mit dem Tod. – Ah, wenn einer von den jungen Patriziern, die sich ihr als Held angetragen hatten, Zeisolf an Körperkraft und Fechtkunst gewachsen gewesen wäre! – Und wem hatte sie diese schreckliche Lage, die ihr den kalten Schweiß aus den Poren trieb, anders zu verdanken als Max Eberhard? Ihre verschmähte Liebe, ihre Eifersucht wurden in dieser Nacht zu einem eisigen Haß. Sie wunderte sich, daß es ihr hatte genügen können, ihn zu töten. Sie wollte sich etwas ausdenken, wogegen ihn und Else der Tod eine Wohltat dünken sollte.

Im Lauf des folgenden Vormittags teilte Albrecht von Adelsheim ihr und seiner Braut mit, daß sie sich zur Heimkehr rüsten müßten. Der Rat, der von dem Bann der beiden Geistlichen schlimme Folgen befürchtete, hatte ihn geschickt. Der schönen Gabriele war es nur recht, von Endsee fortzukommen, und nie war ihr der trockene schweigsame Mann so willkommen gewesen wie jetzt. Denn ihr lag alles daran, ihren Einfluß auf Sabines Vater und ihren Vormund rasch geltend zu machen, um die Anklage gegen Zeisolf zu hintertreiben.

Die gutmütige Frau von Muslor empfing Gabriele mit einer zärtlichen Anteilnahme und Besorgnis, als ob sie ihre eigene Tochter gewesen wäre. Sie fand, daß Gabriele leidend aussehe, und wollte, daß sie sich sogleich zur Ruhe begebe, hielt sie aber dabei durch ihre neugierigen Fragen über das traurige Abenteuer fest. Herr Erasmus machte seine Gattin auf den Widerspruch zwischen ihren Ratschlägen und ihrem Handeln mit einem Lächeln aufmerksam. Gabriele versicherte mit einem ungeduldigen Zucken in den feinen Bögen ihrer Brauen, daß sie sich durchaus wohl fühle, und fügte hinzu: »Ruhig bin ich allerdings nicht. Denn Herr von Wernizer stellte mir in Aussicht, daß der Rat meinetwegen gegen den Junker von Rosenberg Anklage erheben werde. Ist das wahr, Herr von Muslor?«

»Darüber vermag ich nichts zu sagen«, antwortete dieser, »bevor der amtliche Bericht des Schultheißen von Endsee nicht vorliegt. Ich begreife nicht, wie du dich darüber beunruhigen kannst, liebes Kind. Die Aufregung hat dich überreizt.«

»Nein, nein, nein! Ich bedarf keiner Genugtuung durch die Gerichte«, rief sie. »Ich kann nur wiederholen, was ich schon auf Schloß Endsee erklärte, nämlich, daß ich meine jungfräuliche Ehre als zu hoch erachte, als daß sie ein Rosenberg beleidigen könnte. Sabine kann es bezeugen. Ich verachte den Junker. Aber die sicherste Schutzwehr der Frau ist ihr reiner Name. Diese Schutzwehr würde durch die Gerichtsverhandlung niedergerissen werden, mein Name in aller Leute Mund kommen und jeder seine hämischen Bemerkungen über mich machen. Mir graust's, wenn ich mir vorstelle, daß mein guter Ruf zerfetzt und meine Ehre durch den Schmutz gezogen wird, und ich kann mich dagegen nicht verteidigen!«

»Du siehst zu schwarz, liebe Gabriele«, wollte Herr Erasmus sie beschwichtigen.

»Aber sie hat recht«, bemerkte Sabine, die lässig auf dem goldbefransten Purpurkissen eines Lehnsessels aus Ebenholz die vollen Glieder dehnte.

»Wenn Ihr auch mein Vater wärt«, rief Gabriele mit größerer Lebhaftigkeit, die Feuer aus ihren schwarzen Augen lockte, »würdet Ihr Eurer Tochter nicht so Schreckliches zu ersparen versuchen? Ich bitte und beschwöre Euch, die Anklage zu unterlassen.« Sie erhob die gefalteten Hände.

Er aber antwortete mit gütigem Ton: »Nochmals, du siehst zu schwarz, Kind! Unter allen Umständen aber wird es dir erspart bleiben, selbst vor den Gerichtsschranken zu erscheinen. An Zeugen fehlt es ja nicht. Außerdem liegt die Entscheidung nicht bei mir, das mußt du ja selbst wissen.«

»Oh ja, ich weiß, daß wir Frauen stets für die harten Köpfe der Männer büßen müssen«, bemerkte Gabriele, während sich ihre vollen Lippen bitter verzogen.

Erasmus von Muslor wischte diese Äußerung mit einer Handbewegung lächelnd beiseite. Dann sagte er ernst: »Du bist ein kluges Mädchen und wirst daher einsehen, daß es sich in dieser traurigen Sache nicht um deine Ehre allein handelt. Die Ehre der Geschlechter ist durch diese Frechheit des Junkers, die dem ersten Hohn jetzt diese Schmach hinzufügt, aufs tiefste gekränkt. Kannst du dem Rat zumuten, daß er solches schweigend hinnehme? Er darf es nicht. Denn wo gäbe es sonst noch eine Schranke gegen den frevelhaften Übermut dieser Landjunker? Aber wenn es der Rat auch wollte, so schreit doch das Blut des erschlagenen Gesellen überlaut um Sühne. Die ganze Bürgerschaft fordert Vergeltung. Wir dürfen nicht taub bleiben, wir können nicht großmütig sein wie du. Der Frieden der Stadt verlangt gebieterisch, daß die Gerechtigkeit ihren Lauf nehme. Auch du, Gabriele, darfst dich ihr nicht mit deinen Bitten hindernd in den Weg stellen. Denn dieser arme Bursche wurde getötet, weil er deine Ehre verteidigte. Es ist der einzige Dank, den du ihm noch abstatten kannst, daß du die Gerechtigkeit walten läßt.«

Das Blut entwich aus Gabrieles Wangen. Eine heftige Entgegnung schwebte auf ihren Lippen. Aber sie fühlte, daß sie durch dieselbe alles verderben würde, und sie bezwang sich. Sabine erhob sich, trat zu ihr und legte ihren Arm um sie. Sie machte sich ungeduldig frei und rauschte aus dem Zimmer. Sabine ließ sich wieder in ihren Lehnstuhl fallen und versank in Betrachtung ihrer weißen runden Hände. Wie oft hatte sie früher die Freundin ihre Geringschätzung, ja Verachtung des Urteils anderer über sie bekennen hören. Und jetzt diese Furcht davor! Sie verstand Gabriele nicht.

»Aber recht hat sie doch, Vater«, wiederholte sie nach einer langen Weile ihre frühere Bemerkung, während ihre blauen Augen langsam von ihren Händen hochschauten.

»Ei freilich, und es gäbe eine vortreffliche Regierung, wenn wir uns von den überspannten Gefühlen eines Mädchens bestimmen ließen«, spöttelte Herr Erasmus.

Sabine folgte ihrer Freundin. Gabriele fegte mit großen Schritten in der Stube hin und her. Auf dem Tisch stand ihr geöffnetes Schmuckkästchen, daneben zerstreut lag Geschmeide, am Boden zusammengebogen und zertreten das goldene Kränzlein, das Hans Lautner für sie gemacht hatte.

»Oh, Gabriele, wie konntest du?« klagte Sabine mit einem vorwurfsvollen Blick.

Ein häßliches Hohnlachen war Gabrieles Antwort.

Wohl dem Hans Lautner, daß er dieses Lachen nicht hören konnte! Der lag aufgebahrt in der Kapelle der Heiligen Jungfrau Maria auf dem Kapellenplatz. Geweihte Kerzen brannten um ihn her, mancher Kranz ruhte auf der Decke, die über die Leiche gebreitet war, und fromme Seelen beteten in dem Schatten des kleinen Gotteshauses für seine Seele. Von dort aus erfolgte am nächsten Morgen die Bestattung auf dem Kirchhof von St. Jakob. Eine solche Fastnacht hatte man in Rothenburg noch nicht erlebt. Gesellen der Goldschmiedsinnung trugen die Bahre, auf der die in ein Leichentuch genähte Leiche unter einer roten Decke mit großem goldenen Kreuze ruht. Särge waren damals erst bei Vornehmen und Wohlhabenden in allgemeinem Gebrauch. Hinter der Bahre folgten Simon Neuffer mit seiner Frau und Schwester, Kaspar Etschlich und der lange Lienhart. Meister Ellwanger und der Altmeister der Zunft schritten an der Spitze der Goldschmiedegesellen und der Abgeordneten, welche die Gesellenverbände aller anderen Handwerke dazu erwählt hatten. Die Stadtmusikanten eröffneten den Trauerzug. Das hatte der Freund des Toten bei Meister Ellwanger durchgesetzt. Kaspar hätte sich nicht damit abfinden können, daß Hans, der selbst ein so geschickter Spielmann war, ohne Musik zu Grabe getragen würde. Meister Ellwanger war ein konservativer Mann, und auf seine Anordnung vollzog ein Priester des alten Glaubens die vorgeschriebenen Zeremonien nach katholischem Brauch. Aber unter den Hunderten von Teilnehmern auf dem Kirchhof fehlten nicht die Führer der reformatorischen Bewegung: Doktor Deutschlin, der Deutschordensherr Melchior, der blinde Mönch, der Altbürgermeister, der Rektor der Lateinschule, Valentin Ickelsamer, aber auch Stephan von Menzingen und Dr. Max Eberhard wohnten dem Begräbnis bei. Die arme Käthe trug ein schwarzes Mieder und einen schwarzen Rock und hatte ein schwarzes Tuch über den Kopf geworfen. Das junge Blut schimmerte wie sonst durch ihre bräunlichen runden Wangen, aber aus deren Grübchen war der Schalk gewichen, der sonst wohl aus ihnen lachte. Ihre Augen hatten ihren Perlenglanz eingebüßt, und auf ihren zusammenfließenden Brauen wohnte der Schmerz. Er übermannte sie, und sie begann heftig zu weinen, als der Leichnam in die Gruft hinuntergelassen wurde. Jetzt erst wurde es ihr zur kalt-grausamen Gewißheit, daß für sie jede Hoffnung dahin war, seine Liebe zu gewinnen. Diese Hoffnung hatte sie nie verlassen, obwohl sie stets mit Schmerzen gefühlt hatte, daß seine Zärtlichkeit nur ein Almosen war, das er seiner blinden Leidenschaft für die andere abgewann. Und nun war er sogar für diese gestorben! Kaspar faßte mit einem starken Druck ihre Linke, die neben ihm schlaff herabhing. Da faßte sie sich und wischte mit dem Rücken der freien Hand die Tränen aus ihren Augen. Der lange Lienhart sah auf sie hinunter und zupfte und zerrte grimmig an seinem Schnauzbart.

Der Priester betete das Vaterunser, und die Anwesenden sprachen es mit entblößten Köpfen laut nach. Da rief auf sein Amen eine Stimme: »Laßt uns nicht so von dieser Gruft scheiden, liebe Freunde, nicht ohne ein Abschiedswort!« Ein Männlein in bäuerlicher Tracht nahm die Stelle des Geistlichen ein, und die Morgensonne beschien ein hageres, stark gebräuntes Gesicht. »Der Bruder Andreas«, rief Kaspar verwundert, und: »Dr. Karlstadt!« hallte es nicht minder erstaunt von den Lippen aller, die ihn kannten. Er war es wirklich. Sein Abendmahlsbüchlein war nicht nur fertig, sondern bereits durch die Vermittlung Ehrenfried Kumpfs heimlich in Rothenburg gedruckt und versendet worden, allerdings nicht unter dem wahren Namen des Druckers und Druckortes. Nach der jüngsten Tat des Dr. Deutschlin konnte er nicht länger in seiner Verborgenheit bleiben, und er erschien auf dem Kampfplatz.

»Füllt nur die Gruft«, rief er den Totengräbern zu. »Den Leib könnt ihr mit Erde bedecken, aber die Tat, die ihn fällte, schreit zum Himmel! Sie schreit um so lauter, als der Täter ein Mächtiger dieser Welt ist und derjenige, der sie erlitt, ein Niedriggeborener war. Ein Niedriggeborener, aber darum nicht weniger Bruder von uns, die wir uns zu Christo bekennen. Und darum stehen wir alle an seinem Grab, auf daß wir protestieren gegen die Gewalt, die ihn erschlug. Zügellos wie ein wildes Roß stürmt sie daher und achtet nicht darauf, wen ihre Hufe zertreten. Es war etwas Edles, wofür dieses Kind aus dem Volk unbedenklich sein Leben hingab. Ich aber sage euch, wenn ein ganzes Volk das Schwerste erleidet und es erhält keinen Ersatz dafür, dann mag es sich selbst verfluchen.

Morgen ist Aschermittwoch. Damit beginnt die Zeit, in der wir uns auf den leiblichen Tod Christi und seine Auferstehung zum ewigen Leben vorbereiten. Ach, meine teuren Freunde, wie gar so lange Jahre schon fastet das Volk und muß für die Sünden anderer Buße tun in Sack und Asche! Soll es denn vergebens harren auf seine Auferstehung? Ewig währen die Nacht seines Elends? Und doch ist die frohe Verheißung an die ganze Christenheit ergangen, er sei Herr oder Knecht. Nicht nur aus dem blinden Heidentum wollte Christus die Welt erlösen, nein, er rief sie alle zu sich, die mühselig und beladen sind, er rief das Volk zu sich, auf daß es frei werde von Not und Elend. Genau so verstanden es auch die ersten christlichen Gemeinden, und darum gab es unter ihnen keine Reichen und keine Armen. Wer zwei Röcke hatte, gab einen davon demjenigen, der keinen hatte, wer Äcker und Weinberge besaß, verkaufte sie und tat das Geld in die gemeinsame Kasse, auf daß niemand friere und hungere. Alle Güter waren gemeinsame, denn sie waren Brüder und Schwestern. Eine Kirche hat Jesus von Nazareth nicht gekannt. Die Kirche hat wieder zerstört, was er aufgebaut hat. Der Sohn Gottes hatte nichts, worauf er sein Haupt legen konnte. Aber die Kirche hat sich der Güter dieser Erde bemächtigt und dem Volk nichts gelassen als den Himmel droben, zu dem es verzweifelt aufschreit aus seinem Hunger und Elend, seiner Knechtung und Leibeigenschaft. Solange diese Kirche, solange Rom herrscht, solange kann sich die Erneuerung der Welt nicht im Geiste Christi vollziehen. Darum nieder mit Rom, damit die Erlösung zur Wahrheit werde und das Volk auferstehe zur christlichen Freiheit. Gott will es!«

Immer heftiger, immer leidenschaftlicher waren ihm die Worte entströmt, so daß seine schwächliche Gestalt wie ein Blatt im Winde erzitterte. Die Wirkung seiner Rede auf die Zuhörer war überwältigend. Allerdings gab es unter den Bürgern manchen, dem der Kommunismus Karlstadts wenig behagen mochte. Aber teils wagten sie nicht zu widersprechen, teils riß sie die Begeisterung mit fort, so daß auch sie einstimmten in den donnernden Ruf, mit dem die Versammlung sich löste: »Nieder mit Rom!«

Sogleich umringten den kleinen Doktor seine Freunde. Fritz Dalk, Lorenz Diem, Jos Schad, Melchior Mader und andere Bürger kamen zu ihm und bildeten gleichsam eine Leibwache. Während sie Karlstadt zu seiner Wohnung begleiteten, stürmte ein Haufen erhitzter Köpfe durch die Gassen, den Ruf wiederholend: »Nieder mit Rom!« Von diesem Tag an mußten Mönche und Nonnen, wenn sie über die Straße gingen, manch scheltenden Zuruf hören, insbesondere die Dominikanerinnen, denen der Rat in der Fastenzeit das Pförtchen in der Stadtmauer, das zu ihrem Garten führte, vermauern ließ.

Simon Neuffer und die Seinigen, der lange Lienhart und Kaspar waren unter den letzten, die den Kirchhof verließen. Der lange Lienhart forderte sie auf, sich durch einen Trunk im ›Roten Hahn‹ zu stärken, bevor sie sich auf den Heimweg machten. Simon war aber von seinem Onkel zu einem Imbiß eingeladen worden. Zu Käthe sagte der lange Lienhart, während er ihre kleine harte Hand in seiner großen Faust begrub: »Laß den Kopf nicht hängen, Mädchen! Bist noch zu jung dazu. Dem Junker zahl' ich's heim, darauf kannst du dich verlassen.«

Käthe schüttelte trübe den Kopf.

»Er hat recht, du darfst dein junges Leben nicht vertrauern«, redete Kaspar ihr zu, während sie zur Hofstatt weitergingen. »Glaub' mir's, Käthelein, für dein Herz kommt auch noch ein Ostertag. Zum Henker, daß mein Spaß ein Loch gekriegt hat, sonst solltest du wohl lachen.«

»Ich weiß selbst einen Spaß«, erwiderte sie mit einer Bitterkeit, die ihm durch die Seele schnitt. »Für die Freiheit von uns armen Leuten hat er sein Leben einsetzen wollen, und jetzt hat er für das vornehme Weibsbild sein Herzblut vergossen. So lach' doch, Kaspar!«

»Ich lach' ja«, rief er rauh. »Und nachher kauf' ich mir auch eine Narrenkappe und tanz für euch. Ist ja heut' überall Narrentag, heio! Aber Geduld, Geduld!«

»Geduld?« fragte Käthe geringschätzig. »Ihr Mannsleute habt allzuviel davon.«

Derselben Meinung war Dr. Karlstadt, dem seine Freunde Vorwürfe machten, daß er sein Versteck verlassen hatte. Auf seine persönliche Sicherheit käme es nicht an, meinte er. Er hatte seine Begleiter in das Haus geladen und Meister Etschlich seine große Stube im Mittelgeschoß geöffnet. Hans Schmid, der blinde Mönch, pflichtete Karlstadt mit der Bemerkung bei, daß jetzt oder nie der Augenblick gekommen sei, um die Reformation in Rothenburg durchzusetzen, woran Valentin Ickelsamer den Vorschlag knüpfte, daß die Bürgerschaft zu diesem Zweck eine Abordnung an den Rat schicken sollte.

»Und daß wir unser Recht kriegen«, fügte Kilian Etschlich hinzu.

»Und Sitz und Stimme im Äußeren Rat wie früher«, ergänzte Melchior Mader. »Denn das ist unser verbrieftes Recht.«

»Davon beißt kein Mäuslein was ab«, erscholl die tiefe Stimme des Metzgers Dalk.

Der Magister Bessermeyer warnte vor Überstürzungen, und Dr. Deutschlin rief: »Zunächst handelt es sich um den Gewinn dessen, was uns allen das höchste ist: um den geläuterten Glauben. Warten wir ab, ob ein Rat den Handschuh aufhebt! Sollte er mich aus meinem Amt weisen, aus der Stadt weiche ich nicht, und darf ich nicht mehr in St. Jakob predigen, so tue ich es unter Gottes freiem Himmel.«

»Und wir schützen Euch«, rief der Gerber Jos Schad unter dem Beifall der anwesenden Meister.

»Wohl, ihr Herren«, sagte Stephan von Menzingen mit scharfer Betonung, »aber die Sache ist so, daß wir die Reformation nicht erlangen können, solange der Bürgerschaft ihr Recht vorenthalten wird.«

»Nein, nein, nein, wir dürfen die Religion nicht mit der Politik verquicken«, widersprach Ehrenfried Kumpf lebhaft.

»Dann möcht' ich aber mit Verlaub die gnädigen Herren fragen, was aus uns, den armen Leuten, wird?« Es war der Dorfmeister von Ohrenbach, der unbeachtet in die Stube gekommen war und diese Frage stellte. Alle Augen richteten sich auf ihn.

»Der Glaube wird sie befreien wie den Bürger«, rief Andreas Karlstadt. »Wir wollen nicht zu Messern und Spießen greifen, vielmehr soll man gegen seine Feinde gewaffnet sein mit dem Harnisch des Glaubens. Der neue Glaube wird wie die Kirche so auch die Gesellschaft reformieren. Eine neue Gesellschaft tritt mit ihm in die Welt, eine neue Gesellschaft, die das Band der Brüderlichkeit umschließt.«

»Brüder im Glauben, in Christo, gut, aber ...« Die Worte kamen aus dem Mund eines wohlhabenden Eisenhändlers mit einem Doppelkinn. Er hielt es für besser, seine Bedenken unausgesprochen zu lassen, zumal Simons klare Augen sich durchdringend auf ihn hefteten.

»Aber jeder Bruder wird arbeiten«, ergänzte der blinde Mönch statt seiner. »Die Arbeit wird die Grundlage der neuen Gesellschaft sein.«

»An Arbeit sind wir Bauern wahrlich gewöhnt«, äußerte Simon. »Aber wie gedenken die Herren das Ding anzufangen? Der Bär ist halt noch nicht erlegt, und die Herren streiten schon über das Fell. Im Guten erreichen die Herren vom Rat nix, rein gar nix. Und weil uns alle der Schuh drückt, die einen hier, die anderen dort, so bin ich der Meinung, daß Städter und Bauern zusammen die Schultern an das Ding legen müssen, um es vorwärts zu schieben.«

Die Handwerksmeister, der blinde Mönch und der lateinische Schulmeister stimmten ihm zu. Die anderen widersprachen, während Max gespannt auf den Ausgang wartete und der Ritter von Menzingen, an seinem Schnurrbart drehend, den ruhig dastehenden Simon aufmerksam betrachtete. Die Stimme des Herrn Ehrenfried gewann in dem lebhaften Streit die Oberhand. »Ich bitte und beschwöre euch, meine Freunde, keine Gewalt!« rief er, beide Hände erhebend. Meister Kilian lachte kurz und scharf auf. Der Altbürgermeister aber fuhr, ohne es zu beachten, fort: »Wie die Sachen stehen, so bin ich überzeugt, daß es keiner Gewalt bedürfen, sondern der Rat dem moralischen Druck nachgeben wird.«

Simon Neuffer ließ seine klugen braunen Augen langsam über die Versammelten gleiten, dann zuckte er leicht die Achseln und ging in die Stube hinunter, wo Frau und Schwester in Gesellschaft Kaspars auf ihn warteten. Kundlicher, der wackere Eisenhändler, atmete erleichtert auf.

Max Eberhard verließ die Stube des Tuchscherers mit schweren Gedanken. Nach seiner Ansicht lag in der sittlichen Zersetzung und Auflösung der Welt, in der Abgestorbenheit des alten Glaubens, in der erbarmungslosen Ausbeutung der armen Leute der Grund, weshalb sich die verzweifelte Menschheit mit solcher Inbrunst und Begeisterung dem neuen Glauben in die Arme warf. Er sollte ihr ein Stab sein, an dem sie sich aufrichten konnte. Er sollte sie retten. Und nun hatte er einen Blick getan in den Spalt, der sich zwischen der rein religiösen und der zugleich politischen Partei auftat. Nur dem Ansehen des Altbürgermeisters war es zu verdanken, daß ein offener Bruch zwischen ihnen vermieden worden war. Aber würde er sich nicht dennoch eines Tages vollziehen, und war dann nicht alles verloren, da doch nur durch die innigste Verbindung beider das Ziel erreicht werden konnte?

Als er, von dem Haus des Tuchscherers kommend, zu seiner Wohnung hinaufstieg, erschien sein Vater auf der Schwelle seiner Arbeitsstube und rief ihn herein. Seit Wochen hatten beide nur noch das Unvermeidlichste miteinander geredet. Der ältere Eberhard begann in der Stube, die im Gegensatz zu dem Arbeitszimmer des Ersten Bürgermeisters äußerst einfach eingerichtet war, hin und her zu gehen, und Max harrte schweigend der Ansprache. Er kannte seinen Vater zu gut, um es ihm trotz der Starrheit seiner Miene nicht anzumerken, daß er sich zur Ruhe zwingen mußte, und er sollte über die Ursache seiner inneren Erregung nicht lange im unklaren bleiben. Endlich fragte Herr Konrad, während er mit einer kurzen Wendung einige Schritte vor ihm stehenblieb: »Du hast der Beerdigung des fremden Gesellen beigewohnt?« Seine Stimme klang rauh, und er räusperte sich.

Max bejahte.

»Weißt du, daß du eigentlich schuld an dem Tod dieses Menschen bist?«

»Ich, mein Vater?« rief der Sohn höchst befremdet.

»Ja, du!« fuhr jener, alles scharf herausstoßend, fort. »Hättest du die Hand meines Mündels nicht zurückgewiesen, dann wäre das alles nicht geschehen. Gegen die Braut meines Sohnes würde der Junker von Rosenberg nie sein tollkühnes Unternehmen gewagt haben. Es wäre kein Blut geflossen, und alle diese Verdrießlichkeiten wären nicht entstanden, nicht diese Aufregung der Gemüter, nicht die aufrührerische Grabrede Karlstadts, nicht die Unbändigkeit des Pöbels.«

Die Anschuldigungen waren zu ungereimt, um sie zu widerlegen. Max erkannte in ihnen den Grund für die Erregung des Vaters und schwieg.

»Und warum hast du sie verschmäht?« begann der ältere Eberhard nach einem erneuten Gang durch die Stube wieder. »Es ist zum Lachen!«

»Ich sollte meinen, daß dieser Gegenstand zwischen uns völlig erledigt ist«, versetzte Max mit Ruhe.

Der Vater aber rief: »Mitnichten: Es ist noch nicht zu spät, deine Torheit wiedergutzumachen.« Da der Sohn hierauf keine Antwort gab, fügte er hinzu: »Du willst nicht? Gut, ich werde dir sagen, warum du nicht willst.«

»Nicht weiter, mein Vater«, unterbrach ihn Max mit einer solchen Bestimmtheit, daß jener stutzte.

Er wandte sich ab und blickte zum Fenster hinaus. Auf dem Marktplatz begann das Treiben der Fastnachtsmasken.

»Vielleicht wäre es für uns beide am besten, mein Vater, wenn wir diese Unterredung auf ein anderes Mal aufschöben«, äußerte Max nach einer Weile mit gedämpfter Stimme.

»Es ist nicht meine Gewohnheit, Sachen zu vertagen, die am besten gleich erledigt werden«, erwiderte der Vater, ohne sich umzudrehen. Seine Stimme klang ruhiger als vorher. Dann trat er vom Fenster weg und sagte, während er sich niederließ: »Setze dich. Wir wollen die

Sache rasch zu Ende bringen. Als dein Vater werde ich wie immer in aller Offenheit mit dir reden. Ich muß es um deiner selbst willen. Laß es mich von dir selbst hören, ob es wahr ist, was man sagt, daß du dich um Else von Menzingen bewirbst?«

»Es ist so«, gab Max mit einem leichten Erröten zu. »Ich wünsche, das Fräulein eines Tages heimzuführen.«

Obwohl Herr Konrad die Antwort im voraus hätte wissen können, verursachte sie dennoch ein leises Zucken seiner buschigen Brauen. »Also doch«, räusperte er sich. Mit einer geschäftsmäßigen Trockenheit fuhr er fort: »Du hieltest es eines Tages mit deiner Ehre für unverträglich, mein Mündel zu deiner Frau zu machen, weil die Art und Weise, wie ihr Vermögen erworben wurde, nicht ganz lauter gewesen sein soll. Kennst du die schweren Beschuldigungen, die auf Stephan von Menzingen lasten?«

»Ich kenne sie«, antwortete der Sohn. »Aber ich habe mich aus seinen Papieren überzeugt, daß er nur im Auftrag seines Herrn gehandelt hat, und dieselben in beglaubigter Abschrift bereits beim Reichskammergericht eingesandt.«

»Und daß er die Summen, die er den Kreglingern abgepreßte, nach Ansbach abführte, ohne daß davon etwas an seinen Fingern kleben blieb?«

»Mein Vater!« zuckte Max auf.

Jener machte ihm ein Zeichen, sich nicht aufzuregen. »Ich stelle nur dieselbe Frage, die du vor dem Gericht zu beantworten haben wirst, wenn es das Urteil über deinen Klienten wieder aufheben soll. Als Jurist mußt du das ja wissen.«

»Ich werde den Schatzkämmerer des Markgrafen und ihn selbst als Zeugen vor Gericht rufen, und sie werden die Unschuld des Ritters erhärten«, rief Max mit Lebhaftigkeit.

»Nun, es ist möglich, daß Markgraf Kasimir seinem ehemaligen Diener aus der Klemme hilft. Nehmen wir selbst an, daß Menzingen gegenüber dem Markgrafen ehrlich war. Woher aber dann der Reichtum, mit dem er aus dem kurzen Dienst des Markgrafen schied, während er vorher arm war? Woher die Mittel, mit denen er seinen jetzigen Aufwand bestreitet? Du mußt zugeben, daß eine Wolke des schwersten Verdachtes auf ihm liegenbleibt, wenn es dir auch gelingen sollte, seine Freisprechung wegen der Unterdrückung zu erreichen.«

»Die Wolke wird sich zerstreuen«, erwiderte der Sohn überzeugt.

Aber der Vater fuhr, ohne darauf zu achten, fort: »Was nun seine Händel mit dem hiesigen Rat betrifft, so wird dieser es ihm nicht erlassen, die verweigerte Rekognitionssteuer zu zahlen. Den damals von ihm schwer gekränkten Ratsherren aber wird er, soweit ich die Stimmung kenne, eine schriftliche Ehrenerklärung zu geben haben. Der Rat wird sie entwerfen und von Menzingen sie vor beiden versammelten Räten verlesen und mit seiner Namensunterschrift zu den Akten geben. Daß die von ihm in ihrer Ehre gekränkten Ratsherren inzwischen das Zeitliche gesegnet haben, wird die Sache nicht ändern.«

Max fuhr von seinem Sitz auf. »Eine solche Demütigung wird der Stolz des Ritters niemals erlauben.«

»So wird man ihn dazu zwingen«, antwortete Herr Konrad kalt. »Dich aber frage ich, ob du eine doppelte Ehre besitzest, die dir in bezug auf die Tochter Menzingens zu tun erlaubt, was sie dir in bezug auf mein Mündel nicht gestattete. Ich mache dich zu deinem eigenen Richter, entscheide.«

Max atmete rasch, und um sich zur Ruhe zu zwingen, umfaßte er mit beiden Händen die Lehne seines Stuhles. »Erlaube mir, daß ich den Punkt hervorhebe, in dem sich die beiden Fälle unterscheiden. Ich liebe Else, aber ich liebte Gabriele nicht. Du wirst dich erinnern, daß ich dein Mündel nicht für den schlechten Ruf ihres Vaters verantwortlich machte. Sollte ich also gegen Else, die ich liebe, weniger gerecht sein als gegen jene? Aber ich sollte gar nicht Gabriele, sondern ihr Geld heiraten, und ich weigerte mich, weil ich mich der unlauteren Weise nicht mitschuldig machen wollte, in der es von ihrem Vater erworben worden war. Das Fräulein von Menzingen ist arm. Das wenige, was vorhanden sein mag, zersplittert sich unter mehreren Geschwistern, und ich werde Else nicht eher zu meiner Gattin machen, als bis meine eigene Lage es gestattet.«

»Und siehst du nicht ein«, rief der Vater mit einem Blitz in seinen kalten Augen, »daß deine unselige Verblendung für dieses Mädchen dich ganz in die Hände Menzingens gibt, der nach dem Umgang, den er pflegt, zu urteilen, auf der Seite der Neuerer steht? Nach den Irrtümern, um es gelinde auszudrücken, die du stolz deine Weltanschauung nanntest, kann es mich freilich nicht wundern, daß du meine Warnung in den Wind schlägst und dich an Leute anschließt, die Staat und Kirche aufs gefährlichste bedrohen. Die Predigten Deutschlins und des Komturs, ihre Auflehnung gegen die höchste geistliche Autorität, die Grabrede Karlstadts, der Aufruhr des Pöbels, das alles muß doch auch dir die Augen darüber öffnen, daß diese Neuerer danach trachten, alle Bande des Gehorsams zu zerreißen, jede Ordnung und selbst unseren heiligen Glauben umzustürzen. Freilich, was schert es sie, daß ihre Machenschaften Unfrieden, Haß, Mord und Brand in unsere gute Stadt tragen? Sind sie doch Fremde und keiner ein Rothenburger! Besinne dich, Max! Es ist Zeit, daß alle, die es mit ihrer Vaterstadt gut meinen, sich eng zusammenschließen zum Schutz der höchsten und heiligsten Güter gegen diese aufrührerische Rotte.«

»Bedarf es denn dessen, mein Vater?« fragte Max entschlossen. »Es liegt in der Hand des Rates, den Frieden zu bewahren, wenn er gefährdet sein sollte. Warum weigert er sich, dem Geist und dem Bedürfnis der neuen Zeit nachzukommen? Er führe die Reformation endlich in Rothenburg ein. Er gebe den Zünften ihren verbrieften Anteil an dem Regiment der Stadt zurück. Er erleichtere die schweren Lasten der Untertanen und hebe die entwürdigende Leibeigenschaft auf. Dann wird sich unser Gemeinwesen in Eintracht und Frieden zu schönerer Blüte entfalten. Was mit der Zeit geworden ist, das muß in ihrem Lauf auch wieder vergehen, indem es sich wandelt. Das Alte hat sich überlebt, und der menschliche Geist baut sich einen neuen Leib. Wenn hier von Aufrührern die Rede sein darf, so dünkt mich, daß es diejenigen sind, die sich selbstsüchtig der reiferen Erkenntnis und dem reineren Licht verschließen und danach trachten, die Welt in der alten Finsternis zu erhalten oder in dieselbe zurückzustürzen.«

»Genug«, rief Herr Konrad mit einer gebieterischen Gebärde und stand auf. »Du bist ein Schwarmgeist. Ich hatte gehofft, dich zurückzugewinnen. Diese Hoffnung ist gescheitert, wie alle anderen, die ich auf dich setzte. Stürze denn in dein Verderben, da du dich nicht warnen, nicht zurückhalten läßt! Aber wisse, daß das Alte, was dir als überwunden erscheint, noch kräftig genug ist, um euch Neuerer zu zerschmettern. Und, bei Gott, es wird geschehen, ohne mit der Wimper zu zucken, ohne Barmherzigkeit. Genug!« Er trat an seinen Schreibtisch, von dem er einige Papiere nahm, die er dem Sohn mit den Worten aufzwang: »Ich habe diese Stunde leider voraussehen müssen. Hier ist die Abrechnung über die Verwaltung deines mütterlichen Erbes und die Anweisung an meine Kasse, den Betrag auszuzahlen. Es sind vierhundert und einige Gulden. Unser Geschäft ist beendet.«

Max starrte auf die Papiere in seiner Hand. Dann erhob er die Augen zu seinem Vater und sagte bewegt: »So habe ich dir nur noch für alle Güte zu danken, die du mich bisher hast genießen lassen. Du hast sie keinem Undankbaren erwiesen. Aber des Mannes höchstes Gut ist seine Überzeugung. Ich wäre ein Nichtswürdiger, wenn ich ihr nicht folgte. Lebe wohl, mein Vater!«

Er verbeugte sich und ging. Das Tischtuch war zwischen ihnen zerschnitten. Er mußte sich ein neues Heim suchen.

Zweiter Teil

Erstes Kapitel

Herzog Ulrich beging die Fastnacht nicht auf dem Schloß zu Stuttgart. Er war kein Feldherr, und anstatt unverzüglich auf die Hauptstadt zu ziehen, deren Bürgerschaft ihm wohlgesinnt war, vertrödelte er seine kostbare Zeit, um die Huldigungen der württembergischen Bauern, die in der Mehrzahl mißtrauisch gegen ihn blieben, entgegenzunehmen. Es gelang daher dem Truchseß von Waldburg, ihm zuvorzukommen und den Grafen Ludwig von Helfenstein mit einer bedeutenden Macht in die Hauptstadt zu setzen. Die Bürgerschaft wagte keinen Aufstand, und in dem Lager des Herzogs schlich der Verrat um. Die Schweizer hielten die Einnahme von Stuttgart für ein wenig sicheres Unterpfand, worauf sie mit ihrer rückständigen Soldforderung an den Herzog verwiesen. Zudem hatte Georg von Frundsberg am 24. Februar König Franz bei Pavia gefangengenommen, und das siegreiche Österreich forderte nunmehr nachdrücklich von der Eidgenossenschaft die Abberufung der Völker, die sie dem Herzog gestellt hatte. Die Söldner der Schweiz, das damals noch zum Reich gehörte, hielten daher bereitwillig die Hand hin, als die Unterhändler des Truchseß Jörg von Waldburg ihnen für das Versprechen, den Herzog nicht nur zu verlassen, sondern auch an den österreichischen Feldhauptmann auszuliefern, den rückständigen Sold und eine Zulage auszahlten. Der Herzog mußte von Stuttgart abziehen, jedoch gelang es ihm, der drohenden Gefangennahme bei Nacht und Nebel zu entrinnen. Seine eigenen Schwäger, die beiden Herzöge in Bayern, gaben das Geld zu dem Verrat her, aufgestachelt von ihrem Kanzler Eck, der in dem verschlagenen und herzlosen Truchseß von Waldburg ein nie versagendes Werkzeug seines fanatischen Hasses gegen die Reformation fand. Die Erscheinung mit der Ursache verwechselnd, wie es in den herrschenden Klassen gewöhnlich geschieht, hielt er die Reformation, die er nie anders als die »lutherische Büberei« nannte, für die Quelle der allgemeinen Unzufriedenheit und Aufregung und drängte darauf, daß man gegen sie den Krieg anwende.

Das Scheitern Ulrichs an den Mauern seiner Hauptstadt hatte die Männer zusammengeführt, die in der Wohnstube des Georg Metzler in Ballenberg beisammensaßen. Das Städtchen, zwei Stunden westlich von Krautheim an der Jaxt gelegen, wo hohenlohesches und kurmainzisches Gebiet zusammenstießen, war durch seine Lage hoch oben am Rand des Odenwaldes zu unauffälligen Zusammenkünften trefflich geeignet. In dem Wirtshaus selbst hielten die armen, geplagten Bauern des Odenwaldes, die in Georg Metzler ein felsenfestes Vertrauen setzten, ihre geheimen Versammlungen ab. Hierher hatte Wendel Hipler den Burgherrn von Giebelstadt eingeladen, und der Wirt hatte seinen Vetter Leonhard Metzler von Brettheim verständigt, der Simon Neuffer mitgebracht hatte.

Florian Geyer war in der Tracht eines gewöhnlichen berittenen Söldners erschienen. Schlicht und ohne den leisesten Anflug von Herablassung, die nur auf Bedientenseelen Eindruck macht, reichte er dem Bauer seine kräftige Rechte. Simon Neuffer wurde nicht müde, ihn zu betrachten, hatte doch der lange Lienhart ihm oft von ihm erzählt. Das war der Mann, den er als Bauernführer im Sinn gehabt hatte, als er bei Betrachtung des Holzschnittes zu den zwölf Artikeln gegenüber Hans Lautner geäußert hatte, daß es unter den Edelleuten wohl noch den einen oder anderen gäbe, der es mit den armen Leuten ehrlich meine.

Florian Geyer war innerlich froh, daß der übereilte Feldzug Herzog Ulrichs mißglückt war, und er äußerte es mit den Worten: »Jetzt ist unsere Sache frei von aller Rücksicht auf die Fürsten, und wir können gerade auf unser Ziel losgehen. Es war ein Kuckucksei im Nest der evangelischen Freiheit. Wir laufen keine Gefahr mehr, von ihm im Stich gelassen zu werden, wenn es etwa sein Vorteil verlangt haben würde. Denn auf ein Fürstenwort, das in der Not gegeben wurde, ist ebensowenig zu bauen wie auf Sand. Der Hauptgrund aber ist, daß die Bundesgenossenschaft mit dem Herzog die Bauern mit Mißtrauen erfüllt haben würde. Seine eigenen Bauern haben sich als nicht gewillt erwiesen, für ihn zu den Waffen zu greifen, und ich habe Kunde erhalten, daß sich die Schwarzwälder, nachdem sie sich durch einen Vorstoß gegen Württemberg hiervon überzeugt hatten, nur aus diesem Grund wieder zurückgezogen haben.«

»Ein Wunder ist's just nicht«, bemerkte Wendel Hipler, »hat sich der Herzog doch laut genug vernehmen lassen, daß es ihm gleichgültig sei, ob Ritterstiefel oder Bauernschuh ihm wieder zu seinem Herzogtum verhelfe.«

»Und dennoch möcht' ich zu bedenken geben, ob die Herren jetzt, wo sie der Furcht vor dem Herzog entledigt sind, nicht mit aller Gewalt gegen die Bauern handeln werden.« Es war Georg Metzler, der das Bedenken äußerte.

»Wenn sie es können, gewiß«, gab Florian Geyer zu. »Aber dazu brauchen sie noch Zeit. Wo sich die Herren auf die Beschwerden ihrer Untertanen in Verhandlungen mit ihnen eingelassen haben, da ist's ohne Zweifel nur geschehen, um die günstige Gelegenheit abzupassen, ihnen über die Köpfe zu hauen.«

»Freilich, freilich!« riefen Simon Neuffer und die beiden Metzler.

»Ja«, fuhr Florian Geyer fort, »aber dazu reicht die Macht nicht aus, über die der Truchseß Jörg gebietet, und der Schwäbische Bund hat nichts bei der Hand. Der ist mit seinen Rüstungen auf die Kriegsknechte angewiesen, die zur Zeit noch in Italien stehen, und ehe der Winter die Pässe in den Alpen nicht freigibt, können sie nicht her zu uns.«

»Und nachher ist's doch noch sehr fraglich, ob sie sich mit uns schlagen werden«, bemerkte Georg Metzler. »Sind sie doch Bauern wie wir.«

»Ich möchte nicht dazu raten, sich allzufest darauf zu verlassen. Wenn sie auch nicht sonderlich froh sein werden, ihre Wehren gegen ihre Brüder und Väter zu wenden«, schüttelte Wendel Hipler den feinen Kopf.

»Darum ist meine Meinung, daß wir dem Schwäbischen Bund zuvorkommen müssen, indem wir die Heimkehrenden anwerben«, sagte Herr Florian mit Nachdruck. »Für ihre Väter und Brüder werden sie sich begeistert schlagen, wie wir für unsere Freiheit, und die Bauernheere gewinnen an ihnen einen kriegsgeübten festen Kern, den keine Sorge um Haus und Hof von den Fahnen weglockt.«

Es war mittlerweile dunkel geworden, und Georg Metzler zündete einige Kienspäne an. Er trug Käse und Brot auf und lud seine Gäste ein, sich auch an seinem Wein gütlich zu tun, wenn er auch nur ein geringes Gewächs sei. Einen besseren habe er im Keller nicht. Er war kein wohlhabender Mann. Die Armut der Odenwälder und seine rastlose Tätigkeit, sie für die evangelische Freiheit zu gewinnen, ließen ihn auf keinen grünen Zweig kommen. Um seine eigene Lage sorgte er sich aber wenig, und seine Züge wie sein Wesen zeigten nichts von der Verbissenheit seines Vetters aus Brettheim. Er war vielmehr keinem Scherz abgeneigt und im Verkehr mit den Menschen umgänglicher als jener. »Beiß nicht die Zähne zusammen, Vetter«, neckte er diesen. »Kommen wir erst über die Klöster, gibt's einen feinen Tropfen. Schenk' dir ein, und gib die Kanne weiter.«

Herr Florian ergriff seinen Becher und sprach: »Die Freiheit, für die wir gemeinsam kämpfen, kennt kein Vorrecht der Geburt und keinen Standesunterschied, sie macht uns alle zu Brüdern.«

»Und ihr Manifest, unsere Fahne, sind die zwölf Artikel«, fügte Wendel Hipler hinzu.

Sie stießen die Zinnbecher aneinander. Darauf sagte Simon Neuffer: »Der Saft ist längst in den Bäumen, aber er treibt erst jetzt Knospen, wo der Frühling kommt. Es ist halt mit dem Menschen nicht anders, als daß auch er im Frühling seine Kraft erst zu spüren beginnt. Überall zuckt die Hand ungeduldig nach der Wehr. Es ist Zeit!«

Florian Geyer nickte ihm zu. Sie kamen überein, daß die allgemeine Erhebung am Sonntag Judika (dem 4. April) stattfinden sollte, und bestimmten als Sammelplatz das Zisterzienserkloster Schönthal an der Jaxt. Mit den Bauern in Schwaben, im Allgäu und in den Alpen mußten Brüderschaften geschlossen werden. Florian Geyer berichtete, daß ihn die Mitteilungen Stephans von Menzingen in den Stand gesetzt hätten, die Verbindungen aufzunehmen, die der Fuchsteiner infolge des vorzeitigen Aufbruches des Herzogs Ulrich hatte fallenlassen müssen, daß Michael Gaismayer in Brixen nur auf Botschaft von ihm warte, damit Tirol sich gleichzeitig mit ihnen erhöbe.

»Vergessen wir auch unsere Nachbarn im Norden, die Thüringer, nicht«, ergriff Wendel Hipler das Wort. »Thomas Münzer ist seit kurzem wieder in Mühlhausen. Ihr werdet gehört haben, daß er dorthin, wo Pfeiffer die neue Lehre predigte, aus seinem Pfarrbezirk zu Altstedt flüchten mußte, weil er den sächsischen Herzögen im Schloß zu Weimar wie ein zweiter Daniel ihre Sünden vorgehalten hatte. Auch wird es euch bekannt sein, daß der Stadtadel von Mühlhausen Pfeiffer und Münzer vertrieb. Gut, die Landleute und Arbeiter haben Pfeiffer im Dezember mit Gewalt in die Stadt zurückgeführt, und jetzt ist auch Thomas Münzer wieder dort, läßt sich im Barfüßerkloster Geschütze gießen und gürtet sich mit dem Schwert Gideons gegen die Fürsten. Er tröstet sich insbesondere mit eurer, der Franken, nachbarlichen Hilfe. Seine Briefe an die Landbevölkerung und Bergleute im Harz und im Mansfeldischen lodern wie Feuerflammen.«

Er hatte einen Brief, den Münzer ins Gebirge gerichtet hatte, bei sich und las daraus vor. Das Schreiben begann: »Die reine Furcht Gottes zuvor. Liebe Brüder, wie lange schlaft ihr? Wie lange seid ihr Gott seines Willens nicht geständig, darum, daß er euch nach eurem Ansehen verlassen hat? Wie oft habe ich euch gesagt, daß es das sein muß. Gott kann sich nicht länger offenbaren. Ihr müßt stehen. Tut ihr's nicht, so ist das Opfer, ein herzbetrübendes Herzleid, umsonst. Ihr müßt danach wieder in Leid kommen. Das sage ich euch, wollt ihr nicht um Gottes Willen leiden, so müßt ihr des Teufels Märtyrer sein. Darum hütet euch. Seid nicht verzagt, nicht nachlässig. Schmeichelt nicht länger den verkehrten Phantasten, den gottlosen Bösewichtern. Faßt an und streitet den Streit des Herrn. Es ist hohe Zeit. Haltet eure Brüder alle dazu, daß sie göttliches Zeugnis nicht verspotten, sonst müßt ihr alle verderben. Das ganze Deutsch-, Französisch- und Welschland ist erregt. Der Meister will ein Spiel machen, die Bösewichter müssen dran.« Weiter hieß es dann: »Es ist Zeit. Die Bösewichter sind verzagt wie die Hunde. Regt die Brüder an, daß sie zu Fried kommen und ihr Zeugnis halten. Es ist über die Maßen hoch, hoch vonnöten: dran, dran, dran! Laßt euch nicht erbarmen, ob auch der Esau gute Worte vorschlägt! Seht nicht an den Jammer der Gottlosen. Sie werden euch so freundlich bitten, greinen, flehen wie die Kinder. Laßt es euch nicht erbarmen, wie Gott durch Moses befohlen hat, 5. Buch Moses, 7. Uns, uns hat er auch offenbart dasselbe. Regt an in Dörfern und Städten, und sonderlich die Berggesellen mit anderen guten Burschen. Wir müssen nicht länger schlafen. – Dran, dran, dran!, weil das Feuer heiß ist. Laßt euer Schwert nicht kalt werden von Blut. Schmiedet Pinkepank mit dem Ambos Nimrods, werft ihm den Turm zu Boden. Es ist nicht möglich, dieweil sie leben, daß ihr der menschlichen Furcht sollt loswerden. Man kann euch von Gott nicht sagen, dieweil sie über euch regieren. Dran, dran, dran!, dieweil ihr Tag habt. Gott geht euch für, folget. Die Geschichte steht beschrieben Matthäi 25. Darum laßt euch nicht abschrecken. Gott ist mit euch, wie geschrieben steht 2. Chron. 2. Dies sagt Gott: Ihr sollt euch nicht fürchten, ihr sollt diese große Menge nicht scheuen. Es ist nicht euer, sondern des Herrn Streit. Ihr seids nicht, die ihr streitet. Stellt euch fürwahr männlich. Ihr werdet sehen die Hilfe des Herrn über euch. Da Josaphat diese Worte hörte, da fiel er nieder. Also tut auch durch Gott, der euch stärke ohne Furcht der Menschen im rechten Glauben. Amen. Gegeben Mühlhausen im Jahre 1525. Thomas Münzer, ein Knecht Gottes wider die Gottlosen.«

Die Aufregung der Zuhörer, die Wendel Hipler wiederholt mit Zwischenrufen unterbrochen hatten, brach jetzt gewaltig hervor. Der Vorleser, dem die Kehle trocken geworden war, stärkte sich derweil mit einem Becher Wein.

»Dran, dran, dran! Das muß fortan auch unsere Losung sein«, rief Florian Geyer mit blitzenden Augen. »Aber liebe Freunde, wir brauchen außer dem Schwert noch etwas anderes zum Sieg. Unsere Feinde werden weniger stark durch ihre Waffen als durch ihre Geldmittel sein. Geld ist das ABC der Kriegsführung, und wir haben keines. Darum schlage ich vor, daß Dörfer, die gute Gemeindegüter haben, diese für Geld verpfänden. Wir lösen sie nachher reichlich wieder ein aus den Gütern der Klöster und Stifte.«

»Und aus denen der Edelleute«, fügte Simon Neuffer hinzu.

»Aber zum Anfang, zum Anfang!« rief Herr Wendel »Was nachher kommt, braucht uns heut' nicht zu kümmern.«

Metzler aus Brettheim schielte ihn scharf von der Seite an. »Wir nehmen das goldene und silberne Gerät aus den Kirchen«, sagte er.

»Und das bare Geld aus den Heiligen«, ergänzte sein Vetter.

»Nichts da«, setzte Herr Florian scharf ein. »Hände weg von den Gotteskästen! Das Geld gehört den armen Witwen und Waisen. Aber wir müssen es vertrauenswürdigen Männern aus den Gemeinden zur Verwaltung übergeben. Daß wir den Klöstern und Kirchen den Speck abschneiden, den sie sich angemästet haben vom fremden Schweiß, das ist nicht mehr als billig. Es dürften eure Vorschläge aber zu einem allgemeinen Plündern und Wüsten führen, wenn wir nicht von vornherein eine allgemeine Ordnung schaffen. Bei Gott, wir wollen keine Diebe und Räuber sein.«

»Die Herren sollen das Aussaugen in Zukunft wohl bleibenlassen«, rief Simon Neuffer und drückte seine geballte Rechte nachdrücklich auf den Tisch.

»Aber der Geyer hat recht«, stimmte diesem der ehemalige Kanzler bei. »Nehmen wir seinen Vorschlag an, und bemühen wir uns beizeiten, eine Ordnung in die Sache zu bringen, auf daß das allgemeine Gut, das doch unser Lebensblut ist, nicht vergeudet und verschwendet wird.« Es gab keinen Widerspruch, und er fuhr fort: »Sorgen wir überhaupt dafür, liebe Freunde, daß die evangelische Freiheit kein leeres Wort bleibe. Als Jesus in Jerusalem einzog, jagte er zuerst die Händler, Wechsler und Wucherer aus dem Tempel. Um das Volk frei zu machen, stürzte er die jüdische Priesterreligion. Aber siehe, an die Stelle der jüdischen ist eine römische Priesterreligion getreten, die es trieb wie jene. Jetzt, wo die Reformation die Axt an ihre Wurzeln gelegt hat, sorgen wir dafür, daß sich nicht eine lutherische Priesterreligion auf die römischen Stühle setze. Das Gelüsten danach ist groß, wie mich dünkt. Wenn wir unseren Sieg nicht nutzen, um die evangelische Freiheit zu verankern in Gesetzen, welche die alten Mißbräuche beseitigen und eine neue Ordnung begründen im Reich wie in der Kirche, in Gewerbe, Handel und Wandel, dann werden wir abermals um unsere Freiheit betrogen, und alle Opfer, die wir ihr mit unserem Herzblut bringen, werden vergebens gebracht worden sein.«

»Also dran, dran, dran!« rief Florian Geyer und stieß mit seinem Schwert auf den Fußboden. Die anderen taten es mit ihren Bechern auf den Tisch, während sie den Schlachtruf wiederholten.

»Und Ihr sollt uns Rothenburger als ein erfahrener Kriegsmann führen«, sprach Simon Neuffer. »Wollt Ihr?«

»Ei, darüber läßt sich reden«, versetzte Herr Florian gutgelaunt. »Ich weiß, daß ihr Rothenburger in den Waffen geübt seid. Die tüchtigsten Leute in meinem Fähnlein, das ich vor sechs Jahren gegen den Herzog Ulrich führte, waren aus eurer Landschaft.«

»Dann kennt Ihr wohl auch den langen Lienhart?« fragte der Dorfmeister.

»Den Riesen von Schwarzenbronn? Freilich!« entgegnete der Ritter, und ein Lächeln erhellte sein ernstes Gesicht. »Er focht auch gegen den Erzbischof von Trier, und ich bin seit damals in seiner Schuld. Auf dem Marsch war's und eine unendliche Hitze. Mann und Roß verschmachteten schier. Mir selbst klebte die Zunge am Gaumen. Als wir Rast halten, kommt der Brenneken, denn das ist sein wirklicher Name, und bringt mir Wasser in seiner Sturmhaube. Aus einem Graben hatt' er's geschöpft, schmutzig war's und auch warm. Gut tat's dennoch. Zu beißen gab's auch nichts. Er hatte ein Stück Brot und eine Zwiebel, das teilte er beides mit mir, und es hat mir gar köstlich geschmeckt. Ein paar Fähnlein solcher Gesellen wie er, die schlügen den Teufel aus der Welt, von Adel und Pfaffen zu schweigen.«

»Nun, er wird uns auch jetzt bei unserem Vorhaben nicht fehlen, darauf könnt Ihr Euch verlassen«, versicherte der Dorfmeister.

»Kann ich mir denken«, nickte Herr Florian. »Aber es ist Zeit, an den Heimweg zu denken. Das Wichtigste wäre besprochen, und es tagt bereits.«

Durch das ölgetränkte Papier der Fenster schimmerte der junge Morgen. Georg Metzler löschte die Kienspäne aus und ging seinen Knecht wecken, damit er die Pferde seiner Gäste sattele. Mit einer Kanne warmem Würzwein zum Morgen- und Steigbügeltrunk kehrte er zurück. Herr Florian, der den weitesten Weg hatte, brach zuerst auf.

»Auf Wiedersehen dann am Sonntag Judika zu Schöntal, werte Freunde und Kampfgenossen«, rief er, schüttelte den Männern, die mit ihm vor die Tür getreten waren, derb die Hand und schwang sich in den Sattel eines prächtigen Rappen von starkem Knochenbau und mit feurigen Augen.

»Mein Weg führt über das Zisterzienserkloster. Soll ich Quartier bestellen?« scherzte Wendel Hipler.

»Ich wär's zufrieden, auf daß sie bis dahin ihre weißen Kutten fein säuberlich waschen«, gab Florian Geyer ebenso zurück und drückte seinem Rappen die Sporen in die Seiten. Er ritt über den Wald in den Schüpfgrund, ein flaches, grasreiches Tal, von sanften Rebenhügeln in seinem unteren Teil eingefaßt. Hier und dort waren schon die Winzer damit beschäftigt, die Reben an die Stöcke zu binden und von den vertrockneten Ranken zu befreien. Das Wetter war so mild, als ob es Mitte des April wäre, und die Lerchen jubilierten über dem Tal, das sich zu der hier breit und rasch fließenden Tauber hin öffnete. An dem jenseitigen Ufer zog sich hinter festen Mauern das Städtchen Königshofen die waldbekränzten Berge hoch. Von halber Höhe grüßte eine weiße Kapelle den einsamen Reiter, der seinen feurigen Rappen gemächlich schreiten ließ. Das Licht der Morgensonne badete in ihrem warmen Gold die Berge, das Städtchen, den rauschenden Fluß, das sanfte Tal, und Florian von Geyer dachte, daß der Tag nahe wäre, an dem die Sonne der Freiheit Berg und Tal verklären würde.

»Hm, was meint Ihr, ob der wohl je seine goldenen Sporen vergißt?« wandte sich der Brettheimer, der mit den anderen Florian Geyer nachschaute, an Wendel Hipler.

Dieser runzelte unwillig die hohe klare Stirn und antwortete: »Eines wird er nimmer vergessen, da bin ich mir sicher: den Adel seines Herzens. Sein Wahlspruch lautet: *Nulla crux, nulla corona*, das heißt zu deutsch: Ohne Kreuz keine Krone. Die Krone aber, für die er kein Opfer scheut, das ist die Freiheit der Unterdrückten, des Volkes Freiheit.«

»Nun, Ihr dürft mir mein Mißtrauen nicht verübeln, Herr«, antwortete Leonhard Metzler. »Ihr wißt, wie wir von den Herren geschunden werden, und wo es nicht mit Gewalt geht, da betrügen sie uns mit glatten Worten und Versprechungen, so daß unsereins keinem Edelmann trauen mag.«

»Ja, trau einer dem Teufel«, rief hier eine weibliche Stimme.

Von den Männern unbemerkt, war eine Frau um die Hausecke gekommen und hatte Metzlers Stimme gehört. Sie war dürftig gekleidet, von hagerer Gestalt und größer als die meisten Frauen. Eisgraues, vom Winde zerzaustes Haar quoll unter einem schwarzen Kopftuch hervor. Ihr mageres Gesicht war voller Runzeln und Falten. Die dunklen Augen aber, die sie, auf einen langen Stab gestützt, auf die Männer richtete, straften ihr Alter Lügen. Ein unruhiges Feuer brannte in ihnen. Gesicht und Hände waren stark gebräunt.

»Ihr seid's?« rief Wendel Hipler erstaunt. »Und der Jäcklein Rohrbach, warum ist er ausgeblieben? – Aber kommt ins Haus!«

Er schritt voraus. Der von ihm genannte Name erweckte in Simon eine Ahnung, und Georg Metzler machte sie zur Gewißheit. Denn er begrüßte, nicht weniger erstaunt als Hipler, die Greisin als schwarze Hofmännin. Es war Hans Lautners Großmutter. »Der Jäcklein hat nicht weggekonnt«, erklärte sie, nachdem sie dem Wirt die Hand gereicht und den Becher Wein, den er ihr anbot, mit sichtlichem Durst geleert hatte. Kein Wunder, daß sie durstig war, hatte sie doch den weiten Weg von Böcklingen herauf während der Nacht ohne Erquikkung zurückgelegt. Eine Ermüdung war ihr nicht anzumerken. »Die Löwensteiner«, fuhr sie fort, »hatten sich just für diese Nacht zusammengetan und ihn beauftragt, daß er ihnen den Artikelbrief auslegen sollte. Da ist er dann über den Neckar gegangen. Wir wollten aber nimmer warten, bis daß der Herr Kanzler Zeit hätt', uns mitzuteilen, was beschlossen ist. Nun?«

»Habt Ihr in Eurem langen Leben so wenig Geduld gelernt, Frau?« scherzte Herr Wendel.

Sie richtete ihre dunklen Augen fest auf ihn und antwortete: »Ich hab' halt mehr Geduld gehabt als Ihr, obwohl mein Herz all die Jahre lang nach Rache geschrien hat wie der Hirsch nach Wasser. Jetzt bricht der Stab meines Wartens wie dürres Reisig. Zudem ziehen uns die Heilbronner an den Haaren zu sich.«

»So sagt dem Rohrbach, daß wir am Sonntag Judika Heerschau halten bei dem Kloster Schöntal an der Jaxt«, erwiderte Wendel Hipler mit langsamer Bestimmtheit.

Sie stieß mit einem langgedehnten »Ah« die Luft aus, und ihre Augen leuchteten wie eine Flamme auf. Eine Weile saß sie still da, und die andern störten sie nicht. Dann wischte sie sich mit den knöchernen Fingern die welken Lippen und bat, während sie aufstand: »Metzler, um Gottes Lohn, gib mir ein Brot, wenn du's entbehren kannst.«

»Gern«, versicherte dieser. »Aber du willst doch nicht schon wieder gehen? Ruh dich doch erst rechtschaffen aus, es eilt ja nicht.«

»Ich muß jemandem Bescheid sagen«, antwortete sie, während ihre Blicke wie in die Ferne schauten. »Er darf nicht fehlen, wenn das Schwert Gideons gezogen wird. Einen Boten kann ich nicht zahlen, so muß ich selbst gehen!«

»Ihr dürft Euch nicht überanstrengen, ich duld' es nicht«, wandte Herr Wendel ein. »So viele Münzen werde ich wohl noch im Sack haben, um einen Boten für Euch entlohnen zu können. Wohin soll er, wenn es kein Geheimnis ist?«

»Nach Rothenburg soll er, zu meinem Enkel.«

»Herrgott«, stöhnte Simon Neuffer.

»Da haben wir ja die Boten gleich zur Hand«, rief der ehemalige Kanzler. »Diese beiden Freunde hier sind aus dem Rothenburgischen.«

»Ich hab' Euren Enkel, den Hans Lautner, gut gekannt«, sagte Simon, sich mühsam bezwingend.

Ein heller Schein flog über das faltenreiche Gesicht der Großmutter und erlosch rasch wieder, als sie fragte: »Du *hast* ihn gekannt? Ist er nicht mehr in Rothenburg?«

»Sagte ich so?« versetzte Simon Neuffer unsicher und versuchte, ihren Blicken auszuweichen. »Freilich ist er noch dort – und wird auch nimmer fortgehen, selbst nicht, wenn Ihr ihn ruft. Er hört Euch nimmer. – Unser Schöpfer hat ihn vor der Zeit zu sich gerufen. Er ist tot.«

Die Augen der schwarzen Hofmännin, die ihn unverwandt ansahen, als wollten sie ihn verbrennen, taten sich weit auf. Erst nach ein paar Sekunden aber rief sie: »Das ist nicht wahr«, und wiederholte es dann mit stärkerer Stimme. Es war gleichsam das Rohr, an das sie sich wie eine Ertrinkende klammerte. Es zerbrach in ihrer Hand, als Simon darauf schwieg und sie nur mitleidig ansah. Tief aufstöhnend fiel sie auf den Schemel, von dem sie sich vorher erhoben hatte. Zusammengesunken, mit starren Augen saß sie da. Wendel Hipler wollte tröstend ihre Hand fassen, da zuckte ihr Oberkörper auf, und sie schrie, die Arme zur Stubendecke streckend: »Wenn es einen Gott im Himmel gibt, wie war denn das möglich? Tot? Tot?« Gleich darauf schnellte sie von ihrem Sitz auf und herrschte den Dorfmeister an: »Ich will wissen, wie's geschah!«

Simon berichtete umständlich den Hergang, und sie schien ihm mit brennenden Blicken jedes Wort von den Lippen zu saugen. Nur einmal unterbrach sie ihn durch einen Aufschrei, nämlich, als er den Junker von Rosenberg als den Täter nannte. Simon erzählte weiter von der Aufregung, die Lautners Tod in Rothenburg erregt hatte, und von der leidenschaftlichen Rede Karlstadts an seinem Grab.

»Und der Rat ließ ihn gewähren?« fragte Herr Wendel erstaunt.

»Ei, der hat wohl geglaubt, den Teufel durch den Beelzebub auszutreiben«, gab der Dorfmeister mit einem verächtlichen Achselzucken zur Antwort. »Der Teufel aber war der Dr. Deutschlin, der auf der Kanzel dem Kirchenbann des Bischofs offen Trotz geboten hat, und es war darüber auch die Bürgerschaft arg in Hitze geraten. Nun, der Rat hat's später nachgeholt. Tags darauf, am Aschermittwoch, in aller Frühe, da pochten die Stadtknechte den Tuchscherer Etschlich, der den Karlstadt beherbergte, aus dem Schlaf und durchsuchten das ganze Haus nach ihm. Das Nest war aber leer. Hatte ihn der Altbürgermeister abends zuvor heimlich abgeholt. Da hatte der Rat dann gut austrommeln lassen, daß niemand dem Karlstadt Unterschlupf geben dürfte, bei hartem Gefängnis.«

Die schwarze Hofmännin hatte von dieser Erklärung kaum ein Wort gehört. Sie hatte sich schon vorher wieder hingesetzt und starrte vor sich hin. Sie schluchzte, ohne daß jedoch eine Träne in ihre Augen getreten wäre. Der Quell ihrer Tränen war unter dem maßlosen Leid, das sie erduldet hatte, versiegt. Endlich richtete sie ihren auf die Brust gesunkenen Kopf auf, sah die Männer der Reihe nach an und ächzte: »Alle, alle tot, auch er, der sie rächen sollte!«

»Es wird an dem Rosenberg Rache geübt werden, verlaßt Euch darauf«, versicherte Simon Neuffer. »Seine eigenen Hintersassen warten nur darauf, ihm alle seine Schindereien heimzuzahlen.«

Die Greisin lachte bitter. »Freilich, mit dem Geschlecht fing's an, aber das ist bloß eines. Sie müssen alle ausgerottet werden, die Sporen und die Glatzen. Gott will es, und er hat mich ausgeschickt, seine Rache zu vollziehen. Verschlungen sollen sie werden von der Erde und gefressen von dem Feuer des Herrn, wie die Rotte Korah.« Ihre hagere Gestalt reckte sich in die Höhe, drohend ballte sich ihre knöcherne Faust, während ihre Augen fanatisch glühten. Ein Grauen überkam die Männer.

Zweites Kapitel

Angesichts der durch Karlstadts Grabrede gesteigerten Aufregung in der Bürgerschaft hatte der Innere Rat nicht gewagt, dem Interdikt des Bischofs Nachdruck zu verleihen, und der Komtur Christian und Dr. Deutschlin predigten unbehelligt weiter. Um so unzugänglicher waren Erasmus von Muslor und Konrad Eberhard den Vorstellungen der schönen Gabriele geblieben. Die Anklage gegen Zeisolf von Rosenberg, vom Stadtschreiber Thomas Zweifel abgefaßt, war an das Reichskammergericht abgesandt worden. In ihrer Unruhe darüber entschloß sie sich, der Schwester Lamberta einen Besuch abzustatten. Vielleicht erfuhr sie von ihr, wie ihr Neffe über den Handel dachte. Vielleicht konnte sie durch dieselbe auf ihn einwirken. Es war Samstag vor Mittfasten und Wochenmarkt in der Stadt, als sie ihren Vorsatz ausführte. Bei ihrem Gang über den Marktplatz wurde von den Frauen und Töchtern der Bauern, die dort ihre ländlichen Erzeugnisse feilboten, manche Äußerung, die keineswegs schmeichelhaft war, über ihren reichen Anzug und ihre stolze Miene ganz laut gemacht. Sie beachtete sie nicht, bezog sie auch kaum auf sich. Denn wie sollten die sonst so demütigen und untertänigen Frauen es wagen, ihre Erscheinung zu bekritteln, ja zu verspotten?

Schwester Lamberta empfing den ehemaligen Klosterzögling in ihrer Zelle, wenn man ein helles, freundliches Zimmer, das aus zwei Fenstern auf den Garten schaute, so nennen will. Die nach dem damaligen Zeitgeschmack eleganten Möbel, die vielen Stickereien, Arbeiten und Geschenke ihrer Schülerinnen, der fromme Nippes auf zierlichen Wandbrettern und der von künstlichen weißen Rosen umkränzte, schwärmerisch schöne Christuskopf über dem Betschemel durften auch nicht gerade klösterlich genannt werden. Schwester Lamberta ruhte in einem hohen weichen Lehnstuhl, ein gesticktes Polster unter den Füßen, von den Anstrengungen ihrer frommen Pflichten aus. Sie empfing ihren Besuch mit einer sauersüßen Miene und streckte ihm die fette weiße Hand nachlässig herablassend zum Kuß hin. Ihr »süßes Kind« war ersichtlich bei ihr in Ungnade gefallen. Allerdings war es ihres Neffen Schuld, daß ihr Plan, ihm den Reichtum Gabrieles zuzuwenden, gescheitert war. Aber diese kam ihr gelegen, um ihren Verdruß darüber an ihr auszulassen.

Und nicht nur hierüber, sondern auch darüber, daß sie des persönlichen Verkehrs mit ihrem Neffen beraubt war. Denn sein brutaler Zynismus war für ihr frommes Gemüt stets ein köstlicher Leckerbissen gewesen. Da der Rat die Gartenpforte zum Taubertal hatte zumauern lassen, konnte der Junker Zeisolf selbst nicht mehr heimlich das Kloster besuchen. Die fromme Frau ließ das alles durch ihren kühlen Ton und manch eingestreute Bemerkung die schöne Gabriele bezahlen. Eines war jedoch mächtiger in ihr als ihr heimlicher Verdruß: die Neugierde, von Gabriele selbst alles über die von ihrem Neffen beabsichtigte Entführung zu erfahren. Junker Zeisolf hatte ihr nichts darüber geschrieben, und der Klatsch, der in das Kloster gedrungen war wie ein mit Gold beladener Esel in eine Festung, nämlich durch weitgeöffnete Pforten, befriedigte Schwester Lamberta nicht. Gabriele konnte ihr nicht ausführlich genug sein, und sie genoß die Geschichte mit allen Sinnen. Ganz nahe beugte sie sich zu dem schönen Mädchen hin, das auf einem niedrigen Schemel vor ihr saß. Ihre Augen, ihre Lippen schlürften mit ihren Ohren, und ihr weiß und rosig glänzendes Gesicht verklärte sich. Eine Entführung, welche Nascherei!

Die fromme Schwester lehnte sich in ihren Polsterstuhl zurück und schloß die Augen. »Aber die Geschichte hat noch ein Nachspiel«, störte Gabriele sie auf.

»Ach, du meinst die Anklage? Ich habe davon gehört«, antwortete die Nonne mit großer Seelenruhe.

»Ich habe bisher niemand davon erzählt, daß ich dem Junker zuvor hier begegnet bin«, äußerte Gabriele und fuhr erregt fort: »Jetzt wird es ans Licht kommen, und man wird Schlüsse daraus ziehen, die dem Kloster ebenso nachteilig sein werden wie meinem Ruf. Und ist es nicht schon schrecklich genug, daß mein Name durch diesen Prozeß in aller Leute Mund kommt? Daß er alle Lästerzungen gegen mich in Bewegung setzt?«

»Rege dich nicht unnötig auf, Liebste«, beschwichtigte sie Schwester Lamberta. »Man wird es gar nicht wagen, gegen ein Mitglied der reichsunmittelbaren Ritterschaft zu handeln.«

Die schöne Gabriele schnellte von ihrem Sitz auf. »Also durfte der Junker es wagen, meine weibliche Ehre ungeahndet zu beschmutzen?« rief sie zornig.

»Nicht doch, nicht doch!« versuchte die fromme Schwester sie zu beruhigen. »Wenn man eine Schönheit ist wie du, mein süßes Kind, dann ist es wohl verzeihlich, daß ein Mann durch sie zu Torheiten verführt wird. So heißes Blut Zeisolf auch haben mag, er ist ein Edelmann und wird deine Ehre nicht bloßstellen. Er hat aus großer Leidenschaft für dich gefehlt, und du zürnst ihm deshalb natürlich. Er soll dich um Verzeihung bitten. Laß mich nur machen.«

Während Schwester Lamberta ihre glatte Zunge gebrauchte, zeigten sich die der Marktweiber voller Stacheln. Sie taten Äußerungen von einem Freimut, die einem Mann, wenn er sie so laut und offen ausgesprochen hätte, sicher den Strafturm erschlossen haben würden. Sie hänselten den Stadtdiener, der die Marktgroschen von ihnen einzog und sich schlagfertig durch Grobheit rächte. Sie riefen einander anzügliche Bemerkungen über die Patrizierfrauen zu, die Einkäufe machen wollten, waren kurz angebunden und grob. Und zwei ältere Bäuerinnen unterhielten sich laut darüber, welches von den Geschlechterhäusern am Markt sie sich künftig als Wohnung nehmen sollten. Ein Dämon schien mit dem ungewöhnlich frühen Lenz in die Frauen gefahren zu sein.

Käthe, die mit Butter und Eiern zum Markt gekommen war, kannte diesen Dämon gar wohl, hielt sich aber still an ihr Geschäft. Seit dem Tod Lautners war eine Veränderung mit ihr vorgegangen. Ihre kirschroten Lippen hatten einen herben Zug bekommen, den Kaspar Etschlich vergebens wegzuscherzen versuchte, wenn er nach Ohrenbach kam. Sein Humor brachte Käthe nicht zum Lachen, nicht einmal zu einem flüchtigen Lächeln. Wenn er das Gespräch auf Hans lenken wollte, bat sie ihn, ruhig davon zu sein. Sie redete überhaupt nur das Notwendige, selbst mit den Hausgenossen. Dagegen arbeitete sie mit einer Rastlosigkeit, als wollte sie sich zu Tode arbeiten. Die verschlossene Ruhe ihres Wesens wurde nur einmal durchbrochen. Das geschah, als Simon ihr nach seiner Rückkehr aus Ballenberg von der schwarzen Hofmännin erzählte. Ihr rundliches Gesicht wurde feuerrot, ihre nußbraunen Augen blitzten, und ihre breite Brust atmete, als ob es ihr an Luft fehlte.

Sie wurde ihre Vorräte schneller los als sonst, denn das Benehmen der meisten Verkäuferinnen trieb ihr die Kunden zu, die für ihr gutes Geld nicht Grobheiten oder spitze Reden mit in Kauf nehmen wollten. Bevor sie die Stadt verließ, besuchte sie das Grab ihres Freundes. Sie stand noch mit Tränen an dem jungen Hügel, als das Knistern und Rascheln schwerer Gewänder sie veranlasste, den Kopf zu wenden. Die schöne Gabriele kam von ihrem Besuch in dem Dominikanerinnenkloster. Sie wollte an Käthe vorüberrauschen, ohne sie zu beachten. Kannte sie doch auch das arme Mädchen nicht. Dieses trat ihr in den Weg. »Du? Du kommst genau richtig«, rief sie. »Schau her, das ist das Grab vom Hans Lautner, den du erschlagen hast.« Gabriele glaubte mit einer Irrsinnigen zu tun zu haben und versuchte, ihr auszuweichen. Käthe jedoch ergriff sie am Arm und hielt sie so fest, daß sie sich nicht loszureißen vermochte. »Du bist eine Teufelin«, rief Käthe mit heißem Atem und funkelnden Augen. »Du hast ihn verhext, daß er nicht von dir lassen konnte, auch wenn er wollte.«

»Sei vernünftig«, zwang sich Gabriele trotz ihres Schreckens zur Ruhe. »Laß mit dir reden! Ich kenne dich nicht und tat dir nichts. Wenn du den Toten rächen willst, von dem ich nur weiß, daß er mir helfen wollte, so geh nach Haltenbergstedten. Der Junker Zeisolf tat's.«

»Weißt nichts weiter von ihm und hast doch sein Kränzlein getragen?« entgegnete Käthe heftig. »Du hast ihm als Nachtmahr das Herzblut ausgesaugt. Was gilt euch vornehmen und verbuhlten Frauen auch so ein armer Bub! Mir aber war er alles, mein Höchstes, meine Seligkeit. Die hast du mir gestohlen, zerbrochen, zertreten. Knie nieder an seinem Grab und bitt ihn, daß er dir vergibt! Knie nieder, anders kommst du nicht los.« Gabriele zerrte mit aller Kraft, um ihren Arm aus Käthes brauner Faust, die ihn wie in einem Schraubstock hielt, zu befreien. Es gelang nicht, und sie schrie laut um Hilfe. Käthe kümmerte sich nicht darum. »Du willst nicht? Dann soll sein Grab dein Herzblut trinken«, rief sie wie außer sich, und ihre Linke griff nach dem Messer, das in der Scheide an ihrem Gürtel hing.

Bei dieser Bewegung gelang es der schönen Gabriele, sich loszureißen, und sie entfloh mit kreischendem Hilferuf. Käthe stürzte ihr mit gezücktem Messer nach. Schon waren jedoch Leute, die ihren Weg über den Kirchhof nahmen oder auf der Gasse vorübergingen, aufmerksam geworden. Jetzt liefen sie herbei, und es gelang ihnen, Käthe aufzuhalten, zu entwaffnen und zu überwältigen. Leicht wurde es ihnen nicht gemacht, denn es war kein eitles Rühmen von Käthe gewesen, daß sie es an Stärke mit den Buben wohl aufnehmen könnte. Während ihre schöne Feindin mit flatterndem Haar davoneilte, ohne sich umzusehen, wurde sie von den Menschen, die sich um sie versammelt hatten, als ob sie plötzlich aus dem Boden gewachsen wären, zum Haus des Stadtrichters gezerrt.

Heimkehrende Marktleute brachten die Kunde von dem Geschehnis nach Ohrenbach. Der ehrwürdige Pfarrer Nepomuk Bockel erfuhr davon durch seine Köchin, die Jungfer Apollonia, als er nach überstandenem Beichtehören bei seinem Mittagsmahl saß. Es bestand aus einem vortrefflich zubereiteten Hecht, und er schmatzte bei dem Hochgenuß mit den wulstigen Lippen, und sein feistes Gesicht, dessen Doppelkinn über den Kragen des Pfarrocks quoll, strahlte. Es belastete sein Gewissen nicht, daß der köstliche Hecht einem heimlichen Fischzug entstammte, den die Bauern von Endsee nächtlicherweile im Teich des Schultheißen gemacht hatten. Offiziell wußte er nichts davon, und er hütete sich, danach zu fragen, so wie er auch dem Ursprung der Hirsch- oder Rehkeule nicht nachforschte, die Jungfer Apollonia ihm zuweilen auftischte. Der Mai des Lebens war für sie schon eine Weile vorbei, hübsch mochte sie nie gewesen sein, aber sie war von üppigem Wuchs und hatte lüsterne Augen. Wie eine so ausgezeichnete Köchin nur imstande sein konnte, Seine Hochwürden bei dem Fischessen mit der Nachricht von der Verhaftung Käthes zu überfallen? Wenn ihm nun eine Gräte im Hals steckenblieb? Überdies, was kümmerte ihn das Mädchen? Aber der Hecht war so schmackhaft, so würzig, daß er, nachdem er den Bissen, an dem er eben kaute, glücklich in den Magen befördert hatte, seine im Fett der Wangen versunkenen Äugelein voll Anerkennung auf die Künstlerin richtete. »Wirklich vortrefflich, Pollchen«, sagte er, und weil der Fisch, seiner Natur gemäß, schwimmen wollte, griff er zum Weinkrug und tat einen tiefen Zug.

»Haltet Maß«, warnte ihn Jungfer Apollonia kühlen Tones. »Den sauren Zehntenwein im Keller mögt Ihr nicht, und von diesem da möchte es leicht der letzte Krug sein. Kümmert's Euch nicht, daß die Käthe Neuffer, wie es scheint, verrückt geworden ist – und eigentlich war sie es immer, schnupperte sie doch mit ihrer Nase immer gar hoch in der Luft und sah über andere Leute weg, als ob sie nicht da wären –, nun, so gefällt es Euch vielleicht besser, daß mir die Sonnenwirtin, die unverschämte Person, rund heraus erklärt hat, als ich neulich die letzte Maß von ihr holte, daß sie nicht länger anschreibt. Euer Kerbholz sei voll, über und über.«

Herr Nepomuk setzte den Krug mit verdutztem Gesicht ab. Jungfer Apollonia aber redete weiter, während sie sich ihm gegenüber mit beiden Fäusten auf die Tischplatte stützte: »Wundert Euch das? Wie einer in den Wald hineinschreit, so schallt es heraus. Ihr meint, daß Ihr die Bauern nach Herzenslust abkanzeln könnt, und sie hängen Euch den Brotkorb höher. Es muß mal gesagt werden, damit Ihr endlich einmal vernünftig werdet. Ihr seid doch auch eines Bauern Sohn und solltet sie doch kennen. Ich hab' Euch schon mehr als einmal gewarnt. Was sie Euch zu geben schuldig sind, na, das geben sie, aber vom Schlechtesten und keinen Fitzel mehr. Und mir scheint, bald werden sie's überhaupt nicht mehr tun. Wenn ich jetzt mal was brauch' und zu den Frauen gehe, was krieg' ich? Böse Gesichter und muß bitten und betteln, wenn ich mich nicht mit leeren Händen wieder trollen will.«

»Aber, Pollchen, was soll ich denn machen?« fragte Seine Ehrwürden kläglich. »Ich kann doch nicht zulassen, daß sie von dem wahren Glauben abfallen und dem Teufel in den Rachen laufen?«

»Ach was, könnt Ihr's denn verhindern?« fragte seine Köchin ungeduldig. »Laßt sie schmoren, wenn sie es nicht anders wollen. Ihr seid doch nicht des Teufels Küchenmeister. Zuerst muß der Mensch leben. Oder warum sonst wärt Ihr von Eures Vaters Schweinen fort und dem fahrenden Schulmeister nachgelaufen?«

»Daß sich Gott erbarme«, stöhnte er und drehte die Äuglein zu der verstaubten Stubendecke hinauf. »Wir Buben mußten für den Meister betteln und stehlen, und unser Anteil waren Hunger und Prügel.«

»Ihr werdet's auch ungeschickt angefangen haben«, versetzte Apollonia rücksichtslos. »Just wie am Aschermittwoch, als Ihr durch Euer Wettern auf dem Predigtstuhl dem Faß, das Euch tränken soll, vollends den Boden ausgeschlagen habt. Was bürstet Ihr die Ohrenbacher gegen das Fell, wo sie doch die Schlüssel zu Eurer Speiskammer im Sack haben? Der Bruder vom Dorfmeister ist auch geistlich, aber er predigt der Gemeinde, wie sie es verlangt. Das tun schon die meisten auf den Dörfern, und die Bauern stehen zu ihnen und wissen halt nicht, was sie ihnen Liebes und Gutes tun sollen. Habt Ihr Angst vor dem Bischof? Wundern würd's mich nicht bei Eurem Fett. Er hat den Deutschlin und den Komtur in den Bann getan, aber kein Härchen ist ihnen versengt worden, und auch der Rat läßt sie gewähren. Warum, zum Henker, könnt Ihr dem Bauernpack nicht auch nach dem Maul reden?«

»Und Rom? Und mein Gelübde? Du vergißt dich, Apollonia, und den Rock, den ich trage.« Sein Versuch, einige Würde anzunehmen, wurde aber von ihren feuersprühenden Augen zu Asche verbrannt. Sie stemmte die Hände in die üppigen Hüften und rief: »Euer Rock ist fadenscheinig genug und über und über voll Fettflecken, und wenn Ihr die Augen zumacht, kann ich mit meinem Buben betteln gehen.«

Bei Erwähnung ihres Kindes, das sich bei armen Leuten in Reichardsrode in Pflege befand, winkte der Pfarrer ihr hastig mit den fetten Händen und sah sich ängstlich um. »Verflucht, daß die Frauen nie das Maul halten können«, schnaubte er. Vorsichtig fuhr er fort: »Ich will dir nur eines sagen, Lonie! Rom ist weit, aber den Bischof in Würzburg schaffen die verdammten Ketzer nimmer ab. Wart es ab, wie es ausgehen wird! Wenn sie mit weißen Stäben durchs Land strolchen, werd' ich im weichen Nest sitzen.«

»Im weichen Nest, Ihr?« hohnlachte sie. »In die Nesseln hast du dich gesetzt und wirst da sitzen bleiben. Denn du magst dir lieber den – na, ich hätt' bald was gesagt – verbrennen, als daß du aufstehst. Ja, hat der Bauch, der dein Herrgott ist, dich so blind gemacht, daß du nicht merkst, daß was im Gang ist? Ist das ein Gehen und Kommen im Dorf, besonders seit der Neuffer wieder von seiner Reise heimgekommen ist. Wo ist er gewesen? Kein Mensch weiß es. Alle Augenblicke ist einer aus einer anderen Gemeinden da, und es herrscht ein heimliches Getue. Zur Beichte kommt schon längst keiner von den Mannsleuten mehr, aber bei der Lammwirtin, da hocken sie dicht beisammen wie die Fliegen auf einem Tropfen Honig.«

»Was kümmert mich ihr Vorhaben?« ließ sich Seine Ehrwürden gelassen vernehmen.

»Heilige Mutter Gottes, was es ihn kümmert? Daß sich die Bauern um Euch, ihren eigenen Pfarrer, keinen Pfifferling kümmern, das ist's. Nichts geltet Ihr bei ihnen mehr, und ich will Euch sagen, wie's mit uns ausgehen wird, wenn Ihr nicht beizeiten einlenkt. Den Pfahl werden sie Euch eines Nachts vor die Tür schlagen, und nachher wird's lustig sein, wie Ihr und ich mit unserem Buben an der Hand betteln gehen, just wie der Konz Hart mit den seinigen.«

»Du bist verrückt, Lonie«, schrie Nepomuk Bockel, vor Schreck in Wut geratend.

Aber Jungfer Apollonia stob zornentbrannt aus der Stube und schmetterte die Tür hinter sich zu, so daß die Wände erzitterten. Der geistliche Herr saß mehrere Minuten wie erstarrt, dann griff er wieder zur Gabel. Aber der Fisch war inzwischen kalt geworden, und er schob ihn mit einem Seufzer beiseite und suchte Trost im Krug. Während er sich die weinfeuchten Lippen mit der Zunge ableckte, erwog er, daß der Rat seiner Polle so übel nicht wäre. Sie pflegte ihm stets gut zu raten. Aber wie er den Bauern nach dem Mund reden sollte, das wußte er nicht. Denn in seinen dicken Schädel war von der reformatorischen Bewegung nichts als das Geschimpfe der Gegner über dieselbe gelangt. Um sich kundig zu machen, war er viel zu träge, »Hol' der Teufel die verfluchten Ketzer, und daß sie die Hölle verschlinge!« Mit diesen Kraftworten griff er abermals zum Krug und leerte ihn bis auf den letzten Tropfen. Es machte ihm die Seele schwer, daß dieses vielleicht sein letzter herzhafter Zug gewesen sein sollte. Melancholisch sahen sich seine Äuglein in der dürftig ausgestatteten Stube um, ob er nicht etwas fände, das er bei der Lammwirtin versetzen könnte. Der Rundblick gewährte keinen Trost. Und der Meßkelch in der Kirche war nur aus Messing! Erschrocken über den sündigen Gedanken schlug er ein Kreuz. Tiefsinnig versenkte er seinen Blick in den leeren Krug, und siehe, es kam ihm eine Erleuchtung. Das Herz der dicken Lammwirtin war wohl noch zu rühren, wenn er selbst seine Beredsamkeit an ihr versuchte. Zunächst aber fiel ihm das Pfund Wachs ein, das Simon Neuffer der Kirche noch immer schuldete.

Schon griff er nach seinem Hut, als ihm einfiel, daß er Simon jetzt nicht treffen würde. Er war sicher wie alle anderen Bauern beim Pflügen. Dennoch hinzugehen, um Ursel über das Schicksal ihrer Schwägerin zu trösten, daran dachte er nicht. Im Gegenteil, mit pfäffischer Logik erkannte er in dem Unglück sofort ein Strafgericht Gottes über die Ketzer, die der heiligen Kirche nicht zahlten, was sie ihr schuldig waren. Dieses Gefühl kam in dem ehrwürdigen Herrn auf, als er Kaspar Etschlich über den Dorfplatz, auf dem die Kinder lärmend spielten, zu Simons Hofstätte gehen sah. Kaspar galt im Dorf als Käthes Freier.

Die Unglücksbotschaft, die er brachte, drückte ihn schwer. Wieder kam er als unheilverkündender Rabe! Des Vetters kleiner Bube, der auf dem Platz spielte, kam zu ihm herangesprungen, reichte ihm eine Hand und rief eifrig und mit glänzenden Augen: »Du, sie haben die

Käthe in 'n Turm gesperrt. Sie hat eine umgebracht.« Husch, sprang er wieder davon. Es war ein Trost, wenn auch ein leidiger, für Kaspar, daß man in Ohrenbach schon davon wußte. Unter der Linde, die erst ganz kleine braune Knospen hatte, saß der Onkel und sonnte sich. Und Käthe, dachte Kaspar, sitzt in dem kalten, düsteren Frauenturm. Es war der Mauertum, auf den die kurze und breite Hofstattgasse mündete. Dorthin hatte der Stadtrichter die Ärmste nach einem ersten Verhör führen lassen. Der Lärm, den ihre Begleitung von Müßiggängern, Frauen, Gassenbuben und Bettlern verursachte, war bis in die auf dem Hof gelegenen Werkräume Etschlichs gedrungen und hatte Kaspar und den Vater vor die Haustür gelockt. Käthe, die zwischen zwei Stadtknechten ging, war schon an der Tür vorüber. Tödlich erschrocken rief Kaspar ihren Namen, aber sie schien nicht zu hören. Er wollte zu ihr stürzen, aber die Stadtknechte wiesen ihn unsanft zurück. Jetzt wandte Käthe den Kopf, eine flüchtige Röte huschte über ihr Gesicht, und sie nickte ihm zu. Sein Versuch, in den Turm einzudringen, dessen Pforte sich auftat, um das Opfer zu verschlingen, wurde gewaltsam verhindert. Stärker als nachträglich der Schlag, den er dabei von der wuchtigen Waffe des einen Stadtknechts erhielt, schmerzte ihn die ihm aus Käthes Tat aufgehende Erkenntnis, wie fest ihr Herz an dem Toten hing und daß all sein Werben bisher umsonst gewesen war.

»Das arme Mädchen«, sagte der Alte bekümmert, nachdem Kaspar erzählt hatte, wobei er Augenzeuge gewesen war, und ging mit diesem zum Gehöft. »Und just jetzt, just jetzt!«

Sie fanden Ursula auf dem Hof, wo sie an dem fließenden Brunnen das Küchengerät scheuerte, während ihr kleines Mädchen die Sperlinge zu fangen versuchte. »Wir wissen schon, weshalb du kommst«, rief sie Kaspar entgegen. »Das Unglücksmädchen, das hat bloß noch gefehlt.« Die Tränen traten ihr in die Augen. »Aber geh nur in die Stube«, fuhr sie, die Augen mit einem Schürzenzipfel sich trocknend, fort. »Ich komm' gleich nach. Der Bauer ist drinnen, auch der Ickelsamer.«

Vater Martin, der vorausgegangen war, berichtete beiden, was er von Kaspar vernommen hatte, als dieser nachkam. Sie reichten ihm stumm die Hand, um den Alten nicht zu unterbrechen. Simon machte ein ungewöhnlich ernstes Gesicht. Die um viele Jahre jüngere Schwester war ihm in der letzten Zeit besonders lieb geworden. Sie bestärkte ihn in seiner revolutionären Gesinnung, sie feuerte ihn an, und er konnte mit ihr sein Vorhaben besprechen. Seine Frau besaß freilich auch sein volles Vertrauen, aber in ihrer Sorge um die Zukunft ihrer Kinder versuchte sie, ihn zurückzuhalten, seine Entschlossenheit zu dämpfen, und er verbarg daher manches vor ihr oder schwächte es ab, um die Bürde ihrer schweren Gedanken, die sie sich über alles machte, nicht zu vergrößern, »Und du weißt nicht, wie die beiden und worüber sie auf dem Kirchhof aneinander geraten sind?« fragte er Kaspar, als der Vater geendet hatte.

Kaspar verneinte. Mit Entschiedenheit setzte er hinzu: »Aber wir dürfen die Käthe nicht sterben lassen, und der Donner soll mich erschlagen, wenn ich sie nicht heraushole.«

Simon warf Paul Ickelsamer einen Blick zu und fragte: »Ja, wie willst du denn das anstellen?«

Er wußte es noch nicht, aber er hätte viele Freunde unter den Tuchergesellen, und sie würden mit dem Wächter des Frauenturms wohl fertigwerden. »Und hier im Dorf hat's doch auch entschlossene Burschen genug«, wandte er sich an Ickelsamer, »die helfen würden, die arme Käthe zu befreien. Es kommt bloß auf eine günstige Gelegenheit an.«

»Ja, solche Burschen hat's schon«, meinte der junge Gemeindeschreiber mit einem eigentümlichen Lächeln.

»Gewalt und immer Gewalt«, seufzte die Bäuerin, die inzwischen in die Stube gekommen war.

Der alte Neuffer, der auf der Ofenbank saß und die Unterarme auf die Schenkel stützte, hob den gesenkten Kopf und sagte: »Sei du ganz still, Ursel, es hilft uns armen Leuten halt nix anderes mehr. Schau, so lang ich mich erinnern kann, hat's kein so frühes Frühjahr gegeben wie heuer. Was will unser Herrgott damit anderes, als daß er uns bedeutet, daß für uns, die wir die Erde bebauen, heuer endlich die Saat der Befreiung aufgehen wird.«

»Es wird halt kommen, wie es kommen muß, ist's doch auch zwischen der Käthe und der Neureuterin gekommen, wie es kommen mußte«, äußerte die Bäuerin mit ihrer singend klagenden Stimme und ging zu ihrer unterbrochenen Arbeit zurück.

»Wir werden einen guten Advokaten für die Käthe finden«, rief Simon ihr nach.

»Ich wüßt' wohl einen, aber der beste ist das Eisen«, sagte Kaspar.

Paul Ickelsamer schlug ihm lachend auf die Schulter, und sein Vetter, der hinter dem Tisch saß, auf dem seine Unterarme mit gefalteten Händen ruhten, äußerte: »Ich sprach just mit dem Ickelsamer über die Sache. Rühr du den Kohl nicht weiter an. Mittwoch haben wir Mittfasten. Im ›Bären‹ werd' ich dir nachher mehr sagen können.«

Das Gespräch wandte sich von Käthe auf die Zustände und Stimmungen in Rothenburg. Kaspar kehrte weniger schweren Herzens, als er gekommen war, dorthin zurück. Simon begab sich nach dem frühen Abendessen auf den Dorfplatz, der belebter als gewöhnlich war, weil es nicht nur der Vorabend des Sonntags war, sondern auch, weil das Schicksal Käthes allgemeine Anteilnahme erregte. Während Paul Ickelsamer mit den jungen Burschen darüber sprach, nahm Simon den Dorfmeister Wendel Haim beiseite. »Nun«, fragte er ihn, »hast du dich entschieden, ob du zu unserer Sache stehen willst oder nicht? Du hast Furcht gehabt, daß sie verraten werden könnte. Jetzt steht's so, daß, sogar wenn es einer dem Rat steckte, es nichts mehr ändern und uns nicht aufhalten wird! Setzen wir uns daher und lose!« Er führte ihn zu der Bank unter der Linde, wo niemand saß, und vertraute ihm, während an dem blassen Frühlingshimmel ein Stern nach dem anderen auftauchte, die in Ballenberg getroffene Verabredung an. Er, Leonhard Metzler und der lange Lienhart hätten sie bereits in vielen Dörfern des Rothenburger Gebiets bekanntgegeben. Bis zu der allgemeinen Erhebung am Sonntag Judika seien es kaum noch zwei Wochen hin, und Buchwalder im Aischgrund hätte ihn wissen lassen, daß im Ansbachischen bereits etliche Gemeinden unter dem Vorwand eines allgemeinen Wurstessens dabei seien.

Wendel Haim, der ihm mit geschlossenen Augen zugehört hatte, machte sie jetzt auf und sagte leise, während er ihm die Rechte gab, die so rauh wie ein Reibeisen war: »Ist abgemacht.«

»Ich hab' halt immer gewußt, daß du uns nicht im Stich lassen würdest«, versicherte Simon, den Händedruck erwidernd. »Wie die Sache beschaffen ist, macht's auch nix, wenn wir Ohrenbacher uns ein paar Tage früher erheben als die anderen Gemeinden. Es ist wegen meiner Schwester. Wir können nicht nach Schönthal ziehen und das arme Mädchen hier in ihrer Not sitzen lassen.«

»Aber!« wandte Haim ein. Simon legte ihm jedoch die Hand fest auf den Oberschenkel und fuhr mit gedämpfter Stimme fort: »Es ist nicht einmal ein Wagstück! So wie wir nach Rothenburg kommen, fallen uns die Zünfte zu. Sie wollen die jetzigen Räte stürzen, was sie ohne uns nicht fertigbringen, und in den neuen soll keiner von den Adligen mehr sitzen. Das weiß ich nicht bloß von meinem Onkel und dem Kaspar, sondern auch von dem langen Lienhart, dem es sein Schwager, Hans Krätzer, anvertraut hat. Sie wollen mit der alten Schweinerei ein Ende machen, und für uns wär' kein Verlaß auf die Stadt, wenn in dem neuen Rat Junker und Fettbürger beisammensitzen.«

»Das kann ein Blinder mit dem Stock fühlen«, pflichtete ihm der zweite Dorfmeister bei.

»Also, wegen meiner Schwester?«

»Morgen nach der Kirche sag' ich dir Bescheid.«

Drittes Kapitel

Max Eberhard erfuhr erst nach dem vollständigen Bruch mit seinem Vater, welchen Schatz er in dem Herzen Elses besaß. Erst jetzt offenbarte sich ihm der ganze Reichtum ihrer Liebe. Der süße Rausch der ersten Zeit wich einem mehr und mehr sich vertiefenden Gefühl, das allen Kummer, alle Schmerzen in sich verschloß, um den Mut, den der Geliebte im Kampf gegen das feindliche Leben brauchte, zu stählen. Der Augenblick war gekommen, den das Bild auf dem Stein seines Ringes darstellte. Freilich galt es nicht, wie sie es sich einst ausgemalt hatte, dem Geliebten mit lächelnder Miene das Schwert zum blutigen Streit für die Freiheit zu reichen, sondern nur gegen die täglich sich erneuernden Widerwärtigkeiten des Daseins, die mit ihren Dornen täglich frische Wunden ritzen. Es ist dieses aber für den Mann ein Kampf, der mehr Energie und Ausdauer verlangt als der einer Feldschlacht.

Der Bruch mit dem Vater hatte nicht geheim bleiben können, nachdem Max dessen Haus verlassen und in der Würzburger Gasse ein bescheidenes Quartier bezogen hatte. Über die Ursachen war freilich nichts Zuverlässiges in die Öffentlichkeit gedrungen. Immerhin erfüllte es die Geschlechter mit Mißtrauen gegen ihn, so daß er mit ihr als Klientel nicht rechnen durfte. Er sah sich daher hauptsächlich auf die Praxis unter den Bauern angewiesen. Gemäß seiner Gesinnung, die von Else geteilt wurde, dünkte es ihn die edelste Aufgabe, den armen Leuten ein treuer Anwalt zu sein und durch sein Tun eine bittere Wahrheit über seinen Stand zu entkräften, die Theodor Murner in seiner »Schelmenzunft« in die Verse gekleidet hat:

»Es ist ein Volk, das seyendt Juristen,
wie seyndt mir das so bösliche Christen!
Sie tun das Recht so spitzig bügen
und können's wo man will hinfügen –
Danach wird Recht fälschlich Unrecht;
das macht manchen armen Knecht!«

Leider fand Max nur wenig Gelegenheit, seine Grundsätze in Anwendung zu bringen. Die Winter- und Frühlingsstürme schienen den Bauern die Streit- und Prozeßsucht aus den Köpfen gefegt zu haben. Ihr Verlangen war auf ein Höheres gerichtet, das all ihr Sinnen und Trachten umspannte. Unter solchen Umständen sah Max die Aussicht, die Geliebte heimzuführen, weiter und weiter sich entfernen. Es kam noch etwas anderes hinzu, das freilich nur erst nebelartig am Horizont sich ankündigte. Elses Vater wurde durch das Mißgeschick des Herzogs Ulrich um so kräftiger vorwärts auf der Bahn gedrängt, die er betreten hatte, als damit die Quelle verschüttet war, aus der ihm bisher reiche Mittel zugeflossen waren, und sein Stolz es nicht vertragen konnte, sich den Bedingungen zu unterwerfen, von denen der Rat ein Vergessen des alten Streites und seine Wiederaufnahme in das Bürgerrecht der Stadt abhängig machen wollte. Max hatte sie ihm angedeutet, da ihm nicht Verschwiegenheit auferlegt worden war. Ritter Stephan hatte sie mit einem Hohnlachen beantwortet. Er, ein Ritterbürtiger und Vertrauter von Fürsten, vor diesem städtischen Scheinadel sich beugen? Und das jetzt, wo die Bedenken des Inneren Rates, gegen Dr. Deutschlin und den Komtur entschieden zu handeln, die Segel seiner Hoffnungen und der seiner Partei mächtig blähte? Niemals! Sein ungemessener Adelsstolz, seine Überheblichkeit traten bei dieser Veranlassung so unverhüllt hervor, daß Max sich bis in das Innerste erkältet fühlte. Es drängte sich ihm mit Notwendigkeit die Frage auf, wie er dann über die Kleinbürger und Bauern denken mußte, wenn dieses die wahre Herzensmeinung des Ritters war?

Es kam vor, daß er Max scherzhaft einen unpraktischen Träumer nannte, wenn sich das Gespräch auf deren Forderungen lenkte. Max verstimmte und verdroß es, Else jedoch, die ihren Vater besser kannte als er, sah mit weiblichem Scharfblick einen Konflikt voraus, der ihrem Herzensbund zum Verderben werden mußte. Sie verschloß ihre Befürchtungen in ihrer Brust und trachtete um so mehr danach, Max mit sanfter Hand die Dornen auszuziehen, mit denen ihr Vater ihn verletzte, ihn gegen diesen milde und versöhnlich zu erhalten. Und er vergaß, wenn er bei ihr war, was ihn in der Einsamkeit zuweilen wie eine Ahnung keimenden Unglücks beängstigte, las er doch auf ihrer kleinen weißen Stirn, in ihren dunkelblauen Augen nichts von ihren geheimen Sorgen, sondern nur das Glück der vollsten, hingebungsvollsten Liebe.

Da zückte Käthe das Messer gegen die schöne Gabriele. Herr Stephan ließ es gelten, daß Max die Tat als ein Symptom des überbrausenden Hasses auffaßte, den die Unterdrücker in der ländlichen Bevölkerung unablässig gemehrt hatten. Er leitete aber die Notwendigkeit daraus ab, daß man dem Volk nicht die Zügel gehen lassen dürfe, wenn es nicht unberechenbaren Schaden anrichten sollte.

»Das heißt, um es nach dem Willen anderer zu lenken«, bemerkte Max nicht ohne Bitterkeit. »Nur den Reiter soll es tauschen.«

»Geht, geht, Ihr seid ein Schwarzseher, Doktor!« lachte Stephan von Menzingen.

Es lag Max eine scharfe Erwiderung auf der Zunge, aber ein Blick Elses ließ sie ihn unterdrücken. Nur natürlich war es, daß ihm seine Beziehungen zu den an dem Ereignis Beteiligten eine tiefere Anteilnahme einflößten. Welch ein unheilvolles Verhängnis ging von dieser schönen Frau aus, dem die ersten Regungen seines erwachenden Herzens gehört hatten! Um Gabrieles Willen war er von seinem Vater verstoßen worden, hatte den jungen talentvollen Goldschmied ein frühzeitiger Tod ereilt, war jetzt das Mädchen, das er an dessen Grab hatte stehen sehen, zur Verbrecherin geworden! Und er erinnerte sich, mit welch zorniger Verachtung sich Gabriele am Dreikönigstag ihm gegenüber über das Volk geäußert hatte. Nun hatte gerade sie der Stachel dieses Volkes, dessen Schweiß sie ihren Reichtum verdankte, bedroht! Zufall konnte es nicht sein. Es erhöhte aber seine Anteilnahme für Käthe, da ihm das Auftreten ihres Bruders in der Versammlung bei dem Tuchscherer nach Lautners Begräbnis Achtung eingeflößt hatte.

Da kam am Tag vor Mittfasten Kaspar Etschlich zu ihm, der nichts unversucht lassen wollte, um Käthe zu helfen. Nach seiner Überzeugung zog selbst der Enkel von des Teufels Großmutter den Kürzeren, wenn er sich mit einem Advokaten auf einen Streit einließ. Von Max hatte ihm sein Freund Lautner erzählt, und er bot ihm alle seine Ersparnisse an und war überzeugt, daß Simon Neuffer auch Geld dazugeben würde, wenn er Käthe aus der Schlinge zöge. »Behaltet Eure Ersparnisse nur im Sack«, erwiderte Max, »es war bereits beschlossen, daß ich mich des Mädchens annehmen wollte, ehe Ihr kamt. Aber damit ich das kann, müßt Ihr mir alles erzählen, was Ihr etwa in bezug auf die beabsichtigte Tat des Mädchens wißt.«

Kaspar betrachtete ihn mit großen Augen. Denn ein Advokat, der den Armen in der Not umsonst beistand, erschien ihm wie ein Wunder. So weihte er denn Dr. Max in die Herzensgeschichte seines toten Freundes und Käthes ein. Nur über das, was zwischen dieser und der schönen Gabriele auf dem Kirchhof geschehen war und was die erstere dazu gebracht hatte, das Messer in die Hand zu nehmen, vermochte er ihm keinen Aufschluß zu geben. Erleichterten Herzens durch die Aussprache und voller Hoffnung verließ er Max. Jetzt müßte doch der Teufel seine Hand im Spiel haben, dachte er, wenn Käthe nicht auf die eine oder andere Weise freikommt.

Max war am Morgen eben damit beschäftigt, dem Stadtrichter zu schreiben, daß er die Verteidigung Käthes übernähme und deshalb um freien Zutritt zu der Gefangenen bäte, als vom Galgentor her ein fröhliches Pfeifen und Trommeln heraufkam. Den Spielleuten voraus tanzte ein Spaßmacher mit einer kurzstieligen Fahne, die er über seinem Haupt schwenkte, in die Luft warf und wieder auffing oder bald unter dem linken, bald unter dem rechten Bein hindurchwirbeln, hinter seinem Rücken aufflattern ließ und mit einer Drehung seines Körpers geschickt wieder auffing. Sein Fahnenspiel und seine Sprünge fanden lauten Beifall bei den Leuten, die Trommler und Pfeifer herbeilockten. Diesen folgten in ihrem besten Zeug, das Schwert an der Seite, einige dreißig Bauern, von deren beiden Führern, Simon Neuffer und Wendel Haim, nur der erstere Max bekannt war. Hinter ihnen trug Paul Ickelsamer ein in den Farben der Stadt rot und weiß gestreiftes Banner, das schon auf mancher Kirchweih lustig in der Luft gerauscht haben mochte.

Unter Trommel- und Pfeifenklang, mit Fahnenspiel und schallenden Jauchzern schritt der Zug, von einer immer größeren Menschenmenge begleitet, durch den Torbogen des Weißen Turmes in die innere Stadt und über den Hauptmarkt hinunter zum ›Bären‹ des Gabriel Langenberger. Bei dem unerwarteten Andrang, der rasch den geräumigen Flur und die weite niedrige Trinkstube füllte, wurde das käsige Gesicht Langenbergers noch etwas fahler. Die Gäste schrien gar zu ungestüm nach Wein, und Mittfasten war doch nicht Kirmes, daß die Ohrenbacher mit ihren Wehren daherkamen. Zu den Ohrenbachern hatten sich Bauern aus anderen Dörfern, die gerade in der Stadt waren gesellt, darunter etliche aus Brettheim. Von der Bürgerschaft hatten sich nur einige eingefunden, unter ihnen Hans Krätzer und ein gewisser Lorenz Knobloch, der im Dienst des Johanniterhofes stand. Er hatte Mönch werden sollen, war aber aus der Klosterschule weggelaufen und hatte sich etliche Jahre als Landsknecht umhergetrieben. Jetzt war er verheiratet, lebte jedoch lustig wie ein Junggeselle. Er drängte sich an Simon Neuffer, der in dem Schreien, Singen, Lachen und Bechergestampfe eine ernste Haltung bewahrte. Kaspar Etschlich wurde von einer fieberhaften Unruhe umgetrieben und rief ein über das andere Mal: »Drauf! Drauf!«

Plötzlich hieß es: »Der Stadtrichter!«, und Georg Hörners gedrungene Gestalt zeigte sich in der Tür der Schankstube. Simon Neuffer stellte sich ihm gelassen entgegen. »Was ist das? Was heißt das? Was wollt ihr?« fragte der Stadtrichter mit einer den Lärm beherrschenden Stimme, und es wurde still.

»Wir halten den Freitrunk, Herr, der uns von alters her zusteht aus den Strafgeldern unseres Rügegerichts«, gab der Dorfmeister ruhig zur Antwort.

»Und dazu habt ihr eure Schwerter umgeschnallt, als ob es Kirchweih oder sonst ein Fest wäre?« rief der Stadtrichter. »Das darf nicht sein. Das ist eine Unrechtmäßigkeit, die ich nicht dulde!«

»Halten zu Gnaden, gestrenger Herr Stadtrichter«, mischte Wendel Haim sich demütig ein, während er dazu die treuherzigsten Augen machte. »Wir sind der Herrschaft allzeit willig und gehorsam, aber Ihr werdet doch nicht die alten Bräuche abschaffen wollen?«

»So beweist euren Gehorsam, indem ihr umgehend die Stadt räumt«, herrschte Georg Hörner ihn an.

»Nun aber«, erscholl es aus der Menge. »Was, wir sollen unseren Freitrunk nicht halten dürfen, wo es uns gefällt?« – »Die Stadt will er uns verbieten, die wir mit unserem saueren Schweiß ernähren?« – »Die alten Bräuche will er abschaffen?«

»Ruhe«, donnerte der Stadtrichter. »Und Ihr, Dorfmeister, tut Eure Pflicht als Obrigkeit, und führt die Leute hinweg.«

»Mit Verlaub, Herr, das Herkommen ist auch ein Recht, und es ist älter als Euer Befehl«, erwiderte Simon mit gerunzelter Stirn. »Ein Unrecht begehen wir nicht. Wir sind nicht dahergelaufen, wir sind seßhafte Bauern und zahlen unsere Steuern auf Heller und Pfennig, auch wenn sie uns dermaßen beschweren, daß wir kaum das Leben haben.«

»Ihr weigert euch, zu gehorchen? Wollt ihr mich zwingen, Gewalt anzuwenden?« drohte Hörner.

Ein wildes Geschrei erhob sich. »Drohen will er uns?« – »Was soll das Schwatzen?« – »Stoß ihm dein Messer in den Wanst, Simon!« – »Dran, dran!« So tobte es durcheinander, und manche Faust fuhr an den Schwertgriff. Auch der Stadtrichter legte die Hand an seine Wehr. Es wäre jetzt zum Losschlagen gekommen, wenn Simon nicht abwehrend seine Hand erhoben hätte. Er hatte mit raschem Blick die Anwesenden überflogen. Die Bürger, die, wie Krätzer und Knobloch eben abermals versichert hatten, auf ihrer Seite stehen würden, sobald sie nach Rothenburg kämen, waren ausgeblieben. Den Rat zu stürzen, daran war unter diesen Umständen nicht zu denken.

»An meinem Leben liegt mir nichts«, sprach der Stadtrichter unterdessen mit einer Entschlossenheit, die Eindruck machte. »Aber mein Blut kommt über euch. Denkt an eure Frauen und Kinder.«

»Wir wollen Euer Blut nicht, wie leicht Ihr auch mit unserem Leben umspringt«, erwiderte Simon Neuffer. »Wir wollen unser gutes altes Recht nicht darum aufgeben, weil's Euch nicht gefällt.«

Er wollte noch weiter reden, der Stadtrichter unterbrach ihn jedoch: »Zieht heim, sag' ich, zieht heim!«

»Gut«, entschied Simon, »aber nicht, ohne daß Ihr mir meine Schwester herausgebt, die Ihr in den Turm gesteckt habt.«

»Ja, ohne die Käthe verlassen wir die Stadt nicht«, trotzten die Ohrenbacher.

»Aber so nehmt doch Vernunft an, Leute, das hängt ja nicht von mir ab, das ist Sache des Rats«, entgegnete Georg Hörner. »Wenn er es befiehlt, lass' ich das Mädchen frei.«

»So schafft den Befehl des Rates herbei«, rief Paul Ickelsamer, und die übrigen Ohrenbacher riefen: »Wir gehen nicht eher fort.«

»Laßt euch doch von ihm nicht narren«, hetzte Lorenz Knobloch, der weit im Hintergrund stand, und Wendel Haim sagte mit einer kläglichen Stimme: »Ach, es tut nimmer gut, Euer Gnaden, daß Ihr so hart zu uns armen Leuten seid. Wir sind's freilich nicht anders gewöhnt von der Obrigkeit, aber gut tut's halt nimmer.«

»Und jetzt ist's genug«, rief Kaspar Etschlich. »Mit gutem kriegen wir die Käthe nicht frei. Auf, zum Frauenturm!«

»Zum Frauenturm! Zum Frauenturm!« wiederholten alle den Ruf.

Es entstand ein Drängen, Schieben, Stoßen. Georg Hörner wurde beiseite gedrückt, und die Ohrenbacher stürzten auf die Gasse.

»Haltet sie zurück, Dorfmeister«, schrie Hörner mit hochrotem Gesicht Simon zu. »Wenn jetzt Blut fließt, so ist's Eure Schuld.«

Aber Simon hörte nicht, und er eilte hinter ihm auf die Straße.

Hier stutzten die Ohrenbacher. Denn die schmale Gasse war abwärts zur Burggasse von einer Abteilung Stadtknechte besetzt, die ihnen die Hellebarden entgegenstreckten. Diese stachelige Eisenhecke mit den Schwertern zu durchbrechen wäre eine ebenso vergebene wie blutige Mühe gewesen. Das erkannten auch die waffenkundigen Ohrenbacher, und der krausköpfige Ickelsamer rief: »Über den Markt!« Sie stürmten zu diesem hinauf, Neuffer und Haim an der Spitze, während der Stadtrichter, der für alle Fälle seine Maßregeln getroffen hatte, bevor er sich in den ›Bären‹ begab, zurückblieb und den Stadtknechten befahl, den Bauern langsam nachzurücken. Aber auch die Hafen- und Schmiedgasse waren durch eine bedeutende Zahl von Stadtknechten abgesperrt, so daß den Bauern, wenn sie nicht im Rücken angegriffen werden wollten, während sie sich auf den Feind warfen, nur der Weg über den Markt offenblieb. Sie schlugen diese Richtung ein, die einen unter Schreien und Toben, die anderen mit stiller Wut. Jedoch auch die Stadtknechte in ihrer rechten Flanke setzten sich in Bewegung, während die zweite Abteilung ihnen stetig im Rücken blieb. Und so wurden sie in die Georgengasse und zum Weißen Turm gedrängt. Das Spiel war verloren, und unter Schelten, Drohen und Fluchen räumten die Ohrenbacher durch das Galgentor die Stadt. Kaspar, der sich draußen von ihnen trennte und durch das Rödertor nach Hause zurückkehrte, wollte sich vor Verzweiflung schier die Haare ausraufen.

Die Ohrenbacher waren durch den Fehlschlag keineswegs entmutigt. Im Gegenteil, ihre Erbitterung war aufs höchste gestiegen, und so wie sie im Dorf wieder angelangt waren, ließen die Dorfmeister durch Trommelschlag die Gemeinde berufen. Simon Neuffer stieg auf die Bank unter der Linde. »Jetzt ist's an der Zeit, ihr Mannen, daß wir das Joch der Knechtschaft ablegen«, rief er. »Wer dafür ist, daß wir uns selber zur Freiheit verhelfen, der hebe eine Hand hoch!« Da war keiner, der die Hand nicht erhoben hätte. »Wir alle«, riefen sie und: »Bundschuh! Bundschuh!«

Sogleich wurden Boten in die benachbarten Dörfer geschickt und die Dorfmeister verständigt, mit ihren Gemeinden in Harnisch und

Wehr schleunigst nach Ohrenbach zu ziehen. Schon gegen Abend trafen die ersten ein, und am folgenden Morgen waren die wehrhaften Männer aus achtzehn Gemeinden versammelt, alle wohlgerüstet mit Sturmhaube und Brustharnisch, mit Schwert und Spieß oder Handrohr. Viele waren beritten. Aus jedem Dorf wurden zwei Räte und von diesen Simon Neuffer und Paul Ickelsamer zu Hauptleuten über alle gewählt. Dann brachen sie nach Brettheim auf, wie es Simon mit den Bauern von dort Tags zuvor im ›Bären‹ verabredet hatte.

Der Wächter auf dem Rathausturm von Rothenburg sah die bewaffneten Scharen, von Staubwolken eingehüllt, übers Feld daherkommen und machte Lärm. Der Wehrgang, der sich hinter der östlichen Stadtmauer von Turm zu Turm zog, füllte sich mit Neugierigen Kopf an Kopf. Albrecht von Adelsheim, der oberste Stadthauptmann, schickte den Weinschreier zu den Toren, um diese schließen und die Zugbrücken heraufziehen zu lassen. Er selbst warf sich aufs Pferd und ritt den Bauern entgegen. Wohin sie in Wehr und Waffen zögen? begehrte er zu wissen. Sie wären nach Brettheim auf eine große Hochzeit geladen, erklärten sie. Unglaubwürdig klang der Vorwand nicht, zumal die Bauern fröhlich und guter Dinge waren, scherzten und sangen. Ländliche Hochzeiten, auf denen tagelang geschmaust und gezecht wurde, waren so ungewöhnlich nicht, und Hauptmann von Adelsheim mußte sich mit der Antwort zufriedengeben, zu deren Bekräftigung gleichsam mancher sein Handfeuerrohr in die Luft abschoß.

Das Getöse lockte Käthe an das stark vergitterte schmale Fenster ihrer Zelle im Frauenturm. Die östliche Lage derselben gestattete der Morgensonne, eine Weile hereinzuschlüpfen und die Arme auf ihrem Strohlager zu langen öden Tagen wachzuküssen. Der sonst unermüdlich Tätigen war es schrecklich, die unendlichen Stunden müßig hinbringen zu müssen, immer nur brütend über den Toten und ihren vergeblichen Versuch, ihn zu rächen. Ihr Schicksal kümmerte sie nicht. Die gras- und saatgrünen Gefilde, die sie durch das Kerkergitter sehen konnte, und der blaue Frühlingshimmel erfüllten sie mit keiner Sehnsucht nach Freiheit. Der Tod, der ihr wahrscheinlich bevorstand, schreckte sie nicht, wenn sie überhaupt einmal an ihn dachte. Die Erde war für sie leer: was sollte sie noch auf ihr? Das Waffenblinken aus der Staubwolke, der Trommelschlag und Pfeifenklang riefen das Leben in ihren Blick zurück, und jetzt erkannte ihr scharfes Auge unter den Reitern, die vor dem Stadthauptmann anhielten, während der große Haufen weiterzog, ihren Bruder und Ickelsamer. Wie stattlich sie in dem blanken Schmuck sich ausnahmen! Sie brauchte nicht nach dem Zweck dieses Auszuges zu fragen. Sie wußte, daß der Kampf für die Freiheit begann. Ihr Herz schlug hoch, und von ihren Lippen zitterte ein Gebet für den Sieg der Ihrigen. Ihre Gedanken folgten ihnen, egal, wohin sie zogen.

In Brettheim fanden die Ankömmlinge bereits die Gemeinde versammelt und wurden von ihr mit großem Freudengeschrei begrüßt. Gemeinsam lagerte man auf der Wiese bei dem ansehnlichen Dorf. Brot und Wein wurden herbeigeschafft, und man aß und trank einander in kampffroher Stimmung zu. Der lange Lienhart war auch dort, und er und Lorenz Metzler wurden von dem Brettheimer Haufen zu Hauptleuten gewählt. Nachdem alle satt waren, wies Simon Neuffe sie an, einen Ring zu bilden, trat in die Mitte und sagte ihnen, daß Ikkelsamer aus Ohrenbach nunmehr die zwölf Artikel verlesen würde. Sie seien die grundlegenden und rechten Hauptartikel aller Bauernschaften und Hintersassen der geistlichen und weltlichen Obrigkeiten, von denen sie ganz hart und hoch beschwert würden.

Nicht lauter Zuruf, sondern erwartungsvolle Stille begrüßte den jungen Gemeindeschreiber, als er nun das Büchlein hervorzog und zu lesen begann. Viele hatten wohl schon von den zwölf Artikeln gehört, etliche sie auch gelesen. Alle lauschten mit angehaltenem Atem. Das Manifest klagte zunächst über uralte Beschwerden und forderte die Freiheit der Jagd, des Fischens, der Holzung und Beseitigung des Wildschadens. Es verlangte ferner die Abstellung der Fronden, der drückenden Steuern und unparteiische Handhabung des Rechts. Ein dritter Teil endlich betraf die Lehre von der evangelischen Freiheit, die Aufhebung der Leibeigenschaft, des Todfalles und des kleinen Zehnten. Zum Schluß erbot sich die Bauernschaft, auf jede Forderung zu verzichten, die nicht mit der Heiligen Schrift übereinstimmen sollte.

Nach beendeter Vorlesung ergriff Simon Neuffer wieder das Wort und sprach: »Es kann sich niemand gegen uns erheben, ihr lieben Brüder, und sagen, daß wir unverschämt sind in dem, was wir fordern. Nichts wollen wir als Gerechtigkeit nach all dem Harten, was wir bislang haben erdulden müssen und niemandem klagen konnten als der Sonne, die uns dort oben auch heut' gehört hat. Auch hat der Dr. Martin Luther, dem die Oberschwaben die Artikel zugeschickt haben, die Herren ermahnt, daß sie Gerechtigkeit üben sollten gegen uns, und hat's angenommen, im Schiedsgericht über unsere Klagen zu sitzen! Was hat es geholfen? Nix als das, daß da, wo die Herren sich auf Verhandlungen mit ihren armen Leuten eingelassen haben, es bloß zum Schein geschehen ist, um sie hinzuhalten und über sie herzufallen, sobald sie sich stark genug fühlten. Wenn einer noch ein anderes Mittel weiß, uns aus der jammervollen Knechtschaft zu erretten, ohne daß wir uns mit Gewalt gegen die Gewalt erheben, so sag er's!«

Ein vielhundertstimmiges »Nein!« erscholl.

»Also, liebe Brüder«, fuhr Simon fort, »wir haben der Welt unsere harte Beschwernis und unsere Forderungen mitgeteilt. Darin sind wir armen Leute uns einig vom Rhein bis an den Böhmerwald und durch das ganze Land Tirol. Das ist die Kette, die uns alle zusammenschließt. Die zwölf Artikel, das ist der Bundschuh von uns allen. So laßt uns denn schwören, daß wir ihm folgen und unsere Wehren nicht eher aus der Hand legen wollen, als bis unsere Beschwerden beseitigt sind und aufgerichtet ist die evangelische Freiheit.« Er schloß, indem er die Schwurfinger der Rechten gen Himmel streckte: »Ich schwör' es bei Gott, dem Allmächtigen!«

Da hoben alle die Hände auf und schworen wie er, schlugen klirrend ihre Wehren gegeneinander, und zum Himmel donnerte der Ruf: »Bundschuh! Bundschuh!«

Unterdessen saß zu Rothenburg der Innere Rat in Sorgen beisammen. Der gestrige Tumult war wenig geeignet, der Mitteilung, mit der Albrecht von Adelsheim von den Bauern zurückkam, große Glaubwürdigkeit zu verleihen, und zudem traf gegen Mittag ein Bote ein, der sie das Schlimmste befürchten ließ. Dieser Bote überbrachte ein Schreiben des Pfarrers Bockel, der, durch Jungfer Apollonia aus seiner geistigen Trägheit aufgerüttelt, über die Zusammenrottung in Ohrenbach umständlich berichtete. Die Feder war in die Galle des Weibes und des Pfaffen getaucht, beklagte die Knauserei und Ketzerei der Bauern und zeichnete insbesondere die beiden Dorfmeister und den Gemeindeschreiber mit giftiger Schwärze.

Völker wie Kinder durch Schläge zu stillen, statt ihren Bedürfnissen abzuhelfen, ist den väterlichen Regierungen von jeher als der höchste Gipfel der Weisheit erschienen. Dementsprechend erließ der Innere Rat an die Gemeinden, die sich erhoben hatten, strenge Gebotsbriefe, welche die Bauern bei ihrem Untertaneneid, bei dem kaiserlichen Landfrieden und dem Evangelium ermahnten, von jeglichem Aufruhr Abstand zu nehmen. Ehrenfried Kumpf verlangte ihnen nicht zum Nutzen, sich selbst aber zum Schaden, daß den strengen Briefen die Aufforderung angehängt werden sollte, daß die Bauern, wenn sie Grund zur Klage zu haben glaubten, sie dieselbe an den Rat bringen sollten. Die Herren ließen ihn nicht einmal aussprechen.

»Allzulange schon hat der Rat Milde geübt«, riet Konrad Eberhard, und noch am selben Tag erhielt seine Ansicht schwerwiegende Unterstützung. Denn als die Herren sich nach der Unruhe und Arbeit abends in der Trinkstube beim Wein erholten, wurde ein Bote zu ihnen hereingeführt, der den Ersten Bürgermeister vergebens in seinem Haus aufgesucht hatte. Der nicht mehr junge Mann, der sich den Herren mit feiner Artigkeit vorstellte, war der Geheimschreiber des Markgrafen Kasimir, von dem er ein eigenhändiges Schreiben überbrachte. Der Markgraf bot darin dem Rat seine Hilfe an und riet ihm, den Aufruhr sofort mit Gewalt zu unterdrücken, ehe er zu mächtig würde. Wie er schrieb, hätten sich die Bauern von Hasselbach unter dem Vorwand, ein allgemeines Wurstessen abzuhalten, in der Fastnacht zusammengerottet, wie vor etlichen Jahren die Bauern des Remstales zum Geheimbund des armen Konrad. Da habe er an die sechzig Reiter hingeschickt, die ihnen derart über die Köpfe gehauen hätten, daß sie Zeter und Mordio schrien und gelobten, sich niemals wieder zu einem Wurstfest zusammentun zu wollen. Der Rat von Rothenburg solle beizeiten ebenso verfahren.

Erasmus von Muslor ersuchte den Geheimschreiber, in einem Nebengemach zu warten, während der Rat sich über die Antwort einigte. Damit ihm die Zeit nicht lang werde, ließ der Rat ihm den besten Wein der Trinkstube ausschenken. Anton Graber, so hieß der Geheimschreiber, brauchte nicht lange zu warten. Der Rat lehnte die angebotene Hilfe dankend ab. Er wolle erst in Güte zu verhandeln versuchen, und der Geheimschreiber schied mit der Versicherung, daß der Rat stets auf die Waffenhilfe des Markgrafen von Ansbach zählen dürfe. Eile täte um so dringender not, als sich die Bauern in der Gegend von Ulm, in Oberschwaben und im Schwarzwald bereits offen aufgelehnt hätten. Er verließ jedoch die Stadt nicht sofort, sondern schickte den Reitknecht, der mit seinem Pferd vor der Trinkstube wartete, an das innere Rödertor voraus und trat in das Haus Stephans von Menzingen.

Dieser sah den Geheimschreiber mit höchstem Erstaunen in seine Stube treten. Anton Graber erklärte ihm kurz, mit welchem Auftrag der Markgraf ihn zum Rat geschickt hätte, und ging dann auf den Zweck seines Besuches über: »Ich habe Euch, Herr Ritter«, so äußerte er, »vor allen Dingen der fortdauernden Huld Seiner Fürstlichen Gnaden des Herrn Markgrafen zu versichern. Das Kaiserliche Kammergericht ist auf seinen Befehl durch mich mit allen Dokumenten, Schriften und Aussagen versehen worden, die Euch in dem häßlichen Kreglinger Handel günstig sein können.« Stephan von Menzingen dankte ihm mit einem Händedruck, und er fuhr fort: »Nicht mir, sondern Seiner Gnaden müßt Ihr danken, der einen treuen Diener nie vergißt. In diesen schweren Zeiten wiegt ein guter Rat schwerer als Gold.«

Ritter Stephan legte die Hand auf die Brust und versicherte, daß sein gnädigster Herr zu Onolzbach über ihn gebieten könne. »Obwohl mein Rat kaum von Gewicht sein kann, wo Seine Fürstliche Hoheit über so vortreffliche Köpfe wie den Euren gebietet, Herr Graber«, fügte er hinzu. Und der Geheimschreiber versetzte, während er seiner kalten Miene ein Lächeln aufzwang: »Ihr müßt es meiner

Armut anrechnen, Herr Ritter, daß ich auf die feine Münze Eurer Schmeichelei nicht Euren großen Verdiensten gemäß herauszugeben vermag. Doch gestattet, daß ich fortfahre! Für mich unterliegt es kaum einem Zweifel, daß der Rat aus eigener Kraft den Aufruhr niederzuschlagen nicht in der Lage ist. Warum lehnt er den Beistand meines gnädigen Herrn ab?«

»*Timeo Danaos et dona ferentes*. Die Hilfe Seiner Gnaden dünkt den Rat ein Danaergeschenk«, erwiderte Herr Stephan mit einem Lächeln unter seinem hochgezwirbelten Schnurrbart. »Gerufen ist der Herr Markgraf ja bald, aber wie man Seine Fürstliche Hoheit wieder loswird, das ist eine andere Frage. Der Rat wählt daher von zwei Übeln dasjenige, das ihm das geringere erscheint.«

»Ich dachte es«, rief der Geheimschreiber. »Aber das Gesamtwohl der Herren verlangt nach einem raschen Ersticken der Erhebung. Diese sogenannten freien Städte mit ihrem Krämerregiment sind ein Dorn im Fleisch des Reiches.«

»Mit dem Wohl der Bürgerschaft ist das Regiment der Geschlechter freilich schwer vereinbar«, sprach Stephan von Menzingen nachdenklich. »Um den Ruin von ihr abzuwenden, braucht es eine starke Hand, die durch keine Vetterschaftsrücksichten gebunden ist, und das Gesamtwohl bleibt höchstes Gesetz.«

»Unleugbar! Und Euer Rat, Herr von Menzingen?«

Dieser schloß die Augen und strich langsam seinen Knebelbart. Erst nach einer langen Weile, während der Anton Graber geduldig gewartet hatte, begann er, anfangs noch mit geschlossenen Augen, zu sprechen, und sagte: »Das Gute, so wünschenswert es sei, ist gewöhnlich nicht leicht zu erlangen. Der Augenblick wäre schlecht gewählt, um eingewurzelte Krankheiten mit dem Eisen heilen zu wollen, da Medikamente nichts kosten. Geduld, Herr Geheimschreiber, Geduld! Möge der Markgraf nicht ermüden, seine bewaffnete Hilfe dem Rat anzubieten. Denn der Zeitpunkt dürfte nicht allzu fern sein, wo der bedrängte Rat dankbar die dargereichte Hand ergreifen muß.«

»Mir scheint, daß Euer Rat richtig entschieden hat«, antwortete Anton Graber nach einigem Nachdenken. »Nehmt einstweilen mit meinem Dank vorlieb, Herr Ritter. Und jetzt lebt wohl, denn ein längeres Verweilen in der Stadt könnte Verdacht erregen.«

»Legt Seiner Fürstlichen Gnaden meine Ergebenheit zu Füßen, Herr Graber«, ersuchte Ritter Stephan den Scheidenden. Als er wieder allein war, blies er die Backen auf und nickte langsam einige Male mit dem Kopf. Er war zufrieden.

Nichts von diesem Gefühl verriet sich in den Mienen der dreizehn Mitglieder vom Inneren Rat, die am nächsten Tag nach den Mitteln suchten, um mit den Bauern in Güte zu verhandeln. Die Vorsicht zwang sie dazu, denn die Bauernschaft Rothenburgs konnte nicht nur siebenhundert bis achthundert Mann, die vollständig kriegsgerüstet und waffenkundig waren, ins Feld führen, sondern sie besaß auch mit ihren mit Dornen und Pallisaden umgebenen Dörfern und in den ummauerten Kirchhöfen wahre Festungen. Nun war die Bürgerschaft zwar nicht weniger tapfer und hatte in ihren Zunfthäusern reichlich gefüllte Waffenkammern, allein seit der Ächtung Deutschlins und Dr. Karlstadts Grabrede war das Vertrauen des Rates in sie in ein bedenkliches Schwanken geraten. Dazu gingen, wie stets in aufgeregten Zeiten, die unheimlichsten Gerüchte um. Man wollte von Verschwörungen wissen, die nichts geringeres bezweckten als die Ermordung sämtlicher Ratsherren, und das schlechte Gewissen erzeugte dazu die gläubige Furcht. Ehrenfried Kumpf lachte die Herren aus. »Führt die Reformation ein«, rief er ihnen zu, »und aller Zwiespalt ist ausgeglichen, alle Mißhelligkeiten vergessen.« Aber die Mehrzahl des Inneren Rates sträubte sich auch jetzt noch so heftig dagegen wie seit eh und je. Da erhob sich der Ratsherr Hieronymus Hassel, ein Mann, auf dessen dünnen weißlichen Brauen und zusammengepreßter Stirn der Hochmut thronte, um den Vorschlag zu machen, die Handwerksknechte für den Felddienst um je einen Gulden Sold die Woche aufzubieten. Erasmus von Muslor aber riet, ehe man sich dazu entschlösse, erst die Bürgerschaft zu befragen, ob sie zum Rat stehen wollte. Zu dem Zweck sollte sie nicht auf einmal, sondern in den sechs Wachen, in die sie eingeteilt war, der Reihe nach ins Rathaus berufen werden.

Dort im großen Saal saßen dann auch nächsten Morgens beide Räte vereinigt, und den Anfang machte das patrizische Viertel, das die Herrengasse und den Hauptmarkt umfaßte, als erste Wache. Mit ihr stellte Stephan von Menzingen sich ein, obwohl er noch nicht wieder in das Bürgerrecht aufgenommen war. Jeder einzelne wurde bei seinem Namen aufgerufen und von dem Ersten Bürgermeister bei Pflicht und Gewissen befragt, ob der Rat auf seinen Beistand zählen dürfe, wenn es darum gehe, die Empörung der Bauern zu ersticken. Schon waren fünfundzwanzig Bürger auf die Seite des Rates getreten, als Stephan laut seine Stimme erhob: »Wo denkt ihr hin? Seid ihr Knechte oder Bürger? Wollt ihr ohne Bedacht und Überlegung in euer Verderben rennen, an euren Brüdern zu Mördern werden? Tretet ab, überlegt erst!«

Die Bürger wurden stutzig, so ohne war die Mahnung nicht. Herr Stephan fuhr fort zu rufen: »Raus! Raus!« Bald war niemand mehr im Saal als die fünfundzwanzig, und von diesen bat der alte Lienhart Stock: »Ihr Herren, ich bin ein alter, kranker und tauber Mann, ich kann zu solchen Sachen nichts tun, ich bitt' um Freistellung.« Damit folgte er den anderen, die Ritter Stephan in den Ring führte, in dem das Blutgericht gehalten wurde.

Es war dieses ein großer hoher Saal mit einer kunstvoll geschnitzten Holzdecke, der durch viele hoch angebrachte quadratische Fenster vom Westen her sein Licht empfing. Eine zierlich gearbeitete, steinerne Schranke trennte das Tribunal von dem übrigen Teil des Saales. Aus Stein waren auch der Hochsitz des Richters und auf beiden Seiten die Bänke für die Schöffen. Die Wand dahinter schmückte ein kolossaler Reichsadler, und über einer Seitentür las man auf einer Steintafel in altdeutschen Buchstaben den Spruch:

»Ains . Mannes . red . ein . halbe . red .
Recht . ist . man . sol . sie . verhoren . bed .
Seyt . eins . mans . red . ein . halbe . ist .
So . sol . man . merken . ir . beder . list«

An derselben Wand befand sich in einem verschließbaren Schrein, aus Stein gehauen und reich gefärbt, eine Darstellung des jüngsten Gerichts.

Auf Menzingens Vorschlag wurde der Rat von den Versammelten ersucht, ihnen sein Begehren zur reiflichen Erwägung schriftlich zuzustellen. Unterdessen füllte sich der Saal mehr und mehr. Die Anhänger Menzingens in den sechs Wachen sorgten dafür, daß die beiden Räte in ihrer Stube einsam blieben. Eine unüberschaubare Menge staute sich vor dem Rathaus auf der Herrengasse und dem Marktplatz, und auf dem letzteren stand der blinde Mönch und mahnte zur Brüderlichkeit mit den Bauern. Gearbeitet wurde an diesem Tag in keiner Werkstatt, und so befanden sich auch viele Gesellen in der Menge. Am zahlreichsten waren die von der Zunft der Tucher, die nicht nur die Weber, sondern auch die Wollkrempler, Spinner, Scherer und Färber umfaßte. Sie hatten ihre Degen dabei und schienen gar guter Dinge zu sein. Ursache dafür war Kaspar Etschlich, dessen Bemerkungen ihre Heiterkeit erregte.

Unterdessen sprach Stephan von Menzingen im Saal zu den Meistern und Bürgern. »Wollt ihr«, fragte er sie, »dem Rat zuliebe gegen euch selbst sein, der uns bisher so gedrückt hat und euch bald noch härter, unerträglich drücken wird? Folgt mir, ich will euch auf dem Weg zur Freiheit führen! Ich will es verantworten vor Kaiser und Reich!« Die stolze Haltung seiner großen, zur Fülle neigenden Gestalt, das Rollen seiner dunklen Augen unter den breiten Lidern, seine kühne Sprache rissen die Versammlung fort. Mit einhelliger Zustimmung begrüßte sie seinen Vorschlag, einen Gemeindeausschuß zu wählen, der dem Rat zur Seite stehen und ihm gegenüber das Volk wahrhaft vertreten sollte. »Nicht nur Beschwerden führen soll er«, sprach er weiter. »Er hat mehr zu tun, denn wann hätte der Rat den

Beschwerden der Bürgerschaft ein geneigtes Ohr geliehen? An die Spitze muß er sich stellen, die Gewalt mit dem Rat teilen, die Streitigkeiten zwischen ihm und der Bürgerschaft entscheiden, seine Schritte überwachen, die Rechnungen kontrollieren und die Hut der Stadt übernehmen«,

Noch mancher ergriff nach ihm das Wort, um seinen Vorschlag zu unterstützen und die Notwendigkeit der Aufgaben des Ausschusses in seiner Weise durch Beispiele aus seiner eigenen Erfahrung zu erhärten. Es war für viele eine willkommene Gelegenheit, das erlittene Unrecht, das sie bisher stumm hatten tragen müssen, offen auszusprechen. Es goß Öl ins Feuer. Während der Wahl des Ausschusses, der aus zweiundvierzig Mitgliedern bestehen sollte, der gleichen Zahl, wie der Äußere Rat, drang die Nachricht in den Ring, daß ein Bote des Markgrafen Kasimir mit einem Schreiben an den Rat eingeritten sei.

»Ha«, rief der Ritter von Menzingen mit mächtiger Stimme, »der bringt die Zusage, daß Herr Kasimir kommen und die Stadt einnehmen will. Der Rat hat an ihn um Hilfe geschrieben. Gebt acht, die Reiter sind schon im Anzug!«

»Zu den Toren! Zu den Toren!« riefen Jos Schad, der Gerber, und Lorenz Knobloch.

»Die Schlüssel dem Ausschuß!« rief von Menzingen den Davoneilenden nach, denen ein Teil der Versammlung folgte.

Unter den Zurückbleibenden schlug die augenblickliche Bestürzung über die Nachricht in heftigen Zorn um. »Verrat!« riefen die einen. »Da sieht man, was die Bürgerschaft von dem Rat zu erwarten hat«, die anderen. »Verräter sind sie alle«, knurrte Melchior Mader, der Schuhmacher. Hans Krätzer forderte, daß man sie aus dem Rathaus jage, und Hans Leupold, der Bäcker, rief in den wachsenden Tumult: »Schmeißt sie aus den Fenstern!« Fritz Dalk, der Metzger, übertönte ihn mit dem Ruf: »Stecht sie ab! Schlagt sie tot!«

Schon machte man Anstalten, zum Sitzungszimmer des Rats zu stürmen, als auf Bitten des Rates, der den Tumult vernahm, sich der Altbürgermeister Ehrenfried Kumpf in den Saal wagte. Georg Bermeter begleitete ihn. Herr Ehrenfried sprang auf die nächste Schöffenbank, und beim Anblick des wegen seiner Redlichkeit und protestantischen Gesinnung allgemein beliebten Mannes beruhigte sich die Aufregung soweit, daß er sprechen konnte. Er berichtete kurz, daß Markgraf Kasimir wie schon einmal so auch jetzt wieder dem Rat seine Hilfe gegen die Bauern angeboten hätte, der Rat sie aber abgelehnt habe. »Narrengeschwätz, Fabeln«, rief ihm von Menzingen entgegen. »Laßt uns den Brief des Markgrafen sehen und die Antwort des Rates!« Herr Ehrenfried reichte ihnen beide Schreiben. Sie bestätigten seine Angaben. »Nun denn«, sprach Stephan von Menzingen, »will der Rat ernstlich in Güte mit den Bauern verhandeln, so sagt ihm, daß wir, der Ausschuß, die Hand dazu bieten.« Es wurde ihm laut beigestimmt, und Ehrenfried Kumpf entfernte sich mit der Bemerkung, daß er es dem Rat berichten werde.

Während die Versammlung nun weiter in der Wahl des Ausschusses fortfuhr, waren von der bei dem Rathaus versammelten Menge, die auf den Ruf Krätzers und Knoblochs zu den vier Stadttoren gestoben war, diese geschlossen worden. Kaspar war mit seinen Zunftgenossen zum Rödertor geeilt, dort aber mit ihnen links an der Stadtmauer entlang zum Frauenturm gestürmt, vor dem sie haltmachten. Mit Fäusten und Schwertknäufen hämmerten sie an die Pforte. Das graubärtige Gesicht des Gefängniswärters erschien an einem vergitterten Fensterchen in mittlerer Höhe, und Kaspar rief ihm zu, daß er öffnen sollte. »Was soll das? Was gibt's?« fragte jener herunter. »Sperr die Tür auf«, wiederholte Kaspar seine Aufforderung. »Beeil dich, in drei Teufels Namen!« Der Alte maß ihn und seine Gefährten mißtrauisch und verschwand. Die Pforte aber blieb geschlossen. »Wartet einen Augenblick«, rief Kaspar und lief zu dem nur wenige Schritte entfernten Haus seines Vaters, von wo er mit einer Axt zurückkehrte. Und sogleich hieb er auf die Eichenpforte ein, daß die Späne flogen. Wieder zeigte sich der Graubart am Fenster. »Was ist denn los? Was wollt ihr?« fragte er mit lauter Stimme. »Gib die Käthe heraus, die Käthe Neuffer«, riefen die jungen Gesellen im Chor, während Kaspars Axt wuchtig gegen die Pforte zu schmettern fortfuhr, und von den Leuten, die inzwischen vom Rödertor wegen des Lärms herbeigekommen waren, riefen viele: »Heraus mit der Käthe!«

Der Kerkermeister blieb stumm. Er drückte sein Gesicht so nah wie möglich an das Gitter und schaute hinunter und nach links und rechts. Es war ihm unbegreiflich, daß dergleichen am hellichten Tag geschehen konnte, ohne daß sich auch nur eine Feder von einem Stadtknecht zeigte. Diese wurden auf Befehl des Herrn Erasmus auf der Burg zusammengehalten, um alle Reibungen zwischen ihnen und der Bürgerschaft, aus denen leicht ein Blutvergießen entstehen konnte, zu vermeiden.

»Will der alte Dachs nicht aus dem Bau, so räuchern wir ihn aus«, drang eine Stimme an das Ohr des Gefängniswärters, und es folgten ein Beifallsgeschrei, ein Knirschen und Krachen. Die Gesellen rissen die Stiegen ein, die zu beiden Seiten des Turmes auf den Wehrgang führten, und der Alte sah, daß sie das Holz vor der Pforte aufhäuften. Kein Zweifel, die Tollköpfe wollten dieselbe durch Feuer zerstören, und ihm sank das Herz. »Zum letzten Mal, sperr auf, wenn dir dein Leben lieb ist!« So schrie Kaspar hinauf. Das Gesicht des Alten verschwand von dem Gitter, und es trat eine lautlose Stille ein. Das

Schloß der Pforte kreischte. »Juche! Juche!« schrien die Burschen. Im Nu waren die Treppenschwellen beiseite geschleudert, und Kaspar drang als erster in den Turm ein, packte den Alten an der Brust und schrie, ihn schüttelnd: »Wo ist sie, die Käthe? Mach fort!«

»Hat euch alle denn der Satan?« stotterte jener. »Ja, ja, ja, laß mich schon los!« Und er begann, die gewundene Steintreppe hochzusteigen, viel zu langsam für Kaspar, der ihm mit einigen Kameraden folgte und ihn unbarmherzig vorwärts drängte. Im dritten Stockwerk schob er den schweren Riegel von einer niedrigen schmalen Tür aus starken Bohlen zurück. Kaspar, dem das Licht entgegenfiel, sah in der engen Zelle nur eine schwarze Gestalt. Aber es war Käthes Stimme, die seinen Namen rief, und ihre Arme umschlangen ihn.

Wie ein Schwindel überkam es ihn. Er konnte kein Wort hervorbringen. In seine starken Arme nahm er Käthe und trug sie die Stiege hinunter. Dabei brach er in ein lautes Lachen aus, und seine Genossen, die ihm vorauseilten und ihn unten erwarteten, und die Menschen auf der Gasse jubelten und schrien, als er mit Käthe erschien. Mit den Worten: »Jetzt bist du frei!« setzte er sie nieder und führte sie an der Hand zu seines Vaters Haus, mitten in dem Schwarm, der sich nun verlief.

Käthe war bisher stumm gewesen. In der kleinen Stube neben dem Flur strich sie sich mit beiden Händen über das Gesicht. Dann faßte sie tief aufatmend die Hände ihres Vetters und sagte: »Ich danke dir auch von ganzem Herzen, Kaspar. Machen wir, daß wir aus der Stadt fortkommen!«

»Es eilt nicht. Ruh dich erst aus, iß und trink etwas«, beschwichtigte er sie und wollte in die Küche, um der alten Gundel, der Magd, die das Hauswesen führte, einen Auftrag für die Bewirtung zu geben. Käthe hielt ihn zurück. »Der Turmknecht wird nicht den Mund halten, und sie werden mich wieder festnehmen«, sagte sie unruhig. »Sie wissen ja, wo ich bin, und schau, Kaspar, jetzt möcht' ich leben. Ich hab den Bruder mit den Ohrenbachern daherziehen sehen in Wehr und Waffen, jetzt fängt's an. Du wirst es auch vergelten müssen, was du an mir getan hast.«

»Wie mich das freut, daß dir das Leben wieder lieb ist, Käthelein«, rief Kaspar mit Blicken, in denen sich seine ganze Liebe verriet. »Freilich wird der Kerl im Turm das Maul nicht halten, aber die Obrigkeit hat keine Ohren, um ihn zu hören. Wenn einer am Ersaufen ist, denkt er bloß an sich.« Er erzählte dem Mädchen von den Vorgängen in der Stadt, zu denen ihre Verhaftung den Anlaß gegeben hatten, weil die Ohrenbacher nach dem mißglückten Versuch ihres Bruders zu ihrer Befreiung sich erhoben hätten. »Es ist ein Wunder, wenn ich's bedenk', wie dein schweres Herzeleid an den ganzen Ehrbaren gerächt wird. Wär' ich damals erschlagen worden, nach mir hätte kein Hahn gekräht.« So schloß er mit einer eifersüchtigen Regung, die er nicht zu unterdrücken vermochte.

Käthe erwiderte mit einem vorwurfsvollen Blick: »Red nicht so dumm. Was du wegen mir getan und gewagt hast, das vergess' ich dir in meinem ganzen Leben nicht.« Sie reichte ihm die Hand, die er beschämt festhielt. »Muß ich noch warten, bis es dunkel wird, Kaspar, daß ich aus der Stadt komme? Ich möcht' gar zu gern heim!«

»Ja, Käthelein, du mußt dich noch gedulden, vielleicht sogar bis morgen«, antwortetee er, ihre Hand immer noch in seiner haltend. »Der Menzingen hat die Tore schließen lassen, so daß keiner aus noch ein kann. Der Ansbacher soll draußen lauern, um in die Stadt einzudringen. Wir müssen warten, bis der Vater vom Rathaus kommt. Der wird wissen, wie's steht. Einstweilen sitzen wir wie zwei Mäuschen in der Falle. Nun, es soll uns an Speck nicht fehlen, bis daß die Tür sich auftut. Setz dich dahin in dem Großvaterstuhl, ich hol' was zum Knuspern.«

Sie fügte sich mit einem kleinen Seufzer. Er dachte, daß ihr die Neugierde der alten Gundel lästig fallen müßte, und bediente sie daher selbst. Sie sah ihm mit Grübchen in den braunen Wangen zu, wie er einen Schinken, Brot, Messer, Teller und einen irdenen Krug mit Wein nacheinander auftrug. Ein geschickter Truchseß war er eben nicht, und er selbst spottete über sein Ungeschick. »Nun, ich bin im Gefängnis nicht verwöhnt worden«, tröstete sie ihn und fügte hinzu, daß die Kost so schlecht und unsauber gewesen wäre, daß sie sich die ganze Zeit über vor Ekel nicht habe sattessen mögen. Um so besser schmeckte es ihr jetzt, und Kaspar, der ihr mit Vergnügen zusah, fand darüber seinen Humor wieder. Seine Bemerkungen riefen mehr als einmal das Lächeln auf ihre kerkerblassen Lippen, das von ihnen seit Lautners Tod verschwunden war. Beide vergaßen die Gefahr, in der sie schwebten, und an Käthe zeigte sich nach all den Aufregungen der letzten Zeit etwas Weiches, wohlig Entspanntes, das ihren Vetter wie ein Frühlingshauch anwehte.

Ein Pochen an der Haustür, die Kaspar vorsichtig verschlossen hatte, holte sie in die drohende Gefahr zurück. Schon war die Abenddämmerung hereingebrochen. Kaspar schlich zum Fenster. »Es ist mein Vater«, beruhigte er Käthe, die aufgesprungen war und jetzt das Messer, nach dem sie gegriffen hatte, wieder auf den Tisch fallen ließ.

»Dacht' ich's doch, daß ich den Vogel hier finden würde«, rief Kilian Etschlich, als er seiner Nichte ansichtig wurde, mit einem so heiteren Ton, wie ihn der Sohn noch nie von seinem Vater gehört hatte.

»Schließ die Läden, Kaspar, und laß uns in die Hinterstube gehen und Licht machen! Sah da einen Kerl an unserem Haus vorüberschleichen, der mir gar schlecht gefiel. In der Nacht lass' ich dich nicht raus, Mädel. Ist keines Menschen Freund, auch wenn der Markgraf nicht draußen lauerte.« Er nahm den Weinkrug vom Tisch und tat einen tüchtigen Zug daraus. »Dem Rat geschähe übrigens kein Gefallen, wenn dich die Knechte ergriffen«, fuhr er fort, während sie in die Hinterstube gingen, wo die Lampe angezündet wurde. »Der Rat will ja in Güte mit den Bauern verhandeln.« Er ließ sich mit einem leisen Lachen hinter dem Tisch nieder. Kaspar betrachtete ihn mit einer stillen Verwunderung. Das Griesgrämige war aus seinem Gesicht verschwunden. »Ja, guck mich nur richtig an«, sagte der Alte, es bemerkend. »So schaut einer aus, der im Ausschuß sitzt. Der Krätzer, der Leupold, der Schad, der Knobloch, Kern, der Buchdrucker, der lateinische Schulmeister und der alte Rektor Bessermayer sind auch drin, und der Menzingen ist unser Obmann. Nun, was sagst du? Ja, und der Ausschuß hat den Rat gezwungen, daß beide gemeinsam morgen früh eine Gesandtschaft an die Bauern nach Brettheim schicken. Nichts Gewaltsames, hat mal der Herr Ehrenfried hier in meinem Haus zu mir gesagt. Ne, nichts Gewaltsames, hab' ich ihm geantwortet, aber Recht muß Recht bleiben! Und jetzt krieg' ich mein Recht.«

»Nun, es wird der Baum wohl ordentlich geschüttelt werden müssen, bis die Pflaumen runterfallen«, meinte Kaspar trocken. Der Vater aber fragte in fast übermütiger Laune, während er ihm seine Fäuste entgegenstreckte: »Was meinst du, ob wir Rothenburger Meister den Baum ordentlich zu schütteln imstande sind?«

Viertes Kapitel

Käthe verließ am frühen Morgen in Begleitung Kaspars und des Onkels das gastliche Haus. Um sich einigermaßen unkenntlich zu machen, hatte sie von Gundel ein großes Tuch geliehen, das Kopf und Oberkörper verhüllte. Kaspar hatte sich erst auf der Gasse umgesehen, bevor sie das Haus verließen. Auf den Rat des Vaters richteten sie ihre Schritte nicht zum Galgentor, wo möglicherweise Häscher auf Käthe lauerten, sondern auf Umwegen zur unteren Schmiedergasse und durch den Siebersturm zum Spitteltor, durch das die Gesandtschaft an die Bauern hinausreiten mußte. Der alte Etschlich rechnete damit, daß es an letzterem nicht an Neugierigen fehlen würde, so daß Käthe und Kaspar unauffällig hinauskommen könnten. Seine Annahme traf auch zu, und während die Aufmerksamkeit der Leute wie die der Wache durch Hufschlag auf den Siebersturm gelenkt wurde, schlenderten Käthe und ihr Vetter über die bereits herabgelassene Zugbrücke. Jenseits derselben wandten sie sich sogleich nach links und gingen nun rasch auf Fuß- und Feldwegen weiter. Käthe warf ihrem Vetter nur einen Blick zu, aus dem ihre ganze Freude darüber leuchtete, daß sie frei war. Mit einem inneren Jauchzen flog ihr Auge über Wiesen und Felder, die sich wie eine grüne Woge vor ihnen gegen Nordosten erhoben. Es hatte in der Nacht geregnet, der Märzstaub, der für den Bauern Goldstaub ist, war auf die Erde gerieselt, frischer grünten die Halme von Gras und Saat, an denen die Nässe noch wie Edelsteine funkelte. Dick angeschwollen waren die Knospen der Bäume, und die Hecken hatten bereits kleine grüne Blätter.

Während Käthes Herz mit den Lerchen um die Wette jubilierte, ritten über den Kappenzipfel die Männer, die versuchen sollten, den Bauern in Güte die ergriffenen Waffen aus der Hand zu winden. Unter dem Spitteltor stürzte auf dem noch nassen Pflaster das Roß des Georg Bermeter, der mit Hieronymus Hassel vom Rat in die Gesandtschaft gewählt worden war. Der Sturz des Pferdes galt als ein schlechtes Zeichen. Franz Knobloch aber, dessen bleiches Gesicht es deutlich verriet, daß er die Nacht verschwärmt hatte, rief ganz laut: »Hochmut kommt vor dem Fall!« Valentin Ickelsamer, der wie er mit dem Hafner Martin Hufnagel und Jos Schad den Ausschuß vertrat, ermahnte ihn mit einem unwilligen Blick. Knobloch lachte höhnisch, so daß der Ratsherr Hassel Lust verspürte, ihm mit der Faust ins Gesicht zu schlagen. Der Wirt des »Roten Hahns«, der wegen seiner Verschwägerung mit dem langen Lienhart die Abordnung begleitete, um ihr bei den Bauern freies Geleit zu verschaffen, hob, nicht eben wohlklingend, zu singen an:

»Ducke dich, Hensel,
Duck dich, laß fürüber gan!
Das Wetter will seinen Willen han.

Ducke dich, gut G'sell,
Duck dich, laß fürüber gan!
Das Unglück will sein Willen han.

Ducke dich, Simon,
Duck dich, laß fürüber gan!
Die Frau will ihren Willen han.«

Der weite Weg nach Brettheim wurde der Gesandtschaft erspart. Denn schon bei dem hochgelegenen Dorf Gebsattel stießen sie auf die Bauern, die dort eben ihr Lager aufschlugen. Es waren ihrer nicht viel mehr als hundert Mann, und Leonhard Metzler führte sie als ihr Hauptmann an. Ihre geringe Zahl mochte dazu beitragen haben, daß der Ratsherr Hieronymus Hassel es nicht für nötig erachtete, seinem brutalen Hochmut Zügel anzulegen. Er sprach sie bei seiner Ankunft in einer Weise an, die nicht schlechter gewählt sein konnte. Es dünkte ihn kein Wort hart genug, um die Empörung der Bauern, die in ihren Wehren die Abgesandten umschlossen, zu strafen. Wenn sie sogleich ruhig zu ihren Hütten heimgingen, fuhr er fort, ohne auf ihr Murren zu achten, dann wollte der Rat ihnen gnädigst verzeihen, andernfalls würde er sie an Leib und Leben strafen. Hätten sie Beschwerden, so sollten sie dieselben vor das Kaiserliche Kammergericht bringen.

Wie es um die Gerechtigkeit dieses Gerichtes bestellt war, das hatten die Bauern seit Generationen zur Genüge erfahren. Ein zorniges Hohnlachen war daher ihre Antwort auf dessen Erwähnung. Leonhard Metzler aber fragte mit finster drohenden Blicken: »Wie, ist das die Meinung der ganzen Gemeinde von Rothenburg?«

»Ja«, erwiderte Hieronymus Hassel.

»So redet ein Fuchs«, rief Metzler ihm zu, und die Bauern schrien, mit ihren Waffen klirrend, er solle machen, daß er fortkäme.

Valentin Ickelsamer und den anderen Mitgliedern vom Ausschuß, die sich unter die Bauern mischten und auf sie einredeten, gelang es, die Aufregung zu dämpfen. »Nein«, rief Valentin Ickelsamer, »der Ratsherr hat euch bloß seine eigene Meinung gesagt. Die Gemeinde will in Güte und Brüderlichkeit mit euch über euer Begehren verhandeln.«

»Nun, wenn es so steht, dann ist's was anderes«, antwortete darauf Leonhard Metzler. »Wir denken gar nicht daran, die Gemeinde zu beschädigen. Ihr wißt es wohl, daß wir etliche Beschwerden gegen den Rat haben. Die wollen wir vortragen, wenn uns die Gemeinde freies

Geleit für einen Tag gewährt. Ansonsten müssen wir uns freilich in eine festere Stellung zurückziehen.«

Georg Bermeter verbürgte ihnen das freie Geleit, und darauf trennten sich beide Teile in Frieden voneinander. Als die Gesandten aber nach Eckardsdorf kamen, ritten die Mitglieder vom Ausschuß wieder zu den Bauern zurück und ließen die Ratsherren in dem dortigen Wirtshaus fünf Stunden lang auf sie warten.

Die Bauern zu Gebsattel waren kein vorgeschobener Posten, sondern die Nachhut des großen Haufens, der in Brettheim die zwölf Artikel beschworen hatte. Simon Neuffer war mit den Seinigen noch in derselben Nacht nach Ohrenbach zurückgegangen und der lange Lienhart ihm in der folgenden mit den übrigen dorthin gefolgt, während eilende Boten die noch säumigen Gemeinden zum schleunigen Anschluß mahnten. Zum Sammelplatz wurde Reichardtsrode bestimmt, das, etwa eine halbe Stunde nördlich von Ohrenbach gelegen, eine vorteilhaftere Stellung als dieses bot.

Fortwährend kamen dort neue kriegsgerüstete Scharen an, darunter die Bauern aus dem Aischgrund, die der grauhaarige Müller Jos Buchwalder von Ottenhofen anführte. An der Spitze mancher Gemeinde zogen deren Pfarrer, die nicht nur im Lager predigten, sondern auch ihren Rat und ihre Feder in die Dienste der Bauern stellten. So aus Leuzenbrunn der Pfarrverweser Lienhart Demier und der Frühmeßner. Selbst höhergestellte, kriegskundige Leute, wie Georg Teufel aus Schonach und Fritz Nagel, der Amtmann des nahen Schekkenbach, stellten sich in Reichartsrode ein und lehrten die Bauern exerzieren und fechten. Es liefen ihnen aber auch die Hintersassen mancher benachbarten Herrschaft mit fliegenden Fahnen zu, und sie wurden in die Bruderschaft aufgenommen. Dazu aus den Wäldern und Verstecken manch flüchtiger Höriger und geächteter Mann.

Mit ihnen kam der unglückliche Konz Hart, den das Elend arg verwildert hatte. Sein Stiefsohn begleitete ihn nicht. Er hatte den Knaben an einen blinden Dudelsackpfeifer als Führer vermietet. Der Blinde war Spielmann und Sänger zugleich, und das Lied, mit dem er überall auf den Dörfern die Herzen der Frauen erschütterte und die der Männer in Zorn entflammte, schilderte das tragische Geschick Konz Harts und den Tod von dessen Frau und Kindern. Ein fahrender Schüler, der zu Heidingsfeld im Wirtshaus gesessen hatte, als der Hausierer Crispin Wölffl auf seiner Reise nach Würzburg dort die Leidensgeschichte erzählt hatte, hatte sie in Verse gebracht, und der Blinde hatte selbst die Weise dazu erfunden. Eine andere Weise sangen jetzt die Hämmer, die in Reichardtsrode und in den Dörfern ringsum für die armen Leute Speereisen schmiedeten, ihre Sensen aufrichteten und eiserne Schlegel und stachlige Kolben aus ihren Dreschflegeln machten.

Auch in Ohrenbach, wo Wendel Haim zurückgeblieben war, um seines Amtes als Dorfmeister zu walten, erklangen Hammer und Ambos, und Kaspar und seine Tante vernahmen das Klingen schon vor dem Dorf. Er scherzte, daß zu ihrem Einzug die Glocke geläutet würde. Die wahre Bedeutung der Klänge erfuhr das Paar dann auf Simons Gehöft, wo Käthe sich kaum die Zeit nahm, ihren Vater, die Schwägerin und die Kinder zu herzen. Sie überließ es ihrem Vetter, die Geschichte ihrer Befreiung zu erzählen, und lief auf ihre Kammer, um sich gründlich zu waschen und die Kleider zu wechseln, die sie seit ihrer Verhaftung nicht hatte ablegen können. Als sie dann wiederkam, in ihrem besten Zeug und das lichtbraune Haar sauber geglättet und gezöpft, glich sie dem jungen frischen Morgen. Kaspar erschien sie so, über dessen bewundernde Blicke sie lächelte und ein wenig errötete. Sie setzte sich zum Vater, nahm dessen knorrige Rechte in ihre beiden Hände und hörte sich still an, was er von den Vorgängen im Dorf seit ihrer Gefangenschaft erzählte. Vielleicht hörte sie es auch nicht, denn ihre Augen wanderten langsam in der großen Stube von einem Gegenstand zum andern, und es schimmerte in ihnen das Wohlgefühl, wieder zu Hause zu sein. Als Friedl, der Knecht, zum Mittagsessen hereinkam, sagte er, ihr die Hand schüttelnd: »Gott sei Dank, daß du wieder da bist. Seit der Bauer in Reichardtsrode ist, brauchen wir dich so nötig wie das liebe Brot. Jetzt kann er ruhig dort bleiben.«

Kaspars gute Laune machte die Mahlzeit so heiter, wie seit langer Zeit keine auf dem Hof eingenommen worden war. Erst sein Abschied gemahnte sie wieder an die stürmische Zeit, in der man lebte. Er wollte nach Rothenburg zurück, trotz der Gefahr, die ihm drohte, und ließ sich davon auch durch Käthes Vorhaltungen, die ihm das Herz erwärmten, nicht abhalten. »Wärst du traurig, wenn sie mich ergriffen?« fragte er sie schlau. »Nun, sie werden's nicht, sie haben wichtigeres auf den Armen. Aber heim muß ich halt, wegen des Geschäfts. Mein Vater hat jetzt keine Zeit, sich darum zu kümmern, er muß ja im Ausschuß regieren helfen.« Lachend sprach er die letzten Worte. Er faßte Käthe um die Hüften, und sie küßte ihn rasch auf den Mund, ließ sich aber von ihm nicht festhalten. »Das ist mein Dank«, sagte sie und entwand sich seinem Arm. »Ein Dank wie Gottes Lohn«, rief er halb ärgerlich, halb lachend.

Eine kleine Weile nach ihm verließ die Jungfer Apollonia ebenfalls das Dorf. Sie schlug aber nicht den Weg zur Heerstraße ein wie er, sondern beschritt den Fußpfad, der linkerhand durchs Holz nach Endsee führte.

Kaspar kam, ohne aufgehalten zu werden, in die Stadt, in der es gar unruhig herging. In der Nacht waren auf dem Kirchhof zur reinen

Maria, zu dem Dr. Deutschlin einst den Judenkirchhof geweiht hatte, dem großen Marterbild Kopf und Arme abgeschlagen worden. Am Morgen hatten die Müller im Taubertal das zierliche gotische Wallfahrtskirchlein Unserer lieben Frau zu Kobolzell verwüstet, die schönen gemalten Fenster eingeschlagen, die Altäre und Heiligenbilder zertrümmert und zerfetzt und in die Tauber geworfen. Am Nachmittag war in der Stadt selbst Tumult entstanden. Bürger waren in die Häuser der Geistlichen eingefallen, hatten sie mißhandelt, etlichen auch den Wein ausgetrunken.

Dann kam die Nachricht, daß in Mergentheim sich die Bürgerschaft unter Fritz Büttner erhoben hätte und den Hochmeister des Deutschen Ordens in seinem Schloß belagere, daß das Schloß trotz seiner Festigkeit nicht zu halten sei, wenn Rothenburg nicht Hilfe schicke.

Erasmus von Muslor reichte das Schreiben mit einem bitteren Lachen dem Zweiten Bürgermeister. Hilfe! Woher sollte er Hilfe nehmen? Und während sie noch berieten – es dunkelte schon –, traf ein Bote des Schultheißen von Endsee ein. Er sandte einen ausführlichen Bericht über das Bauernlager zu Reichardtsrode ein. Er zeigte sich so genau über die dortigen Vorgänge unterrichtet, daß die Vermutung nahelag, er habe seine Spione unter den Bauern. Eben seien ihnen, so schrieb er, die Hintersassen der Junker von Rosenberg und Finsterlohr mit fliegenden Fahnen zugelaufen, so daß sie schlecht gezählt viertausend Mann stark seien. Bauern, die sich weigerten, sich ihnen anzuschließen, zwängen sie dazu, indem sie ihre Häuser plünderten und den Pfarrern die Weinfuhren abfingen. Auch das feste Haus des Ritters Kaspar von Stein hätten sie rein ausgeplündert. Beutemeister, die sie eingesetzt hätten, nähmen aber alle Beute an sich und verkauften sie, und der Erlös käme in eine Kriegskasse, aus der sie Wirte, Boten, Lebensmittel und alle Bedürfnisse zahlen würden. An Leib und Leben sei bisher niemand von ihnen geschädigt worden. In einer kurzen Nachschrift bemerkte der Schultheiß Wernizer, daß sich, wie er eben erfahre, die aus Rothenburg flüchtige Käthe Neuffer in Ohrenbach im Haus ihres Bruders aufhalte.

»Wenn er das weiß, warum nimmt er sie nicht fest?« rief Konrad Eberhard. »Von dem Verbrechen abgesehen, das das Mädchen begangen hat, war sie uns eine Geisel für das Wohlverhalten ihres Bruders. Wir müssen versuchen, sie wieder in unsere Gewalt zu bekommen.«

»Um dadurch die Bauern noch mehr gegen uns aufzustacheln. Der Wernizer würde in ein Wespennest greifen, fürcht' ich. Morgen ist auch noch ein Tag, lautet das Sprichwort. Sorgen wir nur dafür, daß wir heut' den Kopf oben behalten.« So entgegnete Erasmus von Muslor.

Der folgende Tag brachte neuen Sturm. Von ihm ergriffen kam am Morgen Ehrenfried Kumpf mit einigen Freunden in die Pfarrkirche von St. Jakob, stieß den Priester vom Pult weg, warf das Meßbuch auf den Boden und jagte die Chorknaben aus der Kirche. Er, der stets vor Gewalttätigkeiten gewarnt hatte, war um des Glaubens willen selbst gewalttätig geworden, vielleicht ohne sich dessen vollkommen bewußt zu sein. Andächtig lauschte er der Orgel, die von dem hohen Chor das protestantische Kampflied durch das Gewölbe brausen ließ:

»Ein' feste Burg ist unser Gott.«

Auf katholische Weise wurde derselbe fortan nicht mehr in St. Jakob verehrt, und einige Tage später wurde die Marienkapelle auf dem Judenkirchhof dem Erdboden gleich gemacht.

Die Frommen, die in der Kirche anwesend waren, und seine Freunde gaben Herrn Ehrenfried das Geleit zum Rathaus. Von dem Inneren Rat wurde er mit manch grimmigem Blick empfangen. Sie wichen vor ihm zurück, so siegesfroh und mit jugendlich strahlenden Augen schaute er um sich. Selbst Konrad Eberhard fühlte sich nicht geneigt, ihn anzugreifen, zumal man den Abgesandten der Bauern aus Gebsattel erwartete. Ihr Führer, Leonhard Metzler, selbst überbrachte im Vertrauen auf das freie Geleit die Beschwerden der Bauern, und Stephan von Menzingen trat damit als Obmann des Ausschusses vor den Rat. Das Siegel der Schrift zeigte eine Pflugschar, über der sich Dreschflegel und Mistgabel kreuzten, darunter einen Bundschuh mit der Jahreszahl 1525. Ritter Stephan von Menzingen ließ seine großen schweren Augen über die Ratsmitglieder wandern und verlas selbst die Beschwerdeschrift. Darin hieß es, Beschwernisse, die gegen Gott und sein Wort und die Nächstenliebe seien, hätten sie, die Bauern, als Brüder vereinigt. Sie seien beladen mit Hauptrecht und Handlohn, mit Steuern und neuerdings mit Klauengeld, Tranksteuer und anderem. Es sei doch ein jämmerliches Ding, daß keiner in der ganzen Landwehr eine eigene Kuh haben solle. Und nachdem sie doch alle an einen ewigen, wahren, einigen Gott glauben, mit einer Taufe getauft seien und auf ein ewiges zukünftiges Leben hoffen, habe der Teufel durch seine tausendfältige List einen großen Greuel in die Christenheit eingeführt, nämlich daß einer des anderen eigen sein solle. Es seien doch alle ein Körper, eine geistliche Gemeinde, deren Haupt Christus der Erlöser sei.

Nicht weniger beschwert seien sie durch den großen und kleinen Zehnten, und doch seien gar viele Pfarrherren von ihren Pfründen abwesend und täten gar nichts, als daß sie ihre Kapläne beauftragten, das Volk täglich zu schinden und zu schaben mit ihren Lügen und mit ihrem Menschentod. Die, die bei ihm die Mühe ertragen, wollten sie belohnen. Wer aber nicht arbeite, solle auch nicht genießen. Weitere und kleinere Beschwerden, wie unbillige Zölle, wollten sie sich vorbehalten.

»Ehrbare und günstige Herren«, sprach darauf Stephan von Menzingen, das Schriftstück auf dem Ratstisch niederlegend, »ihr habt vernommen, wovon sich die armen Leute beschwert fühlen, und zwar, wie ich hinzufügen muß, leider mit vollem Recht. Der Ausschuß lebt in der Hoffnung, daß ihr ein Einsehen haben werdet, und er hat mich beauftragt, euch in Anbetracht der schweren Zeiten seine Vermittlung anzubieten, damit es zu einem friedlichen Vergleich kommt. Unsere Brüder, denn als solche betrachten wir die mit uns durch den evangelischen Glauben verknüpften Bauern, haben unsere Vermittlung angenommen.«

Eine Totenstille folgte diesen Worten. Währenddessen griff der Ratsherr Leonhard Denner nach dem Schriftstück. Sobald er aber einen Blick hineingetan hatte, warf er es wieder hin, als ob er in Nesseln gegriffen hätte. Er kannte die Handschrift nur zu gut: Es war die seines Sohnes Leonhard, des Pfarrverwesers zu Leuzenbronn. Nun erhob sich der Bürgermeister Erasmus von Muslor mit Würde und sprach dem Ausschuß den Dank für die angebotene Vermittlung aus. Es sei der Rat jedoch der Meinung, daß er derselben nicht bedürfen werde, um sich mit seinen Untertanen in Güte zu verständigen. Die Zornader auf der spitz zulaufenden Stirn des Ritters schwoll dick an. Herr Erasmus kümmerte sich jedoch nicht darum, sondern wandte sich an Leonhard Metzler. Der Rat wolle der Empörung der Bauern und ihrem Meineid nicht nachtragend begegnen, wenn sie ruhig nach Hause zögen, sagte er. Er werde ihre Beschwerden überlegen und mit ihnen gütlich rechten vor kaiserlichem Regiment und Reichskammergericht.

Das war, wenn auch in milderer Form, dieselbe Antwort, die bereits Hieronymus Hassel den Bauern zu Gebsattel erteilt hatte. Finster schauten die Augen Metzlers unter seinen überhängenden Brauen auf den Bürgermeister. »Wir sind nicht meineidig«, zischte er, zügelte sich jedoch auf einen Wink Stephans von Menzingen so weit, daß er gemäßigter hinzufügte, wenn auch ohne jede Demut, in der sich die Bauern bisher vor den Herren gekrümmt hatten: »Wir wollen alles halten, ehrsame Herren, was nicht gegen Gott und die Liebe des Nächsten ist, mehr nicht!« Damit entfernte er sich, und der Ritter sprach in stolzer drohender Haltung, bevor er ihm folgte: »Der Ausschuß wird die Antwort des Rates erwägen, ihr Herren!«

»Da haben wir den Brei!« schnaubte der beleibte Herr von Winterbach. »Wer anders hat ihn uns angerührt als diese gottverdammte Reformation. Das ist der stinkende Pfuhl aller Pest.«

Ehrenfried Kumpf schnellte kampflustig empor, Georg Bermeter jedoch legte ihm beschwichtigend die Hand auf den Arm, und so begnügte er sich damit, jenem die Äußerung hinzuschleudern: »Die Eiche ist's, an der die Schweine ihre Hauer wetzen.«

»Und ich frage«, rief Hassel und schlug mit der Faust auf die grüne Tischdecke, »warum, zum Teufel, haben wir das Angebot des Markgrafen nicht angenommen?«

Erasmus von Muslor ließ Groll und Ärger eine Weile sich Luft machen. Dann stellte er die Ruhe mit den Worten wieder her: »Als die wilden Barbaren das alte Rom stürmten, da erwarteten die Senatoren sie schweigend auf ihren kurulischen Sesseln. Sie ließen sich töten, aber sie unterwarfen sich nicht. Wohlan, liebe Herren und Freunde und werte Kollegen, wir dürfen der Gewalt nicht weichen. Und wenn wir gezwungen werden, jetzt den Bauern etwas zuzugeben, so ist's mit Gewalt erpreßt, und wir sind deshalb nicht verpflichtet, es zu halten.«

Das gefiel den Herren vom Inneren Rat. Nur Georg Bermeter schüttelte zweifelnd den Kopf, und Ehrenfried Kumpf erhob sich unmutig, um die Ratsstube zu verlassen. Ein tiefer summender Ton bannte seinen Fuß. Alle lauschten. Kein Zweifel, die große Ratsglocke wurde geläutet, und die Herren schauten einander betroffen an. Sie rief die Bürgerschaft zur Versammlung auf dem ehemaligen Judenkirchhof. Ehrenfried Kumpf sprach bekümmert: »Ich habe den Inneren Rat rechtzeitig gewarnt. Aber da sei Gott vor, daß ich mich von ihm trenne in der Stunde der Gefahr!« Und er nahm wieder seinen hochlehnigen Stuhl am Tisch ein. »Man muß es dem Menzingen lassen, er handelt schnell«, äußerte der Erste Bürgermeister mit einem eigentümlichen Lächeln. Es war das letzte laute Wort, das in der Ratsstube gesprochen wurde. Des Kommenden harrend, flüsterten die Herren nur dann und wann miteinander. Sie mußten lange warten. Endlich stieß ein Ratsdiener die Tür auf und meldete: »Gesandte vom Ausschuß bitten um geneigtes Gehör.«

Herr Erasmus neigte sein Haupt. Die Ratsherren, die bisher auf und ab gegangen waren oder in den Fensternischen zusammengestanden hatten, nahmen ihre Sitze wieder ein. Herein traten Ritter Stephan, Valentin Ickelsamer, der Rektor der Lateinschule und etliche bürgerliche Mitglieder des Ausschusses. Ihre Gesichter waren noch erhitzt von den Reden und Debatten auf dem Judenkirchhof. Stephan von Menzingen ergriff als Obmann des Ausschusses das Wort und sprach mit laut schallender Stimme: »Ehrsame, günstige und liebe Herren! Die von dem Ausschuß berufene Gemeinde der Stadt hat beschlossen und tut euch kund und zu wissen durch seine Abgesandten: Vorausgesetzt, daß der Äußere Rat die Gemeinde vertreten soll, so muß er nunmehr aufgehen im Ausschuß und mit ihm tagen, beraten und die Dinge verbessern. Diesen Beschluß auszuführen, gewährt die Gemeinde den beiden Räten eine Frist von vierundzwanzig Stunden.«

Die Ratsherren sprangen zornig von ihren Stühlen auf. Der Erste Bürgermeister aber bedeutete ihnen mit der Hand, daß sie still sein sollten. Seine Miene zeigte unerschütterte Ruhe. »Die Räte werden erwägen und beschließen«, erwiderte er trocken. »Fahrt fort!«

»Weiter begehrt die Gemeinde von dem Inneren Rat, daß er sich die Beschwerden der Bauern ohne Verzug vornehme und sie durch Zugeständnisse beschwichtige, ehe sie zu stark werden und die Stadt ernsthaft bedrohen. Mit ihnen einen Vergleich zu schließen, dazu, so ist der Gemeinde Begehr, soll der Innere Rat uns, dem Ausschuß, sogleich Vollmacht erteilen.«

»Das wird nimmer geschehen«, rief Konrad Eberhard mit kalt schneidender Stimme, und die Mehrzahl der Ratsherren tat es ihm nach.

»Haben's die Herren so hitzig, ei, so sperrt die Fenster auf«, drohte Jos Schad, der Gerber, der hinter dem Ritter stand.

»Auf diese Forderung, Herr Ritter, kann der Rat nicht eingehen«, sagte von Muslor fest. »Es ist unmöglich.«

»Dem Willen ist nichts Menschliches unmöglich«, äußerte der alte Ritter Bessermayer.

»Es handelt sich hier nicht um unseren Willen, nicht um Rothenburg allein«, ergriff der Erste Bürgermeister wieder das Wort. »Es wäre ein böses Beispiel, das wir mit unserer Nachgiebigkeit den Bauern der benachbarten Herrschaften gäben. Es würde unserer Stadt äußerst schlecht bekommen, wenn die fremden Hintersassen sich auf das Beispiel Rothenburgs berufen könnten, und ihre Herren würden uns angesichts dessen als Feinde betrachten.«

»Umgekehrt wird ein Schuh draus«, mischte sich Lorenz Knobloch vorwitzig ein. »Die Herren können Brot essen, aber keins bakken.«

»Donnerwetter«, fuhr ihn der Ratsherr Hassel mit kirschrotem Gesicht an, »es täte not, daß dem Kerl einer über das ungewaschene Maul führe!«

»Kümmert Euch um Euren eigenen Mund, Herr, damit Euch der Ausschuß nicht wegen Beleidigung zur Rechenschaft zieht«, donnerte Stephan von Menzingen ihn an. »Recht aber hat er, denn schon brennt es ringsum, und darum ist es notwendig, daß die Stadt mit ihren Bauern rasch einen Vergleich schließt, weil sonst bei uns eine Wut entsteht, die uns alle verzehrt.«

Mit einem Anflug von Pathos erwiderte aber Herr Erasmus: »Der Himmel verhüte, daß der Rat von den Rechten der Stadt, die ihr schon seit Zeiten der Vorfahren zukommen, ein Tüpfelchen hergibt, es sei denn, der Schiedsspruch des Kaiserlichen Gerichts erkennt es ihm ab.«

»*Quos Deus perdere vult, dementat prius**«, murmelte Valentin Ickelsamer, und Kilian Etschlich rief: »Bei Gottes Tod, ich hab' ein Urteil des Kammergerichts erstritten, und mein Recht ist habe ich bis zur Stunde nicht bekommen vom Rat.«

»Ja, das ist's«, ließ sich der Ritter wieder vernehmen und straffte seine ansehnliche Gestalt. »Zuviel Unheil hat der Rat schon durch seine ungerechten und falschen Maßregeln über die Stadt gebracht. Der Ausschuß kann und darf ihn deshalb jetzt in dieser gefährlichen Zeit nicht handeln lassen.«

Bei dieser unverhohlenen Drohung, die ein allgemeines Aufbrausen erzeugte, in dem alle durcheinanderschrien, erhob sich der Altbürgermeister. Es trieb Ehrenfried Kumpf, dem bedrängten Rat beizustehen. Er wüßte wohl einen Mann, der geeignet wäre, zwischen der Stadt und den Bauern Frieden zu stiften. Er halte sich in seinem Haus auf. Ihn solle man zu den Bauern schicken.

»Und wer ist dieser Wundermann?« fragte Konrad Eberhard.

»Der Dr. Karlstadt ist's«, antwortete Herr Ehrenfried unerschrokken.

Als er den Namen nannte, der die allgemeine Verwunderung der Ratsherren erregte und dem Zweiten Bürgermeister ein grimmes Hohnlachen entlockte, da verlor Erasmus von Muslor zum ersten Mal seine Selbstbeherrschung. Er schnellte wie eine Feder von seinem Stuhl auf und rief mit geröteter Stirn: »Wie, das böse ABC ist in der Stadt und in Eurem Haus verborgen, obwohl er bei strenger Strafe ausgewiesen wurde? Wie wollt Ihr, ein Ratsherr, diese grobe Verletzung der Gesetze und Eurer geschworenen Pflichten rechtfertigen? Wie sollen andere die Gebote des Rates achten, wenn Ihr, der Ihr einst das höchste Amt unserer Stadt bekleidet habt, sie mit Füßen tretet? Beim Himmel, das ist stark!«

Herr Ehrenfried erwiderte uneingeschüchtert: »Ich hab's gewagt, im Dienste Gottes und für Gottes Sache ihn zu schützen und zu beherbergen. Karlstadt ist ein frommer und unglücklicher Mann und ganz besonders geeignet und vom Himmel begabt, die Irrungen zwischen einem Rat, der Gemeinde und den Bauern zu schlichten. Ich kenne meine Pflichten gegenüber dem Rat, ich betrachte mich aber nicht als gebunden, wo es gegen Gottes Wort und das Evangelium geht. Denn ich bin ein Christ und werde Gott allein gehorchen.«

»Höllenelement, wir sind so gute Christen wie Ihr«, schnaufte der dicke Herr von Winterbach, und Konrad Eberhard setzte spitz hinzu:

---

* Denjenigen, die Gott verderben will, verwirrt er vorher den Verstand.

»Aber wir vertreiben keinen Priester aus dem Tempel und schänden ihn nicht durch Bilderstürmerei.«

Damit erhoben sich die Herren vom Rat und schickten sich an, die Stube zu verlassen. Der Altbürgermeister versperrte ihnen jedoch den Weg. »Ich lasse Euch nicht ziehen, es sei denn, daß Ihr die Ausweisung Karlstadts aufhebt«, rief er. »Das mögt Ihr von einem Rat am Jüngsten Tag erwarten«, beschied ihn Herr Erasmus. »Mutet uns nicht zu, daß wir über unsere gute Stadt die Ungnade und Strafe des Kaisers, der Fürsten und Reichsstände bringen, noch soll er den gemeinen Mann endgültig zum Aufruhr anstiften, wie er es überall getan hat, wo er gewohnt und gepredigt hat. Wendet Euch an den Ausschuß, der hat ja jetzt die Gewalt.«

»Ist das Eure Meinung, Herr Bürgermeister?« rief Stephan von Menzingen und löste seine Arme, die er bisher über der Brust gekreuzt hatte. »Wohl, wohl! Ich bürge Euch dafür, Herr Ehrenfried, daß der Ausschuß den Dr. Karlstadt in der Stadt umgehen und sein Abenteuer bestehen lassen werde, wenn er dazu bereit ist.«

»Wir aber, der Rat, waschen unsere Hände in Unschuld«, erklärte Erasmus von Muslor und eilte mit seinen Kollegen aus der Ratsstube.

Fünftes Kapitel

Frau von Muslor wartete mit dem Mittagessen schon länger als eine Stunde auf ihren Gemahl. Während sie, zuweilen seufzend, die Daumen ihrer fleischigen Hände umeinanderdrehte, hielt ihre Tochter vom Fenster des Speisezimmers aus nach dem Vater Ausschau. Vor dem Rathaus stand ein Haufen Neugieriger, die auf das Ergebnis der gemeinsamen Sitzung der beiden Räte warteten. Schon seit dem frühen Morgen waren sie versammelt. Von den Leuten auf der sonst so stillen Herrengasse – es waren vorwiegend Handwerker in ihren Arbeitsanzügen – wanderten die mattblauen Augen Sabines zum Himmel, an dem leichte weiße Wölkchen schwebten, und blieben zuletzt an dem Storchnest auf der Turmspitze des Rathauses hängen. Es war ein uraltes Nest, dessen Bewohner heuer früher als in anderen Jahren zurückgekehrt waren. Einer von den Frühlingsboten, die von der städtischen Jugend stets mit Jubel begrüßt wurden, stand in dem Nest, und die Bewegung seines Kopfes deutete darauf hin, daß er damit beschäftigt war, die alte Heimstatt, die von den Winterstürmen übel zugerichtet sein mochte, auszubessern. Eben kam sein Genosse auf weitgespannten Schwingen daher, umkreiste das Nest und ließ sich auf dessen Rand nieder. Vielleicht brachte er Baumaterial oder Nahrung und erzählte dann von dem, was er draußen erfahren hatte. Denn er bewegte lebhaft den langen roten Schnabel.

Wie Sabine ihnen so zuschaute, stieg in ihren sonst so gleichgültigen, ja gelangweilten Augen etwas Träumerisch-Sehnsüchtiges auf. Ihre Freundin saß mit gekreuzten Füßen in einem Sessel und las in einem der fliegenden Blätter. Die breitgerundeten Spitzen ihrer über den Zehen gepufften Schuhe lugten unter dem Saum des dunkelblauen, mit einer Silberschnur gegürteten Wollkleides hervor. Das hochgeflochtene Haar krönte ihr Haupt wie ein Diadem. Das in Nürnberg gedruckte Blatt erzählte von einer jungen römischen Kaiserin, die mit einem Ritter die Ehe bricht, wovon ihrem alten Gemahl ein Horn auf der Stirn wuchs. Es berichtete ferner, wie es der Ehebrecherin eine List möglich macht, sich rein zu schwören. Sie läßt sich nämlich vor den Augen des Betrogenen von ihrem Liebsten mit Gewalt umarmen und kann so ihre Hand in den Mund der Wahrheit legen, ohne daß ihr das Bild die Finger abbeißt. Darauf endlich fällt das Horn von der Stirn des alten Kaisers ab. Das derbe Gedicht war ein wunderliches Frauenlob. Denn zum Schluß legte der Poet es dem alten Kaiser selbst in den Mund, daß man es den Frauen nicht anlasten dürfe, wenn sie manchen weisen Mann zum Toren machten. Er würde dadurch nicht weiser. Durch Frauenliebe hätte sich Adam schwer versündigt, sei Troja zerstört, Holofernes getötet und der starke Simson geblendet worden. Auch Aristoteles hätte sich aus Liebe vergangen, außerdem der große Alexander, Absalon, König David und der weise König Salomon.

Die schöne Gabriele nahm an der laxen Moral des ungenannten Dichters keinen Anstoß, obwohl sie das Blatt mit einer fast heftigen Gebärde wegwarf. Es erinnerte sie an Max Eberhard, den sie trotz ihrer verführerischen Reize nicht bezwungen hatte. Die Wunde brannte noch immer. Sie lehnte den Kopf zurück und schloß die Augen, jedoch nicht, um von ihrer Liebe zu träumen. Was nutzte ihr in dem kleinen Rothenburg, wo ihr alles fehlschlug und sie verletzte, ihre Schönheit, die sie für einen großen Schauplatz zu bestimmen schien? Sie sehnte sich fort aus den engen Verhältnissen der Vaterstadt, die ihr feuriges Temperament nur noch mit Ungeduld ertrug. Hier mußte sie apathisch werden, wie es Sabine war, die es ohne Widerspruch über sich ergehen ließ, daß sie mit dem Stadthauptmann von Adelsheim vermählt wurde, obwohl sie nicht die geringste Neigung für ihn empfand. Hier mußte sie zu einem solchen Fettklumpen von Gewöhnlichkeit und Willenlosigkeit werden, wie es Frau von Muslor war. Sie haßte diese beiden Wesen jetzt beinahe für die Zuneigung und Liebe, die sie ihr erwiesen. Es war eine Fessel.

»Da kommt der Vater und Herr Eberhard mit ihm«, verkündete endlich Sabine und verließ das Zimmer, um für den Tischgast ein Gedeck auflegen zu lassen. Es war nichts Ungewöhnliches, daß Erasmus von Muslor aus der Ratssitzung einen Gast zu Tisch mitbrachte. Die Speisestunde war die einzige Erholung des vielbeschäftigten Mannes. Seine Gäste mußten sich bescheiden, denn er war kein Feinschmecker und Schlemmer wie Stephan von Menzingen. Die beiden Bürgermeister kamen in keiner heiteren Stimmung vom Rathaus. Die schmale hohe Stirn des Herrn Erasmus war bewölkt, und Bitterkeit zog seine feinen Lippen nach unten. Die scharfgeschnittenen und stählernen Augen des Herrn Konrad hatten einen noch härteren Ausdruck als sonst, und er wurde auch nicht wie sonst milder, als er sein schönes Mündel begrüßte. Gabriele selbst verhielt sich ihm gegenüber kühler, seitdem es ihr mißlungen war, ihn zum Abstand von der Klage gegen Zeisolf von Rosenberg zu bewegen.

»Es hat wieder Ärger gegeben?« wagte Frau von Muslor ihren Gatten schüchtern zu fragen.

»Nun, du kannst es wissen, es ist kein Geheimnis«, versetzte er, die Brauen zusammenziehend. »Der Äußere Rat hat sich aufgelöst, und der Ausschuß tritt an seine Stelle.«

»Das wolle Gott nicht«, rief die Hausfrau erschrocken.

»Gott vielleicht nicht, aber dieser Teufel von Menzingen hat es verlangt und dem Ausschuß eingeblasen«, knirschte Konrad Eberhard.

»Wenn in dem Äußeren Rat Männer säßen! – Der Innere Rat sollte ihn seiner Verpflichtungen entbinden, bat er flehentlich.«

»Und der Innere Rat hat nachgegeben?« fragte Gabriele, während sich ihre wollüstigen Lippen verächtlich zusammenzogen.

Der Vormund warf ihr einen unwilligen Blick zu und sprach mit nachdrücklicher Betonung: »Von der Gemeinde und ihrem Ausschuß in der Stadt eingesperrt, gefangen, arg und hoch bedrängt, mußte der Innere Rat wohl, wenn auch mit bekümmertem, traurigem Gemüt, tun, was die Gemeinde wollte, egal, ob es gut oder böse war, ob es wohl oder übel geriet.«

»Und so werden wir denn«, fügte der Hausherr hinzu, der inzwischen jedem am Tisch vorgelegt hatte, »das Vergnügen haben, Bäcker Hafner, Metzger, Tuchscherer und Gerber demnächst als unsere liebwerten Ratskollegen zu begrüßen. Nun, ich bin nur froh, und Ihr werdet es auch sein, verehrter Freund, daß unsere Amtsdauer in vier Wochen abläuft.«

»Und es wird ein Gaudium sein, den ehrenwerten Ritter Stephan von Menzingen als Bürgermeister unserer guten Stadt zu sehen«, äußerte Konrad Eberhard mit grimmigem Hohn.

»Aber es darf dahin nicht kommen«, rief die schöne Gabriele mit flammendem Antlitz.

»Wohin es immer kommen mag, mein liebes Kind, es wird schlimm genug sein«, antwortete Herr Erasmus mit einem Lächeln über ihren Eifer. »Wir können es nicht verhindern. Der Schwäbische Bund ist nicht gerüstet, und die Fürsten und freien Städte haben alle selbst vollauf mit ihren aufrührerischen Untertanen zu tun, als daß sie uns helfen könnten. Wir werden alle darunter zu leiden haben, auch ihr Mädchen, und meine arme Sabine wird sich in den Aufschub ihres Glücks schikken müssen. Das ist keine Zeit, um Hochzeit zu machen.«

»Armes Binchen«, seufzte Frau von Muslor und streichelte zärtlich den Handrücken ihrer Tochter.

»Oh, ich kann warten«, versetzte Sabine mit großer Gemütsruhe, und Gabriele bemerkte sarkastisch: »Auf ein solches Glück kann man nie lang genug warten.«

»Du tust übel daran, zu spotten, schönes Fräulein«, rügte der Vormund. »Der Aufruhr wird auch dich nicht verschonen.«

»Spüre ich ihn denn nicht schon?« erwiderte Gabriele spitz. »Verdank ich's ja ihm, daß das Mädchen, das mich erstechen wollte, der Justiz eine lange Nase macht und die Handwerksknechte, die sie befreiten, unbehelligt bleiben.«

»Oh, Gabriele, möchtest du es so dem eigentlichen Retter deiner Ehre danken?« fragte ihre Freundin vorwurfsvoll. »Denn das war doch der Tuchergeselle, nicht der junge Goldschmied.«

»Und sein Vater sitzt im Ausschuß. Vielleicht bringst du ja ihn dazu, daß er den jungen Burschen, diesen Plebejer, der deinen Dank damals verschmähte, uns, den Patriziern, zur Bestrafung für seinen Frevel ausliefert?« So äußerte Herr Erasmus ironisch und fügte dann ernst hinzu: »Ist die Rechnung auch noch unbeglichen, so ist sie doch nicht zerrissen. Auch nicht die des Mädchens.«

»Sie ist eben verrückt«, bemerkte Herr Konrad mit einem Achselzucken, und Frau von Muslor meinte, daß man sie in diesem Falle nach Dettwang ins Narrenhaus schicken müßte.

Gabriele schwieg zu dem allem. Ihr Stolz konnte das Geständnis nicht ertragen, daß Eifersucht das Motiv von Käthes Tat gewesen war. Unerträglich war es ihr, daß ein so tief unter ihr stehendes Geschöpf wie Hans Lautner gewagt hatte, die Augen zu ihr zu erheben. Sie empfand seine Liebe wie eine Ehrverletzung. Die Erinnerung daran tauchte ihre Wangen in eine tiefe Glut. Sie wollte sich emporschwingen wie ein Adler, und alles zog sie in die Tiefe. Die Ungeduld, mit der sie innerlich an ihren Banden zerrte, flammte jetzt in den Worten auf: »Oh, wie das alles so halb ist! Ein Belauern hüben und drüben und keine ganze Tat!«

Frau von Muslor und ihre Tochter schauten sie betroffen an, Herr Erasmus strich sich lächelnd den Schnurrbart von den Lippen, und sein Amtsgenosse warf mit trockener Schärfe ein: »Unten im Taubertal und in St. Jakob ist es ja schon zu Taten gekommen. Mir will es fast scheinen, du sähest es gern, wenn der Bundschuh Glauben, Wissen, Bildung, kurz die ganze Kultur, deren Segnungen wir uns erfreuen, in ein wüstes Chaos stampfte. Das wäre wohl eine Tat nach deinem Sinn?«

»Aber das Chaos wird kommen, wenn nicht ein Mann der Tat aufsteht«, rief Gabriele mit blitzenden Augen, »ein Held, ein Ritter Georg oder ein Siegfried, wie er in den Volksbüchern steht, und den Drachen überwältigt und ihm das Haupt abschlägt.«

»Es geschehen heut' keine Wunder mehr«, versetzte der Vormund geringschätzig, und der Hausherr scherzte: »Einen solchen Helden hätten wir ja gleich zur Hand, wenn es uns gleichgültig wäre, ob wir in der Pfanne oder am Spieß gebraten würden. Ich meine den Markgrafen Kasimir.«

Damit neigte er sich leicht zu dem Gast hinüber, der den dünnlippigen Mund zu einem unhörbaren grimmigen Lachen in die Breite zog, warf seine Serviette auf den Tisch und erhob sich.

Fast schien es, als ob der Wächter auf dem Rathausturm nur auf das Ende der Mahlzeit gewartet hatte. Denn kaum war man vom Tisch aufgestanden, stieß er auf dem Steinkranz droben mehrere Male rasch in sein Horn. Dumpf und unheimlich, wie der Stier von Uri, heulten die Töne über die Stadt hin. Die beiden Männer rissen die Fenster auf und blickten zum Turm. Eine Feuersbrunst war nicht, wie sie befürchteten, in der Stadt ausgebrochen, denn es war oben keine Fahne zu sehen, wie es in solchen Unglücksfällen üblich war. Schon begannen in der Herrengasse die Leute aus den Häusern zu laufen. Herr Erasmus, der sie fragend anrief, erhielt nur verneinende Zeichen zur Antwort. Sie wußten nicht, welche Gefahr die Stadt bedrohte. »Ob der Lärmruf nicht den Wolf in der Fabel ankündigt?« meinte der Hausherr, das Fenster schließend. »Nun, wir werden es ja gleich erfahren.«

»Den Markgrafen ließ der Menzingen nicht ein«, bemerkte Konrad Eberhard. »Mußte doch dessen Bote vorgestern abend außerhalb der Stadt nächtigen, nachdem er ihm am Tor das Schreiben des Markgrafen abgenommen hatte ...«

»... und, ehe er es dem Rat übergab, gelesen hatte«, ergänzte der Erste Bürgermeister. »Wir können einem solch strengen Zensor nur dankbar sein, enthebt er uns doch jeder Verantwortung, und Kasimir wird es verstehen, warum wir sein freundliches Angebot, zwischen Rat, Ausschuß und Bauern zu vermitteln, abgelehnt haben.«

Hier wurde von dem Diener der zweite Turmwächter angemeldet, denn es hielten deren zwei abwechselnd Tag und Nacht oben die Wacht.

»Nun, was gibt's?« wandte sich Herr Erasmus lebhaft an den Eintretenden.

»Euer Gnaden, die Bauern kommen«, antwortete der Mann mit rauher Kehle. »Sie ziehen in großer Zahl von den Lindachseen her«.

Die Frauen erschraken. Der Hausherr füllte einen Becher mit Wein, reichte ihn dem Boten und sprach: »Es ist gut, ich dank' Euch.«

Herr Konrad versuchte unterdessen, Frau von Muslor und die Mädchen zu beruhigen. Es hätten sich an den Mauern von Rothenburg schon ganz andere Bauernschädel den Kopf gerannt. Erasmus von Muslor machte sich zum Ausgehen bereit, und auch der Zweite Bürgermeister steckte sich sein Schwert an, warf die Schaube über und griff zum Barett. Währenddessen ließ der oberste Stadthauptmann Albrecht von Adelsheim die Botschaft übermitteln, daß er für alle Fälle auf dem Faulturm zu finden sein werde. In dem geräumigen Hausflur des Erdgeschosses begegnete ihm der Stadtrichter Georg Hörner, und vor dem Hausflur warteten vier Stadtknechte in voller Rüstung. Verwundert fragte der Erste Bürgermeister, was es mit ihnen auf sich habe. »Als Euer Gestrengen Leibwache«, erklärte Hörner. Das bürokratisch-aristokratische Gesicht des Herrn Erasmus wurde dunkelrot. »Schickt die Leute fort«, befahl er und sagte, den nächsten Weg zum Faulturm einschlagend, zu seinem Amtsgenossen bitter: »So weit ist es also schon gekommen, daß die Oberhäupter der Stadt in deren Gassen eine Schutzwehr brauchen?«

»Nicht doch, es ist nur der Übereifer des Mannes«, erwiderte der Zweite Bürgermeister mit finsterer Miene.

»Aber der Übereifer der Untergebenen tut dem Ansehen der Regierung mehr Abbruch als die feindselige Gesinnung der Untertanen«, antwortete Erasmus von Muslor.

Der Faulturm lag so ziemlich in der Mitte zwischen dem Rödertor und der Ecke, die der weit vorspringende Kappenzipfel bildete. Er war der stärkste und höchste von den neunundzwanzig Türmen der Stadtmauer. Manch unheimliche Sage kursierte über ihn, und wie man sich erzählte, sollten in dem tiefen Verlies unter der Erde Spieße emporragen, in die man durch eine Falltür Verbrecher stürzte. Andere wollten wissen, daß das Verlies eine eiserne Jungfrau beherberge, die den Opfern den Kopf abschnitt. Die Staatsgefängnisse, in denen unter anderem Rothenburgs berühmtester Bürgermeister Heinrich Toppler den eifersüchtigen Argwohn der Patrizier mit dem Hungertod bezahlen mußte, lagen unter dem Rathaus.

Albrecht von Adelsheim erwartete seinen zukünftigen Schwiegervater und dessen Begleiter bereits auf dem Ausguck des Faulturms, von wo man die Felder und Forsten der Hochebene weit überschaute. Die Bauern zogen so nahe an der Stadt vorbei, daß es deutlich war, daß sie keinen Angriff von dieser erwarteten. Der Stadthauptmann riß in ohnmächtiger Wut an seinem Schnurrbart. Er empfand es als einen Spott der Bauern, die in Fähnchen geordnet waren und deren Vor- und Nachhut aus wohlgerüsteten Reitern bestand. Von den Fähnlein war nur ein Teil mit Feuerwaffen versehen, ein anderer mit Armbrüsten. Die Mehrzahl war mit Spießen, deren langen, biegsamen Spitzen kaum ein Panzer widerstand, mit aufgerichteten Sensen und igelartigen Dreschflegeln versehen. Ihnen folgten auf einer Reihe von Wagen die Hakenbüchsen und Falkonettlein, welche die Bauern von den Landtürmen genommen hatten. Neben den mit vier, sechs und selbst mit acht Pferden bespannten Wagen, die tiefe Spuren in den Boden schnitten, gingen Frauen, die Pfannen, Kessel, Töpfe und Lebensmittel schleppten. Jedes Fähnlein hatte sein besonderes kleines Banner sowie seine eigenen Pfeifer und Trommler. Hoch über all den glitzernden Speeren und Sensen flatterte das Hauptbanner des Haufens. Es war braun, gelb und grün, wie die Farbe des Ackerfeldes, und trug eine dreizackige Gabel und einen Dreschflegel, die in Form eines Andreaskreuzes übereinandergelegt waren. Das Herzschild zeigte eine Pflugschar, unter der ein Bundschuh hervorragte. Alle Fahnen waren von dem Beutegeld angeschafft worden, das Fritz Mölkner aus Nortenburg verwaltete. Er ritt an der Spitze des Zuges mit den obersten Hauptleuten, unter denen einer auf einem Schimmel durch seine Größe auffiel. Den Herren auf dem Faulturm war er fremd. Unter den Leuten jedoch, deren Köpfe dicht bei dicht über die Stadtmauer lugten, lief es von Mund zu Mund: »Schau, der lange Lienhart!«

Albrecht von Adelsheim schätzte die Bewaffneten auf zweitausend Mann. Der Eindruck, den sie machten, war um so tiefer, als Pfeifer und Trommler ihr Spiel nicht rührten, sich kein Lärmen und Singen in den Reihen vernehmen ließ. Sie zogen vielmehr in einem feierlichen Ernst dahin. »Seltsam«, wiegte Herr Erasmus den Kopf, »der Wernizer schrieb von viertausend, die zu Reichardtsrode beisammen wären. Mehr noch erstaunt es mich, daß er, der doch so gut unterrichtet scheint, uns von diesem Zug und seinem Ziel nichts berichtet hat.«

»So steht uns also noch ein zweites Schauspiel bevor, denn die Fehlenden werden ja nicht ausbleiben«, bemerkte Konrad Eberhard mit einem Satyrgesicht. »Wie wär's, wenn wir das Geschütz auf sie zielen ließen? Hei, wie sie zappeln würden!«

Die Bauern waren mittlerweile auf dem Brühl vor dem Rödertor angelangt. Trommeln wirbelten, der Zug schwenkte und stand. Spieße und Büchsen glitten von den Schultern zur Erde. Die laute Aufregung der Rothenburger auf den Wehrgängen wich einer erwartungsvollen Stille. Auf dem Brühl traten die obersten Hauptleute zusammen, und einige Minuten später näherten sich drei Personen dem Tor, von denen die eine ein Trommelschläger war, die andere eine Fahne trug. Sie begleiteten einen Mann in schwarzem Pfarrkleid, über das ein Panzer geschnallt war. An der Seite trug er ein Schwert, und seine Kopfbedeckung bestand aus einem schwarzen Schlapphut mit einer roten Feder.

»Sie schicken uns einen Unterhändler«, rief Erasmus von Muslor. »Eilt zum Rödertor, lieber Adelsheim, Ihr habt jüngere Beine als wir. Wir folgen so schnell wir können.« Er sagte letzteres, während er schon mit seinen Begleitern die Turmtreppen hinunterzusteigen begann. Noch unterwegs hörten sie die Trommel rühren, und eine mächtige Lunge über den Festungsgraben das Verlangen nach dem Ersten Bürgermeister herüberschreien. »Ein Glück, daß die Mauern unserer Stadt stärker sind als die von Jericho, der Kerl würde sie sonst umschreien«, scherzte Herr Erasmus. Einen Stich aber gab es ihm, als er die Stimme des Ritters von Menzingen die Frage von der Torbastei zurückrufen hörte, was das Begehren des Parlamentärs an den Bürgermeister sei. Der sonst so schweigsame Stadthauptmann von Adelsheim verbat ihm mit scharfen Worten seine Einmischung in Dinge, die ihn nichts angingen, und rief hinunter, daß Seine Gnaden sogleich erscheinen würden. Stephan von Menzingen schlug zornig gegen sein Schwert, und Adolf von Adelsheim entgegnete kalt: »Ich stehe Euch zu Diensten, wann und wo Ihr's begehrt.«

Das Erscheinen des Bürgermeisters trennte die Streitenden. Der Stadthauptmann verkündete es dem Unterhändler, der ein noch junges Gesicht mit einer auffallend großen Nase, die so knöchern wie seine lange Gestalt war, zur Bastei emporwandte.

Er rief: »Der christliche Bruderbund der Rothenburger Bauernschaft sendet mich, von der Stadt zu begehren freies Geleit für seine Gesandten am morgigen Tag in der Früh.«

»Zu welchem Zweck?«

»Um in Güte zu verhandeln und in christlicher Liebe zu beseitigen der Bauernschaft Beschwerden.«

»Und gelobt Ihr«, fragte Herr Erasmus von neuem, »daß Eure Boten sich friedlich verhalten, wenn ihnen die Stadt für morgen gewährt, frei ein- und auszureiten in Wehr und Waffen?«

»Ich gelob' es im Namen des Rothenburger Haufens.« Erasmus von Muslor warf seinem Amtsgenossen einen fragenden Blick zu, und da dieser nickte, rief er hinunter: »So sollen den Boten morgen die Stadttore geöffnet sein um sieben Uhr in der Frühe!«

Damit verließen er und seine Begleiter die Röderbastei. Das Heer der Bauern setzte sich wieder in Bewegung, jetzt unter Trommelschall und Pfeifenklang und begleitet von lauten Zurufen der Rothenburger auf den Mauern. Es zog nach dem eine Dreiviertelstunde entfernten Dorf Neusitz, das ihnen eine feste Stellung bot. Denn das Dorf lag an einer Anhöhe, die von dem besonders festen Kirchhof gekrönt wurde, und gewährte den Bauern den doppelten Vorteil, nicht nur Rothenburg im Auge zu haben, sondern auch die Straße nach Ansbach zu beherrschen. Leonhard Metzler war mit den Seinigen schon früher von Gebsattel her in das Dorf gerückt.

In Erwartung der noch fehlenden Zweitausend blieben die Zugbrücken von Rothenburg hochgezogen und die Tore geschlossen. Statt der Bauern kam ein Bote von Endsee. Der Schultheiß schrieb, daß sich von dem Lager zu Reichardtsrode die Hälfte in westliche Richtung gewendet hätte. Von der Bewegung der anderen auf Rothenburg zu hätte er zu spät erfahren, um noch rechtzeitig warnen zu können. Von dem Aufbruch dieser zweiten Hälfte hätte er erst infolge einer groben Unrechtmäßigkeit, den sie in Ohrenbach verübt hatten, Kunde erhalten. Es wäre nämlich ein Haufen in der Frühe zum Haus des dortigen Pfarrers gezogen, hätten einen Graben vor der Tür errichtet, die Tür selbst zugepfählt, den Eimer über dem Brunnen weggehauen und den Backofen mit Lehm vermauert. Nach solcher Ächtung und *Interdicto aquae et ignis*, also der Untersagung des Gebrauchs von Wasser und Feuer, hätte sich der ehrwürdige Herr, sobald die wüste Rotte weitergezogen war, samt seinem Hausrat und der Pfarrköchin, der er manch gute Nachricht über das Vorhaben der

Bauern verdanke, zu ihm auf Schloß Endsee geflüchtet, wo er sich noch aufhielte.

Auch dieser Brief war erst auf dem Umweg durch Stephan von Menzingens Hände an die Bürgermeister gelangt. Die Wache am Galgentor hatte den Boten erst zu dem Ritter geführt. Dieser wußte die westliche Richtung, welche die Bauern von Reichardtsrode eingeschlagen hatten, richtig zu deuten. Wendel Hipler hatte ihn über die Verabredungen in Ballenberg nicht in Unkenntnis gelassen, und der Sonntag Judika, an dem sich die Bauernheere beim Kloster Schönthal treffen sollten, war nicht mehr weit. Er sah sich selbst schon am Ziel. Jetzt, in Nachahmung der neuen spanischen Mode, den Erfolg auf den Zufall eines Schwertstoßes zu setzen, wäre ein Wahnsinn gewesen, und er drängte die Wut über die ihm von dem Stadthauptmann zugefügte Beleidigung zurück. Seiner Machtstellung würden ja die Mittel nicht fehlen, den künftigen Schwiegersohn des Ersten Bürgermeisters die Schmach entgelten zu lassen. Wie ein Trinker nur um so durstiger wird, je mehr er trinkt, so steigerte der Erfolg nur seinen Ehrgeiz. Derselbe machte ihn blind für die Herzensangst, mit der seine Gattin seinem gewagten Flug nachschaute, blind für die verblassenden Rosen auf den Wangen seiner Tochter, die mit der Mutter und um ihrer Liebe zu Max willen litt.

Dreißig von ihren Hauptleuten, unter ihnen den gestrigen Parlamentär, der niemand anders als der Pfarrer Denner aus Leuzenbronn war, und Fritz Mölkner aus Nortenburg, sandten die Bauern als Unterhändler in die Stadt. Eine tausendköpfige Menge erwartete sie auf dem Straßenzug vom Spitteltor bis zum Rathaus, in dessen großem Saal der Innere Rat und der Ausschuß versammelt waren, der an Stelle des Äußeren Rates eingesetzt worden war und von dem er etliche Mitglieder aufgenommen hatte. Mit sehr wenigen Ausnahmen waren es noch junge Männer, die am Anfang ihrer Dreißig standen, kraftvolle und auch wie Eichen knorrige Gestalten, mit klugen und entschlossenen Gesichtern, die Wind und Wetter braun gebeizt hatten. Ihre Haltung war, die des Pfarrers und die Mölkners ausgenommen, kaum eine heldenhafte zu nennen, aber sie war auch keine demütige, noch eine von dem Gefühl befangene, vor ihre Herren treten zu sollen, die ihnen seit Generationen den Fuß auf den Nacken gesetzt hatten. Es war die von Männern, die sich ihrer ernsten Aufgabe bewußt waren und unter denen manchen das Gefühl, ihr vollkommen gewachsen zu sein, selbst heiter stimmte. Die Menge begrüßte sie mit lauten, ermutigenden Zurufen, begleitete sie und drängte ihnen hinterher. Seit dem Jahre 1513, wo Kaiser Maximilian in der Stadt zu Gast gewesen war, hatte Rothenburg in seinen Gassen kaum ein solches Menschengewühl gesehen, und das Brausen desselben kündigte den vereinigten

Räten schon von weitem das Nahen der Gesandtschaft an. Damals hatte es auf dem Marktplatze ein glänzendes Turnier gegeben, heute sollte ein solches im Rathaus gehalten werden, allerdings mit scharfen Lanzen, und die Menge wogte erwartungsvoll um dasselbe hin und her. Die Arbeit ruhte.

Auch Kaspar Etschlich, der bisher vorsichtshalber bei seiner Arbeit zu Hause geblieben war, machte heute einen Feiertag. Er mischte sich aber nicht in das Gewühl auf den Gassen, sondern wanderte nach Neusitz hinaus, nachdem er sich überzeugt hatte, daß sich unter den Gesandten, die ihre Pferde im »Hirschen« in der unteren Schmiedgasse einstellten, kein Ohrenbacher befand. Es trieb ihn die Sehnsucht, von dem langen Lienhart, den er seit dem Begräbnis Lautners nicht gesehen hatte, zu hören, wie es in Ohrenbach stände.

Eine Wagenburg deckte das Dorf von der Landstraße her, die außerdem von starken Posten beobachtet wurde. Die Bauern lagerten teils in den zur Zeit leeren Scheunen, teils unter Schutzdächern, die sie sich aus Reisig und Brettern errichtet hatten. Kaspar wurde von der Vorwache angehalten, und ein junger Bursche von etwa sechzehn Jahren, der mit einer rostigen Hellebarde bewaffnet war, führte ihn zum Pfarrhaus, wo der lange Lienhart und Leonhard Metzler Quartier genommen hatten. Jener stand eben vor der Haustür. »Bei Gottes Tod, der Kaspar«, dröhnte sein Baß, und er schüttelte ihm mit seiner mächtigen Faust fast den Arm aus dem Gelenk. Seine runden, schwarzen Augen leuchteten vor Vergnügen.

»Wie gut, daß du kommst, und nun setz' dich daher und erzähl«, fuhr er fort und zog Kaspar zu einer kleinen Bank, die vor dem Haus stand. Für seine langen Beine war sie viel zu niedrig, und er mußte sie weit von sich strecken.

Zu ihren Füßen zog sich das Dorf, dessen Stroh- und Schindeldächer aus dem jungen Grün der Holunder- und Obstbäume hervorlugten, zur Landstraße abwärts. In der milden Luft sangen die Bienen aus den Stöcken des Pfarrers. In der Ferne, etwas zur Linken, ragten der schlanke Rathausturm von Rothenburg und die zierlichen Steinpyramiden der beiden Türme von St. Jakob in die Luft. Noch weiter links glitzerte der Schlangenleib der Tauber, in deren Richtung bewaffnete Bauern vom Sandhof her, der dem Spital gehörte, Rinder und Schweine herantrieben, während andere an ihren Spießen Hühner, Enten und Gänse trugen. Die reichen Vorräte des Hofes ließen das Bauernheer nicht darben. Auf den sanft geneigten Wiesen zur Rechten des Dorfes brannten bereits die Mittagsfeuer, und Männer und Frauen waren bei ihnen beschäftigt. Spieße, Sensen, Hellebarden waren dort in Pyramiden zusammengestellt, und die Mannschaften ruhten daneben im Gras oder trieben allerlei Kurzweil. An Pflöcken befestigte Pferde zermalmten bedächtig das ihnen zugedachte Heu oder Gras. Ein Fähnlein übte sich unter Georg Teufel aus Schonach an den Waffen.

»Gelt, die werden die Junker das Tanzen lehren, insbesondere den Zeisolf von Rosenberg«, sprach der lange Lienhart mit einem lautlosen Lachen. »Er hat sich noch einen Schnitt ins Kerbholz gemacht, und der geht tief, seinen Bauern bis auf die Knochen. Weißt du denn nicht, daß er, als sie zu uns nach Reichardtsrode gezogen sind, in ihr Dorf eingefallen ist und ihre Häuser und Höfe verbrannt und ihr Vieh erschlagen hat?«

Der erschrockene Blick, mit dem Kaspar ihn anstarrte, verriet ihm, daß er von dieser Heldentat des wilden Zeisolf noch nichts wußte. »Ja«, fuhr der lange Lienhart fort und zeigte auf die Exerzierenden, »die werden den armen Buben, den Hans, besser rächen, als ich es könnte. Und wenn du in ein paar Tagen nach Ohrenbach kommst, dann kannst du der Käthe sagen, daß es geschehen ist. Schau, Kaspar, ich hab' an dem Buben so eine Freude gehabt, daß es nicht zu sagen ist.« Er schüttelte traurig den Kopf.

Kaspar nickte stumm. Nach einer Weile sagte er: »Er war mir ein echter Herzensbruder. – Aber wie ist es mit der Käthe? Wegen ihr bin ich gekommen. Ich trau' dem Schultheißen dort nicht, und seit ihr von Reichardtsrode fort seid ...«

»Kannst ruhig sein, Bruderherz«, versicherte der Riese und schüttelte die Wehmut von sich ab. »Der Andreas von Tauberzell, der ja dein Vetter ist, hält dort Wacht, und der Pfarrer in Ohrenbach, der Bockel, wird's dem Schultheißen jetzt wohl schon bewiesen haben, daß wir nicht spaßen.«

»Wie soll ich denn das verstehen?« fragte Kaspar verwundert. Der lange Lienhart lachte in seinen Bart. »Ja, schau, das ist eine wundersame Geschichte. Kennst du den Konz Hart? Den Hörigen, der aus Ohrenbach vertrieben worden ist?«

»Freilich kenn' ich ihn«, erwiderte Kaspar und erzählte, wie derselbe mit anderen Flüchtlingen und Heimatlosen ihm und Hans gegen den Rosenberger zu Hilfe gekommen war.

Der lange Lienhart ließ einen leisen Pfiff hören, dann sprach er: »Wenn einer sich tagsüber bald hier, bald dort in den Wäldern aufhalten muß – die Waldvögte merken's wohl am Abgang ihrer Hirsche, Hasen und Rehe – und zur Nacht in unterschiedlichen Dörfern bei diesem oder jenem Bauern unterschlüpft, dann sieht und hört er mehr als unsereiner. Es heißt auch – ob's wahr ist, weiß ich nicht –, daß der Hart dem Konz Wirth auf der Halden, dem Freibeuter, zugehalten und Briefe und Botschaften zwischen den Eingeweihten hin- und hergetragen hat. Nun, er ist auch nach Reichardtsrode gekommen. Da wohnt ein Ehepaar, zwei hörige Leute, die einen kleinen Buben haben. Ist aber nicht der ihrige, sondern ein Pfaffensohn. Der Konz Hart hat's gewußt und auch, daß seine Mutter niemand anders wär' als die Köchin vom Ohrenbacher Pfarrer, die Jungfer Apollonia.«

Kaspar mußte bei dieser Enthüllung laut auflachen. Auch der oberste Hauptmann der Bauern lachte, strich sich seinen martialischen Vollbart und fuhr dann fort: »Jetzt rate, wie der Teufel sein Spiel hat! Die Jungfer kommt just nach Reichardtsrode, als wir dort lagern, und die Ziehmutter geht am nächsten Nachmittag nach Ohrenbach und nachher die Apollonia nach Endsee. Der Konz Hart wittert Unrat, geht der Sache nach, findet's heraus und steckt es dem Simon. Der nimmt sich sachte das Ehepaar her: Es soll gestehen, was es der Apollonia alles berichtet hat. Täten sie's nicht, müßten sie vors Kriegsgericht und hängen. Nun, da haben denn die zwei Leute mit klappernden Zähnen gestanden, daß sie der Jungfer alles, was sie hatten erspähen können, hinterbracht hätten, und diese hätt's dann dem Schultheißen von Endsee weitergegeben. Haben auch hoch und heilig geschworen, daß es nicht wieder geschehen sollte. Nun, der Simon hat Gnade vor Recht ergehen lassen, ist aber mit uns der Meinung gewesen: Sicher ist sicher. Und so sind wir denn nach Ohrenbach gezogen und haben den Pfarrer in den Bann getan und ihm das Haus verpfählt. Wir haben ihn nicht im Dunkeln gelassen, warum, und ihm auch erklärt, daß die Gemeinde ihn nicht länger als Pfarrer dulden wollte. Da ist denn der Bruder vom Simon in Ohrenbach geblieben, um die Pfarrei zu verwalten und ein Auge darauf zu haben, daß den Seinigen und denen seines Bruders nix Übles geschieht.«

Kaspar atmete erleichtert auf, warf seine Kappe in die Luft, fing sie wieder auf und rief: »Juche!« Der lange Lienhart machte eine satirische Miene, die jedoch seinem Raubvogelgesicht eher den Ausdruck des Grimms gab, und sagte: »He, Bruder Tuchscherer, stehts so mit dir? Na, dann wollen wir der Käthe zu Ehren einen Trunk tun, hab' dir ohnehin noch keinen Tropfen angeboten.« Er erhob sich, während er sich dabei mit beiden Händen auf die Kreuzstange seines breiten Schwertes stützte, das er die ganze Zeit über zwischen den Beinen gehalten hatte. »Siehst du, da kommt der Neusitzer Pfarrer«, rief er und deutete mit einer Kopfbewegung nach einem Geistlichen, der die Dorfgasse heraufschritt. »Er kommt von einem Kranken. So wie der, so stell' ich mir vor, daß die Apostel gewesen sein müssen. Er redet mit Feuerzungen, sein Evangelium ist die Freiheit, und die werktätige Liebe soll sie zur Wahrheit machen. Nun, ich denk' halt, unsere Schwerter werden ein bissel nachhelfen müssen.«

Der Pfarrer näherte sich gemächlich, so daß Kaspar Zeit hatte, ihn zu betrachten. Hans Stöcklein war ein junger, kaum dreißigjähriger

Mann von schlanker Gestalt, mit einem runden Gesicht, dem Luft und Gesundheit frische, ins bräunliche spielende Farben verliehen. Aus blauen Augen blickte er den beiden Wartenden mit einem milden Ernst entgegen. Aschblondes Haar quoll unter seinem Hut hervor. Schon aus der Ferne winkte er einen Gruß mit der Hand, und im Näherkommen sagte er: »Es ist eine verkehrte Welt, daß die Gäste den Hausherrn vor seiner Tür erwarten.« Seine Stimme hatte einen vollen Tenorklang. Als der lange Lienhart ihm den jungen Gesellen vorstellte, versetzte er: »Was bedarf's des Namens, ist er nicht ein Mensch? So kommt denn herein!«

Ein Schuß auf dem äußersten rechten Flügel hielt sie jedoch vor dem Haus fest. Die Lärmtrommel rasselte, und der lange Lienhart eilte mit Riesenschritten davon. Die Bauern liefen mit ihren Wehren überall zu ihren Sammelplätzen. Auf der Höhe der Landstraße erschien ein Trupp Panzerreiter mit einem Trompeter an der Spitze. Die Kürassiere hielten, und nur der Trompeter ritt noch eine kleine Strecke weiter vor. Kaum eine Minute später warf er sein Pferd herum, der ganze Trupp machte kehrt und verschwand in den Staubwolken, welche die Hufe aufwirbelten.

»Das Unwetter ist noch einmal vorbeigezogen«, sagte Hans Stöcklein und lud Kaspar in das Haus. Er führte ihn in eine geräumige Stube mit weißgetünchten Wänden und niedriger Balkendecke. Außer einem Tisch und einigen Stühlen von altersbraunem Nußholz standen zwei ärmliche Betten darin für den langen Lienhart und Metzler. Letzterer war am frühen Morgen nach Brettheim geritten, um einen Blick auf seine Wirtschaft zu werfen. Der einzige Schmuck der Stube bestand aus einem einfachen Kruzifix an der langen Wand zwischen den beiden Betten. Diesen gegenüber führte eine Tür zur Studierstube des Pfarrers. Eine sauber gekleidete Bäuerin, deren Haar bereits ergraut war, brachte Milch und Wein in irdenen Krügen, Becher von Buchsbaum, Brot und Honig. »Laßt's euch gut schmecken«, wünschte sie freundlich, und Kaspar gab sich Mühe, ihren Wunsch nach Kräften zu erfüllen. Der Pfarrer schenkte sich Milch ein. Er trank nie Wein. Seine Lebensweise war überhaupt die allereinfachste. Er war aber kein Asket, sondern schränkte sich nur aufs äußerste ein, um den Bedürftigen desto mehr geben zu können. »Auf den Sieg des Volkes«, sagte er und stieß mit Kaspar an. »Rebell wird der arme Mann gescholten, wenn er in seiner Verzweiflung zur Wehr greift, weil sein Geschrei nach Gerechtigkeit überall und überall auf taube Ohren stößt.«

»Mein Vater hat's erfahren«, bemerkte Kaspar.

»Wer nicht, dessen Wiege in einer Hütte stand?« seufzte Hans Stöcklein und strich sich über die stark vorgewölbte Stirn. Seinen Hut hatte er abgelegt, und Kaspar sah, daß er seine Tonsur hatte überwachsen lassen. »Ich sollte geistlich werden, um für die Sünden anderer zu büßen. Das ist eine leichte Art, sein Unrecht zu sühnen. Da hab' ich zu denken angefangen, zu denken, daß die Kirche nicht das Christentum ist. Keine Kirche ist's. Darum erziehe ich meine Gemeinde zur evangelischen Freiheit.«

Kaspar traute sich nicht, weiter nach dem Schicksal des Pfarrers zu fragen. Dieser lobte das ordentliche Betragen der Bauern, denen der Gedanke, für ihre Freiheit zu kämpfen, einen höheren Schwung gebe.

Unterdessen kam der lange Lienhart zurück. Die Stubentür war für ihn viel zu niedrig, noch dazu mit dem Eisenhut auf dem Kopf. Jenen warf er sogleich auf das nächste Bett. Den Brustharnisch legte er nicht ab, sondern setzte sich in ihm an den Tisch und ergriff den Weinkrug. »Ansbachische waren's, an die fünfzig Mann«, berichtete er, nachdem er einen Becher hinuntergestürzt hatte. »Als sie sahen, was für Dornen das Röslein hat, das sie pflücken wollten, machten sie kehrt. Rief ihnen einen schönen Gruß an den Markgraf Fettwanst nach, daß wir beisammenbleiben würden, bis der Rat unsere Forderungen erfüllt hätte. Bin begierig, was der Denner für eine Antwort bringen wird. Ist ein tapferer und geschickter Fechter.«

»Der Muslor aber auch, hab' ich meinen Vater sagen hören«, warf Kaspar ein.

Dem langen Lienhart ging etwas anderes durch den Sinn, und er rief, sich an dem Geistlichen wendend: »Pfarrer, du solltest auch wie der Denner deine Lenden mit dem Schwert ... Wie heißt's in der heiligen Schrift?«

»Das Schwert Gideons«, half Stöcklein nach.

»Also gürte deine Lenden mit dem Schwert Gideons. Du sollst sehen, Pfarrer, daß du ein ganz anderer Kerl bist, wenn du ein Eisen in der Faust hast.«

Der junge Pfarrer lehnte die Aufforderung lächelnd ab. »Ich fechte mit der Waffe, die ich zu führen verstehe, und ich bin hier nötiger als im Feld«, sagte er.

»Not tät's, daß wir alle daheim die Felder bestellten, aber jetzt gilt es, ein anderes Feld zu bestellen«, wandte Lienhart ein. »Schau, ich weiß erst jetzt wieder, wozu ich auf der Welt bin. Nicht mehr lange und ich wär' halt ganz verkümmert hinter dem Pflug.« Er trank, drehte den Schnauzbart in die Höhe und begann mit seinem tiefen Baß zu singen:

»Was soll ich aber heben an
Aufs best', so ichs gelernt han?
Ein neues Lied zu singen.
Faladeridum.«

Hans Stöcklein hielt sich angesichts der gräulichen Mißtöne, die aus des Sängers Kehle drangen, die Ohren zu, sprang auf und lief aus der Stube. Der lange Lienhart ließ sich dadurch nicht stören. Unverdrossen sang er alle dreizehn Strophen, aus denen das Landsknechtslied bestand, herunter. Dann lachte er und setzte, statt sich den Becher zu füllen, den Krug an den Mund.

»Jetzt, Lienhart«, fragte Kaspar mit gedämpfter Stimme, denn die Tür zur Studierstube des Pfarrers war offen geblieben, »du kennst den Pfarrer wohl schon längere Zeit. Weißt du, weshalb er ein Geistlicher hat werden müssen?«

»Ob er hat müssen, weiß ich nicht«, antwortete jener, nachdem er einen Blick auf die offene Tür geworfen hatte, ebenfalls leise. »Ich hab' ehedem bloß von ihm gehört – es wird aber wohl seine Richtigkeit damit haben –, daß er in das Pfaffenkleid gezwungen worden ist. Darin läßt sich manches ersticken, was nicht an das Licht der Sonne kommen soll. Die Leute erzählen nämlich, daß er das uneheliche Kind einer Edelfrau im Würzburgischen ist. Da hat ihn der Bischof dann hierhergeschickt, wo er weit weg ist.«

Der Pfarrer kam wieder zu ihnen. »Sind die Fenster noch ganz?« scherzte er. Die erhöhte Anteilnahme, mit der Kaspar ihn betrachtete, bemerkte er nicht. Nach einer kleinen Weile bedankte sich Kaspar bei ihm für die Bewirtung, und der lange Lienhart ging mit ihm durch das Dorf. »Und du meinst, daß die Käthe ganz sicher in Ohrenbach ist?« fragte er. »Denn daß ihr Bruder Simon nicht mehr in Reichardtsrode ist, weiß ich von meinem Vater, der im Ausschuß sitzt.«

»Ach ja, das Käthchen«, neckte der Lange den Besorgten. »Der auf Endsee wird sich hüten, jetzt noch in die Kohlen zu blasen. Es wird ihm ohnedies bald auf seinem Schloß zu heiß werden, wie allen in ihren Schlössern und Burgen. Und was die Neureuterin betrifft, so wird all ihre Pracht und Herrlichkeit vergehen wie Schnee in der Märzsonne, wenn jetzt die Bauern von den Gülten und Leibrenten, die auf ihren Höfen stehen, die Zinsen nicht mehr zahlen. Haben sich lange genug dafür schinden müssen. Kannst ruhig sein, Bruder.«

Damit trennten sie sich.

Kurz vor der Stadt traf Kaspar auf Lorenz Knobloch, der einen auffallend roten Kopf hatte. Sein Atem roch nach Wein. »Wohin denn?« hielt Kaspar ihn auf, und jener erwiderte mit einem starken Schnaufen: »Zu den Bauern! Es geht drinnen nicht weiter. Das halt' der Teufel aus, mir dauert's zu lange. Die Bauern sind doch noch ganze Kerle. Sie wollen sich nicht länger an der Nase herumführen lassen. Gleich auf der Stelle sollten ihre Beschwerden abgeschafft werden, und als der Rat erklärte, das könnte er nicht, was antwortete ihm der Denner mit der roten Feder? Sie würden Gefälle, Fronden, Zehnten und was sonst gegen die Heilige Schrift sei, von Stund an nicht mehr leisten. Und dabei schlug er an sein Schwert, und die andern taten's ihm nach. Hätte nicht viel gefehlt, und etliche von ihnen wären mit dem Hassel und dem Winterbach handgreiflich aneinandergeraten. Der Ehrenfried Kumpf trennte sie. Auch der Menzingen kriegte was zu hören – von dem Mölkner. Wenn der Ausschuß mit ihnen gemeinsam ihre Angelegenheiten erledigen wolle, so sei in Ordnung. Einen Vormund brauchten sie nicht. Auch die Beschwerden, welche die Handwerker und Weingärtner der Stadt hätten, sollten ihnen mitgeteilt und von dem Ausschuß und ihnen gemeinsam beseitigt werden. Auch die Rechnungen des Rats wollten sie einsehen. Feurio! Jetzt halten sie auf Kosten der Stadt einen gemeinsamen Trunk im ›Roten Hahn‹. Es ist kein Spaß mehr drinnen, hol's der Teufel!« Er nahm den Weg wieder unter die Füße, drehte sich aber noch einmal um und rief: »Als Hauptmann siehst du mich wieder.«

»Solche Kerle wie dich können sie just brauchen«, spottete Kaspar dem leichtfertigen Menschen nach.

Sechstes Kapitel

Stephan von Menzingen hatte dem lateinischen Schulmeister, wie Valentin Ickelsamer in der Stadt häufiger als bei seinem Namen genannt wurde, die Bewirtung der bäuerlichen Gesandten im ›Roten Hahn‹ überlassen. Es verdroß seinen Hochmut nicht wenig, daß sich die Bauern mit dem Ausschuß auf eine Stufe stellten und gemeinsam mit diesem nicht nur ihre eigenen Angelegenheiten, sondern auch die der Stadt ordnen wollten. Auch entging es ihm nicht, daß die oberen Zünfte, welche die wohlhabende Bürgerschaft umfaßten, wie entschieden sie auch zur kirchlichen Reformpartei unter Führung des Altbürgermeisters, Deutschlins und Christians standen, durch das entschiedene Auftreten der Bauern und deren Bündnis mit den Handwerkern auf die Seite seiner Gegnern gedrängt wurden. Und er mußte gute Miene zum bösen Spiel machen, wenn er das Fundament seiner Macht nicht zerstören wollte! Als schärfsten Splitter im Fleisch seines Stolzes empfand er es aber – obwohl er es sich nicht eingestehen mochte –, daß die Bauernführer Denner und Mölkner bei den Verhandlungen im Rathaus eine geistige Begabung an den Tag gelegt hatten, die der seinen mindestens ebenbürtig war, während sie aus ihrer Herzenswärme für die Sache der Bauern und ihrer ehrlichen Überzeugung eine Beredsamkeit schöpften, an welche die seine nicht heranreichte.

In dieser Stimmung traf ihn zu Hause ein Anblick, der ihn vollends aus allem Gleichgewicht warf. Else und Max saßen dicht nebeneinander, als er in die Wohnstube trat. Seine Tochter hatte sich an den Geliebten geschmiegt, ihm die Hand auf die rechte Schulter gelegt und schaute, den kleinen, reich und zierlich umlockten Kopf an seinen linken Arm drückend, in einen Brief hinein, den er laut vorlas. Die Mutter saß an einem der Fenster. Eine Handarbeit, mit der sie beschäftigt gewesen war, hatte sie in den Schoß sinken lassen, um ungestört zuzuhören. Max hatte den Brief am Morgen erhalten. Er war von Florian Geyer, der ihm schon seit Wochen eine Antwort schuldig geblieben war. Florian Geyer schrieb ihm, im Begriff, wie er sich ausdrückte, aufs Pferd zu steigen. Denn der Augenblick sei nun da, das Schwert zu ziehen und die Scheide wegzuwerfen. »Ich lade Euch nicht ein, an meiner Seite in den Kampf zu ziehen«, hieß es in dem Brief weiter, »denn mich dünkt, daß Ihr kein Schwertmann seid. Aber Eure Kenntnis des Rechts ist auch eine Waffe, die wir sehr brauchen, zumal ich aus Euren Briefen entnommen habe, daß Ihr wißt, was jetzt not tut. Es ist daher an Euch, mitzuarbeiten an der neuen Verfassung des Reiches, damit sie in Kraft tritt, sobald das Schwert die Feudalwirtschaft des Adels und der Kirche gestürzt hat. Wendel Hipler wird Euch benachrichtigen, wenn es Zeit ist.«

Der Eintritt Stephans von Menzingen unterbrach den Vorleser. Else fuhr mit einem leisen Schrei in die Höhe, und ihr feines Gesicht wurde von Purpur überflammt. Die Mutter war einen Augenblick wie gelähmt auf ihrem Sitz. Verlegen erhob sich Max. »Ich störe, wie ich sehe«, sagte Herr Stephan mit schneidender Ironie.

»Es ist ein Brief von Florian Geyer, den ich vorlas«, erklärte Max, sich fassend, und hielt denselben dem Ritter hin, der ihn mit einer kurzen Handbewegung zurückwies, während seine Augen in aufflammendem Zorn auf die Tochter sahen, die den Kopf senkte. Auch Frau von Menzingen hatte sich inzwischen gefaßt. Sie erhob sich und sagte, während sie mit der Hand den Arm ihres Gatten berührte: »Ich bitte dich, Stephan, lasse die Kinder nicht vergelten, was allein meine Schuld ist. Komm, ich will es dir erklären!«

Er sah sie mit einem bösen Blick an, während er ihre Hand abschüttelte. »Ich brauche keine Erklärung, ich sehe«, grollte er. Max aber rief: »Nein, ich allein bin zu tadeln, Herr Stephan, daß ich nicht sogleich vor Euch hintrat und, so ungünstig auch die Umstände für mich lagen, Euch um die Hand der Geliebten bat. Verzeiht es!«

»In der Tat«, begann jener, brach ab und strich sich über die spitz zulaufende Stirn, auf der die Zornader angeschwollen war.

»Vater!« flehte Else ängstlich. Er beachtete es nicht, sondern sprach weiter zu Max Eberhard: »Es ist wahr, Herr Doktor, ich bin Euch zu großem Dank verpflichtet. Darauf aber war ich nicht vorbereitet, daß Ihr Euch hinter meinem Rücken bezahlt machen würdet.«

»Herr von Menzingen«, fuhr Max auf. Else faßte jedoch seine Hand, und ihr bittender Blick dämpfte seine Hitze. »Nochmals, vergebt mir. Konnte ich Euch einen Dienst leisten, bei meiner Ehre, ich dachte an keinen Lohn. Und welcher Dienst wäre auch groß genug, um ein Kleinod wie das Herz Eurer Tochter aufzuwiegen? Nun ist es mein, mir geschenkt in freier Zuneigung, und ich bitte Euch inständig, gebt uns den Segen des Vaters zu dem der Mutter.«

Diese trat wieder zu dem Gatten, während Else mit flehenden Augen und gefalteten Händen zu ihm aufschaute, und sprach bewegt: »Erhalte dir die treue und feste Stütze, die du an ihm hast. Du weißt es selbst am besten, Stephan, was ein solcher Mann in dieser schrecklichen Zeit wert ist. Du kannst ihn nicht von dir stoßen, nicht nein sagen wollen.«

»Oh, Vater! Vater!« rief Else mit Tränen in den seelenvollen Augen.

»Dennoch muß ich nein sagen«, erwiderte der Ritter. »Wir leben nicht in der Zeit der Idyllen und bukolischen Gedichte. Diese Liebe ist ein Torheit. Je unruhiger die Zeit ist, desto fester müssen die Grundmauern sein, auf die ich das Glück meines Kindes stelle. Ihr wie ich, Herr Doktor, wir sind beide ohne Vermögen. Es wäre unverantwortlich von mir, wenn ich zulassen wollte, daß meine Tochter in vergeblichen Hoffnungen dahinwelkte. Nein, Herr Doktor, dazu wurde meine Tochter nicht geboren.«

»Aber ich will ja gern warten, liebster, bester Vater«, bat Else mit ihrer weichsten Stimme. Max aber rief mit wogender Brust: »Ihr hört es, Herr von Menzingen, Else liebt mich. Ihr dürft ihrem und meinem Glück nicht im Wege stehen. Ihr setzt Eure ganze Kraft, ja vielleicht das Leben ein, um die Unterdrückten zu befreien, wie könntet Ihr da Eurem eigenen Kind zum Tyrannen werden, es dem Mann verweigern wollen, den ihr Herz gewählt hat?«

Das Weiße in den Augen des Ritters wurde von Blut unterlaufen. »Wenn ich ein Träumer wäre wie Ihr«, rief er, von den Worten des jungen Eberhard getroffen, mit mühsamer Selbstbeherrschung. »Der verdient die Freiheit nicht, der nicht zu gehorchen versteht. Was Ihr Freiheit nennt, ist das Nachgeben den Gelüsten der Willkür, ist Schwäche eines verzärtelten Herzens. Ich muß bei meiner Weigerung bleiben, und Else wird ihre Pflichten gegen ihren Vater erfüllen. Schickt mir Eure Rechnung, Herr Doktor, ich werde sie begleichen.«

Max zuckte hoch. Frau von Menzingen taumelte fast auf den nächsten Stuhl. Else aber schrie auf und umschlang den Hals des Geliebten mit beiden Armen: »Nein, ich lasse ihn nicht gehen! Ich lasse nicht von dir, Geliebter!« Max preßte die zarte Gestalt an sich. »Nein, mein holdes Leben«, rief er von Schmerz erschüttert. »Mein Herz ist dein für alle Zeit. Die Grausamkeit deines Vaters kann uns trennen, aber nicht die Liebe aus meiner Brust reißen. Gehen muß ich jetzt wohl!«

Herr Stephan war an ein Fenster getreten, hatte die Arme vor der Brust verschränkt und sah finster auf den Marktplatz hinunter. Max bedeckte den Mund der Geliebten mit unzähligen Küssen, nahm ihren Lockenkopf zwischen seine Hände und küßte sie auf die in Tränen schwimmenden Augen, auf die reine, weiße Stirn. Mit Gewalt riß er sich los, ergriff und küßte die Hand der weinenden Mutter und eilte fort. »Lebe wohl, Geliebte!« Er rief es noch unter der Tür.

»Max!« schrie Else verzweifelt auf. »Mutter!«, und sie stürzte vor dieser nieder und verbarg, leidenschaftlich weinend, ihr Gesicht in deren Schoß.

Ritter Stephan schaute noch eine Minute lang zum Fenster hinaus, dann strich er seinen Schnurrbart in die Höhe und drehte sich um. Er wollte etwas sagen, als seine Augen jedoch denen der Gattin begegneten, schwieg er, so traurig und vorwurfsvoll waren sie auf ihn gerichtet. Er ging.

Dr. Max Eberhard schickte seine Kostenrechnung nicht. Statt dessen erreichte ein Schreiben aus Neusitz den Ausschuß, in dem die Bauern erklärten, daß sie ihre ganze Sache diesem anheimstellten. Er möchte sich nicht dadurch befremden lassen, daß sie einstweilen weiterzögen. Denn ihre Brüder in den benachbarten Herrschaften benötigten ihren Rat und ihre Vermittlung. Abweisen könnten sie dieselben nicht, hofften aber die Angelegenheiten in wenigen Tagen zu beenden.

Schon waren sie von Neusitz aufgebrochen und auf das linke Ufer der Tauber übergesetzt. Hätte Kaspar sie ziehen sehen, dann würde er unter den Bauern der Junker von Rosenberg und Finsterlohr den Lorenz Knobloch als einen ihrer Hauptleute haben stolzieren sehen. Durch Taten hatte er sich ihnen nicht empfehlen können, es sei denn, auch seine erstaunliche Trinkfestigkeit gehörte dazu. Sein Mundwerk hatte ihm das Vertrauen der junkerlichen Hintersassen gewonnen, deren dürftige Bekleidung und ausgemergelte Gestalten noch von den Leiden ihrer Leibeigenschaft zeugten. Wie ein Mühlrad, das Wasser zu Schaum schlägt und umherspritzt, so wußte Knobloch zu reden, zu prahlen, zu schmeicheln, aufzuregen, den Durst nach Rache an den Junkern noch anzustacheln. Diese Unglücklichen, in denen die Edelleute die Menschlichkeit frech geschändet hatten, drängten ungeduldig zum Vorbach, der sich bei dem Frauenkloster Schäftersheim, unterhalb des mit Wein gesegneten Städtchens Weikersheim, in die Tauber ergießt. An den Bergen, zwischen denen sich der Bach dahinschlängelt, klebten die Burgställe von Haltenbergstetten und Laudenbach.

In geringer Entfernung von dem Burghaus des wilden Zeisolf, am Vorbach weiter aufwärts, liegt das Kirchdorf Oberstetten. Hier hatte der Rat von Rothenburg große Getreidevorräte lagern. Die Bauern beschlagnahmten es sogleich, und der Beutemeister Fritz Mölkner ließ es für die Hohenloheschen Bauern des nahen Amtes Schrotzberg, die kauflustig herbeiströmten, abmessen. Über dem Handel trafen Abgesandte des Ausschusses dort ein. Es kamen Valentin Ickelsamer, Hans Leupold, der Bäcker, Kilian Etschlich, dazu Hieronymus Offner und Christian Hainz, die beide zuvor im Äußeren Rat gesessen hatten. Diese letzteren, Mitglieder des Adels, mußten mit stillem Zorn zusehen, wie das städtische Getreide verkauft wurde. Verhindern konnten sie es nicht. Wie Ickelsamer den Hauptleuten eröffnete, hatten die Abgesandten den Auftrag, die Bauern eidlich zu verpflichten, daß sie sich der Entscheidung des Ausschusses nicht weiter widersetzen, sondern sie als unabweisbar anerkennen wollten.

»Darüber läßt sich ja reden«, meinte Leonhard Metzler. »Nur müssen die Herren sich halt die Mühe machen, mit uns zu reisen, während wir weiterziehen! Wir haben halt Eile.«

»Freilich«, bestätigte der lange Lienhart, »und derweil mag der Pfarrer Denner verhandeln. Nur das möcht' ich noch fragen: Wenn wir uns auch jetzt mit dem Ausschuß und der Gemeinde von Rothenburg vergleichen, so wird es uns der Rat doch nicht vergessen und auch die benachbarten Herren nicht, deren arme Leute sich uns angeschlossen haben, daß wir sie durch unseren Aufruhr zur Gerechtigkeit gegen uns gezwungen haben. So müssen wir der Strafe durch einen Rat immer gewärtig sein. Wie wollt Ihr uns davor behüten? Denkt daran, Pfarrer Denner!«

Damit schwang er sich auf seinen Schimmel und ritt zu dem Haufen der Rosenberger und Laudenbacher, welche, die Vorhut bildend, schon ungeduldig auf das Zeichen zum Aufbruch warteten.

»Vorwärts, ihr Brüder«, rief er ihnen zu, »vorwärts! Aber horcht, lebendig müssen wir ihn haben, lebendig, den greulichen Mordbrenner! Was wollen wir mit einem toten Hund?«

»Braten wollen wir ihn bei lebendigem Leib, den Hund!« scholl es ihm wild aus dem Haufen entgegen, der sich in Bewegung setzte, den langen Lienhart an der Spitze.

Knobloch gesellte sich zu ihm. Mit einer Kopfbewegung auf die nachfolgende Schar deutend, fragte er: »Glaubst du, daß die mit ihren Sensen, Forken, Stachelkolben und rostigen Spießen die Burg erstürmen werden?«

»Warum nicht?« fragte der lange Lienhart mit großer Ruhe und fügte mit einem Seitenblick auf ihn hinzu: »Leichter ist's freilich, Humpen zu stürzen und Mädchen zu küssen. Die Hauptsache ist, daß sie den Fuchs in seinem Bau umstellen, bis die anderen nachkommen.«

Links auf der Höhe tauchten aus den Büschen die grauen Mauern von Haltenbergstetten auf. Die Schar erhob ein Geschrei, das noch wilder und leidenschaftlicher wurde, als jetzt bei einer Biegung des Weges zu Füßen der Burg das Dorf sichtbar wurde, vor dem eine Brücke auf das linke Ufer des Vorbachs führte. Es war ein Anblick, der selbst starke Herzen erschüttern konnte, um wieviel mehr nicht diejenigen der Unglücklichen, die dort ihre Heimat hatten. Der größte Teil des Dorfes war eine Brandruine. Auf einigen Häusern starrten die verkohlten Dachsparren schwarz gen Himmel, von anderen waren die Dächer ganz verschwunden und entweder in das Innere oder als brandschwarze Reste auf die Gasse gestürzt. Hier schauten die Ringmauern aus leeren Fensterhöhlen auf die Verwüstung, dort waren die Wände geborsten, zusammengebrochen oder nur Stücke noch. Ein Herd, ein Rauchfang ragten aus den Schutthaufen. Jammer, Schmerz, Verzweiflung der Armen brachen gewaltsam hervor und, als schlügen noch die Flammen aus ihren Hütten, Scheuern, Ställen und es gälte noch etwas zu retten, so stürmten sie, taub gegenüber allen Zurufen ihrer Hauptleute, nach dem Dorf. Dort mochte man sie inzwischen gesehen haben, erwartet wurden sie gewiß schon längst, denn nun brach zwischen den Brandtrümmern ein dunkles Gewühl hervor und drängte über die Brücke den Kommenden entgegen: Frauen, Mädchen, Kinder, Greise. Welch ein Wiedersehen zwischen den Ausgezogenen und ihren zurückgebliebenen Angehörigen. Wie sie einander in den Armen lagen, an den Händen hielten, in verworrener Hast, unter Tränen, Schluchzen, Klagen, zornigen Ausrufen, Flüchen, Racheschreien berichteten und zuhörten!

Die Laudenbacher, die beisammengeblieben waren, schauten mitleidig auf ihre unglücklichen Kameraden, und der lange Lienhart hielt bei ihnen an und drehte ein über das andere Mal an seinem dicken Schnauzbart.

Und der Verursacher all dieses Jammers und Elends saß unterdessen mit seinem Freund Philipp von Finsterlohr in seinem Burgstall auf der Höhe, und beide spülten mit Wein das Mittagsmahl hinunter, dessen Überreste noch auf dem Eichentisch zwischen ihnen standen. Die Fenster der Stube, in der sie saßen, gingen auf das wild-schöne Vorbachtal hinunter und ersparten ihnen den Anblick des verwüsteten Dorfes. Junker Philipp weilte seit gestern auf der Burg. Am Morgen waren sie auf der Schweinsjagd gewesen und ließen es sich jetzt wohl sein. Der Laudenbacher war heraufgekommen, um mit dem Freund zu beraten, wie sie sich bei den täglich drohender sich gestaltenden Unruhen verhalten sollten. Zwar hatte er sich gegenüber seinen davongezogenen Hintersassen nicht die gleiche heimtückische Bosheit wie sein Freund zuschulden kommen lassen. Aber ein gutes Gewissen hatte auch er nicht. Auch er hatte seine Hörigen hart gedrückt, um schlemmen zu können, und nun waren, dem Beispiel der Bürger von Mergentheim folgend, auch die Weikelsheimer in seiner nächsten Nachbarstadt aufgestanden. Er schlug vor, daß sie sich nach Würzburg in Sicherheit bringen sollten, da sie mit ihren wenigen Knechten die Burgen gegen einen Ansturm der Bauern schwerlich halten könnten. Der wilde Zeisolf lachte ihn aus. Für ihn waren die Bauern nur ein feiges Gesindel, das auseinanderstieben würde, sowie man ihm den gehörigen Ernst zeigte. Sie würden es nicht wagen, ihre Burgen anzugreifen. Auch hätten sie kein Geschütz, und wollten die Roßmucken mit ihren Köpfen die Mauern einstoßen, so sollten sie es nur versuchen.

Der leichtlebige Junker von Finsterlohr ließ sich durch die Zuversicht des Rotbartes gern beruhigen, und das Thema wurde zwischen ihnen nicht weiter berührt. Es mochte aber dennoch manches angeregt haben, was der wilde Zeisolf, vielleicht unbewußt, für sich weitergesponnen hatte. Denn als sie jetzt beim Wein saßen, rief er plötzlich mit einem Faustschlag auf den Tisch: »'s ist ein hundsföttisch' Leben! Und wer anders ist schuld an diesem hochmütigen Verhalten der Roßmucken als Kaiser Max mit seinem ewigen Landfrieden. Wie soll der Bauer Respekt vor dem Edelmann haben, wenn er keine Furcht mehr vor ihm hat? Wenn es früher eine Fehde gab, fuhren wir dem Bauer ins Dorf mit dem Feuerbrand, trieben sein Vieh weg und schleppten ihn selbst fort, damit er auf unseren Feldern rackerte, oder warfen ihn in den Turm, bis er sich freikaufte. Mehr als einmal hat mein Vater selig Rothenburg Fehde angesagt und ist in die Dörfer der Stadt eingefallen. Ja, damals zitterte der Bauer noch vor uns. Und unser eigenes Fleisch wird schwach bei dem ewigen Frieden! Selbst der Götz mit der eisernen Hand, der sonst alle Arme voll Händel hatte, ist ins Mauseloch gekrochen, seitdem er sich vor drei Jahren mit zweitausend rheinischen Gulden aus dem Heidelberger Gefängnis freikaufen mußte. Es war wegen seinem Beistand, den er dem Herzog Ulrich gegen den Bund geleistet hatte. Und der Thomas von Absberg, der Wolf von Giech, mein Vetter Kunz, der Hans von Embs haben auch zum letzten Mal in den Sträuchern gelegen, nachdem ihnen der Schwäbische Bund vor zwei Jahren den Waldstein erstürmt und niedergebrannt hat.«

Junker Philipp brach in ein lautes Gelächter aus. Das Stirnrunzeln Zeisolfs, dem der Wein das Blut ebenso schwer wie jenem munter machte, zügelte sein Lachen nicht, und er rief: »Du fängst Grillen, Freund. Das kommt davon, daß du hier einsam wie ein Uhu hockst. Zum Henker, warum nimmst du dir nicht eine Frau. Ich wüßte eine, die zu dir passen täte.«

»Laß mich in Ruhe«, murrte der andere und trank.

»Nein, denn du fängst an abzustehn. Hab's dir erzählt, daß ich zum Fasching in Würzburg war. Die Blume war die Adelgunde von Thüngen, sah sie im Haus ihrer Mutter und schloß mit ihrem Bruder Adam Freundschaft. Du weißt wohl, daß er ein Vetter des Bischofs ist, des Herzogs in Franken, wie er sich nennt«, setzte er lachend hinzu. »Sie ist eine schöne Frau, die Adelgunde, und der Bischof hat einen Narren an ihr gefressen. Der Junge, der Wilhelm von Grumbach, scharwenzelte um sie herum. Er will hoch hinaus, aber er kann es sich aus dem Kopf schlagen. Der Adam gibt sie keinem Lehensmann seines Vetters und am wenigsten einem jüngeren Bruder, wie es der Grumbach ist. Ich will meine eigene Zunge fressen, wenn du sie nicht kriegst, wenn du nur willst.«

»Aber, zum Henker, ich will sie nicht«, schrie Zeisolf.

»Weil dir die Gabriele noch immer im Kopf herumspukt, was?«

Junker von Rosenberg ergriff seinen Becher und stieß ihn mit solcher Gewalt auf den Tisch, daß der Wein zwischen seinen gespreizten Fingern hoch aufspritzte. Es glomm drohend in seinen blassen Augen. Der Finsterlohr zuckte die Achseln, und jener fragte: »Hältst du mich denn für verrückt?«

»Nun, damals warst du's und wolltest nicht auf mich hören, obwohl ich dir voraussagte, daß die Geschichte mißglücken würde«, erwiderte Junker Philipp gleichmütig. »Ich kann ja von Glück reden, daß nicht ich selbst, sondern bloß mein Mantel dem rabiaten Gesellen in die Hände fiel. Verdammt hübsch ist sie ja, das muß ihr der Neid lassen.«

Der wilde Zeisolf antwortete nicht. In Nachdenken versunken strich er sich wiederholt die beiden Zacken seines roten Bartes. Auch sein Freund schwieg. Als er den Becher zum Mund führte, zögerte er und sah zum Fenster. Es war ihm, als ob sich draußen ein starker Wind erhoben hätte. Eben begann der Rosenberg wieder zu sprechen. Deshalb trank er und wandte ihm seine Aufmerksamkeit zu.

»Wer kennt sich aus mit den Frauen? Du weißt, wie sie sich damals sträubte und schrie. Auch soll mich der Rat beim Kammergericht verklagt haben – mich hat von dort noch nichts erreicht –, und jetzt, wenn ich wollte ...«

»Nun?« fragte Junker Philipp gespannt und beugte, sich auf beide Ellenbogen stützend, den Oberkörper zu ihm vor.

»Es ist aber auch zu toll«, rief der wilde Zeisolf. »Meine Tante schreibt mir aus dem Kloster, daß die Gabriele sie besucht habe. Sie sei zwar sehr böse auf mich, aber doch nicht ganz abgeneigt, mir zu vergeben, wenn ich selbst sie darum bäte. Aber nicht schriftlich, sondern mündlich müßte ich es tun. Ich sollte sie wissen lassen, nämlich die Tante, wann ich zu ihr kommen wollte, sie würde dann bewerkstelligen, daß ich die schöne Gabriele träfe. Es sei aber auf meiner Seite die größte Vorsicht notwendig, denn da inzwischen das Gartenpförtlein zugemauert sei, müßte ich meinen Weg durch die Stadt nehmen.«

»Donnerwetter!« rief der Junker von Finsterlohr, »und du willst das Abenteuer wagen.«

»Gelt, jetzt wär' ich nicht verrückt, wenn ich's täte?« verhöhnte ihn der andere. »Ich weiß noch nicht, was ich tun soll, Aber was, wenn es eine Falle wäre, die mir die schöne Teufelin aus Rache stellte?«

»Im Kloster kann man dir nichts anhaben!«

»Aber auf der Gasse.«

»Nun, sei es, wie es sei, fein eingefädelt ist's, bei meinem Bauch«, rief Philipp von Finsterlohr und fuhr, beide Becher füllend, fort: »Die schönen Frauen sind gemeinhin die klügsten nicht, aber vor dem Kopf dieser Krämerprinzessin hab' ich alle Achtung. Stoß an, Zeisolf! Die schöne Gabriele soll leben, hoch!«

Sie stießen lachend an. Noch aber hatten sie die Becher nicht geleert, als einer von den Burgknechten mit verstörtem Gesicht in die Stube gestürzt kam und rief: »Gnädiger Herr, die Bauern kommen!«

»Was für Bauern, du Tölpel?« schnaubte ihn der Burgherr an und setzte den Becher ab, während Philipp von Finsterlohr von der Bank aufsprang.

»Ich hab' von den unserigen etliche erkannt, und auch andere sind dabei, alle mit allerlei Waffen«, berichtete der Knecht. »Wie Ameisen krabbelt's den Berg herauf.«

Das breite Gesicht des Junkers, das bereits der Wein gerötet hatte, wurde vor Zorn purpurrot, und er dröhnte: »Ist denn der Teufel überall los? Die Brücke auf, das Tor zu! Ihr alle zu euren Spießen und Armbrüsten! Fort!«

Der Knecht eilte davon.

Die beiden Freunde griffen nach ihren Schwertern und Baretts und begaben sich in den nächsten Eckturm, der auf das Tal hinunterschaute. Das Burgtor lag auf der entgegengesetzten Seite. Der steinige Weg, der sich dorthin um die Burg herum hochwand, war schwarz von Menschen. Nicht nur bewaffnete Männer, sondern auch Frauen zeigten sich unter den Bäumen. Der lange Lienhart ging voran. Er hatte sein Pferd im Dorf zurückgelassen. Die beiden Junker erkannten in ihm denjenigen wieder, dessen Klinge ihnen am Dreikönigstag in Rothenburg nicht wenig zu schaffen gemacht hatte. Wie Windes- oder Wellenrauschen tönte es zu den Junkern herauf. Zeisolf von Rosenberg fand die Meldung seines Knechtes bestätigt: Es waren seine früheren Hörigen. Aber auch sein Freund erkannte seine eigenen Leute. »So können wir denn allen beiden zusammen einen Denkzettel geben«, meinte er.

Sie eilten in das Haus zurück, um sich mit Gewehren, Pulver und Blei zu versehen. Drei Knechte und ein Jägerbursche waren die ganze Besatzung, die sie mustern konnten und die sie nun auf dem Wehrgang zu beiden Seiten des Tores aufstellten. Sie hatten kaum ihre Plätze eingenommen, da drangen schon die Bauern mit Geschrei aus dem Wald vor. Die hochgezogene Brücke, die sonst eine Felsspalte vor der Burg überspannte, machte sie stutzig. Der lange Lienhart trat hervor und schrie den Junkern zu, daß sie sich ergeben sollten. Ihr Widerstand würde ihnen nichts nützen, denn sie wären nur die Vorhut des Rothenburger Haufens, der ihnen auf dem Fuße folge. Die Antwort war ein von dem Jägerburschen gesandter Bolzen, der den langen Lienhart so kräftig vor die Brust traf, daß er schwankte. Seinen Panzer aus gut gehärtetem Eisen vermochte das Geschoß aber nicht zu durchdringen. Es fiel ihm platt vor die Füße. Mit Geschrei lief ein Teil der Bauern bis an den Abgrund vor. Ein Spieß flog hinüber und traf den Knecht, der neben dem Junker von Rosenberg stand, in den Kopf. Er stürzte rücklings ab. Die Sehnen der Armbrüste schwirrten, aber die Schützen hatten es zu eilig, und die Bolzen gingen zu hoch. Die

Junker sparten ihre Schüsse für den langen Lienhart auf, der jedoch vor ihnen hinter dem dicken Stamm einer Buche in Deckung ging. Mit dröhnender Stimme rief er die Unbesonnenen zurück. Unterdessen hatten die anderen Steine vom Weg aufgelesen, liefen nun ebenfalls vor und bewarfen mit ihnen die Besatzung der Burg. Angesichts dessen verloren die Junker ihre Selbstbeherrschung und schossen ihre Büchsen in den Haufen ab. Mit welchem Erfolg war nicht sofort ersichtlich. Der lange Lienhart aber sprang jetzt hinter der Buche hervor und trieb die Leute mit Flüchen und flachen Schwerthieben unter die schützenden Bäume. Es gab ein paar Verwundete. Plötzlich verschwanden die Junker mit ihren noch lebenden drei Leuten von der Mauer. Ein Geschrei ließ sich aus der Burg vernehmen, Schüsse, Eisenklirren. Die Brücke rasselte nieder, das Tor stand offen. Lienhart drang mit den Seinigen ein. Hätten Junker und Knechte, als sie die Bauern heranziehen sahen, besser aufgepaßt, so würde es ihnen vielleicht nicht entgangen sein, daß ein Teil des Haufens sich von diesem getrennt hatte und sich, durch den Wald verborgen, der Burg von der linken Seite näherte. Es waren Haltenbergstetter, die seit ihrer Kindheit mit der Örtlichkeit wohlvertraut waren, und die entschlossensten Burschen. Sie führten Leitern mit sich. Auf ihnen hatten sie an einer geeigneten Stelle die Mauern überstiegen. Der Kampf mit den im Rücken angegriffenen Junkern war nur ein kurzer, die Übermacht, trotz verzweifelter Gegenwehr, zu groß gewesen. Als der lange Lienhart mit seinen Leuten in den Burghof kam, waren sie entwaffnet und gebunden. Es kostete ihn Mühe, das Leben der Junker, die mit finster trotzenden Mienen dastanden, vor der Wut ihrer jetzt hereindrängenden Bauern zu beschützen. Er selbst konnte sich nicht enthalten, sie mit einem grimmigen Triumph zu betrachten, während er seinen dicken Schnurrbart zwirbelte. Die Knechte befahl er freizulassen.

»Und jetzt zum Gericht, ihr Herren«, rief er und befahl, die Trommel, die einzige, die der Haufen besaß, zu rühren, um die Leute, die sich schon zum Plündern in der Burg zerstreuten, zum Abzug zu sammeln. Als sie auf den Weg kamen, sahen sie unten im Tal schon den hellen Haufen heranziehen.

Der lange Lienhart blieb in der Nähe der beiden Gefangenen, um über ihre Sicherheit zu wachen, nicht um sich an ihrer Demütigung zu weiden. Ihr Stolz beugte sich auch nicht unter den heftigen Ausbrüchen des langgenährten Hasses ihrer ehemaligen Leibeigenen, den Schimpfworten und Verwünschungen, Stößen und Faustschlägen selbst von den Frauen. Unter den Menschen, die sich am Eingang des Dorfes versammelt hatten, stand ein Greis mit schneeweißem Haar. Als er die Gefangenen sah, erhob er die Hände zum Himmel und rief:

»Herrgott, ich dank' dir, daß du mich diesen Tag noch hast erleben lassen!«

Jenseits der Brücke traf der lange Lienhart mit den Hauptleuten, denen der helle Haufen langsam nachrückte, und den Sendboten des Ausschusses zusammen. Der Anblick des verwüsteten Dorfes erregte auch sie nicht wenig, und der Brettheimer Metzler rief Lienhart entgegen: »Was schleppst du den Mordbrenner und seinen Spießgesellen daher, anstatt sie auf der Stelle zu henken?«

»Um Gottes willen, was habt ihr vor?« rief Valentin Ickelsamer erschrocken. »Taucht eure Hände nicht in Blut!«

»Nein, sie sollen nach Recht und Urteil den Tod erleiden«, antwortete der lange Lienhart und ließ seinen Haufen einen Ring bilden, in dem das Gericht gehalten werden sollte. Das aufgedunsene Gesicht des Junkers Philipp war bleich, ohne daß es Furcht verraten hätte. Sein Freund bewahrte seinen finsteren Trotz.

»Das wäre Rache, nicht Recht«, rief der lateinische Schulmeister.

»Gerechtigkeit wär's«, entgegnete Lienhart rauh und forderte die Hauptleute auf, in den Ring zu treten.

Valentin Ickelsamer drehte sich nach seinen beiden adligen Begleitern, den ehemaligen Ratsherren Hieronymus Offner und Christian Heinz, um und besprach sich aufgeregt mit ihnen. Sie zogen den Pfarrer Denner beiseite.

Als nun die Hauptleute im Ring zum Gericht schreiten wollten, bat Ickelsamer um das Wort und sprach: »Liebe Freunde, es wäre falsch, wenn ein Richter seiner Leidenschaft Gehör gebe. Wohl heißt es in der Heiligen Schrift: ›Über Nattern und Vipern will ich deinen Schritt führen‹, und das ist auch euer Weg. Eine Viper ist auch dieser Junker von Rosenberg ...«

»Hölle und Teufel!« brauste dieser auf und zerrte an dem Strick, der seine Hände auf dem Rücken festband.

»Ist auch dieser Rosenberg«, fuhr Ickelsamer fort, »der den armen Leuten, die seiner väterlichen Fürsorge anvertraut sind, heimtückisch in die Ferse sticht. Aber ich bitte und beschwöre euch, ihr lieben Freunde, befleckt eure reine Sache, welche die Sache aller Unterdrückten ist, nicht mit seinem Blut, nicht mit dem des Junkers von Finsterlohr, der wie er seine Hintersassen wie ein Unmensch geschunden hat.«

Diesen Beschuldigungen stimmten die Haltenbergstetter und Laudenbacher mit Geschrei zu. Der lange Lienhart, Metzler und andere aber riefen einhellig: »Und darum müssen sie sterben!«

»Nein, nein«, protestierte der lateinische Schullehrer. »Wolltet ihr alle Nattern und Vipern vernichten mit Feuer und Schwert, wo gäb's ein Ende? Der Tod läßt keine Besserung zu. Sie sollen leben, um ihre Verbrechen gutzumachen und zu sühnen an den Geschädigten.«

»Nein, wir müssen sozusagen ein Exempel statuieren«, rief Leonhard Metzler, »damit die ganze Junkerschaft weiß, was die Glocke geschlagen hat.«

»Gericht, Gericht! Sie müssen sterben«, riefen die Bauern durcheinander.

Da trat die lange hagere Gestalt des Pfarrers Denner vor, und er sprach: »Auf allen Burgen und Schlössern und in allen Klöstern und Palästen werden sie wissen, was es an der Zeit ist, aber dazu braucht's das Blut dieser beiden Räuber und Mörder nicht, deren Übeltaten zum Himmel stinken. Im zweiten Buch Moses steht geschrieben: ›Ich will einen Schrecken vor dir hersenden und alles Volk verzagt machen, damit du kommst; und will dir geben alle deine Feinde in die Flucht!‹ Sorgt euch also nicht, liebe Brüder. Ihr Männer aber aus Laudenbach und Haltenbergstetten, wenn ihr eure Rache gestillt habt an dem Blut dieser beiden da, was dann? Bauen sich eure Häuser von selbst wieder auf, und füllen sie sich von selbst wieder mit dem eingeäscherten Hausgerät, und steht euer erschlagenes Vieh von selbst wieder auf und füllt die Ställe wie vordem? Wohlan, sie sollen ihre Schuld büßen, aber auch euch voll den Schaden ersetzen, den sie euch verursacht haben. Weigern sie sich, das zu tun, so komme ihr Blut über sie. Seid ihr damit einverstanden?«

Es blieb still. Einer sah den anderen an. Keiner mochte sich zuerst äußern. Der lange Lienhart ergriff das Wort: »Das ist in den Wind geredet, Mann Gottes. Nimm's mir nicht übel. Was sollen die Leute dir antworten, ehe sie nicht wissen, ob die Junker zur Buße bereit sind? Und selbst wenn sie willig sind, ich nehme sie von dem Rosenberg nicht an. Ich hab' eine andere Rechnung mit ihm offen. Meinen liebsten Freund hat er mir erschlagen, als er die Gabriele Neureuterin hat rauben wollen. Davon kann er sich bloß durch sein Blut freikaufen.«

Valentin Ickelsamer kam zu ihm und wollte ihn zur Seite ziehen. Er wollte hören, was Denner meinte. Dieser aber sah die Junker nur fragend an. Philipp von Finsterlohr, der der Verhandlung mit gespannter Aufmerksamkeit gefolgt war, während sein Freund einen geringschätzigen Ausdruck zeigte, erklärte sich einverstanden. Der wilde Zeisolf murrte nach einem erstaunten Blick auf den langen Lienhart: »Mit gebundenen Händen verhandele ich nicht.«

Der lange Lienhart ließ beiden die Stricke lösen. Es bestand nicht die Gefahr, daß sie fliehen könnten, denn der Ring war inzwischen von den Rothenburgern eng umschlossen worden. Auch die Bewohnerschaft des zerstörten Dorfes hatte sich dazugedrängt. Die Hauptleute und Botschafter des Ausschusses traten in Beratung. Es gab heftigen Streit. Der lange Lienhart wollte nichts von Bedingungen hören, bis ihn Leonhard Metzler mit einem bedeutungsvollen Blick anstieß und sprach: »Eines vergeßt Ihr! Wenn die Junker jetzt in der Gefahr auch Eure Bedingungen annehmen, laßt Ihr sie dann nicht Urfehde schwören? Nachher werden sie's ihre Bauern doppelt und dreifach entgelten lassen. Wir Bauern von Rothenburg sind in der gleichen Lage dem Rat gegenüber. Wir wollen unsere Sache gern dem Ausschuß anheimstellen, wie er es wünscht, und es eidlich geloben. Aber was die beiden Junker angeht, lassen wir uns auf nix ein, wenn uns die Herren vom Ausschuß nicht in dessen Namen und in dem der Gemeinde schwören, daß sie uns Bauern mit allen Mitteln beistehen wollen, wenn jemand etwas gegen uns unternehmen würde.«

Die Gesandten sahen einander betroffen an. Der lange Lienhart kraulte sich den Bart. »Ich will's annehmen, wenn ihr damit einverstanden seid«, wandte er sich an die Hauptleute. »Ja«, riefen diese einstimmig. »Nur eine Bedingung hab' ich noch zu stellen«, rief der lange Lienhart, »nämlich, daß der Junker von Rosenberg dem ganzen Haufen einen ausreichenden Abschiedstrunk kredenzt.« Die Hauptleute stimmten ihm lachend bei. Valentin Ickelsamer, der unterdessen mit seinen Begleitern geflüstert hatte, erklärte jetzt, daß sie zu dem verlangten Eid bereit seien. Die Mienen der Bauernführer verrieten ihren Triumph. Nur der lange Lienhart konnte sich nicht damit abfinden, daß seine Beute ihm entschlüpfte, und er machte ein verdrießliches Gesicht. Pfarrer Denner verkündete den beiden Junkern die gefaßten Beschlüsse und schickte voraus: »Ihr mögt sie annehmen oder verwerfen, auf einen Kuhhandel lassen wir uns nicht ein.«

Zeisolf von Rosenberg sollte auf seine Kosten die eingeäscherten Gebäude wiederherstellen und den Bauern das zugrunde gegangene Vieh ersetzen. Er und Philipp von Finsterlohr sollten jeder tausend Gulden oder fünfhundert Pfund Heller an die Kriegskasse der Bauern zahlen und einen feierlichen Eid leisten, zu keiner Zeit und unter keinen Umständen an ihren Hintersassen Rache zu nehmen. Sie sollten vielmehr schwören, daß hiermit alles vergeben und vergessen sei. Endlich vergaß der Pfarrer auch nicht den Abschiedstrunk, den der Junker Zeisolf dem gesamten Haufen verabreichen sollte. Es schien, als ob diese letzte Bedingung die Laudenbacher und Haltenbergstetter mit den anderen einigermaßen versöhnte. Denn sie waren keineswegs zufrieden, und es gab viel Lärm, bis sie sich auf das Zureden Denners, Ickelsamers und Metzlers fügten. Der wilde Zeisolf hatte, seinen flammenden Bart mit den Fingern durchpflügend, mit finsterem Gesicht die Bedingungen angehört. »Also auf Tod und Leben?« sagte er jetzt und sah seinen Freund an, der die Achseln zuckte. Dann wandte er sich zu den Hauptleuten und sprach, gleichfalls mit einem Achselzukken: »Wir nehmen an!« Darauf schworen sie den Friedenseid, so wie ihnen der Pfarrer denselben vorsagte.

Sie waren frei. Der lange Lienhart aber gab ihnen eine Wache mit, zum Schutze Mölkners, der das Strafgeld von ihnen einziehen sollte, und damit der Wein nicht ausbliebe. Dann erhob er seine weithin schallende Stimme und sprach: »Brüder, wenn ihr der Meinung seid, daß wir es dem Ausschuß übertragen sollen, unsere Sache vor dem Inneren Rat zu vertreten, falls er uns einen Eid schwört, uns mit Gut und Blut beizustehen in etwaigen Gefahren, so hebt die Hand.« Da reckten sich alle Hände in die Höhe, und der lange Lienhart forderte die Gesandten auf: »So schwört denn!« Sie schworen mit entblößtem Haupt, wie es vorher verabredet worden war. »Amen!« rief Lienhart. »Und somit erklärt der helle Haufen Rothenburgs dem Ausschuß, daß er sich den Entscheidungen desselben in seiner Sache unterwerfen wird.«

Ein Jubelgeschrei erscholl zum Himmel, und dann begannen die Büchsen zu krachen. Wenn sich die Botschafter des Ausschusses noch nicht völlig klar waren über die Tragweite ihres geleisteten Eides, dann öffneten ihnen sicher die zweihundert Freudenschüsse, welche die Bauern abgaben, die Augen.

Mittlerweile begannen auch die Weinfässer aus dem Burgkeller einzutreffen, und sie sorgten dafür, daß die Fröhlichkeit nicht versiegte. Nicht weniger als sechs Fuder Wein leerten die Bauern, ehe sie nach Weikersheim weiterzogen. Der lange Lienhart blieb in seiner Laune verstimmt, soviel ihm die Freunde auch zutrinken wollten. Sein Gelübde, Hans Lautner zu rächen, war nicht eingelöst worden. Plötzlich entstand Geschrei und Tumult. Lienhart und seine Freunde eilten auf die Menschenmenge zu, die sich unter den Bäumen am Bergabhang bildete. Ein hübsches Mädchen aus dem Dorf hatte das Geschrei erhoben, und sie beschuldigte Lorenz Knobloch, daß er ihr habe Gewalt antun wollen. Die Bauern schimpften auf ihn ein und bedrohten ihn mit ihren Fäusten. Lienhart drängte sich zu ihm durch. »Oh, du elender Tropf«, fuhr er Knobloch an, »hast du dich deshalb uns Bauern angeschlossen, um unter uns dein städtisches Luder- und Lasterleben fortzusetzen? Ein Bauernführer willst du sein? Hast ein ehelich Weib und schändest unsere Mädchen? Ein räudiger Hund bist du!«

»Schlagt ihn tot!« schrien die wütigen Bauern. Da blitzten auch schon die Schwerter. Ihr oberster Hauptmann hielt sie nicht zurück, sondern wandte sich schweigend ab. Zerstückelt und zerfleischt lag der Elende am Boden.

Die Trommeln schlugen zum Aufbruch.

Siebtes Kapitel

Die Glocken des Zisterzienserklosters Schönthal sandten ihr melodisch-feierliches Morgengeläute weithin durch das lieblich grüne Jaxttal. Das altgotische Kloster war eine Stiftung des Herrn von Berlichingen, dessen Stammburg eine Stunde entfernt auf einer Anhöhe am Fluß lag. In dem von gewaltigen Mauern und mächtigen Türmen geschützten Schloß Jaxthausen hatte Götz als jüngster Sohn des verstorbenen Kilian von Berlichingen vor fünfundvierzig Jahren das Licht der Welt erblickt. Zur Zeit saß dort sein ältester Bruder Hans, während er selbst auf der Hornburg am Neckar wohnte. Seine Vorfahren waren in der Klosterkirche zu Schönthal bestattet. Die Mönche waren bei ihren Gemüsebeeten. Sie zogen allerlei neue Arten, wie Kohl, Rüben, Spinat und Zwiebeln, und sorgten für deren Verbreitung und Anbau unter den Landleuten.

In das verhallende Geläut begann sich das Stimmengewirr einer großen Menschenmasse zu mischen, die das Tal heraufkam. Lauter und lauter wurde es, und jetzt umbrauste es das Kloster. Es waren die Bauern der Reichsstadt Hall und des Schenken von Limburg, die sich als erste auf dem allgemeinen Sammelplatz einfanden. Sie kamen aber in solcher Unordnung und Eile daher, als ob sie auf der Flucht wären. Wie überall im Reich, wo die Bauern nicht schon früher aufgestanden waren, hatten auch sie am Sonntag Judika zu den Waffen gegriffen. Aber unerfahren mit ihnen, waren sie wie auf einem Spaziergang hin und her gezogen, wobei sie die Hakenbüchsen, als ob es Holzkloben gewesen wären, auf Wagen mit sich führten. Und wo in den Dörfern die Pfarrer noch am alten Glauben hingen, da hatten sie ihnen die Kästen gefegt und die Säckel geleert. Eine lustige Fastnacht war es gewesen, bis die Bürgerschaft von Schwäbisch Hall und der Limburger mit seinen Knechten über die sorglos Lagernden hergefallen waren. Beim ersten Schuß, der über ihre Köpfe hinwegpfiff, waren sie davongestoben, sechs Wagen mit Feldfrüchten, Mehl, Wein, Brot, Hühnern, Fleisch, Geschütz und Munition im Stich lassend. Ihre Führer waren bis auf einen einzigen nach Öhringen im Hohenloheschen, wo inzwischen die von Wendel Hipler ausgestreute Saat ebenfalls aufgegangen war, geflohen.

Müde, hungrig und durstig, waren sie an dem Stammschloß der Berlichingen vorübergezappelt und lagen nun vor dem reichsfreien Kloster. Seine Pforten waren geschlossen und sie zu erschöpft und niedergeschlagen, um sich mit Gewalt Eingang zu verschaffen. Da rasselte eine Trommel, Jörg Metzler aus Ballenberg zog heran. Im Schüpfgrund hatte er seine Odenwälder und die Bauern aus den vielen Herrschaften, die dort zusammenstießen, gesammelt. Auch die Mergentheimer waren zu ihm gekommen, und als er das Jaxttal herunterzog, strömten die Hörigen des Klosters seiner Schar zu. Seine Standarte war ein Bundschuh auf einer Stange. Wie die Haller das jedem Bauernherzen teure Zeichen erblickten, da erbebte das grüne Tal von ihrem Freudengeschrei. Und als ob es die Zauberkraft einer Wünschelrute besessen hätte, so sprang plötzlich das Klostertor vor ihm auf. Der schon betagte Abt erschien an der Spitze seiner Mönche. Hatte er die Absicht, eine Ansprache an die zweifelhaften Pilger zu halten, so kam sie nicht zur Ausführung. Die weißen Gestalten mit den schwarzen Kapuzen machten die Bauern wohl einen Augenblick stutzig. Im nächsten aber schoben, drängten und stießen sie die frommen Hirten beiseite und durchfluteten plündernd das ganze Kloster. Die Hörigen suchten vor allen Dingen nach den Zinsbüchern. Der Abt hatte aber alles, was er an wichtigen Papieren und Kostbarkeiten in der Eile hatte zusammenraffen können, bereits nach Frankfurt am Main in Sicherheit bringen lassen. Dennoch erbeuteten die Bauern noch viel silbernes und goldenes Kirchengerät. Den reichsten und ihnen augenblicklich willkommensten Schatz bargen die Weinkeller. Die Geister der edlen Trauben, die sie bisher kaum dem Namen nach gekannt hatten, waren es dann, die sie zu mancher Ausuferung verleiteten. Beichtstühle wurden zerschlagen, Altäre beschädigt, Heiligenbilder mit dem Spieß durchstochen, manch kunstvoll bemaltes Fenster eingeworfen. Der Wein steigerte den Ärger der Leibeigenen und Fronbauern darüber, daß sie die Zinsbücher nicht fanden, zur Wut, und sie drohten, die Mönche totzuschlagen. Georg Metzler nahm sich ihrer jedoch so nachdrücklich an, daß die Bauern sich damit begnügten, sie aus dem Kloster zu jagen. Nur einem von ihnen wurde dazubleiben gestattet, wofür er die Hauptleute bedienen mußte.

Die Ankunft eines neuen Haufens lockte diese aus dem Refektorium, wo ihnen Pater Eusebius – so hieß der zurückgebliebene Mönch – mit dem Besten aufwartete, was die Klosterküche zu bieten hatte. Wagenhans von Lehren, ein ehemaliger Kriegsmann, kam mit den Bauern des Weinberger Tales, in deren Banner ein Dreschflegel und eine zweizackige Gabel über einem Bundschuh sich kreuzten.

Und so traf Schar nach Schar bei dem Kloster ein, dessen Weinkeller und Wirtschaftshof Wein, Mehl und Korn mehr als genug für alle auf viele Tage bot, und schlug ihr Lager in dem freundlichen Tal an den Ufern der Jaxt auf. Zunächst hielt unter Trommelschlag und Pfeifenklang ein Fähnlein seinen Einzug, das allgemeines Staunen erregte. Es mochte mehr als zweitausend Mann zählen und war durchaus kriegerisch geordnet und gegliedert. Ihr Oberster, der auf einem Rappen saß, trug eine schwarze Rüstung, jedoch keine goldenen Sporen. Schwarz war auch das wallende Banner, auf das in Gold eine aufgehende Sonne gestickt war. Schwarz waren die Schärpen der Führer, und alle Männer trug eine schwarze Binde um den linken Oberarm. Alle waren vortrefflich, wenn auch verschieden bewaffnet und demgemäß geordnet. Die einen trugen den blanken Flammberg auf der Schulter, den Dolch am Gürtel, die anderen Spieße oder Hellebarden nebst Schwert und Dolch. Die Mehrzahl war mit Büchsen versehen und erschien in Eisenhüten und Panzern, das Schwert an der Hüfte.

»Der Florian Geyer!« rief Jörg Metzler in das beifällige Stimmengebrause und drängte sich durch die Menge, in der er stand, um den Obersten der Schwarzen Schar zu begrüßen. Fritz Büttner aus Mergentheim aber rief laut den Hauptmann der Schützen an, der niemand anders als sein Freund Simon Neuffer war.

Es waren die Ohrenbacher und Reichardtsroder, verstärkt durch eine ausgewählte Schar von Landsknechten, die Florian Geyer angeworben hatte und mit denen er zu jenen gestoßen war, als sie auf dem Zug nach Schöntal unweit von seiner Burg haltgemacht hatten. Schon von Reichardtsrode aus hatte Simon ihn an sein Versprechen, das er in Ballenberg gegeben hatte, erinnert. Wie wenig er dasselbe auch nur einen Augenblick vergessen hatte, davon zeugte die schwarze Fahne, in die Frau Barbara selbst die aufgehende Sonne gestickt hatte. Sie und das Söhnchen hatte er zu ihrem Bruder Hans nach Rimpar geschickt, unter dem Vorwand, dort das Osterfest gemeinsam zu feiern. Mit tausend Schmerzen hatte sie sich von dem geliebten Mann, dem Vater ihres Kindes, getrennt. Ihn zurückzuhalten hatte sie nicht versucht. Ihre Liebe sollte ihm in dem Bild der Sonne voranleuchten auf dem Weg zum Sieg. Paul Ickelsamer, der feurige Lockenkopf, trug das Banner.

Ebenfalls eine Sonne, aber eine in vollem Licht strahlende über einem goldenen Bundschuh mit dem Schriftzug: »Wer frei sein will, der zieh' unter diesem Sonnenschein«, leuchtete von der weißen damastenen Fahne, die der Bauernschaft der vier Dörfer der freien Stadt Heilbronn und vieler anderer am Neckar auf- und abwärts gelegenen voranflatterte. Die schwarze Hofmännin schritt ihr voran an ihrem weißen Stecken und neben ihr als oberster Hauptmann der Schüler und Erbe ihres glühenden Hasses: Jäcklein Rohrbach aus Böckingen. Er entstammte einem sehr alten reichsfreien Geschlecht, das zu Weinwirten geworden war. Es schien, als ob in dem letzten Spross desselben alle Untugenden und Leidenschaften des adeligen Blutes noch einmal zum Durchbruch kommen sollten, ehe es erlosch. Er lebte wild und wüst, war mit Schulden überhäuft und sollte selbst Blut vergossen haben. Seine Gläubiger fürchteten ihn, und die Gerichtsdiener, die ihn verhaften sollten, vertrieb er mit Gewalt. Sein Trotz, seine Tollkühnheit und sein überlegener Verstand gewannen die Dorfjugend für ihn.

Es ist nicht unwahrscheinlich, daß der Widerspruch seiner wirklichen Stellung zu derjenigen, die er nach seiner Herkunft hatte, ihn für den Haß gegen Sporen und Glatzen besonders empfänglich machte, den er aus dem Verkehr mit der schwarzen Hofmännin in sich aufnahm. Auch ihm erschien die Unglückliche als eine Sybille, als eine Prophetin. Und so verbreitet war ihr Ruf, daß die Leute sich herbeidrängten und sie mit ahnungsvollen Schauern betrachteten, als sie jetzt nach Schöntal kam.

Jakob Rohrbach hatte seinen Weg über Öhringen genommen. Noch hatten die beiden Grafen von Hohenlohe in ihrem Hochmut geglaubt, den Sturm mit ein wenig Ernst und vielen Versprechungen besänftigen zu können. Als Jäcklein mit den Seinigen nach Öhringen kam, brach er mit unwiderstehlicher Gewalt los. Die Hohenloher folgten ihm auf dem Fuße. Wolf Gerber war ihr Hauptmann. Wendel Hipler kam mit ihnen.

Noch an demselben Abend traten die Hauptleute der verschiedenen Haufen in dem Konventssaal des Klosters zusammen und wählten Jörg Metzler zum obersten Hauptmann des vereinigten Heeres, das sich der hellen Haufen des Odenwaldes und Neckartals nannte. Wendel Hipler wurde dessen Kanzler.

Dieser schlug sein Quartier in den Stuben des Abts auf, wo Pater Eusebius die Spuren der Plünderung so gut als möglich beseitigt hatte. Er kam aber erst spät zur Ruhe, denn es gab unter den Genossen, die sich nun wieder zusammengefunden hatten, viel zu berichten und zu erzählen. Überdies waren die Gemüter erregt, wie es am Vorabend erfolgreich vorbereiteter Ereignisse normal ist. Da wurde in hoffnungsfroher Stimmung mancher Becher des edlen Klosterweines geleert. Und auch in den Lagern und Dörfern des Tals wurde es sehr spät erst still.

Wendel Hipler saß am nächsten Morgen, allerdings etwas später, als es seine Gewohnheit war, noch bei seinem Frühstück, das aus einem Stück Brot und einem Trunk Wein bestand, als Jörg Metzler einen vom Kopf bis Fuß geharnischten Mann bei ihm einführte. Er war von untersetzter Gestalt, die der gewölbte Brustpanzer und die Achselstücke noch breiter und gedrungener erscheinen ließen. Der offene Helm zeigte ein apfelrundes, von einem kurzen weichen Vollbart eingefaßtes Gesicht. Die nicht eben großen Augen standen etwas weit entfernt von der gebogenen, stumpf und fleischig ausgehenden Nase über dem schlicht herabhängenden Schnurrbart. Die Augen schauten eher treuherzig als heldenhaft aus dem rotwangigen Antlitz, in das Wendel Hipler kaum einen Blick geworfen hatte, als er sich aus dem weich gepolsterten Sorgenstuhl des Abts überrascht mit dem Ausruf erhob: »Götz von Berlichingen!«

»Er selbst«, erwiderte dieser. »Ihr kennt mich also noch? Es ist lange her, seitdem wir einander zuletzt begegnet sind.«

»Freilich. Ich aber sah Euch zuletzt in Heilbronn«, antwortete Hipler. »Doch Ihr kommt sicher nicht so gerüstet, um mich zu bekämpfen. Nehmt also Platz, Herr Ritter.«

Götz von Berlichingen folgte der Einladung, wobei er den Helm abnahm und eine über den starken Brauen etwas gewölbte Stirn entblößte, die bereits bis weit nach oben kahl war. Das Haar, das schlicht auf die Halskrause herabfiel, war sonst aber noch dicht und dick.

Wendel Hipler fuhr fort: »Ich war just zum Gerichtstag in Heilbronn, als der Rat die ritterliche Haft, zu der Ihr Euch in Möckmühl ergeben hattet, in Gefängnis verwandeln wollte. Der schlaue und herzlose Truchseß von Waldburg hatte ihn dazu angestiftet, wie ich später erfuhr. Zum Glück konnten der Bruder Eures Schwagers, der Franz von Sickingen, und Florian Geyer, die auf ihrem Zug nach Stuttgart in der Nähe waren, den wohlweisen Rat eines besseren belehren. Man erzählte nachher, wie dieser schreckensbleich in die Höhe gefahren sei, als Ihr ihm mit einem Schlag Eurer eisernen Faust auf den Tisch Euer Recht bewiest und darauf die ehrsamen Bürger, die mit Spießen und Stangen bereitstanden, um Euch zu fangen, zur Tür hinausflohen.« Jörg Metzler, der an einem schmalen Stehpult lehnte, lachte aus vollem Hals. Götz stimmte ein wenig gezwungen ein. Die Erinnerungen an Möckmühl gehörten nicht zu seinen angenehmsten, und die leise Ironie in dem Ton des Erzählers machte sie nicht angenehmer. Ablenkend sagte er: »Der gute Franz! Hätte er noch warten können, heut' würd' ihm sein Vorhaben gegen den Erzbischof von Trier nicht scheitern, und die Bauern hätten an ihm einen Führer, wie es keinen zweiten im Reich gibt. Hui, was würd' er die Pfaffen und Fürstlein von den Stühlen fegen!«

Wendel Hipler schaute ihn mit seinen klugen Augen durchdringend an. »Ihr habt die alten Pläne noch immer nicht vergessen?« fragte er.

»Was wollt Ihr?« erwiderte Götz. »So etwas vergißt man nie wieder. Ich war nie der Pfaffen und der Fürsten Freund, und jetzt weniger denn je. Findet die Reichsritterschaft doch kaum mehr Luft genug zum Atmen.«

»Aber mit den alten Karten ist in der heutigen Zeit kein Spiel mehr zu gewinnen, schaut nur um Euch«, bemerkte Hipler.

»Das ist's just«, erwiderte der Ritter mit der eisernen Hand. »Es geht mir nicht ums Eigenlob, wenn ich sage, daß ich von jeher ein Freund der armen Leute war. Ist es doch bekannt genug, wie ich manchem gegen bischöfliches oder städtisches Regiment beigestanden bin und ihm zu seinem Recht verholfen habe.«

»Freilich ist's bekannt«, unterbrach Jörg Metzler ihn. »Als der Ritter vor dem Kloster vom Pferd stieg und es hieß: Das ist der Götz!, da liefen die Leute herbei, um ihn zu sehen.«

Götz strich sich seinen schlichten Schnurrbart mit kaum verhohlenem Wohlgefallen und nahm den Faden seiner Rede wieder auf. »Franz schätzte die Bauern gering, hätten sie aber einen Feldhauptmann wie ihn, er brächte den Adel zu ihnen. Das wollte ich sagen. Ein solcher Hauptmann, der dazu die Geltung beim Adel hätte, und die Karten wären gar fein gemischt.«

Hipler, der ihm aufmerksam zugehört hatte, schwieg nachdenklich.

»Aber da schwätz' ich von alten Zeiten und bin doch wegen etwas ganz anderem hergekommen«, rief Götz. »Schaut gar übel aus im Kloster, wohin mein Blick auch fiel. Nun, Krieg ist halt Krieg.«

»Nennt nur das Kind beim rechten Namen«, äußerte Wendel Hipler mit einiger Schärfe. »Aber die Bauern sind keine Heckenreiter und Straßenräuber. Was da an Kostbarkeiten, Wein und Früchten in den Klöstern und Schlössern aufgehäuft ist, das ist dem Schweiß der Bauern von denjenigen abgepreßt worden, die faulenzen.«

»Dann kann ich wieder nach Jaxthausen zurückreiten, wie ich kam«, rief Götz, während er sich mit glühender Stirn erhob. »Mein Begehren zielte auf einen Schutzbrief für meinen Bruder Hans und die Seinigen.«

»Da müßt Ihr Euch an den da wenden, das ist unser oberster Hauptmann«, erwiderte Hipler, ohne dem Beispiel Götz' zu folgen, und deutete auf Georg Metzler. »Ich mache nur den Sekretär, just wie Anno 1513 bei der von dem Herzog Ulrich und dem Grafen Georg von Hohenlohe eingesetzten Kommission, die mit Euch, Herr von Berlichingen, einen Streit zu schlichten hatte, weil Ihr dem Antonius Welser einen Wagen mit Kaufmannswaren, der nach Straßburg unterwegs war, unweit von Öhringen weggenommen hattet.«

»Der Wagen kam von Nürnberg, und ich lag in ehrlicher Fehde mit der Stadt«, erklärte Götz.

In dem geistvollen Gesicht des Kanzlers blitzte es ironisch auf. Aber er unterdrückte diese Regung und sprach mit Ernst und Nachdruck: »Heute gibt es nur noch eine einzige große Fehde: diejenige, in der die Bauern zu den Waffen gegriffen haben. Da ist es nicht mehr als recht und billig, Herr von Berlichingen, daß diejenigen, die den Bauer zu diesem Kampf um seine Freiheit zwingen, auch die Kosten dafür tragen und zahlen. Und ich denke, Herr Ritter, wenn's Adel und Geistlichkeit verstanden haben, ihrer Ausbeutung der armen Leute ein Mäntelchen umzuhängen, das sie Recht und Gesetz nennen, so wird sich auch eine Ordnung für die Kriegskontribution finden lassen, die jetzt der Bauer von jenen einziehen muß. Was aber den Schutzbrief anbelangt, nun, Bruder Jörg, da könnte man wohl drüber reden, was meinst du?«

Dieser erklärte sich damit einverstanden. Wendel Hipler entnahm seinem Mantelsack Papier, Feder und Tinte und entwarf den Schutzbrief. Durch denselben gebot der oberste Hauptmann des hellen Haufens des Odenwaldes und Neckartals jedem Mann, egal welchen Standes oder Wesens er sei, gegen Hans von Berlichingen, seine Diener, Untertanen oder Verwandten im argen oder unguten, mit tätlicher oder gewaltsamer Handlung welcher Art auch immer nichts zu tun oder vorzunehmen, sondern ihn und der Seinen Leib, Hab und Gut zu schützen helfen bei Verlust seines Leibs und Lebens.

Götz schaute unterdessen, an den Enden seines Schnurrbartes kauend, aus einem der Spitzbogenfenster, an das er getreten war, auf den grünen, von dem Kreuzgang umschlossenen Rasenplatz, auf dem die Mönche begraben lagen. Kein Hügel, Kreuz oder Stein bezeichnete die Gräber. Der von den ersten Frühlingsblumen durchwirkte Rasen war ganz eben. An die Flüchtigkeit und Vergänglichkeit allen Ehrgeizes dachte Götz schwerlich dabei. Jörg Metzler hatte sich in den Sorgenstuhl des Abts geworfen und gähnte vor Ungeduld. Einmal rief er: »Beeile dich, Kanzler, ich hab' einen ganzen Berg Arbeit!« Er entfernte sich denn auch ohne weitere Umstände, nachdem Wendel Hipler den Schutzbrief vorgelesen und er ihn unterzeichnet hatte. Hipler als Kanzler setzte seinen Namen ebenfalls darunter und drückte sein Siegel auf das Papier.

»In Jaxthausen ist er jetzt sicher wie in Abrahams Schoß«, sagte er, dem Ritter das Dokument überreichend. »Ja, Herr Götz, es ist eine große Zeit, in der wir leben. Darum wundert es mich, daß Ihr sie in Euren vier Wänden aussitzt. Ihr scheutet doch sonst nicht Sturm noch Ungewitter.«

»Ein Heuchler bin ich mein Lebtag nicht gewesen«, rief Götz mit einem tiefen Atemzug. »So gesteh' ich Euch, daß es mit meinem Ritterblut ist wie mit dem Wein im Faß, der gärt, wenn es Herbst ist. Die Pfaffen hass' ich, und die Fürsten möchten uns machtlos machen. Ich nehme mein Wort nicht zurück. Und der Adel denkt wie ich, das weiß ich, und er folgte mir wohl. Aber ...« Er brach ab und begann mit schweren Schritten auf und ab zu gehen. Nach einer Weile blieb er vor Hipler stehen, der unterdessen sein Schreibgerät weggeräumt hatte, rieb sich heftig die Stirn und sprach dumpf: »Reden wir nicht weiter davon. Dringt nicht weiter in mich. Ihr werdet es mir verübeln und auch der Adel, aber es darf nicht sein.«

»Lebt denn wohl, und Dank für die Mühe«, verabschiedete sich Götz nach einem kurzen Zögern und griff nach seinem Helm. »Und wenn Euch Euer Weg nach Gundelsheim führt, Herr Hipler, so geht an meinem Haus nicht vorüber.«

»In der Gewißheit einer guten Aufnahme, Herr von Berlichingen, mag es wohl geschehen, daß ich komme«, erwiderte Hipler mit Bedeutung. Eine kleine Weile später stülpte er sein Barrett auf und ging, um Florian Geyer aufzusuchen.

Auf dem Klosterhof stand ein alter Ahorn mit sich weit nach allen Seiten hin ausbreitenden Ästen, aus dessen dicken gelblichen Knospen bereits das junge Grün hervorschaute. Unter demselben hatte sich ein lebhafter Handel entwickelt. Ihr feiner Spürsinn hatte etliche Männer hergeführt, die ihre gelben Hüte und langzipfeligen Kapuzen sowie ein gelbes kreisrundes Stück Tuch auf der linken Schulter als Kinder Israels kennzeichneten, wenn es ihre morgenländischen Gesichtszüge nicht auch schon getan hätten. Den Bauern waren sie willkommene Käufer ihrer Beute. Da wurde denn um silberne Becher, Kruzifixe, Abendmahlsbecher und aus kirchlichen Geräten herausgebrochene Edelsteine, um das Krönlein der Jungfrau Maria und ihre Festgewänder aus Seide sowie um die Bestandteile priesterlicher Trachten aus feinen Leinen, Spitzen und Brokat mit Streiten und Zanken gehandelt und gefeilscht.

Bruder Eusebius schaute aus der Ferne zu. Er hatte die Kapuze abgelegt und die weite weiße Kutte gegen einen kürzeren Arbeitsrock mit Ärmeln vertauscht. In seinem Gesicht zeigte sich nur zu deutlich die Wut, die in ihm kochte, als er sah, wie diese heiligen Dinge von den schmutzigen Fingern der gottverfluchten Juden betastet und hin und her gewendet wurden.

Wendel Hipler lächelte, trat zu ihm und sprach: »Frommer Bruder, auch der Jude ist ein Mensch wie du. Der Gott, den du anbetest, erschuf auch ihn. Aber ihr, die ihr euch Christen nennt, habt ihn noch tiefer in den Schmutz getreten als die Bauern. Die Befreiung der Bauern wird auch ihn frei machen, denn das Evangelium der Freiheit wendet sich an jeden, der ein menschliches Antlitz trägt. Auch an dich, Bruder Eusebius. Aber dein Ohr ist taub. Warum? Weil du nur ein halber Mensch bist, weil du dich durch dicke Klostermauern von deinen Mitmenschen abgesondert hast, nicht fühlst für sie und mit ihnen, nicht mit ihnen arbeitest für das Wohl aller. Schäme dich! Schäme dich der Knechtschaft deiner Seele! Du bist noch jung und ein kräftiger Kerl. Wirf die Kutte ab, die dir die Hälfte deiner Männlichkeit nimmt, in der du nicht Fisch, nicht Fleisch bist. Stecke dich in einen Panzer, nimm ein Schwert zur Hand, und werde selbst frei, indem du für die Freiheit deiner unterdrückten Mitmenschen streitest.«

Er klopfte ihm auf die Schulter und ging. Der junge Mönch stand mit hochrotem Gesicht da und starrte ihm mit wogender Brust nach.

Er wußte nicht wie ihm geschah. Kriegerisches Getöse riß ihn aus seinen Gedanken heraus. Wieder ließen sich Trommeln und Pfeifen vernehmen. Wendel Hipler ging ihnen entgegen, und von allen Seiten strömten die Bauern herbei, um die heranziehenden Brüder zu empfangen. Der lange Lienhart und Leonhard Metzler aus Brettheim kamen mit der Rothenburger Landwehr, den Laudenbachern und Haltenbergstettern, denen sich die Weikersheimer angeschlossen hatten. Wie die Brandung aufgestürmter Wogen brauste der Jubel durchs Tal.

Begrüßt und begleitet von den alten Freunden und Bekannten, nahmen die neuen Ankömmlinge den Lagerplatz ein, den ihnen Jörg Metzler nach Florian Geyers Bestimmung neben der Schwarzen Schar anwies. Während ein jeder sich einzurichten suchte, stand plötzlich die schwarze Hofmännin vor dem langen Lienhart. Simon, den sie schon Tags zuvor aufgesucht hatte, um sich zu erkundigen, ob die Rache an dem Junker von Rosenberg vollstreckt sei, sagte ihm, wen er vor sich habe. Der lange Lienhart blickte sie mit einer Mischung aus Mitleid und Verlegenheit an. »Arme Frau«, sagte er und faßte ihre knöcherne Hand, ohne ihre Ansprache abzuwarten, denn er konnte sich denken, weshalb sie kam, »wir hatten den Schuft, und er hatte schon so gut wie die Schlinge um den Hals, trotzdem ist er entschlüpft.«

Ihre schmalen Lippen krümmten sich bitter. »Gibt's denn keinen unter euch Mannsleuten, der hassen kann?« rief sie. »Wenn du ihn hattest, mußtest du erst auf einen Strick warten, anstatt ihn mit deinen Händen zu erwürgen? Und du hast meinen armen Buben doch liebgehabt, wie der Neuffer mir erzählt hat!«

»Freilich war er mir ans Herz gewachsen«, versicherte der Riese. »Aber der Ausschuß von Rothenburg hat dem Junker geholfen, dadurch daß er uns gegen sein Leben die Bundsgenossenschaft der Stadt mit einem Eid gelobte!«

»Rothenburg im Bund mit uns, und das sagst du erst jetzt?« rief Simon erregt.

Die Frau lachte mit bitterem Hohn auf. »Ihr wollt frei werden und laßt eure Feinde am Leben, die Gott in eure Hand gibt«, rief sie schneidend. »Und der auch!« fügte sie hinzu und deutete mit dem Finger auf Geyer, der sich hinter den beiden anderen näherte. Der lange Lienhart wandte sich um, und ein froher Schein flog über sein bärtiges Gesicht, als er seinen ehemaligen Hauptmann erblickte, der ihn mit den warmen Worten die Hand gab: »Grüß dich Gott, Brenneken!«

»Ihr kennt mich noch und wißt noch meinen Namen, Herr Ritter?« rief der ehemalige Landsknecht hocherfreut.

»Ich wußte schon, daß du dein Schwert von der Wand heruntergeholt hattest, alter Kriegskamerad«, erwiderte Florian Geyer mit einem freundlichen Blick. »Aber nichts mehr von Herr und Ritter, aus den alten Wämsen bin ich herausgewachsen.«

»Was hoch ist unter den Menschen, das ist ein Greuel vor Gott«, sprach die schwarze Hofmännin.

»Kennt Ihr die Heilige Schrift so gut, gute Frau?« fragte Florian Geyer. »Sollte es mir gelten? Ihr zeigtet vorhin mit dem Finger auf mich.«

»Dir soll gelten, daß du die hohen Bäume stehen läßt«, erwiderte sie. »Was hilft's, daß du dein Herz den armen Leuten gibst, wenn du den Wolf nicht erwürgst, der sie mit seinen gierigen Zähnen bedroht?«

Florian Geyer schüttelte den Kopf. Er verstand sie nicht. Sie antwortete langsam, um ihren Worten mehr Nachdruck zu geben: »In gleißendem Stahl sah ich ihn entrinnen, wie dem langen Lienhart der Rosenberg. Schon einmal war er in deiner Hand, und du ließt ihn leben.«

»Sprichst du von dem Götz von Berlichingen?« fragte Florian Geyer. »Ich hörte, daß er hier war, um sich einen Schutzbrief für Jaxthausen zu erbitten.«

»Egal, warum er gekommen ist, ein Wolf wird nimmer zahm«, versetzte sie. »Du wirst es bereuen, denn ich sage dir, Florian Geyer von Geyersberg, er wird dich zerreißen und uns alle mit. Sie müssen alle sterben, die Wölfe, Bären, Löwen, Tiger, Adler, alle, alle. Gott will es!«

Sie schritt langsam davon.

Ihre Prophezeiung bewegte Florian Geyer nicht. Er würde darüber gescherzt haben, wenn er nicht gewußt hätte, daß ihr Haß aus dem unsäglichen Elend des Volkes herrührte. »Geduld, arme Frau, wir werden das Elend ausmisten«, murmelte er ihr nach. Unterdessen kam Paul Ickelsamer dazu, und schon von weitem rief er dem langen Lienhart die Frage zu: »Ist's wahr, daß Ihr den Nönnchen von Schäftersheim zum Tanz aufgespielt habt? Der Metzler erzählt es.«

»Die armen Jungfern«, lachte jener in seinen Bart. »Sie flogen lustig in die Welt zurück wie gefangene Vögel, denen die Tür des Käfigs geöffnet wird.«

»Und dabei geriet der Käfig in Brand«, scherzte der Fähndrich der Schwarzen Schar.

»Durch Zufall«, zuckte der lange Lienhart leicht die Schultern. »Wir fanden die Zinsbücher und verbrannten sie, das war die Ursache. Dabei sind denn auch alle die schönen Kerzen und Gotteslämmlein zerschmolzen, die sie aus dem Wachs ihrer Bienen anfertigten und in

Rom weihen ließen. Sie verdienten damit ein schönes Stück Geld, das sie sorgfältig für uns aufgehoben hatten.«

»Und das ist nun verloren?« fragte Herr Florian, die Brauen zusammenziehend. Seine Miene klarte jedoch auf, und er nickte befriedigt, als Simon Neuffer bemerkte: »Aber die Rothenburger haben einen guten Beute- oder Brandmeister. Schon in Reichardtsrode haben wir ihn gewählt.«

Vom Kloster her erklang eine Glocke. Es war diejenige, die sich gewöhnlich im Tal nur vernehmen ließ, wenn im Tal einer gestorben war. Jetzt diente sie dazu, die Hauptleute zur Beratung zu rufen. Es gab viel zu beraten und zu erledigen, wenn die zwölf Artikel, die das Programm der gesamten deutschen Bauernschaft waren, erfüllt werden sollten. Über das Ziel waren sich wohl alle einig, die täglich in dem Konvent zusammenkamen, wo sich sonst die frommen Väter um das Reich Gottes und die Mehrung ihres Klostergutes gesorgt hatten. Einigkeit herrschte auch darüber, daß sie aus den Klöstern ausgeräuchert werden müßten wie die Hamster aus dem Bau, in dem sie die Früchte des Bauern speicherten, und daß die Burgen, in denen das Volk nur Zwingburgen sah, gestürmt werden müßten. Aber über die Mittel und Wege zur Freiheit gab es unter ihnen nur zwei klare Köpfe: Wendel Hipler auf dem politischen und Florian Geyer auf dem Gebiet des Krieges.

Florian Geyer hatte, seitdem ihm das Scheitern von Herzog Ulrichs Unternehmen die Brust befreit hatte, in Giebelstadt einen Feldzugsplan entworfen, den er nun mit Unterstützung Hiplers in den Grundzügen zur Annahme brachte. Danach sollten die Grafen von Hohenlohe, deren Besitzungen, wenn auch nicht als ein zusammenhängendes Ganzes, sich bis an das Gebiet von Rothenburg erstreckten, sowie deren Nachbarn, die Grafen von Löwenstein, Weinsberg und Heilbronn zur Bundesgenossenschaft mit den Bauern genötigt und auf diese Weise Württemberg von der österreichischen Herrschaft befreit werden. Dann wollte man sich nach Franken wenden, wo der Hauptschlag geschehen, die Bischöfe von Würzburg und Bamberg vertrieben und das mächtige Nürnberg in den Bauernbund aufgenommen werden sollte. Auf diese Weise verstärkt und auf dem rechten Flügel durch Württemberg unterstützt, traf der letzte, vernichtende Schlag den Schwäbischen Bund, der in Ulm saß und dessen oberster Feldhauptmann, der Truchseß von Waldburg, gegenwärtig noch in österreichischem Sold an der oberen Donau gegen die aufgestandenen Bauern operierte.

Nachdem sich die Bauernheere auf diese Art und Weise verbündet und verbrüdert hatten, zog Metzler aus Brettheim mit dem größeren Teil der Rothenburger Landwehren wieder zurück zu dem Tauberhaufen, um Rothenburg in Schach zu halten und seine Verbindung mit dem Markgrafen Kasimir zu verhindern. In den Lagern zu Schöntal blieben achttausend Bauern stehen.

Aber mit Ausnahme der Schwarzen Schar und der Rothenburger unter dem langen Lienhart waren es nur lockere Haufen, ungeübt in den Waffen, und vor allen Dingen fehlte es an Geschütz. Florian Geyer ging daran, aus ihnen eine Armee zu machen, wobei er von Simon, dem langen Lienhart, Fritz Mölkner und einigen anderen nachdrücklichst unterstützt wurde Er schuf eine Heerordnung, trug im Verein mit Wendel Hipler dafür Sorge, daß der helle Haufen in Albrecht Eisenhut einen Beutemeister und in Hans Reyter aus Bierlingen einen Schultheißen erhielt, und ließ die Bauern sich in den Waffen üben. Das fehlende Geschütz sollten die Herren und Städte liefern. Er war unermüdlich tätig. Mit soldatischer Kürze und Bestimmtheit gab er seine Befehle, und man gehorchte ihnen, weil man es fühlte, daß er seine Sache verstand. Seitdem er die Scheide seines Schwertes weggeworfen hatte, wie er Max Eberhard geschrieben hatte, durchglühte ihn eine innere Freude, die sich allen mitteilte, die mit ihm zu tun hatten. Er hatte wieder einer Aufgabe, die seinen kriegerischen Neigungen und Fähigkeiten entsprach, Fähigkeiten, die sich immer weiter entfalteten, und diese Tätigkeit galt der Verwirklichung jener Ideen, die er im Verkehr mit Ulrich von Hutten genährt und entwickelt hatte. Endlich, endlich war der Tag angebrochen, der sie zur Tat schreiten lassen, das Joch der Unterdrückten zerbrechen und ganz Deutschland frei machen sollte! Sein ganzes Wesen wurde darüber zu Stahl. An sich selbst verschwendete er keinen Gedanken. Er hatte alle Brücken hinter sich verbrannt und wußte, daß er siegen oder untergehen mußte. Aber er arbeitete und interessierte sich nur für den Sieg, den Sieg der Freiheit und Gerechtigkeit.

Wendel Hipler hatte inzwischen als Kanzler des hellen Haufens an die Grafen von Hohenlohe ein Ultimatum erlassen, die zwölf Artikel anzunehmen, wenn sie Frieden haben wollten. Sie machten Ausflüchte, und nun zog das Heer nach Neuenstein, wo die beiden Grafen residierten. Als sie den Ernst der Sache erkannten, erschienen sie im Lager. »Hei«, rief sie der kleine Krees aus Niedersall an, der die Schultern eines Atlas hatte, »Bruder Albrecht und Bruder Georg, kommt her und gelobt den Bauern, bei ihnen als Brüder zu bleiben und nichts gegen sie zu unternehmen. Denn ihr seid keine Herren mehr, sondern Bauern, und wir sind die Herren von Hohenlohe. Und die Meinung unseres ganzen Heeres ist, daß ihr auf unsere zwölf Artikel schwören und mit uns einhundertein Jahr Frieden zu halten unterschreiben sollt.« Wendel Hipler, der von ihnen so schwer Gekränkte, genoß die Genugtuung, sie auf die zwölf Artikel schwören zu hören, daß sie bis zur nächsten Reformation Frieden halten, die Gefangenen freigeben und den Bauern in den nächsten Tagen Geschütze und Pulver liefern wollten. Sie mußten zu dem Gelöbnis die Handschuhe ausziehen, wie auch die Helme vom Kopf nehmen. Kein Wunder, daß ihnen angesichts dieser Demütigungen die Augen übergingen. Die Bauern aber feierten das wichtige Ereignis mit unzähligen Freudenschüssen.

Jäcklein Rohrbach war unterdessen vor Löwenstein gezogen, nachdem er das Frauenkloster Lichtenstern, dessen Konvent geflohen war, geplündert hatte. Die schwarze Hofmännin schritt seinem Banner voraus wie ein Rachegeist. Die beiden Grafen Ludwig und Friedrich von Löwenstein hatten sich in Sicherheit gebracht. Jäcklein Rohrbach ließ ihnen kundtun, daß sie sich in den nächsten Tagen in dem Lager einzufinden hätten, um den Eid auf die zwölf Artikel zu leisten. Für den Fall einer Weigerung wurde ihnen mit der Verwüstung aller ihrer Güter gedroht.

Unter dem Haufen Rohrbachs befanden sich viele Untertanen des Deutschen Ordens zu Neckarsulm. Ihre Erbitterung gegen denselben, der sie als Ritter und als Geistliche doppelt hart bedrückte, setzte es durch, daß das Heer zunächst nach Neckarsulm sich in Bewegung setzte. Der Marsch ging an Weinsberg vorbei, von dem das Ordensstädtchen zwei Stunden neckarabwärts entfernt lag. Nach Weinsberg sandte der helle Haufen einstweilen ein Schreiben mit der Aufforderung, sich dem christlichen Bund der Bauernschaft anzuschließen.

Weinsberg zieht sich ziemlich steil den nördlichen Talrand hoch. Auf der höchsten Stelle erhebt sich die Kirche, zu der man von dem abschüssigen Marktplatz mit dem Rathaus auf einer breiten Treppe hochsteigt. Zwei Tore durchbrechen die Stadtmauer zur Talsohle hin: das obere Tor, bei dem eine Mühle liegt, und das untere Tor oder Siechentor, von dem die Hauptstraße am Siechenhaus vorbei zum Marktplatz hinaufführt. Auf der Westseite, bei der Kirche, führt eine schmale Pforte zu der nur wenige Schritte entfernten untersten Umfassungsmauer der hochthronenden Burg, welche die Sage mit dem Namen der Frauentreue geschmückt hat. Die Überreste der gewaltigen Rundtürme und der zur Stadt hin doppelten Ringmauern zeugen noch heute von der damaligen Festigkeit der Burg.

Graf Ludwig Helfrich von Helfenstein, der Stuttgart gegen den Herzog Ulrich gehalten hatte, saß als Österreichs Obervogt auf dem alten Welfenschloß. Er war erst siebenundzwanzig Jahre alt, ein Günstling des Erzherzogs Ferdinand und seit fünf Jahren mit Margarethe, einer unehelichen Tochter des Kaisers Maximilian, vermählt. Ihr zweijähriges Söhnchen auf den Armen, schaute die Gräfin, die schon einmal verheiratet gewesen war, vom Schloß auf die mit großem Getöse und fliegenden Fahnen im Tal ziehenden Bauern. Es war am Karfreitag. Ihr Gatte stand neben ihr, und die Geringschätzung, mit der er von dem Feind sprach, ließ ihr beklommenes Herz wieder ein bißchen höher schlagen. Plötzlich rief sie: »Ein Ritter unter ihnen? Der in der schwarzen Rüstung bei der schwarzen Fahne! Wer kann das sein?«

»Es heißt, daß Florian Geyer von Geyersberg seinen Adel und seine Ehre so schmachvoll vergessen hat, daß er sich unter das Gesindel gemischt hat«, äußerte der Graf mit finsterem Gesicht.

»Ei?« rief die Gattin betroffen, denn sie kannte ihn sehr gut, war sie ihm als jungem Hauptmann doch mehr als einmal an dem Hoflager ihres verstorbenen Vaters begegnet. Sie erinnerte sich, daß derselbe von seinen militärischen Gaben stets mit großer Anerkennung gesprochen hatte, und ihre Besorgnis kehrte zurück. Sie verriet sich in den Worten: »Unter einem solchen Führer, Ludwig ...«

»Bah, mit den zusammengelaufenen Roßmucken!« erwiderte er. »Sie haben sich vollgesoffen am Klosterwein. Nun, wir wollen ihnen Blut zu trinken geben, daß sie daran ersticken sollen. Übrigens steht die Bürgerschaft treu zu mir, und die Hilfe aus Stuttgart muß auch jeden Augenblick eintreffen.« Er hatte tags zuvor nochmals um dieselbe geschrieben, nachdem er persönlich dort gewesen war, um Verstärkung zu holen. Denn ihm stand zur Verteidigung des Schlosses nur ein knappes Dutzend berittener Söldner zur Verfügung. Augenblicklich hatte man ihm nur siebzig Ritter und berittene Söldner mitgeben können. In heiterer Laune waren die edlen Herren mit ihm den Neckar hinuntergeritten und hatten dabei zum Vergnügen auf die Bauern in den Feldern und Weinbergen geschossen wie auf Spatzen oder Hasen. Der Graf von Helfenstein hatte lachend seiner Gattin erzählt, wir kurzweilig es gewesen war, die Kerle springen und purzeln zu sehen. Dietrich von Weiler wäre vor Lachen über die Haken, die sie wie die Hasen schlugen, fast vom Pferd gefallen, weshalb ihm denn ein Bäuerlein, das er just aufs Korn genommen hätte, in einen Weinberg entwischt wäre. Und auch der stolze Mund der Gräfin hatte gelächelt, statt sich über solchen Frevel an Unschuldigen und Wehrlosen zu entsetzen.

Die Aufforderung der Bauern, ihrem Bund beizutreten, hatte der Graf mit der Forderung beantwortet, daß ihm bis zum Samstag mittag Zeit zum Überlegen gelassen würde. Sie wurde ihm gewährt. Bis dahin mußte ja die verlangte Unterstützung aus Stuttgart eintreffen, hatte er doch höchst dringend darum gebeten, die Verantwortung für jeden Nachteil oder Schaden, der sonst daraus erwachsen möchte, ablehnend. So wie die Gattin, so ermutigte er mit dem Hinweis auf den versprochenen Beistand nun auch die Väter der Stadt, die er wegen des vielköpfigen Bauernheers schreckensbleich im Rathaus versammelt fand. Die adligen Herren, die mit ihm nach Weinsberg gekommen waren, standen neben der Bürgerschaft auf der Mauer und übten ihren Witz an den Bauern, die unter Waffenklirren, Gesang, Gelächter, Trommelwirbeln, in das sich das Brüllen des erbeuteten Viehs mischte, in endlosen Reihen vorüberzogen. Das Witzeln der Herren aber wurde zum Drohen und Fluchen, wenn in dem Gewühl eine Kirchenfahne auftauchte. Die Klöster von Schöntal und Lichtenstern hatten sie hergeben müssen, und von ihren Trägern hatte mancher eine Altardecke oder ein Meßgewand über die Schultern geworfen. Die Herren waren daher nur zu gewillt, nachdem das Hauptheer vorübergeflutet war, mit dem Grafen zu Pferd zu steigen und trotz der schwebenden Unterhandlung die Nachzügler zu überfallen. Bis zum Abend hielt sich der Graf im Rücken des Heeres und färbte die Landstraße mit Bauernblut.

Die Bürger von Neckarsulm empfingen die Bauern mit offenen Armen, und das Ordenshaus war bald erobert. Die wenigen Ritter darin ließ man ungeschoren entrinnen. Reich waren die erbeuteten Vorräte, und es ging fröhlich her in dem Städtchen und draußen auf der Wiese. Da brachten Verwundete und Nachzügler die Kunde von dem Überfall des Grafen von Helfenstein, und durch das Lager auf der Wiese und durch die Gassen des Städtchens erscholl der Ruf: »Verrat! Verrat!« Dazu verbreitete sich die Nachricht, daß der Truchseß Georg von Waldburg an der Donau senge und brenne, daß er ein furchtbares Blutbad unter den Bauern angerichtet habe, den edlen Pfarrer Wehe und viele andere, die zu ihnen gehalten hatten, dem Scharfrichter überantwortet habe. Ihre Köpfe wären zu Leipheim gefallen, und bei Wurzach sollten siebentausend Bauern hingeschlachtet worden sein. Diese Zahl war von den Herren selbst absichtlich übertrieben worden, um die Bauern einzuschüchtern. Es bewirkte aber gerade das Gegenteil. Die Bauern entflammten in Wut und schrien nach Vergeltung und Rache.

Abseits des Lagers, an dem Ufer der Sulm, saß einsam brütend die schwarze Hofmännin. Niemand störte sie, denn jeder wußte, daß sie Zwiesprache hielt mit den geheimen Mächten, mit denen sie zum Wohl der Bauern im Bund war. Ein Anruf störte sie aus ihrem Sinnen auf. Vor ihr stand ein Mann, barhäuptig und in zerrissenen Kleidern, der sich ihr als ein Salzführer aus Neuenstein namens Semmelhans zu erkennen gab. Er hätte, wie er ihr erzählte, in der Schänke des Hans Schocher in Weinsberg auf das österreichische Regiment geschimpft und wäre deshalb in den Turm geworfen worden. Seit Mittfasten hätte er gefangengesessen. In dieser Nacht wäre er ausgebrochen. Er war gelaufen, was er konnte, und kurzatmig erkundigte er sich, wo er Wolf Gerber, den Hohenloheschen Hauptmann, fände, er brächte eine wichtige Nachricht. »Ich weiß eine Stelle, wo die Frauentreu leicht zu stürmen ist«, vertraute er der Hofmännin an, »und es sind bloß acht berittene Knechte droben.«

Sie lachte unheimlich vor sich hin. »Komm«, sagte sie, während sie sich erhob, und ging ihm voraus nach dem Städtchen. Der Vollmond war heraufgekommen, und sein silberner Schleier breitete sich über die Berge, die Wiese, das Städtchen, das wie aus Marmor erbaut schien. Jedoch der Frieden in der Landschaft war nicht in die Brust der Menschen eingezogen. Nur wenige hatten sich auf der Wiese zum Schlafen hingelegt. Groll und Erbitterung gönnten den meisten keine Ruhe, und unheimlich blinkten im Dorf die Eisen der Waffen.

Florian Geyer, Wendel Hipler, Jörg Metzler, der lange Lienhart und einige andere Hauptleute saßen noch im Stadthaus beisammen. Als Semmelhans, von der schwarzen Hofmännin zu ihnen geführt, seine Mitteilung wiederholte, da schlugen sie freudig an ihre Wehren und wollten sogleich zum Aufbruch die Trommeln rühren lassen. Florian Geyer aber hielt sie zurück und rief: »Der Verrat des Grafen entbindet uns nicht von unserem Wort. Wir haben ihm bis morgen mittag Waffenstillstand zugesagt, und das müssen wir halten.«

»Bei Gottes Tod, und er handelt gegen uns, als ob wir Räuber wären«, schnaubte der lange Lienhart.

»So beweisen wir ihm das Gegenteil!« unterstützte Hipler den Hauptmann der Schwarzen Schar. »Zwingen wir ihn, indem wir ehrlich halten, was wir versprochen haben, uns als Feind zu achten. Morgen um eins – oder ist's schon Samstag? – wird es sich spätestens entscheiden.«

Widerstrebend fügten sich die anderen. Hans Lautners Großmutter aber seufzte, während sie sich abwandte: »Immer und immer haben wir den Versprechungen der Herren vertraut, und immer haben wir es mit blutigen Tränen büßen müssen. Wann wird eure Faust endlich eisern werden?«

In kaum noch zu zügelnder Ungeduld erwarteten die Haufen die Antwort des Grafen. Mit hochmütiger Verachtung lehnte er jede Gemeinschaft mit den Bauern ab. Den Hintersassen seines Amtes aber drohte er, wenn sie sich nicht unverzüglich von der aufrührerischen Rotte lossagten und heimkämen, dann wollte er ihnen ihre Frauen und Kinder nachschicken und ihre Dörfer in Brand setzen.

Angesichts dieser Drohung erschraken die Bauern des Weinsberger Haufens und schrien, daß man sie heimziehen lassen oder ihnen Frieden schaffen sollte. »Ja, zieht nur heim«, zürnte ihr Hauptmann Wagenhans aus Lehren. »Ihr kennt ja die Gnade, die ihr von dem Grafen zu erwarten habt, und sanft war das Joch, das ihr trugt. Geht und leckt dem Grafen den Staub von den Stiefeln, die Gnade von Leipheim und Wurzach ist euch gewiß!«

Da erhob sich die schwarze Hofmännin, und weithin war ihre schrille Stimme zu vernehmen: »Wollt ihr Frieden mit dem Grafen, so macht ihn selbst. Hört! Ich saß diese Nacht unter den Weiden und dachte an all die Not und den Jammer, die wir armen Leute gelitten haben von Kindesbeinen an, und dachte an all die salzigen Tränen, die wir geweint haben in unserer Verzweiflung. Und es war Karfreitag, der Tag, an dem Christus gestorben ist für die Erlösung der Armen und Enterbten. Und wie mir der Schlaf das herzzerreißende Weh von der Seele nahm, da sah ich im Traum, wie aus dem Blut unserer Brüder, das zu Wurzach der Staub trank, Rosen aufwuchsen, und sie wuchsen höher und höher, bis sie den Berg und die Burg des Grafen ganz überzogen hatten. Rot war alles von Rosen, und ihr wißt, was das bedeutet. Hei, sind eure Spieße nicht scharf? Treffen eure Büchsensteine nicht? Die blühenden Rosen, die werdet ihr schneiden, Gott will es.«

Die Weinsberger dachten nicht mehr daran, heimzuziehen. »Gott will es«, riefen auch sie und begannen eifrig ihre Waffen instand zu setzen.

Etwa um dieselbe Zeit hatte Ludwig von Helfenstein die Bürgerschaft von Weinsberg auf dem Markt versammelt. Er war bei seiner Rückkehr von dem Überfall auf die Nachhut der Bauern nichts weniger als jubelnd empfangen worden. Die Bürger zitterten vor den Folgen seiner treulosen Tat, und es erhob sich ein Geschrei, er verderbe die Stadt. Er solle mit seinen Rittern und Söldnern verschwinden auf das Schloß, damit sie Frieden mit den Bauern gewännen. Er hatte aber bei der Kirche, am oberen Ende des Marktplatzes, die Ritter und ihre Knechte aufgestellt, und dieser Anblick dämpfte das Feuer des Aufruhrs, das aus der Furcht aufschlug. Er sprach nachdrücklich zu den Versammelten, weissagte ihnen statt der Befreiung durch die Bauern Plünderung und Totschlag, wenn sie von ihrer Treue gegen Österreich abfielen, und wies abermals auf die Hilfe von Stuttgart hin. Man würde daher, wenn nur jeder seine Pflicht erfüllte, den Bauern Widerstand leisten können. Er selbst rechnete noch immer auf diese Hilfe und hatte am Morgen einen eilenden Boten nach Stuttgart gesendet. Deshalb ließ er auch das dreifache Untertor bei dem Siechenhaus, das dorthin führte, nicht wie die übrigen durch Dung und Steine verrammeln.

Woher sollte jedoch die Regierung in Stuttgart die so dringend verlangte Unterstüztung nehmen? Sie hatte nur so viel Truppen in der Hauptstadt zurückbehalten, um diese gegen einen Überfall der Schwarzwälder schützen zu können, und sonst jeden Mann an den Truchseß von Waldburg abgeben müssen. Der Graf blieb in der Stadt und traf alle Vorkehrungen zu ihrer Verteidigung. Auf das Schloß schickte er noch fünf Söldner. Das schien ihm ausreichend, obwohl sich Frau und Kind und alle seine Kostbarkeiten dort oben befanden. Er hielt es für unmöglich, daß die Bauern ein so festes Schloß stürmen könnten, zumal es ihnen an Geschütz fehlte. Die Ritter dachten wie er. Ohne Sorge über das Kommende trieben sie allerlei Kurzweil, liebäugelten mit den hübschen Weinsbergerinnen und sprachen dem Nachtmahl wacker zu, das ihnen der Rat ausrichtete. Der Spielmann und Hofnarr des Grafen wurden vom Schloß geholt und belustigten sie mit Musik, Späßen und Zoten.

Der Ostermorgen fand Tore, Mauern, Wehren im Verteidigungszustand und besetzt, Ritter und Knechte gewappnet, ihre Pferde gesattelt in den Ställen. Kein Feind zeigte sich. Die Glocken riefen zur Messe. Während derselben wurde dem Grafen gemeldet, daß die Bauern kämen. Er begab sich auf die Mauer beim Untertor, wo er die Besatzung noch einmal mit kurzen Worten ermutigte, während sein Freund, Dietrich von Weiler, das Straßenpflaster aufbrechen und die Steine von den Frauen, Töchtern und Mägden der Bürger auf die Mauern tragen ließ.

Ja, sie waren da, die Bauern. Auf dem breiten Rücken des Schemelberges, der den Namen von seiner Gestalt hatte und sich nordwestlich vom Schloß hinstreckte, glitzerten ihre Waffen in der Morgensonne. Die Schwarze Schar Florian Geyers stand vorne und hinter ihr Jäcklein Rohrbach mit den Heilbronnern, Löwensteinern und Weinsbergern, während der helle Haufen unter Jörg Metzler noch über Erlenbach heranzog. Dort stand die schwarze Hofmännin. Sie machte das Zeichen des Kreuzes über dem Heer, schüttelte drohend die Faust gegen Weinsberg und rief: »Zieht mutig los, die Philister sind in eure Hand gegeben. Ihre Kugeln fange ich auf!« Ihre Augen flackerten unheimlich, ihr graues Haar flatterte im Wind.

Bevor die Bauern zum Angriff schritten, schickten sie nach altem Kriegsbrauch zwei Herolde mit einem Hut auf einer Stange zum Untertor, um Weinsberg zur Übergabe aufzufordern. »Öffnet Schloß und Stadt dem hellen christlichen Haufen«, schrie der eine hinauf. »Wenn nicht, so bitten wir um Gottes willen, schickt Frau und Kind hinaus, denn beide, Schloß und Stadt, werden wir den freien Knechten zum Stürmen überlassen, und es wird niemand geschont werden.«

Dietrich von Weiler sprang auf die Mauer und rief: »Was, ein Rittersmann soll mit Roßmucken verhandeln? Pfui, welche Schande! Solchem Gesindel antwortet man nur mit Kugeln!« Er befahl einem Söldner Feuer zu geben. Der eine Gesandte stürzte schwer getroffen zu Boden, raffte sich aber wieder auf und folgte seinem fliehenden Gefährten. Herr Dietrich lachte. »Liebe Freunde«, rief er, »sie kommen nicht. Sie wollen uns auf diese Weise nur erschrecken und glauben, wir hätten das Herz von Hasen.« Er hatte die Bauern auf dem Schemelberge schreien gehört und glaubte, ihnen Furcht eingeflößt zu haben. Es war aber die Wut darüber, daß auf ihre Herolde geschossen worden war. Florian Geyer schwenkte sofort nach links ab, um das Schloß von der nördlichen Seite, wo der Berg noch am zugänglichsten war, zu stürmen. Semmelhans zeigte seiner Schar den Weg. Jäcklein Rohrbach stürzte mit seinem Haufen und den Weinsbergern wie ein wildes Gebirgswasser von dem Schemelberg gegen das Untertor. Vor das Obertor zogen nachrückend Georg Metzler und der lange Lienhart. Da mochten Graf Ludwig und Dietrich von Weiler wohl merken, daß die Roßmucken das Osterspiel ernst nahmen. In der Stadt schlug es neun Uhr.

Jäcklein Rohrbachs Haufen kümmerte sich weder um die Schüsse, mit denen er von der Mauer empfangen wurde, noch um die niederprasselnden Steine. Die Büchsen fügten den Männern auch nur wenig Schaden zu, aber von den Steinen wurden viele verwundet. Immer neue Streiter drängten an die Stelle der Kampfunfähigen, und in einem fort schmetterten die Äxte und Hämmer, krachten die Sturmbalken gegen das Untertor. Die Ritter und Söldner und die Ehrbaren wehrten sich mit aller Gewalt. Die Handwerker und Weingärtner erfüllten nur nachlässig ihre Pflicht. Die Erhaltung des österreichischen Regiments war kein Preis, der zur Tapferkeit reizte. An der schmalen Pforte bei der Kirche wurde nicht nur kein Widerstand geleistet, sondern die Bürger bemühten sich auch, sie von innen aufzubrechen, während sie von außen bestürmt wurde.

Schon war bei dem Siechenhaus das äußere Tor eingestoßen. Nun zersplitterte auch das zweite unter den Axthieben und den Stößen der Sturmböcke. Da erhob sich im Haufen ein Jubelgeschrei: Von dem Schloß wehte Florian Geyers Fahne. Es war erobert, und während Bäume, Schmiedehämmer und Äxte nun mit noch stärkerer Macht gegen das Tor schlugen, raubte das schwarze Banner auf den Burgzinnen auch den ergebenen Bürgern den Mut.

Dem Dietrich von Weiler, der durch die Straßen ritt und die Bürger anzufeuern versuchte, fielen die Frauen in die Zügel und beschworen ihn, den Widerstand, der sie alle ins Verderben stürzen mußte, aufzugeben. Die Männer riefen, man solle die Stadt gegen Zusicherung des Lebens übergeben, und da die Ritter hiervon nichts wissen wollten, wurden sie gewaltsam von den Mauern heruntergerissen. Dem Hans Dietrich von Winterstetten, der eben einen Bauern erschossen hatte, drohten sie mit dem Tod, wenn er nicht von der Mauer herunterkäme.

Der Graf von Helfenstein, der die Verteidigung gegen Jörg Metzler leitete, sah ein, daß unter solchen Umständen ein längerer Widerstand unmöglich wäre. Er gestattete deshalb, daß ein Bürger, mit einem Hut auf einer Stange, zum Unterhandeln an das Untertor geschickt wurde. »Friede! Friede!« schrie er hinaus und andere mit ihm. Ein Bauer aber schoß ihm den Hut von der Stange, und Jäcklein Rohrbach, der herbeieilte, rief ihm zu, daß die Bürger am Leben bleiben sollten, die Ritter aber sterben müßten. »Schont wenigstens den Grafen von Helfenstein«, bat der Unterhändler. »Nein! Er muß sterben, auch wenn er aus Gold wäre«, rief Rohrbach wild hinauf.

Der Graf mußte es hören. Er hatte den Unterhändler begleitet, und mit Grauen wandte er sich ab. Nun war es Zeit, an die eigene Rettung zu denken. Als er sich aber auf dem Markt mit den Edelleuten und berittenen Söldnern in den Sattel schwang, da wollte die Menge sie nicht fortlassen. Vergebens sprach er zu ihr und rief: »Wo sind meine frommen Bürger jetzt?« Seine Worte gingen in dem allgemeinen Geschrei unter. Die Frauen jammerten und wehklagten, seine Anhänger überhäuften ihn mit Vorwürfen, daß er sie in der Brühe steckenlassen wolle. Andere verwünschten ihn, denn durch ihn sei die Stadt ins Unglück geraten, und es sei jetzt keine Zeit zum Entfliehen. Schon war es auch zu spät dazu. Ein wildes Siegesgeschrei vom Untertor verkündete, daß die Bauern in die Stadt eingedrungen waren. Die Ritter ließen ihre Pferde stehen und flüchteten mit den Knechten in die Kirche, wo sie sich verbarrikadierten. Ein Priester zeigte den Edelleuten eine verborgene schmale Wendeltreppe, die zum Turm hinaufführte. Von den Knechten und Reiterknaben verbargen sich manche in den Grabgewölben. Einige retteten sich in die Bürgerhäuser und wurden von mitleidigen Frauen versteckt und später in mancherlei Verkleidungen aus der Stadt geschafft. Zwei Ritter, die in ihren schweren Rüstungen nicht schnell genug fort konnten, wurden von den Bauern, die inzwischen die kleine Ausfallpforte aufgebrochen hatten, auf dem Kirchhof erschlagen.

Jäcklein Rohrbach stürmte mit seiner Schar die Spitalgasse herauf. »In die Häuser, und haltet die Türen verschlossen, wenn euch euer Leben lieb ist«, riefen sie den Bürgern zu, die totenbleich auf ihre Knie fielen. Wie die wilde Jagd stürmten die Bauern vorüber, Jäcklein Rohrbach voran, das nackte Schwert in der Faust, seine Augen waren mit Blut unterlaufen, sein rötlicher Bart schien sich zu sträuben. Als sie auf dem Markt die verlassenen Pferde fanden, fegten sie zur Kirche hinauf, während Jörg Metzler mit dem Hauptheer durch das obere Tor eindrang. Der Schlüssel dazu hatten sich die Frauen bemächtigt.

In entfesselter Leidenschaft umtobte die Masse die Kirche. Durch das Gelärme drangen die Axthiebe, denen die Kirchentür nicht lange zu widerstehen vermochte. Mit gesenkten Spießen drangen die Bauern ein und stachen alle nieder, die sie hier fanden. Auch in die Gruft stiegen sie, erstachen die Versteckten, brachen die Särge auf und plünderten sie. Inzwischen hatte Semmelhans, der mit anderen von der Burg in die Stadt gekommen war, die Wendeltreppe entdeckt. Die Kirche hallte von dem triumphierenden Gejauchze wider, und jeder wollte die Treppe hinauf, die so schmal war, daß auf ihr nicht zwei Personen nebeneinander Platz hatten. Semmelhans sprang als erster munter hinauf. Da traf ihn das Schwert Jakobs von Bernhausen, des Sohns des Vogts von Göppingen. Jählings fiel er nach hinten, ehe noch der junge Ritter sein Schwert zurückziehen konnte, riß die folgenden mit sich und verstopfte so für eine kleine Weile den Aufstieg.

Dietrich von Weiler nutzte dies, trat auf den Kranz des Turmes und rief in die Stille, die sein Erscheinen verursachte, daß sie sich ergeben und dreißigtausend Gulden Lösegeld zahlen wollten, wenn man ihnen das Leben ließe. »Ihr müßt sterben!« – »Und wenn Ihr uns eine Tonne Gold gebt, der Graf und alle Ritter müssen sterben!« – »Rache für das Blut unserer Brüder!« – »Rache für die siebentausend von Wurzach, Rache, Rache!« So heulte es ihm entgegen, und der Bolzen einer Armbrust traf ihn tödlich in den Hals. Er taumelte zurück, fast in die Arme der Bauern, die währenddessen die Stiege erklommen hatten. Sie ergriffen den Sterbenden und warfen ihn auf den Kirchhof hinunter, wo er von Spießen aufgefangen wurde. Den Forstmeister Leonhard Schmelz und zwei andere ereilte dasselbe Schicksal. Der Sohn Dietrichs von Weiler erkaufte von einem Bauern aus Frankenheim sein Leben um zehn Goldstücke, als er sich aber umdrehte, schlug ihn dieser mit seinem Handrohr von hinten nieder. Jörg Metzler, der mit dem langen Lienhart auf den Kirchhof sprengte, gebot dem Morden Einhalt. Die Ritter wurden mit Stricken gebunden und zum nächsten Stadtturm ins Gefängnis geführt. Da Jäcklein Rohrbach sie gefangengenommen hatte, blieben sie in seiner Obhut. Als sie über den Kirchhof geführt wurden, erhielt der Graf von Helfenstein einen Lanzenstich in die Seite und ein anderer einen Schlag über den Kopf, so daß er blutete.

Die Eroberung von Burg und Stadt hatte kaum eine Stunde Zeit erfordert. Die Gräfin von Helfenstein, bereits zum Osterfest geschmückt, hatte sich mit dem Kind und ihren Frauenzimmern in die Burgkapelle geflüchtet, als die Schwarze Schar das Schloß erstürmte. Das Gekreisch der Frauen lockte Florian Geyer herbei, der die Gräfin suchte, um sie zu beschützen. Etliche von seiner Schar, die sich bereits plündernd im Schloß verbreitete, waren in die Kapelle eingedrungen, die einen hatten die heiligen Geräte, die anderen die gestickte Altardecke an sich gerissen, den Priester, der sie daran hindern wollte, gewaltsam von den Stufen gestoßen.

Bleich, doch stolz trat die Gräfin Herrn Florian entgegen. »Ich bin Eure Gefangene«, sagte sie, und er antwortete, während er sich vor ihr verneigte: »Ihr irrt, edle Frau, wir führen nur mit Männern Krieg. Ihr seid frei, doch bitte ich Euch, daß Ihr Euch in Euer Gemach begeben wollt. Eine Wache wird für Eure Sicherheit sorgen. Das Schloß und was darin ist, gehört nach Kriegsrecht meinen Leuten.«

»Krieg nennt Ihr dieses wüste Rauben, Brennen und Morden?« fragte sie mit einem Gemisch aus Zorn und Verachtung. »Dieses Plündern und Verbrennen der Klöster und Stifte, diese rohe Gewalt gegen die Geweihten des Herrn«, fiel der Kaplan mit zum Himmel erhobenen Händen ein.

»Ihr mögt es so nennen, Frau Gräfin«, erwiderte Florian Geyer und richtete seine großen ernsten Augen fest auf sie. »Dennoch, es gibt keinen heiligeren Krieg als diesen, den der Unterdrückte, weil er auf Erden nirgends Recht finden kann, gegen seine Tyrannen erhoben hat. Der Verrat des Grafen von Helfenstein zwingt uns zu dieser Gewalt.«

Die Gräfin erbebte, und Florian Geyer wandte sich zürnend gegen den Geistlichen: »Einen Geweihten des Herrn nennt Ihr Euch? Ei, so sagt doch an, wann hätten Bischof und Mönch seine Gebote befolgt? Euren Nächsten habt Ihr zu Eurem Knecht und Leibeigenen erniedrigt. Auf den Himmel habt Ihr die Armen verwiesen und Euch der Güter dieser Erde bemächtigt. Höhlen des Raubes, der Schlemmerei und der Unzucht sind Eure Klöster. Darum müssen sie vernichtet werden, auf daß die lauteren Lehren des Evangeliums wieder Raum auf der Erde gewinnen. Wie Christus am heutigen Tag auferstanden ist von den Toten, so ist das Volk auferstanden zum wahren Glauben und zur Freiheit.«

»Er lästert Gott«, rief der Kaplan mit purpurrotem Gesicht, »und wer Gott lästert ...«

»Der soll sterben«, vollendete für ihn ein Landsknecht, und er hätte das Wort an dem Geistlichen wahrgemacht, wenn Florian Geyer nicht die schon erhobene Hellebarde zur Seite geschlagen hätte. Der Kaplan fiel vor Schreck zu Boden, und die Schwarzen lachten. Florian Geyer wandte sich wieder an die Gräfin und ersuchte sie, ihm nach ihren Gemächern zu folgen. Paul Ickelsamer, den das Gerücht von den Vorgängen in der Kapelle eben dorthin gezogen hatte, erhielt den Auftrag, mit einigen zuverlässigen Leuten das Zimmer der Gräfin, der sich ihre Frauen anschlossen, gegen alle Eindringlinge zu schützen. Auf allen Treppen, in allen Gängen und Gemächern schwirrte es von Beutesuchenden.

»Lebte mein hochseliger Herr Vater noch, dieser Tag wäre nimmer gekommen«, seufzte die Gräfin Margarethe, als sie ihr Gemach erreicht hatte, und sie fügte, sich zu Florian Geyer umdrehend, mit bebenden Lippen hinzu; »Ihr wart ihm wert, Herr Geyer von Geyersberg. Wie wollt Ihr, nicht vor mir, sondern vor dem Richter dort oben, den doppelten Abfall von Eurem Glauben und Eurer Ritterpflicht verantworten?«

»Es ist wahr, seine hochselige Majestät war mir ein gnädiger Herr, solange ich in seinen Diensten stand«, versetzte Florian Geyer mit ruhigem Ernst. »Aber glaubt mir, Frau Gräfin, er hätte diesen Tag nicht verhindern können, ebensowenig wie Kaiser Karl es konnte. Kein Monarch kann es, der sich nicht auf das Volk, sondern auf Adel und Geistlichkeit stützt. Ihr seht, wie schwach diese scheinbar so starken Pfeiler der Macht sind. Was mich aber betrifft, edle Frau, so spricht mich mein höchster Richter, mein Gewissen, frei. Ich erfülle nur meine Menschenpflicht.«

Die Gräfin nahm ihr Söhnchen von den Armen seiner Wärterin und drückte es mit schmerzvoller Miene an ihren Busen. Florian Geyer wollte sich entfernen, als die Tür aufgestoßen wurde und Simon Neuffer hereinrief: »Sieg, Sieg! Die Stadt ist unser, die Ritter sind gefangen, auch der Obervogt!«

Frau Margarethe stieß einen Schrei aus. Ihre stolze Haltung erzitterte und schwankte. Mit bleichen Lippen bat sie, die Haft ihres Gatten teilen zu dürfen. Voll Mitleid gewährte Florian Geyer ihren Wunsch. Er selbst führte sie zum Turm. Ihr Kind ließ sie nicht mehr von den Armen.

In der Stadt war das Plündern ebenfalls in vollem Gange. Jörg Metzler und seine Leute hatten es jedoch durchgesetzt, daß nur die

Häuser der Geistlichen, des Kellers, des Schultheißen und Stadtschreibers den Bauern preisgegeben wurden. Die Häuser der übrigen Bürger wurden verschont, ihnen wurde dafür aber zur Bedingung gemacht, die Verwundeten zu pflegen und die Sieger mit Wein und Lebensmitteln zu versorgen. Auch in der Kirche wurden alle Truhen aufgebrochen. Das Geld der Armen, Witwen und Waisen rührten aber die Bauern nicht an. Die reichste Beute brachte das Schloß. Diese trugen silberne Becher, Kannen, Schüssel, Löffel, jene seidene Decken und seidene Gewänder, Leinwand, Zinngeräte davon. Ein Bauer aus dem Weinsberger Tal erbeutete fast dreihundert Gulden und verkaufte später noch für zweihundert Gulden Ringe und Kleinodien an einen Goldschmied in Nürnberg. Ein anderer machte so großen Gewinn, daß er lachend sagte, Lukas schriebe nichts davon. Es war ein solches Zerren und Reißen um die Kostbarkeiten, daß oft das Beste übersehen oder achtlos mit den Füßen fortgestoßen wurde, bis dann ein Glücklicherer zufällig den Schatz hob. Über dem Plündern ging das alte Welfenschloß in Flammen auf.

Jäcklein Rohrbach hatte sein Hauptquartier in der Mühle am oberen Tor aufgeschlagen. Er saß mit seinen Freunden und den Vertrautesten beim Wein zusammen und beriet mit ihnen über die Gefangenen. Die schwarze Hofmännin saß unter ihnen. Sie alle trugen noch die Spuren des Kampfes an sich. Das wirre Haar war staubig, die Gesichter, die Hände von Pulver geschwärzt und auch von geronnenem Blut, manches Wams zerschlissen und von Kugeln durchlöchert. Der Durst nach dem heißen Streit war groß, was aber aus ihren Augen glühte und flackerte, war nicht der Geist des Weines, sondern der Rache.

»Das Blut unserer heimtückisch überfallenen Brüder schreit nach Blut«, rief Jäcklein Rohrbach, während er seinen Zinnbecher heftig auf den Tisch knallte, und Hans Winter vom Odenwald fügte hinzu: »Es gelingt nicht anders, liebe Freunde, außer wir jagen dem Adel ein großes Entsetzen und Furcht ein.«

»Wir wollen ihnen zeigen, daß wir mit der gleichen Münze bezahlen können«, rief der grimmige Mathias Ritter, der den Forstmeister Schmelz vom Turm gestürzt hatte. »Schießen sie unsere Herolde nieder, so sollen sie lernen, daß edle Geburt keinen Freibrief gibt.«

Beckerhans aus Brackenheim, der den jungen Weiler erschlagen hatte, rief mit einem Faustschlag auf den Tisch: »Wir dürfen keinen Fürsten, Grafen, Herren und was sonst Sporen trägt, und ebenso keinen Pfaffen, Mönch noch Müßiggänger am Leben lassen.«

Jäcklein Rohrbach rollte die Augen und rief: »Tod den Gefangenen!«

Der Ruf hallte in furchtbarer Einstimmigkeit von allen Lippen wider. Die schwarze Hofmännin aber zischte: »Das ist ein eitles Gerede. Das Urteil liegt bei den gesamten Hauptleuten, und der Hipler, in dessen Hand der Jörg Metzler ein biegsames Rohr ist, wird sie beschwatzen, die Gefangenen für ein Lösegeld freizulassen.«

Ein stürmischer, mit Flüchen untermischter Widerspruch unterbrach sie. Mit erhobener Stimme fuhr sie fort: »Hat der lange Lienhart nicht den Mörder meines Enkels in seiner Gewalt gehabt? Aber der Schwarze von Leuzenbronn und die Stadtherren haben ihn laufenlassen. Genauso wird's auch jetzt geschehen. Ihr habt den Grafen und seine Gesellen in eurer Gewalt. Wenn ihr wirklich nach ihrem Blut lechzt wie ich, dann kommt dem Kriegsrat zuvor und vollstreckt das Urteil selbst. Ich werde ihr Blut trinken, wie ich diesen Wein trink'!« Mit dämonisch funkelnden Augen griff sie nach einem Becher und trank.

»Sie hat recht«, rief Jäcklein Rohrbach aufspringend. »Als Verräter haben sie an uns gehandelt, und ehrlos sollen sie sterben nach Kriegsrecht auf der Stelle.«

»Durch die Spieße mit ihnen«, schrien alle und sprangen auf, um zum Werk zu schreiten. Sie versammelten von den Heilbronnern und Weinsbergern so viele um sich, wie sie fanden. Jäcklein Rohrbach holte mit ihnen die Gefangenen aus dem Turm und führte sie auf die schmale Wiese am Untertor. Es waren ihrer vierzehn Adlige und etliche Knechte. An der Seite des Grafen von Helfenstein ging gebeugten Hauptes seine Gemahlin, ihr Söhnchen auf dem Arm. Es beachtete den Zug kaum jemand. Die Bauern hielten ihr Mittagsmahl in den Schänken, Herbergen und Häusern der Bürger, und die Hauptleute waren im Rathaus. Auf der Wiese bildete die bewaffnete Schar einen Ring, und in demselben verkündete Jäcklein Rohrbach den Gefangenen das Urteil. Sie sollten durch die Spieße gejagt werden. Das war die Strafe, die nach Kriegsrecht auf Verrat und Ehrlosigkeit stand. Da wurden die stolzen Gesichter blaß, und die Gräfin wäre in Ohnmacht gefallen, wenn ihr Gatte sie nicht gehalten hätte.

Er bot den Bauern für sein Leben dreißigtausend Gulden.

»Und gibst du uns zwei Tonnen Gold, du mußt dennoch sterben«, scholl es ihm entgegen. Da fiel die Gräfin vor Jäcklein auf die Knie und flehte mit heißer Inbrunst um Gnade für den Gatten. Aber weder die Demut der stolzen, schönen Frau noch ihre Bitten und Tränen vermochten die Herzen zu rühren. Voller Verzweiflung wandte sie sich der schwarzen Hofmännin zu, die sie mit ihren heißen Blicken verzehrte, und rief, ihre Knie umschlingend: »Du bist eine Frau, dein Mutterherz flehe ich an, um das Leben des Vaters meines Söhnchens. Gnade und Barmherzigkeit!«

Die schwarze Hofmännin strich sich das graue Haar aus dem Gesicht und sprach tief aufatmend: »Weißt du, was die Herzen dieser Männer hart gemacht hat, so daß all deine Tränen sie nicht erweichen können? Ich will's dir sagen: Sie denken daran, wie oft ihre Herren sie mit Hunden gehetzt haben, wie oft sie auf ihrem vom Hunger und Fronen fleischlosen Rücken die erbarmungslose Peitsche der Herren gefühlt haben. Wie sie umsonst winselten und ihr Flehen und Heulen und Erbieten kein Gehör und Erbarmen fanden, wenn ihr Edelleute ihren Vater, ihren Bruder, ihren Sohn eines kleinen Vergehens wegen in die tiefsten Verliese eurer Türme hinuntergeworfen wurde, wo sie ohne Speise und Trank verschmachten mußten. Ja, ich bin eine Frau wie du«, fuhr sie fort, sich hoch aufrichtend. »Und mein Leib wurde geschändet von den Herren, der Vater meines Kindes verbrannt von den Herren, der Mann meines Kindes mit Hunden zu Tode gehetzt von den Herren, mein Enkel erschlagen von den Herren. Winde dich im Staub wie ich, und verzweifle wie ich.«

Sie drehte sich um, und der Graf von Helfenstein riß seine Gattin, die unter den Worten der Hofmännin wie unter Keulenschlägen zusammengebrochen war, rauh vom Boden auf. Er betrachtete sich als verloren, und sie sollte sich nicht weiter demütigen.

Unterdessen hatte Jäcklein Rohrbach die Gasse bilden lassen. Ein Bauer aus dem Odenwald befehligte sie. Zuvorderst standen die Bökkinger. Dumpf, wie es bei standrechtlichen Hinrichtungen der Brauch war, schlug die Trommel. Der erste, der in die vorgestreckten Spieße der Bauern gejagt wurde, war ein Knecht Konrad Schenks von Winterstetten, dieser selbst der zweite. Sie wurden nacheinander rasch niedergestochen. Dann kam die Reihe an den Grafen von Helfenstein. Ein in Rom geweihter Priester, Jakob Leutz, der sich dem Aufstand angeschlossen hatte und jetzt Feldschreiber der Bauern war, nahm ihm die Beichte ab und empfing von ihm seinen Rosenkranz, den er fortan am Arm trug.

Noch aber befand sich in dem bitteren Kelch, den sich der Graf durch seinen Verrat selbst eingeschenkt hatte, ein letzter Tropfen, und auch dieser blieb ihm nicht erspart. Es gab unter ihnen einen Mann, der höchst kunstvoll die Zinke blies, Melchior Nonnenmacher war sein Name, und er war Pfeifer in Ilsfeld. Der hatte in früheren, glücklichen Tagen den Grafen oft durch sein Spiel bei der Tafel erfreut und bei ihm in großer Gunst gestanden. Allein die Gunst der hohen Herren ist wetterwendisch, und das hatte auch Nonnenmacher am eigenen Leib erfahren müssen. Dieser trat jetzt vor den Grafen auf seinem letzten Gang hin, nahm ihm den Federhut vom Kopf und setzte ihn sich mit den Worten auf: »Das hast du nun lang genug gehabt, ich will auch einmal ein Graf sein.« Er fuhr fort: »Hab' ich dir einst lang genug zu Tanz und Tafel gepfiffen, so will ich dir jetzt erst den rechten Tanz pfeifen.« Damit schritt er lustig spielend ihm an die Gasse voran.

Schon beim dritten Schritt stürzte der Graf, von unzähligen Spießen durchstochen, tot zu Boden. Melchior Nonnenmacher salbte mit dem Fett der Leiche seinen Spieß. Die schwarze Hofmännin gab der Leiche einen Fußtritt, stach »dem Schelm«, wie sie ihn nannte, ihr Messer in den Bauch und schmierte sich mit dem herausquellenden Fett die Schuhe ein. Ihre Nasenlöcher blähten sich dabei weit auf, als ob sie den Blutgeruch mit Wollust einsog.

Helfensteins Knappe und sein Hofnarr waren die nächsten Opfer. Und so wurde einer nach dem andern in die schreckliche Gasse gestoßen unter dem Tönen und Dröhnen der Pfeifen, Trommeln und Zinken, das die Todesschreie der Erstochenen erstickte.

Die Leichen wurden von den Bauern geplündert. Einer stolzierte in des Grafen Harnisch, Jäcklein Rohrbach trat in des Grafen Überwurf vor die unglückliche Witwe und fragte sie: »Frau, wie gefalle ich Euch in der damastenen Schaube?« Auch die Gräfin, die vor Schmerz und Angst halb ohnmächtig war, wurde beraubt. Rohe Fäuste rissen ihr das Geschmeide und das prächtige Festgewand ab, wobei der Knabe von einer Lanzenspitze leicht an der Brust verwundet wurde. Die Narbe blieb ihm fürs ganze Leben. Die schwarze Hofmännin nahm die Gräfin vor weiteren Mißhandlungen in Schutz. Nachdem ihr Rachedurst befriedigt war, erwachte in ihr wieder die Frau. Die Gräfin wurde in ihren zerfetzten Unterkleidern mit dem Kind auf einem Mistwagen nach Heilbronn geschickt. Bürger von Weinsberg liefen mit ihren Frauen eine Strecke neben ihnen her und verhöhnten sie: »In einem goldenen Wagen bist du zu uns gekommen, in einem Mistwagen fährst du fort!« – Zwölf lange Jahre blieben ihr noch, um über den jähen Wechsel ihres Schicksals nachzudenken. Die Worte der schwarzen Hofmännin ließen ihren Adelsstolz nicht wieder aufkommen. Sie erkannte, daß ihr Leben in seiner Herrlichkeit nur von den Früchten des jahrhundertelangen Unrechts, das seine furchtbare Vergeltung gefunden hatte, gezehrt hatte. Ihr Sohn trat in den geistlichen Stand.

Der im Stadthaus versammelte Bauernrat erfuhr von dem blutigen Trauerspiel erst, als es zu Ende war. Pater Eusebius, den das kriegerische Gelärm auf die Wiese gelockt hatte, überbrachte die Nachricht. In seiner Stimme war noch das Entsetzen zu hören, das ihn wie eine Lähmung dort festgehalten hatte. Die Hauptleute hielten ihn anfangs für geistig gestört und konnten ihm nur stückweise seinen Bericht entreißen.

»Aber das ist fürchterlich«, rief Wendel Hipler erschüttert.

»Grafenblut für Bauernblut!« Wagenhans aus Lehren rief es, und es klang, als ob zwei harte Steine aufeinanderknirschten.

Pater Eusebius schwankte unterdessen davon. Als das Heer von Schönthal aufgebrochen war, hatte er in dem verwüsteten Kloster nicht allein zurückbleiben mögen. Mit rostigem Spieß und Harnisch aus der Waffenkammer der Klosterbrüder war er guten Mutes mitgezogen, und es war ihm gewesen, als ob er bisher nicht gelebt hätte. Nun war sein Kriegsfeuer verraucht. Er verließ Weinsberg und wanderte zu seinem Kloster zurück, wo er wieder zur Hacke griff.

Im Rathaus übertönte Florian Geyers kraftvolle Stimme das Durcheinanderreden. »Den Grafen von Helfenstein und seine Edelleute hat ihr verdientes Schicksal ereilt«, sprach er mit Festigkeit. »Rohrbach ist nur zu tadeln, weil er dem Urteil des Bauernrats vorgegriffen hat. Nach Kriegsrecht hätten auch wir sie zu dem gleichen Tod verurteilen müssen. Wir hätten nicht einmal Gnade vor Recht ergehen lassen dürfen. Es wäre ein Verbrechen gegen uns selbst gewesen. Denn jetzt werden es die Herren begreifen, daß wir keine Horde, sondern ein Feind sind, den auch sie auf gleichem Kriegsfuß behandeln müssen.«

»Da aber Rohrbach dem Urteil unseres Kriegsrats vorgegriffen hat, so wird seine unselige Tat uns als schnöder Mord angerechnet werden«, wandte Hipler ein. »Unsere Sache ist dadurch schwer beschädigt worden. Niemand wird mehr ein Bündnis mit uns eingehen mögen, wohl aber die Zahl unserer Feinde sich unendlich vermehren.«

»Aber der Schrecken, der uns vorauseilt, wird sie lähmen«, rief der lange Lienhart.

»Im Gegenteil, und gerade der Adel wird jetzt vollends in Haß gegen uns auflodern«, erwiderte Wendel Hipler.

»Der Adel?« rief Florian Geyer. »Haben wir denn zu einem Possenspiel das Schwert gezogen? Beide Bäume, wegen der die junge Pflanze der Freiheit nicht wachsen kann, müssen nicht nur umgehauen, sondern mit der Wurzel ausgerissen werden, damit keiner einen Schößling mehr treibt. Es genügt nicht, daß wir bloß die Rom-Anhänger beseitigen und bloß unter den Mönchen hacken und roden. Wir sind uns alle darüber einig, daß es fortan nur einen Stand auf deutscher Erde geben darf: den Stand der Gemeinfreien. Aber dann muß auch der Adel dem Bauern gleichgemacht werden, und es darf keine Burgen mehr geben und kein Haus eine Tür mehr haben als das des Bauern.«

»Ja, die Gemeinfreiheit ist mein Ziel wie das deine, aber du schüttest das Kind mit dem Bade aus«, entgegnete Wendel Hipler. »Der niedere Adel wünscht sie sich ebenso sehnlich wie wir. Und ihn hätten wir ohne diese Bluttat gar leicht für uns gewinnen können. Jetzt wird er sich auf die Seite unserer Feinde schlagen, wenn wir nicht vorsorgen, solange es noch Zeit ist. Ich weiß es bestimmt, daß er heut' noch ebenso gesonnen ist wie damals, als er sich dem Unternehmen des Franz von Sickingen anschloß.«

»Du weißt es bestimmt?« fragte Florian Geyer mit hochgezogenen Brauen.

»Götz von Berlichingen sagte es mir, als er wegen des Schutzbriefes in Schönthal war«, versicherte Hipler. »Auch gab er mir zu verstehen, daß er den Adel zu uns bringen könnte, wenn wir es wollten. Demnach wäre er der rechte Mann, den wir brauchen könnten in Anbetracht der gefährlichen Lage, in die uns die Voreiligkeit Rohrbachs versetzt hat. Bruder Jörg wird es mir daher nicht übelnehmen, wenn ich rate, Götz neben ihm zu unserem Feldhauptmann zu machen, wenn wir ihn gewinnen können.«

Die Überraschung war allgemein, und Florian Geyer stieß ein zorniges Hohnlachen auf. Jörg Metzler jedoch, den Hipler wohl schon in Schönthal für seine, bei der jetzigen günstigen Gelegenheit offen hervortretenden Absicht gewonnen haben mochte, sagte: »Mir ist's recht. Wenn einer den Karren aus dem Dreck ziehen kann, in den ihn der Jäcklein gestoßen hat, dann ist's der Götz. Und daß er ein Herz für das Volk hat, das hat er schon mehr als einmal bewiesen. Wir wissen ja alle, daß er schon manchem armen Teufel gegen die großen Hanseln zu seinem Recht verholfen hat.«

»Weil er einen Vorwand zu seinen ewigen Raufereien brauchte«, rief Florian Geyer, dessen edles Antlitz finster wie die Nacht geworden war. »Das ist's, was ihm ein falsches Ansehen im Volk verschafft hat. Wie von ihm, so erzählt es sich von Konz Wirth auf der Halden und anderen Freibeutern und rühmt sie. Der Götz ist sein Lebtag nichts besseres als ein Wegelagerer und Straßenräuber gewesen. Und der soll unserer gerechten Sache ein Ansehen vor der Welt geben?«

»Und weiter als Dreinschlagen kann er nix«, grollte der lange Lienhart. »Von Heer- und Kriegsführung versteht er nix. Fort mit ihm.« Er schlug nachdrücklich mit seinem Schwert auf den Fußboden.

»Und noch eins, ihr Brüder«, ergriff Florian Geyer wieder das Wort. »Ist der Adel noch heut' gesonnen wie zu Sickingens Zeit, um so schlimmer für uns. Wir sollen die Katze spielen, mit deren Pfoten der Affe sich die Kastanien aus dem Feuer holt. Ja, die Freiheit will der Adel, aber nur für sich allein. Eine Republik will er, aber außer ihm soll kein anderer Mensch darin ein Recht haben. Das hat er damals gewollt, das will er noch heut'. Ich bitte und beschwöre euch daher, liebe Brüder, stürzt euch durch solche Wahl nicht selbst ins Verderben.«

Seine Worte machten Eindruck auf viele Hauptleute, das verriet die Bewegung, die unter ihnen entstand. Wendel Hipler beeilte sich daher, ihn zu widerlegen. »Heut' hat die Sache ein anderes Gesicht«, äußerte er. Ohne uns vermag der Adel nichts. Er ist daher gezwungen, unsere Bedingungen anzunehmen und danach zu handeln. Darüber aber brauch' ich kein Wort weiter zu verlieren, daß wir den Götz nicht als Feldhauptmann annehmen werden, wenn er auf unsere zwölf Artikel nicht einen körperlichen Eid schwört.«

»Oh, er wird ihn schwören«, rief Florian Geyer geringschätzig. »Denn um obenauf zu bleiben, würd' der Adel sich selbst dem Teufel verschreiben. Was hilft es, dem Falken die Fänge zu beschneiden oder zu versuchen Wölfe zu zähmen? Die Fänge wachsen dem Federspiel wieder nach, und die Wölfe lassen das Würgen nicht. Und der Götz hat sie stets als seine lieben Gesellen betrachtet.«

»Du siehst wirklich zu schwarz, Bruder Florian«, meinte der Kanzler.

»Und du willst es gar zu klug anstellen«, antwortete jener und stand auf. Mit umwölkten Blicken fügte er hinzu: »Mögest du es nimmer bereuen. Vor Würzburg sehen wir uns wieder, ihr Freunde. Ich will mit dem Götz nichts zu schaffen haben.«

Er verließ mit seinen Hauptleuten die Stube. Eine Stille herrschte. Der lange Lienhart ließ seine runden Augen grimmig über die Zurückgebliebenen blitzen und rief: »Himmel Herrgott, ist es denn möglich, daß ihr den einzigen kriegskundigen Mann, den wir haben, von euch stoßt? Ja, das ist er, und er macht kein Aufhebens von sich und fürchtet den Teufel nicht. Er begehrt weder Ruhm noch Ehren, sondern unsere Sache ist ihm das Höchste. Hat er auch nur mit einem Ton verlautbart, daß sich Götz ihm bei Möckmühl hat ergeben müssen? Und der soll jetzt sein Oberster sein!«

»Sorge dich nicht, er geht uns nicht verloren«, tröstete Wendel Hipler und vertagte die Sitzung.

Florian Geyer aber verließ mit seiner Schwarzen Schar in der Frühe des Ostermontags Weinsberg. Der lange Lienhart brach ebenfalls auf, um sich mit den Rotenburgern zu dem Zug nach Würzburg zu vereinigen. Der Schrecken über die Standrechtung des Helfenstein und seiner Ritter führte den Bauern noch am selbigen Tag zwei Feldschlangen nebst etlichen Zentnern Pulver und Steinkugeln zu, begleitet von einem Schreiben des Grafen von Hohenlohe. Auch die beiden Grafen von Löwenstein kamen nach Weinsberg und erboten sich, dem evangelischen Bund beizutreten. Als ein Bürger vor ihnen den Hut abnahm, schlug ihm ein alter Bauer mit dem Schaft seines Spießes über den Rücken und rief: »Dummkopf, die sind nicht mehr als ich.« Breit stellte er sich vor sie hin und befahl ihnen mehrere Male, den Hut vor ihm zu ziehen. Sie zogen ihn, und er wollte sich schier totlachen. Von dem Bauernrat wurde ihnen bedeutet, daß er jetzt keine Zeit hätte, sich mit ihnen zu beschäftigen, und sie mußten zu Fuß, in Bauerntracht und weiße Stäbe in den Händen, im Haufen mitgehen, als dieser tags darauf nach Heilbronn aufbrach. Die Vorhut bildete Jäcklein Rohrbachs Schar, und ihr voran schritt die schwarze Hofmännin. Ihr runzeliges Gesicht leuchtete wie verjüngt. Siegesfroh blickte das zertretene Volk in die Zukunft.

Neuntes Kapitel

Die Hausfrau des Ritters mit der eisernen Hand lag im Kindbett. Das frohe Ereignis fand keinen Spiegel im Gesicht Götzens, der in der Stube nebenan auf den dicken Tuchsohlen seiner Hausschuhe auf und ab ging oder zeitweilig an einem der Fenster stehenblieb. Auf dem schweren Eichentisch stand eine Kanne mit Neckarwein, aber er trank nicht. Es war ein unfreundlicher Tag. Ein kalter Westwind peitschte den unaufhörlich niederrauschenden Regen gegen die schmalen, in Blei gefaßten Burgfenster, entstellte die Schönheit des Tales und gab dem Neckar, der in der Tiefe an der Hornburg vorüberglitt, ein graues Aussehen. Die Stimmung des Burgherrn glich dem Tag: Gegenwart und Zukunft ein unheimliches Grau, und fröstelnd zog er den mit Pelz gefütterten Hausrock enger um seine gedrungene Gestalt. Wiederholt rieb er sich mit der Rechten, die er als einzige noch besaß, über die runde Stirn und den kahlen Scheitel, aber es wollte kein glücklicher, kein erhellender Gedanke herausspringen. Wohl hatte er gleich nach seiner Rückkehr von Schönthal den fränkischen Adel zu einer Versammlung eingeladen, jedoch nur einige wenige hatten sich eingefunden. Denn die Tat von Weinsberg war dazwischengekommen, und sie trieb die große Mehrzahl in die Arme der Fürsten, während die anderen sich beeilten, auf Grundlage der zwölf Artikel ihren Frieden mit dem Bauernheer zu schließen. Seine eigenen Brüder waren dem evangelischen Bund der Bauernschaft beigetreten.

Im ersten Schrecken hatte er seine Kostbarkeiten und wichtigen Papiere nach Frankfurt in Sicherheit gebracht, war aber unverrichteter Dinge zurückgekehrt. Denn die Stadt hatte sie nur unter der Bedingung in Verwahrung nehmen wollen, daß er auf jeden Schadenersatz verzichtete, wenn sie in der Revolution, die ja auch Frankfurt bedrohte, verlorengehen sollten. Er hätte jetzt viel darum gegeben, nicht nach Schönthal geritten zu sein. Was sollte er tun, wenn Wendel Hipler seiner Einladung folgte? Wollte er noch schnell wie so viele seiner Standesgenossen in die Dienste eines Fürsten treten, so würde er dadurch nur um so schwerer den Zorn der Bauern auf sich ziehen. Und nahm Hipler ihn bei seinem so gut wie gegebenen Wort, wie wollte er sich vor dem Schwäbischen Bund rechtfertigen? Er hatte in diesem sowieso schon manchen Feind. Andererseits lag für ihn eine gewisse Süßigkeit in dem Gedanken, es ihnen vergelten zu können, wenn er die Hand der Bauern ergriff. Daß sie die Hand ihm entgegenstrecken würden, daran konnte er nicht zweifeln, hatte er doch die untrüglichsten Beweise dafür.

Florian Geyer war von Weinsberg zunächst nach Neckarsulm zurückgegangen, um das dortige Geschütz an sich zu nehmen, und war dann auf seinem Weg nach Würzburg den Neckar abwärts bis nach Gundelsheim gezogen, ein Städtchen, das ganz nahe der Homburg lag. Die Schwarze Schar war zwar weitergeeilt, ohne sich um Götz zu kümmern, aber nach ihr kamen die Streifkorps des hellen Haufens, der bei Heilbronn lag. Sie schwärmten nach allen Richtungen aus, plünderten die Klöster, verbrannten die Zinsrollen und zwangen die Burgherren, der evangelischen Brüderschaft beizutreten. Götz von Berlichingen sah bald hier, bald dort den Himmel von Feuerschein gerötet.

Eine von diesen Streifscharen, denen Gundelsheim zum allgemeinen Sammelplatz bestimmt worden war, folgte den Spuren Florian Geyers. Nachdem sie das Schloß zu Neckarsulm vollständig ausgeräumt hatte, setzte sie sich auf dem deutschherrischen Schloß Scheuernberg, das als besonders fest galt, an die eben gedeckte Tafel, von der die Ordensritter jäh geflohen waren, als sie sich näherte. Ebenso tapfer benahm sich der Komtur von Schloß Horneck, das zwischen Götzens Burghaus und Gundelsheim lag. Trotzdem er der Stadt seinen Schutz mit großen Worten zugesichert hatte, floh er mit dem Konvent, Kleider, Briefe und selbst die Kleinodien im Stich lassend. Nicht weniger als fünf Wagen konnten die Bauern mit Hausrat, Mehl, Korn und Wein beladen.

Und jetzt rückte der helle Haufen heran. Sein Reiterknabe, den Götz nach Gundelsheim geschickt hatte, hatte gegen Mittag Nachricht davon gebracht. Es hatte keiner Gewalt bedurft, um die freie Reichsstadt Heilbronn in den evangelischen Bund zu bringen. Das Erscheinen der bewaffneten Scharen, denen der jammervolle Einzug der Gräfin von Helfenstein vorausgegangen war, hatte vollendet, was die Spaltung im Stadtrat, der Hochmut der Patrizier, die revolutionäre Partei, zu der viele wohlhabende, ja reiche Bürger zählten, und der Hunger der Armen längst vorbereitet hatte.

Einer von diesen reichen Männern war der Bäcker und Weinschenk Hans Müller, genannt Flux, in der Deutschhausgasse, und seiner Vermittlungen hatte es die Stadt zu verdanken, daß keinem Ratsherrn noch Bürger ein Leid geschah, sondern sich die Bauern mit einer Brandschatzung von achttausendfünfhundert Gulden, die sie den Klöstern auferlegten, zufriedengaben. Nur das Haus des Deutschen Ordens wurde gründlichst ausgeplündert, da dessen Komtur hier wie überall durch seine feige Flucht den Orden schändete. Auch hier waren es wie überall dessen Untertanen, die am fleißigsten rafften und wegtrugen. Hans Flux war mit Jörg Metzler verwandt, ein Bruder von ihm saß im Rat der Bauern, und deren Schulteiß, Hans Reyter aus Bierlingen, war sein Schwager. Mit dieser Verwandtschaft spielte er sich gerne ein wenig auf und gab zu verstehen, daß er in die geheimsten Pläne der Bauern eingeweiht sei. Aber er war trotz seines Radikalismus, der ihn nach Neckarsulm und Weinsberg geführt hatte, ein gutmütiger Mann, und er liebte seine Vaterstadt.

Der Rat nahm ihn daher schleunigst beim Wort, als er sich ihm gegenüber rühmte, daß er ihm zum Frieden mit den Bauern verhelfen könnte. Nur in einem Punkt blieben dieselben trotz all seiner Bemühungen unerschütterlich. Sie verlangten, daß die Stadt ein wohlgerüstetes Fähnlein zu ihrem Heer stoßen lasse, und zwar mit den Heilbronner Farben. Der Rat aber fürchtete die Verantwortung vor dem Schwäbischen Bund, wenn er einwilligte. Um sich gegen diesen auf alle Fälle zu schützen, hatte er Hans Flux zu dessen Unterhandlungen mit den Bauern überhaupt keine urkundliche Vollmacht erteilt, so daß man ihn nachträglich verleugnen konnte. Vielleicht ließ sich auch in bezug auf das Fähnlein, um das nicht herumzukommen war, ein Ausweg finden, der Hans Flux die Verantwortlichkeit auflud.

Und er fand sich. Der Rat weigerte sich, das Fähnlein zu stellen, aber er überantwortete es Hans Flux, ein solches aus Freiwilligen zu bilden, das ein schlichtes weißes Banner führte, ohne den schwarzen Adler im silbernen Schild, das Wappen Heilbronns. Hans Flux ahnte die Falle, allein Gutmütigkeit, Eitelkeit und Liebe zu seiner Vaterstadt ließen ihn hineintappen. So zog er denn mit dem hellen Haufen den Neckar hinunter. Auch zwei Bürgerinnen von Heilbronn zogen mit unter seinem weißseidenen Banner, die eine im blanken Harnisch, den Spieß auf der Schulter, die andere einen Bundschuh tragend. Die Leidenschaft und Tatkraft der Frauen hatte bei der Entscheidung der Stadt kein geringes Gewicht in die Waagschale geworfen.

Das Horn des Torwächters unterbrach Götzens unerquickliches Nachdenken. Es ging schon auf den Abend zu. Wie Götz hinausschaute, war es sein eigener Amtmann, der auf dem Hof vom Pferd stieg und bald darauf, vor Nässe triefend, zu ihm in die Stube kam. »Ei, mein Lieber, was gibt's so Wichtiges, daß es Euch bei dem Hundewetter noch so spät herauftreibt«, sprach der Burgherr ihn an.

»Wichtig ist's freilich, Euer Gnaden, und ich wollte, daß es auch was Gutes wäre«, antwortete jener. »Der Bauernrat schickt mich. Er läßt seinen Gruß entbieten, und der gnädige Herr möchte morgen zu ihm nach Gundelsheim ins Wirthaus kommen. Er hätte mit Euer Gestrengen dringlichst was zu reden.«

Die blühende Gesichtsfarbe des Ritters hatte sich darüber zu einem dunklen Rot vertieft. Jetzt mußte er sich entscheiden. Seine Antwort überlegend, stützte er die mit einem Handschuh verhüllte eiserne Linke auf die Tischkante. Der Amtmann beobachtete ihn. »Wie sie erzählen, hat sich fast der gesamte Adel zwischen Jaxt und Kocher in die Genossenschaft der Bauern ergeben«, sagte er mit gedämpfter Stimme.

»Und Ihr wißt, was sie von mir wollen?« fragte Götz.

»Ja, Euer Gnaden, der Jörg Metzler hat trotz des Regens den hellen Haufen zusammentreten lassen, und der Kanzler hat im Ring vorgestellt, was es ihrer Sache für einen Schein geben würde, wenn sie einen solchen bewährten Kriegsmann, wie Ihr es seid, Herr Ritter, zum Hauptmann hätten, und welchen Schaden sie davon hätten, wenn Ihr Euch auf die Seite der Feinde schlügt.«

»Worauf der Haufen ihm zustimmte«, äußerte Götz, während sich sein Mund spöttisch verzog.

»Mitnichten, edler Herr«, antwortete der Amtmann zögernd. »Es erhob sich viel Geschrei dagegen. Sie hätten einen Bauernkrieg und bedürften des Adels nicht, hieß es. Einer schrie sogar, mit Verlaub von Euer Gnaden sag' ich's: ›Schadet er uns, warum hängt man ihn nicht an einen Baum?‹ Erst als Jörg Metzler und der Schultheiß Reyter gesprochen hatten, nahmen sie den Vorschlag des Herrn Wendel an.«

»Gelt, es war der Rohrbach, der mich gehängt haben wollte?« lächelte Götz.

»Halten zu Gnaden, der hat sich mit etlichen von Neckargartach schon gen Maulbronn gewendet, um mit der dortigen Bauernschaft und der von Baden nach Stuttgart zu rücken, während bei Tübingen schon alle auf sind. Sein Haufen aber ist nach Böckingen heimgegangen. Er hat wohl einstweilen Beute genug gemacht.«

»Ihr seid ja gut unterrichtet«, meinte Götz etwas trocken, und jener erwiderte, daß er es von Georg Metzler wisse. Auch seien die Weinsberger in ihrem Tal zurückgeblieben, um ein Auge auf die Stadt und Heilbronn zu haben, fügte er hinzu.

Götz, der ihm aufmerksam zugehört hatte, füllte seinen Becher und reichte ihn dem Boten mit den Worten: »Bei dem wüsten Wetter braucht man innere Wärme. Trinkt, Schultheiß, und sagt dem Rat, daß ich kommen werde. Ich muß ja, oder wißt Ihr einen anderen Rat?«

Er wußte keinen und war froh über den Bescheid, den er den Bauern zu überbringen hatte.

So ritt denn Götz von Berlichingen am nächsten Morgen nach Gundelsheim. Das Wetter hatte sich aufgehellt, nur ein kalter Wind blies noch das Tal herauf. Dem Ritter war es heiß im Innern.

Wie er im Wirtshaus die Treppe hochstieg, kam ihm sein Waffenbruder Max Stumpf von Schweinsberg entgegen, der sich eben seinen Schutzbrief von dem droben versammelten Bauernrat geholt hatte. »Glück auf zur Hauptmannschaft!« begrüßte er Götz. Dieser aber seufzte: »Gott, mir nicht. Das tu' der Teufel! Warum tust du es nicht? Tue du es doch an meiner Statt!«

»Aber sie wollten dich, nicht mich«, rief Max Stumpf. »Und bei Gott, du mußt annehmen, Götz. Dem ganzen Adel kommt es zugute, und er wird es dir hoch vergelten und nimmer vergessen. Ich bitte dich, Götz, tu's!«

»Du weißt nicht, was es mich kosten würde, keiner weiß es! Mir ist, als ob diese Stiege hier der Kalvarienberg wär'.« Mit einem melancholischen Blick reichte Götz dem Freund die Hand.

»Lieber, wir alle müssen in dieser schweren Zeit ein Opfer bringen, und du rettest den Adel«, rief Stumpf von Schweinsburg ihm noch nach.

Oben fand Götz den Ausschuß der Bauern versammelt, der, außer dem obersten Hauptmann Jörg Metzler, dem Kanzler Hipler und dem Schultheißen Hans Reyter, aus sieben Mitgliedern bestand. Hans Flux gehörte zu diesen. Es war unter den Vornehmsten dieses Rates der Sieben keiner, der Götz nicht wohlgesinnt gewesen wäre, und dementsprechend wurde er auch empfangen. Nachdem Wendel Hipler ihm mitgeteilt hatte, was man von ihm begehre, bat er mit überaus bewegenden Worten, daß man ihn mit der Übernahme der Hauptmannschaft verschone. Seine Pflichten gegenüber dem Schwäbischen Bund sowie gegenüber Fürsten und Herren gestatteten ihm dieselbe nicht. Die zwölf Artikel aber seien ganz und gar gegen sein Gewissen. Auf sie könnte er sich niemals verpflichten. Sie redeten scharf auf ihn ein, nur Wendel Hipler schwieg. In seinen klugen Augen lag so etwas wie ein leises Lächeln. Götz aber vermied es, diesen Augen mit seinen Blicken zu begegnen. Er heuchle nicht, versicherte er mit der Eisenfaust auf der gepanzerten Brust, aber er könne die Wahl nicht annehmen.

»So gönnt mir wenigstens noch ein Wort unter uns«, sprach jetzt Wendel Hipler. »Ich hoffe, Euch solche Gründe anzuführen, daß Ihr Euren Widerstand fahrenlaßt, Herr Ritter.«

Sie gingen in das Gärtchen hinter dem Wirtshaus, wo der Kanzler sofort das Wort ergriff. »Ihr werdet zugeben, Herr von Berlichingen, daß die Ideen des Sickingen unausführbar sind. Der Bauer ist für eine Adelsrepublik nicht zu haben. Aber auch eine Bauernrepublik wäre eine Unmöglichkeit. Sie würde die Beute des ersten besten Abenteurers werden, der es versteht, die Welt- und Geschäftsunkenntnis der Bauern auszubeuten. Nein, Herr Ritter, kein Stand soll den andern beherrschen. In dem Reich, das wir aufrichten wollen, sollen Bauer, Bürger und Adel gleich frei sein und kein anderes Oberhaupt haben als den Kaiser. Dazu ist es nötig, daß Ihr den Adel zu uns bringt.«

»Aber das ist schier unmöglich nach dem, was in Weinsberg geschehen ist«, rief Götz lebhaft.

»Doch, doch!« antwortete Hipler und zog ihn auf eine Bank nieder, die im Schatten eines Birnbaumes stand. »Der Adel ist, was seinen

Vorteil betraf, nie blind gewesen. Daß er nur ihm allein gefolgt ist, hat das Reich verderbt. Wohlan, Herr Götz, er soll jetzt seinen Vorteil darin finden, das Reich wieder zu erheben, indem er uns hilft, es wahrhaft frei zu machen. Er soll mehr als reich für den Verlust entschädigt werden, der ihm aus der Aufhebung der Leibeigenschaft und Hörigkeit und der Fronden der Bauern erwächst – aus dem Grundbesitz und Vermögen der Kirchen, Stifte und Klöster und des Deutschen Ordens, Herr Götz.«

»Alle Wetter«, entfuhr es diesem unwillkürlich.

»Die Kirche wird säkularisiert, und mich dünkt, daß sie genug zusammengerafft hat, um nicht nur den Adel für alle Opfer, die er dem gemeinen Wohl bringen muß, mehr als schadlos zu halten, sondern auch den Bauer zum freien Eigentümer seines Landes zu machen«, fuhr Wendel Hipler fort. »Und was die Fürsten und Herren betrifft, so werden Bauer und Adel sie zwingen, ihre Souveränität abzulegen und sich in die Gemeinfreiheit einzufügen. Wenn nicht, so werden sie vertrieben, und was ihnen persönlich eigen war, wird zum Gemeingut gemacht. Wie dünkt Euch das, Herr Götz?«

»Potz Velten, das Ding läßt sich hören«, rief dieser aufgeregt. »Dafür wäre der Adel wohl zu haben, sollte ich meinen. Aber der Kaiser, der Kaiser? Dieser Karl!«

»Der Kaiser würde als das Oberhaupt eines solch freien Staates nicht nur fester, sondern auch mächtiger dastehen als jetzt«, erklärte der Kanzler. »Der bigotte Spanier taugt allerdings wenig zu einem solchen Oberhaupt. Aber Deutschland ist ein Wahlreich, und es gibt, Gott sei Dank, noch deutsche Fürsten, die milde, gerecht und weise genug sind, um zu erkennen, was dem Vaterland not tut, Fürsten, die an der Wiege der Reformation standen und bis heute ihre Hand schirmend über sie halten. Doch das sind Fragen, die uns jetzt nicht zu bekümmern brauchen.«

Götz ging auch hierauf nicht weiter ein. Er verstand, daß jener den Kurfürsten Friedrich von Sachsen im Auge hatte. »Hm«, sagte er und rieb sich die Stirn, von der er den Helm gelüftet hatte, denn ihm war heiß. »Ihr seid bekannt als ein feiner und geschickter Mann, Herr Wendel, und Ihr habt mir ein Licht angezündet, daß mir schier die Augen weh tun. Aber was, wenn das Ding schiefgeht? Denn auch das muß ich bedenken. Hab' eine Frau und liebe Kinder, an denen mein Herz hängt. Aber auch ohnedies wäre die Verantwortung zu groß, nicht nur dem Adel gegenüber, der mir vertraut hätte. Ich sprach schon vorhin oben von meinen Pflichten gegenüber dem Schwäbischen Bund, dessen Mitglied ich bin. Wie sollte ich mich vor ihm entschuldigen, wenn's schiefgeht? Ich hätte keinen Grund anzugeben und müßte den Kopf auf den Block legen.«

Wieder zeigte sich in dem klugen Gesicht des Bauernkanzlers jenes kaum merkliche Lächeln, mit dem er Götz im Rat zugehört hatte. Er sprach: »Allerdings kommt es in der Welt weniger darauf an, Recht zu haben, als es siegreich zu behaupten, und niemand weiß so gut wie Ihr, daß Kriegsspiel Glücksspiel ist. Verlangt Ihr für Eure Sicherheit Bürgschaft, so wollen wir sie leisten, soweit wir dazu imstande sind. Eines aber mögt Ihr wissen! Wir lassen Euch nicht wieder aus, es sei denn, daß Ihr unser Hauptmann werdet. Tut Ihr es nicht im guten, so brauchen wir Gewalt.«

»Ihr seid gar schrecklich«, seufzte Götz angesichts dieser Drohung.

Sie kehrten zu dem Rat der Sieben zurück.

Einen Schutzbrief, den dieser Götz ausstellte, nahm er an und meinte, während er die Augen ein wenig zusammendrückte, wenn sie dem Bischof zu Mainz ein Haus, zwei oder drei einrissen, so würden sie es, falls er sich ergäbe, danach desto leichter mit dem zu Würzburg haben. Aber er bat, ihm die Hauptmannschaft zu erlassen. Seine beschworenen Pflichten gestatteten es nicht, so schwerwiegend auch die Gründe wären, die Wendel Hipler geltend gemacht habe. Gern wolle er auf seine Kosten zum Schwäbischen Bund, zu Fürsten und Herren reiten und dort überall nach seinem Vermögen zum Frieden und zu aller Zufriedenheit für sie verhandeln. Darauf bemerkte Hans Reyter, der Götz schon seit vielen Jahren kannte, daß nicht der Rat, sondern der helle Haufen ihn gewählt habe. An diesen müßte er sich daher wenden, wenn er die Wahl abzulehnen entschlossen sei.

»Da kommt es denn gut zupaß, daß Ihr Euch sogleich an den hellen Haufen wenden könnt«, äußerte Jörg Metzler. »Es ist just die Stunde, in der sich die Fähnlein vor der Stadt sammeln sollten, um weiterzuziehen.«

Götz war damit zufrieden, sich an die Quelle selbst zu wenden. So stiegen denn alle aufs Pferd und ritten vor die Stadt, wo sich bereits wirklich jedes Fähnlein unter seinem Hauptmann zum Aufbruch geordnet hatte. Die Kunde, daß Götz nicht annehmen wollte, ging rasch um, und als er nun von Fähnlein zu Fähnlein ritt und seine Gründe vorbrachte, bekam er mehr Murren als Zustimmung zu hören. Das Fähnlein der Hohenloher aber umringte ihn mit wildem Geschrei, legte die Büchsen auf ihn an, fällte die Spieße gegen ihn und drohte, ihn umzubringen, wenn er sich noch länger weigere, ihr Hauptmann zu werden. Gezwungen ergab er sich in sein Schicksal und versprach mit einem Eid, sich am nächsten Tag in Buchen, wohin das Heer sogleich aufbrach, einzufinden.

Traurigen Herzens ritt er nach Hause und wünschte sich lieber in dem tiefsten Turm zu liegen, der in der Türkei stand. Er hatte mit dem

Feuer gespielt und sich die Finger verbrannt. Er war unfähig, sich für die großen Gedanken und Pläne zu erwärmen, die Wendel Hipler ihm angedeutet hatte, und ebensowenig liebte er das Volk, das für seine Freiheit in den Waffen stand. Er mußte sich eingestehen, daß die Gewalt, die ihm auf seinen geheimen Wunsch geschah, seine Gegner schwerlich täuschen würde, während sein Verhalten auf der anderen Seite die Bauern mit Mißtrauen gegen ihn erfüllen mußte. Wurde dieses auf die eine oder die andere Weise gerechtfertigt, so durfte er auf eine um so schrecklichere Vergeltung gefaßt sein. Seine eigenen Bauern samt ihrem Amtmann hatten sich der Revolution angeschlossen. Nur einen hellen Punkt gab es in diesem Dunkel für ihn. Das Blut des alten Faustrechtsritters regte sich wieder. Er konnte wieder aufs Pferd steigen, wieder raufen, seinen alten Gegnern, inbesondere dem Bischof von Bamberg, scharf zu Leibe rücken.

Am anderen Tag ritt er mit zwei Knechten nach Buchen. Die Bauern standen im Ring, es wurde über Wichtiges abgestimmt. Schon in Ballenberg hatte Florian Geyer vorgeschlagen, die aus Welschland heimkehrenden Landsknechte anzuwerben, um durch sie den Bauern einen festen kriegerischen Stamm zu geben. Wie nun Hipler, Metzler, Reyter und andere vom Rat diese Maßnahmen vorschlugen, wollten die Bauern sie nicht annehmen. Sie befürchteten, daß durch die Landsknechte ihr Anteil an der Beute geschmälert würde. Denn es gab unter ihnen eine sehr große Menge, die zur wahren Bedeutung des Aufstandes noch nicht durchgedrungen waren, sondern nur um der Beute willen mittaten und zu ihren Dörfern zurückkehrten, wenn ihre Habgier befriedigt war. Es war eine lustige Fahrt gewesen, von der sich noch lange erzählen ließ.

Um dieses Krebsgeschwür herauszuschneiden, hatte Wendel Hipler vorgeschlagen, daß fortan jeder, der zum Beitritt aufgefordert würde, bis zur Beendigung des Volkskrieges bei der Fahne bleiben müßte. Es gelang aber ihm und den Räten nicht, die Bauern davon zu überzeugen, daß die vorgeschlagene Bestimmung zu ihrem eigenen Wohl notwendig sei. Eben als sich Götz dem Ring näherte, erhob sich eine überwiegende Mehrheit der Hände auch hiergegen. Ein Dorfschneider hielt Götz seinen Spieß vor und forderte ihn auf, sich gefangenzugeben und vom Pferd zu steigen. Götz, der weit und breit gefürchtete Haudegen, konnte über das Komische seiner Lage nicht lachen. »Du hast gut reden«, antwortete er, »so viele hast du um dich stehen. Wenn du mich draußen im Feld allein fingest, wollte ich dich loben. Ich bin doch zuvor schon gefangen worden.«

»Und ich sag' dir, es ist dein Tod, wenn du nicht unser Hauptmann wirst«, drohte der Schneider.

»Ich will aber nicht!«

»Daß dich Gottes Marter schänd', du mußt«, fluchte der Dorfschneider. »Herunter vom Pferd!«

Götz stieg ab und jener führte ihn in den Ring. Die erregten Stimmen der Räte und des Haufens zeigten ihm, daß die Zeit des Hinhaltens vorüber sei. »Wohlan denn«, sprach er, »da ihr mich also drängt und zwängt, so sollt ihr wissen, daß ich nicht anders handeln will, sofern mir Gott die Gnade gibt, als so, wie es ehrlich, redlich und christlich ist und sich ehrenhaft geziemt und gebührt. Und wo ihr nicht ehrliche und christliche Handlungen vornähmet, wollt' ich eher sterben, als euch zu Willen zu sein. Wenigstens werd' ich niemals in eine so tyrannische Handlung einwilligen, wie es die Ermordung von Weinsberg war.«

»Es ist geschehen«, antwortete ihm Jörg Melzler mit einem Achselzucken, »wenn nicht, geschäh' es vielleicht nimmer.«

»Die Verräter und Pfaffenfreunde müssen alle dran glauben«, gellte eine weibliche Stimme, und die Bauern schlugen klirrend ihre Wehren zusammen. Die schwarze Hofmännin schrie es. Seitdem Jäcklein Rohrbach nach Maulbronn gegangen war, zog sie mit dem hellen Haufen umher. Die Bauern sahen seit dem Tag von Weinsberg mit scheuer Ehrfurcht auf sie. Sie hielten sie für eine Prophetin und glaubten an ihre übernatürliche Macht.

Götz gelobte, ohne jede Bedingung, für vier Wochen zunächst ihr Hauptmann zu sein, und leistete den Eid auf die zwölf Artikel. Kaum aber saß er mit den Hauptleuten in der Herberge, begann er an den Artikeln zu mäkeln. Sie sollten der Obrigkeit wieder gehorsam sein, verlangte er, Zinsen, Gülten und Fronden leisten, wie es seit jeher Gewohnheit sei, und die Beseitigung aller Mängel ihren Herren anheimstellen. Die Bauern lachten ihn aus, und er brauchte für Spott nicht zu sorgen.

»Meint Ihr, daß wir Euch deshalb zum Hauptmann gemacht haben?« fragte Wolf Gerber von Öhringen mit stechenden Blicken. »Dann hätten wir keinen Aufstand zu machen nötig gehabt, sondern hätten ruhig daheim bleiben können.«

Hans Flux warnte ihn, das sei ein böses Gelüsten.

Götz bestand vorläufig nicht weiter darauf. Jedoch erreichte er das Versprechen, daß die festen Häuser und Burgen der Edelleute auf dem weiteren Zug verschont werden sollten. Daß dieser Zug nach Würzburg ging, ging ihm sehr gegen den Strich. Um seine Stellung zu festigen, brauchte er einen Erfolg, und er fürchtete, daß sein Feldherrentalent die Probe durch die Belagerung des sehr starken Marienberges schlecht bestehen würde. Er schlug deshalb vor, zunächst die Reichsstadt Schwäbisch-Hall in den Bund zu bringen, was kein schwieriges Unternehmen sei, und verbürgte sich, daß er nur zu schreiben brauche, um sogleich zweihundert Pferde dem Heer zuzuführen. Dann sollten alle Haufen herangezogen werden, und mit dieser ungeheuren Macht wolle er dem Schwäbischen Bund im freien Feld entgegengehen. Nach ein oder zwei Schlachten, an deren glücklichem Ausgang er nicht zweifelte bei solcher Übermacht, mußten ihnen dann alle Festungen, Schlösser von selbst zufallen.

Aber auch damit setzte er sich nicht durch. Das Heer zog weiter durch das mainzische Gebiet auf das reiche Benediktinerkloster Amorbach, Götz von Berlichingen und Jörg Metzler als oberste Hauptleute an der Spitze. Das Kloster erlitt das Schicksal von Schönthal. Der helle Haufen brach herein und raubte alles, was nur einigen Wert hatte: Kleider, Gefäße, silberbeschlagene Bücher, und verschonte weder Orgel noch Altar noch Reliquien. Und nach den Bauern kamen die Amorbacher und ihre Nachbarn und trugen alles bewegliche Gut fort, bis auf die Bretter, die Dachziegel und die vorrätigen Backsteine. Das Niederbrennen des Klosters, wozu schon der Befehl erteilt worden war, unterblieb auf die Bitten des Rates von Amorbach. Nur die Zinsbücher wurden dem Feuer überantwortet. Die Beute wurde verkauft, und jede Rotte erhielt ihren Teil. Götz erstand außer seinem Teil noch für einhundertundfünfzig Gulden Kleinodien, darunter eine blaue Inful, die seine Hausfrau zertrennte und aus deren Perlen und Edelsteinen sie sich ein Halsgeschmeide machte. Von dem Kaufpreis ließen ihm die vergnügten Bauern fünfzig Gulden nach.

Die schwarze Hofmännin beteiligte sich an der Plünderung nicht. Sie hatte es bei früheren Gelegenheiten nicht getan und tat es auch bei späteren nicht. Was wollte sie mit Schätzen? Ja, sie stieß sie mit dem Fuß weg oder zertrat sie, wenn sie auf ihrem Weg lagen. Ihr Anteil an der Beute war die Wollust, mit der sie zuschaute, wie das Eigentum ihrer bitter gehaßten Feinde geraubt und verwüstet wurde. Wild machte es sie, daß das Kloster nicht niedergebrannt wurde. Sie fuhr Jörg Metzler an, ob man die Nester nur stehen lasse, damit das Nachtgevögel sich flugs wieder einnisten könne, sobald die Bauern ihm den Rücken zuwendeten. Er und die Siebener seien Frauen, denen die goldenen Sporen des Götz in die Augen stächen. Diesem lastete ihr Mißtrauen die Verantwortung für die Schonung an. Anstatt ihm bei seinem Beuteeinkauf fünfzig Gulden nachzulassen, hätte man sie für einen Strick verwenden sollen, um ihn zu hängen. Ihr Haß gegen den Adel nahm nur Florian Geyer aus. Er allein meine es ehrlich mit den armen Leuten. Und so hatte sie nur grimmige Verachtung für die Junker und Ritter, die jetzt erschreckt aus der ganzen Umgegend nach Amorbach geeilt kamen, um durch den Schwur auf den Artikelbrief Sicherheit der Person und des Eigentums zu gewinnen! Oh, wie klein sie sich jetzt machten und Rat und Hauptleute umschmeichelten, diese hochmütigen Edellinge! »Ja, bück dich nur, so tief du kannst«, rief sie dem Junker von Gollersdorf zu, den sie schon an der Tür des Wirtshauses, in dem die Siebener ihr Quartier aufgeschlagen hatten, sein Barett lüften sah. »Gott hat uns, die Unedlen der Welt und die Verachteten, erwählt, damit er zunichte mache, was etwas ist, und kein Fleisch vor ihm sich rühme.«

Aber nicht nur die kleinen Tyrannen, die wie Wespen und Hornissen bislang die armen Leute blutig gestochen hatten, fanden sich ein. Von dem großen und mächtigen Grafen von Wertheim an der Mündung der Tauber in den Main kam das Anerbieten, in den evangelischen Bund zu treten und ihn mit Geschütz, Pulver und Kugeln zu unterstützen. Seine Macht war unter der Empörung seiner Bauern vergangen, die sein stolzes, auf einem Rebenhügel thronendes Schloß stürmten, als er sie mit Feuer und Schwert bezwingen wollte. Götzens alter Freund, der Ritter Max Stumpf, geleitete eine Gesandtschaft nach Amorbach, die kein Geringerer schickte als der Erzbischof und Kurfürst von Mainz, Albrecht von Brandenburg. Ein Vetter des Ansbachers Kasimir, trug er sich lange mit dem Gedanken, das Beispiel von dessen Bruder Albrecht nachzuahmen und sein Erzbistum in einen weltlichen Staat umzuwandeln, wie jener das Deutschordensland Preußen zu einem Herzogtum gemacht hatte. Er liebäugelte mit der Reformation, erwies sich als den Humanisten zugeneigt und zog Ulrich von Hutten an seinen üppigen Hof, der sich mit Wissenschaften und Künsten schmückte. Seine Maitresse redete ihm schließlich seinen Ehrgeiz aus, bei dem für sie nichts herauskommen konnte. Denn es war nicht daran zu denken, daß er als weltlicher Kurfürst sie zu seiner Gemahlin machen würde. Jetzt schickte er seinen Statthalter, den die Straßburger von seinem Bischofsstuhl verjagt hatten, als Legaten an die Bauern.

Denn, ach! selbst in dem goldenen Mainz und rheinauf- und -abwärts krachte und barst die alte Herrenherrlichkeit, so daß Erzbischof Albrecht es für weise erachtete, sich andernorts in Sicherheit zu bringen. Sein Schlemmerleben hatte seine ganze Energie aufgezehrt, und er erinnerte sich, daß sein Onkel Friedrich noch immer als Gefangener seiner liebevollen Söhne in dem Turm der Pleißenburg schmachtete.

Aber die Bauern gaben ihm eine über die Maßen harte Nuß zu knacken. Der Statthalter mußte mit dem Domkapitel zu Mainz die zwölf Artikel annehmen und geloben, alles, was durch den hellen Haufen und andere gemeine Haufen danach von frommen, geschickten, gelehrten und verständigen Leuten in diesen Sachen und in allen anderen christlichen Dingen und Anliegen des gemeinen Landes erkannt und geordnet werden würde, ohne Ausnahme zu befolgen. Alle Städte und Flecken sollten, wo es vonnöten wäre, dem hellen Haufen beitreten und ihm Beistand geben mit Leib, Geschütz und anderem Vermögen, ohne von dem Erzbischof daran gehindert zu werden, und alle Städte dem hellen Haufen offenstehen. Alle Klöster und Klausen, Mönchs- und Nonnenhäuser sollten denen geöffnet werden, die darin ihren Habit ablegten. Wo es nicht geschähe, sollten Hauptleute und die gemeine Bauernschaft die Macht haben, solche Ordensleute nach ihrem Gefallen abzustrafen. Aller Adel des Stiftes sollte binnen eines Monats bei den Hauptleuten des hellen Haufens persönlich erscheinen und in die Vereinigung eintreten, jeder aber, der es nicht täte, überzogen werden mit Krieg. Endlich mußte der Statthalter geloben, dafür, daß die Bauern das mainzische Gebiet verließen, binnen vierzehn Tagen dem hellen Haufen für das Domkapitel und die ganze Pfaffheit des Stifts fünfzehntausend Gulden zur Verfügung zu stellen. Max Stumpf erbot sich aus freien Stücken, mit vor Würzburg zu ziehen.

Wendel Hipler durfte stolz darauf sein, einen solchen Vertrag zustande gebracht zu haben. Er konnte sich darüber jedoch nicht richtig freuen angesichts der Sorge, mit der Götz ihn bedrängte. Götz kam immer wieder auf seine Forderung zurück, daß die zwölf Artikel geändert, gemäßigt, abgeschwächt würden. Hipler hielt das für unmöglich, obwohl er Götz gerne gefällig gewesen wäre, denn einerseits glaubte er die jüngsten großen Erfolge an den Namen des Ritters geknüpft. Andererseits war er selbst überzeugt, daß manche Forderung der zwölf Artikel gemäßigt, ja ganz gestrichen werden müßte, wenn der Staat, den er erstrebte, verwirklicht werden sollte.

In dieser Verlegenheit erhielt er den Besuch eines Mannes, den Hans Flux und seine Heilbronner nicht mit wohlwollenden Augen betrachteten. Auch Hipler kannte ihn schon seit längerer Zeit von Heilbronn her, das Hans Berle wiederholte Male auf Reichs- und Bundestagen und bei anderen politischen Verhandlungen mit den besten Erfolgen vertreten hatte. Er war in allen Künsten und Kunststückchen der Diplomatie erfahren und gewandt wie ein Wiesel. Schon in Neckarsulm und Weinsberg war er zu den Bauern gekommen, um zu erkunden, ob sich nicht unter ihnen Beziehungen anknüpfen ließen, die zum Vorteil seiner Vaterstadt ausgenutzt werden könnten. Nach seinen Ratschlägen war dann deren Rat verfahren und hatte Hans Flux zu seinem Sündenbock erkoren. Jetzt schickte ihn die Stadt nach Amorbach, um bei den Siebenern über die Böckinger, welche die Eigentumsrechte Heilbronns rücksichtslos verletzten, Beschwerde zu führen, und er kam zu Wendel Hipler, um sich dessen Beistand und Vermittlung zu sichern.

Hans Berle wußte dem Kanzler einen Ausweg aus seiner Verlegenheit zu nennen. Nein, ändern konnte man den Artikelbrief nicht, aber man konnte ihn auslegen. Und sie setzten sich hin und verfaßten einen Nachtrag zu demselben in acht Paragraphen, die sie »Deklaration der zwölf Artikel« nannten. Danach sollte die Abstellung der meisten Beschwerden, die der Artikelbrief sofort verlangte, bis zur Reichsreform vertagt werden. Andere erfuhren eine Einschränkung. Am wichtigsten waren die Zusätze, wonach Zinsen, Gülten und Schulden bis zur Reichsreform weiter bezahlt und besonders das geistliche Besitztum von der weltlichen Obrigkeit jeder Gemeinde sorgsam geschützt werden sollte.

Es kostete Wendel Hipler die größten Anstrengungen, um für diese »Deklaration« im Siebenerrat eine geringe Mehrheit zu erhalten. Sie aber sogleich vor den hellen Haufen zu bringen, wagte man nicht. Hans Berle nahm sie auf seiner Rückkehr nach Heilbronn mit, um ihre Wirkung erst bei einigen verbündeten Gemeinden zu testen.

So ging die Sache in Amorbach aus und schlug wie ein Funken in ein Pulverfaß ein. Das Heer trat ohne die Hauptleute zu einer Gemeinde zusammen. Ihre Wut traf hauptsächlich Götz von Berlichingen. Er sei ein Pfaffenfreund, erscholl es aus dem Tumult, er hätte nichts anderes verdient, als daß man ihn durch die Spieße jage. Ihm, der kein Raubnest zerstören lassen wolle, zum Trotz wurde beschlossen, die in der Nähe gelegenen Schlösser Wildenberg und Limbach zu verbrennen, und es stürmte auch gleich eine Schar zu diesem Zweck davon. Die Odenwälder schlugen vor, die Geschütze zu nehmen, umzukehren und alle Geistlichen auszuplündern. Andere drangen darauf, daß alle diejenigen, die bei der Deklaration geholfen hätten, totgeschlagen würden. »Zuerst den Hans Berle, denn der ist an allem schuld«, schrien die Heilbronner. Andere verlangten, daß alle Fürsten, Herren und Junker, die nicht auf die zwölf Artikel schwören, erschlagen würden. Hans Berle hatte längst das Lager verlassen, Wendel Hipler war zufällig abwesend. Als sie nicht gefunden wurden, erhob sich das Geschrei: »Götz! Götz!« Ein wilder Haufen lief zu dessen Herberge und plünderte sie aus.

Götz war dem Grafen Georg von Wertheim entgegengeritten, mit dem er ein Stelldichein verabredet hatte, um die Bedingungen seines Vertrages mit den Bauern festzustellen. Auf dem Rückweg kam ihm Hans Flux entgegen und warnte ihn. Er aber ritt sorglos weiter. Die Flammen des Schlosses Wildenberg erregten seinen Zorn.

»Wer hat das befohlen?« fuhr er die Hauptleute an, und da von ihnen niemand davon wußte, schalt er die Bauern aufs heftigste wegen ihrer Treulosigkeit. »Er selbst ist treulos«, scholl es ihm mit funkelnden Augen entgegen. Stecht ihn vom Gaul herunter.« Die Spieße senkten sich gegen ihn. Mit Mühe gelang es den Hauptleuten, ihn zu retten.

Von Stund an hatte er das Vertrauen der Bauern verloren, und sie überwachten ihn auf Schritt und Tritt wie einen Gefangenen.

Dicht geschart umgaben die Bauern den Erzähler. Er war ein alter Mann, weißes, langes Haar umflatterte das braune Gesicht mit den tiefen Krähenfüßen an den Augen. Für sein Alter erschien er ungewöhnlich kräftig, und es zeigte sich, während er redete, daß er den Mund noch voller weißer Zähne hatte. Wams und Hosen waren vielfach geflickt, und das Wetter hatte ihre ursprüngliche Farbe ungleichmäßig ausgebleicht. Über dem Rücken hing ihm ein Dudelsack. Es war derselbe Spielmann, der vor etlichen Monaten den Stiefsohn des Konz Hart als Führer gemietet hatte. Der Knabe war ihm weggelaufen. Der Atem der Freiheit, der durch die Welt wehte, hatte auch den Buben berührt. Er schämte sich, daß er mithalf, das Mitleid zu betrügen, indem er für einen Blinden bettelte, der vortrefflich sehen konnte. Er war zur Schwarzen Schar gelaufen und trommelte lustig an der Spitze des Fähnleins von Simon Neuffer. Um den Spieß zu führen, war er noch nicht stark genug.

Benz Frank, der Dudelsackpfeifer, war als Briefbote Würzburgs zum evangelischen Heer des Odenwalds und Neckars gekommen und hatte dasselbe bei Miltenberg getroffen, bis wohin es inzwischen von Amorbach aus vorgerückt war. Die Stadt Würzburg hatte sich aufgelehnt und mahnte die Bauern zu raschem Beitritt.

Die Aufforderung trug die Unterschriften von Hans Bermeter und Georg Grünewald. Ersterer war ein Vetter des Ratsherrn Bermeter zu Rothenburg, ein großer Künstler auf der Pfeife und der Laute, als lustiger Geselle und vortrefflicher Sprecher bekannt und angesehen. Georg Grünewald, gewöhnlich Meister Till genannt, entstammte ebenfalls einem alten Haus und war ein geschätzter Maler und Bildschnitzer. Diese beiden hatten, wie Benz Frank erzählte, die Revolution in der Stadt erhoben, und sie waren nicht die einzigen Künstler, die in der großen Bewegung mit Herz und Hand auf Seiten der Unterdrückten standen. Aus ihren Freudengelagen waren die Flammen aufgeschlagen, so daß sich der Bischof Konrad von Thüngen von dem Marienberg kaum noch herunter in die Stadt wagte.

Der Spielmann war weit im Land Franken, dessen Herzog sich der Bischof von Würzburg nannte, umhergekommen, und, wie er seinen Zuhörern zu berichten wußte, überall waren die Bauern und Bürger aufgestanden, rannten die Klöster und Schlösser nieder und wälzten, in einen furchtbaren Strom zusammenfließend, der sich das Fränkische Heer nannte, in empörten Wogen gegen die Bischofsstadt. »Auf nach Würzburg!« rief die schwarze Hofmännin und schüttelte drohend die Faust gen Osten. Die Bauern, die den Erzähler wiederholt mit stürmischen Zurufen unterbrochen hatten, stimmten in den Ruf der unglücklichen Frau ein, und er durchbrauste, sich fortpflanzend, das ganze Lager. Benz Frank nahm seinen Dudelsack zur Hand und entlockte ihm einen Marsch in quiekenden, schnarrenden Tönen. Dann fiel er in einen Tanz, und alles drehte sich, Bauern und Mädchen, und sprang und stampfte und stieß in den aufwirbelnden Staub seine gellenden Jauchzer.

Götz von Berlichingen kam eben mit Wendel Hipler aus dem Rat, wo das Schreiben aus Würzburg verlesen worden und Götz nochmals vergebens auf seinen früheren Vorschlag zurückgekommen war, dem Truchseß von Waldburg im offenen Feld entgegenzutreten. »Hört, sie toben wie die wilden Bestien«, sprach er zu seinem Begleiter, als er das Lärmen vernahm. »Sie sind nicht anders zu bändigen als mit Härte. Was hat's geholfen, daß ich ihnen in Amorbach wegen ihres Wortbruchs ins Gewissen geredet habe? Haben sie nicht auch hier in Miltenberg wieder geplündert?«

»Leider, und obendrein das Haus meines eigenen Freundes Friedrich Weigand«, gab Wendel Hipler mit einem Seufzer zu. »Sie wissen nicht, wieviel er schon lange zur Befreiung der armen Leute beigetragen hat. Öffentlich hervorgetreten ist er freilich nimmer, denn er ist ein schwächlicher Mann und besitzt nicht die Gabe der Rede. Aber mit der Feder, die in seiner Hand ist wie ein flammendes Schwert. Er hat den klarsten Verstand, und wenn es einen gibt, der weiß, was dem Reich not tut, so ist er's. Zahllos sind die fliegenden Blätter, die er seit Jahren verbreitet hat unter dem Volk, und sie haben es überall entzündet. Weil er auf meine Bitte zu einer Beratung nach Amorbach kam, glaubten die Leute, daß er an der Deklaration mitgearbeitet habe, und haben es ihn in ihrer Weise entgelten lassen.«

»Ja, in ihrer Weise«, rief Götz bitter. »Und die Weise wird fortdauern bis ans Ende.«

»Ich hab' ein größeres Vertrauen«, erwiderte der Kanzler.

»Um der großen Aufgabe willen, zu der Ihr uns Eure eiserne Faust geboten habt, laßt Euch durch die Gärung nicht irren. Wer Großes will, darf das Unrecht, das ihm widerfährt, nicht nach Quent und Lot abwägen. Ich kenne einen, dessen Wahlspruch lautet: Keine Krone ohne Kreuz! Das gemarterte und gekreuzigte Volk ist auferstanden.«

Es war auferstanden. Wie ein Steppenbrand, der, von einem Punkt ausgehend, mit feurigen Armen nach allen Seiten weiter und weiter um sich greift, so hatte sich die Revolution von den Quellen des Neckars und der Donau und vom Main an bis zum Harz im Norden und den julischen Alpen im Süden ausgebreitet, und seine Vorhut stand vom Oberrhein bis zum Niederrhein. Ein gewaltiges Wogen, hervorgegangen aus dem gemeinsamen Martyrium und in geistige Einheit zusammengefaßt durch die zwölf Artikel! Und überall wurde er vollstreckt, der Artikelbrief, an Klöstern und Abteien, an Burgen und Schlössern und widerspenstigen Städten. Da krachten, barsten, stürzten die Mauern, und der Himmel war überall rot von den leckenden Flammen. Da wurde auch das Schloß gestürmt, in dem die Wiege des stolzen Kaisergeschlechts der Hohenstaufen gestanden hatte, und leuchtete als eine Riesenfackel der Volksfreiheit weit in die Lande hinaus.

»Eine schreckliche Auferstehung! Furchtbare Ostern!« murmelte Götz von Berlichingen. Zu der geistigen Höhe des Kanzlers sich zu erheben, war er unfähig. Der Junker in ihm konnte es nicht verwinden, daß die Bauern so wenig Federlesens mit ihm machten.

Und so ritt er dann am nächsten Morgen in einer Stimmung, die wenig zu dem herrlichen Maientag paßte, an der Spitze des Bauernheeres gen Würzburg. Mit ihm ritten seine Waffenbrüder Max Stumpf von Schweinsberg und der Graf Georg von Wertheim, der in Miltenberg dem Bund beigetreten war, demselben Geschütz und Munition zugeführt hatte und sich hatte verpflichten müssen, wie es fortan jeder Edelmann mußte, mit dem hellen Haufen zu ziehen. Götz verhielt sich wortkarg. Das Rauschen und Flattern der Fahnen in der balsamischen Maienluft, das lustige Dröhnen und Tönen der Trommeln und Pfeifen, das fröhliche Gröhlen und Singen und die Jauchzer der Bauern erheiterten sein Gemüt nicht. Wie anders war es sonst gewesen, wenn er an einem schönen Morgen mit seinen Knechten zu einer seiner vielen Privatfehden ausgezogen war oder im grünen Busch gelegen hatte, um dem Feind Geiseln und Güter abzufangen! Es mochte ihn die Ahnung bedrücken, daß er eine Aufgabe übernommen, ja aus junkerlichem Eigennutz zu ihr sich gedrangt hatte, der er nicht gewachsen war. Aber klar machte er es sich nicht.

Dem Einfluß Hiplers auf Jörg Metzler, Hans Reyter und andere Hauptleute war es zu verdanken, daß der helle Haufen auf dieser Kriegsfahrt Klöster und Burgställe verschonte und, wo ihm nicht freiwillig, wie es in den meisten Städtchen geschah, die nötige Zehrung dargeboten wurde, diese aus dem gemeinsamen Säckel von dem Beutemeister Eisenhut bar bezahlt wurde. Freilich konnte nicht verhindert werden, daß sich auch jetzt noch dann und wann Streifpartien von dem großen Heerhaufen absonderten und auf eigene Faust plünderten und brannten und die Junker, die nicht dem Bund beitreten wollten, gefangen setzten. Die Brandruinen von Klöstern und festen Häusern aber, auf die der helle Haufen bei seinem Vormarsch stieß, waren die Spuren, die die Schwarze Schar im strengen Vollzug der zwölf Artikel auf ihrem Zug nach Franken zurückgelassen hatte. Sie erinnerten den Ritter mit der eisernen Hand daran, daß er vor Würzburg der Begegnung mit Florian Geyer nicht würde ausweichen können. Seine Laune wurde dadurch nicht besser. Aber auch in dem hellen Haufen regte sich eine Mißstimmung gegen Florian Geyer. Denn er hatte die neun mainzischen Städte im Odenwald und Tauberbischofsheim bereits auf den Artikelbrief eidlich verpflichtet, als das Heer Georg Metzlers nachkam, das auf ihre Bundesgenossenschaft ein näheres, gleichsam geographisches Anrecht zu haben glaubte. Der helle Haufen zwang sie, in den evangelischen Bund des Odenwalds und Neckars überzutreten und nochmals zu schwören. Da gab es viel Hader und Streit, und es gelang Wendel Hipler nicht, die Wunde des Splitters auszuheilen, den Florian Geyer den Odenwäldlern in das Fleisch ihrer Eitelkeit gestoßen hatte. Solche Wunden schwären schlimm.

Als der helle Haufen von Bischofsheim an der Tauber heraufkam, erhob die Vorhut, die das Dorf Höchberg erreicht hatte, ein lautes Jauchzen und feuerte ihre Büchsen ab. Vor ihr, kaum eine Viertelstunde entfernt, lag im Goldglanz der sinkenden Sonne der Marienberg mit dem bischöflichen Schloß. In vier Stockwerken erhob sich der stolze Bau, der sein großes längliches Rechteck von Osten nach Westen hinstreckte. Vier- und fünfeckige Türme mit verschiedenartig gestalteten Kuppelaufsätzen bildeten die Kanten, und in der Mitte des Schlosses erhob sich, rund und schlank und die anderen Türme überragend, der freistehende Bergfried, in dessen verjüngtem Aufsatz hoch droben der Schloßwächter seine Wohnung hatte. Von dem Bergfried flatterte das Banner des Bistums, das im blauen Feld ein schräg schwebendes, von Rot und Silber quadriertes Fähnlein an der goldenen Lanze zeigte. An die westliche Schmalseite des Schlosses fügte sich, durch ein Turmtor mit ihm verbunden, die etwas niedriger liegende Vorburg mit den Wohnungen für das Gesinde und die berittenen Knechte, den Ställen und Fruchtböden. Den Main und die Stadt auf dessen rechtem Ufer, denen das Schloß seine östliche Giebelseite zuwandte, verbarg der Marienberg den Blicken der Bauern. Seine im Süden steil abfallende Flanke krönte die gezahnte Umfassungsmauer, die wie eine Fortsetzung des Felsens erschien. Eine breite Schlucht, die Kuhbachschlucht, trennte den Marienberg von dem St. Nikolausberg, zu dem von Süden her der große Guttenburger Wald heraufdringt. Durch diese Schlucht verlief der Weg von dem Dorf Höchberg zur Vorstadt von Würzburg, die sich zwischen dem Marienberg und dem linken Ufer des Mains entlangzwängt.

Auf diesem Weg wanderte einsam eine Frau. Es war die schwarze Hofmännin. Ungehindert gelangte sie in die hauptsächlich von Fischern und Hackern oder Weinbauern bewohnte Vorstadt. Die Wache des festen Tores saß bei Kannen und Würfelbechern und kümmerte sich nicht um sie. Es waren arme Handwerker, die für ihren Dienst von der Stadt entlohnt wurden, und es war Sonntag. Der Sonntag belebte auch die lange Burkharder Straße, die vom Tor unter dem

Chor der Kirche gleichen Namens hindurchläuft. Es fiel wohl manch neugieriger oder verwunderter Blick auf die große, schwarze Gestalt, die mit gleichmäßigen Schritten, ohne Hast, ihren Weg verfolgte. Man ließ sie jedoch unbehelligt gehen, und sie selbst schaute nicht rechts, nicht links. Jenseits der kurzen, breiten Straße, die zur Mainbrücke führt, wandte sie sich links, die krumme Zeller Gasse aufwärts. Das Tor an ihrem oberen Ende war geschlossen. Ein Mann in Panzer und Eisenhut stand, auf seinen Spieß gelehnt, davor. Seine Kameraden saßen auf dem Bänkchen vor der Wachtstube. Jener rief ihr die Fragen entgegen, wohin sie wolle, wer sie sei.

»Hat der Thes ein Glück«, scherzte ein Graukopf, der auf der Bank saß. »Was für ein feiner Fisch ihm ins Netz gegangen ist!«

»Laß sie 'naus!« rief ein anderer. »Siehst doch, daß ihr Liebster im Schloß droben auf sie wartet.«

Alle lachten. Thes Mertz, der Fischer, aber sagte: »Ich lass' dich nicht durch. Es hat vom Schloß gar so viel Kundschafter in der Stadt, und du bist auch eine.«

»Wenn ich eine wär', würd' ich mich gar fein ausweisen können oder einen andern Weg zum Schloß gewußt haben«, versetzte die Hofmännin, die ruhig dastand und sich um den Spott der andern nicht gekümmert hatte. »Ich bin am Neckar daheim und wollt' mich draußen auf dem Tell bloß einmal umschauen, weil ich den Ort von alters her kenne. Auf dem Schloß hab' ich nichts zu schaffen. Oder doch, wenn sie mich halt nur einließen.«

»Was dann? Was willst du?« fragten die anderen, standen von der Bank auf und umringten sie.

»Künden wollt' ich ihnen, daß ihr letztes Stündlein nah ist«, entgegnete sie aufwallend. »Denn die Rächer von Weinsberg sind da, die vom Odenwald und Neckar.«

»Der Götz? Der Metzler? Wirklich?« riefen die Männer erregt.

»Sie schlagen just ihr Lager zu Höchberg auf. Ich kam mit ihnen«, berichtete sie. »Gott sucht die Sünden der Väter heim bis ins vierte und fünfte Glied, und ich will draußen auf dem Tell ein letztes Mal beten, daß sein schwerster Fluch auf die da droben falle und sie zermalme. Kein Ritterschwert und kein Krummstab hält die Rache länger auf. Gott will es!«

Der Graukopf, der seines Zeichens ein Böttcher war, gab Mathäus Mertz einen Wink und rief, während dieser die Hofmännin durch das Pförtlein im Tor hinausließ: »Lauf' einer und künd's in der Stadt, daß der Götz da ist. Heiliger St. Kilian!«

»Ist die unheimlich«, äußerte der Fischer zu seinen Kameraden. »Mich dünkt, sie weiß einen Zauber, den sie gegen das Schloß gebrauchen will.« Er schlug ein Kreuz.

Sich umschauend, stand die schwarze Hofmännin auf dem Tell, wie die sanfte Erhebung des Bodens auf der nördlichen Breitseite des Schlosses genannt wurde. Hätte sie etwas von der Kriegskunst verstanden, so hätten ihr die Bastionen, Laufgräben, Palisaden und die durch Türme geschützte Ringmauer dahinter gesagt, daß es wohl äußerst harte Arbeit kosten dürfte, »Unserer lieben Frauen Burg« selbst von dieser noch zugänglichsten Seite zu erobern. Es war in der Tat eine der festesten Zwingburgen, und als eine solche hatte sie den Bischöfen seit Jahrhunderten gegen das durch seinen Weinbau schon früh zu Reichtum gelangte Würzburg und Ostfranken gedient. Von Liebe und Vertrauen war zwischen beiden Teilen kaum je die Rede gewesen, und der Ehrgeiz und die Habsucht des Krummstabes hatten die Kriegsfackel nur selten erlöschen lassen. Doch hatte die aufstrebende Bürgerschaft sich die Schädel stets vergebens an den Mauern des Schlosses eingerannt, das aus jedem Sturm nur fester hervorgegangen war.

Die schwarze Hofmännin betrachtete jedoch das Schloß, von dem der Turmknopf des Bergfrieds allein noch in der Sonne glänzte, nur mit einem flüchtigen Blick. Sie schaute nach etwas anderem aus. Dort war es, ein wenig zur Rechten, gegen das Schottenkloster zu, was sie suchte. Mit langen, langsamen Schritten ging sie dorthin und starrte auf die Stelle vor ihren Füßen mit einem Gesicht, aus dem alles Blut entwichen war. Ja, hier war es gewesen, hier hatten die Flammen des Scheiterhaufens den Geliebten, den göttlichen Jüngling, verzehrt. Erst aber hatte er Zeuge sein müssen, wie seine beiden Unglücksgefährten, die mit ihm gefangen gewesen waren, durch das Schwert hingerichtet wurden. Tag für Tag war sie zum Schloß hinaufgegangen und hatte vor dem Tor gelegen wie ein Hund und gewinselt, daß man sie nur ein einziges Mal den Geliebten sehen lasse. Immer aber war die »Metze des Paukers« von den Kriegsknechten mit rohem Spott fortgejagt worden. Erst auf seinem letzten Gang hatte sie ihn wiedergesehen, aber auch jetzt nur aus der Ferne. Sein Haupt mit den goldenen Locken hatte am Brandpfahl den Ring der Söldner überragt, hinter dem sie stand. Seine blauen Augen hatten sie entdeckt und ihr zugelächelt in den aufprasselnden Flammen. Das schreckliche Bild hatte ihr immer vor Augen gestanden, aber jetzt, an Ort und Stelle, wurde es ihr in jedem Zug zur gräßlichen Gegenwart. Alle Schmerzen zerfleischten wie damals ihre Brust, und mit einem gellenden Schrei warf sie sich auf den Boden und küßte ihn. Ihre Glieder zuckten.

Tränen lösten endlich den Krampf. Sie setzte sich mühsam auf und weinte laut in das Schluchzen der Nachtigallen aus der Ferne. Allmählich wurde auch ihr Weinen leiser, sanfter. Sie stützte die Arme auf die angezogenen Knie und verbarg das Gesicht in den Händen. Und aus der augenblicklichen Stille und Leere der Erschöpfung tauchten Zug um Zug, Bild um Bild die Erinnerungen an ihre Liebe zu Hans Böheim auf. Sie durchlebte sie wieder Stunde um Stunde in allen Schauern und Wonnen, die einzig glückliche, ach, so kurze Zeit ihres langen elenden Daseins. Spannen sich die Erinnerungen in einem Traum der Seligen fort?

Es fröstelte sie. Sie hob den Kopf. Es tagte. Sie griff nach ihrem Stab und erhob sich mit seiner Hilfe mühsam vom Boden. Ihre alten Glieder waren steif. Breit und klar floß in der Tiefe der Main. Eine lange, steinerne Brücke, die mit Bildsäulen von Heiligen geschmückt und in der Mitte durch ein eisernes Tor geschlossen war, führte zur Stadt hinüber. Schlanke, gotische Türme und byzantinische Kuppeln ragten zwischen den Dächern in den heller und heller sich gestaltenden Himmel. Um das Schottenkloster strichen pfeifend die Schwalben.

Als die Greisin sich dem Schloß zuwendete, streifte die Morgensonne die oberste Reihe der viereckigen Fenster. Die Turmknaufe glänzten wie Gold. Auf der Mauer hinter dem lichten Zaun, wie die Palisaden genannt wurden, schritten Wachtposten hin und her. Die blutleeren Lippen der schwarzen Hofmännin verzogen sich verächtlich. Sie stieß ihren Wanderstecken an der Stelle, wo der Scheiterhaufen aufgerichtet gewesen war, mit aller Kraft in den Boden. Hier hatte ihre lange Pilgerfahrt des Elends begonnen, hier endete sie. Unstreitig hatten ihre Erzählungen von Hans Böheim, seinen Lehren und seinem Ende nicht wenig dazu beigetragen, das Feuer zu entfachen, das jetzt auch den Marienberg umzüngelte. Der Bischof und sein Klerus konnten dem Strafgericht Gottes nicht entrinnen. Sie hatte es Gott abgerungen, endlich, endlich! Ihre Lebensaufgabe war erfüllt, und ein Sehnen nach der Wiedervereinigung mit dem Geliebten im Jenseits erfüllte ihr Herz. Sie würde ihm die Botschaft bringen, daß er gerächt sei. Ihren Stab als ein Malzeichen auf der Richtstätte zurücklassend, entfernte sie sich nach dem Schottenanger zu.

Wendel Hipler hatte das Heer nur bis Tauberbischofsheim begleitet, von wo er nach Heilbronn zurückging. Hier sollte die Reform des Reiches vorberaten werden, während die Waffen der Bauern es frei machten, hier nach dem Sieg der Volkssache die endgültig beschließende Nationalversammlung zusammentreten. Heilbronn bot dazu einen vortrefflichen Mittelpunkt. Wendel Hipler hatte sich in Amorbach darüber mit Hans Berle und dem Mainzer Keller Weigand, seinem Freund, verständigt. Schon von Amorbach aus hatte er an die um Würzburg sich sammelnden Haufen geschrieben, daß sie zu diesem Kongreß Abgeordnete nach Heilbronn schicken möchten, und auch an alle Haufen in Oberschwaben, Elsaß und Franken Botschaft in diesem Sinne gesandt. Er hatte auch Dr. Max Eberhard dazu eingeladen, indem er sich auf den Brief Florian Geyers an diesen berief. Im ›Falken‹, seinem gewöhnlichen Absteigequartier, wenn er aus dem nahen Wimpfen zu den Gerichtstagen nach Heilbronn kam, würde er ihn treffen.

Für Max Eberhard war die Einladung eine Erlösung aus seiner erzwungenen Untätigkeit. Obwohl seine Aussichten für die Zukunft bei seinen geringen Mitteln die düstersten waren, bereute er dennoch keinen Augenblick, die Hand der schönen Gabriele, die ihn auf des Lebens Höhen geführt hätte, verschmäht zu haben. Die Liebe zu Else entschädigte ihn tausendfach. Sie blühte und duftete fort in aller Bedrängnis, und sie fand unvermutet eine Bundesgenossin, als er, von dem Ritter von Menzingen zurückgewiesen, Else nur noch in der Kirche sehen und ihr beim Verlassen derselben vielleicht einen Gruß zuflüstern konnte. Diese Bundesgenossin war das Fräulein von Badell. Elses Erscheinung hatte ihr Herz gewonnen, und sie wußte so ziemlich Bescheid, wie die Dinge standen. Fama bläst die Posaune, aber der Klatsch hat hundert zischelnde Zungen. Sie zischelten auch in dem vorwiegend männlichen Kreis, der in dem Haus des Fräuleins von Badell verkehrte. Der Bruch des jungen Eberhard mit seinem Vater und die plötzliche Entfremdung zwischen jenem und Stephan von Menzingen besaßen ja auch für die Männer der Bewegung ein Interesse, und die weibliche Beratungsgabe des Fräuleins fand leicht die Frau heraus, die hinter diesen Geschehnissen verborgen war. Das ernste Wesen des jungen Doktors sagte ihr zu, und sie hatte ihm nur den einen Vorwurf zu machen, daß er das Leben viel zu schwer nahm. Aber da konnte man wohl helfen, und da Frau Margarethe von Menzingen und ihre Tochter ihr keinen Besuch machen zu wollen schienen, ging sie, kurz entschlossen, wie sie war, zu ihnen.

Dem Geschmack der Frau von Menzingen mochte das derbe, humoristische Wesen des Fräuleins kaum entsprechen. Sie hatte aber, als diese sich nach ungefähr einer Stunde entfernte, das wohltuende Gefühl, als ob ein kräftiger, frischer Windstoß die drückend schwüle Luft, in der sie und Else atmeten, weggeblasen hätte. Die offene und freimütige Art des Fräuleins, die jedes Ding beim rechten Namen nannte, ließ Frau von Menzingen nach langer Zeit wieder einmal lächeln, und auch von Else hörte man wieder einmal das silberhelle Lachen der Jugend, von dem sie kaum noch wußte, daß es in ihrer Kehle wohnte.

Als an demselben Abend Dr. Karlstadt, der sich jetzt in der Stadt frei bewegen und predigen konnte, wie ihn der Geist trieb, Fräulein von Badell zufällig besuchte, sagte sie unter anderem zu ihm: »Gott, Doktor, was predigt Ihr immer gegen die Tyrannen von Fürsten, Herren und Pfaffen? Es gibt noch andere Tyrannen, die viel scheußlicher sind. Das sind die Männer, die die Freiheit im Mund führen und zu Haus Frauen und Kinder unterdrücken. Denen solltet Ihr ins Gewissen reden, und ihren Frauen, daß sie die Tyrannei verdienen, weil sie es sich gefallen lassen.«

Der Ritter von Menzingen hatte sich ihrer Gunst nie sonderlich zu erfreuen gehabt, sein Wesen war ihr zu »brastig«, wie sie sich ausdrückte. Sein Undank gegen Max Eberhard stieß ihn vollends aus ihrer Gnade, und sie schwor sich, daß Else und Max trotz Herrn Stephan ein Paar werden sollten. Der Rat mochte vor ihm zittern, sie fürchtete weder ihn noch einen anderen Mann. Sie nahm die Liebenden unter ihren Schutz, und ihr Haus am Burgtor wurde ihnen zu einem Eiland stillen Glückes in der ringsum tosenden See der politischen Leidenschaften.

Noch war der Innere Rat im Amt, allein der Atem wollte ihm schier ausgehen, so stark umklammerten ihn die Arme des Ausschusses. Denn er hatte diesem seine Rechnungsbücher vorlegen müssen, und die Prüfung derselben hatte eine so heillose Unordnung ergeben, daß sich niemand darin zurechtzufinden vermochte. Auch befanden sich in dem Schatz nur achttausend Gulden in bar, obwohl doch deren achtzigtausend vorhanden sein sollten. Erasmus von Muslor und die drei Steurer, wie die Ratsmitglieder hießen, die das Finanzwesen unter sich hatten, mußten sich deshalb unter Eid von dem Ausschuß so hart verhören lassen, daß sie fast das Licht der Freiheit nicht wieder zu erblicken glaubten.

Da erschienen am Dienstag vor dem Osterfest zwei Bevollmächtigte des Reichsstatthalters Ferdinand von Österreich in Rothenburg, und der Rat faßte wieder Mut. Sie sollten zwischen diesem und dem Ausschuß vermitteln, damit die feste Stadt und ihre waffentüchtige Bürgerschaft der »guten Sache« erhalten blieben. Tags darauf berief der Anschlag der großen Glocke die Gemeinde nach St. Jakob zur Versammlung. Der Ausschuß hatte sich erboten, in Gegenwart des Inneren Rates und der beiden kaiserlichen Gesandten, Graf Ruprecht von Manderscheid und Friedrich von Lidwach, über die von ihm geprüften Beschwerden und Forderungen der Bürgerschaft zu berichten. Als Stephan von Menzingen die Empore der Kirche betrat, war es in seinem Gesicht deutlich zu lesen, daß er sich des Sieges gewiß fühlte, und er schoß unter seinen breiten, schweren Augenlidern einen Blick auf die Mitglieder des Rates ab, als ob sie auf der Armesünderbank säßen. Es war auch kaum anders, denn sein Bericht war eine schwere Anklage. Er sprach zunächst davon, wie ihre Vorfahren seit mehr denn hundert Jahren mit Steuern und Lasten überbürdet worden seien, weshalb eine Änderung zum Besten der Gemeinde getroffen werden müßte. Das Übel hätte aber zum großen Teil seine Wurzel in der schlechten Haushaltung der Stadt, und schonungslos kennzeichnete er die Liederlichkeit, mit der die drei Steurer ihres Amtes gewaltet hatten, und die Leichtfertigkeit, der sich der Innere Rat schuldig gemacht hatte, indem er die nur in Bausch und Bogen aufgestellten Rechnungen als richtig anerkannt habe. Solches wäre nimmer geschehen, wenn in den Räten nicht nur die Geschlechter vertreten wären, sondern auch die niederen Bürger. Der Ausschuß fordere daher vor allen Dingen die Wiederherstellung und Erweiterung der Stadtverfassung von 1455.

Die weiteren Beschlüsse des Ausschusses, die er vortrug, betrafen hauptsächlich die Verbesserung des Rechtsverfahrens, Verminderung der Steuern und bessere Ordnung des öffentlichen Rechnungswesens. Es sollten ferner die Besoldung der öffentlichen Ämter verringert, die Gewerbeordnung verbessert werden. Ein anderer Artikel betraf die Reformation der Geistlichen. Alle geistlichen Personen, die in der Stadt Pfründe besitzen, sollten wie andere Bürger den Bürgereid leisten und alle Lasten tragen. Alten, verlebten Priestern sollten aus dem Stadtsäckel bis zu ihrem Tod jährlich fünfzig Gulden gezahlt werden, wenn sie die Reformation anerkennen, die Pfründe aber sollen an die Stadt fallen. Alle jüngeren, gesunden Priester sollten ein Handwerk lernen und sich verehelichen. Wenn sie dieses täten, so blieben ihnen zu ihrer Unterstützung die Pfründe für ein oder zwei Jahre ungeschmälert. Fügten sie sich nicht, so würden sie sofort eingezogen. Die Bürger endlich sollten von ihren Gütern keinen Zehnten mehr an die Geistlichkeit entrichten.

Als Stephan von Menzingen schwieg, bestieg der Kaiserliche Rat Friedrich von Lidwach die Kanzel. Auch er glaubte, daß er zu der Gemeinde reden solle, aber es geriet schlecht. Schon am Tag zuvor hatte er die Mitglieder des Ausschusses trocken und stolz angeherrscht und verlangt, daß man dem Rat seine vormalige Gewalt wiedergebe.

So goß er auch jetzt nur Öl ins Feuer, indem er die Gemeinde aufrührerisch schalt und ihr unter Androhung schwerer Strafe befahl, von der Auflehnung abzulassen. Da schwoll das Murren, das sich bei seinen Worten anfangs in der Kirche hatte vernehmen lassen, zu einem großen Getümmel an. Eine Stimme rief, man habe den Teufel nach den Kommissaren geschickt. Andere wollten noch mehr Beschwerden abgestellt wissen, und ein Bürger schrie dem Ausschuß zu: »Meine Meinung ist, man soll den Kommissaren die Köpfe abschlagen, so werden wir sie am ehesten los.«

Graf Manderscheid, der Beisitzer des Kaiserlichen Kammergerichts war, eilte auf den Predigtstuhl, um den Sturm zu besänftigen. »Nichts von Vergleich«, scholl es aus der Gemeinde zu ihm herauf. »Unser Recht wollen wir, könnt Ihr's uns nicht schaffen, so mag Euch der Teufel holen.« Es war Kilian Etschlichs knarrende Stimme, die es rief. Stephan von Menzingen erklärte fest: »Nur wenn der Rat die Artikel unverändert annimmt, wird der Ausschuß die Sache den Kommissaren zum gütlichen Vergleich anheimstellen.« Da gingen die kaiserlichen Boten zu den Sitzen des Inneren Rates und rieten diesem nun selbst zur Annahme. Nur über die geistlichen Güter könnten sie nichts entscheiden: diese müßten bis zum nächsten Reichstag in Ruhe gelassen werden.

»Ich sagte es den Herren schon gestern«, sprach Konrad Eberhard mit zornbleichem Gesicht, »daß der Ausschuß alle Konzessionen dem Rat mit Gewalt abgezwungen hat. Jetzt habt Ihr einen neuen Beweis dafür.« Erasmus von Muslor legte ihm beschwichtigend die wohlgepflegte Hand auf den Arm. Der Innere Rat fügte sich und gab dem Gesandten Vollmacht, den Vertrag in eine angemessene Form zu bringen. Ausgenommen wurde von der Annahme der Artikel über die geistlichen Güter. Mit Mühe gab der Ausschuß in diesem Punkt nach. Es wurde zugleich bestimmt, daß beide Teile die neue Ordnung halten und alle vorhergegangenen Beleidigungen erledigt und tot sein sollten.

Als die Gemeinde die Kirche verließ, erhob sich hinter einem Pfeiler des Seitenschiffes der blinde Mönch, der dort als stummer Zuhörer gesessen hatte. Im Hinausgehen traf Valentin Ickelsamer auf ihn und fragte ihn, was er von den Verhandlungen denke. Der Blinde erkannte ihn an der Stimme und antwortete: »Ein halber Sieg ist kein Sieg. Ich gebe keine taube Nuß für den Vertrag. Der Ausschuß muß vorwärts, oder er wird unter die Füße getreten, sei es von den Ehrbaren, sei es von der bäuerlichen Partei. Kein Teil ist zufrieden, ich hab's aus den Stimmen der Leute herausgehört, als sie aus der Kirche gingen.«

Der Bürgermeister von Muslor lud die Kaiserlichen Räte ein, das Werk in der Herren-Trinkstube mit einem Becher Wein zu begießen. Er lud auch Stephan von Menzingen dazu ein, der aber dankte nur kurz und lehnte ab. Unterdessen trat Kilian Etschlich hinzu. »Ich möcht' die gnädigen Herren nur fragen, wie's jetzt mit dem Recht sein soll, daß einer erstritten hat und doch nicht kriegen kann«, sprach er, »soll das jetzt auch erledigt und tot sein?«

Stephan von Menzingen ergriff sogleich das Wort: »Meister Etschlich hat vor fünfzehn oder mehr Jahren mit Hilfe des Kammergerichts eine Geldforderung an die Trüb von den Geschlechtern erstritten, ein Rat aber bis zur Stunde den Spruch nicht exekutiert.«

Das klang in den Ohren der Gesandten, die sich zu dem Frieden, den sie soeben gestiftet hatten, Glück wünschten, gar schlecht. Diejenigen vom Inneren Rat, die noch zugegen waren, tauschten verlegene Blicke. Der Beisitzer des Kaiserlichen Kammergerichts, Graf Rudolf von Manderscheid, aber antwortete: »Bewahre, Meister, Forderungen wie die Eurige, die bereits rechtskräftig geworden sind, werden durch den soeben geschlossenen Vergleich nicht berührt. Der Rat wird Euch jetzt gewiß gern zu Eurem Geld verhelfen.«

»Man muß das Eisen schmieden, solange es noch warm ist«, äußerte Herr Stephan spöttisch. »Doch halten wir die Herren nicht länger von den Bechern zurück!«

Er verbeugte sich förmlich und ging mit Etschlich davon.

Den Herren aber wollte in der Trinkstube der Wein nicht recht munden, so köstlich er auch war. Erasmus von Muslor versprach zwar, die Trüb zur Zahlung ihrer Schuld an Etschlich anzuhalten, aber der soeben vereinbarte Friede hatte seine Achillesferse gezeigt. Das Verhalten des Ritters ließ keinen Zweifel daran zu, daß er seine Feindschaft gegen den Rat nicht begraben würde. Graf Manderscheid sprach seine Wahrnehmung offen aus. »Wir sind vergebens hiergewesen«, schloß er, »wenn es nicht gelingt, den Keil zwischen ihm und Euch, Ihr Herren, aus der Welt zu schaffen.« Auf seinen und Friedrich von Lidwachs Vorschlag kam man überein, den Kaiserlichen Räten die Entscheidung des alten Rechtsstreites zu überlassen, falls auch der Ausschuß einwillige, und Georg von Bermeter übernahm es, diesen dazu zu bewegen.

Es gelang ihm, und am Samstag vor dem Fest trat das Schiedsgericht zusammen, in dem der Innere Rat und der Ausschuß durch fünf Mitglieder vertreten waren.

Stephan von Menzingen, dem seine Freunde im Ausschuß versprachen, ihm bei dieser Gelegenheit ein erkleckliches Sümmchen für seine Bemühungen um das Wohl der Bürgerschaft herauszuschlagen, trug seinen Handel mit der Stadt vor. Er beanspruchte viertausendsechshundert Gulden Entschädigung, die er durch den ihm erwachsenen Schaden, als er flüchten mußte, teils durch Unkosten usw. begründete. Der Rat lehnte die Forderung ab, da Menzingen durchaus gegen seine Bürgerpflicht gehandelt habe, und verlangte dagegen dreihundertsechsunddreißig Gulden für rückständige Steuern, Exekutionskosten und dergleichen. Die kaiserlichen Boten entschieden, daß jede Klage aufzuhören habe, die Forderungen getilgt, die Schmähungen erloschen seien und jeder Teil seine Kosten zu tragen habe. Da beide Parteien dem Grafen Ruprecht mit Handschlag gelobt hatten, sich seinem Ausspruch fügen zu wollen, wurde der Vertrag bis auf die Besiegelung fertig.

»Das soll euch der Teufel danken«, rief Stephan von Menzingen wütend über die Enttäuschung, ging nach Hause und verweigerte das Siegel des Ausschusses. Er gab erst nach, als der Rektor Bessenmayer ihn aufsuchte und ihm darlegte, daß die Mehrheit im Ausschuß für den Vergleich wäre und er seinem Einfluß auf jenen großen Abbruch tun würde, wenn er bei seiner Weigerung bliebe.

Am Ostermontag verließen die kaiserlichen Botschafter die Stadt, froh, mit heiler Haut davonzukommen. Denn weil sie die Forderung der Gemeinde in bezug auf die Geistlichkeit und deren Güter abgelehnt hatten, hatte das Volk selbst die Reformation in die Hand genommen. Erhitzt durch die leidenschaftlichen Predigten des blinden Mönches und Karlstadts, warf es mit Steinen nach den Priestern, lief in die Kirchen, zerriß die Meßtücher und zerstörte die Heiligenbilder. Auch in St. Jakob wollte es solchen Unfug treiben, aber die anwesenden Bürger setzten sich zur Wehr und trieben die Bilderstürmer mit ihren gezückten Messern in die Flucht. Der Rat ließ die Kirchen schließen, so daß an den Feiertagen nur in St. Jakob, wo Dr. Deutschlin predigte, Gottesdienst gehalten wurde. Nun aber bewaffneten sich die Frauen mit Gabeln, Spießen und Stangen und drohten, die Klöster und Priesterhäuser zu stürmen.

Als Max Eberhard dem Fräulein von Badell davon erzählte, sagte sie lachend: »Es geschieht den Mannsleuten recht, daß die Frauen sie lehren, an ein ernstes Ding nicht einen halben Willen zu setzen.« Die Geistlichen aber, eingeschüchtert durch die Aufregung in der Stadt und durch die Bedrohung ihrer Güter außerhalb Rothenburgs von seiten der Bauern, fürchteten das Schlimmste. Die Weltpriester und Ordensgeistlichen begehrten zuerst vom Ausschuß, Bürger zu werden, und Menzingen nahm ihnen den Bürgereid ab, wobei sie ausdrücklich schwören mußten, daß sie allen bürgerlichen Lasten sich unterwerfen wollten, als Torhüter und an den Verschanzungen arbeiten, in das Feld rücken usw. Dann erboten sich die Dominikanerinnen und die Grauen Schwestern, sämtliche Schuldbriefe und ihr ganzes Besitztum an die Gemeinde von Rothenburg zu übergeben unter der Bedingung, daß den Schwestern, die im Kloster bleiben wollten, ein ausreichender Unterhalt gezahlt werde, den andern aber, die sich zu verheiraten gedächten, ein angemessenes Heiratsgut zuteil werde. Auch sie wurden in das Stadtrecht aufgenommen, und sechs Schwestern leisteten für alle den Bürgereid.

Unterdessen traf von dem Markgrafen Kasimir ein Schreiben ein. Auch in seinen Landen griff der Aufstand der Bauern mit jedem Tag weiter um sich, und er bot Rothenburg ein Schutz- und Trutzbündnis an. Der Rat ging darauf ein, und der Ausschuß billigte die Antwort. »Denn«, sagte Stephan von Menzingen, »wird der Markgraf angegriffen, so ist es immer noch Zeit, ihm eine Ratsbotschaft zu senden, welche die verlangte Hilfe abschlägt, weil Rothenburg selbst in Not stecke. Verweigert man sie aber sogleich, wird die Stadt auch von dem Markgrafen verlassen werden, wenn sie zuerst in Not gerät.« Auch wurde ein Beschluß gefaßt, daß fortan niemand mehr aus der Stadt dem Bauernhaufen zulaufen sollte.

Die Erbitterung der radikalen Partei, daß sich die Stadt auf diese Weise um ihrer besonderen Interessen willen von der allgemeinen Sache trennte, war groß. Ritter Stephan benutzte sie, um einen entscheidenden Schlag gegen den Inneren Rat zu führen. Er veranlaßte, daß der Ausschuß um neun Mitglieder von der radikalen Partei vermehrt wurde, unter denen auf seinen Vorschlag der Kürschner Lorenz Diem, der Metzger Fritz Dalk und Melchior Mader, der Schuster, gewählt wurden. Dann drang er darauf, daß ohne Verzug zur Erneuerung des Inneren Rates geschritten würde. Zwar hatten die von dem Äußeren Rat zu vollziehende Wahl sowie die Verteilung der Ämter bisher stets am ersten Mai stattgefunden, aber warum auf diesen Tag warten, der überdies nahe bevorstand, zumal unter den von Rat und Ausschuß angenommenen Forderungen der Gemeinde die Wiederherstellung und Erweiterung der alten Stadtverfassung obenan stand und der Ausschuß längst mit dem Äußeren Rat zu einer Körperschaft verschmolzen war?

So trat dieselbe denn in dem großen Rathaussaal, in dem das Blutgericht gepflegt wurde, nach altem Brauch zusammen. Es war eine heiße Wahlschlacht, alle Leidenschaften waren entflammt. Aber der Ausgang entsprach nicht den Hoffnungen der Bewegungsmänner. Sieben Mitglieder des Inneren Rates wurden nicht wiedergewählt und ihrer Ämter entkleidet, darunter Konrad Eberhard und Georg Hörner. Auch Erasmus von Muslor und Hieronymus Hassel kamen nicht wieder in den Inneren Rat, wurden jedoch durch Ämter entschädigt. Bitter wurde Stephan von Menzingen enttäuscht. Er hatte nichts Geringeres erwartet, als auf den Stuhl des Ersten Bürgermeisters erhoben zu werden, mußte sich aber mit dem Amt eines der drei Steuerer begnügen. Zum Ersten Bürgermeister wurde Georg Bermeter erkoren, und so wie dieser, so gehörten auch die Neugewählten fast sämtlich der gemäßigten Partei an. Denn das Vermögen der Bürger bestand hauptsächlich aus Fruchtfeldern und Weinbergen und aus den Gülten, Zinsen und Gefällen, die auf den Bauerngütern ruhten. Da die Bauern aber diese Abgaben abgeschafft wissen wollten, ja, viele sie schon am 1. April nicht mehr entrichtet hatten, sahen sich die Bürger vom Ruin bedroht, zumal die geistlichen Güter nicht groß genug waren, um sie für ihre Verluste zu entschädigen. Sie schlossen sich daher der Partei der Alten an. Die Freiheit wollten sie wohl, aber sie wollten auch das Recht, die Hörigen und Bauern nach wie vor für sich ausbeuten zu dürfen. Es blieb daher die Machtfrage auch nach den Neuwahlen zwischen den Alten und den Neuen in der Schwebe. Ein wirtschaftlicher Abgrund trennte sie, und der Ausschuß wußte ihn nicht zu überbrücken, es sei denn durch eine Gewalttat.

Die Wahlen dauerten bis zum Abend. Als Stephan von Menzingen heimkam, lasen Frau und Tochter in seiner erregten Miene, seinen blutunterlaufenen Augen die Niederlage seines Ehrgeizes. Seit dem Bruch mit Max war er stets in einer so gereizten Stimmung, daß jede Frage der Seinigen seine üble Laune noch verschlechterte. Sie wagten deshalb auch jetzt nicht, ihn über den Ausgang der Wahlen zu befragen. In banger Vorahnung hatten sie Trost im »Buch der Bücher« gesucht. Else beugte sich über dasselbe, und die üppigen braunen Locken verschleierten ihr feines Gesicht. Frau Margarethe hatte zuhörend die Hände im Schoß gefaltet. Beim Eintritt ihres Vaters verstummte Else.

»Was lest ihr?« fragte er, nachdem er eine Weile schweigend hin und her gegangen war.

»Die Leidensgeschichte des Herrn«, antwortete die Gattin leise.

»Wohl, wohl. Wer ihnen das Heil bringt, den kreuzigen sie!« rief er und warf sich in den hochlehnigen Sorgenstuhl.

Else schaute ihn mit weitgeöffneten Augen an, aber er bemerkte es nicht. »Lies weiter«, befahl er rauh.

Das Mädchen gehorchte. »Sie griffen ihn aber und führten ihn und brachten ihn in des Hohenpriesters Haus. Petrus aber folgte von ferne. Da zündeten sie ein Feuer an mitten im Palast und setzten sich zusammen, und Petrus setzte sich unter sie. Da sah ihn eine Magd sitzen bei dem Licht und sah eben auf ihn und sprach zu ihm: Dieser war auch mit ihm. Er aber verleugnete ihn und sprach: Frau, ich kenne ihn nicht. Und über eine kleine Weile sah ihn ein anderer und sprach: Du bist auch deren einer. Petrus aber sprach: Mensch, ich bin es nicht. Und über eine Weile, nach einer Stunde, bekräftigte es ein anderer und sprach: Wahrlich, dieser war auch mit ihm, denn er ist ein Galiläer. Petrus aber sprach: Mensch, ich weiß nicht, was du sagst. Und alsobald, da er noch redete, krähte der Hahn. Und der Herr wandte sich und sah Petrus an. Und Petrus gedachte an des Herrn Wort, das er zu ihm gesagt hatte: Ehe denn der Hahn krähet, wirst du mich dreimal verleugnen. Und Petrus ging hinaus und weinte bitterlich.«

Elses weiche Stimme erlosch in Tränen. Die Mutter hatte ihr Gesicht mit den Händen verhüllt. Ihr Gatte aber rief mit Bitterkeit: »Und dann führten sie ihn hinaus und geißelten ihn. Wohl, wohl, ich kenne das, es ist die Art des Pöbels zu allen Zeiten. – Gebt mir Wein, ich habe Durst!«

Am 7. Mai, demselben Sonntag, an dem die schwarze Hofmännin ihren schmerzlichen Erinnerungen auf der Richtstätte Hans Böheims nachhing, nahm Max im Haus des Fräuleins von Badell Abschied von Else. Das Fräulein hatte ihm ein Darlehen für die Reise aufgezwungen, und er hatte es nehmen müssen, wenn er sie nicht ernstlich böse machen wollte. »Wozu hab' ich den schnöden Mammon?« sagte sie. »Daß ich mit ihm die gute Sache unterstütze, ist doch alles, was ich für sie tun kann, da ich, leider Gottes, eine Frau bin.« Ohne ihren Beistand hätte Max auch kaum gewußt, wie er nach Heilbronn kommen sollte. Beklommenen Herzens wegen der nahen Trennung gingen die Liebenden zwischen den Blumenbeeten des Gartens spazieren, der hinter dem Hause des Fräuleins von Badell an der Stadtmauer lag. Sie hielten einander fest bei den Händen und sprachen mehr durch schmerzlich-zärtliche Blicke als durch Worte. Gefühl war alles. Die Sonne warf schräge Strahlen in die Zweige der Kirschen-, Birn- und Apfelbäume. Der Flieder duftete, Meisen, Ammern und Finken erfüllten mit süßem Wohllaut die Luft.

»Morgen um diese Zeit, wie weit wirst du dann weg sein?« sprach Else leise, während sie stehenblieb. Sie wollte Max das Herz nicht noch schwerer machen, aber der Schmerz durchbrach den letzten Damm ihrer Selbstbeherrschung. Sie umschlang seinen Hals, und heiße Tränen stürzten aus ihren Augen. Er drückte ihre zarte Gestalt fest an sich, und die Lippen beider verschmolzen wie für die Ewigkeit. Dann legte Else ihre Stirn gegen seine Brust, und er streichelte sanft ihr weiches Haar. »Ich werde dir fleißig schreiben, und Fräulein von Badell wird dir meine Briefe an dich übergeben«, versuchte er sie zu trösten. »Wir sehen uns hoffentlich bald wieder, Geliebte.«

»Und dann?« fragte sie, während sie den Kopf hob, mit einem Seufzer und blickte ihm trübe in die Augen. »Der Vater wird dir seinen Undank gegen dich nie verzeihen und ... Ich will und darf ihn nicht anklagen, ich verstehe ihn nicht. Ach, wie schrecklich ist diese Zeit, daß sie Väter und Söhne, Eltern und Kinder auseinanderreißt und sie feindlich einander gegenüberstellt! Auch unser Glück wird sie wie so vieles andere mit ihrem eisernen Fuß zertreten.«

»Wie, ist das mein mutiges Mädchen?« fragte er mit zärtlichem Vorwurf und führte sie zu einer Bank, die im Schatten eines Gebüsches lag.

»Verzeihe mir, Geliebter«, bat sie und trocknete die Tränen mit dem Tüchlein, das sie aus der Gürteltasche zog. »Es erleichtert das Herz, daß ich einmal klagen darf. Ich darf es ja sonst nicht, um der Mutter willen, die selbst so schwer leidet und mit den schwärzesten Ahnungen in die Zukunft schaut. Aber glaube nicht, daß die Mutter schwach ist. Sie leidet nicht um ihretwillen, sondern um uns, um den Vater.«

»Ich verehre deine Mutter, als ob sie die meinige wäre, zumal ich die meinige kaum gekannt habe«, sagte Max und legte seinen rechten Arm um Elses Hüften. »Aber glaube mir, sie sieht zu schwarz in die Zukunft. Diese Stürme, die jetzt toben, müssen sich ja eines Tages legen. Es ist mit ihnen wie mit den Frühlingsstürmen.«

Else aber schüttelte das lockige Haupt. »Ich habe es auch geglaubt«, seufzte sie, »damals als du zuerst in unser Haus kamst, aber ich glaube es nicht mehr. Seit jener fürchterlichen Bluttat in Weinsberg ist mein Glaube dahin. Oh, Max, daß die erhabene Sache der Freiheit durch eine solche Tat befleckt worden ist.«

»Ich gestehe dir, daß auch ich erschreckt und empört war, als die Kunde davon hierherkam«, gab Max zu. »Aber dann erinnerte ich mich an die unsäglichen Leiden der armen Leute, und ich erinnerte mich, daß wir, ihre Herren, nie etwas getan haben, um den Keim des Menschlichen in ihnen zu pflegen und zu entwickeln. Ich dachte an die entsetzlichen Greuel, die Ströme von Blut und die Brände, mit denen das Christentum seinen Siegesweg geschändet hat. Keine Idee, und sei sie die erhabenste, wird so fleckenlos, so rein zur Wirklichkeit, wie wir sie uns in unserem Geist ausdenken. Die Kämpfer für dieselbe sind eben Menschen und darum von menschlichen Leidenschaften nicht frei. Und, mein holdes Liebchen, das Werk, an dem mitzuarbeiten ich berufen bin, hat ja den Zweck, die trübe Gärung zu klären, die Leidenschaften durch das Gesetz zu zügeln, die Freiheit aller aufzurichten und zu befestigen für alle Zeit. Damit, Geliebte, werden auch die Hindernisse fallen, die dein Vater unserer Vereinigung entgegenstellt, und auf dieser Grundlage der allgemeinen Freiheit der Bau unseres Glückes sich erheben.«

Er redete mit solcher Wärme und Überzeugung, daß Elses Liebe sich gern zu seiner Anschauung bekehrte. Vertrauensvoll schmiegte sie sich an seine Brust, und die Hoffnung entfaltete wieder ihre farbigen Schwingen. Beide vergaßen nicht die Trennung, aber dieselbe ließ sie das Glück des ihnen noch gegönnten Zusammenseins um so voller auskosten.

Elses Name tönte durch den Garten. Ihre Mutter rief ihn. Es war Zeit zum Heimgang. In eine letzte Umarmung, in einen letzten Kuß preßten die Liebenden all ihr Gefühl. Dann riß sich Else los, im Forteilen noch einen letzten Blick, einen letzten Gruß mit ihrer weißen Hand dem Geliebten sendend.

»Auf Wiedersehen, geliebtes Leben«, rief er ihr mit gepreßter Stimme nach.

Vor Tau und Tag war er auf dem Weg nach Heilbronn. Er erreichte es ohne Schwierigkeiten, wenngleich er häufig aufgehalten wurde. Denn in allen Dörfern, durch die er kam, wurde er einem strengen Ausfragen unterworfen über das Wer, Woher, Wohin. Der Anblick des weiten, an Wein und Korn reichen Tales, in dem Heilbronn liegt, verscheuchte die düsteren Bilder so mancher Brandruinen wie der der Frauentreu, als er, gleich hinter Weinsberg links abbiegend, nun zwischen golden flimmernden Rebenhügeln zur Stadt hinunterritt.

Wendel Hipler erwartete ihn bereits in der Herberge ›Zum Falken‹, wo ihn Max in Papieren vergraben fand. Es war die erste Begegnung beider in ihrem Leben. Prüfend schauten sie einander in die Augen, und dann reichten sie sich gleichzeitig die Rechte, und ein kräftiger Händedruck bezeugte ihr gegenseitiges Vertrauen.

»So, wie Ihr da vor mir steht, habe ich mir nicht Eure Züge, wohl aber den inneren Menschen, der aus ihnen spricht und den ich ja schon aus Euren Briefen an Florian Geyer und aus Eurer Antwort auf meine Einladung kenne, vorgestellt«, sprach der Kanzler mit Wärme und nötigte Max, sich zu ihm zu setzen, worauf er fortfuhr: »Und nun, lieber Doktor, erzählt mir, wie die Dinge in Rothenburg ausschauen. Der Menzingen hat mich schon seit einiger Zeit ohne Nachrichten gelassen.«

Max Eberhard berichtete so unparteiisch wie möglich über die Vorgänge in seiner Heimatstadt. Hipler, der ihm aufmerksam zuhörte, äußerte, als Max schwieg, mit einem Seufzer: »Es ist ein Unglück, daß der Blick dieser freien Städte nicht über ihre Ringmauern hinausgeht. Sie gleichen den Austern in der Schale. Die ganze Welt draußen mag zugrunde gehen, wenn nur ihr eigenes Ich unbeschädigt erhalten bleibt. Aber wir wollen ihre Schalen aufbrechen. Sie müssen sich in das Ganze einfügen. Nur so kann der unseligen Zerstückelung des Reiches durch den Egoismus ein Ende gemacht werden.«

»Verzeiht mir die Bemerkung, Herr Kanzler«, äußerte Max. »Habt Ihr der Zerstückelung nicht selbst Vorschub geleistet, indem Ihr den Götz von Berlichingen zum obersten Hauptmann der Odenwäldler und Neckartaler wählen ließt, während die Wahl Florian Geyers die damals zu Weinsberg versammelten Heerhaufen der Bauern zusammengekittet hätte?«

»Scheinbar habt Ihr recht«, nickte Hipler ihm zu. »Aber es brauchte einen Mann, der den Feinden Vertrauen einflößt und sich einer gewissen Beliebtheit bei den Bauern erfreut. Diesen Anforderungen entsprach der Götz. Persönlich schätze ich keinen Mann höher als den Ritter Florian, und auch ein bewährter Kriegsmann ist er. Aber die Bauern kennen ihn nicht, und bei ihrem Haß gegen den Adel hätten sie ihn nicht als obersten Hauptmann angenommen. Ich durfte es wagen, den Götz ihm vorzuziehen, weil ich sicher weiß, daß Geyer der Sache der Freiheit seine Person bereitwillig unterordnet. Um der Freiheit willen wird er selbst seiner moralischen Geringschätzung des Ritters mit der eisernen Hand zu schweigen befehlen. Ich bin mit ihm einer Meinung, daß in dem neuen Reich, das wir aufrichten wollen, die Standesunterschiede aufhören müssen. Aber man darf ihnen nicht mit Gewalt ein Ende machen. Man muß sie allmählich absterben lassen.«

»Und wie wolltet Ihr dies zuwege bringen?« fragte Max gespannt.

»Ich will's Euch andeuten«, erwiderte Wendel Hipler mit einem leisen Lächeln. »Denn ich bin sicher, daß Ihr mich dann um so nachdrücklicher bei den Beratungen über die neue Reichsordnung, die morgen ihren Anfang nehmen sollen, unterstützen werdet. Die bei Würzburg jetzt lagernden ostfränkischen Haufen haben zu diesem Zweck zwei Abgeordnete geschickt, Bauern zwar, aber mit großer Erfahrung und mit einem ungewöhnlichen Verstand begabt. Es bewahrheitet sich auch hier wieder, daß sich in Zeiten großer Bewegung stets die geeigneten bedeutenden Männer heranbilden. Nun wohl, den Neckar vertritt Hans Berle von hier, ein feiner politischer Kopf. Aus dem schwäbischen Oberland sind keine Abgeordneten eingetroffen. Sie können keinen Mann entbehren, wie sie schreiben, da der Truchseß von Waldburg sich gegen sie zu wenden scheine. Sie haben es aber nicht bei einer Entschuldigung bewenden lassen, sondern allerlei Vorschläge für die neue Reichsordnung eingesandt. Die fränkischen Haufen haben dasselbe getan. Seht doch diesen Haufen Briefe! Es ist manches Brauchbare darunter. Ich werde sie morgen vorlegen und darüber berichten. Das beste ist unstreitig ein auf die zwölf Artikel gestützter Entwurf meines Freundes Weigand, des Amtskellers von Miltenberg. Doch das Reden trocknet die Kehle aus. Entschuldigt mich einen Augenblick.«

Einen Glockenzug oder eine andere Vorrichtung, um einen dienstbaren Geist herbeizulocken, gab es in der Stube nicht, wie solche damals auch überhaupt in den Zimmern der Gasthöfe fehlten. Die Zimmer dienten nur zur Nachtruhe. Wendel Hipler machte sich daher selbst auf die Suche nach einem Aufwärter. Es dauerte eine ziemliche Weile, bis er einen solchen fand, und wieder verfloß eine geraume Zeit, bis derselbe, mürrisch darüber, in seiner anderweitigen Arbeit gestört worden zu sein, Wein und Becher brachte. Wendel Hipler erzählte unterdessen seinem jungen Freund von Weigand, seiner schriftstellerischen Tätigkeit für die Bewegung und seiner geistigen Bedeutung.

Nachdem er dann die Becher mit einem guten Neckarwein gefüllt, mit Max angestoßen hatte und beide getrunken hatten, ergriff er wieder das Wort: »Um also auf unseren Gegenstand zurückzukommen! Aus welchen Quellen strömt die große Macht der Geistlichkeit, der Fürsten und des Adels, wenn nicht aus ihren Einkünften aus den indirekten Steuern, den Zöllen, Geleiten und der Gerichtsherrschaft. Wohlan, diese Quellen hören im neugeordneten Reich zu fließen auf. Es wird keine Zölle und Geleite mehr geben, noch Umgeld, außer den Zöllen, die erforderlich sind, um Brücken, Wege und Stege zu unterhalten. Alle Straßen werden frei sein. Dazu soll fortan alles weltliche

Recht, das bisher im Reich gebraucht wurde, aufgehoben sein und das göttliche und natürliche Recht allein gelten, damit der arme Mann genausoviel Zugang zum Recht habe, wie der Oberste und Reichste. Nach diesem Recht sind auch alle Städte und Gemeinden zu reformieren und alle Bodenzinse abzuschaffen. Erwägt Ihr dieses alles Punkt für Punkt, so werdet Ihr zugeben, daß damit die Prälaten zu einfachen Predigern, die Fürsten und Herren zu größeren oder kleineren Grundbesitzern, die Patrizier zu einfachen Bürgern werden, und zwar alle unter einem Haupt, dem Kaiser, dem keine andere Steuer als alle zehn Jahre einmal die Kaisersteuer entrichtet wird. Das neue Reich wird nur aus lauter Freien und Gleichen bestehen.«

»Das ist in der Tat unbestreitbar«, rief Max lebhaft.

»Ihr merkt schon, daß ich den römischen Juristen, die Ihr ja nicht sonderlich liebt, obwohl Ihr auch einer seid, dabei an den Kragen gehe«, fuhr Hipler fort. »Eine Reform des Rechts und der Gerichte sowie deren Verfahren ist ohne das nicht denkbar. Daher verlange ich, daß kein Doktor des römischen Rechts zu einem Gericht oder in eines Fürsten Rat zugelassen werde. Es soll überhaupt an jeder Universität nur drei Doktoren des Rechts geben, um sie gegebenenfalls zu Rate ziehen zu können. Dasselbe ist von den Geistlichen zu fordern. Kein Geweihter, hohen oder niederen Standes, darf im Rat des Reiches sitzen oder als Rat anderer Fürsten und Gemeinden eingesetzt werden. Keiner kann ein weltliches Amt bekleiden.«

»Dazu sage ich von ganzem Herzen ja und amen«, sprach Max mit glänzenden Augen.

»Nun aber die Fundamente! Alle Geweihten hohen und niederen Standes und Namens werden reformiert und erhalten ausreichenden Unterhalt. Ihre Güter fallen dem gemeinen Nutzen zu. Auch alle weltlichen Herren werden reformiert, damit der arme Mann nicht im Hinblick auf die christliche Freiheit beschwert werde. Gleiches, schleuniges Recht, ich wiederhole es, dem Höchsten wie dem Geringsten. Gegen ein ehrliches Einkommen sollen Fürsten und Edle die Armen schützen und sich brüderlich verhalten, und damit sie fürderhin nicht schaden können, sind alle Bündnisse der Fürsten, Herren und Städte aufzuheben. Überall nur Schirm und Schutz des Kaisers. Der Adel soll aber von jedem geistlichen Lehensverband frei sein. Und wie es nur einen Schutz und Schirm geben darf, so gibt es auch nur *eine* Münze von festgelegtem Wert und gleiches Maß und Gewicht im ganzen Reich.«

Er feuchtete die Lippen durch einen Schluck aus seinem Becher an und fuhr dann fort: »Schlimmer noch als die meisterlose Gewalt der Großen ist der Wucher. Er darf die Seele des neuen Reichs nicht vergiften. Den großen Handelshäusern, den Fuggern, Welsern und wie sie sonst noch heißen mögen, muß ein fester Riegel vorgeschoben werden, damit sie nicht wie bisher allein oder mit anderen zusammen durch ihre großen Geldmittel auf einzelne Handelsartikel ein Monopol erwerben, um dieselben dann für ungeheure Wucherpreise wieder zu verkaufen. – Doch, wo bin ich hingeraten? Ich wollte Euch darlegen, durch welche Anordnungen es bewerkstelligt werden könnte, daß Geistlichkeit, Fürsten und Adel in der Gemeinfreiheit von Land und Stadt unschädlich aufgehen, und habe so ziemlich alle Punkte berührt, die in einer Ordnung und Reformation zu Nutz und Frommen und Wohlfahrt des Deutschen Reiches zu behandeln wären.« Er suchte unter den Papieren auf dem Tisch etliche Bogen hervor, die mit seiner großen und festen Handschrift bedeckt waren, und reichte sie Max Eberhard mit den Worten: »Ich habe meinen Entwurf zu Papier gebracht. Wenn Ihr Euch noch näher mit demselben vertraut machen möchtet, steht er Euch zur Verfügung.«

Der junge Doktor nahm das Schriftstück mit warmem Dank entgegen. Seine ganze Ideenwelt war durch das Gehörte in die größte Aufregung versetzt worden. Mit aufrichtiger Bewunderung blickte er auf den Kanzler. Dieser ergriff noch einmal das Wort und sagte: »Ich hatte bei der Durchführung des Entwurfes, falls er gebilligt werden sollte, auf den Beistand eines edlen Fürsten gehofft. Aber er, der Edle und Weise, der ein Vater aller Evangelischen war, weilt nicht mehr unter den Lebenden. Ich meine den Kurfürsten Herzog Friedrich von Sachsen. Er ist am fünften dieses Monats gestorben.«

»Das ist allerdings ein schwerer Verlust für die protestantische Sache«, bemerkte Max teilnahmsvoll. »Aber Herr Hipler«, fuhr er fort, während er die aufgerollten Papiere in die Höhe hob, »in diesem Zeichen werden wir siegen.«

»Ich hoffe es für unsere gerechte Sache«, erwiderte Hipler mit einem wohlwollenden Lächeln über das schöne Feuer seines jungen Freundes und reichte ihm zum Abschied die Hand.

Nachdem beide am nächsten Morgen das Frühstück gemeinschaftlich in der Gaststube eingenommen hatten, begaben sie sich zum Rathaus, einem spätgotischen Bauwerk, zu dem von dem Marktplatz eine hohe Doppeltreppe hinaufführt. Der Kastellan empfing sie auf dem großen Flur, dessen Balkendecke hölzerne Pfeiler trugen, und schickte sie in den Sitzungssaal zur Rechten, den der Stadtrat für ihre Beratungen bestimmt hatte. Es war dasselbe Zimmer, in dem Götz von Berlichingen vor fünf Jahren dem wohlweisen Rat mit Ohrfeigen von seiner eisernen Hand drohte, die »Kopfweh, Zahnweh und alles Weh der Erden aus dem Grund kurieren«. Unmittelbar nach jenen kamen die beiden Bauernräte, Peter Locher aus Külsheim und Hans Schickner aus Weißlensburg. Es waren kräftig gebaute Männer mit groben, aber charaktervollen Zügen und von überlegtem, sicherem Wesen. Max konnte sich überzeugen, daß ihre Finger steif, ihre Hände hart wie Eisen waren. Langsam schlossen sie sich um die seinige, wie in einem vorsichtig prüfenden Druck. Hans Berle folgte den beiden mit einer höflichen Entschuldigung, sich verspätet zu haben. Wendel Hipler führte den Vorsitz. Max hatte noch bis tief in die Nacht hinein dessen Verfassungsentwurf, der den Beratungen zugrunde gelegt wurde, studiert. Je tiefer er sich in denselben hineinlas und -dachte, desto höher stieg seine Achtung vor dem scharfen politischen Verstand des Verfassers, seinem weiten Blick, der Größe oder, wie man es heute nennt, der Genialität seiner Gedanken und der Klugheit, mit der die gegen Klerus, Herren und Adel gerichtete Spitze des Entwurfes verborgen war.

Dritter Teil

Erstes Kapitel

Lustig flatterten und rauschten im Maienwind die zahllosen Banner, Fahnen und Fähnlein der Bauern auf beiden Ufern des Mainstromes, und hoch über allen auf dem Kirchturm von Heidingsfeld das schwarze Banner mit der golden aufgehenden Sonne. Florian Geyer war vor allen anderen Haufen in dem Städtchen am linken Mainufer schräg gegenüber von Würzburg mit seinen Schwarzen eingerückt, und die Rothenburger Landwehr war ihm auf dem Fuße gefolgt. Tags darauf, am Sonntag Jubilate, während die Odenwälder und Neckartaler ihr Lager bei Höchberg aufschlugen, war das große fränkische Heer erschienen, zu dem sich sämtliche Bauernscharen des Bistums aus Norden und Südes bei Ochsenfurt unter Jakob Köhl aus Eivelstadt als ihrem obersten Hauptmann zusammengeschlossen hatten. Etwas später waren noch zweitausend Bauern aus dem Ansbachischen angekommen und hatten neben den Rothenburgern ihr Lager aufgeschlagen.

Die Würzburger waren eitel Freude, und Hans Bermeter frohlockte in der Tanzlaube der Bürger im ›Grünen Baum‹, wo er und seine Freunde ihr Hauptquartier hatten: »Jetzt sitzen die Ratten in der Falle. Und wenn der Barfüßlermönch, den sie auf dem Schloß haben, nicht nur ein großer Schwarzkünstler, wie sie sagen, sondern der Teufel selbst wäre, er könnte sie nicht retten.« Die weite Tanzlaube schwärmte und lärmte tags und nachts von Bewaffneten, die sich teils mit Karten und Würfeln die Zeit vertrieben, teils bei ewig vollen Kannen schwätzten, stritten, sangen oder auf den mit Polstern belegten Bänken an den Wänden entlang sich reckten, streckten und schnarchten. Es waren vorwiegend Bürger aus den niederen Zünften und Bauern, die der Rat aus den nächsten Dörfern in die Stadt geholt hatte, um die wohlhabende Bürgerschaft nicht mit Wachen und Waffenübungen zu belasten. Der Rat entgalt die Dienste mit einem Sold. Brot und Wein in Fülle lieferten die geistlichen Stifte, und manches Bäuerlein aß sich in dem reichen Würzburg zum ersten Mal in seinem Leben an Brot satt. Zwar gaben die geistlichen Herren nichts freiwillig her, aber der Rat und die Viertelsmeister vermochten es nicht zu verhindern, daß Bürger und Bauern ihnen auf die Fruchtböden und in die Keller stiegen, auch sonst manchen Übertritt verübten und aus den geistlichen Häusern mitgehen ließen, was ihnen in die Augen stach.

»Aber der Rattenkönig ist entschlüpft«, goß der Maler Grünewald einiges Wasser in den Wein seines jüngeren Freundes, des Musikers.

Bischof Konrad von Thüngen hatte das Erscheinen der Bauernheere vor dem Marienberg nicht abgewartet. Vergebens hatte er sich um Hilfe an Bamberg, Eichstedt und Brandenburg sowie an den Statthalter von Mainz und den Pfalzgrafen Ludwig gewandt. Sie steckten alle in Sorge und Bedrängnis, und von den Grafen, Edelleuten und Herren, die bei dem Bistum zu Lehen gingen, waren auf das Aufgebot, unverzüglich gewappnet und gerüstet auf dem Marienberg sich einzufinden, nur wenige erschienen. Die Gelegenheit dünkte manchen günstig, sich seiner Lehenspflicht zu entledigen. Der mächtigste Vasall des Bischofs ging mit seinem schlechten Beispiel den anderen voraus. Graf Wilhelm von Henneberg, ein Fürst des Reiches, Erbmarschall und Burggraf von Würzburg, war nicht nur unter leeren Vorwänden ausgeblieben, sondern verband sich in Bildhausen auch noch mit den fränkischen Bauern. Anderen verstellten die Bauern die Wege zum Schloß, und Hacker aus Würzburg schossen aus ihren Weinbergen auf diejenigen, die ober- oder unterhalb der Stadt auf Kähnen oder auf ihren schwimmenden Rossen über den Main setzen wollten.

In dieser Not griff Bischof Konrad zu einem letzten Mittel. Er berief den Landtag, der seit undenklicher Zeit nicht mehr versammelt gewesen war. Die Städte schickten auch mit geringen Ausnahmen ihre Abgeordneten, aber sie weigerten sich, in die Unterhandlungen einzutreten, es sei denn, daß auch der vierte Stand, den die Bauern bildeten, einberufen würde. Zugleich überreichten sie dem Bischof, der persönlich zur Eröffnung des Landtags in der Stadt erschienen war, eine Bittschrift, die von den unerträglichen Bedrängnissen durch die bischöflichen Beamten handelte, die meistens aus dem Adel und der Geistlichkeit stammten. Und der Bischof schickte nach den Bauern, die zu Geroldshofen standen, wo auch Florian Geyer sich mit ihnen vereinigt hatte. Sie aber ließen zurückmelden, sie könnten derzeit nicht viel Dienst leisten, sie kämen jedoch bald allesamt nach Würzburg, bis dahin sollte die Sache warten. Da übertrug Bischof Konrad dem Dompapst Friedrich von Brandenburg, einem Bruder des Markgrafen Kasimir, den Oberbefehl auf dem Schloß Unserer lieben Frau und floh nach Heidelberg zu dem Pfalzgrafen Ludwig.

Götz von Berlichingen hatte am Morgen nach seinem Einrücken in Höchberg den Artikelbrief auf den Marienberg geschickt und die Besatzung aufgefordert, sich aufgrund desselben mit den Bauern zu verbünden. Infolgedessen kam nun der Domdechant Johann von Guttenberg mit einigen Rittern vom Schloß herunter, um mit den Hauptleuten und Räten der Bauern zu verhandeln. Hans Bermeter, der Musiker, empfing sie am Zeller Tor mit einer Rotte Bewaffneter zum freien Geleit durch die Stadt zum Neumünster auf dem Kürschnerhof in nächster Nähe des Domes, wo die Verhandlungen stattfinden sollten.

Hans Bermeter war ein noch junger Mann, dessen volle Lippen unter dem gekräuselten Schnurrbart lebensdurstig glühten. Die nichts weniger als prüde Bischofsstadt wußte manch tolles Stücklein von dem heißblütigen Künstler zu erzählen. Noch jüngst, während des Faschings, war er mit Adam von Thüngen, dem Vetter des Bischofs, hart aneinandergeraten, und zwar auf offener Straße am hellen Tag. Vor der Marienkirche hatten er und seine Freunde den Junker gestellt, wie man wissen wollte, weil letzterer seine Angel in dem Fischteich des Musikers ausgeworfen hatte. Aber auch der aus der Messe kommende Junker Adam war nicht allein gewesen, sondern von ein paar jungen gespornten Hähnen begleitet, unter ihnen Wilhelm von Grumbach, der seiner Schwester den Hof machte. Von scharfen Worten war es zu scharfen Schlägen gekommen, und daß Hans Bermeter dabei den Kürzeren gezogen hatte, hatte seinen Haß gegen Pfaffen und Pfaffenadel wahrlich nicht gemindert. Zur Vergeltung hatte er jetzt dem Junker, der sich auf der Marienburg befand, den Profoß der Rothenburger nebst zwei Gehilfen in das Stadthaus einquartiert, das von seiner verwitweten Mutter und seiner jüngeren Schwester bewohnt wurde, und die Aufnahme der unliebsamen Gäste mit Gewalt erzwungen, da der Haushofmeister sie verweigerte.

Bei dem Empfang der Gesandten schauten seine blaugrauen Augen noch übermütiger als sonst unter dem schief in die breite Stirn gedrückten Barett. Der Domdechant, der sehr wohl wußte, daß seine Tatkraft und Beredsamkeit viel dazu beigetragen hatte, das zähe Bürgertum zum Aufstand zu bringen, rief bei seinem Anblick mit einem leichten Anflug von Ironie: »Ei, siehe da, der große Volkstribun, Würzburgs Cola Rienzi!« An den neben ihm haltenden Ritter sich wendend, fügte er hinzu: »Um so größer die Ehre seines Geleites für uns, da er auch ein großer Meister auf der Laute ist, mein Herr Graf von Schaumburg.«

»Auch der Nonnenmacher auf der Frauentreu war ein Spielmann«, versetzte Bermeter mit flammendem Gesicht und gab seiner Mannschaft das Zeichen zum Aufbruch.

Die Hand Kaspars von Reinstein, der dem Dechanten zur Linken ritt, zuckte nach dem Schwert. Der Domdechant warnte ihn mit einem raschen Blick und flüsterte, ohne die wohlwollende Miene seines runden Gesichtes mit dem Doppelkinn aufzugeben: »Behaltet seine Worte in Eurem Herzen.« Es blieb nicht die einzige in ihren Ohren mißtönende Äußerung, welche die Gesandten in den belebten Gassen zu hören bekamen. Der Domdechant von Guttenberg schaute mit unverändertem Wohlwollen auf die Menge, selbst als ihnen jenseits der Mainbrücke bei dem Graf-Eckards-Turm am Rathaus aus hundert Kehlen, darunter vielen weiblichen, das Geschrei entgegengellte: »Tod den Marienbergern! Tod den Rittern und Pfaffen! Tod den Ratten!« Silvester von Schaumburg aber blickte mit hochmütiger

Verachtung drein und Kaspar von Reinstein mit ohnmächtigem Grimm. Er hatte noch einen besonderen Grund, die Würzburger zu hassen. Denn als er, um seiner Lehenspflicht gegenüber dem Bischof nachzukommen, bei dem Kloster Himmelspforten, unterhalb der Stadt, über den Main schwamm, hatten ihm die Winzer sein bestes Pferd unter dem Leib erschossen, und er wäre fast ertrunken.

Eine Ehrenwache in blankem Harnisch, mit Schwert und Hellebarde stand im Neumünster auf den Treppenstufen zur Kapitelstube. Sie war vom Rat bestellt, jedoch nicht um der bischöflichen Gesandtschaft willen, sondern als Ehrenbezeugung der Stadt für die obersten Hauptleute und Räte der Bauern, die auf der Kapitelstube ihre Sitzungen hielten. Die Wache hielt die Neugierigen nicht zurück, die hinter dem Dechanten und seinen Begleitern die Treppe heraufdrängten. Die Kapitelstube war nicht groß genug, um sie alle zu fassen. Für die Gesandten waren in der Mitte der Tafel, um welche die Bauern saßen, Sessel hingestell worden, und der Dechant, der das Reiten nicht gewohnt war, ließ sich bequem nieder. Er liebte überhaupt die Bequemlichkeit, die zuweilen etwas schwer in die Waagschale seines Mutes fiel. Die Züge des Wohlwollens in seiner Miene verwischten sich ein wenig, als er jetzt von Angesicht zu Angesicht den Männern gegenüberstand, deren bloßer Name bisher sein Blut als katholischer Priester und als Edelmann zu Wogen des Hasses aufgetürmt hatte. Da saßen die doppelt abtrünnigen Ritter Götz von Berlichingen und Florian Geyer, die zum Protestantismus abgefallenen Pfarrer, der hagere Denner aus Leuzenbronn, der leidenschaftliche Bernhard Bubenleben von Mergentheim und andere, die beiden Vettern Metzler, Hans Flux, der lange Lienhart, der Schreiner Hans Schnabel, der den Bildhauser Haufen anführte, der Schultheiß und Pfennigmeister Kunz Bayer aus Ottelfingen, Hans Kolbenschlag, der oberste Hauptmann der Mergentheimer und Stellvertreter des Jakob Köhl aus Eivelstadt, der den Vorsitz führte, und mancher mit weniger bekanntem Namen. Die vornehme Ruhe Florian Geyers, die von Entbehrungen und Eifer hohlen Wangen und stechenden Blicke der Dorfpfarrer, die Entschlossenheit in den groben, eckigen Gesichtern der Bauern, ihre durchdringenden Augen und ihre breitschultrigen Gestalten ließen dem Domdechanten das Ganze geradezu unheimlich erscheinen.

Die rauhe Stimme des obersten Hauptmanns, auf die das Flüstern, Murmeln und Rauschen in der Kapitelstube verstummte, vergönnte es dem Dechanten nicht, seine Eindrücke zu verarbeiten. Jakob Köhl war von gedrungenem, kraftstrotzendem Körperbau und im fränkischen Heer durch seine Grobheit bekannt. Er hatte eine niedrige, zusammengedrückte Stirn, die ein Merkmal des Eigensinnes zu sein pflegt. Und Eigensinn, der uneheliche Bruder der Charakterstärke, sowie seine rücksichtslose Grobheit, verbunden mit seiner starken rauhen Stimme, waren die Fundamente seines Ansehens. Von seiner Höflichkeit erfuhren auch die Gesandten nichts. Kurz angebunden und ohne die Ritter eines Blickes zu würdigen, fragte er: »Was schafft Ihr, Herr Domdechant? Macht's kurz, wir haben nicht viel Zeit.«

»So will ich mich denn kurz fassen, und ich kann es«, erhob sich der Dechant. »Mein Gewand verkündet meine Sendung: Frieden! Als Bischof Konrad am Sonntag Misericordiae zur Eröffnung des Landtages in die Stadt hinuntergehen wollte, da legten wir ihm auf der Marienburg die Gefahren dar, derer er sich vielleicht aussetzte. Er aber erklärte, daß er sich nicht bewußt sei, dem Land Grund zum Aufruhr gegeben zu haben, vielmehr stets zur Milderung der Beschwerden, die es vielleicht haben könnte, sich erboten hätte.«

»Oho«, murrte es unter den Zuhörenden, und Hans Leminger, der Bader im ›Löwen‹, rief mit einer dünnen, spitzen Stimme: »Wir haben seine Misericordia unser Lebtag an unserem Leib und Gut erfahren. Hätten wir damals den Bischof nicht aus der Stadt herausgelassen, so müßte er alle unsere Bedingungen annehmen, und aus wär's.«

»Haltet das Maul, seid so gut«, fuhr Jakob Köhl ihn an, und der Dechant von Guttenberg sprach weiter: »Diese Misericordia, dieses wahrhaft christliche Erbarmen mit euch, den Verirrten und Verführten, ist es, das uns hierherführt. Wir wollen Frieden und Versöhnung. Die Besatzung des Schlosses Unserer lieben Frau ist bereit, die zwölf Artikel für sich anzunehmen, überzeugt, daß unser Hochwürdigster Bischof Konrad damit einverstanden sein werde. Nur eine Frist begehren wir, um seine Meinung einzuholen. Will man künftig eine Reformation vornehmen, so wollen auch wir dabei bleiben.«

Die Überraschung war groß, und sie schlug rauschende Wogen in der Kapitelstube. »Ich seh' einen Fuchsschwanz«, raunte Metzler aus Brettheim seinem Nachbar zu, während sich der Dechant mit einem vor Wohlwollen glänzenden Gesicht wieder setzte. »Schau, wie der Florian Geyer seinen Knebelbart streicht«, murmelte der lange Lienhart. »Die Art kenn' ich von ihm. Gib acht, er wird dem Fuchs auf den Schwanz treten.«

»Mich dünkt, daß wir die Bedingungen annehmen sollen, so vorteilhaft sind sie«, ergriff Götz von Berlichingen, der unterdessen eindringlich auf Jakob Köhl eingeredet hatte, das Wort. »Schwört die Besatzung auf die zwölf Artikel, so stehen wir ohne Blutvergießen am Ziel und gewinnen mit dem Frauenberg eine feste und mächtige Stütze für unsere weiteren Unternehmungen.«

»Das dünkt mich auch«, pflichtete Kohl ihm bei und fügte mit der ganzen Wucht seiner Stimme hinzu: »Nehmen wir's an, Brüder!«

»Ei, habt Ihr es so eilig?« fragte Florian Geyer. Er durchschaute, warum Götz von Berlichingen auf den Vorschlag des Dechanten so bereitwillig einging. Es drängte den Ritter mit der eisernen Hand danach, sobald wie möglich an seinen alten Feind, den Bischof von Bamberg, mit dem er sich in so mancher Fehde und auch vor dem Reichskammergericht gestritten hatte, sein Mütchen mit überlegener Macht zu kühlen. Aber der Führer der Schwarzen Schar erkannte auch, daß der Dechant nur Zeit zu gewinnen trachtete, indem er erst die Zustimmung des Bischofs zu seinem Angebot sich ausbedungen hatte. Und weil er als erfahrener Kriegsmann nur allzugut wußte, wie bedenklich, ja verderblich für das Bauernheer ein langes Stilliegen vor dem Frauenberg sein mußte, versuchte er, Druck auf die Unterhändler auszuüben. In dieser Absicht sprach er weiter: »Im Kreuzgang unten habe ich einen alten Grabstein gesehen, an dessen vier Ecken je ein Näpflein ausgehöhlt ist. Ihr werdet ihn auch bemerkt haben. Darunter schlummert der edle Minnesänger Walter von der Vogelweide. Als er ans Sterben kam, hinterließ er dem Neumünster ein Vermächtnis, aus dem den Vögeln jeden Morgen Futter in die Näpfe gestreut werden sollte. Die frommen Chorherren aber erinnerten sich an die Heilige Schrift, in der zu lesen ist, daß Gott die Vögel unter dem Himmel erhalte, obwohl sie weder säen noch ernten, und die Chorherren verwendeten die Stiftung auf Frühstückssemmeln für sich.«

Ein schallendes Gelächter nötigte ihn, innezuhalten. Auch Götz von Berlichingen lachte, und der Dechant lächelte. Mit strengem Ton nahm Herr Florian seine Rede wieder auf: »So haben die Bischöfe alle Rechte und Freiheiten des Herzogtums Franken verspeist. Und jetzt, wo wir für sie das Schwert in die Hand genommen haben, da sollen wir sie für ein Linsengericht aus Versprechungen verkaufen? Wer traute noch dem Krummstab? Wann wären die armen Leute nicht durch die schönen Worte der Herren an der Nase herumgeführt worden? Es ist die Zeit gekommen und die Axt dem Baum an die Wurzel gesetzt. Der Tanz hat gerade erst richtig angefangen, und es soll einem jeden Fürsten vor seiner Tür gepfiffen werden. Wollen wir die Axt zurückhalten? Wollen wir selbst schon wieder aufhören?«

»Nein! Nein! Nein!« rief die Menge, und die Hauptleute und Räte stimmten fast alle ein.

Von der Tür her schmetterte es hell wie eine Trompete: »Das Rattennest muß zerrissen und zerschmissen werden.« Hans Bermeter stand dort. »Wir sind zwanzigtausend und sie kaum zweihundertfünfzig, darunter sehr viele Kutten.«

Silvester von Schaumburg stieß sein Schwert heftig gegen den Fußboden und rief, nicht auf die warnende Gebärde des Dechanten achtend, mit zornig rotem Gesicht: »Versucht's, Ihr sollt willkommen sein!«

Kaspar von Reinstein setzte hinzu: »Wir haben Pulver und Steine genug, um Eure zwanzigtausend Mann in die Luft zu blasen.«

Ungewöhnlich flink schnellte der Dechant von seinem Sessel in die Höhe und bat: »Gebietet Eurer nur zu gerechten Entrüstung Einhalt, edle Herren! Mit feurigen Worten löscht man keinen Brand. Bedenkt, daß wir Boten des Friedens sind!«

»Aber Euer Hoffen gründet sich auf den Fürsten«, entgegnete Florian Geyer. »Ihr baut auf Sand. Die Fürsten können nicht zusammenkommen, sie stehen im Schach. Ihre Zeit ist um, und sie können gegen die Bauern nichts unternehmen.«

Hier ergriff der Pfarrer Bernhard Bubenleben ein Blatt, über das seine Feder kratzend geflogen war, und sprach und las: »Vernehmt den Antrag derer von der Tauber: Der Frauenberg mit allen noch übrigen Schlössern des Bistums und allem Geschütz und allen Vorräten wird an das evangelische Heer übergeben. Den Geistlichen zusammen wird eine ausreichende Schätzung gezahlt, der Besatzung Leib und Gut und freier Abzug gewährt. Bei der Stadt Würzburg, der Landschaft und des Stifts Gefallen soll es stehen, den Frauenberg ungebrochen zu lassen oder nicht.«

Stürmischer Beifall ertoste und erstickte allen Widerspruch, auch derjenigen, welche die Zerstörung des Schlosses verlangten. Die Hauptleute von Kreglingen, Weikersheim, Lauda, Königshofen schlugen an ihre Wehren. Götz von Berlichingen trocknete sich die kahle heiß gewordene Stirn, und Balthasar Wurzberger, der stattliche Viertelsmeister und Wirt zu der Schleyen, rief mit dröhnender Stimme aus der Menge: »Das war ein Manneswort! Würzburg muß wieder freie Reichsstadt werden.«

»Ja, das war ein Wort wie ein Schlag auf den Kopf des Nagels«, sagte Jakob Köhl. »Wer meiner Meinung ist, ich meine, wer dem Vorschlag vom Bubenleben zustimmt, der erhebe eine Hand.«

Da streckten sich die Hände nicht nur der Hauptleute und Bauernräte, sondern auch der Zuschauer in die Höhe. »Es ist eine Mehrheit!« verkündete Köhl.

»Das gilt nicht«, rief Bermeter und versuchte, zum Tisch vorzudringen. »Die Zwingburg muß zerstört werden.«

»Ja«, stimmten ihm die Würzburger zu. Die Taubertaler riefen: »Nein!«

So schrien sie heftig gegeneinander an. Götz überhäufte den obersten Hauptmann mit Vorwürfen, daß er die Versammelten überrumpelt habe. Der Pfarrer Denner wollte Ruhe stiften, aber seine Stimme verhallte in dem Lärm, der den Gesandten angst machte. Götz, Metzler und die Räte der Odenwälder gingen unmutig davon. Jetzt bat Jakob Köhl mit seiner Stentorstimme um Ruhe und hieb dazu mit der Faust krachend auf den Tisch. »Ihr habt hier gar nix zu reden«, fuhr er Hans Bermeter an. »Und wer jetzt noch sein verfluchtes Maul aufmacht, den schmeiße ich zum Fenster 'naus. Hört die Boten!«

»*Roma locuta, causa finita*«, sagte der Dechant sarkastisch. »Das heißt zu deutsch: Ihr habt gesprochen, und wir haben Eure Meinung vernommen, damit ist die Sache zu Ende. Den Marienberg zu Euren Bedingungen zu übergehen, dazu haben wir keine Vollmacht. Wir werden darüber berichten.«

Damit verneigte er sich und verließ unter allgemeinem Schweigen mit seinen Begleitern die Kapitelstube. Sie waren froh, wieder den freien Himmel über sich zu haben.

»Ihr Herren«, fragte der Dechant leise die beiden Edelleute, als sie im Geleit Bermeters heimritten, »habt Ihr bemerkt, wie der Götz und der von Geyersberg zueinander stehen? Sie zerren den Strick nach beiden Enden. Laßt uns sehen, ob wir ihn nicht in der Mitte durchschneiden können.«

Unterdessen leerte sich die Kapitelstube allmählich. Balthasar Würzburger, Hans Leminger und andere Bürger der Stadt umringten den Pfarrer Bubenleben aus Mergentheim und Jakob Köhl und sprachen eifrig mit ihnen. Florian Geyer trat hinzu. Der lange Lienhart reckte im Aufstehen seine Glieder. »Bruder«, fragte er den Brettheimer, »weißt du nirgendwo ein gutes Tröpflein? Hab' einen Durst, als ob mich der Dompfaffe in die glühende Hölle gesegnet hätt'.«

»Der Bäcker am Mühltor hat ein gutes Gewächs«, erwiderte Leonhard Metzler und schickte sich zum Gehen an. »Oder wollen wir in den ›Grünen Baum‹? Kannst dort deinen Höllenbrand mit Pfaffenwein löschen, und es kostet nix. Denn die Würzburger verstehen's, den Schwarzen die Keller zu fegen. Hast du von dem Stückchen gehört, das sie dem Domvikar aufgespielt haben? Nicht? Der Domdechant hat auch dabei mitgespielt. Nun, wie der Vikar, der seine Pfarrei in Rottendorf hat, eines Tages aus der Stadt heimkehrt, trifft er unterm Rennweger Tor etliche junge Burschen, die dort ihren Spaß haben. Denkt der Pfarrer, es ist auf ihn gemünzt und schimpft: ›Was fangt ihr denn an, ihr Lausbuben? Ich will noch sehen, daß man euch die Köpfe auf dem Markt abschlägt!‹ Feurio! Vor dem Haus vom Dechanten Guttenberg rotten sie sich zusammen, und der, aus Angst, es könnte noch schlimmer werden, erlaubt ihnen, dem Pfarrer zur Buße ein halbes Fuder Wein aus seinem Keller in Rottendorf zu nehmen. Mit Gewehr, Trommeln und Pfeifen ziehen sie hinaus, als ging's zur Schlacht, und zu dem halben Fuder nahmen sie noch neun ganze hinzu. Das ganze Dorf läuft zusammen, auch die Frauen und Kinder, säuft und trägt lustig fort in Töpfen, Kannen und Zubern. Zuletzt war alles besoffen wie Noah und wälzte sich auf den Gassen im Dreck wie die Schweine.«

Der lange Lienhart lachte tief dröhnend. Metzler aber rief, ausspukkend: »Das ist überhaupt eine Schweinezucht in dem Würzburg, und sie wird schlimmer von Tag zu Tag.«

Sie gingen zu dem Bäcker an der Mainbrücke, um ihre Maß in Ruhe zu trinken. Nicht lange, da sahen sie Florian Geyer die Domgasse herunterkommen, gefolgt von einem neugierigen Schwarm. Diejenigen, die ihm begegneten, rückten ihre Hüte und Kappen, blieben stehen und schauten der hohen, fest einherschreitenden Gestalt mit den ernsten Augen beifällig nach. Ernst, jedoch ebenso entfernt von Hochmut wie von Herablassung, dankte er ohne Unterschied der Person. Ein schmuckloses Barett, dessen Rand herabzuschlagen war, bedeckte das bärtige Haupt, und statt des Brustharnisches trug er über dem Lederwams eine lange, schlichte Schaube, unter der das Schwert hervorschaute. Wind und Wetter hatten das kühne Antlitz, dem weniger die Vererbung der Rasse als Geist und Charakter edle Züge verliehen, stark gebräunt. Als er jenseits der Brücke die Burkharder Gasse entlangschritt, vernahm er aus dem Gildehaus der Fischer Fiedel und Dudelsack, Jauchzen und Frauengekreisch. Seine Brauen zogen sich finster zusammen. Vor dem Tor wandte er sich dem Nikolausberg zu, den die Würzburger den Klas- oder Gläsberg nennen.

Es wimmelte auf demselben ameisenartig, jedoch nicht stumm. Leute von der Schwarzen Schar schleppten, von Rothenburgern und Ansbachern unterstützt, die Geschütze, die sie aus den Landtürmen, den gebrochenen Burgen der Edelleute und des Deutschen Ordens weggeführt hatten, auf den Gipfel, wo Schanzen aufgeworfen wurden. Es war keine leichte Arbeit, denn der Berg war steil und pfadlos und die Sonne heiß. Aber die Leute waren guter Dinge, und wenn sie verschnaufen mußten, trieben sie derbe Späße oder sangen. Florian Geyer hatte für die Gruppen, an denen er vorüberkam, ein gutes Wort, ermunterte sie und ging auch wohl auf ihren derben Humor ein oder riet ihnen, wie sie die schweren Rohre leichter weiterschaffen könnten. Auf dem Gipfel traf er Simon Neuffer, der die Schanzarbeiten überwachte. Simon war in Geroldhofen von der Schwarzen Schar zu seinem Stellvertreter oder Leutinger gewählt worden. Florian Geyer reichte ihm die Hand, nahm in seiner Begleitung die Arbeiten streng in Augenschein und, nach dem Marienberg hinüberschauend, sagte er: »Hätten wir die Geschütze des Wertheimers, so sollte drüben bald nur noch ein Trümmerhaufen sein. Doch daran ist nicht zu denken. Er hütet sie wie seine Augäpfel und hat sie deshalb selbst nach

Höchberg geleitet. Für unsere schweren Büchsen und Falkonettlein, fürcht' ich, ist der Abgrund zu breit, der uns von dem Marienberg trennt. Für die Feldschlacht sind sie freilich sehr brauchbar. Auch an Pulver und Geschützsteinen fehlt's uns.«

»So haben sich die Unterhandlungen mit den Bischöflichen zerschlagen, und es wird ernst?« fragte Simon Neuffer gespannt. »Ihre Boten sollen ja heut' zur Stadt kommen.«

»Nicht zerschlagen«, erwiderte Herr Florian, und ein leichtes Lächeln spielte um seinen energisch geschnittenen Mund. »Sie sind mit einer Antwort heimgeschickt worden, die es ihnen deutlich machen wird, daß wir uns von ihnen nicht hinhalten lassen. Sie werden wohl gefügiger wiederkommen. Wir dürfen den rollenden Stein nicht aufhalten und ihn Moos ansetzen lassen. Wir müssen vorwärts, und Schlag auf Schlag.«

»Just so denk' ich auch«, pflichtete Simon ihm bei. »Für uns Bauern wär's nichts, wenn wir hier lang stilliegen müßten. Es denkt schon jetzt mancher weniger an die Freiheit als an die Feldarbeiten, die er daheim versäumt, und nimmt Urlaub. Ob sie alle wiederkommen, wenn's not tut? Ich glaub's halt nicht.«

»Hoffentlich brauchen wir sie nicht auf die Probe zu stellen«, antwortete Florian Geyer. Er setzte sich auf einen Erdhaufen und fuhr fort, während er ein Bein über das andere schlug. »Selbst die gelernten Landsknechte verlottern in der Untätigkeit, die eine Belagerung mit sich bringt. Und die des Frauenbergs könnte sich lang hinziehen, wenn's dazu kommt. Die auf dem Schloß sind mit Proviant und Munition wohl versehen. Der Hofmeister des Bischofs, der Doktor von Rothenhahn, hat, wie ich höre, reichlich für alles gesorgt, schon seit Wochen. Für unsere Bauern wäre die Ruhe in dem reichen und üppigen Würzburg ein verzehrendes Gift, noch dazu bei dem wüsten Wesen, das in der Stadt herrscht. Der Bermeter vermag es nicht zu zügeln, will's auch wohl nicht. Etliche haben ihn in Verdacht, daß er sich zum Bürgermeister aufwerfen will.«

»Nun«, wandte Simon Neuffer ein, »sein Vetter ist ja Erster Bürgermeister von Rothenburg geworden.« Er lachte.

»Mag er«, äußerte Florian Geyer mit einem flüchtigen Zucken der Schultern. »Auch hat er Tatkraft und schöne Gaben. Aber diese Schlemmerei, diese Zügellosigkeit greift von Tag zu Tag weiter um sich und droht, unseren Bauern das Mark aus den Knochen zu saugen. Da muß man beizeiten Vorsichtsmaßnahmen treffen. Die Freiheit, für die wir den Bundschuh ins Feld geführt haben, kann nur errungen und behauptet werden, wenn wir uns innerlich frei machen von den Lastern derjenigen, die bislang unsere Herren waren. Der böse Geist darf nicht aufkommen. Er muß erstickt werden.«

Simon Neuffer schaute ihn aus seinen verständigen braunen Augen tief an und sagte bedächtig: »Die Gewalt allein reicht nicht. Sie kann unterdrücken und strafen, aber nicht heilen, nicht vor Ansteckung bewahren.«

»Das ist richtig, aber ich denke auch nicht an die Gewalt allein«, bemerkte Herr Florian, unterbrach sich und fragte: »Doch wer kommt da so eilig herauf?«

Es war ein gutgekleideter Bauer, dessen Gesicht ein großer Schlapphut nicht erkennen ließ.

»Wendeland!« rief Florian Geyer einen Augenblick später überrascht und erhob sich.

Der Mann stand schon seit vielen Jahren in seinen Diensten, und er hatte ihn als Kämmerer auf seiner Burg Giebelstadt zurückgelassen.

»Ja, gnädiger Herr, es ist der Wendeland«, erwiderte dieser, vom Steigen außer Atem, und riß den Schlapphut von dem langen, graugesprenkelten Haar.

»Du kommst in einer Eile, die guter Botschaft fremd ist«, sagte Herr Florian, während er ihm forschend in das treuherzige Gesicht blickte. »Was führt dich her? Ist's etwa Nachricht von Rimpar? Sprich!«

»Von Schloß Rimpar weiß ich nichts«, schüttelte Wendeland den Kopf und zwang sich, gleichmäßiger zu atmen. »Ich war in Eurem Losament, gnädiger Herr, in der Pfarrei zu Heidingsfeld«, fuhr er fort, als ob er Zeit gewinnen wollte. »Ihr würdet wohl bald kommen, sagte der Pfarrer. Ich wollt' mich aber nimmer gedulden.«

Florian Geyer fiel ihm ins Wort. »Da es nichts Schlimmes von den Meinigen ist – daß es nichts Gutes ist, verrät dein Gesicht. Muß ich es dir denn mit Gewalt entreißen, du alter Unglücksrabe?«

Der Kämmerer sah ihn kläglich an und berichtete, während die Bauern, die in der Nähe gruben, schaufelten und karrten, neugierig herbeikamen: »Gestern in der Früh ist's geschehen. Gnädiger Herr, Ihr seid immer ein wahrer Freund von den armen Leuten gewesen, um ihretwillen habt Ihr die gnädige Frau und Euer kleines Kind verlassen, um ihretwillen fochtet Ihr gegen die Herren und Fürsten, und zum Dank dafür haben die Bauern Giebelstadt gestürmt, geplündert und verbrannt. Daß ich das hab' erleben müssen!« Zwei große Tränen rollten ihm über die Backen.

Die Augen Florian Geyers öffneten sich groß und starr. Die zuhörenden Bauern brachen in zornige Rufe aus. Simon Neuffer winkte ihnen aber mit einem Blick auf ihren obersten Führer, und sie wurden still. Herr Florian strich sich mit der Hand über die Augen und mit ruhigem Ton, dem man nur an dem harten Klang die innere Erregung anmerkte, sagte er: »Erzähle!«

»Das Vieh wurde gerade auf die Weide getrieben, und die Zugbrücke war heruntergelassen, gnädiger Herr«, begann Wendeland nach einem tiefen Atemzug, »da überfällt ein Haufen bewaffneter Bauern die Herde. Den Hirten, der sich wehren will, erschlagen sie. Ritsch, werf' ich das Tor zu, den Riegel vor und auf den Wehrgang. Schrei' ihnen zu, daß die Burg die vom Herrn Florian Geyer von Geyersberg sei, den sie ja als ihren Freund kennen müßten. Sie aber schrien zurück, der Herr Florian kümmerte sie den Teufel, sie wollten keine Edelleute und festen Häuser mehr im Land dulden. Ich sollt' das Tor aufsperren. Wie ich ihnen nicht zu Willen war und hoffte, daß die Giebelstädter mir beistehen würden, da schossen sie nach mir und hieben gleich mit den Äxten gegen das Tor, um es aufzubrechen. Die beiden Knechte und der Bub, die mit mir auf der Burg waren, hatten sich verkrochen, auch die Mägde, und ich hab' sie mit keinem Auge wiedergesehen.«

»Mach's kurz«, befahl Florian Geyer zwischen den zusammengepreßten Lippen.

»Es dauerte auch nicht lang, gnädiger Herr, da war das Tor aufgehauen«, fuhr der Kämmerer fort. »Wie die heulenden Wölfe stürzten sie herein, trieben das Kleinvieh und die Gäule fort, leerten die Futterböden und brachen in den Weinkeller ein. Im Herrenhaus schlugen sie wütend alles kurz und klein, und mir hieb ein ungeschlachter Lümmel mit seinem Spieß über den Kopf, so daß ich wie tot hinfiel. Als ich später wieder zu Sinnen kam, glaubt' ich, daß ich bloß geträumt hätt'. Denn es war ganz still, und nur das Feuer prasselte, sang und sauste. Die Ställe brannten und das Dach des Herrenhauses, und drinnen war alles verwüstet oder weggetragen. Eben fingen auch die beiden Ecktürme daneben Feuer und spien Funken und Flammen. Löschen konnt' ich's nicht, und zu retten war nix mehr, gnädiger Herr!«

Er schwieg mit einem jammervollen Blick auf diesen, und an ihm hingen auch gespannt die Augen der anderen, die sich ganz still verhielten. Florian Geyer hatte die Lippen fest geschlossen und die linke Faust auf das Herz gepreßt. Jetzt blickte er sich unter den Männern um und sprach langsam, während er sich fest aufrichtete: »Es ist gut, Wendeland! In einer freien Gemeinde braucht's keine festen Häuser. Da ist keiner mehr als der andere. Sie haben mir die Arbeit erspart, mein Burghaus abzureißen.«

Die Bauern gerieten in Bewegung. »Das Euch?« rief Simon Neuffer zornig, und andere: »'s ist schändlich! Niederträchtig!« Der Kämmerer bat: »Wenn Ihr mir ein paar Männer mitgeben wollt, daß wir aufräumen können, gnädiger Herr.«

»Wozu aufräumen?« fragte dieser in seiner gewöhnlichen ruhigen Weise. »Wir haben genug anderes wegzuräumen und aufzubauen.« Er befahl Wendeland, mit ihm zu kommen, winkte den anderen mit der Hand einen Gruß zu und entfernte sich. Hinter ihm brachte Simon ein dreimaliges Hoch auf ihn aus. Er beachtete es nicht.

»Höre, Wendeland«, sprach er zu diesem, »Du mußt nach Rimpar hinüberreiten. Ich kann jetzt unmöglich von hier fort. Den Weg kannst du nicht verfehlen. Du brauchst nur das Pleichachtal hochzureiten. In einer Dreiviertelstunde bist du dort. Aber es eilt nicht. Ruhe dich erst ordentlich aus, die Unglücksbotschaft kommt immer früh genug. Du bist von Giebelstadt zu Fuß heruntergekommen, nicht?«

»Ach ja, gnädiger Herr, nicht ein Roßhaar haben uns die Schufte gelassen.«

»Du sollst ein Pferd haben. Ruh dich erst aus. In der Zeit schreibe ich.«

Dr. Eucharius Steimetz, der Pfarrer von Heidingsfeld, öffnete dienstbeflissen vor Florian Geyer die Tür von dessen Stube. Die Bauern hatten auch seinen Weinkeller nicht geschont. Fünfunddreißig Fuder hatten sie mitgenommen und ihm nur vier auf seine Bitten gelassen. Aber er war trotzdem ihr evangelischer Bruder, und die Bauernhauptleute taten ihm die Ehre an, daß er ihre Ausschreiben anfertigen durfte. Sie hegten ebensowenig wie Florian Geyer ein Mißtrauen gegen ihn. Florians feste, redliche Seele war überhaupt zu keinem Mißtrauen fähig. Und während Dr. Eucharius den ihm empfohlenen Kämmerer mit Speise und Trank erquickte und ihn in leutseliger Weise ausfragte, schrieb Florian Geyer an Frau Barbara. So schonend wie möglich teilte er ihr das Geschehnis mit, und wenn sie etwas zu trösten vermochte, so war es die erhabene Einfachheit in den Schlußworten: »Ist unser Verlust groß, so bedenke, liebe Frau, daß kein Opfer zu groß ist für die Freiheit, und küsse unseren Buben von Deinem Florian.«

Eine Abteilung der Schwarzen Schar zog mit einem Trommelschläger an der Spitze durch die Gassen von Würzburg. Auf allen Plätzen machte sie halt, die Trommel wurde gerührt, und der Rottenführer verlas vor dem zusammenlaufenden Volk mit weithin vernehmbarer Stimme einen Befehl der obersten Hauptleute und Räte der Bauern. Alle Unbotmäßigkeit auf den Gassen und jeder Auflauf wurde streng untersagt. Wer fortan sich unterstünde, die innere Ruhe zu stören und Meuterei unter den christlichen Brüdern anzuzetteln, der sollte an den Galgen gehängt werden. Es wurden auch sogleich deren drei auf dem Fischmarkt, dem Judenplatz und hinter dem Dom errichtet. Da sah man wohlhabende Bürger und selbst Geistliche mit Hand anlegen, während die Menge murrend dabeistand und die Gassenbuben und Lehrlinge gellend auf ihren Fingern pfiffen.

Diese Maßnahme war auf den Antrag Florian Geyers ergriffen worden, der ferner veranlaßte, daß etliche Fähnlein aus Heidingsfeld in die Stadt und in die Höfe der Dominikaner, die entflohen waren, verlegt wurden. Ihnen zur Seite gestellt wurde ein ehemaliger Augustinermönch namens Ambrosius, der ihnen täglich früh um vier Uhr im Dom eine Predigt über die Psalmen Davids hielt. Ein anderer Geistlicher sang ihnen deutsch die Messe. Der Kirchner des Doms mußte am frühen Morgen bei allen geistlichen Höfen umherlaufen und die Einlieger wecken. Bruder Ambrosius, dessen bürgerlicher Name Friedrich Süß lautete, war des Klosterwesens überdrüssig geworden, nachdem er in Schmalkalden die Tonsur erhalten und drei Jahre im Augustinerkloster in Würzburg gelebt hatte. Seitdem versah er in Waldmannshofen die Pfarre als Laienpriester und hatte sich eine Frau genommen. Obwohl in den Schriften der Alten und der Humanisten tüchtig beschlagen und ein Geistlicher, war er dennoch ein bescheidener Mann, verständigen Gemüts und der Lehre Karlstadts zugeneigt, der es verstand, zum Herzen zu reden.

Inzwischen war die Antwort der Besatzung vom Schloß herabgelangt und wurde in der Kapitelstube verlesen. Der Domprobst, Markgraf Friedrich, schrieb, daß er und die Besatzung des Frauenberges nach wie vor bereit wären, auf die zwölf Artikel zu schwören und in den evangelischen Bruderbund einzutreten. Das Schloß aber übergeben würden und könnten sie nicht, auch wenn man ihnen Gut und Leben zusichere.

»Hört, wie der Bischof sie in ihrem Trotz verstärkt hat«, rief die tiefe Stimme des langen Lienhart.

»Es ist die Sprache eines ehrlichen Mannes«, ergriff Götz das Wort und drängte wieder darauf, daß man das Angebot des Domprobstes annehme. Der Schwur auf die zwölf Artikel sei ebenso gut, als ob sie das Schloß zu eigenen Händen hätte ...

»Ei, Herr Götz, seid Ihr vom Feind der Pfaffen zu deren Freund geworden, daß Ihr ihrem Eid traut?« höhnte der Brettheimer Metzler.

»Und der Adel hält nicht mal gegenüber seinen Herren die beschworene Lehnspflicht, was haben wir geringen Leute von ihm zu erwarten?« sagte der Schreiner Hans Schnabel aus Bildhausen. »Unterhandeln und dann hinterrücks dreinschlagen! Hätt' sich der Helfensteiner uns gegenüber als ein Biedermann gezeigt, er lebte heute noch.«

»Und hier sind die Folgen der verruchten Mordtat«, rief Götz von Berlichingen und zog ein bedrucktes Blatt aus seinem Wams hervor.

»Tod und Teufel« fuhr der lange Lienhart mit funkelnden Augen auf. »Braucht das Wort noch mal, und ich stopf' es Euch mit meinem Schwert in die Fresse zurück!«

»Ruhe, laßt den Götz reden«, ermahnten die Pfarrer unter den Räten, und Götz, der den langen Lienhart wie verwundert angeblickt hatte, fuhr fort: »Die Folge ist, daß auch Luther, der es doch gut mit den Bauern gemeint hat, jetzt sich von ihnen abgewendet hat. Er ruft in diesem Blatt die Herren auf, wider die mörderischen und räuberischen Rotten der Bauern, wie er's überschreibt. Die Bauern hätten das Evangelium als Vorwand gebraucht und sich durch den Aufruhr rechtlos gemacht. ›Darumb‹, las er, ›soll sie zerschmeißen, würgen und stechen, heimlich und öffentlich, wer da kann, und gedenken, daß nichts Giftigeres, Schädlicheres, Teuflerisches sein kann denn ein aufrührerischer Mensch. Gleich wie man einen tollen Hund totschlagen muß!‹ Wenn die Obrigkeit sogleich zur Gewalt greifen wolle, so sei sie im vollen Recht. Diejenigen, die zaudern, machten sich selbst der Begünstigung schuldig. »Darumb«, so las Götz wieder, »darumb, liebe Herren, hört hie, rettet hie, helft hie, erbarmet euch der armen Leut, steche, schlage, würge sie, wer da kann. Bleibst du darüber tot, wohl dir, seligeren Tod kannst du nimmermehr überkommen. – Also laßt uns nicht noch mehr Öl ins Feuer gießen, nehmen wir die Bedingungen des Domprobstes an.«

»Im Gegenteil, ihr Brüder, da heißt's erst recht aufgemerkt«, bemerkte Hans Pezhold, der Schultheiß von Ochsenfurt, während Florian Geyer die Hand nach dem gedruckten Blatt ausstreckte. »Er hat viel Zeit gebraucht, um seinen Ärger über die Tat zu Weinsberg zum Sieden zu bringen«, äußerte er, und der Pfarrer Leonhard Denner, der ihm über die Schulter nach dem Datum geblickt hatte, setzte hinzu: »Vom 6. Mai! Wie ist mir denn, ist tags zuvor nicht Sachsens Kurfürst, der weise Friedrich, gestorben, der seinen mächtigen Schild über unseren Glauben hielt?«

»Und das Blut unserer Brüder, das der Helfenstein während dem Stillstand und der Truchseß Jörg an der Donau vergoß, gegen alles Kriegsrecht vergoß, galt das dem Luther nichts?« zischte Leonhard Metzler. »War's etwa Wasser?«

»Nix da, der Marienberg muß unser sein!« rief Jakob Köhl.

Götz blickte in lauter finstere und drohende Gesichter und erkannte zu spät, daß er sich in dem Mittel, die Bauern einzuschüchtern, vergriffen hatte. Der Pfarrer Bubenleben rief: »Schreibt dem Probst, daß er den Marienberg auf Gnade und Ungnade übergeben muß. Wir wollen keinen Vertrag.«

»Das Schloß muß zerrissen und zerschmissen werden, und das sag' ich, der Hans Kolbenschlag!« So rief der oberste Hauptmann des Tauberhaufens und schlug mit der Faust dröhnend auf seine breite Brust.

»Wie? Was? So lauteten Euere Anträge neulich nicht, Bubenleben«, hielt Götz mit feuerrotem Gesicht diesem entgegen.

Georg Metzler kam ihm zu Hilfe. »Es sind die Würzburger, die heut' aus ihm reden. Was, wollt ihr vor der Tauber es etwa nicht wahrhaben, daß der Bermeter, der Grünewald, der Leminger, der Wirzberger und wie sie alle heißen mögen, täglich in euer Lager gekommen sind und auch mit dem Köhl und dem Pezhold verhandelt haben? Wir kennen die Noten, nach denen ihr blast.«

»Und wir werden sie dir in die Ohren blasen, daß dir das Trommelfell platzt«, rief Jakob Köhl. »Die Würzburger sind unsere Brüder, und sie haben recht, wenn sie das Schloß zerstören wollen.«

»Aber so nehmt doch Vernunft an«, beschwor Götz die Widersacher. »Es wär' doch zum Erbarmen, wenn ihr einem Fürsten, der sich so hoch und viel erboten hat, nicht ein einziges Haus lassen wollt.«

Da erhoben viele ein Lachen, und von Florian Geyers Stirn schwand die dunkle Wolke des Nachdenkens, die sie bisher verhüllt hatte. Mannhaft ergriff er das Wort. »Um darin zu wohnen, braucht's nur ein Haus mit einer einzigen Tür. Der Bauer hat auch nicht mehr als eine. Ich begreif's, daß den Würzburgern der Marienberg ein Dorn im Auge ist. Sie haben unseren Freiheitsbund geschworen wie unzählige andere Gemeinden auch. Wohin aber kämen wir, wenn wir, um dem einen Bruder zu Willen zu sein, das Wohl der anderen aus den Augen verlören und das Gesamtwohl schädigten? Für unser aller Freiheit haben wir zum Schwert gegriffen, und sie muß unsere Richtschnur sein. Um wirklich frei zu werden, bleibt uns noch soviel zu tun übrig, daß wir die kostbare Zeit nicht mit der Belagerung des Marienberges verlieren dürfen. Rasch entschlossen müssen wir handeln, oder die Feinde kommen uns zuvor. Meine Sprache neulich hat die Gesandten nur gefügiger machen sollen, und in diesem Sinne habe ich auch die Anträge des Pfarrers von Mergentheim aufgefaßt. Daß es vergeblich war, hat uns die Antwort des Probstes gelehrt, die heut' verlesen wurde. Für mich geht aus dem Schreiben klar hervor, daß sie alles zu gewinnen hoffen, wenn sie Zeit gewinnen. Darum wollen sie uns hier festnageln. Unser großes Heer soll hier so gut wie müßig liegen, soll dem Kampf unserer Brüder um die Freiheit entzogen werden, um den Feinden das Spiel zu erleichtern, und wir tappen blindlings in die uns gestellte Falle. Wer im Kampf für die Freiheit auch nur einen Augenblick säumt, der ist schon halb besiegt. Vorwärts! muß unsere Losung sein. Vorwärts! Dran! Dran!«

Der lange Lienhart wiederholte mit seinem Baß den Schlachtruf der anstürmenden Landsknechte, und sämtliche Hauptleute fielen ein, indem sie an ihre Schwerter oder mit den Fäusten auf den Tisch schlugen.

»Also dran, stürmen wir den Marienberg«, rief der Pfarrer Bubenleben.

»Also vorwärts«, rief Florian Geyer ihm entgegen. »Vorwärts nach Bamberg, zwingen wir auch dort den Bischof, die zwölf Artikel anzunehmen, und verbrüdern wir uns mit Nürnberg, wie wir es bereits in Weinsberg beschlossen haben.«

»Und unterdessen wirft sich der Domprobst Friederich racheschnaubend auf die Stadt«, unterbrach ihn der Mergentheimer Pfarrer.

Florian Geyer ließ den Einwand zunächst unbeachtet. Er fuhr fort: »Diese Bewegung zwingt den Truchseß Jörg, seinen bluttriefenden Zug ins schwäbische Oberland aufzugeben. Wir, durch die Bamberger und Nürnberger verstärkt, schlagen ihn sicher. Unsere Brüder im Oberland, in Württemberg, am Rhein, im Schwarzwald, in Thüringen bekommen Luft und schöpfen frischen Mut. Die Macht des Schwäbischen Bundes ist gebrochen, bevor sie sich auswachsen konnte. Die Fürsten lähmt vollends der Schreck, denn jetzt kommt nach den Bischöfen die Reihe an sie. Der Marienberg fällt von selbst in unsere Hände, und die Würzburger mögen ihn dann meinetwegen zerreißen. Die Marienburg ist stark durch ihre Mauern, nicht durch ihre Besatzung. Um Würzburg vor ihrer Rache zu schützen, falls der Domprobst seinen Eid brechen sollte, genügt es vollkommen, wenn wir zu seiner Beobachtung einen Teil unseres Heeres zurücklassen. Aus allen diesen Gründen bin auch ich der Meinung, daß wir die Bedingungen des Domprobstes annehmen sollten. Wir müssen vorwärts.«

»Aber wir haben unseren Brüdern von Würzburg das Wort gegeben, daß wir den Frauenberg zerstören wollten«, wandte Jakob Köhl eigensinnig ein. »Sie lassen uns ohne dieses nicht weg.«

»Was macht es denn auch für einen Unterschied, ob wir ein bissel früher oder später nach Bamberg ziehen?« meinte der Pfarrer Bubenleben. »Stürmen wir geschwind erst das Schloß. Das wird auch dem Bamberger einen gar heilsamen Schrecken einjagen.«

»Ja, stürmen wir erst das Schloß«, fielen ihm die Taubertaler und Hauptleute des Frankengaues zu. »Dran, dran!«

Götz hieb mit seiner linken Eisenfaust zornig auf den Tisch, der lange Lienhart brach in ein grimmes Hohnlachen aus. Das Blut Florian Geyers durchbrach die Schleusen seiner Selbstbeherrschung, und er rief: »Ihr seid wie die Frauen. Immer kommen sie auf ihr erstes Wort zurück, auch wenn man ihnen stundenlang Vernunft predigt. Wenn ihr auch nur etwas vom Krieg verstündet, so würdet ihr den Vertrag nicht verhindern. Euch aber scheint mehr an der Gunst der Würzburger und an dem Schlemmerleben in diesem Capua zu liegen als an der evangelischen Freiheit. Wenn's recht zuginge, sollte kein Pfaffe in diesem Rat sitzen.«

Dagegen schrie der Pfarrer Bubenleben mit rotem Kopf: »Und ich sage dir, Bruder Geyer, man soll keinem Edelmann in diesen Sachen trauen. Wir ziehen nicht weg von hier, es sei denn zuvor ist das Schloß übergeben.«

»Freilich, du gewinnst's mit Singen und Beten«, versetzte Florian Geyer mit flammenden Augen. »Aber ich sage dir, Bubenleben, hätte ich deinen schwankenden Sinn und derer aus dem Taubertal und dem Frankengau anfänglich gekannt, bei Gott, ihr hättet meinetwegen alle erstochen werden können, bevor ich zu euch gekommen wäre. Solches ist des Teufels Bruderschaft, aber nicht dem Evangelium gemäß.«

Die Leidenschaften waren entfesselt, und beide Parteien tobten gegeneinander. Einige Hauptleute rissen sogar ihre Klingen aus den Scheiden. Der lange Lienhart dröhnte, man müsse den Dickschädeln über die Köpfe hauen, damit der Verstand hineinkönne. Götz haderte mit Köhl, der sich bisher seinem Einfluß nicht ungeneigt gezeigt hatte. Der hagere Pfarrer Denner fuhr in alle Gruppen, um Ruhe und Frieden zu stiften. Es traute ihm jedoch niemand. Florian Geyers Hitze verflog angesichts der Leidenschaft der Gegner. Die Arme über der breiten Brust gekreuzt, schaute er eine Weile stumm auf das Getümmel. Dann versuchte er, sich zu einer letzten Vorhaltung Gehör zu verschaffen. Sowie die Odenwälder, Rothenburger und Ansbacher an seiner straff sich aufrichtenden Gestalt merkten, daß er reden wollte, ließen sie vom Zank ab und riefen: »Ruhe, hört den Florian!«

»Brüder«, sprach er, »was uns bisher stark gemacht hat, war unsere Einigkeit gegenüber unseren Unterdrückern. Unsere Zwietracht beschert ihnen ein leichtes Spiel. Wollt ihr durchaus das Schloß stürmen, obwohl das nicht nötig ist, ei, wie denn? Wo ist die Bresche, durch die ihr eindringen könntet, oder wollt ihr die Mauern mit euren Köpfen einstoßen? Unsere Geschütze auf dem Klasberg sind zu schwach dazu, auch fehlt's uns an Pulver und Büchsensteinen. Die droben sind mit alledem gut versehen. Wenn ihr dennoch auf eurem Willen besteht, alle Vorteile drangebt, die uns ein schneller Weiterzug bringen würde, und die Feindseligkeiten eröffnet, Würzburg wäre ein Trümmerhaufen, ehe wir uns verschafft hätten, was uns fehlt.«

»Hört ihn, denn, bei Gott, er hat recht«, mahnte Götz eindringlich, und der lange Lienhart fügte hinzu: »Freilich hat er recht, denn er ist der einzige unter uns, der den Krieg versteht. Der Bruder Götz weiß das am besten!«

Auch Georg Metzler aus Ballenberg wollte reden. Jakob Köhl schnitt ihm jedoch das Wort ab und sagte: »Erst müssen wir schlüssig werden, ob wir das Anerbieten vom Domprobst Friedrich annehmen oder abweisen.«

»Abweisen! Abweisen!« riefen die Freunde der Würzburger, und so geschah es.

»Bruder Köhl«, höhnte der lange Lienhart, »dein Schwert ist wohl ein Hexenbesen, sonst wüßt' ich nicht, wie du ins Schloß gelangen willst.«

Florian Geyer kaute in herbem Verdruß an seinem Schnurrbart. Götz von Berlichingen kam zu ihm. Er hatte bisher eine Annäherung an den Ritter vermieden, dem er sich bei Möckmühl hatte ergeben müssen, zumal er wußte, daß Florian Geyer sich seinetwegen in Weinsberg von den Odenwäldern getrennt hatte. Jetzt reichte er diesem die gesunde Rechte und sagte: »Wie die Frösche wollen sie in dem Sumpf der Knechtschaft wieder untertauchen, aus dem sie eben die Köpfe erhoben haben. 's ist ihnen nicht anders wohl. Ich wasch' meine Hände in Unschuld.«

Herr Florian berührte seine Hand nur flüchtig. Für ihn war und blieb Götz der Ritter des Faustrechts. Wenn sie auch jetzt über die zu ergreifenden Maßregeln miteinander übereinstimmten, so blieb doch die Kluft zwischen ihnen bestehen. Florian Geyer war weiterhin gegen den Plan Wendel Hiplers. Es war neuer Wein in alte Schläuche gefüllt, und er mußte darin verderben. Hatte man die Macht, den Staat neu zu ordnen, und sollte derselbe ein Staat von Gemeinfreien werden, warum den Unterschied der Stände nicht von vornherein beseitigen und den Adel gleich abschaffen? Und nun war durch den eben gefaßten Beschluß diese Macht nach seiner Überzeugung bedenklich gefährdet! Aber er ließ seinen bitteren Verdruß nicht Herr über seinen Kopf werden. Auch jetzt war ihm die gemeinsame Sache wichtiger als sein Ich, und er antwortete daher: »Nein, Herr von Berlichingen, Ihr dürft es nicht gehen lassen, wie es will, jetzt erst recht nicht. Im Gegenteil, wir müssen doppelt aufpassen, daß der Teufel nicht das Spiel gewinnt.«

Götz wandte sich mit einem Kopfschütteln von ihm ab. Er begriff es nicht, daß der Mann, dem die Bauern die Burg verbrannt und den ihre Kurzsichtigkeit eben niedergestimmt hatte, ihre Sache nicht aufgeben wollte. Schon stand er im Begriff, die Kapitelstube zu verlassen, als er wieder Florian Geyers Stimme vernahm. Er blieb und horchte. Florian Geyer legte den Hauptleuten und Räten dar, daß sie stärkere Mittel als diejenigen, die sie besäßen, anwenden müßten, um den Marienberg einzunehmen, wenn ihnen der Beschluß, den sie soeben gefaßt hätten, nicht zum Unheil gedeihen sollte. Der Ausschuß der Stadt Rothenburg hätte der Bauernschaft zu Haltenbergstedten gelobt, ihr nach allem Vermögen beizustehen, wenn sie in Not geriete. Jetzt sei der Augenblick da, die Stadt an ihr Versprechen zu erinnern und schwere Geschütze, Pulver und Steine von ihr zu fordern.

Dieser Vorschlag fand allgemeine Zustimmung. »Aber spart das Papier«, bemerkte Leonhard Metzler. »Eine geschriebene Anfrage kriegt auch nur eine geschriebene Antwort. Auf Papier läßt sich alles schreiben, und ich kenne die Bürgerschaft von Rothenburg. Wenn Ihr was erreichen wollt, dann: Das Messer an die Kehle.«

»Gut, wir wollen einen Boten schicken«, sprach Köhl. »Doch nun zunächst die Antwort an den Domprobst! Wir wollen's ihm kurz und bündig schreiben, daß er das Schloß übergeben muß.«

Götz erbot sich, das Schreiben zu erstellen, und sie waren einverstanden. Nachmittags ritt Graf Georg von Wertheim mit demselben in Begleitung zweier Edelleute von Hochberg hinauf. Vor dem Schloß stieg er ab, ging allein bis an den lichten Zaun und rief hinein, daß er mit dem Adel verhandeln wolle. Sogleich kamen der Domprobst, Sebastian von Rotenhahn, Graf Wolf von Kastell, der Bruder des Bischofs, Eustachius von Thüngen und Silvester von Schaumburg zu ihm hinaus. Ritter und Chorherren füllten Kopf an Kopf die Mauer. Während Markgraf Friedrich, eine Erscheinung, der der Panzer angemessener als das Priesterkleid gewesen wäre, den Brief empfing und las, fragten die anderen den Grafen Wertheim, wie er denn zu den Bauern komme, daß er für sie unterhandeln wolle.

»Nun, Ihr Herren, ich stehe auf seiten der Bauern und bin der Besatzung Feind«, erwiderte er.

Da lachten jene: »Haben wir doch keinen Fehdebrief von dir gesehen.«

»Wie?« rief der Schwager des Grafen, Wolf von Kastell, und hielt sich den Bauch vor Lachen. »Du willst mein Feind sein, und ich soll deine Schwester gefreit haben, wie reimt sich das zusammen?«

Sie waren überhaupt sehr fröhlich, denn sie hatten von Bischof Konrad gute Nachricht erhalten. Von dem Schwäbischen Bund sei ihm mitgeteilt worden, wie der Aufstand in Oberschwaben teils bestraft, teils im Guten beendet worden sei und wie der Truchseß im Anzug auf Württemberg sei und dann auch der Pfalz, Mainz und Würzburg zu Hilfe kommen wolle. Sie möchten die Bauern nur noch eine kleine Weile durch Verhandlungen hinhalten. So hatte der Bischof ihnen aus Heidelberg geschrieben, und Georg von Wertheim mußte ihnen erst versichern, daß er keineswegs scherze, damit sie ihre Heiterkeit etwas dämpften.

»Nein, Ihr Herren«, beteuerte er, »wie der Henneberger und andere, so bin auch ich mit meiner Herrschaft ganz ernsthaft dem evangelischen Bund beigetreten. Mein Fähnlein ist im Bauernheer am vortrefflichsten gerüstet, und ich führe die besten Geschütze mit mir, wohlversehen mit Pulver und Steinen. Ihr tätet gut daran, das Schloß zu übergeben, denn dann will ich Euch Leib und Gut sichern. Die Bauern sind völlig des Teufels. Ihr habt ihr Ultimatum.«

Da erwiderte der Domprobst Friedrich: »Ein teurer Eid bindet uns, das Schloß mit Gefahr unseres Lebens zu verteidigen. Es kann nicht anders sein.« Eingedenk der ihm mitgeteilten Beobachtung, die der Dechant von Guttenberg in der Kapitelstube des Neumünsters gemacht hatte, fuhr er wie überlegend fort: »Dennoch soll es uns auf ein gutes Stück Geld nicht ankommen, wenn dieses die Bauern versöhnen und sie zum Abzug bewegen könnte.«

»Geld? Geld?« rief der Graf von Wertheim höchst überrascht.

Der Brandenburger nickte und fuhr leise fort, während seine Begleiter den Grafen enger umringten: »Das Licht und das Gold schlüpfen durch die kleinsten Ritzen. Ihr habt Euch mit dem Odenwälder Heer verbündet? Wohlan, auch Bischof Konrad soll unter Anerkennung der zwölf Artikel bis zur nächsten Reichsreformation in dessen Bund treten. Ich biete mich an, seinen Hauptleuten dreitausend Gulden und jedem Knecht einen halben Monatssold zu zahlen, wenn sie sich verpflichten, den Bischof, mich und die Besatzung gegen alle Feinde, die zu Heidingsfeld und anderwärts liegen, zu verteidigen, falls sie den Vertrag nicht gelten lassen wollen. Ihr sollt es schriftlich haben, wenn Ihr es verlanget, Graf von Wertheim.«

»Hm«, erwiderte dieser nach einigem Bedenken, »das Ding leuchtet mir ein. Es hat einen Stiel, bei dem man es wohl fassen könnte.« Er tauschte ein verständnisvolles Lächeln mit dem Domprobst aus und schloß dann: »Laßt's mich schwarz auf weiß haben.«

Friedrich von Brandenburg lud ihn zu diesem Zweck in das Schloß ein. Er lehnte es jedoch mit der Bemerkung ab, daß es Verdacht erwecken könnte. Er wollte draußen warten. Während nun in der Kanzlei der Geheimschreiber des Bischofs die Urkunde ausfertigte, zeigten sich die Zurückgebliebenen dem Grafen von Wertheim als gar traute Gesellen. Sie ließen ihn die Befestigungswerke in Augenschein nehmen, und Sebastian von Rotenhahn selbst erklärte ihm die Verstärkungen, die er vorgenommen hatte, wie er den Lusthain auf der Ostseite des Schlosses niedergerissen und in Verhaue verwandelt hätte, so daß die Geschütze nun frei die Stadt beschießen könnten, und wie auf der Schütt eine neue Schanze aufgeworfen und trefflich montiert worden sei. Silvester von Schaumburg scherzte, als er jüngst in Würzburg gewesen sei, hätte er die Herren Bauern höflich eingeladen, heraufzukommen. »Sie haben zwar gesunde Zähne, aber sie werden sie sich an dieser Kruste wohl ausbeißen«, fügte er lachend hinzu, und der Schwager des Grafen Wertheim äußerte: »Wie ich höre, haben sie in der Stadt drei Galgen errichtet, aber sie hängen niemanden daran. Sobald dieser Rummel beendet ist, und das wird bald geschehen, hängen wir sie an allen Bäumen.«

»Große Hoffnungen laufen auf kurzen Beinen«, wiegte der von Wertheim zweifelnd den Kopf. »Und du weißt, daß die Nürnberger keinen hängen, auch wenn sie ihn haben. Verdient haben sie es freilich und, bei meinem Schutzpatron, viel Schlimmeres noch!«

»Sie haben mir mein Bergschloß Stollberg und auch das Kastell, wohin meine Frau von dort mit den Kindern geflohen war, in Asche gelegt«, rief Graf Wolf mit finsterem Gesicht.

»Leider, ich weiß ja«, wollte ihn sein Schwager unterbrechen. Der aber fuhr fort: »Aber sie sollen's am lebendigen Leib spüren, wie Feuer brennt!«

Es mochte keiner mehr scherzen. Alle schwiegen mit verdüsterten Mienen.

Bald darauf brachte der Domprobst die Urkunde, und Georg von Wertheim ritt mit seinen zwei Begleitern nach Hochberg hinunter.

Im Bankettsaal aber, dessen Wände Meister Grünewald einst mit der Hochzeit zu Kana und anderen Darstellungen geschmückt hatte, entwickelte sich ein gewaltiges Gelage. Der Domprobst hatte des Bischofs Hofmeister von Rotenhahn bewogen, die goldenen Quellen im Schloßkeller zu erschließen, um die verheißungsvollen Nachrichten von Heidelberg und die soeben ausgestreute Saat der Zwietracht unter den Bauernheeren reichlich zu befruchten. Da saßen sie an den langen Tischen, Ritter und Chorherren in buntem Gemisch, und taten um die Wette tiefe Schlucke. Die Winzer im Weinberg des Herrn blieben hinter den Schwertmännern nicht zurück. Der wilde Zeisolf von Rosenberg aber machte allen den Efeukranz streitig, selbst den Domherren Hans von Lichtenstein, Martin von Wiesentau und Weiprecht von Grumbach, deren Gesichter wie ein feuriges Dreigestirn glühten. Der rote Zeisolf und der fette Junker von Finsterlohr waren keine Lehnsleute des Bischofs, aber sie waren beide auf den Marienberg gekommen, um mit den Bauern, denen sie zu Haltenbergstedten Frieden hatten geloben müssen, so schnell als möglich Abrechnung zu halten. Während der eine durch sein Trinken die Bewunderung der Tafelrunde erregte, verursachte Philipp von Finsterlohr deren wiehern-des Gelächter durch seine saftigen Zoten.

Einer aber berührte den Becher nur selten einmal, auch sprach er kein Wort. Hohlwangig, mit großen, nachdenklichen Augen saß er in seiner Barfüßerkutte unter den Zechenden. Das war der geschickte Feuerwerker, der weit und breit als Schwarzkünstler verrufen war. Auch des Domherrn Grumbach Vettern von Rimpar, Hans und Wilhelm, nahmen nur einen mäßigen Anteil an den Freuden des Bacchus. Da sie bei dem Bistum zu Lehen gingen, hatten sie sich auf dem Marienberg einfinden müssen. Sie hätten wohl gern das Beispiel des Grafen von Henneberg nachgeahmt, aber dazu war ihre Macht zu gering. Und Wilhelm von Grumbach mochte wohl die Hoffnung, die Hand Adelgundes von Thüngen zu gewinnen, noch nicht ganz aufgegeben haben. Schön war das Fräulein durchaus nicht, dafür die Tante des Bischofs. Dagegen hatte die Natur Wilhelm von Grumbach derart ausgestattet, daß er vor weiblichen Augen wohl bestehen konnte. Er war breit in den Schultern und schmal in den Hüften. Im Gesicht ähnelte er seiner Schwester Barbara, und sein Haar war rötlich blond wie das ihrige. Seine blauen Augen aber waren von einem stählernen Glanz, und als er sie beobachtend auf Adam von Thüngen richtete, der neben Zeisolf saß, blitzte es aus ihnen wie die Spitze eines Dolches. Sein Gesicht, dessen Oberlippe der erste Bart noch schwach beschattete, wandte sich dabei verbindlich seinem Nachbar zu, scheinbar dessen Worten lauschend, und es enthüllten sich seine blendend weißen, starken, aber spitzen Zähne.

In dem engen Verkehr, den das Zusammenleben auf dem Marienberg bedingte, war ihm die Hoffnung, mit Adam von Thüngen in ein verwandtschaftliches Verhältnis zu treten, mehr und mehr geschwunden. Die rauschenden Vergnügungen der Fastnacht hatten den Hochmut, der in Adams Charakter den schärfsten Zug bildete, etwas gedämpft. Jetzt machte er sich um so wichtiger, und er ließ es Wilhelm von Grumbach merken, daß er in ihm nur den nichts bedeutenden jüngeren Bruder eines Vasallen seines bischöflichen Vetters sah. Ja, er zeigte ihm geflissentlich die kalte Schulter, seitdem Wilhelm von Grumbach sich in den kriegerischen Übungen, mit denen man sich auf dem Schloß die Zeit vertrieb, sowohl im Lanzenwerfen nach dem Türkenkopf wie im Armbrustschießen als der unstreitig gewandtere und geschicktere von beiden erwiesen hatte. Wilhelm von Grumbach knirschte innerlich mit den Zähnen. Sein älterer Bruder Hans war von Natur aus wortkarg, und, gewöhnt, zu Hause bei jedem Wetter dem Waidwerk zu frönen, langweilte er sich in der Ruhe auf dem Marienberg sträflich. Plötzlich hob er den schweren Kopf von der Betrachtung des goldenen Blutes in seinem Becher lauschend auf. Sein feines Jägerohr vernahm durch den Lärm des Bacchanals die Worte: »... eitel Teufelswerk treiben sie, und vor allem ist's der Erzteufel, der zu Mühlhausen regiert und nichts als Raub, Mord und Blutvergießen anrichtet, wie denn Christus, Johannnes 8, von ihm sagt, daß er sei ein Mörder von Anbeginn.«

»Wer denn?« fragte Hans vom Grumbach seinen Nachbarn Matern von Westenberg, der sich aus innerer Hitze das Wams aufgenestelt hatte.

»Der Thomas Münzer, das Scheusal, ist gemeint«, schnaufte jener. »Aber hört, hört!«

Der Domdechant von Guttenberg hatte sich erhoben und las etwas vor. Es war Luthers wütende Schrift gegen die Bauern. Stiller und stiller wurde es im Saal, und selbst diejenigen lauschten, die sie bereits kannten. Der Domdechant konnte jedoch die Vorlesung nicht beenden, denn als er zu den Worten kam: »Solch wunderliche Zeiten sind jetzt, daß ein Fürst den Himmel mit Blutvergießen besser verdienen kann, denn andere mit Beten...«, da unterbrach ihn der Domherr von Wiesentau mit bereits schwerer Zunge: »Was Beten? Der Kerl ist selbst ein verfluchter Ketzer und hat den ganzen Rummel angefangen.«

»Wir werden ihn schon zerschmeißen, würgen und stechen, daß es eine Art hat«, rief Graf Wolf von Kastell. »Dazu braucht er uns nicht erst aufzuhetzen.«

»Vernehmt noch, was für eine Belohnung uns der meineidige Mönch dafür verheißt«, überbot der Domdechant die lärmenden Zurufe und verlas den Schluß der Schrift: »Bleibst du darüber tot, wohl dir, seligeren Tod kannst du nimmer überkommen. Denn du stirbst im Gehorsam göttlichen Worts und Befehls und im Dienst der Liebe, deinen Nächsten zu retten aus der Hölle und des Teufels Banden.«

»Meinen Hals zum Pfand, daß der stinkende Ketzer sich damit bloß den Rücken hat decken wollen, wenn der Schwäbische Bund ihn irgendwann als Hauptverursacher des Aufruhrs an die Ohren kriegen sollte.« So lautete die Weisheit Kaspars von Reinstein.

Der Domprobst nahm Luther gegen diese Unterstellung in Schutz. »Nein, furchtsam ist er nicht«, äußerte er. Er versucht's halt mit allen Parteien, die ihm dienlich sein könnten. So zuerst mit dem Franz von Sickingen und Hutten, dann mit den Bauern, und jetzt sind wir an der Reihe, nachdem der Kurfürst Friedrich von Sachsen das Zeitliche gesegnet hat.«

»Der das Haupt aller Ketzer war«, warf der Bruder des Bischofs, Eustachius von Thüngen, giftig ein.

»Wir sollen für ihn die Reformation durchdrücken und ihm die Ehre lassen«, fügte der Domprobst noch hinzu.

»Kutte bleibt Kutte«, rief Zeisolf mit seiner üblichen Rücksichtslosigkeit. »Gönnen wir ihm den Knochen, uns das Fleisch.«

»Auf denn zum fröhlichen Jagen«, fiel sein Freund ein.

»Zum Teufel mit der Hasenjagd, ich pirsch' auf anderes Wild«, rief Wolf von Kastell verächtlich.

»Auf die Rädelsführer, hussa!« schrie Adam von Thüngen.

»Vor allem diejenigen, die ein Schandfleck ihrer Geburt und unseres Standes sind«, ergänzte der Graf von Kastell.

Adam von Thüngen richtete seine hochmütigen Augen herausfordernd auf Wilhelm von Grumbach und rief: »Den höchsten Galgen für Florian Geyer!«

»Hussa! Hussa!« fielen fast alle ein, und Philipp von Finsterlohr ahmte das Geheul der Meute nach.

»Seid ihr denn schon alle besoffen?« rief Hans von Grumbach, von Wein und Zorn rot, schleuderte seinen Becher zu Boden und trat mit dem Fuß darauf.

Sein jüngerer Bruder brachte für den Gatten seiner Schwester kein Wort vor. Unbewegt saß er in dem wüsten Lärm, dem Blick Adams mit einem Lächeln standhaltend, bei dem seine spitzen Wolfszähne blinkten. Die schlanken Finger seiner Rechten umspannten langsam den Dolchgriff.

Plötzlich rief jemand: »Hört, es donnert!«

Nur der Barfüßermönch schien es gehört zu haben, und er verließ den Saal, während die anderen zu den Fenstern eilten. Es war aber von einer Wetterwolke nichts am Himmel wahrzunehmen, und man kehrte zu den Bechern zurück. Der wilde Zeisolf forderte Adam von Thüngen auf eine Kanne heraus, die etwa drei Maß enthalten mochte. Während das Duell ausgefochten wurde, an dem sich viele durch Wetten und den gleichen Tiefttrunk beteiligten, kehrte der Barfüßer zurück.

»Da ist der Blitz«, sagte er trocken und ließ eine eiserne Kugel vor dem Domprobst auf den Tisch fallen. »Eine Feldschlange vom Klasberg hat ihn ausgespuckt. Ein paar Dachziegel sind zerschlagen, weiter nichts.«

»Und du sollst der Schlange den Kopf zertreten«, lallte der Domherr von Lichtenstein, ließ das weinschwere Haupt auf die Brust sinken und begann zu schnarchen.

Die Ritter und Junker betrachteten neugierig die Kugel und wogen sie in den Händen. Silvester von Schaumburg warf sie in die Höhe und fing sie wieder auf. »Und mit solchen Kinderbällen wollen sie das Schloß einwerfen«, spottete er.

Simon Neuffer hatte die Feldschlange ausgerichtet und abgefeuert. Es war ein Probeschuß. Florian Geyer übte auf dem Nikolausberg eine aus seinen Schwarzen erlesene Mannschaft in der Bedienung und im Richten der Geschütze, und er machte damit weiter, bis es dunkel wurde. Die Zeit drängte, denn er war noch am Vormittag zum Gesandten an Rothenburg gewählt worden, und ihm war in gleicher Eigenschaft der Schultheiß von Ochsenfurt, Hans Pezold, zur Seite gestellt worden, um die Stadt endgültig in den evangelischen Bund zu bringen und schweres Geschütz und Munition zu fordern. Der Pfarrer Denner als Schreiber, der lange Lienhart und Sebastian Raab aus Gebsattel, ein Steinmetz, waren zu ihren Begleitern erkoren worden, alle Gegner eines längeren Aufenthalts vor dem Marienberg. Die Wahl der obersten Hauptleute und Räte war daher eine sehr kluge, auch wenn sie nur die schleunigste Ausführung des Auftrages bezweckte.

Noch dampften am nächsten Morgen die Nebel über dem breit dahinfließenden Main und verschleierten leise das junge Grün der Rebenufer, als die Gesandtschaft von Heidingsfeld aufbrach und die Steigung hinanritt. Zu ihrer Rechten schaute sie auf das Wipfelmeer des weit sich hinstreckenden Guttenberger Waldes, durch den sich der Weg von Würzburg nach Lauda an der Tauber wand. Die Wintersaaten auf der Hochebene standen vorzüglich, mit dem Sommergetreide sah es schlecht aus. Die Felder waren spärlich und spät bestellt worden. Es fehlte an Händen. Statt des Pfluges führten sie das Schwert. Hier und dort wurde das Versäumte von Beurlaubten nachgeholt. Als sich die Sonne über den bewaldeten Kuppen der Hochebene erhob, lag das Dorf Giebelstadt vor den Reitern. Das feste Haus der Zobel war unversehrt. Denn Fritz Zobel hatte nicht versäumt, sich von Jakob Köhl in Ochsenfurt einen Sicherheitsschein zu erwirken. Die Unterhaltung der Reiter verstummte. Die Dorfgasse, durch die sie ritten, war wie ausgestorben.

Und jetzt hielt Florian Geyer seinen Rappen an. Seine ernsten Augen hafteten auf dem Ort, wo seine Wiege gestanden hatte, auf der verwüsteten Stätte seines jungen ehelichen Glückes. Dachlos standen die vom Rauch geschwärzten Türme da, von denen einer geborsten war. Von dem Wohnhaus ragten noch ein paar verkohlte Dachsparren in die sonnige Luft. Von den zerhauenen Torflügeln lag der eine am Boden, der andere hing noch schief in der Angel. Hellebarden und Kugeln hatten das Wappenschild über dem Tor verstümmelt, und durch dieses blickte das Auge im Hof auf Schutt und Trümmer.

Die Begleiter Florian Geyers hatten wie er ihre Rosse gezügelt. In schweigender Anteilnahme ruhten ihre Augen auf ihm. Der Pfarrer Denner glaubte ihn trösten zu müssen, und er sprach wie Elias zu

Hiob: »Siehe, selig ist der Mensch, den Gott strafet, darum weigere dich der Züchtigung des Allmächtigen nicht. Denn er verletzt und verbindet, er zerschmeißt und seine Hand heilet. Aus sechs Trübsalen wird er dich erretten, und in der siebenten wird dich kein Übel rühren.«

Florian wandte sich langsam zu ihm und erwiderte: »Du irrst, Pfarrer, ich hadere nicht. Mein festes Haus mußte fallen, wie alle Burgen fallen müssen, damit der Bauer sein Haupt erheben und die Frucht seines Fleißes selbst genießen kann. Die Ruinen aber werden ihn an die überwundene Knechtschaft erinnern und noch seine spätesten Nachkommen lehren, wie wir zur Wehr zu greifen, wenn die Tyrannei versuchen sollte, ihm wieder den Fuß auf den Nacken zu setzen.«

Damit schlug er einen scharfen Trab an, und die anderen folgten seinem Beispiel. Eine dicke Staubwolke wirbelte hinter ihnen auf.

Drittes Kapitel

Auf dem Hauptmarkt von Rothenburg hatte sich eine große Menge von Bürgern und Bauern versammelt, und aus den Fenstern ringsum schauten Menschen heraus. Es war am Morgen des Sonntags Cantate, dem 14. Mai, und sonntäglich hatten die Menschen sich herausgeputzt, insbesondere die Frauen und Fräulein an den offenen Fenstern. Sonntäglich war auch die Stimmung, und vor allem die zahlreichen Handwerksknechte gewährten ihrem derben Humor freies Feld, unter ihnen Kaspar Etschlich. Die Menge erwartete ein Schauspiel. Die Gesandtschaft des fränkischen Heeres, die bereits am Tag vorher ihre Beglaubigungsschreiben samt den Artikeln überreicht hatte, sollte vor Rat und Ausschuß erscheinen, um auf ihre Forderungen Bescheid zu erhalten. Der Rat seinerseits hatte Florian Geyer und dem Schultheißen Pezold in dem bescheidenen Gasthof auf der Würzburger Gasse, wo sie abgestiegen waren und mit ihren Begleitern auf der Stadt Kosten verpflegt wurden, als Ehrengeschenk je ein Meßgewand von schwerem Samt mit einem silbernen Christus daran überreichen lassen. Auch hatte er Boten in alle Dörfer des Gebiets geschickt, damit die Gemeinderäte ein oder zwei Mitglieder für diesen Sonntag nach Rothenburg abordneten. Die Gesandten hörten erst noch in St. Jakob die Predigt des Dr. Deutschlin.

Die schärfsten Späße, mit denen Kaspar Etschlich seine Freunde unterhielt, kritisierten die patrizischen Fräulein und insbesondere die schöne Gabriele und Sabine, die an einem Fenster im Hause Konrad Eberhards sichtbar waren. Sabine von Muslor betrachtete das Treiben auf dem Marktplatz weniger teilnahmslos, als es gewöhnlich ihre Art war. Ihre Vermählung mit dem obersten Stadthauptmann Albrecht von Adelsheim war wegen der unruhigen Zeiten aufgeschoben worden, und sie ließ sich die spöttelnde Bemerkung ihrer Freundin gefallen, daß die Verzögerung ihr willkommen wäre wie die Sommerferien, als sie beide noch Klosterschülerinnen gewesen waren. »Da kommt der Ritter von Menzingen«, äußerte Sabine. »Was er für einen stolzen Gang hat! Und wie biedermännisch er auf die Grüße dankt!«

Die schöne Gabriele verzog die weiche Wellenlinie ihres dunkelroten Mundes verächtlich. Ihre feindselige Gesinnung gegen alles, was den Namen Menzingen trug, hatte sich noch höher gesteigert, seitdem die Boten des Ausschusses durch ihre Fürsprache den wilden Zeisolf aus den Händen der Bauern gerettet hatten. Und diese Gesinnung teilten Erasmus von Muslor und ihr Vormund von ganzem Herzen und liehen darum den Ratschlägen ihres feinen Kopfes ein williges Ohr. Wenn die Leidenschaft den Verstand der Männer verwirrt, so schärft sie den der Frauen.

Konrad Eberhard, der hinter den beiden Mädchen stand, beugte sich über deren Köpfe vor und äußerte, von Menzingen mit den Blikken verfolgend: »Der echte Volksverführer! Wie ich höre, ist er gleich nach Ankunft der Gesandtschaft zu ihr in die Herberge gegangen und hat lange mit ihr verhandelt. Und der Rat wird in den sauren Apfel beißen müssen. Denn es gab keine Hilfe, wohin er sich auch gewendet hat, weder bei Nürnberg, noch bei dem Markgrafen, noch bei dem Schwäbischen Bund.«

»Noch bei ihm selbst, damit hättet Ihr beginnen sollen«, ergänzte Gabriele, während sie die feine, leicht gebogene Nase geringschätzig krauste. »Oh, wir wissen ja, daß die Herren nicht müßig gewesen sind mit Beraten, wie in der Ratsstube, so in der Trinkstube, daß sie Beschlüsse gefaßt haben von früh bis spät, aber ausgeführt worden ist keiner.«

»Weil sie halt unausführbar waren«, erklärte der ehemalige Zweite Bürgermeister.

»Nicht alle«, wandte sein Mündel ein. »Als zu Anfang voriger Woche uns der wüste Bauernhaufen von der Tauber einen Besuch abstattete und zugleich ein anderer aus unserem eigenen Landgebiet vor dem Spitaltor stand, da wußte der Rat den Umstand gar klug zu nutzen, nachdem er den einen aus der Stadt geschafft und den anderen zum Abzug bewogen hatte. Ihr wißt, wie er die Bürgerschaft zu den Waffen rief, um den Aufruhr in der Stadt zu steuern, und wie er alles geistliche Hab, Gut und Besitztum für die Stadt beschlagnahmte, um es vor Plünderung und Verzettelung zu behüten.«

»Wofür dem Jörg Bermeter alle nachfolgenden Bürgermeister dankbar sein werden«, warf Herr Konrad ein, und Gabriele fuhr fort: »Warum benutzte er nicht gleich die Macht, um die Hauptverursacher zu ergreifen und in den Turm zu werfen? Ihr würdet's gewagt haben, und es war nicht einmal ein besonders großes Wagstück. Denn die Angst vor den Bauern steckt allen, die irgend etwas zu verlieren haben, in den Gliedern und treibt sie unter die Flügel des Rats wie die Küken unter die der Henne, wenn sich ein Habicht in der Luft zeigt.«

»Und so ist's noch«, stimmte ihr der Vormund mit einem bösen lautlosen Lachen zu. »Und wegen der Angst vor den Bauern hat der Menzingen keinen Erfolg. Denn diese werden ihm zuliebe nicht den Rat stürzen, wenn er auf ihre Forderungen eingeht.«

»Ein Bündnis mit den Bauern, das wäre die Krone der Schmach«, rief Gabriele mit flammendem Gesicht.

»Bündnisse werden nur geschlossen, um gebrochen zu werden«, sagte Konrad Eberhard leise. Laut fuhr er fort: »Ich kann mir nicht vorstellen, daß der Geyer von Geyersberg es aus anderen Gründen mit den Bauern hält, als deshalb, weil er ehrgeizig ist. Das ist kein starkes Band und könnte jetzt um so leichter zu zerreißen sein, als ich hörte, daß derselbe Bauernhaufen, der uns heimsuchte, ihm auf dem Rückweg nach Würzburg seine Burg Giebelstadt zerstört habe.«

»Oh, ist das aber schändlich«, empörte sich Sabine, und Gabriele lachte spöttisch.

Das harmonische Geläute von St. Jakob klang in ihr Lachen hinein. Die Menschen drängten zum oberen Ende des Marktes, und nicht lange, so erschienen die bäuerlichen Gesandten zwischen der Trinkstube und dem Rathaus. Sie trugen alle ihre Brustharnische, das Schwert an der Seite, und die Morgensonne spiegelte sich in den Eisenhüten. Selbst der Pfarrer Denner hatte den Panzer über den Chorrock geschnallt. Pezolds Brust zierte die goldene Kette des Schultheißen von Ochsenfurt. Jubelnde Zurufe begrüßten und begleiteten sie zum Rathaus. Viele reichten dem Pfarrer und dem langen Lienhart, die in der Stadt allgemein bekannt waren, die Hände. Aus den Fenstern der Patrizierhäuser aber begrüßten weder Zurufe noch wehende Tüchlein oder gar Blumen die in rauher Schlichtheit und mit ernsten Mienen einherschreitenden Boten der Bauernschaft. Es war aber hauptsächlich Florian Geyer, den neugierig alle Blicke verfolgten, so auch die Sabines und ihrer Freundin. Jene beugte sich unwillkürlich immer weiter über die Fensterbrüstung vor, und ihre blauen Augen begannen zu glänzen, während die Stirn der schönen Gabriele sich mehr und mehr verfinsterte. »Welch ein schöner Mann!« flüsterte Sabine, und es klang wie ein Seufzer von ihren halbgeöffneten Lippen, als der Gegenstand ihrer Bewunderung im Portal des Rathauses verschwand. Erst jetzt sah sie ihre Freundin an und war betroffen über deren bewölkte Stirn und die Starrheit ihrer auf das Rathaus gerichteten Augen. »Aber Gabriele, wie kannst du nur?« fragte sie vorwurfsvoll. »Was ist?« fuhr jene auf. »Ha, so, du bist zum Feind übergelaufen und schmachtest zu seinen Füßen.« Mit einem scharfen Lachen warf sie sich auf ihren Stuhl gegen die Lehne zurück.

»Ich wüßte keinen, der sich mit ihm vergleichen könnte«, antwortete Sabine, während sie ein wenig rot wurde. »Der muß jedem Mädchen gefallen. Welche stolz gebietende Männlichkeit!« Sinnend schaute sie in die Weite und bemerkte nicht, daß Gabriele sie mit fast drohenden Augen beobachtete. »Du bist närrisch geworden«, sagte Gabriele kalt.

Unterdessen waren die Abgesandten der Bauernschaft vor Räte und Ausschuß getreten, die in dem großen länglichen Saal versammelt waren, in dem vor noch nicht drei Wochen die neugewählten Körperschaften den Amtseid geleistet hatten. Die Ratsherren trugen alle die lange schwarze Amtsrobe und das flache schwarze Barett. Georg Bermeter, der Bürgermeister, nahm den erhöhten Steinsitz ein. Auf den um eine Stufe niedrigeren Schöffenbänken zu beiden Seiten hatten die dreizehn Mitglieder des Inneren Rates Platz genommen, vor den steinernen Schranken auf Eichenbänken an den Wänden entlang rechts der Äußere Rat, links der Ausschuß. Für die Gesandten standen innerhalb der Schranken Stühle mit hohen Lehnen bereit.

Florian Geyer begrüßte die Versammlung mit ritterlichem Anstand und begann von der Bedeutung des zu schließenden Bündnisses zu reden. Er sprach schlicht und klar, aber mit großem Ernst und Nachdruck.

»Als Freunde und christliche Brüder vereinigen wir uns«, so sprach er, »für einen Vertrag, der vor allen Dingen zur Absicht hat, daß das göttliche Wort, das heilige Evangelium, frei, lauter, klar, ohne menschlichen Zusatz gepredigt und erhalten werde. Es darf nicht gestattet werden, daß seine Feinde dasselbe fernerhin unterdrücken! Denn nur so wird auch der einfache Mann zur rechten Erkenntnis desselben kommen. Der arme, gemeine Mann ist aber seit langer Zeit mit ungewöhnlichen, unziemlichen Diensten, Fronen, Lasten und Beschwerden überhäuft worden, wie ihr am besten wissen werdet. Damit aber auch der Arme sein Brot erwerbe und nicht an den Bettelstab gewiesen werde, so ist es der Wille unserer Bruderschaft, daß bis zum Ausgang der Sachen denselben niemand zu bedrängen wage. Nicht Zins, Gült, Rente, Handlohn, Hauptrecht, Zehnter oder dergleichen werden gegeben bis zur Reformation durch das Evangelium. Was dieses umstößt, soll umgestoßen bleiben, was dieses aufrichtet, soll aufgerichtet bleiben. Wir haben dieses wohlüberlegt beschlossen, damit die Sache desto eher zum Ausgang kommen möge.«

Da brauste es auf durch den Saal. Auf den Bänken des Ausschusses ertönte Beifall, auf denen der Räte Seufzen, Murren, Widerspruch. Florian Geyer erhob seine Stimme und erklärte, daß es keineswegs die Absicht der Bauernschaft sei, die Bürden des Volkes ganz aufzuheben. Es sollten sich vielmehr in jeder Stadt Rat, Ausschuß und Gemeinde über das, was zur Erhaltung der Stadt notwendig sei, verständigen und so viel als Steuer festsetzen. Auch wolle die Bruderschaft nicht, daß die Obrigkeit einer Stadt ihres Amtes, das sie bisher mit dem Willen der Gemeinde ausübte, enthoben werde. Es solle ihr vielmehr gehorcht werden, und wer dagegen handle und sich auflehne, der werde nach den Maßgaben der Hauptleute des hellen Haufens scharf gestraft werden. Wenn aber eine ganze Gemeinde gegen ihren Rat Aufruhr erhöbe, so werde es ihm an der Hilfe der verbündeten Bauernschaft nicht mangeln.

Er schloß: »Die Güter der Geistlichen dürfen nicht mutwillig zerstört werden, sondern man soll einige redliche Männer bestimmen, die sie unter der Aufsicht des Rates und der Gemeinde einziehen und verwahren, so vorteilhaft wie es nur sein kann, und zwar zum Nutzen der ganzen Bruderschaft. Doch bedenkt, daß auch die Geistlichen Christenmenschen sind. Es ist unrecht, sie mit schnöden Worten und unbilligen Handlungen zu kränken. Ihr dürft sie nicht ganz an den Bettelstab bringen, sondern müßt ihnen so viel zuteilen, wie zur Leibesnahrung gehört.«

Bürgermeister und Räte steckten in einer argen Klemme. Da sie kein Handwerk betrieben, sondern auf ihre Einkünfte aus ihren Gütern angewiesen waren: wovon sollten sie leben, wenn keine Gülten, Zehnten und Rentenbriefe mehr bezahlt würden? Sich gegen das Bündnis mit dem fränkischen Heer zu wehren, fühlten sie sich zu ohnmächtig. Wohin sie auch die Blicke wendeten, es sprang für sie nur das eine Gute aus der Bruderschaft heraus, nämlich, daß dieselbe, wie Florian Geyer versprochen hatte, Menzingen und dessen Partei daran hindern würde, ihre Macht zu stürzen. Vor dem Schwäbischen Bund, dessen Mitglied die Stadt war, konnte man sich wohl durch den Zwang der Notwendigkeit rechtfertigen.

Der Schultheiß Pezold kam ihnen zu Hilfe: Es stehe nicht in der Macht der Gesandten, den Artikel über die einstweilige Aufhebung der Zehnten und Zinsen zu verändern, erklärte er und bat sie, ihn nicht zu schwer zu nehmen. »Denn es läßt sich voraussehen«, fuhr er fort, »daß die Sache bald verglichen wird. Nicht deswegen haben wir den Aufruhr begonnen, daß gar keine Gült oder Rente mehr bezahlt werde, sondern daß man sich nach der Billigkeit darüber vergleiche. Alles zu verweigern wäre nicht christlich. Wir ersuchen Euch, drei oder vier aus Eurer Mitte zu uns zu senden, damit sie in unserem Rat eine Stimme haben. Das würde Eure Sachen fördern. Sollte sich der Krieg in die Länge ziehen, werden die Hauptleute und Räte ein Mittel finden, die harte Sache zu mildern. Auch andere Herrschaften und Herren vom Adel, für die es sehr hart war, haben sich gefügt. Wenn wir eigenmächtig etwas ändern, würde man uns bei der Rückkehr im Lager die Köpfe abhauen.« Einen letzten Trost gewährte er ihnen durch die Beteuerung, daß sie mit dem wegen der Weinsberger Tat gefürchteten Haufen der Odenwälder und Neckartaler nur soweit verbündet würden, als sie, die Franken, es wären.

Darauf ergaben sich Bürgermeister und Rat schweren Herzens und nahmen samt dem Ausschuß durch Abstimmung die Artikel der Bauernschaft an. Auch die beiden Geschütze mit Zubehör, welche die Gesandten verlangten, wurden bewilligt. Zum Schluß beantragte Florian Geyer, einen Tag anzuberaumen, an dem Rat, Ausschuß und Gemeinde die Pflicht der Bruderschaft den verbündeten Bauern schwören und dagegen die Gesandten in deren Namen den Eid der Treue ablegen sollten. Es wurde dazu der nächste Morgen angesetzt.

Die Wahl der städtischen Vertreter ging nicht glatt vonstatten. Denn in der Befürchtung, als Sündenbock dienen zu müssen, wenn die Sache schiefging, wollte keiner die Wahl annehmen. Der eine entschuldigte sich mit der nahen Niederkunft seiner Frau, ein anderer, weil er als Junggeselle zu solchen Dingen nichts nütze sei. Die Anhänger der alten Partei erklärten, daß sie sich lieber in den tiefsten Turm werfen lassen wollten. Stephan von Menzingen lehnte die Wahl ab, weil er argwöhnte, daß man ihn auf diese Weise aus der Stadt entfernen wollte, was er allerdings nicht verlautbaren ließ. Nur der Altbürgermeister Ehrenfried Kumpf, stets um das Wohl seiner Vaterstadt redlich bemüht, nahm die Wahl an, obwohl auch seine Gattin ihrer Entbindung demnächst entgegensah. Er verlangte jedoch ausdrücklich einen Gefährten vom Rat, und so wurde ihm der junge Spelt beigegeben. Man ließ es bei diesen beiden Vertretern der Stadt sein Bewenden haben.

Georg Bermeter befahl jetzt, die Boten der Landgemeinden, die schon lange auf dem Flur warteten, in den Saal zu rufen. Es waren durchweg ältere und schon betagte Männer, unter ihnen der Dorfmeister Wendel Haim und Jörg Buchwalder aus Ottenhofen. Die Jugend war bei den Fahnen. Florian Geyer stieg auf eine Bank, und wie vorhin zu den Bürgern, so sprach er jetzt, nur noch verständlicher und eindringlicher, zu den Bauern von den einzelnen Bedingungen des Vertrages, nachdem er ihnen den Bund mit der Stadt angekündigt hatte, und ermahnte sie, dem zu gehorchen, was Rat und Gemeinde zur Handhabung des Rechts, des Friedens und des allgemeinen Besten beschließen würde. Er riet ihnen, in allen Dörfern und Weilern Hauptleute zur Aufrechterhaltung der Ruhe zu wählen, und empfahl ihnen, durch die Flurwächter streng achtgeben zu lassen, daß an Äckern, Wiesen, Weiden und Wäldern kein Schaden geschähe.

Die Bauern hörten mit gespannten Blicken in lautloser Stille zu, und es war aus ihren Mienen nicht zu entnehmen, welchen Eindruck die Rede auf sie machte. Sie blieben auch stumm, nachdem Herr Florian von der Bank gestiegen war. Als nun der Bürgermeister sie aufforderte, sich zu äußern, wenn sie etwas zu bemerken hätten, da richteten sich wie auf Verabredung alle Augen auf Jörg Buchwalder, der der Älteste von ihnen war. Dieser räusperte sich, strich sich langsam rückwärts über das graue Haar und sagte, seine etwas gebeugte Gestalt aufrichtend: »Ehrsame, günstige, liebe Herren! Es ist halt so, daß uns der Bund mit unseren fränkischen Brüdern gut ansteht. Und wir trösten uns damit, daß sie und unsere eigenen Brüder und Söhne die Wehr, zu der sie um unser aller großen Not willen gegriffen haben, nicht eher aus der Hand legen werden, als bis alles zwischen uns und den Herren geschlichtet und geordnet worden ist nach der Gerechtigkeit.« Dazu nickten die anderen ernst und bedächtig, und Georg von Bermeter entließ sie mit dem Gebot, am anderen Morgen fünfhundert bis sechshundert Mann in Harnisch und Wehr zu Gattenhofen an der Straße nach Würzburg zu stellen, um die Geschütze der Stadt zu begleiten.

So ungeschickt und vorsichtig auftretend, wie sie in den Saal gekommen waren, entfernten sie sich. Sebastian Raab und der lange Lienhart folgten ihnen, um ihren Bekannten die Hand zu drücken. Vor dem Rathaus trafen sie mit Buchwalder und Wendel Haim zusammen, auf den Kaspar Etschlich gewartet hatte. Hans Kretzer kam dazu und lud sie alle zu einem Trunk in seinen ›Roten Hahn‹ ein. Die beiden Bauern entschuldigten sich, sie müßten ohne Verzug nach Hause, um die Geleitmannschaft für die Geschütze zu bestimmen. Kaspar, dem der lange Lienhart fast den Arm aus dem Gelenk schüttelte, horchte auf. Er wollte Haim nach Ohrenbach begleiten und lehnte den Trunk deshalb ebenfalls ab. »Nix da«, widersprach der lange Lienhart. »Solch ein Unkräutlein wie du muß rechtschaffen begossen werden, damit es ein ordentliches Wachstum kriegt.«

Kaspar maß ihn mit blinzelnden Augen von Kopf bis Fuß und versetzte trocken: »Man merkt's an dir, daß es hilft.«

»Gott erhalte dir dein schlagfertiges Maul, Brüderlein«, lachte der riesige Kriegsgeselle und faßte Kaspar unter den Arm, um ihn mit sich zu ziehen. Der Tuchscherer aber sträubte sich. Der andere ließ ihn fahren, während er mit einem schlauen Gesicht rief: »Ist das ein Kerl! Es brennt, und er will nicht löschen. – Nun, dann grüß die Leute vom Simon von ihm. Seine Haut ist noch so heil, wie er sie von zu Haus mitgebracht hat. Und dem Maidlein sag, daß uns diesmal der Rosenberg nicht entwischen soll. Wir haben ihn fest auf dem Marienberg.«

»Aber Ihr habt den Marienberg nicht«, spottete Kaspar und entfernte sich mit Wendel Haim, wandte sich jedoch noch einmal um und rief: »Ich seh' dich noch, bevor du abreist.«

Ja, das Feuer brannte immer noch in seinem Herzen. Allein wohl tat es ihm nicht. Sooft er auch sonntags nach Ohrenbach gewandert war, so hatte er doch bisher aus dem Verhalten seiner hübschen Base kein Anzeichen erkennen können, daß sie ihm anders als schwesterlich zugetan sei. Sie hatte ihn gern, wie auch der Oheim, die Bäuerin und ihre Kinder über seine Besuche sich freuten. Er war ja immer so lustig – um seine unerwiderte Liebe zu verbergen. Er begann sich nachgerade töricht vorzukommen, daß er immer wieder nach Ohrenbach lief, wo auf ihn nichts als Schmerzen warteten. Er wollte ein Ende machen, zumal Käthe weder seines noch überhaupt eines Schutzes mehr bedurfte, weshalb auch ihr Bruder Andreas auf seine Pfarre zurückgekehrt war und nur noch dann und wann zu einer Predigt nach Ohrenbach kam. Im äußersten Notfall wäre ihr Konz Hart schneller zur Hilfe geeilt als er. Denn Konz Hart war nach Abzug der Rothenburger Mannen in Ohrenbach zurückgeblieben, und Käthe hatte ihn in Dienst genommen. Mit seiner und Friedels Arbeit ging die Landwirtschaft unter ihrer festen und umsichtigen Leitung so ruhig weiter, als ob ihr Bruder Simon nicht abwesend gewesen wäre. Sie hatte überhaupt schon längst nichts mehr für ihre Sicherheit zu befürchten. Der Schultheiß von Endsee hatte bei dem allgemeinen Aufstand Bedenken gehabt, die Verlegenheiten des Rates zu vermehren, indem er Käthe festnehmen ließ. Aus demselben Grund hatte er es auch in der Angelegenheit des Pfarrers Bockel bei einem wirkungslosen Mandat an die Gemeinde, den Vertriebenen wieder aufzunehmen, bewenden lassen. Aufgeschoben war ja nicht aufgehoben. Das war ihm freilich nicht in den Sinn gekommen, daß ihm dasselbe wie dem Pfarrer geschehen könnte.

Als Kaspar aus seiner Grübelei, in der er neben dem Dorfmeister herging, einen Blick auf das Schloß richtete, das sonst ein so schmuckes Wahrzeichen der Landschaft gewesen war, sah er nur noch rauchgeschwärzte Ruinen den Wald überragen. Die marodierenden Brüder von der Tauber hatten nach ihrem Abzug aus Rothenburg mit Feuer und Schwert an das Schloß von Endsee gepocht und es verwüstet wie später Giebelstadt. Dem Schultheiß Wernizer hatten sie freien Abzug nach Rothenburg gewährt, wo er schon vorher dem Pfarrer Bockel durch seine Vermittlung die eben abgeschaffte Kaplanstelle an der Marienkapelle auf dem Kapellenplatz verschafft hatte. Der ehrwürdige Herr hatte dort nichts weiter zu tun, als täglich eine Frühmesse vor den zwölf bis vierzehn Pilgern und armen Leuten zu lesen, die in dem mit der Kapelle verbundenen Seelhaus drei Tage lang frei Obdach, Holz, Salz und Licht erhielten. Apollonia war zu ihrem Kind nach Reichardtsrode gezogen.

Als Kaspar mit Wendel Haim in Ohrenbach ankam, hatte er sich zu einem festen Entschluß durchgerungen. Es sollte dieses sein letzter Martergang sein. Er bestellte dem alten Neuffer, der mit Nachbarn auf der Bank unter der Linde saß, nur flüchtig den ihm durch den langen Lienhart aufgetragenen Gruß Simons und ging zu dem Gehöft, es Wendel Haim überlassend, das Bündnis mit dem fränkischen Heer und das, was damit zusammenhing, ausführlich zu berichten. Der kleine Martin und sein Schwesterchen, die auf dem Dorfplatz spielten, kamen mit lachenden Gesichtern zu Kaspar gehüpft. Er tätschelte sie, nahm das Mädel auf den Arm, das Büblein an die Hand und trat mit ihnen scherzend aus dem Hof in die große Stube. »Na, grüß Gott, da bin ich halt wieder einmal«, rief er heiter den beiden Schwägerinnen zu und gab jeder eine Hand, nachdem er die kleine Ursel auf die Füßchen gestellt hatte. Er merkte es beiden an, daß er sie aus stillem Nachhängen ihrer Gedanken, dem sie sich in der Ruhe des Sonntagnachmittags überlassen hatte, aufgestört hatte. Worüber Käthe nachgedacht hatte, verriet ihm ihr noch wehmütig verschleierter Blick. Sie hatte ja auch nur die Sonntagsruhe, um an etwas anderes als die Wirtschaft, um an Hans Lautner denken zu können.

»Es ist gescheit, daß du gekommen bist. Was schaffst du?« äußerte die auf der Ofenbank sitzende Bäuerin in ihrem etwas singenden Ton. Ihr Gesicht war noch schmaler und sorgenvoller geworden, als es früher gewesen war.

»Gutes!« antwortete Kaspar mit einer zu starken Fröhlichkeit. »Der Simon läßt grüßen, und er hat bisher nicht einmal einen Ritz weggekriegt.«

Die Nachricht belebte beide. »Gott sei Lob und Dank«, rief Frau Ursel aus voller Brust, zog die Kinder zu sich heran und sagte ihnen, daß der Vater sie grüßen lasse. »Kommt er denn bald heim und bringt mir was mit?« fragte der Knabe.

Käthe lud ihren Vetter ein, sich zu ihr auf die Fensterbank zu setzen und zu erzählen. Er berichtete denn auch, wie er dem langen Lienhart in Rothenburg begegnet sei und was diesen dort hingeführt hätte.

»Der Krieg ist also noch nicht zu Ende!« seufzte die Bäuerin.

»Aber wohl bald«, tröstete Kaspar. »Denn jetzt wird es also recht zugehen, daß die Unsrigen mit stärkerer Kraft zuschlagen.«

»Oh«, stöhnte Simons Frau abermals, »wieviel Leben wird's noch kosten! Ich wollt', daß ihr Mannsleute es einmal aushalten müßtet wie wir, jeden Tag euch zu fragen: Lebt er noch, oder ist er bereits tot? Haben die Kinder noch einen Vater oder nicht? Ihr würdet das Raufen wohl lassen. Und es ist doch alles vergebens.«

»Nein, gewiß nicht«, versicherte Kaspar. »Unsere schweren Geschütze, die morgen nach Würzburg abgehen, werden zum Kehraus aufspielen. Und dabei fällt's mir ein: Der lange Lienhart erzählte, daß der Rosenberger auch auf dem Marienberg ist. Da hätt' ich halt Lust, auch mitzuziehen.«

»Wenn's bloß deshalb sein soll«, äußerte Käthe mit einem leichten Achselzucken.

»Nicht bloß darum. Ich bin hier, ich mein' in Rothenburg, keinem mehr was nutz.«

»Und an deinen Vater denkst nicht?« fragte sie vorwurfsvoll.

»Oh, wohl, aber er wird nicht dagegen sein. Denn auch er braucht mich nicht mehr. Wegen dem Krieg ist mit Handel und Wandel überhaupt nicht mehr viel los, und was unser Gewerbe als Tucher angeht, das steht jetzt ganz still.«

»Geh, glaub's ihm doch nicht, daß er fortwill«, mischte sich Frau Ursel ein. »Er hat bloß wieder seinen Spaß mit uns.«

»Mitnichten, es ist mein voller Ernst«, versicherte Kaspar. Käthe schaute ihn mit ihren klaren Augen durchdringend an. Langsam sagte sie: »Freilich, wenn's so steht! Aber bloß darum?« Er hielt ihren forschenden Blick nicht aus, sondern wandte die Augen ab. Ihre braunen Wangen röteten sich ein wenig mehr, aber sie schwieg. Wenn sie nur ein einziges Wort gesagt hätte, aus dem er hätte entnehmen können, daß seine Absicht ihr leid täte, würde er dieselbe aufgegeben haben, mit tausend Freuden. Er wartete vergebens. Zwischen ihren zusammenfließenden Brauen stand eine tiefe Falte. Sie erriet ja nur zu gut, was ihn wegtrieb, aber sie konnte ihm seinen Wunsch nicht gewähren, und er tat ihr leid.

»Nun, dann ist das doch so«, meinte Frau Ursel kopfschüttelnd und stand auf, um das Vesperbrot vorzubereiten.

Unterdessen kam Konz Hart in die Stube. Das war nicht mehr jene schlotternde Hungergestalt, die in den ersten Tagen des Jahres mit Frau und Kind vertrieben worden war. Er war jetzt gut genährt und muskulös, sein Gesicht aber war unheimlich finster. Es erzählte die Geschichte seines schweren Schicksals.

»Was gibt's, Konz?« fragte Käthe.

»Ja, schau«, antwortete er und schob verdrießlich seine Kappe hin und her. »Der Dorfmeister hat mich auch ausgemustert, daß ich mit den Geschützen morgen nach Würzburg soll.«

»Aber das ist schlimm«, rief Käthe. »Just wo wir mit dem Heu alle Hände voll zu tun haben! Aber was kann einer da machen? Was sein muß, das muß halt sein.«

»Freilich, das muß sein, aber der Donner soll dreinschlagen, daß es just so trifft«, entgegnete Konz mit gerunzelter Stirn.

»Nun, Käthe«, mischte Kaspar sich ein, »wenn der Konz so schwer abkömmlich ist, ich wüßt' wohl einen Ausweg. Geh zum Dorfmeister, Konz, und sag ihm, daß ich für dich eintreten will und daß ich morgen in Gaitenhofen pünktlich zur Stelle sein werde. Oder vielleicht, daß die Käthe lieber mich als Knecht für die Heuernte dingt?« Er lachte gezwungen.

Käthe lachte nicht. Sie reichte Kaspar die Hand und drückte ihm kräftig die seinige. »Da du sowieso in den Krieg willst, nehm' ich's an«, sagte sie und fügte mit einem warmen, von Mitleid leise verschleierten Blick hinzu: »Du bist gar gut, und vielleicht ... vielleicht kann ich's dir später besser danken als in dieser Stunde.«

»Nun, dann geh' ich zum Dorfmeister«, sagte Konz und verließ die Stube.

»Ja, es hat jetzt jeder seinen Willen, juche«, rief Kaspar so lustig, als ob ihm das größte Glück widerfahren wäre.

Mittlerweile waren Florian Geyer und Pezold, nachdem sie sich in ihrer Herberge der Panzer entledigt hatten, einer Einladung Stephans von Menzingen zum Mittagsmahl in seinem Haus gefolgt. Der Pfarrer

Denner hatte sich entschuldigt. Er war zu seiner Pfarrgemeinde nach Leuzenbrunn geritten. Der alte Rektor Bessenmayer und Valentin Ikkelsamer, der lateinische Schulmeister, waren die Tafelgenossen jener. Die Männer blieben unter sich, nachdem die Hausfrau sie willkommen geheißen hatte. Wenn ihr Gatte die Gäste bat, vorlieb zu nehmen, so war dieses nicht eine höfliche Lüge. Denn sein verwöhnter Gaumen hatte die Speisen und Weine ausgewählt. Er und der Schulrektor ließen jedoch als einzige den köstlichen Dingen volle Gerechtigkeit widerfahren. Denn Florian Geyer hatte sich selbst zu einem Spartaner erzogen, um von allen materiellen Bedürfnissen unabhängig zu sein, und Valentin Ickelsamer, der unter beschränkten Verhältnissen aufgewachsen war, würdigte als Gelehrter die ihm fremd gebliebenen Genüsse nicht.

Der Schultheiß von Ochsenfurt nötigte dem Gastgeber mehr als einmal ein mitleidiges Lächeln ab durch seinen gesunden unterschiedslosen Appetit, mit dem er Speisen und Getränken zusprach. Auch hatte er weder Interesse noch Verständnis für die Bemerkungen, mit denen der aufmerksame Wirt nach Art der Feinschmecker die einzelnen Gerichte seinen Gästen empfahl. »Eigentlich sollte man niemandem trauen, der bei Tisch ein zugeknöpftes Wesen beibehält«, äußerte er, »denn wie könnte der aus seinem Herzen eine Mördergrube machen, der von diesem saftigen Rehrücken genießt?«

»Da gäbe es wohl manchen in den Räten, den ich auf eine solch schmackhafte Probe stellen möchte«, scherzte der Rektor.

»Allerdings wäre es nötig, den heimlich schleichenden Verrat zu enthüllen«, pflichtete Stephan von Menzingen ihm mit ernster Miene bei. »Schon vorgestern abend, als ich die Freude hatte, den Bruder Geyer von Geyersberg von Angesicht zu Angesicht kennenzulernen, machte ich ihn darauf aufmerksam, daß der Innere Rat die bürgerlichen Männer, die jüngst in den Äußeren Rat gewählt worden sind, in den Augen der Bürgerschaft herabzusetzen bemüht ist, indem man ihnen Ämter übertrug, von denen sie nichts verstanden, nichts verstehen konnten.«

»So ist's«, bestätigte der Rektor, und Pezold knallte seinen Becher mit dem Ruf auf den Tisch: »An den Galgen mit den Schleichern!«

Valentin Ickelsamer fügte hinzu: »Wir haben es nur vorhin erlebt, wie der Stadtadel die Praktiken übt, in denen bereits das alte Griechenland und Rom erfahren waren. Nämlich, daß man Männer, derer man sich entledigen will, mit ehrenvollen Aufträgen aus der Stadt schickt.«

»Aber mit mir ist's ihnen mißlungen«, lachte Ritter Stephan und strich sich den Schnurrbart zu beiden Seiten in die Höhe.

Florian Geyer blickte die anderen mit seinen klaren Augen scharf an und fragte: »Soll ich das etwa so verstehen, daß auf die Bundestreue Rothenburgs kein Verlaß sei?«

Herr Stephan beeilte sich, ihn zu beschwichtigen. »Nicht doch! Wenn ich auch sagen muß, daß Rothenburg nicht eher eine feste Säule der Freiheit sein wird, als bis die Geschlechter ganz und gar aus dem Regiment entfernt sind. Ich rede frei von der Leber weg.«

»Wohl wahr«, bestätigte der lateinische Schullehrer. »In unserer Zeit sind nur noch demokratische Republiken möglich.«

»Darum bin ich der Ansicht, daß es gut wäre, wenn die Bauernschaft der Stadt gegenüber noch mehr sich kräftigte«, ergriff von Menzingen wieder das Wort. »Aber so trinkt doch! Eure Becher sind immer noch voll. – Meiner Treu, wenn ich es recht bedenke, ein Bündnis etwa mit einem Fürsten wäre das richtige. Versteht sich mit einem, den die Stadt fürchtet.«

Hans Pezold legte erstaunt sein Messer hin und rief: »Was? Mit einem Fürsten? Und wir haben das Ziel, sie alle zu beseitigen.«

»Für die Politik gilt nur das Heute«, bemerkte Stephan von Menzingen gelassen.

»Das wäre des Teufels!« empörte sich der Schultheiß, und Florian Geyer, der mit seinen Blicken in die Seele des Ritters dringen zu wollen schien, sagte: »Du hast den Markgrafen Kasimir im Sinn?«

»Und wenn es so wäre?« fragte der Hausherr lauernd.

»Nein, es kann dein Ernst nicht sein«, rief Herr Florian, und Unwillen rötete sein Gesicht. »Wäre es auch nur denkbar, daß die Bauern je ein Bündnis mit einem Fürsten schlössen, so doch nimmermehr mit diesem Kasimir, der ebenso falsch wie grausam ist. Welche Treue können wir von einem Fürsten erwarten, der treulos gegen den eigenen Vater war? Die ganze Sippe ist falsch. Sein Bruder Albrecht brach seinen Schwur, um aus dem Ordensland Preußen für sich ein weltliches Herzogtum zu machen, und dem Friedrich auf dem Marienberg traut man auch wie einem Fuchs. Hier der Pezold kann es dir bestätigen und besser noch der Gregor aus Burgbernheim mit seinen zweitausend Ansbachern, die vor Würzburg liegen, wie der Kasimir mit seinen Bauern stets ein doppelt Spiel gespielt hat. So auch mit uns. Als wir in Franken waren und ihm das Feuer gar nahe rückte, wie spielte er sich da auf als ein guter Landesvater und Volksfreund! Allen Haufen in Franken schickte er die freundlichsten Briefe und gab sich als ein Freund des Evangeliums. Auch ich erhielt ein solches Anschreiben von ihm. Um einen Waffenstillstand ersuchte er, und als der ihm törichterweise gewährt wurde, fiel er während des Stillstandes mit seiner ganzen Macht über seine Bauern her und wütete unter ihnen nicht anders als der Truchseß Jörg. Der Bauer hat nur einen Bundesgenossen, auf den er sich verlassen kann, weil beide denselben unversöhnlichen Feind haben, und das ist der Städter. Wenn es gelänge, zwischen den Bauernschaften und sämtlichen Städten ein Bündnis zuwege zu bringen, dann stände die Freiheit auf festem Boden.«

»Dazu sage ich aus ganzem Herzen amen«, sprach Valentin Ickelsamer.

»Wohl, aber das eine schließt das andere nicht aus«, antwortete Stephan von Menzingen mit vollem Mund. Er spülte den Bissen mit einem Schluck hinunter und fuhr dann fort: »Seid ihr durch das Bündnis mit Rothenburg stark, dann ist der Markgraf zu günstigen Bedingungen gezwungen. Und merkt wohl auf: Mit beiden verbündet, sprengt ihr den Schwäbischen Bund, dessen Mitglieder beide sind. Wie dünkt euch das? Das wär's wohl wert, zumindest einmal des Markgrafen Meinung dazu herauszufinden. Ich kann, meiner Treu, nichts anderes als sagen, als daß er sich mir stets als ein guter Herr erwiesen hat. Wenn einer, etwa Bruder Florian, mit mir zu ihm ritte, ich bürge euch dafür, daß er gut empfangen würde. Sich die Meinung des Markgrafen anzuhören, bindet und verpflichtet keinen Teil. Man könnte ja nachher weitersehen.«

Der Schultheiß von Ochsenfurt erhob dagegen lebhaften Einspruch. »Das darf ohne Wissen des Bauernrates nimmer geschehen. Ich lass' es nicht zu, daß ein Mann, wie es der Geyer ist, sich ohne Zusicherung freien Geleits in die Gewalt eines solchen Bauernfeindes begibt. Bedenkt doch, wie der Luther Herren und Fürsten zu wildem Grimm gegen uns aufgestachelt hat. Ja, das wäre für den Markgrafen ein Fang. Ließ' ich ihn reiten, ich könnt's vor der Bauernschaft nimmer verantworten, und seine Schwarzen hauten mich in Stücke.«

»Was läge an meinem Leben, wenn ich damit der Freiheit dienen könnte?« äußerte Florian ruhig und schlicht. »Aber es bringt dem Wolf keinen Gewinn, mit dem Fuchs zu jagen.«

»So bringt die Sache erst vor den Bauernrat und verliert damit kostbare Zeit«, murrte Stephan von Menzingen voll innerem Zorn über die Erfolglosigkeit seines Vorschlages. Sein brennender Ehrgeiz, die oberste Macht in der Stadt an sich zu bringen, hatte sich nicht im geringsten abgekühlt. Im Einverständnis mit dem Markgrafen glaubte er den Riegel aufsprengen zu können, den das Bündnis der Bauern mit der Stadt ihm vorschob, indem es den Bestand des gegenwärtigen Regiments gewährleistete. Der Markgraf, so hoffte er, würde die Bauern von ihrer Einmischung nicht zurückhalten, wenn er es unternahm, die Herrschaft von allen patrizischen Elementen zu säubern. Das geheime Interesse des Markgrafen selbst an Rothenburg zählte er zu seinen stärksten Bundesgenossen. In jedem Fall aber hatte er in ihm einen sicheren Rückhalt, wenn sein Plan mißlang. »Wohl«, rief er, sich beherrschend, »betrachtet ihr euch als gebunden, so will ich wenigstens in meinem eigenen Namen an den Markgrafen schreiben und seine Meinung erkunden. Und jetzt nichts mehr davon. Trinkt, liebe Freunde, und seid fröhlichen Herzens!«

Damit griff er nach der silbernen Kanne, um die Becher seiner Gäste frisch zu füllen. Unterdessen wurde auf dem Rathausturm die sechste Stunde angeschlagen. Florian Geyer zog seinen Becher mit der Erklärung zurück, daß es just die mit dem Bürgermeister verabredete Zeit sei, um die versprochenen Geschütze in Augenschein zu nehmen. »Auf Wiedersehen morgen in St. Jakob!« Er stand von der Tafel auf, und Pezold folgte seinem Beispiel, während er noch schnell seinen eben gefüllten Becher austrank.

Beide begaben sich zu der Burg, die der Stadt als Arsenal diente. Eine Zugbrücke, die dies- und jenseits eines tiefen, wasserlosen Grabens von dicken, runden Tortürmen geschützt wurde, führte von der Herrengasse in die Vorderburg. Hohe Mauern mit Schießlöchern und Erkern und Türmen an den Ecken umschlossen den Bau, aus dem in der Hinterburg der Pharamundsturm gewaltig aufragte. In der Vorderburg wurde einst das Kaiserliche Landgericht gehalten, und auf der nördlichen Seite markierte noch das auf sechs Steinsäulen ruhende Giebeldach mit steinernen Sitzen darunter für den Landrichter und die zwölf Schöffen die Stätte. Auf der Südseite, vor den letzten Resten des sogenannten weißen Turms, erhob sich mit einem steinernen Kreuz auf der Giebelspitze zweistöckig die Burgkapelle mit schönen byzantinischen Fenstern. Das obere Stockwerk bewohnte der Kaplan, als hier noch Gottesdienst gehalten wurde. In den Gebäuden, deren nach der Stadt gekehrte Giebelseiten in die Ringmauer mit einbezogen waren, lagerten die Waffen und Rüstungen, in den Türmen das Pulver. Die schweren Belagerungsgeschütze, auf schwerfälligen Stückgestellen und Rädern ruhend, standen unter freiem Himmel. Von den riesigen Rohren waren einige mit braunem, andere mit grünem Rost überzogen.

Der Stadthauptmann von Adelsheim empfing die beiden Gesandten, die zu ihrer stillen Verwunderung die Vorderburg voll Menschen fanden. Albrecht von Adelsheim erklärte ihnen den Umstand, während er sie zu den für sie bestimmten Geschützen führte. Die Leute wollten von diesen Abschied nehmen, da sie wohl kaum wiederkämen. Er tat es in einer Weise, die deutlich verriet, wie sehr es ihn selber verdroß, sie hergeben zu müssen. »Auch die Frauen?« lachte aus dem Schultheißen von Ochsenfurt der reichlich genossene Wein. »Ich hab' immer gedacht, daß ihnen ein goldenes Ringlein lieber wäre, als die schönste Kartaune.« Denn das weibliche Geschlecht war fast zahlreicher vertreten als das männliche. Das kriegsrauhe Gesicht des Stadthauptmanns färbte sich dunkler, wußte er doch nur zu gut, welchen Anteil die Neugierde daran hatte. Denn seine Braut hatte ihn überredet, sie und ihre Freundin ebenfalls zur Burg mitzunehmen. Und er mußte sie den beiden Gesandten vorstellen, nachdem dieselben oder vielmehr Florian Geyer sämtliche Stücke sachkundig in Augenschein genommen hatte und sie nun zu den für die Bauernschaft bestimmten als den wirklich besten zurückkehrten. Die beiden Mädchen standen neben einem der hundertpfündigen Geschütze, und ihre schlanke Schönheit bildete einen reizenden Gegensatz zu dem ungeschlachten Mordwerkzeug. »Alle Wetter«, konnte Hans Pezold bei ihrem Anblick ziemlich vernehmlich auszurufen sich nicht enthalten, und er fügte in seiner Weinlaune hinzu, als die Mädchen lachten: »Betrüben sich die Fräulein nicht zu sehr, sie sollen ihre Schoßhündchen schon wiederkriegen.«

»Wenn es nach mir ginge, so müßten sie alle an unzerreißbare Ketten gelegt werden, damit sie keinen Schaden mehr tun könnten«, äußerte Gabriele und sah dabei Florian Geyer an, dessen Augen mit unverkennbarem Wohlgefallen auf ihrer schönen Erscheinung ruhten. »Es ist schrecklich, daß der Mensch solche Ungeheuer erfunden hat, um Seinesgleichen zu ermorden.«

»Sagen wir vielmehr, es sei schrecklich, daß der Mensch gezwungen ist, dergleichen zu erfinden, um sich vor Seinesgleichen zu beschützen«, antwortete Florian Geyer freundlich.

»Wenn es dem Türken gälte, aber Deutsche gegen Deutsche«, rief Gabriele lebhaft.

»Das sage ich auch«, mischte Sabine sich ein und wurde wegen dieser Äußerung von ihrem Bräutigam gerügt.

»Um so schlimmer, mein schönes Fräulein«, entgegnete Florian Geyer mit großem Ernst, »daß der Unterdrückte gezwungen ist, zu solchen Mitteln gegen seine Unterdrücker zu greifen.«

»Aber es hat immer Herren und Knechte gegeben, und es ist gegen jede natürliche und göttliche Ordnung, daß der Bauer dem Edelmann gleich sein will«, versetzte Gabriele mit blitzenden Augen.

Florian Geyer sah lächelnd auf sie herab und sagte: »Aber die Gerechtigkeit verstößt nicht dagegen, und sie macht die Ungleichheit unter den Menschen wett, wenn es nicht, wie es Gottes Sohn gebietet, die Liebe tut.«

Gabriele schlug die Augen nieder. Ehe sie eine Antwort fand, hieß es »Platz! Platz!«, und sie mußten wegen einer kleinen Schar von Bürgertöchtern und jungen Männern zur Seite treten, die mit Gewinden von Eichenlaub und Blumenkränzen kamen und damit die beiden Kartaunen zu schmücken begannen. Florian Geyer schaute ihnen mit gekreuzten Armen zu und merkte nicht, wie die Augen Gabrieles und Sabines an ihm hingen. Er wandte sich wieder der ersteren zu und fragte: »Ist das nicht hübsch? Fast scheint's, als ob die Ungeheuer unter den Blumenkränzen lächelten.«

Die schöne Gabriele errötete, als ob sie bei einem Unrecht ertappt worden wäre. »Hier ist so heiß«, sagte sie und versuchte, dem Gedränge zu entschlüpfen, das sich während des Bekränzens um die Kartaune gebildet hatte. Florian Geyer war ihr dabei behilflich. Als sie sich freier bewegen konnte, antwortete sie ihm auf seine Äußerung: »Ihr seid ein Krieger, und da begreife ich Eure Freude über den Anblick. Ich aber bin ein Mädchen, und mir erscheinen die Ungetüme unter Blumen um so grausiger. Ach, soll denn diese gewalttätige Zeit nimmer ein Ende nehmen? Ich wollte, daß es endlich Frieden würde!« Sie sah ihm tief in die Augen, und ein Seufzer hob ihren Busen.

Der Blick machte ihn ein wenig verwirrt. »Ich teile Euren Wunsch von ganzem Herzen«, sagte er, und sie erwiderte lebhaft: »Er ist erfüllt, wenn Ihr, ein Edelmann und Freund der armen Leute, die Hand dazu bietet.«

»Wollt Ihr die Gewähr dafür übernehmen, daß den armen Leuten Gerechtigkeit werde?« fragte er mit einem leisen Lächeln über ihren Eifer, der ihm gefiel. »Ohne Gewähr voller Gerechtigkeit ist Frieden unmöglich.«

»Mir wäre kein Preis zu hoch, um ihn zu erkämpfen. Aber was könnte ich als Frau dazu beitragen? Wir können wohl Wunden heilen, die das Schwert schlägt, aber nicht das Schwert aufhalten, das sie schlägt.« Halb seufzte, halb lächelte sie und blickte ihn dabei mit einer träumerisch verschleierten Glut an.

»Und schlägt die Schönheit keine Wunden?« fragte er mit einem Anflug von Scherz, fuhr aber sogleich mit einer herzlichen Aufrichtigkeit fort: »Verzeiht, Fräulein! Ich habe eine höheres Lob für Euch als dasjenige der wunderbaren Schönheit, die Euch ziert. Ihr denkt und empfindet ebenso edel, wie Ihr schön seid!«

Gabriele wurde dunkelrot, ihre Lippen öffneten sich ein wenig, und sie schloß die Augen.

Eine rauhe Stimme schreckte sie jäh auf. Es war die des Stadthauptmanns, der mit Sabine und Pezold herantrat. Sie hatte, während sie sich mit dem Schultheiß und ihrem Bräutigam unterhielt, kein Auge von ihrer Freundin und Florian Geyer gelassen, und die Freundschaft bewahrte sie nicht davor, daß sich in ihrem Herzen die Eifersucht auf Gabriele regte. Der Stadthauptmann bat um Entschuldigung, daß er störe, die Burg müßte geschlossen werden. Gabriele zeigte ihm ein äußerst unmutiges Gesicht. Florian Geyer und Pezold empfahlen sich. Gabriele reichte dem ersteren ihre Rechte, von der sie den gestickten Handschuh abgezogen hatte, wobei sie mit einem Lächeln, das ein tiefer Blick aus ihren dunklen Augen begleitete, sagte: »Vergeßt nicht die Freunde in Rothenburg.«

Der Blick und die weiße weiche Hand in der seinigen machten ihm das Herz seltsam warm. Er drückte aber ihre Hand nur stumm und ging.

Als Kaspar am nächsten Morgen mit Schwert und Büchse nach Gattenhofen kam, fand er das bäuerliche Geleit bereits versammelt. Der alte Etschlich hatte nicht versucht, ihn von seinem Vorsatz abzubringen. Doch schien ihm der Abschied von dem Sohn schwerzufallen. Er hatte dessen Hand lange festgehalten und ihn stumm angeschaut und ihn zuletzt auf den Mund geküßt. Kaspar war darüber fast erschrocken, denn so weich kannte er seinen Vater nicht, und er erinnerte sich nicht, daß der Alte ihn seit seinen Kinderjahren je geküßt hätte, nicht, als er auf die Wanderschaft gegangen, noch, als er zurückgekommen war. Er machte sich Gedanken darüber, und es war ihm daher lieb, daß der lange Lienhart, der mit Sebastian Raab das Geleit führen sollte, mit dessen Ordnung so beschäftigt war, daß er ihm nur vom Gaul herunter die Hand reichen konnte. Auch war der Lange in keiner guten Laune. Das merkte Kaspar an seinem grimmigen Fluchen.

Die Bauern aus dem Aischgrund hatten die Nachricht gebracht, daß der Markgraf Kasimir mit starker Macht bei Illesheim stehe und sein Volk an der Grenze des Rothenburger Gebiets hinziehe. Die Vorsicht gebot daher, um einen etwaigen Überfall zu vermeiden, statt auf der geraden Straße nach Würzburg auf einem Umweg durch das Taubertal über Röttingen zu ziehen. Der Umweg war weit und deshalb um so verdrießlicher, da das Geschütz auf sich warten ließ. Endlich kam es, von etlichen städtischen Knechten begleitet, an, jedes der beiden schweren Stücke mit acht starkknochigen Gäulen bespannt, dazu drei Wagen mit Pulver und Kugeln und ein gerüsteter Reisewagen. An der Spitze ritt der Büchsenmeister der Stadt, Hans Baßler, ein martialischer Mann, dessen große Nase über dem dicken Schnauzbart ans Alpenglühen gemahnte. Den Schluß bildeten der junge Spelt und Ehrenfried Kumpf, den auf seinen Wunsch Dr. Karlstadt begleitete.

»Himmel, Herrgott«, murrte der lange Lienhart, als er den letzteren sah, »als ob wir nicht schon mehr als genug Geistliches im Ausschuß hätten.« Dem kleinen schwarzen Doktor schien die kriegerische Ausfahrt auch nicht sonderlich zu gefallen, und er hatte guten Grund dazu.

Der lange Lienhart gab sofort den Befehl zum Aufbruch. Während man links in den Taubergrund hinabzog, rief die große Glocke in Rothenburg die Gemeinde zum Münster von St. Jakob. Räte und Ausschuß nahmen auf dem hohen Orgelchor, unter dem die Klingengasse hindurchführt, Platz. Florian Geyer trat an die Brüstung, und bei dem Erscheinen der hohen Gestalt mit den großen und kühn blickenden Augen hörte das Sprechen, Räuspern, Husten und Fußscharren in den drei Schiffen allmählich auf. Den weiten, dreifach gewölbten Raum mit seiner klangvollen Stimme füllend, verkündete er der Bürgerschaft das vereinbarte Bündnis. Wie gestern, so sprach er auch heute mit Klarheit und hohem Ernst von der Bedeutung der Bruderschaft und schloß: »Bedenkt aber vor allem, daß nur der Bund der Stadt mit der Bauernschaft die Freiheit der Bürger und ihren Gewerbefleiß zu schützen und zu schirmen vermag vor dem Feudalismus der geistlichen und weltlichen Herren, der beide knechtet und aussaugt.«

Das zündete, und von jenen Wachen, die nicht die Geschlechter umfaßten, scholl lebhafte Zustimmung zum Chor hinauf. Als es wieder ruhig geworden war, verlas Pfarrer Denner die Artikel, worauf dann Georg Bermeter die Gemeinde aufforderte, den Bruderbund zu schwören. »Doch wißt«, fügte Florian Geyer hinzu, »auch wenn einer die Hand nicht erhebt zum Schwur und glaubt, dadurch frei zu sein von der Pflicht gegenüber dem Bund, so wird er dennoch betrachtet werden, als habe er den Eid geleistet.« Nun betrat Dr. Deutschlin die Kanzel am Mittelpfeiler des Hauptschiffes und, seine Worte mit erhobenen Schwurfingern nachsprechend, schworen die beiden Räte, der Ausschuß und die Gemeinde die Artikel bei Gott dem Allmächtigen und auf das heilige Evangelium. Erasmus von Muslor, Konrad Eberhard und noch etliche von den Geschlechtern erhoben nicht die Finger und sprachen den Eid nicht nach, und Stephan von Menzingen merkte sie sich. Hierauf traten die beiden Gesandten an die Brüstung des Chors und gelobten im Namen des fränkischen Heeres dem Bund unverbrüchliche Treue. »Amen!« sprach Dr. Deutschlin auf der Kanzel.

Florian Geyer wäre nach dem feierlichen Akt gern ohne weiteren Aufenthalt nach Würzburg zurückgeritten. Das konnte er jedoch nicht. Denn nach dem Brauch der Zeit mußte das Bündnis noch fleißig begossen werden, sollte es rechte Kraft haben. Zu diesem Zweck lud der Bürgermeister die Gesandten in die Herren-Trinkstube ein, wo ein Imbiß auf sie wartete und zahllose Becher geleert wurden.

Als die Leute aus der Kirche quollen, erscholl es plötzlich: »Schaut! Schaut!«, und viele Hände deuteten in die Höhe. Eine seltene Naturerscheinung bot sich den Blicken dar. Bei völlig klarem Himmel zeigte sich die im Mittag stehende Sonne von einem Regenbogen umgeben. Nach der natürlichen Ursache der Erscheinung forschte niemand, sondern überall, auf dem Friedhof wie auf allen Gassen und Plätzen, wo die Menschen emporstaunend zusammenstanden, fragte man einander nur: »Was hat das zu bedeuten? – Welch gutes oder schlimmes Ereignis kündigt die Erscheinung an?«

»Ich will's euch deuten«, sprach auf dem Kirchhof von St. Jakob der blinde Mönch, der eben von einem Besuch bei dem Komtur Christian im Deutschen Haus kam, als er hörte, was es gäbe. »Hört«, fuhr er fort, seine lichtlosen Augen auf die Sonne richtend. »Wie der Herr nach der Sintflut einen Regenbogen über die Welt spannte zum Zeichen seines neuen Bundes mit den Menschen, so bedeutet dieser Bogen, daß der Bruderbund, den ihr just beschworen habt, die Sonne der Freiheit mit einem siebenfachen Wall umgeben und schützen wird. Gott will uns helfen und droht den mörderischen Fürsten mit Gericht und Strafe.«

Damit tastete er sich mit seinem Stab auf dem Weg zu seinem Kloster weiter, und die Menschen beeilten sich, ihm Platz zu machen. Auf dem Marktplatz blieb er noch einmal stehen und wiederholte seine Auslegung der Himmelserscheinung mit weithin verständlicher Stimme.

Viertes Kapitel

Am späten Abend desselben Tages, an dem die Bauerngesandten in Rothenburg eingeritten waren, koste unter der Linde vor dem Wirtshaus zu Hochberg ein junges Menschenpaar. Er hatte seinen rechten Arm um den Leib des Mädchens gelegt und sie seine Hand über den Hüften fest an sich gedrückt, um sich noch enger an seine Brust zu schmiegen. Sie hatten einander lange nicht gesehen, denn der lange Wilm diente auf dem Marienberg. Nun war er von dem Domprobst nach Heidelberg geschickt worden, und er benutzte die Gelegenheit, um die Küsse der Liebsten mit auf den Weg zu nehmen. Die ihm anvertraute Botschaft steckte in dem hohlen Schacht des Spießes, der an der alten Linde lehnte. Ihr dicker Stamm aber und die Schatten der mächtigen Laubkrone verbargen die Frau, die im Rücken des jungen Paares kauerte. Es war die schwarze Hofmännin. Sie hatte die Arme auf die hochgezogenen Knie gestützt und das Gesicht in die knöchernen Hände gelegt. Als sie erfahren hatte, daß der Bischof von dem Marienberg geflohen sei, war sie anfangs ganz betäubt gewesen und hatte es für unmöglich gehalten, daß ihrer Rache die Krone noch im letzten Augenblick aus der Hand geschlagen sein sollte. Dann hatte sie sich ihr graues Haar zerrauft, die Brust mit ihren Fingernägeln zerfleischt, wie eine Wahnsinnige geschrien und mit schäumendem Mund Gott verflucht. Den Wirbelstürmen ihrer Seele gehorchend, wanderte sie bald ruhelos umher, bald hockte sie, so wie jetzt, stundenlang brütend auf derselben Stelle. Wie unter den Odenwäldlern und Neckartalern, so war sie bald in allen Lagern bekannt, und der Ruf ihres Bündnisses mit überirdischen Mächten verschaffte ihr überall ein mit Grauen gemischtes Ansehen. In den Feldkesseln war auch für sie gekocht, wenn sie Hunger hatte, und war sie müde, so streckte sie sich an dem nächsten Lagerfeuer aus, oder sie schlief in den Ställen, oder sie kroch in den Scheunen ins Stroh. Sie kümmerte sich nicht um Tag und Nacht. Die Linde, unter der des Wirtes Töchterlein mit dem langen Wilm flüsterte und koste, war ein Lieblingsplatz von ihr. Sie hatte hier einen freien Blick auf den Marienberg.

Sie kümmerte sich nicht um das Raunen der Verliebten. Vielleicht nahm sie es für ein Aufrauschen der Linde. Jetzt aber richtete sie horchend den Kopf auf, denn lauter als bisher sagte der Bursche: »Ade, herzallerliebster Schatz, jetzt muß ich den Weg wieder unter die Füße nehmen.«

»Ach, ist das ein Kreuz!« seufzte Rösel. »Wie lang soll's denn noch dauern, bis wir fürs Leben zusammensein können?«

Die welken Lippen der Alten verzogen sich halb verächtlich, halb mitleidig. Immer dieselbe Jugendtorheit!

»Jetzt hat's wohl die längste Zeit gedauert«, tröstete sie der Bursche. »Die Herren sind gestern gar lustig gewesen, und ich hab' auch aufwarten müssen. Da hat der Wein mehr aus ihnen geredet, als sie sonst über ihre Zungen lassen. Sie hoffen, daß der Haufen vom Götz und dem Metzler ihnen zufallen werde. Das soll ich wohl dem Bischof vermelden.«

»Geh, red nicht so dumm, Wilm«, zweifelte Rösel. »Wie sollt' denn das möglich werden.«

»Nun, die Hauptleute gehen ja bei euch ein und aus«, antwortete er und nahm seinen Spieß zur Hand. »Hast du nicht auch bemerkt, daß sie mehr als sonst auf den Kopf hauen? Sie müssen viel Geld im Sack haben.«

Das Mädchen schüttelte den Kopf, und er erklärte: »Sie müsen Geld vom Schloß gekriegt haben, oder sie kriegen noch welches. Paß auf.«

Rösel schrie auf, und Wilm rief, ihr den Mund zuhaltend: »Willst du mich gar verraten? – Sie haben droben davon geschwätzt. Und noch eins, Rösel! Nun, wo sie Geld haben, und du läßt dich vom Teufel verblenden ...«

Sie ließ ihn nicht ausreden, sondern verschloß ihm den Mund mit Küssen, während sie ihn mit beiden Armen umschlang. Solche Beteuerungen ihrer Treue mochten ihm sehr behagen, denn sie mußte sie gar oft wiederholen. Endlich ging er. Die schwarze Hofmännin hörte das Geröll des Weges unter seinen Füßen knirschen und dann die Tür des Wirtshauses leise ins Schloß fallen.

Die schwarze Hofmännin harrte schlaflos des Morgens. Kaum graute er, störte sie die Bauern in Hochberg mit dem Geschrei auf, daß ihre Hauptleute von denen auf dem Schloß bestochen seien, um ihre Brüder zu beeinflussen und zu verraten. Georg Metzler und Hans Flux versuchten umsonst, die Aufregung und Wut, die darüber entstand, zu besänftigen. Vergebens schworen sie, daß weder sie noch irgendein Hauptmann Geld vom Schloß erhalten hätten. Die Bauern bemächtigten sich der Geschütze des Grafen von Wertheim und zogen mit ihnen durch den Kuhbachgrund. Ihnen voraus eilte die schwarze Hofmännin nach Heidingsfeld, und als jene an dem Fuß des Nikolausbergs ankamen, strömten ihnen bereits die dort lagernden Bauern in erhitzten Scharen entgegen, und alles legte Hand an, um die schweren Geschütze auf den Gipfel des Berges zu schaffen.

Unterdessen durchflog bereits das Gerücht von dem Verrat der Bischöflichen die Stadt, und die schwarze Hofmänin brauchte die Würzburger nicht, wie vorher die Bauern, erst anzufeuern, über das Schloß herzufallen und alles, was Leben habe, zu erstechen, ehe die Hilfe einträfe, um die ein Bote nach Heidelberg geschickt worden war. Ein Teil der Bürgerschaft lief mit Schaufeln, Karsten und Spitzhacken herbei, um das Schloß zu untergraben. Ein anderer zimmerte unter den Bögen der steineren Brücke, der einzigen, die damals beide Ufer verband, Flöße, um eine gegen das Feuer vom Schloß gedeckte Verbindung herzustellen. Bei dem Pleidenturm am rechten Ufer, im Deutschen Haus und unter dem Bogen der Augustiner wurden Geschütze aufgepflanzt. Hans Bermeter entwickelte eine fieberhafte Tätigkeit. Der Bürgermeister ließ aus allen Vierteln die Domherren, die unter dem Schein der Bauernfreundlichkeit in der Stadt geblieben waren, zu sich kommen und nahm ihnen den Eid ab, bei jedem Auflauf sich zu stellen, den Hauptleuten zu gehorchen und die Stadt vor Schaden zu schützen.

Mittlerweile stürmten die Vorstädter unter Führung der schwarzen Hofmännin die Stiftskirche von St. Burkhard am Tor, das älteste Gotteshaus der Stadt. Die gemalten Fenster, Altäre, Heiligenbilder, Reliquienschreine, Meßgewänder fielen ihrer Erbitterung über die Bischöflichen zum Opfer. Es wurde alles zerschlagen, zerrissen, zertrümmert. Selbst das Kreuz über dem Hochaltar wurde umgestürzt, und die schwarze Hofmännin schlug mit dem Beil, das sie einem Häcker entriß, dem Bild Jesu den Kopf ab.

Götz von Berlichingen sprengte zum Neumünster, um die immer höher schlagenden Wogen zu dämpfen. Das wüste Treiben bei der Stiftskirche entflammte seinen Zorn, und mit feuerrotem Gesicht trat er in die Kapitelstube. Hitzig rückte er den Räten zu Leibe, daß sie derartigen Aufruhr duldeten. Er möchte lieber bei den Türken als bei ihnen sein. Es kam zu den heftigsten Auftritten. Jakob Köhl sagte es ihm auf den Kopf zu, daß er es mit denen auf dem Schloß halte und Zwietracht zwischen den Haufen zu säen trachte. Götz hielt es für geraten, sich davonzumachen.

Kanonendonner läutete den Sonntag Cantate ein. In der Stadt schlug es vier Uhr, als der Nikolausberg sein Feuer auf das Schloß eröffnete. Die Belagerten erwiderten es nicht, sondern ließen ihr sämtliches Geschütz in die Stadt gehen, und in wilder Flucht stoben die Menschen, die sich auf den Plätzen und Gassen angesammelt hatten, vor den einschlagenden Kugeln auseinander. Eine ganze Stunde lang spie der Marienberg seine Geschosse in die Stadt und überstreute die Gassen mit einstürzenden Rauchfängen, Dachsteinen, Mauerstücken und Balkensplittern. Inzwischen taten aber auch die Geschütze am Pleidenturm, bei dem Deutschen Haus, den Augustinern und auf den Stadttürmen ihre eisernen Schlünde auf. Den ganzen langen Tag über donnerte und krachte es auf dem Nikolausberg und in der Stadt, während die Bischöflichen ihr Pulver schonten. Die städtischen Geschütze bewiesen sich wirksamer als diejenigen auf dem Nikolausberg, von denen eine Falkonettkugel den Amtskeller von Lauda in seinem Bett tötete, während ein Schuß von den Stadttürmen den Kaplan des Bischofs das Leben kostete. Der Stadt fügte den größten Schaden die neue auf der Schütt errichtete Batterie zu. Daß sie vor allen Dingen zum Schweigen gebracht werden mußte, darüber waren sich die auf dem Nikolausberg versammelten Hauptleute der Bauern einig. Vielleicht gelang es, sie durch einen plötzlichen Überfall zu nehmen und dabei auch das Schloß zu überrumpeln. Simon Neuffer war dem kühnen Handstreich nicht abgeneigt, riet jedoch, ihn aufzuschieben, bis Florian Geyer aus Rothenburg zurück sei und die Sache in seine kriegserfahrene Hand nähme. Da rümpfte vor allem unter den Pfarrern, die stets alle Weisheit für sich beanspruchten, mancher die Nase. Jakob Köhl gab den Ausschlag, indem er trotzig bemerkte, es hätte auch sonst schon manch einer Burgen erobert. So wurde denn in den Lagern bekanntgegeben, daß im ›Grünen Baum‹ sich registrieren lassen möchte, wer beim Stürmen dabeisein wolle. Da ächzte dort die Stiege unaufhörlich unter den Füßen der sich Meldenden. Besonders kamen viele von der Schwarzen Schar und solche, die schon bei Weinsberg mit dabeigewesen waren. Simon Neuffer hielt es für seine Pflicht, nicht zurückzustehen, und von den Rothenburgern ließ sich auch Paul Ickelsamer, der Fähnrich, einschreiben. Der schöne Regenbogen, der am Montag um die Mittagsstunde bei völlig heiterem Himmel um die Sonne sich zeigte, galt den Bauern als ein siegverheißendes Zeichen. Viele feierten ihn im voraus durch Freudenschüsse.

Später bewölkte sich der Himmel. Eine sternenarme Nacht begünstigte das waghalsige Unternehmen. Um zehn Uhr traten die Freiwilligen ihren Todesmarsch an, jedoch nicht in möglichst größter Stille. Mit Trommelschlag und Pfeifenklang und flatternden Fahnen zogen sie durch die Stadt zum Zeller Tor. Sie waren mit langen Leitern und allem, was zum Stürmen erforderlich war, ausgerüstet. Die Schwarzen bildeten die Spitze, und Simon Neuffer, dem der Oberbefehl über den ganzen Sturmhaufen übertragen worden war, führte sie. Neben ihm ging Konz Harts junger Stiefsohn mit der Trommel und rührte sie kampflustig. Paul Ickelsamer schwenkte die Fahne der Rothenburger. Am Tor standen Jakob Köhl und die Bauernräte. »Dran! Dran, liebe Brüder!« riefen sie den Scharen zu, und bald ertoste die Nacht von dem wilden Geschrei der Stürmenden. Ein mörderisches Feuer empfing sie. Der Wächter auf dem Bergfried, dem hohen Wachturm des Schlosses, hatte die ungewöhnliche Bewegung in der Stadt während des Tages bemerkt, und die Belagerten waren auf der Hut. Die Bauern kümmerten sich jedoch um die in ihre Reihen einschlagenden Kugeln nicht. »Dran! Dran!« Wie die vom Sturm gepeitschte Meeresflut brandeten sie wieder und wieder gegen die Schanzen, überschäumten sie und spülten sie gegen den lichten Zaun. Sie schlugen mit ihren Äxten die Palisaden nieder, rissen sie mit den Händen aus der Erde, zwängten sich zwischen ihnen hindurch und sprangen in den Graben vor den Schloßmauern. Unaufhörlich blitzten und krachten Wall- und Hackenbüchsen und Handrohre. Siedendes Wasser ergoß sich von den Mauern, aus den Fenstern auf die Stürmenden. Stinkkrüge, Pechkränze, griechisches Feuer, Pulverklötze regneten auf sie. Der Barfüßermönch ließ seine Feuerkünste spielen.

Mit Grausen sahen die Würzburger, die auf der Brücke, den Gassen und Plätzen standen, das unaufhörliche Blitzen und Aufflammen und vernahmen das ununterbrochene, durch den Widerhall von den Bergen verstärkte Rollen, Krachen und Knattern, gemischt mit dem wilden Geschrei der Kämpfenden. Es war, als ob sich mehrere Gewitter zugleich über dem Schloß entluden, das mitunter ganz vom Feuer eingehüllt erschien. Was sie aber nicht hören konnten, das war das Ächzen und Stöhnen der Verwundeten und Sterbenden, das Jammergeschrei der im Schloßgraben Verbrühten, Verbrannten, Zerrissenen und Erschlagenen. Plötzlich trat eine Stille ein. Simon Neuffer rief die Stürmenden ab, nicht zum Rückzug, sondern um sie zu sammeln und frisch zu ordnen. Bald schlugen die Trommeln wieder zum Sturm. Der kleine Spielmann der Schwarzen war nicht mehr dabei. Er hatte seine Trommel weggeworfen, einem Toten die Büchse und Kugeltasche abgenommen und war als einer der Ersten wie eine Katze zwischen den Schanzpfählen hindurchgeschlüpft. Mit zerschmetterten Beinen lag er wimmernd im Graben. Da hielt ein Hauptmann der Fußknechte aus einem Fenster Ausschau, wo denn die Bauern wären. Hinter ihm brannte ein Licht. Seine letzte Kraft zusammennehmend, richtete sich der kleine Spielmann ein wenig auf, und seine Kugel zerschmetterte dem Hauptmann den Schädel. »Sie kommen! – Sieg! – Mutter!« hauchte der arme Knabe zurücksinkend und starb.

Mutiger denn zuvor entbrannte der Kampf und spie wie ein Drache rings um das Schloß Rauch und Feuer. Von allen Seiten zugleich stürmten die Bauern an. Etlichen gelang es, bis in den Vorhof des Schlosses vorzudringen, und zwei oder drei erkletterten sogar von der dem Nikolausberg zugekehrten steilen Felswand die Mauern. Sie wurden aber alle sogleich von der Besatzung niedergemacht. Der Heldenmut der Bauern war umsonst. Sie mußten endlich weichen. Die Schwarzen waren die letzten auf dem Kampfplatz. Paul Ickelsamer war gefallen, Simon Neuffer verwundet. Er merkte es aber erst später. Vor dem Zeller Tor schloß sich ihnen die schwarze Hofmännin an. Sie hatte dort während des ganzen Kampfes gestanden, sich nicht um die pfeifenden Kugeln kümmernd, nur mit brennender Seele auf den Augenblick gewartet, in dem die Bauern das Schloß überwältigen würden.

Die Belagerten erwarteten einen dritten Sturm. Als er ausblieb, ließen sie alle ihre schweren Geschütze in die Stadt gehen. Dann machten sie sich daran, frische Kugeln zu gießen, denn sie hatten fast ihren ganzen Vorrat verschossen, so heftig war ihr Feuer gewesen. Vier Stunden lang hatte der Kampf getobt.

Bei Tagesanbruch kamen zwei Herolde mit einem Hut auf einer Stange vor das Schloß. Die Bauern ließen durch sie einen Waffenstillstand bis um zwei Uhr nachmittags anbieten, um ihre Verwundeten, die sie nachts hatten zurücklassen müssen, in die Lager zu schaffen und um ihre Toten zu begraben. In den Gräben und auf der Schanze allein lagen vierhundert von den Ihrigen, verwundet oder tot. Der Domprobst, Markgraf Friedrich von Brandenburg, erschien selbst zur Verhandlung auf der Mauer. Er erklärte sich bereit, einen Stillstand nicht nur bis zwei Uhr, sondern bis Mitternacht anzunehmen. Es sollte jedoch bis dahin alles in dem jetzigen Zustand bleiben und kein Bauer oder Städter den Tell betreten. Alle Erklärungen und Bitten der Herolde prallten an der gepanzerten Brust des geistlichen Fürsten ab. Die Verwundeten mußten in ihren Schmerzen und Qualen hilflos warten, bis der Tod sich ihrer erbarmte. Hoffte der Domprobst, die Bauern durch eine solche Unmenschlichkeit mürbe zu machen, so irrte er sich. Ihre Erbitterung wurde dadurch vielmehr auf das höchste gesteigert, und sie machten sich sogleich daran, den Berg, auf dem das Schloß stand, oberhalb der Vorstadt St. Burghard zu untergraben und neue Schanzen anzulegen.

Wilhelm von Grumbach, der mit seinem Bruder eine Kammer im östlichen Schloßgiebel teilte, sah aus dem Fenster den Arbeiten zu. Sein Bruder lag auf dem Bett und versuchte, den verlorenen Nachtschlaf nachzuholen. »Angenehme Aussicht das«, sprach Wilhelm über die Schulter, »eines schönen Tages in die Luft zu fliegen oder in den Main zu purzeln, wenn wir nicht früher vor Durst umkommen.«

»Verdursten? Ist gar nicht möglich«, erwiderte der ältere Bruder phlegmatisch. »Hab' mir mit dem Rotenhahn die Weinkeller angeschaut, können sie in etlichen Jahren nicht leersaufen.«

»Die Weinfässer nicht, aber den Schloßbrunnen, zumal es nimmer regnen will. Ist doch seit Wochen kein Tropfen vom Himmel gefallen.«

»Hat mir auch schon Sorgen gemacht,wegen der Saaten«, gähnte Hans von Grumbach. »Mögen schlecht genug stehen, unsere Felder.«

»Um unsere Felder brauchen wir uns schwerlich noch zu sorgen, die werden die Bauern ernten«, antwortete Wilhelm mit bissigem Humor. »Wir werden von Glück reden können, wenn wir von unseren Burgen noch einen Stein auf dem anderen finden.«

Sein Bruder fuhr mit dem Oberkörper im Bett auf. »Plagt dich der Teufel? – Ach, Unsinn«, fügte er dann hinzu und ließ sich wieder in die Kissen zurückfallen.

Wilhelm kam zu ihm und sagte mit gedämpfter Stimme: »Wenn du die beiden größten Esel sehen willst, so schau mich und dich an. Denn das sind wir, weil wir hierherkommen sind, anstatt es wie der Henneberger und andere zu machen. Eine Schande ist's, daß Edelleute bei Pfaffen zu Lehen gehen. Wenn unsere Vorfahren in ihres Herzens Einfältigkeit sich die Freiheit ihres Besitzes von den Kutten abschwindeln ließen, vielleicht für ein paar Seelenmessen, sollen wir darunter für alle Zeit leiden? Ich will's nicht.«

»Denk an den Sickingen«, warnte Hans, während er sich auf den rechten Ellenbogen stützte. »Wenn wir damals dem Florian gefolgt wären, äßen wir heut' unser Brot im Elend.«

»Damals war es schon zu spät dazu. Aber heut' liegt's anders und günstiger. Die Bauern haben die Macht, und was der Götz sich zutraut, das können die Grumbachs auch wagen, sollt' ich meinen. Mir frißt es die Leber ab, daß wir diesen vor Hochmut stinkenden Thüngen hofieren müssen. Mein Eisen in ihren Bauch! Was meinst du, Hans? Noch könnten wir's wenden.«

»Laß mich jetzt schlafen, mir ist ganz dösig im Kopf«, murrte Hans und drehte sich der Wand zu.

Es lag nicht viel von brüderlicher Liebe in den feinen Zügen Wilhelms, als er von dem Bett wieder an das Fenster zurücktrat. An seinem rötlichen Schnurrbart zupfend, schaute er brütend hinaus.

Wie Hans von Grumbach, so lag Simon Neuffer in Heidingsfeld in seinem Quartier, das er bei einem Töpfer hatte, auf dem Bett, nicht Schlaf suchend, sondern fest schlafend. Auf einem Schemel zu seinem Fußende saß die schwarze Hofmännin, das Gesicht in die Hände gestützt. Sie hatte es eher bemerkt als er selbst, daß er verwundet war, und war mit ihm gegangen, hatte die Wunde gereinigt und verbunden. Ein Streifschuß hatte ihm das Fleisch des linken Oberarms aufgepflügt. An sich hatte er aber nicht eher gedacht, als bis er in Heidingsfeld die Mannschaft mit einem Wort der Anerkennung für ihre Tapferkeit entlassen hatte und für die Verwundeten, die sie mit sich hatten nehmen können, nach bestem Vermögen Sorge getragen hatte. Die schwarze Hofmännin hatte es ihm nicht vergessen, daß er ihrem Enkel zugetan gewesen war. Ihm verdankte sie, was sie von dessen letztem Tag wußte, und aus aller Verwüstung und Verwilderung, die das unsägliche Leiden in ihrer Seele angerichtet hatte, züngelte das Flämmlein weiblicher Barmherzigkeit auf. Ein dumpfes, dem Donner ähnliches Grollen, das näher und näher kam, störte sie aus ihrem Sinnen auf. Sie erhob sich geräuschlos und öffnete das Fenster, dem die dünne Haut einer Schweinsblase als Glas diente. Aber der Himmel war völlig heiter, und jetzt erstarb das donnerartige Grollen in einem Jubelgeschrei. Es schien vom Marktplatz herzukommen. Darüber erwachte auch Simon. »Bleib du ruhig liegen. Ich will nachschauen, was es gibt«, ermahnte ihn die Hofmännin und verließ ihn. Die Erschöpfung ließ ihn bald wieder einschlafen. Ein Poltern schwerer Tritte auf der Stiege zu seiner Kammer weckte ihn abermals. Dann öffnete sich die Tür, und hinter der Hofmännin erschienen der lange Lienhart und Kaspar Etschlich. Simon fuhr in die Höhe und rieb sich die Augen. Waren das Traumgestalten, oder wachte er?

»Ha, Bruderherz, was sind das für dumme Geschichten?« drang die tiefe Stimme des Riesen an sein Ohr. »Aber bleib liegen! Wir wissen schon alles!« Und er drückte Simon in die Kissen zurück.

»Das mit mir hat nix auf sich«, versicherte Simon. »Und auch der Kaspar ist da? Na, grüß' euch Gott! Und bringt ihr die Geschütze?«

»Freilich«, rief der lange Lienhart, während Kaspar dem Vetter die Rechte schüttelte.

»Wenn sie nur schon gestern hier gewesen wären«, seufzte Simon, »ich hab' mir den ganzen ausgeschlagenen Tag die Augen nach euch ausgeschaut.«

»Wären auch gegen Abend hier gewesen, wenn der Teufel sich nicht ins Spiel eingemischt hätte. Muß überall dabeisein«, schnaubte der lange Lienhart.

»Kennst du etwa einen anderen, der die Welt regiert?« fragte herb die schwarze Hofmännin.

»Kenn' mich in diesen Sachen nicht aus«, erwiderte jener, sie mit seinen Eulenaugen von der Seite ansehend. »Mußt die Schwarzröcke fragen. Das aber war ein über alle Maßen schändliches Spiel von ihm. Bricht doch kurz von Röttingen an einem der Geschütze ein Rad, und wir mußten deshalb bis heut' früh dort liegen bleiben. Der Stellmacher und der Schmied in Röttingen werden an mich denken, so hab' ich sie zur Eile angetrieben. Freilich, wie hätt' einer sich auch vorstellen mögen, daß ihr stürmen würdet, bevor eine Bresche gelegt ist. Es ist halt zu dumm.«

»Nun, laß schon«, mischte Kaspar sich ein, schob sich den Schemel ans Lager und begann Simon von den Seinigen und von Ohrenbach zu erzählen.

Der lange Lienhart wandte sich an die schwarze Hofmännin, deutet mit den Augen auf Kaspar und sagte: »Schau, der da war der beste Freund von deinem Hans. Er kann dir auch erzählen, wie ihn der Rosenberg erschlug: Er war dabei.«

Ein langgezogener Seufzer zitterte über die welken Lippen der alten Frau. Ihre Augen ruhten wie heiße Flammen auf dem Tuchscherer.

»Nur Mut«, fuhr der lange Lienhart fort. »Jetzt sind die Pfefferbüchsen zur Stelle, und wir wollen die Bischöflichen pfeffern, daß sie aus dem Niesen nimmer herauskommen. – Aber es ist halt Zeit, daß ich nach unserem Rothenburger Fähnlein mich umtu'. Adieu, Simon, bis dahin.«

Die schwarze Hofmännin lehnte sich mit dem Rücken gegen das Fenster und hörte zu, wie Kaspar von Ohrenbach erzählte. Auch teilte er dem Vetter mit, daß er bei den Schwarzen eintreten möchte. Dieser freute sich darüber und bot ihm an, seine Kammer mit ihm zu teilen. Sie sei zwar eng, aber ein Bett fände wohl noch Platz darin. Die schwarze Hofmännin übernahm es, wegen eines zweiten Bettes mit dem Quartierwirt zu reden.

Nicht lange, so knarrte die Stiege wieder unter schweren, klirrenden Schritten. Es war Florian Geyer, der bei Tagesanbruch von Rothenburg fortgeritten war. Simon Neuffer wurde bei seinem Anblick dunkelrot. Er aber sagte freundlich: »Rege dich nicht auf. Die Hauptsache ist, daß mir mein tapferer Leutinger erhalten geblieben ist. Die Verluste werden sich ja ersetzen lassen.«

Simon atmete erleichtert auf, denn es hatte ihm vor der ersten Begegnung mit Florian Geyer nicht wenig gebangt. »Da steht gleich einer, der sich anwerben lassen will«, sagte er, auf seinen Vetter deutend. Florian Geyer musterte denselben aufmerksam. Die nicht große, jedoch kräftige Gestalt fand seinen Beifall. Er nickte Kaspar zu und verwies ihn wegen des weiteren an den Leutinger: »Und jetzt vergönn' mir ein vertrauliches Wörtchen, Hauptmann Geyer«, bat dieser. Kaspar schob Florian einen Stuhl an das Bett und folgte der schwarzen Hofmännin aus der Kammer.

»Versprich mir, Hauptmann, daß du es nicht übel auslegen willst, was ich dir sagen möchte«, begann Simon. »Es liegt mir schon lange auf dem Herzen, aber jetzt, wo der Sturm verunglückt ist, muß es heraus.«

»Was zum allgemeinen Besten dienen soll, mag mir immerhin bitter schmecken. Das macht nichts«, erwiderte Florian Geyer, der sich unterdessen gesetzt hatte. »Also sprich frei von der Leber weg!«

»Schau, das Unglück in der vergangenen Nacht wär' nimmer geschehen, wenn dich der Ausschuß nicht weggeschickt hätte.«

»Du willst doch nicht etwa sagen, daß die Hauptleute den Sturm vorher geplant hatten und ich absichtlich nach Rothenburg geschickt wurde, weil sie meinen Widerspruch gegen ein so törichtes Unternehmen befürchteten?« fragte Florian Geyer mit großen Augen.

»Das nicht gerade, aber sie wollten damit nicht warten, bis du zurückkamst. Schau, es glaubt halt jeder die Sache ebensogut zu verstehen wie du. Sie sind halt eifersüchtig auf dich. Weil sie ein Ansehen unter den Bauern gewonnen haben, so möchte jeder in allen Stücken der Erste sein, und Neid und Ehrgeiz fressen an ihren Herzen, und du stehst ihnen im Weg.«

»Dafür möcht' ich sie nicht schelten, Bruder Neuffer, denn das ist nur menschlich«, entgegnete Florian Geyer mit Ruhe. »Solange ihre

Herren ihnen das Mark aus den Knochen quetschten und sie wie das Vieh behandelten, wie hätten sie sich da als Menschen fühlen sollen? Jetzt erwacht der Mensch in ihnen, und sie wollen daher nicht weniger gelten als diejenigen, zu denen sie früher aus ihrer Entwürdigung mit knechtischer Furcht und Erbitterung aufschauten. Wir wollen uns darüber freuen, denn die Freiheit gedeiht nicht, wenn der Mensch ohne Selbstgefühl ist. Überheben sie sich in ihrem gärenden Freiheitsdrang, nun, so wird der Most sich schon klären. Schlimm wäre es, wenn sie meinen ehrlichen Absichten mißtrauten.«

»Nein, nein, das tun sie nicht«, versicherte Simon lebhaft. »Aber diese Eifersüchteleien zernagen die Einigkeit, und daran scheitern die besten Ratschläge. Wir verpassen die günstigen Gelegenheiten und stärken damit bloß die Feinde. Das kann und darf nicht so weitergehen. Einer, der einen starken Willen hat, muß sie zum allgemeinen Besten zwingen. Und der wärest du, Hauptmann Geyer. Wenn du im Ausschuß an dein Schwert schlägst, dann werden sie murren, aber du sollst sehen, sie gehorchen.«

Florian Geyer blickte ihn überrascht an, dann drehte er seinen Schnurrbart in die Höhe und antwortete: »Es könnte mich fast gelüsten, es zu versuchen, wenn ich sehen muß, wie das Stilliegen hier die Leute ganz und gar verdirbt und es in Würzburg mit jedem Tag schlimmer wird. Der Rat hat nichts mehr zu sagen, und auch dem Bermeter und seinen Freunden entgleiten die Zügel mehr und mehr. Bruder Ambrosius predigt vergebens, und die Galgen bleiben leer. Aber im Ernst, der Zweck heiligt nimmer die Mittel, auch nicht in politischen Sachen. Wenn ich mich wirklich der Gewalt bemächtigen wollte, so würde nichts anderes daraus entspringen als neue Gewalt. Denn Unrecht und Gewalt können sich nur durch Unrecht und Gewalt behaupten. Solange die Welt steht, haben sie noch kein Volk zur Freiheit geführt. Im Gegenteil, die Folge widerrechtlich angemaßter Gewalt war stets neue Knechtschaft. Mag auch ein Mann vom lautersten Charakter und in der edelsten Absicht der Herrschaft sich bemächtigen, auch er ist nur ein Mensch. Und wenn ihn nicht das Machtgefühl berauscht, so verderben ihn seine Helfershelfer und Gesellen mit ihren Schmeicheleien, Listen und Ränken, um ihren eigenen Vorteil durch ihn zu erlangen. Und noch eines will ich dir sagen! Ist in einem Volk das Freiheitsgefühl gestorben, kann sich wohl ein Ehrgeiziger die höchste Gewalt anmaßen. Ein zur Freiheit aufstrebendes Volk läßt das nimmer zu. Meine eigenen Schwarzen würden mich in Stücke hauen, wenn ich es versuchen wollte, und sie täten recht daran.«

Simon blickte ihn bekümmert an. »Du wirst halt recht haben. Ich will drüber nachdenken«, sagte er verzagt.

Bruder Ambrosius hielt in der Kirche von Heidingsfeld einen Trauergottesdienst für die vor dem Marienberg Gefallenen ab. Er hätte gleich der dreitausend thüringischen Brüder gedenken können, die am selben Montag der Landgraf Philipp von Hessen, Ernst von Mansfeld und Georg von Sachsen erschlagen hatten. Richtiger wäre zu sagen: ermordet hatten, denn sie waren mitten im Waffenstillstand, den sie den Bauern bewilligt hatten, über die dem Fürstenwort Vertrauenden hergefallen. Dreitausend erschlagen, dreihundert Gefangene hingerichtet, Thomas Münzer und sein Freund Pfeiffer in der Gewalt der wortbrüchigen Herren! Aber noch wußte man davon in Heidingsfeld nichts. Bruder Ambrosius bezeichnete die Gefallenen in seiner tief ergreifenden Predigt als die Blutzeugen der Freiheit. Er verglich sie mit den Märtyrern des Christentums, ohne deren Leiden und Tod dasselbe nie zum Sieg gelangt wäre. Genauso werde auch dem seit Jahrhunderten geknechteten Volk aus solchem Blut der Baum der Freiheit erwachsen. Mit dieser Verheißung entließ er die tieferschütterten und erhobenen Zuhörer, für welche die Kirche sich als viel zu klein erwiesen hatte, so daß viele vor den offenen Türen hatten stehen müssen. Die Hauptleute und Räte des Ausschusses blieben zurück. Denn derselbe hielt fortan seine Sitzungen in der Kirche von Heidingsfeld, da die Mainbrücke unter den Kanonen des Marienberges lag. Florian Geyer und Pezold erstatteten einen kurzen Bericht über ihre Gesandtschaft. Ehrenfried Kumpf überreichte das Ratsschreiben, das ihn und Georg Spelt als Vertreter Rothenburgs im Ausschuß beglaubigte. Nunmehr fühlte sich Dr. Karlstadt zum Wort gedrängt. An die Predigt des Bruders Ambrosius anknüpfend, begann er darzulegen, wie mit der politischen Freiheit allein nichts errungen wäre, wenn nicht das gesamte Leben im Geist der ersten Christengemeinden erneuert würde. Das bekam ihm übel, war er doch von Luther geächtet. Die Pfarrer fürchteten den Einfluß seiner Lehren auf ihre Bauern und fielen ihm daher mit lautem Geschrei in die Rede. Sie bedürften seiner Ermahnungen nicht und wollten auch sonst von seinem christlichen Kommunismus nichts hören. Ehrenfried Kumpf, der sich von der Gelehrtheit und Beredtsamkeit des Doktors viel Förderliches versprochen hatte, versuchte zu vermitteln, aber seine Ermahnungen zu Frieden und Eintracht blieben wirkungslos. Just um der Eintracht willen sollte Karlstadt ein Haus weiter gehen, entgegnete ihm der Pfarrer Bubenleben. Er trüge nur Sektiererei ins Lager. Jakob Köhl gebot mit seiner Stentorstimme Ruhe. Es sei genug des Gezänkes. Der Doktor möge den Staub von seinen Schuhen schütteln, sie hätten ihn nicht gerufen und brauchten ihn nicht, und im Ausschuß hätte er nichts zu suchen.

Ehrenfried Kumpf, der nach Würzburg mußte, um Bürgermeister und Rat die Grüße der neugewonnenen Bruderstadt Rothenburg zu überbringen, führte den Doktor mit sich aus der Kirche. Das war das Ende von Karlstadts Ausfahrt, die schon unter einem üblen Anzeichen begonnen hatte. Denn unter dem städtischen Geleit der Geschütze war ein Knecht, dessen Gemüt der neue Glauben nicht erfüllte, vielmehr es mit dumpfem Fanatismus verfinsterte. Wie der unter dem Galgentor den Doktor gesehen hatte, war die Wut über ihn gekommen. »Sollen wir mit einem solchen Bösewicht reiten?« hatte er gebrüllt, und er hätte Karlstadt vom Pferd aus erstochen, wenn Jörg Spelt den Lanzenstoß nicht noch glücklich abgewehrt hätte.

Nun hatten die Bauernpfarrer den Doktor symbolisch gesteinigt. »Es ist so, daß die Pfaffen des neuen Papstes wie die des römischen voll blinden Eifers und Überhebung in allen Stücken sind. Alle Weisheit glauben sie zu besitzen und stinken doch vor Unwissenheit, daß es ein Greuel ist. Auf solchen Bäumen kann für die Menschheit keine süße Frucht wachsen.« Mit solch bitteren Worten nahm Karlstadt von dem Altbürgermeister Abschied und kehrte mit dem Geleit aus Gattenhofen nach Rothenburg zurück. Die Wache am Galgentor aber verweigerte ihm den Einlaß, und der Bürgermeister Bermeter entschied, wer ihm befohlen hätte hinauszugehen, der sollte ihn auch wieder hereinlassen. Stephan von Menzingen erfuhr es glücklicherweise, eilte ans Tor und befahl im Namen des Ausschusses, ihm zu öffnen. Fräulein von Badell gewährte dem Heimatlosen Herberge in ihrem Haus.

Ehrenfried Kumpf feierte dagegen im Rathaus einen großen Triumph. Seine Begrüßungsrede gefiel allen über die Maßen, besonders weil er es aussprach, daß Würzburg durch die Tyrannei der Bischöfe von dem Reich abgedrängt worden sei, zu dem es einstmals gehört habe, und deshalb das Schloß niedergerissen werden müßte. Die Bürgerschaft erwählte ihn in ihrer Freude zu ihrem Schultheißen, und als solcher saß er fortan im Inneren Ausschusse, Spelt im Bauernrat.

Der Altbürgermeister hatte Heidingsfeld kaum durch das Maintor verlassen, als ihm zwei bewaffnete Bauern auf schäumenden Pferden entgegengerast kamen. Er wollte die Männer ansprechen, aber sie eilten ohne Aufenthalt an ihm vorüber. Es waren Jörg Metzler aus Ballenberg und Hans Müller, genannt Flux, der Hauptmann des Heilbronner Fähnleins. Mit hochroten Gesichtern von dem schnellen Ritt traten sie in die Kirche, wo sie der lange Lienhart mit dem scheltenden Zuruf begrüßte: »Ihr seid mir auch die rechten Brüder, daß ihr erst jetzt kommt. Weil ihr bei dem Sturm auf den Marienberg nicht dabei wart, lohnte es sich nicht, die Toten zu ehren. Was?«

»Lieber«, versetzte Hans Flux und nahm eine würdevolle Haltung an, »nur ein Wörtchen bräucht' ich zu sagen, und du sperrtest das Maul auf wie der Walfisch, als er den Jonas verschlang.«

»Geh«, spottete Michael Hasenbart von Mergentheim, »hättest du vom Walfisch den Rachen, er wäre dir nicht weit genug, um dich selbst zu rühmen.«

Hans Flux mußte es hinnehmen, daß sich auf seine Kosten ein schallendes Gelächter erhob. Jörg Metzler aber rief; »Nun, laßt die Neckerei. Just als wir reiten wollten, brachten die Heilbronner zwei Gefangene herein, die wir erst verhören mußten. Es waren zwei Boten von Frauenberg. Der eine, den sie den langen Wilm hießen, kam von Heidelberg zurück, der andere wollte zum Bischof. Sie waren sich in Waldbüttelbrunn begegnet, saßen im Wirtshaus und redeten miteinander über ihre Geheimnisse.«

»Und hier ist das Schreiben des Bischofs an den Markgrafen Friedrich«, fiel Hans Flux ein und schwenkte ein Papier, das er aus seinem Wams gezogen hatte, triumphierend durch die Luft. »Im hohlen Spieß vom langen Wilm steckte es.«

»Vorlesen! Vorlesen!« rief man von allen Seiten.

Hans Flux kam dem nach. Was er aber mit einigem Stocken und Stottern vorlas, machte die Stirnen der Hauptleute und Räte sehr ernst. Denn der Bischof schrieb, daß der Schwäbische Bund, der Kurfürst von Trier und der Pfalzgraf ihm die schleunigste Hilfe zugesagt hätten, daß ferner Graf Wilhelm von Henneberg einen Ausgleich mit ihm in die Wege geleitet habe und vereint mit den nach Coburg geflüchteten Edelleuten des Bistums das aufständische Meiningen überfallen und von Norden her auf Würzburg rücken wollte, sobald der Landgraf Philipp von Hessen aus Thüringen heranzöge.

Kaum schwieg Flux, da brach Hans Schnabel, der Hauptmann des Bildhäuser Haufens, der seinerzeit den Grafen von Henneberg auf dessen Verlangen in die Bruderschaft der Bauern aufgenommen hatte, in bebende Wut aus: »Daß ihn Gottes Marter schänd', den meineidigen Schuft. Den Handschuh hat er ausgezogen in Bildhausen und zu Gott dem Allmächtigen geschworen, bei unseren Artikeln zu leben und zu sterben. Über alle Spiel- und Schellerplätze (Freudenhäuser) im ganzen Bistum für Geld die Aufsicht zu führen, das verträgt sich mit seiner hochfürstlichen Ehre. Solches Geld stinkt nicht. Aber uns sein feierlich beschworenes Wort zu halten, das geht ihm gegen die Ehre.«

»Es stehen ja Galgen in Würzburg, schlagen wir seinen Namen daran«, rief Leonhard Melzler.

»Recht hast du, und ich will eine saubere Tafel mit seinem Namen machen«, stimmte ihm Hans Schnabel, der ein Schreiner war, zu.

»Aber, Brüder, ich bin noch nicht zu Ende«, ergriff Hans Flux jetzt wieder das Wort. »Der andere Bote, den wir fingen, hatte nichts

Schriftliches vom Schloß. Wie er bekannt hat, sollte er den Bischof bei allen Heiligen beschwören, nicht eine Stund länger mit der Hilfe zu warten, wenn er helfen könnte. Ihre Bedrängnis sei gar groß, schon ginge ihnen das Wasser aus.«

»Nun, liebe Freunde«, rief Florian Geyer in die frohe Erregung hinein, die jetzt um sich griff, »da die Rothenburger Geschütze da sind, so dürfen wir uns wohl damit trösten, daß der Frauenberg unser ist, bevor der Bischof kommt.«

Ein klirrender Schritt auf den Steinplatten veranlaßte ihn, einen Blick zum Eingang zu werfen, und in höchster Überraschung rief er: »Der Wendel Hipler!« Wie war das möglich? Der war ja in Heilbronn. »Ich bin es aber wirklich, ihr Brüder«, erwiderte er mit rauher Kehle, Florian Geyers Hand schüttelnd, »und wollt ihr mich mit einem Trank Wasser willkommen heißen, so werd' ich's euch danken.« In einem Zug war er von Heilbronn nach Heidingsfeld geritten und eben vom Sattel gestiegen. Stiefel, Kleider, Haare, Bart, Gesicht trugen die überdeutlichen Spuren von dem Staub und Schmutz des weiten Weges. Jörg Metzler verließ die Kirche, um den Wunsch des Kanzlers zu erfüllen, der sich auf der nächsten Bank erschöpft niederließ und fortfuhr, während die Räte und Hauptleute ihn neugierig umringten: »Der Verfassungsausschuß hat seine Arbeiten einstweilen einstellen und auseinandergehen müssen, denn in diesem Augenblick ist der Truchseß wahrscheinlich schon in Heilbronn und bedroht Weinsberg mit seiner Rache. Denn die liegt ihm als erstes am Herzen.«

»Oho, an Heilbronn beißt er sich die Zähne aus«, übertönte Hans Flux die Unruhe, die angesichts dieser bedenklichen Mitteilung entstand.

»Ihr würdet Recht behalten, wenn seine Bürger so fest wären wie seine Mauern«, antwortete Hipler. »Aber als ich mich auf die Reise begab, war Euer eigener Schwager, der Bürgermeister Rieser, mit dem Stadtschreiber und Berle nach Stuttgart hinaufgeritten, wo der Truchseß bereits sein Hauptquartier hatte, um mit ihm wegen der Unterwerfung Heilbronns zu verhandeln.«

»Pfui Teufel«, rief der Bäck Hans Flux mit purpurrotem Kopf. »Wär' ich dort gewesen, ich hätt's niemals geduldet.«

Das Gelächter, das über diese Prahlerei entstand, bewies die hohe Spannung, in der sich die Gemüter der Anwesenden befanden. Jörg Metzler brachte einen Krug Wein aus dem Wirtshaus ›Zum Hirschen‹, das neben der Kirche lag, und Wendel Hipler seufzte, nachdem er seinen Durst gelöscht hatte: »Es ist bitter zu überlegen, wie anders alles stünde, vom Schwarzwald bis zum Untersee, wenn ihr, wie es in Weinsberg beschlossen worden ist, statt hier festzuliegen, dem Truchseß in die Flanke gefallen wärt. Er hätte dann das Oberland nicht dämpfen, das Unterland nicht überziehen können.«

»Ja, sag es ihnen nur«, warf Florian Geyer ein, »denn der Götz und ich haben leider tauben Ohren gepredigt.«

»Und vor fünf Tagen ist es bei Böblingen zu einer mörderischen Schlacht gekommen«, fuhr Hipler fort. »Die Württemberger haben sich mit großer Tapferkeit gewehrt, wie auch vordem, aber zuletzt haben sie weichen müssen. Über zweitausend von ihnen sollen gefallen und auf der Flucht erstochen worden sein. Alle Wege, alle Wälder sind voll von Flüchtlingen, und wo der Truchseß in ein Dorf oder Städtchen einzieht, da hat er den Henker dabei und beschafft ihm reiche Arbeit. Auf die Prediger des gereinigten Glaubens hat er es besonders abgesehen. Es eilt ihm aber ein ganz besonders großer Schrecken voraus. Das sind seine Eisenreiter, und das Volk nennt sie Jörgs Tod.«

»Mag er nur kommen, wir fürchten uns nicht«, rief Jakob Köhl und schlug sich mit der Faust auf die Brust.

Wendel Hipler nahm den Faden seines Berichtes wieder auf: »Sobald wir durch Flüchtlinge von der Schlacht bei Böblingen erfuhren, taten wir, was in unseren Kräften stand, der Locher, Schickmer und ich. Da aber die Neckartaler hier bei den Odenwäldlern liegen, hatte unsere Ermunterung keinen sonderlichen Erfolg. Die Landleute waren wohl willig zu fechten, allein die Städte waren verzagt und hatten bereits ihre Unterwerfungsschreiben an den Truchseß geschickt. Ohne sie als zuverlässige Stützpunkte war bei der geringen Macht, die wir versammeln konnten, jeder Widerstand aussichtslos, zumal der Truchseß die Flüchtlinge von Böblingen, die der Jäcklein Rohrbach bei Hohenasberg sammelte, zersprengte. So bin ich denn hierhergeeilt. Helft, Freunde, Brüder! Der Sieg unserer Sache wird nicht hier, sondern in Württemberg ausgefochten. Schlagen wir den Truchseß aufs Haupt, so schlagen wir damit alle unsere Feinde aufs Haupt.«

Der lange Lienhart stieß sein mächtiges Schwert klirrend gegen den Steinboden und rief: »Recht hat er. Zu den Waffen denn! Auf, dem Truchseß entgegen!«

Der Ruf fand jedoch nur geringen Widerhall. Kunz Bayer, der Pfennigmeister und Schultheiß von Ottelfingen, sagte vernehmlich: »Wir sind halt Franken, keine Schwaben.«

»Und das Hemd ist uns näher als der Kittel«, fügte Jakob Köhl hinzu.

Jörg Metzler und Hans Flux drohten beiden mit den geballten Fäusten, und Wendel Hipler starrte sie an, als ob er nicht recht gehört hätte.

»Das ist die wahre Freiheitsliebe, die nur an sich denkt und den Bruder zugrunde gehen läßt«, bemerkte Florian Geyer bitter.

»Aber auch die Würzburger sind unsere Brüder, und wir haben ihnen gelobt, nicht von ihnen zu weichen, bis daß der Marienberg zerstört ist«, wandte der Pfarrer Bernhard Bubenleben ein, worauf der Brettheimer Metzler murrte: »Oh weh, das war jetzt falsch!«

»Das wäre kein Grund, Bruder Pfarrer«, hielt diesem der oberste Hauptmann des Tauberhaufens, Hans Kolbenschlag, ein breit und fest auf sich ruhender Mann, entgegen. »Denn wir haben just gehört, wie übel es auf dem Schloß ausschaut. Wir haben aber auch gehört, daß der Bischof Konrad mit dem Pfalzgrafen und im Norden der Henneberger mit dem Landgrafen von Hessen uns bedroht.«

»Und im Osten der Markgraf Kasimir«, ergänzte Gregor von Burgbernheim, der Hauptmann der Markgräfischen. Es war ein noch nicht dreißigjähriger Mann, der höchst selten einmal das Wort ergriff. »Er hat sich an der Rothenburger Grenze zusammengeballt und sengt und brennt, noch freilich in seinem eigenen Land.«

»Und überdies sind wir nicht schlagfertig«, ergriff Hans Kolbenschlag von neuem das Wort. »Wir haben viele und just die zuverlässigsten Leute zu den Feldarbeiten nach Hause entlassen, weil wir sicher waren, daß sie sich auf den ersten Ruf wieder einfinden, und die Schwarze Schar hat gar schwere Verluste erlitten.«

»Steht es so schlimm?« rief Wendel Hipler betroffen. »Jetzt rächt es sich bitter an uns, daß wir nichts davon haben hören wollen, die nach der Schlacht von Pavia entlassenen Fußknechte anzuwerben. Dem Feind haben wir sie zugetrieben und ihre Waffen auf unsere Brust gerichtet.«

Florian Geyer, der bisher nachdenklich an seinem Schnurrbart gedreht hatte, erhob jetzt den Kopf und sprach: »Unter den Feinden, die uns bedrohen, ist zweifellos der Truchseß der stärkste. Haben wir ihn besiegt, haben wir mit den anderen ein leichtes Spiel. Durch unsere Schuld hat ist er so groß geworden. Ihm müssen wir uns daher vor allen Dingen mit unserer größten Macht entgegenwerfen, ohne unseren Rücken bloßzulegen. Das vordringlichste ist daher – und wir müssen es sogleich ins Werk setzen –, daß die Fähnlein ihre Beurlaubten zurückrufen und daß der Ausschuß an alle uns verbündeten Gemeinden ein Anschreiben richtet, sich zu rüsten und auf das erste Zeichen mit ihrer gesamten waffenfähigen Mannschaft zu uns vorzurücken. Denn wir werden unseren Feinden gegenüber unsere ganze Macht brauchen: den kleinsten Teil, um den Marienberg im Auge zu behalten, einen anderen gegen den Henneberger und den Landgrafen, den dritten gegen den Markgrafen und den größten von allen, um dem Truchseß die Stirn zu bieten. Beschließt es jetzt nach meinem Antrag, denn wir haben keine Zeit zu verlieren, und führt's aus.«

»Aber wir müssen doch erst einen Feldzugsplan haben«, wandte Kunz Bayer, der Schultheiß von Öttelfingen, ein.

»Den entwerfen und erwägen wir, während unsere Eilboten laufen«, erwiderte Florian Geyer. »Die Hauptsache wird sein, daß wir uns nicht hier von unseren sämtlichen Feinden umringen und wie einen Eber von den Jägern stellen lassen.«

»Das ist das Richtige«, pflichtete der Kanzler ihm bei, der sich inzwischen durch einen neuen Trunk gestärkt hatte. »Wir müssen eine feste Stellung beziehen, in der wir es dem Truchseß, der nicht säumen wird, dem Bischof und dem Pfalzgrafen Ludwig die Hand zu reichen, unmöglich machen, in das Bistum einzufallen. Laßt jetzt die Briefe schreiben, und sendet die Boten fort, wie es der Hauptmann Geyer vorgeschlagen hat. Mir vergönnt unterdessen, daß ich mich eine kleine Weile ausruhe.«

»Wir brauchen wohl alle eine kleine Stärkung. Ich bin hungrig wie ein Wolf«, ließ sich Jakob Köhl vernehmen.

»Aber mein Antrag?« fragte Florian Geyer mit gerunzelter Stirn.

»Oh, da ist keiner dagegen«, meinte der oberste Hauptmann, und von allen Seiten erscholl ein Nein.

Als Wendel Hipler die Kirche verließ, trat ihm aus der Menge, die sich auf das Gerücht von seiner Ankunft vor derselben versammelt hatte, die schwarze Hofmännin entgegen und erkundigte sich, ob er etwas vom Jäcklein Rohrbach wisse.

»Ach, Ihr seid's, Hofmännin?« antwortete Hipler zögernd. »Hm, der Rohrbach! Ja, von dem weiß ich Euch kaum Gutes zu vermelden. Ihr wißt ja selbst, wie es im Krieg zugeht.«

»Tot«, murmelte sie.

»Ich habe halt nur vernommen, daß er gefangen worden ist, bei Hohenasberg von dem Truchseß.«

»Oh, das ist schlimmer als tot«, stöhnte sie.

»Freilich, denn er befehligt das Strafgericht zu Weinsberg«, gab Wendel Hipler mit einem mitleidigen Blick zu.

Sie sah ihn forschend an und fragte: »Was meint Ihr?«

»Nun, Hofmännin, Ihr mögt's Euch selber ausdenken. Auch der Melchior Nonnenmacher, der dem Grafen von Helfenstein zum Gang in die Spieße aufspielte, wurde gefangen, schon etliche Tage vor ihm. Es ist eine große Schlacht bei Böblingen gewesen, und der Nonnenmacher hatte einen Unterschlupf in Sindelfingen gefunden. Die Bürger lieferten ihn an den Truchseß aus. Als es Nacht wurde, ließ der Truchseß ihn auf dem Schlachtfeld mit einer Kette an einen Apfelbaum binden, so daß er zwei Schritte um denselben laufen konnte, und anderthalb Klafter von dem Baum entfernt einen Holzstoß aufschichten. Der Truchseß und seine Ritter trugen Scheite herbei und scherzten, daß sie den Spielmann fein langsam braten wollten. Und die Entmenschten standen dabei und lachten und johlten, als der Unglückliche in dem feurigen Kreis an seiner Kette hin- und herlief und sprang und vor Schmerzen brüllte wie ein wildes Tier. Es dauerte aber lange, bis er zu Boden fiel und verstummte. – Einer von den Gefangenen, die zusehen mußten und dem es im Lauf der Nacht zu entfliehen gelang, hat es mir erzählt.«

Es gab wahrlich unter den Zuhörern, zu denen sich die aus der Kirche kommenden Bauern gesellt hatten, starke Herzen genug. Selbst die stärksten überkam jedoch bei solch ausgeklügelter Barbarei ein Grauen. Die schwarze Hofmännin lachte wie eine Wahnsinnige.

»Ich fasse es nicht, wie ein Feldherr seine Ehre vor Mit- und Nachwelt durch solche Greuel schänden kann«, äußerte Wendel Hipler, als er sich vor dem ›Hirschen‹, in dem er untergebracht war, von Florian Geyer verabschiedete. »Keine Zeit kann solche Schandtaten im Gedächtnis der Menschen je auslöschen.«

»Der Schwäbische Bund wußte wohl, warum er just ihn zum obersten Feldhauptmann wählte«, erwiderte Florian Geyer. »Wenn eine schlechte Sache, wie die der Herren, noch zu retten ist, dann bedarf es dazu des gewissenlosesten Mannes. Versuchen wir den Schrecken, den er absichtlich verbreitet, uns zum Guten zu wenden!«

Inzwischen hatten sich, seinen tags zuvor erteilten Befehlen gemäß, bei den Geschützen auf dem Platz die Mannschaften gesammelt, und jetzt trafen auch die Gespanne ein, um mit dem Transport der Geschütze auf den Nikolausberg beginnen zu können. Florian Geyer ließ darüber sein bereits verspätetes Mittagsmahl vollends im Stich. Ein Imbiß im ›Hirschen‹, wohin er sich einige Stunden später begab, um gemeinsam mit Wendel Hipler den Feldzugsplan zu beraten, mußte ihn dafür entschädigen. Bis in die Nacht saßen sie zusammen.

Eine Stellung, die den von Hipler angedeuteten Vorteil gewährte, Ostfranken zu decken und das Vordringen des Truchseß zu verhindern, bot das hoch über dem Jaxttal gelegene Städtchen Krautheim. Ein festes Lager dort bedrohte nicht nur die ganze noch nicht entwaffnete Landschaft bis Stuttgart, sondern deckte auch die Tauber und den Mittelmain, von wo man sich ungehindert mit den nötigen Lebensmitteln versehen konnte. Umgangen konnte diese Stellung nicht werden, auf dem rechten Flügel nicht, weil Adelsheim und Morbach sie deckten, und der Umweg über Miltenberg hätte Stuttgart preisgegeben. Auf dem linken Flügel war eine Umgehung unmöglich, solange Rothenburg nicht genommen war. Nur Haltenbergstedten, die Burg Zeisolfs von Rosenberg, unterbrach diese Linie, weshalb die Burg erobert werden mußte. Außerdem war die ganze Stirnseite des Lagers, von der Befestigung durch die Natur abgesehen, durch eine Reihe von Burgen und Städtchen der Grafen von Hohenlohe verstärkt, die mit den Bauern verbündet waren. Sie mußten unverzüglich aufgefordert werden, die Städte und Schlösser mit Geschütz, Munition, Fußknechten und Lebensmitteln zu versehen.

Als aber Florian Geyer und Wendel Hipler am nächsten Tag diesen Plan der Versammlung vortrugen, stießen sie auf einen zähen Widerstand. Selbst die klarste Darlegung der Vorteile, die ein festes Lager bei Krautheim gewährte, vermochte die Widersacher nicht zu überzeugen, weil sie nicht überzeugt sein wollten. Simon Neuffer behielt nur zu sehr recht mit dem, was er gegenüber Florian Geyer über den unter den Führern herrschenden Geist geäußert hatte. Nicht nur der Hauptleute Eitelkeit, Eifersucht und Ehrgeiz und der Pfarrer Streitsucht und Rechthaberei erhoben ihre verwirrenden Stimmen. Es gefiel ihnen auch zu gut in dem reichen Würzburg, um es ohne Not, wie ihnen dünkte, zu verlassen, und was kümmerten sie die Württemberger, die Schwaben? Nicht einmal die Schreiben an die verbündeten Gemeinden waren ergangen. Welche Unterstützung Florian Geyer und Wendel Hipler auch an dem langen Lienhart, den beiden Vettern Metzler, Hans Kolbenschlag, Gregor von Burgbernheim und Jörg Spelt fanden, die kostbare Zeit verrann ergebnislos. Der Kanzler war der Verzweiflung nahe. »Wohl, wohl«, rief er bitter, »legen wir die Hände in den Schoß, und warten wir, bis uns der Truchseß absticht oder brät. Das ist unser Heldentum.«

Am folgenden Morgen kam Götz von Berlichingen in den Ausschuß, in dem er sich seit der Zerstörung der Kirche von St. Burkhard nicht mehr hatte blicken lassen. Er hatte viel Mühe, in den Ausschuß zu gelangen, denn der Kirchenplatz war voll von Bauern von der Schwarzen Schar, dem Rothenburger Fähnlein und dem evangelischen Heer, das in Hochberg lagerte. Hiplers Nachrichten hatten alle Lager aufgeregt, und der Zwiespalt im Ausschuß drohte auch sich des Heeres zu bemächtigen. Heftiges Geschrei, aus dem Rufe vernehmbar waren, wie: »Helft den Brüdern!«, »Wer nicht will, ist ein Verräter!« oder »Ziehen! Ziehen!« begleiteten den Ritter mit der eisernen Hand. Im Ausschuß selbst standen sich die Parteien drohend gegenüber, und nur die gewaltige Stimme Kohls vermochte die Ruhe soweit herzustellen, daß die Sitzung beginnen und Götz das Wort ergreifen konnte. Dieser erklärte, daß die Zeit des Beratens vorüber sei. Ob der Ausschuß den Plan Hiplers und Geyers annähme oder nicht, er würde unverzüglich mit dem evangelischen Heer aufbrechen. Denn die Brüder am Neckar seien auf das Ärgste bedrängt und flehten kläglich um Hilfe.

»Und ich erkläre«, fügte Florian Geyer hinzu, während er seine heldenhafte Gestalt hoch aufrichtete, »wer in dieser Not die Brüder verläßt, der ist ein Verräter an unserer eigenen Freiheit. Er gehört vor das Malefizgericht des Heeres, auf daß ihm das Spießrecht geschehe wie den Verrätern in Weinsberg.«

Ein Murmeln erhob sich. Götz warf einen eigentümlichen, fast betroffenen Blick auf ihn und rief: »Ja, Weinsberg! Just deshalb komm' ich. Der Truchseß hat die blutige Tat gerächt, Weinsberg ist nicht mehr. Seine Söldner haben die Stadt, aus der die Männer geflüchtet waren, umzingelt, Greise, Frauen und Kinder gewaltsam herausgeschleppt und den Ort an drei Ecken zugleich angezündet. Ein eilender Bote aus dem Tal hat mir's heut' bei Tagesanbruch vermeldet. Bis auf zehn Häuschen hat das Feuer die Stadt vernichtet mit allem Hab und Gut, Wein, Frucht und Vieh, das darin war. Die Weinsberger haben von ihrem Eigentum nicht das Geringste retten, die Kriegsknechte nicht plündern dürfen. Und während sich die Flammen unter dem Jammergeheul der Unglücklichen gierig vollfraßen, ist ausgerufen worden, daß die Stadt nie wieder aufgebaut werden dürfe, sondern samt dem Schloß öd liegen solle für alle Zeiten. Alle Nutzungen auf den umliegenden Feldern seien jetzt Eigentum des Kammergutes. Dazu ein unerschwingliches Lösegeld für die Witwe des Grafen von Helfenstein und das Söhnlein. Wie Weinsberg, so ist zuvor Böckingen von der Erde weggebrannt worden, weil es die Heimat Jäcklein Rohrbachs war.«

Das Entsetzen machte die Versammelten stumm. Es brach jeden Widerstand gegen Florian Geyers Plan, der nun einstimmig angenommen wurde. Jetzt wurden die Beurlaubten zurückberufen, Werber ausgesendet, die verbrüderten Gemeinden zur Kriegsbereitschaft gemahnt. Den Grafen von Hohenlohe wurde geschrieben, die westlich gelegenen Städtchen und Burgen ohne Zeitverlust in einen verteidigungsfähigen Zustand zu versetzen, und an den Rat von Rothenburg erging der strenge Befehl, das feste Haus von Haltenbergstedten zu zerstören. Auch wurde er um eine weitere Sendung von Pulver und Kugeln ersucht.

Götz von Berlichingen und Jörg Metzler brachen in der nächsten Morgenfrühe mit den Odenwäldern und Neckartalern, achttausend Mann stark, nach Krautheim auf. Die Nachschübe sollten rechtzeitig folgen. Florian Geyer versprach dem Kanzler, der das evangelische Heer begleitete, daß er auf das erste Wort von ihm zum Zuzug mit seiner Schwarzen Schar bereit sein würde. Die schwarze Hofmännin schloß sich ihren Landleuten nicht an. Sie wollte in Heidingsfeld ausharren, bis das Schicksal des Marienberges besiegelt wäre.

Inzwischen hatten je zwölf Pferde die Kartaunen auf den Nikolausberg geschleppt, und auf dem Tell waren von den Würzburgern zwei Schanzen aufgeworfen worden. Es waren zudem auch Bergleute von ihnen angenommen worden, um die Minen, die das Schloß in die Luft sprengen sollten, kunstgerecht in den steilen Fels oberhalb von St. Burkhard zu treiben. Der Büchsenmeister, Hans Bußler, eröffnete das Feuer. Unaufhörlich krachte, dröhnte, brüllte und donnerte es auf dem Nikolausberg, aus den Tellschanzen und von den Mauern und Türmen Würzburgs. Die Belagerten schonten ihr Pulver, hatten aber auf den Haferboden des Schlosses eine Kanone gewunden und feuerten von dort oben mit schrecklicher Wirkung in die beiden Schanzen, ohne jedoch die Würzburger daraus vertreiben zu können. Die Rothenburger Geschütze entsprachen den Erwartungen nicht, weil der Gipfel des Nikolausbergs niedriger lag als das Schloß. Man ließ deshalb den Rotgießer Schiller aus Rothenburg kommen, um eine Kanone, der keine Mauer zu widerstehen vermöchte, anzufertigen. Der geschickte Mann machte sich auch sogleich an die Arbeit, allein die Ereignisse überholten ihn.

Die Batterien auf dem Klasberg fügten jedoch durch ihre gutgezielten Schüsse den Bischöflichen manchen Schaden zu, und eines Tages rissen die beiden schweren Stücke ein ganzes Eck des Schlosses ein. Darüber entstand großer Jubel in Würzburg, wo im ›Grünen Baum‹ wieder Listen für die freiwilligen Stürmer ausgelegt wurden. Glücklicherweise waren die Erinnerungen an die Schreckensnacht des 15. Mai wirkungsvoller als die Vorhaltungen Florian Geyers und Köhls, daß es ein unverzeihlicher Leichtsinn wäre, jetzt, wo für den bevorstehenden Kampf kein Mann entbehrt werden könnte, wer weiß wie viele Menschenleben zu opfern, da überdies das von jedem Entsatz abgeschnittene Schloß den Würzburgern als reife Frucht von selbst in den Schoß fallen mußte. Es fanden sich nur wenige Sturmlustige. Um so größer war der Durst, denn es war ein schwüler Tag. Bei einbrechender Dunkelheit begann es zu wetterleuchten.

Florian Geyer stand gedankenvoll an dem Fenster seines Stübchens im Pfarrhaus. Die Vorkehrungen gegen den Henneberger und den Markgrafen Kasimir waren abgeschlossen. Die Entscheidung aber, die so lange hinausgezögert worden war, lag im Westen. Florian Geyer erwog noch einmal im Geist alle Vorteile, welche die feste Stellung bei Krautheim bot, sowie die Kriegstüchtigkeit der bäuerlichen Heerhaufen.

Eben ließ das Wetterleuchten die Kirche wieder hell aus der Finsternis auftauchen. Da sah er zwei in Mäntel gehüllte Gestalten über den Platz kommen. Eine Sekunde später hatte sie die Dunkelheit verschlungen. Dann öffnete sich fast geräuschlos die Stubentür, und Florian Geyer fragte, sich schnell umwendend: »Wer da?«

»Mach keinen Lärm«, entgegnete eine gedämpfte Stimme, die Florian bekannt vorkam. »Es darf niemand erfahren, daß ich hier bin.«

Florian Geyer griff nach der Zunderbüchse und schlug Licht. Schon bei dem blauen Flämmchen des Schwefelfadens erkannte er, daß er sich nicht geirrt hatte: Sein später Gast war Wilhelm von Grumbach. »Und der andere?« fragte er, ihm kühl die Hand reichend.

»Er wartet vor dem Haus auf mich«, antwortete Wilhelm leise. »Es ist Thes Lang, mein Reitknecht, den du kennst.«

»Leider! Nun setze dich. Du kannst laut reden, denn es hört dich keiner. Was führt dich zu mir? Du kommst vom Marienberg?«

Wilhelm von Grumbach erhob jedoch seine Stimme nicht über den Flüsterton, während er, sich an den Tisch setzend, erwiderte: »Ich bin mir nicht so sicher, ob nicht jemand vor der Tür lauscht.«

»Du hast ein schlechtes Gewissen«, meinte Florian Geyer mit einem Achselzucken.

Sein Schwager antwortete darauf nicht. Er wußte nur zu gut, daß es Dr. Steinmetz war, dem man auf dem Schloß, solange dasselbe noch nicht scharf bewacht war, die genauen Nachrichten über alles, was im Rat und Heer der Bauern vorging, verdankte. Er hätte Zeugen dafür genug stellen können, hatte man doch auf dem Marienberg oft genug über die Vertrauensseligkeit der Bauern-Hauptleute sich lustig gemacht. Aber es fehlte ihm jetzt an Zeit, auf den Verrat des Pfarrers einzugehen, und Florian

Geyer würde diesem die Zeugen nicht haben gegenüberstellen können. Er begnügte sich mit der Vorsicht, fortwährend leise zu sprechen.

»Was wünschst du also von mir?« wiederholte Florian Geyer die Frage.

»Ich verließ das Schloß unter dem Vorwand, Hilfe herbeizuschaffen ...« antwortete Wilhelm von Grumbach, und Florian vollendete den Satz: »Die ihr sehnlichst, aber vergebens erwartet. Wir wissen es, denn wir haben den Boten des Domprobsts abgefangen.«

»Wir vermuteten es. Nun gut, ich kam, um mit dir ein vertrauliches Wort zu reden. Du wirst darüber schweigen, ich weiß es, doch gib mir dein Wort darauf.«

»Du forderst zuviel. Über alles, was nur dich allein betrifft, werde ich schweigen. Darüber hinaus binde ich mich nicht!«

»Das genügt mir«, erwiderte Wilhelm von Grumbach. »Ich erbot mich also, Hilfe zu holen. Denn eure Kugeln haben uns manchen Knecht und Edelmann gekostet, und die Geistlichen besitzen wohl genug Mut und Willigkeit, aber sie halten den schweren Dienst Tag und Nacht nicht aus. Dazu beginnt uns das Wasser auszugehen. Seit zwei Tagen müssen wir bereits mit Wein kochen. Meine Haut für den Bischof zu Markte zu tragen, hab' ich von Anfang an keine Lust verspürt. Du weißt, daß es mich stets gewurmt hat, bei den Kutten zu Lehen zu gehen, vollends jetzt, wo der Bischof sich in Sicherheit gebracht hat und uns stecken läßt. Das ist auch eine Hörigkeit durch die Geburt. So habe ich denn dort oben den Sickingen die ganze Zeit im Sinn gehabt. Die Gelegenheit, frei zu werden, kommt mir günstiger vor als damals. Kurz und gut, ich will euch beitreten, wie der Götz, der Wertheim, der Henneberg, die Hohenlohe, die Löwensteiner und andere mehr.«

»Es freut mich, daß du endlich zur Einsicht gekommen bist«, antwortete Florian Geyer und strich sich über Stirn und Augen, um das Bild seiner Frau, an das sein Schwager ihn lebhaft erinnerte, wegzuwischen. »Ja, Lieber, es entsteht eine neue Welt, in der dein Wappenschild nur noch ein eitler Zierat ist und die Vorrechte des Adels nicht mehr gelten. Willst du wirklich ein Bürger dieser neuen Welt werden? Bist du entschlossen, Gut und Blut für die Gemeinfreiheit zu geben?«

»Ja, das bin ich, und wenn die Gemeinfreiheit der Teufel wäre«, zischte Wilhelm.

»Die Herrenfreiheit ist des Teufels«, rief Florian Geyer streng. »Kennst du die Artikelbriefe?«

»Der Götz und euer Ausschuß haben sie ja auf's Schloß geschickt. Übrigens stand der Götz auch – ich weiß nicht wegen welchen Grundstücks – im Lehnsverhältnis zum Bischof. Er hat's ihm aufgekündigt, freilich erst, als er schon vor dem Frauenberg lag.«

»Das wirst du auch tun müssen oder vielmehr dein Bruder Hans als Oberhaupt der Grumbachs, wenn ihr in unseren Bund tretet«, bemerkte Herr Florian.

»Mit dem Hans ist nichts anzustellen, solange er auf dem Schloß ist«, zuckte dessen Bruder die Achseln« »Einstweilen tret' ich allein dem Bund bei.«

»Du bist also ernstlich entschlossen, dich auf unseren Artikelbrief zu verpflichten und ihn zu beschwören?«

»Ja, mit jedem Eid, den du verlangst, wenn ich dadurch der Hilfe des Bundes in allen Gefahren teilhaftig werde wie er der meinigen.«

»Natürlich beruht der Bund auf Gegenseitigkeit«, bemerkte Florian Geyer. »Den Eid kann ich dir jedoch jetzt nicht abnehmen, denn dazu bedarf es der Schwurzeugen.«

»Es eilt ja nicht damit«, äußerte Wilhelm leichthin. »Ich werde von Rimpar aus an den Ausschuß schreiben. Nach Würzburg trau' ich mich vorläufig nicht, ich bin dort zu bekannt. Du kennst das Fischerhaus auf dem halben Weg zum Burkharder Tor? Wir haben dort unsere Pferde eingestellt. Der Mann will uns übersetzen. Nur einen Schutzbrief hätt' ich gern gleich gehabt.«

»Einen solchen könnte ich dir als oberster Hauptmann der Schwarzen Schar ausfertigen, wenn du dich durch Handschlag dem Fränkischen Bruderbund verpflichten und allen seinen Befehlen und Anordnungen nachkommen willst. du gelobst es?«

»Ich gelobe es«, sprach Grumbach und bekräftigte es durch feierlichen Handschlag.

Florian Geyer stellte den Schutzbrief aus, übergab ihn seinem jungen Schwager und sagte ernst: »Du bist jetzt gebunden. Du wirst gut daran tun, sobald du heimkommst, Rimpar und eure anderen festen Häuser in den besten Verteidigungszustand zu versetzen. Der Ausschuß hat an alle verbrüderten Gemeinden einen Aufruf erlassen, durch den alle Männer bis zum vierzigsten Jahr zu den Waffen gerufen werden. Ich werde dir das Schreiben zugehen lassen, da du jetzt ein Mitglied des Bundes bist. Sorge dafür, daß es im Gramschatzer Wald bekannt und befolgt wird. Es gilt, einen entscheidenden Schlag gegen unsere Feinde zu führen. Adieu, grüße mir meine liebe Frau. Ich komme sobald wie möglich nach Rimpar. Bis jetzt konnte ich mir die Zeit dazu nicht abringen, so gern ich's auch gewollt hätte.«

Er reichte Wilhelm die Hand, nicht wärmer als bei dem Empfang. Denn, abgesehen von den selbstsüchtigen Beweggründen seines Übertritts, mißfiel es seiner ritterlichen Denkweise, daß Wilhelm seine bisherigen Freunde just in ihrer Not verließ. Der junge Grumbach hüllte sich tiefer in seinen Mantel, den er gar nicht abgelegt hatte, nachdem er seinen Dolch in der Scheide gelockert hatte. Sein Schwager trat mit erhobenem Licht in die Stubentür, um ihm über den Flur zu leuchten. Er ging erst, als er sich überzeugt hatte, daß die Tür des Dr. Steinmetz geschlossen war. Mit leisen, raschen Schritten verließ er das Haus.

Die Herren auf dem Marienberg saßen beim Frühstück, nicht in rosiger Laune. Die Kartaunen fuhren fort, an den Mauern zu rütteln, und keine Nachricht von Heidelberg, keine Aussicht auf Entsatz! Schon mußte man den Kühen und Pferden das Wasser kürzen. Auch die Hoffnung, daß der Abzug des Evangelischen Heeres, den der Wächter des Bergfrieds erspäht hatte, eine Folge des Zerwürfnisses unter den Bauernführern sei, erwies sich als trügerisch. Adam von Thüngen hatte sich mit Zeisolf von Rosenberg und noch einigen Rittern und Knechten noch am selbigen Tag auf Kundschaft begeben, war aber von dem Dorf Hochberg aus mit so gutgezielten Büchsenschüssen empfangen worden, daß er sein Heil in der Flucht suchen mußte. Die Würzburger hatten das Dorf wenige Stunden nach dem Abzug besetzt, und der wackere Viertelsmeister und Wirt zu der Schleyen, Balthasar Würzberger, befehligte sie.

Die Unterhaltung schlich wie eine almosenheischende Bettlerin an der Morgentafel um. Selbst Philipp von Finsterlohr hatte seinen Humor eingebüßt. Ein Knecht überbrachte dem Domprobst Friedrich ein Papier, das an dem Bolzen einer Armbrust befestigt war. Er hatte es im nördlichen Schloßhof gefunden. Die abgespannten und verdrossenen Mienen der Herren belebten sich. »Es ist ein Manifest der Hauptleute, verordneten Räte und der Versammlung der Landschaft von Franken unter ihrem und der Stadt Würzburg Siegel«, erklärte der Domprobst Friedrich, nachdem er das Blatt auseinandergerollt hatte.

»Werft den Wisch ins Feuer! Was kümmert uns das Bellen der Dorfköter?« rief Graf Wolf von Kastell.

»Es geht auch uns an«, erwiderte der Domprobst. »Denn es ist gerichtet an alle Kurfürsten, Fürsten, Grafen, Freiherren, Ritter, Knechte, Amtleute, Schultheißen, Bürgermeister, Räte, Dorfmeister und Gemeinden.«

»Uff«, machte Philipp von Finsterlohr, und der Hofmeister und Doktor der Rechte, Sebastian von Rotenhahn, bemerkte: »Das geht ja schier an die ganze deutsche Nation, als ob ein Reichstag einberufen würde.«

»Laßt uns hören«, sprach der Domprobst und Markgraf von Brandenburg und las: »Kund und offenbar ist es, wie bisher die Gewerbsmänner, die Kaufleute und wer sonst auf den Straßen zog, vielfältig beschädigt worden sind, wie ihnen Hände und Füße abgehauen und die Ohren abgeschnitten wurden, wie man sie niederstach oder einkerkerte, plünderte und in den Block legte, daß ferner der arme gemeine Mann mit unerträglichen Beschwerden, Frondiensten, Schätzungen, Auflagen und anderen Belästigungen unterdrückt und dermaßen geschunden wurde, daß der größte Teil des Landvolkes mit seinen Kindern in die bitterste Armut geraten ist ...«

Unter den Rittern und Junkern war ein Murren entstanden, das lauter und lauter wurde. Jetzt brach es in wütendes Geschrei und Fluchen aus über die Frechheit der Bauern. Sie fühlten sich bis ins Innerste getroffen und wollten nichts weiter hören. »Ins Feuer! Ins Feuer damit!« schrien sie. Die geistlichen Herren aber schwiegen und warfen einander Blicke zu, in denen sich eine geheime Schadenfreude verriet.

Der Domprobst, dessen Stirn ebenfalls der Zorn rötete, ließ den Sturm eine Weile toben, dann gebot er mit einem Zeichen der Hand Stille und las weiter: »... daß endlich, was das Beschwerlichste ist, etliche geistliche und weltliche Obrigkeiten sich unterstanden haben, ihren Untertanen das heilige Evangelium und das Wort Gottes, das eine Speise ihrer Seelen ist, zu entziehen, falsche Lehren gegen die Heilige Schrift öffentlich zu beschützen, die rechtschaffenen, christlichen Lehrer aber zu verjagen, sie in das Gefängnis zu werfen und ihr Blut auf eine tyrannische Weise zu vergießen.«

»Quatsch!« rief der Domdechant Guttenberg dazwischen.

Der Markgraf Friedrich fuhr fort: »Um nun diese unerträglichen Beschwerden abzuschaffen und solchem verderblichen Vorhaben zu begegnen, und weil man Gott dem Allmächtigen mehr gehorsam sein muß als den Menschen, so haben wir uns in dem Namen Gottes zur Erhaltung des heiligen Evangeliums und zur Handhabung des Friedens und des Rechtes in eine freundliche und brüderliche Vereinigung zusammengetan und verbunden. Wir wollen nichts anderes beschützen und durchsetzen, als was das Wort Gottes gebietet, und nichts abschaffen, als was ihm zuwider ist. Daran wollen wir festhalten, so weit sich unser Leib, unsere Ehre und unser Vermögen erstreckt. Dabei sind wir auch gesonnen, alle schädlichen Schlösser und Raubhäuser, aus denen den Gewerbsleuten und den Gemeinden soviel Nachteil und Schaden entstanden ist, sämtlich zu beseitigen, wie wir es auch mit des Allmächtigen Hilfe bereits zur Zeit getan haben, um dadurch den gemeinen Frieden auf Straßen und Wässern zu fördern. Deshalb bitten wir Euch untertänig und freundlich, uns in diesem christlichen Unternehmen Hilfe und Beistand zu leisten und uns weder mit der Tat noch auf andere Weise aufzuhalten.«

Der Domprobst legte das Blatt still aus der Hand. Alle schwiegen, wie erdrückt von der Wucht der angeführten Tatsachen und in einem unheimlichen Bangen vor dem Richter, vor den sie das Manifest in so kräftiger Sprache stellte. Scheu vermied jeder den Blick des andern. Nur die Unschuld erträgt das Auge der Wahrheit. Hans von Grumbach brummelte in seinen Becher: »Die Fänge kenn' ich, es sind die des Geyers.«

Er irrte sich nicht. Florian Geyer hatte darauf gedrungen, daß mit der Nennung der unerhörten Grausamkeiten, mit denen Fürsten und Feldherren ihre Siege schändeten, das Gewebe von Vorwürfen, Verdächtigungen, Anklagen, Lügen und Verleumdungen, mit denen die Feinde unermüdlich die Bauernschaft umspannen, vor dem Angesicht der ganzen Nation zerrissen würde. Sie sollte vor allem wissen, daß die Erhebung in Waffen gegen die Obrigkeit weder eigenmächtig, gewalttätig und frech, noch unchristlich sei, wie sie fortwährend gescholten wurde, sondern im Gegenteil auf die Heilige Schrift und die Apostel sich stützte, daß die Bauern ihr Menschenrecht kraft des Christentums, das durch spätere menschliche Satzungen gefälscht und unterdrückt worden sei, forderten. Der Gedanke war der Florian Geyers, die Feder die des Bruders Ambrosius.

An demselben Tag, an dem die Bauernschaft ihr Manifest an die ganze deutsche Nation wie ein Heroldsruf ergehen ließ, folgte der oberste Hauptmann des Tauberhaufens, Hans Kolbenschlag aus Mergentheim, mit fünftausend Mann dem Evangelischen Heer nach Krautheim. Früher schon war Gregor von Burgbernheim mit seinem Fähnlein gegen den Markgrafen Kasimir nach Windsheim aufgebrochen, während der lange Lienhart mit den Rothenburgern nach Endsee ging und dort das Lager aufschlug, um den gegen seine eigenen Untertanen mit Schwert und Feuer wütenden Markgrafen von der Seite zu packen. Gleichzeitig bewegte sich der Bildhauser Haufen in nördlicher Richtung, um von Melchrichstadt aus in Verbindung mit der Bürgerschaft von Meiningen dem Grafen von Henneberg und dem Landgrafen von Hessen die Stirn zu bieten. Der knorrig-zähe Johannes Schnabel war just der rechte Mann für den Henneberger.

Als Kolbenschlag nach Krautheim kam, fand er dort statt des Evangelischen Heeres einen Befehl von dessen oberstem Feldhauptmann vor, ohne Zeitverlust über Öhringen nach Neckarsulm zu ziehen. Er wunderte sich freilich, warum ihm dieser weite und beschwerliche Umweg über das Hohenlohesche Städtlein vorgeschrieben wurde, aber er gehorchte und brach mit wegkundigen Führern auf, nachdem Mann und Roß sich gestärkt und ausgeruht hatten. In der Nacht kam er an Öhringen vorüber: von Götz von Berlichingen und Jörg Metzler keine Spur. Plötzlich sah er in dem Tal zu seinen Füßen unzählige Wachfeuer aufleuchten. Es war aber nicht, wie die vorsichtig ausgesandten Kundschafter berichteten, der Ritter mit der eisernen Hand, sondern der Truchseß, der vor Neckarsulm lag. Nach den weitverbreiteten Biwakfeuern zu urteilen, war dessen Streitmacht zu überlegen, um einen Angriff mit Erfolg wagen zu dürfen, und Hans Kolbenschlag zog sich nach Öhringen zurück. Der Truchseß von Waldburg hatte aber in unbegreiflicher Nachlässigkeit sein Heer weit und breit zerstreut, und Kolbenschlag hätte ihn in den Neckar geworfen, wenn er auf ihn niedergestoßen wäre.

Erschöpft von dem langen beschwerlichen Marsch und ausgehungert kam der Tauberhaufen bei Sonnenaufgang wieder in Öhringen an. Von dem Evangelischen Heer keine Spur. Die Stadt hielt ihre Tore verschlossen, Lärmschüsse der Vorposten störten die Bauern von ihren Frühstückskesseln auf. Von Westen wälzte sich eine ungeheure Staubwolke, aus der Waffen hervorblitzten, heran. An den Fahnen, die dann und wann aus der Staubwolke auftauchten, erkannte Hans Kolbenschlag, der wieder aufs Pferd gestiegen und zu den Vorposten geritten war, daß es das Evangelische Heer war. Aber alle Ordnung desselben war in ein unbeschreibliches Gewirr und Gewühl von Bewaffneten zu Fuß und zu Pferd, von Kanonen, Pulverkarren, Rüst- und Gepäckwagen aufgelöst. Es war wie ein Heer auf dem Rückzug nach verlorener Schlacht und fast auf die Hälfte zusammengeschmolzen.

Hans Kolbenschlag fand kaum die Sprache wieder, als jetzt Wendel Hipler und Jörg Metzler zu ihm heransprengten, und ersterer, wie von einem Alpdruck befreit, ausrief: »Dem Himmel sei Dank, daß Ihr endlich da seid!« Jörg Metzler aber lachte, als hätte er den Verstand verloren, als Kolbenschlag von seinem nächtlichen Marsch berichtete. »Und wir lagen derweil in Adolzfurt«, ächzte der Kanzler. »Aber, um Gottes willen, was hättet Ihr denn dort so abseits zu tun?« fragte der Hauptmann des Tauberhaufens und sah sie verständnislos an. »Hätten wir uns nicht verfehlt, würden wir den Truchseß aufs Haupt geschlagen haben. Oder seid Ihr etwa von ihm geschlagen worden? Aber er steht ruhig bei Neckarsulm. Und wo steckt der Götz?«

»Frag ihn selber! Der Teufel läßt sich nicht am Schwanz festhalten«, antwortete der sonst so gelassene Metzler erregt, und Wendel Hipler sagte mit einiger Hast: »Ich muß in die Stadt. Schafft Ihr derweilen ein wenig Ordnung.« Er galoppierte davon.

Kolbenschlag erfuhr dann, während er jenem mit Metzler folgte, daß das Evangelische Heer in Neckarsulm gestanden, aber auf die Nachricht von dem Nahen des Truchseß hin mit großer Hast die Stadt geräumt hätte, nachdem es deren Besatzung verstärkt und ihr einen Teil seiner Geschütze zurückgelassen hatte. »Warum wir nicht geraden Weges nach Öhringen zurückgingen?« fuhr Metzler mit finsterem Gesicht fort. »Reim's dir selber zusammen! Der Götz wollt' euch nicht begegnen. Es hätt' ihm einen Strich durch die Rechnung gemacht. Denn als wir diese Nacht in Adolzfurt lagen, da hat er sich mit etlichen vertrauten Gesellen aus dem Staub gemacht.«

Der andere griff seinem Pferd so jäh in den Zügel, daß es sich, so schwerfällig es war, hoch aufbäumte. »Ja, Bruder, das Ding sieht einem Verrat so ähnlich wie ein Ei dem anderen«, rief Jörg Metzler grimmig. »Dem Hipler drückt's schier das Herz ab. Denn er hat den Götz zu uns gebracht und sich und unserer Sache wunder was von ihm versprochen. Krach, da liegt der Topf in Scherben.«

»Fürwahr, den Einhänder hat die Hölle ausgespuckt, um uns zu verderben«, rief Kolbenschlag, der inzwischen seinen Gaul beruhigt hatte.

»Und es geschieht uns recht«, bemerkte Metzler trübselig. »Denn es hat einer schon damals in Weinsberg vor dem Götz und dem Bund mit den Edelleuten eindringlich gewarnt. Aber wir haben ihn nicht damals, nicht später hören wollen, niemals.«

»Du meinst den Geyer von Geyersberg?«

»Just den mein' ich. – Wie es nun in der Frühe ruchbar wurd', daß der Götz uns im Stich gelassen habe, da gab's nur einen Schrei: Verrat! Die Neckartaler rissen die Fahnen von den Stangen und verstreuten sich bis auf wenige in alle Winde, als ob der Truchseß sie schon beim Schopf hätte. Auch der Hans Flux war weg.«

Als sie von ihren Gäulen stiegen, fand sich Wendel Hipler wieder bei ihnen ein. Die wackeren Bürger von Öhringen hatten selbst ihn nicht hereingelassen, obwohl sie ihm es zu verdanken hatten, daß die Grafen von Hohenlohe ihnen manches Zugeständnis hatten machen müssen. Anstatt ihm das Tor zu öffnen, war der Schultheiß auf der Mauer erschienen und hatte ihm mitgeteilt, daß sie von dem Grafen keinen Befehl erhalten hätten, die Besatzung zu verstärken und die Stadt mit Lebensmitteln zu versorgen. Unter solchen Umständen könnten sie dem Truchseß keinen Widerstand leisten und ihre Stadt hätte von ihm das Schlimmste zu gewärtigen, wenn sie die Bauern bei sich aufnähmen.

»Der eine ist halt wie der andere«, fügte Metzler dem Bericht des Kanzlers hinzu. »Auch die Grafen von Löwenstein und der von Wertheim haben unsere Aufforderung nicht befolgt. Nichts als Ausflüchte, und doch haben sie alle auf den Artikelbrief dem Evangelischen Heer die Bruderschaft gelobt.«

»Wir wissen jetzt wenigstens, woran wir sind«, raffte Hipler sich auf. »Beeilen wir uns, nach Krautheim zurückzukommen.«

Jörg Metzler machte sich mit Hans Kolbenschlag daran, unter dem Rest des Evangelischen Heeres wieder einige Ordnung herzustellen, dann brach man auf. Kolbenschlag mit seinen Franken bildete die Nachhut. Noch waren sie nicht weit gezogen, da tauchten hinter ihnen die Söldner des Truchseß auf. Der bergige Charakter der Landschaft mit den schmalen, gewundenen Flußtälern war den Bündischen jedoch nicht geheuer, zumal angesichts der entschlossenen Haltung des fränkischen Fußvolkes. Sie ließen von der Verfolgung ab. Den Bauern strömten unterwegs aus allen Dörfern frische Kampflustige zu. Auch fanden viele von den Flüchtlingen, die inzwischen den Schrecken über Götzens Verrat überwunden hatten, sich wieder ein. Wendel Hipler gewann seine Tatkraft wieder, und kaum in Krautheim angelangt, liefen seine Boten in das obere Taubertal und nach Würzburg um schleunigsten Zuzug. Als Sammelplatz wurde aber das nördlicher an der Tauber gelegene Städtchen Königshofen bestimmt, und dorthin brach auch Wendel Hipler auf, weil der Truchseß durch seine Bewegung von Neckarsulm nach Möckmühl die Absicht verriet, dem Bauernheer in die rechte Seite zu fallen und es von Würzburg abzudrängen.

Inzwischen hatte die Versammlung in Würzburg ihrem Manifest an die deutsche Nation ein Rundschreiben an alle Gemeinden in Stadt und Land Ostfrankens folgen lassen, in dem sie dieselben aufforderte, allen zur Zeit bestehenden Obrigkeiten, welchen Namen sie auch trügen, unverbrüchlichen Gehorsam zu leisten. Hinzugefügt war, daß sie durch ihre Hauptleute nicht nur bei jeder Widersetzlichkeit der Gemeindemitglieder gegen die Obrigkeit, sondern auch gegen diese selbst bei jeder Nachlässigkeit in bezug auf die Strafvollstreckungen unnachsichtig einschreiten würde. Es war dies dieselbe Erklärung, die ihre Gesandten schon in Rothenburg abgegeben hatten. Indem sie aber jetzt den gleichen Gehorsam von ganz Ostfranken forderte, stellte sie sich den Fürsten und Herren als die oberste Staatsgewalt gegenüber, und sie tat es kraft des uralten Rechtes der Gemeinfreien, das der Ursprung und der Inbegriff aller Rechte in Deutschland war. Ein Antrag des Schultheißen von Ochsenfurt wurde zum Anlaß dafür, daß die Versammlung entschieden als die Vertreterin der Gemeinfreien der fränkischen Landschaft auftrat. Pezold erinnerte sich an das Tischgespräch im Haus Stephans von Menzingen, und er beantragte, nicht nur die mit ihnen verbrüderten Landgemeinden und Städte, sondern diejenigen von ganz Franken, Bamberg und Nürnberg mit eingeschlossen, zu einem Landtag zu berufen.

»Das wäre aber nur ein Teil des Dings«, warf der Stadtschreiber von Würzburg ein, der mit Ehrenfried Kumpf die Stadt in der Versammlung vertrat, sobald der allgemeine Beifall, mit dem Pezolds Antrag aufgenommen worden war, verrauscht war. »Auf einen Landtag gehören auch der Adel und die Geistlichkeit.«

»Das Tischtuch ist zwischen uns und den Rom-Anhängern für alle Zeit zerschnitten«, rief der hagere Denner aus Leuzenbrunn, der in dem Ausschuß selten anders erschien als im Harnisch über dem Pfarrock, das Schwert an der Hüfte. »Sollen wir uns etwa den Schlüssen fügen, wenn sie auf dem Landtag wieder den neuen Glauben durchsetzen? Nie und nimmer!«

»Und gar der Bischof Konrad! Er soll wohl auf dem Landtag sitzen?« fragte höhnisch der Pfarrer Bubenleben.

Darauf der Stadtschreiber: »Laden wir die adligen Herren Ostfrankens, die Grafen von Hohenlohe, von Henneberg, von Wertheim, den Markgrafen Kasimir, und wir müssen sie laden, wollen wir ihnen nicht einen Rechtsgrund geben, die Beschlüsse des Landtages anzufechten. Dann dürfen wir allerdings auch den Bischof von Würzburg nicht übergehen.«

Die geistlichen Herren erhoben dagegen heftigen Einspruch. Ehrenfried Kumpf schnellte empor und versuchte beredt das Widersinnige einer solchen Einladung darzulegen. Er rief mit jugendlicher Hitze: »Nein! Nein! Nein! Der Bischof und das Kapitel gehören nicht in das Spiel!«

Florian Geyer sah mit Sorge, welch bedenkliche Wendung die Angelegenheit zu nehmen drohte. Er argwöhnte mit Recht, daß aus dem Stadtschreiber die Würzburger Geschlechter sprächen, und er warnte daher davor, ihm Gehör zu schenken. »Ein Finger ist dem Schelmen leicht gegeben, aber er hält euch bei der Hand fest«, äußerte er. »Die weltlichen und geistlichen Herren haben ihre Gewalt usurpiert, indem sie die Gemeinfreiheit vernichteten, die wir wieder aufrichten wollen, und wir werden es. Gott sei es geklagt, daß wir ihnen durch unsere Untätigkeit Zeit ließen, sich wieder aufzuraffen. Jetzt stehen sie stark gerüstet rings an den Grenzen. Wie wollt ihr sie zwingen, daß sie die Beschlüsse des Landtages annehmen, selbst wenn sie sich zu demselben einfänden? Vermögen wir es nicht, ihnen die Faust in den Nacken zu drücken, so ist der Landtag ein Kinderspott. Auch ich hoffe wie ihr unerschütterlich auf den Sieg unserer gerechten Sache. Ja, wir werden siegen. In wenigen Tagen wird das Schwert entschieden haben. Einstweilen genügt es, um unsere Macht zu stärken, daß wir nur die Städte und Landgemeinden Ostfrankens zu einem Tag berufen. Wahre Gemeinfreiheit kann nicht bestehen mit bevorrechteten Ständen in ihr. Sie sind in ihrem Leib ein ewig schwärend Gift.«

Seine Ausführungen machten einen sichtlichen Eindruck. Der Pfarrer Bubenleben aber zerstörte ihn, indem er, den Geistlichen herauskehrend, sprach: »Es ist keiner unter uns, der nicht wie der Bruder Geyer von dem Sieg unserer Waffen überzeugt wäre. Noch steht unsere Macht unerschüttert da und wird es bleiben. Christenpflicht aber ist es, das Blutvergießen zu verhindern, wenn es in unserer Macht steht. Der Landtag gewährt uns das Mittel dazu. Berufen wir ihn nach dem Vorschlag des Stadtschreibers, so werden wir, ohne uns etwas zu vergeben oder zu verlieren, allen Streit zwischen uns und den Herren gütlich und friedlich schlichten. Eile tut not.«

Florian Geyer konnte sie nicht überzeugen, und er entfernte sich mit dem bitteren Gefühl, daß seine tiefere Erkenntnis wieder einmal an dem stumpfen Verstand und hinterhältigen Gedanken gescheitert sei. Es wurde festgelegt, daß der Landtag in Schweinfurt stattfinden und bereits am 1. Juni eröffnet werden sollte. Die Einladungen erfolgten nach dem Vorschlag des Stadtschreibers, der es trotz des hartnäckigen Widerstandes des Altbürgermeisters Kumpf durchsetzte, daß dem Bischof Konrad die Einladung zu besonderer Ehrung durch zwei Gesandte überbracht würde. Der eine davon war der junge Spelt. Sie mußten aber unverrichteter Sache umkehren, denn der Landgraf Ludwig von der Pfalz, der im Begriff stand, seine Streitmacht mit der des Truchseß von Waldburg zu vereinigen, versperrte ihnen den Weg. In Würzburg tobte das Volk mit Furor durch die Gassen, als des Bischofs Einladung ruchbar wurde. Die Krämer schlossen hastig ihre Läden. Einigen Herren von den Geschlechtern, die der erhitzten Menge begegneten, wurde übel mitgespielt. Auf dem Grünen Markt bei der schönen gotischen Marienkirche verbrannte sie unter Gejohl eine aus Stroh und Lumpen zusammengeflickte Puppe, die den Bischof Konrad darstellte. Dann zog sie vor das Rathaus und warf die Fenster ein. Bürgermeister und Rat hielten sich versteckt und kamen erst wieder hervor, als das Volk, des Lärmens müde, sich in die Schänken verlaufen hatte.

Der oberste Hauptmann der Schwarzen Schar sollte mit Jakob Köhl und noch zweien als Vertreter des fränkischen Heeres zum Landtag reiten. Er weigerte sich. Es sei die Zeit zum Schlagen, nicht zum Tagen. Zu Bruder Ambrosius, der sein ganzes Vertrauen besaß, sagte er, als dieser ihm zuredete: »Fliegen meine Bolzen über das Ziel hinaus, so ist das kein großer Schaden, fallen sie aber vor dem Ziel matt zu Boden, so treff' ich es nimmer. Warum schicken sie nicht den Bubenleben oder einen anderen, der wie er die Weisheit mit Löffeln gefressen hat?«

»Weil sie einen Mann wollen, dessen Rede ebenso schlagfertig wie sein Schwert ist und der selbst dem Feind Achtung abnötigt«, antwortete Bruder Ambrosius.

Auch dieses Mal ordnete sich Florian Geyer der Gesamtheit unter. Er gestand aber dem Bruder Ambrosius, daß er es schweren Herzens tue. »Ging's in die Schlacht, ich wäre fröhlichen Sinnes«, sagte er, als er am letzten Maitag zum Ritt nach Schweinfurt seinen Rappen bestieg.

Die Bürgerschaft der freien Reichsstadt am Main hatte alle Türme mit Fahnen geschmückt, und auf dem Turm der alten Johanniskirche flatterte ihr Wappen: der schwarze Adler im silbernen Feld. Zinkenisten bliesen über den Toren die einreitenden Gesandten an. Es waren ihrer jedoch kaum zwanzig, denen die Stadt am nächsten Morgen in dem Saal des alten Rathauses den Ehrenwein kredenzte. Die kleine Zahl verlor sich gleichsam in dem weiten, dämmerigen Raum. Die Mehrzahl der Abgeordneten hatten die Bauernheere vor Würzburg, Bamberg, in Oberfranken und aus dem Aischgrund geschickt. Unter den Städten waren außer Würzburg und Rothenburg nur einige Oberfrankens vertreten, und die hohen adeligen Herren hatten auf die Einladung gar nicht einmal geantwortet. Nur der Markgraf Kasimir hatte geschrieben, daß er kommen würde, wenn es seine Zeit gestattete. Rothenburg hatte Ritter Stephan von Menzingen geschickt, ihm jedoch den Bauernfeind Hieronymus Hassel als Gegengewicht angehängt.

»Die Kalendermacher müssen Regen angesagt haben, daß die Laubfrösche nicht die Köpfe aus dem Pfuhl herausstecken.« So begrüßte Herr Stephan, auf die Städter anspielend, Florian Geyer. Ihn in eine der tiefen Fensternischen ziehend, fuhr er fort: »Wer hat nun recht behalten? Ihr seht, daß auf die Städte kein Verlaß ist. Ich habe selbst an den Markgrafen Kasimir geschrieben. Er ist einem Bündnis mit der fränkischen Bauernschaft nicht abgeneigt. Er will ja auch hierherkommen, wie Ihr hört.«

»Ja, weil ihn der Gregor und der lange Lienhart wie ein Krebs zwischen ihre Scheren zu nehmen drohen«, erwiderte Florian Geyer spöttisch.

In der Tat hatte er vor ihnen ohne Säumen den Rückzug angetreten und schon am anderen Tag erfuhren die Abgeordneten, daß er der Versammlung in Würzburg die Versicherung seiner wohlwollenden Gesinnung und seiner Geneigtheit, mit ihr zu einer Verständigung, ja zu einem Bündnis zu gelangen, übermittelt habe. Zugleich rief diese die Hauptleute in das Lager zurück. Daraufhin löste sich die mißlungene Versammlung auf, nachdem sie Stephan von Menzingen und Florian Geyer beauftragt hatte, den Frieden mit dem Markgrafen zu vereinbaren. Um dessen sicheres Geleit abzuwarten, begaben sich beide nach Rothenburg, wo sie dem markgräflichen Hauptquartier näher als in Schweinfurt waren.

Die nach Würzburg zurückkehrenden Gesandten – es war am Freitag vor dem Pfingstfest – sahen den westlichen Horizont vor sich von einer großen Feuersbrunst gerötet. Auch die Rothenburger, die, wie Gregor, zurückberufen worden waren, um nach Königshofen zu ziehen, gewahrten das unheimliche Gleißen am Himmel. Eine bange Ahnung trieb den langen Lienhart und Leonhard Metzler zur Eile, und sie zogen schnell weiter und weiter die Tauber abwärts.

»Der Dr. Eberhard ist auch wieder in der Stadt«, äußerte Sabine von Muslor. Sie stand am Fenster und sah Frau Margarethe von Menzingen mit Else über die Herrengasse gehen. Das war der Anlaß ihres Ausrufes.

»Was kümmert's mich? Ich weiß es längst«, antwortete Gabriele gleichgültig, ohne ihre Stellung zu verändern, in der sie, die verflochtenen Hände unter dem Kopf, auf dem Lotterbettlein lag. Ihr rechtes Bein hing über den Rand des Lagers auf den Fußboden hinab. Sie lag wohl schon seit einer Stunde so.

Sabine wandte sich nach ihr um und sagte: »Ich erinnere mich an eine Zeit, wo er dir nicht so gleichgültig war wie jetzt. Hättest du damals nach dem Bohnenfest meine Vermittlung nicht so hartnäckig zurückgewiesen, so hätte ich dich und Max wohl wieder zusammengebracht. du hast dir ein großes Glück verscherzt, das nun einer anderen zufällt.«

Gabriele lachte schrill auf.

»Dein Lachen ist gräßlich«, murmelte Sabine. »So kann nur eine lachen, die kein Herz hat.«

Sie erhielt keine Antwort und ließ sich seufzend auf einen Sessel nieder, dessen Kissen von ihr zierlich bestickt waren. Das Lachen durchfröstelte sie und nahm ihr den Mut fortzufahren.

Seit dem gemeinsamen Gang auf die Vorderburg, wo sie Florian Geyer getroffen hatte, schmollte und grollte sie mit der Freundin. Gabriele schien es nicht zu bemerken, auch nicht, daß auf ihren Wangen die Rosen verblaßten. Verschlossen lebte sie neben Sabine und deren Mutter her, und vieles von dem, was sonst ihre Teilnahme, ja ihre Leidenschaft erregt hatte, ließ sie kalt. So auch, daß Max wieder in Rothenburg war.

Er war dorthin zurückgekehrt, nachdem der Verfassungsausschuß in Heilbronn sich aufgelöst hatte. Die Papiere desselben hatte er auf die Bitte des Kanzlers hin mit sich genommen und hinterlegte sie später in dem Archiv von Rothenburg. Dort wurde der Entwurf der deutschen Reichsverfassung nach Jahrhunderten wiedergefunden, ein leuchtendes Ehrendenkmal der in ihren sozialen und politischen Ideen und Idealen weit über ihre Zeit hinausgehenden großen Bauernrevolution, auf welche die Sieger Berge der schmutzigsten Lügen und Verdächtigungen gehäuft haben. Aber die Wahrheit läßt sich nicht in Blut und Kot ersticken, und eines Tages besteigt sie den Richterstuhl.

Noch bewahrte Max das wertvolle Dokument in seiner bescheidenen Wohnung in der Würzburger Gasse. Denn noch lebte er der festen Überzeugung, daß der Verfassungsausschuß seine Arbeit bald wieder aufnehmen würde. Und in dieser Überzeugung genoß er das durch die unterbrochene Arbeit ihm gewährte Glück des Wiedersehens mit der Geliebten in vollen Zügen. Fräulein von Badell gewährte auch jetzt wieder ihren Schutz dem jungen Paar, wie durch ihre Vermittlung die beiden Brieflein, die Max aus Heilbronn geschrieben hatte, an Else gelangt waren. Zu ihrem Haus waren Mutter und Tochter auf dem Weg, als sie von Sabine gesehen wurden. Else in ihrer frohen Ungeduld die schwarzen Wolken vergessend, die über ihrer Zukunft hingen, Frau Margarethe voll Verlangen, ihr schweres Herz durch Aussprache zu erleichtern. Denn es war zwischen ihrem Gatten und dem Bürgermeister zu einem harten Zusammenstoß gekommen, weil Stephan von Menzingen gegen das Verbot Bermeters den Dr. Karlstadt wieder in die Stadt gelassen hatte. Und bei dieser Gelegenheit hatte der Bürgermeister überdies dem Obmann des Ausschusses den knappen Befehl gegeben, innerhalb von vierzehn Tagen sein Dienstverhältnis zu dem Markgrafen Kasimir zu lösen, weil solches gegen die Stadtgesetze verstoße. Es war nämlich die Antwort des Markgrafen, die von Menzingen in Schweinfurt gegenüber Florian Geyer erwähnt hatte, durch einen reitenden Boten überbracht worden. Und auf dem Brief, den er der Torwache hatte vorzeigen müssen, um Einlaß zu erhalten, war dem Namen des Ritters hinzugefügt gewesen: »Unserm Rat und lieben Getreuen.«

»Sorgt Euch nicht, liebe Frau«, tröstete das Fräulein von Badell, die mit der Freundin im Garten auf einer steinernen Bank saß, während die Liebenden in einiger Entfernung von ihnen Arm in Arm unter den Bäumen wandelten. »Die Zeiten sind verheddert wie der Flachs am Rocken einer unordentlichen Magd. Aber mit Geduld schafft man wohl wieder Ordnung. Um die Zukunft der Kinder ist mir zunächst nicht bang. Es steckt halt in der Jugend eine Kraft – wir alten Frauen haben's nur vergessen –, die nicht so leicht kleinzukriegen ist. Mich dünkt, daß Eure Else einen ebenso festen Kopf hat wie ihr Vater, und wenn zwei solche Köpfe zusammenkommen, dann zieht der Mannskopf allemal den kürzeren, weil er der gröbere ist. Und wenn Euer Mann mit dem Bürgermeister hart aneinandergeraten ist wegen dem Unglückswurm« – sie deutete mit ihren Blicken zu dem an die Stadtmauer stoßenden Seitenflügel, der Dr. Karlstadt beherbergte –, »der jetzt dort oben auf seiner Kammer Tag und Nacht an einem Folianten schmiedet, den er seinen Gegnern an den Kopf schmeißen will, nun, Ihr kennt ja das Rätsel: ›Speise ging von dem Fresser und Süßigkeit von dem Starken.‹ Die Herren vom Rat sind keine Löwen, auch wenn sie brüllen, und der Bermeter am wenigsten. Als ihnen der Fuchs auf die Tatzen schlug, haben sie die Krallen flink wieder eingezogen. Laßt's gehen, liebe Seele.«

Frau Margarethe mußte wider Willen lächeln. Fräulein von Badell spielte darauf an, daß die Dunkelmänner die Rückkehr Karlstadts zu einem Schlag gegen die Reformation auszunutzen versucht hatten. Sie hatten nämlich einen Schulmeister und zwei mindere Bürger mit einer Bittschrift um Wiedereinführung der Messe in der Stadt umhergeschickt. Es war ihnen auch gelungen, mehr als hundert Unterschriften zu sammeln, da den meisten das Schriftstück viel zu lang war, um es zu lesen, und sie daher blindlings unterzeichneten. Diesen Sammlern auf dem Fuße ließ sich der blinde Mönch, den man gemeinhin den Fuchs nannte, von Haus zu Haus führen und eine kurz und scharf gefaßte Erklärung unterschreiben, daß man von Karlstadts Lehre nicht weichen wolle. Das Fräulein vermutete, daß Valentin Ickelsamer der Verfasser sei. Schärfer noch als diese Erklärung drangen aus den Schänken die lauten Drohungen zu den Ohren des Inneren Rates, gehörig dreinzuschlagen, wenn die Messe wieder eingeführt würde. Da verschwand die erste Bittschrift unter dem Ratstisch.

Georg Bermeter benutzte diese Vorgänge, um bei dem Äußeren Rat und dem Ausschuß vertraulich anzufragen, ob sie ihn nicht aus seinem Amt entlassen und andere Ratspersonen wählen möchten. Er war alles, nur kein Löwe und sah ein, daß er zu schwach war, um dem vereinigten Andrang der Geschlechter und Wohlhabenden gegen den kaum geschlossenen Bund mit den Bauern erfolgreichen Widerstand entgegenzusetzen. Auch sträubte sich sein Gewissen gegen den Eidbruch. Denn immer bedenklicher begann es um ihn zu raunen und zu flüstern: »Los von dem Bund!« Der Äußere Rat und der Ausschuß antworteten zwar, daß sie einem Bürgermeister und Rat alle Gewalt anheimstellten, denn auch sie wären des Regiments müde worden. Allein Erasmus von Muslor und Konrad Eberhard weigerten sich entschieden, in ihre früheren Ämter wieder einzutreten. Sie erachteten ihre Zeit noch nicht für gekommen. Mit ihrem Rat wollten sie den Inneren Rat jedoch gern unterstützen. Sie hielten auch ihr Versprechen, denn auf ihre Einflüsterungen sandte die Stadt den Bauern nochmals Pulver und Kugeln, ließ aber den Befehl, Haltenbergstedten zu zerstören, unausgeführt. Die seinerzeit gegen den Junker von Rosenberg bei dem Reichskammergericht erhobene Anklage war bei den unruhigen Zeiten zur Makulatur geworden. Und Erasmus von Muslor schien es, daß ihnen die Freundschaft des Junkers auf dem Marienberg nunmehr nützlicher als die der Bauern sein könnte. Auch dieses ließ zum Erstaunen Sabines ihre schöne Freundin völlig kalt. Während aber der regierende Rat noch den Schein der Bauernfreundlichkeit zu wahren trachtete, verrieten die Geschlechter ihre wahre Gesinnung offen durch die Gelage, mit denen sie in der Herren-Trinkstube die Siege des Truchseß und seine eines türkischen Paschas würdige Grausamkeit gegen die Gefangenen und das unglückliche Weinsberg feierten.

In dem Becher steckte ihre ganze Heldenschaft, meinte die schöne Gabriele verächtlich. Sie beschuldigte den Rat der Feigheit, er treibe

Krämerpolitik, und sie versuchte ihren Vormund und Herrn Erasmus dazu zu bringen, endlich einen entscheidenden Schlag zu führen. »Mir wäre es schon recht, aber wie, wenn er mißlänge?« fragte Konrad Eberhard. »Nun, dann ist's zu Ende, und man weiß endlich, woran man ist«, entgegnete sie mit wogender Brust. Seit dem Abschluß des Bündnisses mit der Bauernschaft war ihre Verachtung der Bauern zu einem Haß geworden, über dessen leidenschaftliche Ausbrüche sich die gutmütige Frau von Muslor mehr als einmal entsetzte.

Am Freitag vor Pfingsten befand sich Erasmus von Muslor mit den Seinigen nach dem Abendessen in dem Garten hinter seinem Haus. Die Sonne stand bereits hinter den Häusern. Der Tag war heiß gewesen. Die beginnende Kühle atmend, die von dem Duft des blühenden Jasmins durchwürzt war, genoß Herr Erasmus seinen Abendtrunk, während die Hausfrau über dem Küchenzettel für das Pfingstfest brütete und Sabine sich von den Beeten einen Strauß pflückte. Gabriele saß auf der niedrigen Mauer, die den Garten gegen die tiefer liegende Burggasse mit den nur ein- und zweistöckigen Häusern der Handwerker abgrenzte. Das Geräusch der Gewerbe war verstummt, und nur die frischen hellen Stimmen der Kinder, die auf der Gasse spielten, schollen herauf, dazu in der Luft das Pfeifen der jagenden Schwalben. Die niedrigen Stroh- und Schindeldächer hinderten das Auge nicht, südwärts weit, weit hinauszuschweifen in die von Feldern, Wiesen, Buchen und Tannen grünende Landschaft jenseits der Tauber. Gabriele hatte das linke Bein über das rechte geschlagen, das Knie mit beiden Händen umspannt und schaute mit etwas zurückgebogenem Kopf nach dem zyklopischen Pharamundsturm in der südwestlichen Ecke der Hinterburg, um dessen von der Sonne noch golden leuchtendes Dach die Schwalben im blitzartig zuckenden Flug hin und her schossen. Ein leiser Luftzug ließ dann und wann die schwarzen Locken Gabrieles aufwogen. Sie sah, daß Sabine, ihre Blumen ordnend, in ihre Nähe kam, und sie seufzte, während ihre Augen die Schwalben verfolgten: »Wenn ich doch auch fliegen könnte!«

»Und wohin würdest du fliegen?« fragte Sabine. »Aber du brauchst es mir nicht zu sagen, ich weiß es.«

»Dann weißt du mehr als ich«, antwortete Gabriele mit einem verwunderten Blick. »Ich zerbreche mir just den Kopf über das Wohin. Hilf mir also.«

»Damit täuschest du mich nicht«, rief Sabine, während ihre Wangen sich höher röteten. »Du verstehst dich freilich trefflich darauf. Denn wie hätte ich sonst so lange an eine Freundschaft glauben können, die du nie für mich gehabt hast?«

»Wie, sind wir noch in der Klosterschule?« spöttelte Gabriele. »Also, welchen Verbrechens an der Freundschaft hab' ich mich schuldig gemacht?«

»Daß du mich noch fragen kannst, beweist, was ich dir schon einmal sagte, daß du kein Herz hast«, versetzte Sabine gereizt. »Ich habe dir aus dem meinigen nie einen Hehl gemacht. Du weißt, daß ich den Adelsheim nicht liebe, daß ich nur gezwungen die Seinige werde. Du aber merkst kaum, daß einem anderen mein Herz sich zuneigt, schon drängst du dich dazwischen und versuchst ihn für dich zu gewinnen.« Die Tränen traten ihr in die Augen.

»Also eifersüchtig!« sagte Gabriele, ihr Knie freigebend. Mit einem Achselzucken fügte sie hinzu: »Wenn ich mich deshalb verantworten soll, ja, Liebste, warum seid ihr alle auch so langweilig?«

»Verantworten sollst du, daß du mich deinen Zeitvertreib bezahlen läßt«, rief Sabine, deren blaue Augen zornig durch die Tränen zu blitzen begannen.

Gabriele schwieg.

»Und wenn du ihn noch liebtest!« begann Sabine wieder.

Gabriele sah sie finster an. »Und wenn ich ihn liebte?« fragte sie, die Worte dehnend. »Narrheit!« schloß sie nach einer kurzen Pause scharf.

»Aber für mich ist's keine!« entgegnete Sabine mit zuckenden Lippen. »Dir freilich gilt er nichts. Haßt du doch die Bauern tödlich, wie könntest du ihren Führer lieben!«

»Ja, das ist wahr«, gab Gabriele zu und glitt von der niedrigen Brustwehr auf den Boden. »Ja, ich hasse sie, wie ich mich selbst hassen würde, wenn ... wenn's anders wäre. Weißt du denn nicht, daß hier in Rothenburg ausdrücklich festgelegt worden ist, daß keine Zinsen, Gülten und Renten mehr bezahlt werden sollen? Und daraus besteht mein ganzes Vermögen. Soll ich etwa diejenigen lieben, die mich zur Bettlerin gemacht haben? Wo soll ich jetzt einen Unterschlupf finden? Daran dacht' ich vorhin, als ich mir Flügel wünschte.«

Die Gutmütigkeit drängte bei Sabine die Eifersucht zurück, und sie rief: »Ach, verzeih, daß ich daran nicht dachte! Aber bist du nicht in unserem Haus geborgen? Gehörst du nicht zu uns? Ob du reich oder arm bist, das macht doch keinen Unterschied. Warum willst du uns also verlassen?«

Wieder schwebte es auf Gabrieles Lippen: »Weil ihr alle tödlich langweilig seid.« Sie bezwang sich jedoch und erwiderte, sich stolz aufrichtend: »Ein Almosen soll ich annehmen? Denn ein solches wäre es, selbst wenn es die Liebe anbietet. Niemals! Ich würde es nicht einmal ertragen, hier arm zu sein, wo man mich in meinem Reichtum gekannt hat. Und nun schweig über das, was ich dir anvertraut habe, und sprechen wir nicht weiter davon.«

»Im Gegenteil, sprechen wir jetzt erst recht davon, ich muß deinen Stolz bezwingen«, rief Sabine. Gabriele aber unterbrach sie: »Da kommt mein Vormund. Laß uns hören, was ihn noch so spät herführt.«

Sie schritten beide auf den alten Ahorn zu, unter dem Herr Erasmus und seine Gattin saßen und sich eben erhoben, um den Gast zu begrüßen.

»Meine Neuigkeit ist kein Geheimnis«, beantwortete dieser den fragenden Blick des Hausherrn und reichte Sabine und seinem Mündel die Hand. »Hieronymus Hassel war eben bei mir.«

»Wie, schon aus Schweinfurt zurück?« rief von Muslor erstaunt.

»Die Versammlung ist aus. Sie war ein Fehlschlag und ist unverrichteter Sache auseinandergegangen.«

»Und der Menzingen?«

»Ist auch wieder da«, antwortete Konrad Eberhard, »wie mir der Hassel erzählte, ist er mit ihm zurückgekommen und mit ihnen der Geyer von Geyersberg. Der Landtag hat die beiden an den Markgrafen Kasimir abgeordnet, um zwischen ihm und der Bauernschaft den Frieden zu vermitteln. Sie wollen hier seinen Bescheid abwarten, wo er sie empfangen könne.«

Gabriele war bei der Erwähnung Florian Geyers erst totenblaß, dann feuerrot geworden, während Sabine, die ebenfalls errötet war, sich eiligst in Richtung Haus entfernte, um für die Bewirtung Konrad Eberhards zu sorgen. Als sie nach einiger Zeit mit einem Becher Wein und einem Teller gewürzten Gebäckes, um den Durst zu reizen, wiederkam, war Gabriele verschwunden. Später sah sie dieselbe aus einer Geißblattlaube kommen und langsam dem Haus zu gehen. Gabriele legte sich zu Bett, obwohl es noch früh war, und als Sabine nach einer Stunde ebenfalls ihr Lager aufsuchte, schien sie bereits fest zu schlafen.

Es war am folgenden Tag in der Stadt wenig davon zu merken, daß es Sonnabend vor Pfingsten war. Das Gerücht von der Vergeblichkeit des Landtages zu Schweinfurt und ein zweites, das sich erst jetzt zu verbreiten begann, nämlich, daß der Innere Rat die beiden Vertreter der Stadt aus Würzburg abberufen habe, erfüllten die Gemüter mit einer unbestimmten Unruhe.

Man hatte das Gefühl, als ob man in einem Boot säße, das auf einem äußerlich glatten Strom schneller und schneller einem Katarakt entgegenglitt. Auf den Märkten hatten sich auffallend wenig Bauern eingefunden. Um so zahlreicher hatte das Pfingstfest die Bettler in die Stadt gelockt und unter ihnen altbekannte Gestalten, die keinen Sonnabend in Rothenburg fehlten, bestimmte Viertel absuchten und an Sonn- und Feiertagen an den Türen bestimmter Kirchen zu finden waren. Einer mit einem langen schneeweißen Bart, den man den Patriarchen nannte, pflegte nur bei den Geschlechterhäusern zu betteln, wo er meistens großzügige Almosen erhielt. Seinen festen Stand hatte er vor der Klosterkirche der Dominikanerinnen, einem geschmackvoll einfachen Bau aus der Epoche der ersten Gotik mit schlanken Türmen auf beiden Giebelseiten.

Diesen Lumpenpatriarchen fand Florian Geyer an der Haustür seines Gastfreundes stehend, als er am Vormittag ausging, um Dr. Deutschlin und den Komtur Christian aufzusuchen. Während er aus seiner Gürteltasche eine kleine Münze hervorsuchte, reichte ihm der Bettler einen zusammengelegten Zettel. »Lesen, Euer Gnaden«, sagte er dabei leise und machte Anstalten, sich zu entfernen. Florian Geyer hielt ihn jedoch mit einem: »Halt!« zurück und fragte, wer ihn schicke. »Wenn's nicht der Schreiber von dem Zettel ist, dann weiß ich's nicht, gnädiger Herr«, antwortete der Weißbart mit verstellter Einfalt. Florian Geyer hatte unterdessen einen Blick auf das Papier geworfen, das nur die wenigen Worte enthielt: »Ich muß Euch sprechen. Um sechs Uhr in der Kirche der Dominikanerinnen.« Als er aufsah, entfernte sich der Patriarch schon, und er ließ ihn ohne weitere Erkundigung gehen, würde er doch früh genug erfahren, von wem die Botschaft kam.

Die Mitteilungen Kaspar Christians und des Predigers an St. Jakob über den Geist, der sich unter den Geschlechtern Rothenburgs bemerkbar mache, gaben Florian Geyer viel zu denken. Am Nachmittag ging er nochmals fort, um endlich Max Eberhard auch persönlich kennenzulernen. Wendel Hipler hatte ihn in seiner guten Meinung von Max wesentlich bestärkt und dieser überdies an Else einen reizenden Anwalt gefunden, als Florian Geyer das Gespräch auf ihn gebracht hatte.

Max Eberhard sprang lebhaft von seinem Arbeitstisch auf, an dem er saß, und begrüßte Florian Geyer mit seinem Namen, während er ihm beide Hände entgegenstreckte. Else hatte den Zug der Gesandten zum Rathaus gesehen und Max den Ritter auf das genaueste beschrieben. »So kennt Ihr mich schon vom Ansehen?« fragte Florian Geyer mit einiger Verwunderung. Max geriet in Verlegenheit, und sein Gast lächelte, denn er erinnerte sich an die Wärme, mit der Else von Max gesprochen hatte. Er erriet das Geheimnis der beiden jungen Menschen, und es wehte ihn wohlig an, in all den politischen Wirren und Leidenschaften den reinen Hauch des ewig Menschlichen zu verspüren. Das war etwas, das ihn den Unmut und die schweren Gedanken, mit denen ihn sein Morgenbesuch erfüllt hatte, einigermaßen vergessen ließ. Damit in einem inneren Zusammenhang stand die lächelnde Frage nach dem offenen Buch, von dem Max bei seinem Eintritt sich erhoben hatte: »Ihr last wohl eben einen alten Dichter?«

»Ich möchte ihn eher einen Propheten nennen, denn er malt Zeiten, die erst kommen sollen«, antwortete Max, ein wenig errötend. »Auch ist er nicht alt, sondern atmet noch im Licht der Sonne. Es ist die Utopia des vortrefflichen Thomas Morus, wenn Ihr vielleicht davon gehört habt.«

»Freilich hab' ich davon gehört«, rief Florian Geyer lebhaft. »Ulrich von Hutten hat uns auf der Ebernburg oft und eingehend mit dem

Werk unterhalten und manche Stelle daraus verdeutscht. Er las uns auch den Brief vor, in dem der berühmte Erasmus ihn auf die Utopia aufmerksam machte und von ihr sagte, daß Morus sie in der Absicht verfaßte, zu zeigen, woran es läge, daß die Staaten in so schlechten Zuständen seien.«

»Was Morus denn auch in bezug auf sein Vaterland England gründlich tut«, fügte Max hinzu.

»Nur in einem Punkt kann ich seine Hoffnungen nicht teilen, und auch er wird enttäuscht werden. Wir kennen ja die Fürsten, sollte ich meinen, und ich bestritt es schon damals Hutten und Sickingen gegenüber, daß es ihm je gelingen werde, einen Fürsten zu gewinnen, der einen Versuch machte, ein so vorzügliches Gemeinwesen, wie er es ausmalt, ins Leben zu rufen.«

»Ihr haltet die Utopia also für keine Träumerei, sondern für wirklich erreichbar?« fragte Max, und Florian Geyer erwiderte: »Hört, lieber Doktor! Ihr werdet es ja den Karlstadt wiederholt haben predigen hören, daß die Welt im Geist des Evangeliums sich erneuern und zum Kommunismus der ersten christlichen Gemeinden zurückkehren müsse. Ich bin der Meinung, daß die Menschheit nie wieder zu Erscheinungen, zu Einrichtungen zurückkehren sollte, die sie einmal überwunden hat. Das Ziel, dem sie in ihrer Entwickelung zustrebt, liegt oft in unabsehbarer Ferne, aber immer vor ihr, nie hinter ihr. Der religiöse Kommunismus ist vorbei, unser Ziel ist der soziale Kommunismus der Insel Utopia. So fest meine Schwertklinge ist, so fest bin ich überzeugt, daß wir einst dort landen werden. Schon sind wir auf der Fahrt dorthin. Warum sonst hätte sich der Bauer im ganzen Deutschen Reich empört?«

Er hob das Buch auf, und den von einem Holzschnitt umrahmten Titel betrachtend, äußerte er: »Wenn ich mein geringes Latein zusammennehme, so steht hier: ›Ein wahrhaft goldenes Büchlein vom besten Stand des Gemeinwesens.‹ Schade, daß es der große Mann bereits vor unserem Aufstand schrieb, sonst würde er sich nach keinem Fürsten umgeschaut, sondern erkannt haben, daß dieses goldene Büchlein nur durch die Erkenntnis, den Willen und die Kraft des Volkes zur goldenen Wahrheit werden könne.«

»Merkwürdig, daß Wendel Hipler es für einen Scherz, eine Phantasterei hält«, bemerkte Max Eberhard nachdenklich.

»Mich wundert's nicht. Er ist ein großer Politikus, aber nur ein Politikus, und hier ist mehr. Und Ihr, lieber Doktor, seid auch noch etwas mehr oder nebenher als ein Politikus.« Florian Geyer sagte es mit einem so eigentümlich heiteren Blick, daß Max ihn nicht mißverstehen konnte und wider Willen rot wurde.

Florian Geyer verließ ihn in einer angenehm erregten Stimmung, als auf dem Rathausturm die sechste Stunde angeschlagen wurde und er die Klosterkirche betrat. Im ersten Augenblick sah er niemand in der Kirche. Bei seinen auf den Steinplatten klirrenden Schritten erhob sich jedoch vor einem der vier kunstvoll geschnitzten Altäre eine dunkle Gestalt und kam ihm zögernd entgegen. Sie trug einen schwarzen, mit Pelz verbrämten Seidenmantel und eine ebensolche Kapuze, die aber zurückgeschlagen war, und Florian Geyer erkannte die schöne Gabriele.

»Meine Botschaft muß Euch befremden, Herr Ritter«, begann sie mit hochgeröteten Wangen und stockte.

Ritterlich kam er ihr zu Hilfe. »Ihr begehrt einen Dienst von mir, edles Fräulein, gebietet!«

»Ihr habt's erraten«, antwortete sie freier. »Den Dienst aber sollt Ihr nicht mir, sondern Euch selber leisten. Er heißt: Vorsicht. Man möchte Eure Sendung an den Markgrafen von Brandenburg hintertreiben.«

»Dank der holden Warnerin«, erwiderte er einigermaßen erstaunt, »doch leugne ich nicht, daß es mir recht wäre, wenn ich die Hand nicht zu bieten brauchte, damit das Bündnis mit dem Markgrafen zustande kommt. Denn Feuer und Wasser verbinden sich eher als Bauer und Edelmann.«

Sie sah ihn mit großen Augen an. »Das ist wahr, und darum verstehe ich Euch nicht. Ihr selber seid ein Edelmann und kämpft mit den Bauern gegen Eure Standesgenossen.«

»Für die Freiheit gegen deren Unterdrücker«, versetzte er mit ruhigem Ernst.

»Freiheit?« rief sie lebhaft. »Was kann sie Euch bieten für alles, was Ihr darum aufgeben müßt? Wie kann es Euch verlocken, Euch zu einem Gleichen der armen Leute zu machen? Diese rohen, schmutzigen, stinkenden Bauern Brüder zu nennen? Gesteht, daß Euch der Ehrgeiz verführt.«

»Oh nein, davon weiß ich mich frei, was auch sonst meine Fehler sein mögen«, antwortete er schlicht. »Es ist nicht mein Verdienst, daß ich als Edelmann geboren wurde, aber ich werde es mir selbst verdanken, wenn ich mir den höheren Adel der freien Menschenwürde erwerbe. Ein Höheres gibt es nicht, und darum wurde dem Menschen das Leben geschenkt, daß er nach ihr strebe und seine entwürdigten Mitmenschen mit sich zu ihr emporhebe.«

Die Wärme seiner Worte ergriff sie, und es verriet sich in ihren Augen, wie herrlich er ihr erschien. Aber sie vermochte es nicht, sich zu seiner Anschauung emporzudenken, und sie gestand es, während sie seufzte: »Sei es darum. Aber Ihr werdet den Bauer nie zu Euch emporheben. Ihr werdet untergehen, ohne das Ziel zu erreichen, nach dem Ihr trachtet.«

Er sah mit einem Lächeln auf sie hinunter wie auf ein Kind. Sie aber fuhr eifrig fort, während sie zwei Finger ihrer weißen Rechten auf seinen Arm legte: »Oh, glaubt mir, daß es unmöglich ist. Ich brauche es Euch ja nicht erst zu sagen, daß die Bauern der Macht der Fürsten nicht gewachsen sind, sondern überall den kürzeren ziehen, wo sie mit ihr zusammenstoßen. Worauf vertraut Ihr also? Auf die mit Euch verbündeten Städte? Der Landtag ist fehlgeschlagen. Rothenburg harrt des Schwäbischen Bundes als eines Erlösers. Ich sollte es nicht sagen, denn es ist meine Vaterstadt, aber ...« Eine Blutwelle stieg ihr in die Wangen. Sie fuhr fort: »Darum laßt ab vom Schwert, solange es noch Zeit ist. Ich bitte, ich beschwöre Euch! Denkt an Eure Sicherheit!«

»Die ist nicht gefährdet«, beruhigte er sie. »Wünsche sind keine Taten. Noch stehen wir im Feld, und nicht die Feigheit, sondern das Schwert hat das letzte Wort. Doch warum versucht Ihr, schöne Feindin, mir mit Euren Bitten die Locken meiner Kraft zu scheren?«

So in einen scherzenden Ton übergehend, faßte er ihre Hand und sah ihr fragend in die Augen. Sie senkte die Lider, schlug sie aber gleich wieder auf. Ein Glutstrom überflutete ihn, und sie rief mit ausbrechender Leidenschaft: »Weil ich Euch retten will, weil Ihr leben sollt!«

Er ließ ihre Hand betroffen los. Sie beachtete es nicht. Ihre Leidenschaftlichkeit zerriß die Zügel, und sie rief; »Lebe für mich, denn ich liebe dich. Ich habe im Haß gegen deine Partei Schutz vor meiner Liebe gesucht. Wie konnte ich dich lieben, wenn ich sie haßte? Ich müßte mich ja verachten, wenn es so war. Vergebens rang ich. Meine Liebe unterschied dich, unterschied dich von allen.«

»Armes Kind!« bemitleidete er sie. Sie aber rief mit glühendem Gesicht: »Nicht Mitleid, deine Liebe will ich, denn ich liebe dich.« Sie umschlang ihn mit beiden Armen und drückte die Stirn gegen seine Brust. Er wollte sich sanft von ihr lösen, aber sie hielt ihn nur um so fester und rief, die glühenden Augen zu ihm erhebend: »Ja, ich liebe dich! Laß uns fliehen, irgendwohin, wo dieser wahnsinnige Aufruhr nicht tobt, und laß uns glücklich miteinander sein!«

»Ihr seid nicht bei Euch«, sagte Florian Geyer streng und machte sich aus den Armen der schönen Gabriele los. »Wie könntet Ihr mir sonst die Feigheit zumuten, meine Sache zu verlassen? Und aus Liebe zu Euch? Wißt Ihr denn nicht, daß ich Frau und Kind habe?«

»Was liegt an Frau und Kind, was liegt an allem anderen, wenn wir uns lieben?« rief sie mit wogender Brust und brennenden Augen.

Das Blut stieg ihm bis in die breite Stirn hinauf, seine Brauen zogen sich zusammen, und er rief mit lauter Stimme: »Ich aber liebe Euch nicht.«

Sie starrte ihn mit weitgeöffneten Augen an und wurde kreidebleich.

Er fuhr etwas milder fort: »Besinnt Euch doch, daß ich der unerbittliche Feind Eurer Kaste bin. Ich will Euer Geständnis nicht gehört haben. Laßt uns im Frieden scheiden!« Er wollte ihr die Hand bieten.

Sie zuckte zurück, die Augen immer noch starr auf ihn gerichtet, die Arme schlaff herabhängend. »Lebt wohl!« sagte er mit einem mitleidigen Blick auf sie und ging.

Lautlos, wie vom Blitz getroffen, sank sie hinter ihm zusammen.

Mit energischen Schritten, um die peinliche Aufregung zu dämpfen, in die ihn die Liebesraserei der schönen Gabriele versetzt hatte, machte er sich auf den Weg zum Haus Stephans von Menzingen. Ein Goldschmied, der zu des letzteren Partei gehörte, rief ihn bei den Rathausbuden aus seinem Laden an, vor dem viele Bürger standen: »Herr von Geyersberg, Ihr müßt es ja wissen. Ist's denn wirklich wahr?«

»Was denn, lieber Meister?«

»Das von der grausam blutigen Schlacht«, mischte sich einer von den Bürgern ein.

»Ja, und viertausend Bauern sollen gefallen sein«, ergänzte eine heisere Stimme, die einem offenbar schwindsüchtigen Hafnermeister gehörte.

»Auf diese Weise kommen wir nicht zum Ziel«, wandte Florian Geyer sich an den Goldschmied. »Redet Ihr.«

Dieser erklärte: »Die Sache ist die, Herr Ritter, daß zuerst etliche Bauern in die Stadt gekommen sind, und die haben es erzählt. Sie sind aus der Schlacht geflohen.«

»Bei Königshofen ist's gewesen«, unterbrach ihn wieder einer seiner Mitbürger. »Bis in die Nacht hinein hat die Schlacht gedauert.«

»Ja, bei Königshofen«, bestätigte der Goldschmied, »und die Stadt und die benachbarten Dörfer stehen in Flammen.«

Der Name traf Florian Geyer wie ein Schlag auf das Herz. Er ließ die Bürger jedoch nichts merken, sondern sagte mit äußerer Ruhe: »Ich weiß noch von nichts. Wo sind die Flüchtlinge?«

»Der Bürgermeister hat sie ins Rathaus holen lassen. – Es waren ihrer zwei.« So riefen mehrere zugleich.

»Die Angst übertreibt gern«, sagte Florian Geyer und drehte seinen Schnurrbart in die Höhe. »Dank Euch, Ihr Herren!«

Auf dem Marktplatz standen nur wenige Gruppen zusammen. Die Menge war den Flüchtigen gefolgt und füllte dichtgedrängt die Herrengasse vor dem Rathaus. Florian Geyer wollte die Unglücksraben selbst hören. Die Leute, ohne Ausnahme den niederen Zünften angehörig, machten ihm bereitwillig Platz, und er brauchte nur kurze Zeit zu warten, da kamen die beiden Flüchtlinge aus dem Rathaus. Es waren zwei Jammergestalten, barhäuptig, in schmutzigen, zerfetzten Kleidern, deren Augen hohl aus den erschöpften, vom Pulver geschwärzten Gesichtern schauten. Ihre Waffen hatten sie mit Ausnahme der Schwerter weggeworfen, um schneller laufen zu können. Sie hatten zum Tauberhaufen gehört und waren aus Furcht vor den Söldnern des Truchseß bis Rothenburg geflohen, weil sie sich vor denselben nicht in ihrem

Heimatsdorf unweit von Igersheim sicher geglaubt hatten. Nach ihrem Bericht war der Truchseß im Verein mit dem Pfalzgrafen aus dem Schöpfgrund hervorgebrochen, während die Bauern in halber Höhe über Königshofen, am anderen Tauberufer, eine feste, durch vierzig Kanonen gedeckte Stellung eingenommen hätten. Die Pfalzgräflichen wären ober- und unterhalb der Stadt über die Tauber gegangen und dann der Truchseß trotz des heftigen Feuers mit der Hauptmacht vorgedrungen.

Gegen vier Uhr nachmittags hätte die Schlacht begonnen. Von den weiteren Vorgängen hatten die beiden Flüchtlinge keine klare Vorstellung. Sie hatten in dem beginnenden Kampfgetümmel nur noch bemerkt, daß die Büchsenmeister die Pferde von den Geschützen abschnitten und davonjagten und damit das Zeichen zur Flucht gaben.

»Feiglinge! Schufte!« riefen die Leute, die sich dicht um Florian Geyer und die beiden Flüchtlinge geschart hatten.

»Schufte, ja Verräter«, meinte einer von den letzteren. »Bestochen vom Truchseß, und darauf will ich meinen eigenen Kopf setzen, wenn's nicht wahr ist. Alle Schüsse gingen von Anfang an zu hoch.«

Wie Florian Geyer weiter erfragte, war Hans Kolbenschlag mit dem größten Teil seines Tauberhaufens während der Flucht der übrigen in den Wald auf die Höhe gezogen und hatte sich dort noch tapfer verteidigt. Andere, an die dreihundert, hätten sich in ein Gehölz geworfen und wären gefangengenommen worden. Sie, die beiden Flüchtlinge, wären mit etwa hundert Kameraden von dem Tauberhaufen abgedrängt worden, hätten sich aber glücklich durchgeschlagen. Über Wendel Hipler und Jörg Metzler wußten sie keine Auskunft zu geben, noch kannten sie den Ausgang von Kolbenschlags Widerstand. Die Rothenburger Fähnlein unter dem langen Lienhart und dem Brettheimer Metzler hatten sie mit keinem Auge gesehen.

Florian Geyer gab ihnen etwas Geld, damit sie sich stärkten, und mit erhobener Stimme sagte er weniger zu ihnen, als um die zuhörenden Bürger zu ermutigen, in deren Mienen sich deutlich die Bestürzung verriet: »Das ist üble Kunde. Aber der Krieg ist ein Glücksspiel, und dieses war nicht unser letzter Wurf.«

Er ging nach Hause. Bevor er aber zu Stephan von Menzingen hinaufstieg, begab er sich in den Stall auf dem Hof und ersuchte den Knecht, seinen Rappen umgehend zu satteln.

Die beiden Flüchtlinge hatten den Rothenburger Fähnlein nicht begegnen können. Denn wie diese, von dem brandroten Himmel mit bösen Ahnungen erfüllt, ohne Rast und Ruhe weiterzogen, kamen ihnen Scharen fliehender Bauern entgegen und riefen ihnen zu, daß alles verloren, alles aus sei, daß die Reisigen des Truchseß wie toll gewordene Wölfe wüteten, daß Jörg Metzler und Wendel Hipler geflohen seien.

Wenn es nun so stünde, das Heer bei Königshofen geschlagen und zersprengt sei, warum sollten sie weiterziehen und sich nutzlos opfern, meinten die Rothenburger. Der lange Lienhart erhob sich mit dröhnender Stimme dagegen: »Glaubt den Feiglingen nicht. Wir dürfen unsere Brüder nicht verlassen. Vorwärts! Vorwärts!« Es hatte aber niemand Lust, ihm zu folgen, selbst Leonhard Metzler nicht. Der ehemalige Landsknecht wetterte und fluchte greulich, er riß sein gewaltiges Schwert heraus und versuchte die Bauern, während er ihnen seinen starkknochigen eisengrauen Schimmel in den Weg stellte, mit flachen Hieben vorwärts zu treiben. Aber die rückwärtsdrängende Flut war zu stark, und er selbst wurde von ihr mit fortgerissen. Jeder strebte der Heimat zu.

Nur mit großer Mühe und indem er seinen Gaul rücksichtslos ansprengen ließ, gelang es dem langen Lienhart, sich aus dem Gedränge zu befreien, und mit Tränen der Wut jagte er nach Heidingsfeld. Er konnte den Hauptleuten, die er im Haus des Pfarrers Steinmetz versammelt fand, nur die Hiobspost bestätigen, die schon vor ihm dort angekommen war. Sie war ihnen aber so unglaublich erschienen, daß man die ersten Flüchtlinge ins Gefängnis geworfen hatte. Man hielt sie für Sendlinge der Bündischen, die unter den Bauern Angst und Schrekken verbreiten sollten. Dem langen Lienhart mußte man wohl glauben, und die Schreckensnachricht verursachte in Heidingsfeld und Würzburg eine ungeheure Aufregung und Verwirrung. Mancher Hauptmann, dem das Stolzieren mehr am Herzen lag als das Fechten, machte sich in dieser Nacht aus dem Staub. Auch verschwand mancher Pfennigmeister mit der ihm anvertrauten Kriegskasse. Gegen Morgen erfuhr man durch Flüchtlinge des Tauberhaufens, die sich über die Berge gerettet hatten, daß Hans Kolbenschlag gefallen war, nachdem er sich bis zur Dunkelheit im Wald auf der Höhe gehalten und dem Feinde schwere Verluste beigebracht hatte.

Im Laufe des Sonntags hob sich die gedrückte Stimmung wieder etwas, besonders als der schweigsame Gregor von Burgbernheim, dessen Fähnlein den Markgrafen Kasimir zurückgescheucht hatte, wieder einzog. Auch verbreitete sich das Gerücht, daß die Brüder noch unbesiegt bei Königshofen ständen. War es absichtlich von den Führern ausgestreut worden, so verfehlte es doch seine Wirkung nicht. Man wurde wieder hohen Mutes, beschloß nach Königshofen zu ziehen, und man hörte bei den Bechern Gelöbnisse, keinen Gefangenen leben zu lassen, sondern die Reiter aufzuhängen, den Fußknechten die Hälse abzuschneiden.

Der Tag verging in eifrigen Rüstungen, und Simon Neuffer war sicher nicht der einzige, der sehnsüchtig nach Florian Geyer Ausschau hielt. Mancher von seinen Gegnern wünschte jetzt den erfahrenen Kriegsmann herbei, dessen Abwesenheit Simon Neuffer die schwere Verantwortung auflud, an seiner Stelle die Schwarze Schar zu führen. Um nicht die Aufmerksamkeit der Besatzung des Schlosses zu erregen, sammelte sich der Auszug während der Nacht bei Heidingsfeld. Es schien aber auch auf dem Marienberg etwas Ungewöhnliches vorzugehen, denn von der Stadt und den Teilschanzen aus sah man bald nach Mitternacht Lichter durch alle Zimmer des Schlosses sich bewegen, und die Mannschaft in den Teilschanzen sah beim ersten Morgengrauen einige schwarze Reiter in der Richtung vom Schloß gegen den Wald vor Hochberg reiten. Sie gab Feuer, aber die Reiter waren verschwunden. Thes Mertz, der Fischer, meinte, es sei ein Spuk des Schwarzkünstlermönches. Als die Pfingstsonne den Himmel zu röten begann, standen die Fähnlein, wohl fünftausend Mann mit ihrem gesamten leichten Feldgeschütz von etwa siebzig Falken, Steinbüchsen, Doppelhacken, ganzen und halben Hacken, nebst Pulverkarren und Proviantwagen, zum Abmarsch bereit. Um das Schloß in Schach zu halten, blieben zweitausend Bewaffnete aus Würzburg und dreitausend aus den Landstädten unter Hans Bermeter, Bernhard Wießner und Balthasar Würzberger zurück.

Und jetzt, wer kam das abfallende Stück der Hochebene nach Heidingsfeld auf einem von Schaum ganz weißen Pferde herabgejagt? Wem sprengten Jakob Köhl, Gregor, Simon Neuffer, der lange Lienhart entgegen und schüttelten ihm die Hand? Ein sturmartiger Zuruf aus tausend und abertausend Kehlen und klirrendes Zusammenschlagen der Wehren begrüßten Florian Geyer. Auch Bruder Ambrosius war zugegen, fast der einzige von den Dorfpfarrern, die ihre Gemeinden nach Würzburg geführt hatten, der ausharrte. Die anderen waren im Mantel der Nacht ohne Abschied heimgegangen. Er segnete die Ausziehenden. Auch die schwarze Hofmännin tat es, allerdings auf ihre Weise. Als das Heer aus dem Tor von Heidingsfeld gegen die Berglehne herausquoll, rief sie mit schriller Stimme: »Rache! Rache für unsere erschlagenen Brüder! Die Gräber bersten, die Toten stehen auf und streiten euch voran. Der Sieg ist unser!« Sie blieb in Würzburg zurück. Wie sie, mit der knöchernen Hand auf den Marienberg deutend, zu Kaspar Etschlich sagte, als er von ihr Abschied nahm: »Ich bleib' zum Gericht.«

Florian Geyer eröffnete an der Spitze seiner Schwarzen Schar den Heerzug. Ihr hatte sich der lange Lienhart mit fünfzig frommen

Knechten angeschlossen, welche die Barfüßer zu Würzburg angeworben hatten und besoldeten. Die Sonne des 4. Juni stieg herrlich am Horizont auf, als sich das Heer die Berglehne aufwärts wand. Es verfolgte den Weg nach Röttingen, denn man glaubte, daß der Feind noch bei Königshofen stände, da die Flüchtlinge vom Tauberhaufen in ihren Aussagen darin übereinstimmten, daß ihm Hans Kolbenschlag äußerst schwere Verluste beigebracht hätte. Es war ein prächtiger Pfingstmorgen. In der balsamischen Luft trillerten die Lerchen, Finken und Ammern. Meisen durchtönten mit ihrem Schlagen und süßen Singen die Gehölze am Wege. Die Spielleute rührten fleißig Trommeln, Pfeifen und Dudelsack, und die Bauern stimmten wohlgemut ein Lied an, neckten einander und ließen manchen Jauchzer in die Luft steigen.

Auf dem weiten Wiesenplan bei den Dörfern Ingolstadt und Sulzdorf, die kaum eine halbe Stunde westlich von Giebelstadt liegen, machten die Bauern zu einem kleinen Imbiß halt. Eine Bodenwelle, auf der die Ruinen des einst von den Rothenburgern zerstörten Raubschlosses Ingolstadt sowie ein Wäldchen lagen, verbarg den Blicken Florian Geyers die Heimat. Nördlich, im Rücken der Bauern, nahm bei dem etwa eine dreiviertel Stunde entfernten Dorf Moos der große Guttenberger Wald seinen Anfang.

Noch hatten die Bauern kaum ihre Schultern von den Handrohren, Büchsen, Spießen und zweihändigen Schwertern entlastet und die Reiter nur eben die Sättel verlassen, als in südwestlicher Richtung ein Flimmern und Blitzen sichtbar wurde. Ein Geschrei erhob sich: »Der Feind!« – »Der Truchseß!« In rasender Eile wurde auf Florian Geyers Befehl der ganze Wagenpark rings um das Heer zu einer Burg zusammengefahren und geschoben und in den Lücken die Geschütze aufgepflanzt. Schon rasselten die Eisenreiter der Rennfahne oder des Vortrabes heran. Ein mörderisches Feuer empfing ihn. Sie schwenkten rechts und links und versuchten, die Bauern von zwei Seiten zugleich zu fassen. Es gelang ihnen aber nicht, die Wagenburg zu sprengen. Zweimal tobten sie heran, und zweimal trieb sie das Feuer zurück, das manchen Sattel leerte und manches Roß niederstreckte.

Da schwoll es wie eine schwarze Unwetterwolke heran. Es war aber nicht das Fußvolk, denn dasselbe meuterte, weil der Truchseß ihm den Schlachtensold verweigerte, den es nach den Kriegsartikeln für die bei Königshofen gewonnene Schlacht forderte. Es waren die Hauptleute, Fähnriche, Waibel und Doppelsöldner, etwa achthundert Mann, die der Truchseß durch seine Beredtsamkeit von der gemeinsamen Sache des Fußvolks abtrünnig gemacht hatte. Während der Truchseß persönlich sie heranführte, zogen sich die berittenen Söldner bei dem Dorf Moos zusammen, um den Bauern den Rückzug in den Guttenberger Wald abzuschneiden. Aber auch die erlesene Schar wurde von den Bauern gar übel empfangen. Verderblicher als das Geschützfeuer wurden ihr die Büchsensteine der Schützen, besonders derjenigen der Schwarzen Schar. Die pflügten manche tiefe Furche durch den Haufen, der in zerhauenen Hosen, zerrissenen Wämsern und keck aufs Ohr gedrückten Federbaretts prunkte. Hei, wie die bunten Lappen in Fetzen gingen und mancher Mutter Sohn die Erde küßte. »Dran! Dran!« Aber die Erlesenen hatten keine Spieße, und die bäuerlichen Schützen waren durch die Wagenburg gedeckt. Doch jetzt begann der Boden zu beben unter den Hufen des berittenen Hauptgeschwaders und dem Rollen der nahenden Geschütze.

Da tat sich hinten die Wagenburg auf, und heraus stürzten in panischem Schrecken die Bauern, der oberste Hauptmann Jakob Köhl als einer der ersten, und suchten das Weite. »Jörgs Tod« aber stürzte über sie, unter sie, jagte ihnen weit und breit bis auf viele Stunden nach und erstach, erschlug, erwürgte ohne Maß und ohne Erbarmen alles, was er erritt. Wie Heinrich Truchseß, der Marschall des Bischofs Konrad, diesem nachher erzählte, war es gar lustig anzusehen gewesen, wie eine Sauhatz. Ein Eber aber kehrte sich gegen die Jäger. Gregor von Bergbernheim wollte nicht fliehen. Er hielt den Reitern mit einem Häuflein der Seinigen im Felde stand und starb mit ihnen den Heldentod. Sechzig Bauern, welche die Berittenen gegen das Versprechen eines beträchtlichen Lösegeldes gefangennahmen, wurden auf Befehl des Truchseß bei der Wagenburg in einem Haufen erstochen, weil es ihm hinterbracht worden war, daß die Bauern gelobt hätten, keinem Feind das Leben zu lassen.

Eine kleine Schar zog sich, fest geschlossen, aus der unhaltbar gewordenen Wagenburg nach dem Dörfchen Ingolstadt zurück. Das waren die Schwarzen Florian Geyers nebst den fünfzig freien Knechten Würzburgs, die der lange Lienhart befehligte. Wiederholt prasselten die Eisenreiter heran, allein die langen Spieße verwandelten die Schar in einen Igel, vor dessen Stacheln die Pferde scheuten, während die so gedeckten Schützen ihr Blei mit tödlicher Sicherheit verschossen. Glücklich erreichte die Schwarze Schar das Dorf. Die Dornhecke, von der es umgeben war, bot jedoch nur dürftigen Schutz. Die Schar teilte sich deshalb. Simon Neuffer besetzte mit zweihundert Mann den ummauerten Dorfkirchhof, und Florian Geyer warf sich mit den übrigen – es mochten etwa vierhundert sein – in die einstige Burg des Raubritters von Elm, zu der vom Dorf ein zertrümmerter Torbogen führte. Die Ringmauer, um die sich ein versumpfter Graben zog, war noch ziemlich gut erhalten. Auch stand noch ein Eckturm. Auf dem Hofraum in den Ruinen hatten sich nach der Zerstörung des Raubnestes durch die Rothenburger heimatlose Leute angesiedelt. Jetzt waren von ihren elenden Hütten nur noch rauchgeschwärzte Reste übrig. Denn eine Streifpartie der Bauern, wohl dieselbe, die Florian Geyers festes Haus verwüstet hatte, hatte sie niedergebrannt.

Florian Geyer ließ das Tor mit Steinen terrassieren und erstieg den Turm, um nach dem Feind Ausschau zu halten. Er mußte leider Zeuge sein, wie im Dorf, von wo wildes Kampfgeschrei und Schießen erschollen, Simon Neuffer mit den Seinigen trotz des tapfersten Widerstandes von der überlegenen Schar der Hauptleute, Doppelsöldner und Waibel gezwungen wurde, den Friedhof zu räumen und sich in die Kirche zurückzuziehen. Weiter konnte er den Kampf dort nicht verfolgen. Denn von der Wagenburg rückte der Pfalzgraf mit etlichen schweren Geschützen gegen das Schloß an, und der Truchseß Georg folgte ihm mit allen Grafen, Herren und Rittern, um Zeugen des blutigen Kampfspieles zu sein.

Die groben Geschütze warfen ein Stück Ringmauer ein, so daß eine vierundzwanzig Fuß breite Öffnung entstand. Drei Bauern liefen hinaus und baten um Gnade. Sie wurden aber auf der Stelle niedergestochen, als sollte den Belagerten vor Augen gestellt werden, welche Gnade sie erwartete, wenn sie sich etwa ergeben sollten. Den Herren dünkte es jetzt ein leichtes Stück, das Schlößchen zu gewinnen. Sie stiegen von den Rossen, die Ritter und die Grafen, und wateten in ihren schweren Rüstungen den Söldner durch den zähen Schlamm des Grabens voraus. Hinter ihnen bliesen die Zinken, und sie selbst schrien: »Dran! Dran!« Aber in der Bresche starrten ihnen die Spieße und Hellebarden entgegen, und die Kugeln der Schützen schlugen wie Hagel in sie. Da hielt der Tod gar reiche Beute, und es half dem Truchseß nichts: Er mußte zum Rückzug blasen lassen. An die hundert lagen tot oder schwer verwundet in dem sumpfigen Graben, darunter viele Grafen, Herren und Ritter. Die Überlebenden waren derart erschöpft, daß sie ausruhen mußten. Der Spaß war ihnen vergangen. Sie banden die wuchtigen Helme und Sturmhauben ab und kühlten die heißen Köpfe, während die Geschütze wieder zu spielen begannen und die Bresche erweiterten. Die Ringmauer bot den Schwarzen kaum noch Schutz, aber ihr Mut war ungebrochen, und manch derber Spott über die Herren, die wie lahme Kraniche abgezogen waren, ließ sie bei der eifrigen Arbeit zu ihrer Verteidigung Hitze und Durst vergessen. Kaspar Etschlich hatte seinen Humor wiedergefunden.

Plötzlich verstummten die Kanonen. Die Herren traten zum zweiten Sturm an, dieses Mal nicht fröhlichen Sinnes, sondern mit Grimm in der Brust. Ohne auf Widerstand zu stoßen, drangen sie durch den Graben in die Bresche, denn die Schwarzen hatten weder Pulver noch Büchsensteine mehr. Die Herren brachen in ein Triumphgeschrei aus, schien ihnen doch das Schwerste überstanden. Aber siehe, vor ihnen stand noch eine Mauer, etwa einen Spieß hoch, mit einer kleinen Fensteröffnung und einer schmalen Tür, hinter der die Ruinen des Wohnhauses lagen, und auf der Mauer flatterte das Banner der Schwarzen Schar. Die Tür war von innen mit Steinen verbaut, und auf der Mauer standen die todesverachtenden Schwarzen und fünfzig freien Knechte. Und sie stachen mit ihren Speeren hinunter und warfen unaufhörlich wuchtige Steine auf die Stürmenden, die es nur ihren festen Helmen und Harnischen zu verdanken hatten, daß keiner tot blieb. Arge Beulen, Quetschungen und Gliederbrüche trugen sie genug davon. Sie mußten abermals den Rückzug antreten, und der lange Liehhart sang ihnen von der Mauer mit seinem Baß in greulich falschen Tönen das allgemein bekannte Spottlied nach:

»Ach, du armer Judas,
Was hast du getan?
Weiß ich doch sonst was,
Das geht auch dich an.
Ach, du armer Judas,
Was hast du getan?«

In das Gelächter darüber ertönte der Schreckensruf: »Schaut die Kirche!« Kaspar hatte ihn ausgestoßen, indem er dabei mit der Hand nach dem Dorf wies. Simon und die Seinigen hatten fortgefahren, sich grimmig zu wehren, selbst noch auf dem Kirchendach und dem Turm, von denen sie Ziegel und Mauerstücke auf die Stürmenden hinabwarfen und viele damit erschlugen, als sie ihr Pulver verschossen hatten. Jetzt stand die Kirche in Flammen, und der Turm loderte wie eine Riesenfackel in den Himmel, Simon und allen seinen Tapferen ein feuriges Grab bereitend.

Im Schloß waren die Blicke aller dem Fingerzeig Kaspars gefolgt. Erschüttert und stumm schauten sie auf die wirbelnden Flammen. Florian Geyer entblößte sein Haupt, und die übrigen folgten seinem Beispiel.

»Wie jene als tapfere Männer in den Tod gegangen sind«, sprach er nach einer Weile, sich wieder bedeckend, »so laßt auch uns, liebe Brüder, miteinander sterben, wenn es sein muß. Sieg oder Tod, ein Drittes gibt es für uns nicht.« Und: »Sieg oder Tod!« erscholl es ihm aus tiefster Brust entgegen. Florian Geyer fuhr fort: »Jetzt aber ruht euch aus, damit euch die Kraft nicht ausgeht. Lange werden sie nicht säumen.«

Jeder setzte und legte sich, wie es die Gelegenheit bot. Die Mehrzahl harrte ernst des Kommenden, manche aber hörte man auch scherzen und lachen. Der lange Lienhart und Kaspar saßen nebeneinander auf einem behauenen Stein des zerstörten Burghauses und schauten trüben Sinnes auf die bald hell auflodernden, bald durch den Qualm gedämpften Flammen der Kirche. Der Riese legte seine gewaltige Tatze auf Kaspars Schulter. Er wollte sprechen, aber es gelang ihm nicht gleich. Es zuckte seltsam in dem raubvogelartigen Gesicht. Kaspar sah ihn an und sagte mit einem schmerzlichen Lächeln: »Laß gut sein, ich weiß schon, was du sagen willst.«

Nun kam es wie ein tiefes Grollen über die bärtigen Lippen des langen Lienhart: »Der Teufel soll mich holen, wenn er nicht ein ganzer Kerl war, der Simon. Bei Gott, das war er!« Eine Träne rollte aus seinen runden Augen in seinen Schnurrbart. Kaspar nickte stumm. Florian Geyer trat zu ihnen und sagte zum langen Lienhart: »Gib mir die Hand, alter Kriegskamerad! Wer weiß, ob wir später noch die Zeit dazu finden! Sei bedankt für die Treue, mit der du zu unserer Fahne gestanden bist.«

»Äh, Hauptmann«, versetzte der Lange, während er ihm die Rechte reichte, »ist's aus mit der Freiheit, so mag der ganze Krempel zur Hölle fahren. An dem bissel Leben ist mir halt nix gelegen. Aber hier, der Etschlich, um den würd's mir leid tun, hat was Liebes daheim.«

Kaspar wurde feuerrot. Florian Geyer aber sagte mit einem Lächeln, während er auch ihm die Hand gab: »Auf alle Fälle! Grüß dein Liebchen von mir, wenn du davonkommst. Ich glaub's, denn du siehst mir aus wie einer, der selbst den Tod narrt.«

»Es geht wieder los!« rief der lange Lienhart aufstehend und setzte leiser hinzu: »Wenn nur der verdammte Durst nicht wär'!«

Da die Kugeln der Schwarzen Schar nicht mehr zu fürchten waren, hatten die Büchsenmeister die Geschütze bis an den Rand des Grabens vorgeschoben. Das aus solcher Nähe erneuerte Feuer erweiterte nicht nur die bereits vorhandene Bresche in der Ringmauer beträchtlich, sondern riß auch ein Stück der oberen Hälfte der inneren Mauer nieder, das glücklicherweise nach innen fiel. Die edlen Herren traten aber nicht wieder zum Sturm an, sondern begnügten sich mit dem Zusehen. Der Truchseß war nämlich nach der zweiten Niederlage nach dem Dorf Ingolstadt geritten und führte nun die erlesene Fußtruppe, die dort ihr Werk getan hatte, heran. Die adeligen Herren folgten ihnen und trieben sie an wie Hunde. Weil aber die Hauptleute, Fähnriche, Waibel und Doppelsöldner durch keine Eisenkleider geschützt waren, so kamen sie nicht mit Beulen und Quetschungen davon, sondern es fanden viele von ihnen in dem niederprasselnden Steinregen den Tod, und auch die Spieße und Hellebarden der Schwarzen taten ihre volle Schuldigkeit. Mancher, der schon den Rand der Mauer gepackt hatte und sich hinaufzuschwingen gedachte, fiel einhändig oder durchbohrt oder mit eingeschlagenem Schädel zurück. »Dran! Dran! Dran!« schrien unaufhörlich die Herren.

Am Fuß der Mauer häuften sich die Leichen, und sie dienten den Stürmenden als Schemel. Einer mit einem schwarzgelben Fähnlein war der erste oben. Im Jubel darüber stockte der Sturm einen Augenblick, da sprang Kaspar auf die Mauer, gab jenem, der sich dessen nicht versah, einen Stoß, so daß er taumelte, riß das schwarze Banner an sich und sprang damit hinunter. Doch dem Fähnrich folgten mehr und mehr, an verschiedenen Stellen krabbelten sie hinauf, und mit wildem

Geheul stürzten sie sich auf die Bauern, die nicht wankten und nicht wichen. Ein wüstes Gewoge entstand. Man schlug einander mit den Speerstangen, Büchsenkolben, Steinen auf die Köpfe, stach mit den Händen, alles in fast stummer Erbitterung, so daß man das Klirren der Waffen, das Knirschen der zerschmetterten Gebeine, das Ächzen der Verwundeten und Sterbenden, den dumpfen Aufschrei der unter die Füße Getretenen hören konnte.

Florian Geyer und der lange Lienhart waren überall, wo die Not der Ihrigen am größten schien, und ihre scharfen Schwerter fraßen gierig Leib und Leben. Rot von Blut war auch der lange Degen Kaspars, der seine Büchse auf dem Schädel eines bündischen Hauptmanns zerschlagen hatte. Das Tuch der schwarzen Fahne mit den goldenen Strahlen hatte er von der Stange gerissen und sich um den Leib geschlungen.

Es wurde dunkel, und mit der Dunkelheit ging die stumme Wut in ein Geheul über, wie von hungrigen Raubtieren. Dem Morden gebot sie keinen Einhalt, und das brennende Ingolstadt leuchtete zu dem Grausen. Hier und da mußten die Leiber der Verwundeten und Toten den Kämpfenden als Wall dienen. Die Zahl der Bündischen war jedoch zu groß, und die Schar der Schwarzen schmolz und schmolz. Die fünfzig freien Knechte Würzburgs lagen Mann für Mann erschlagen. Ein Häuflein Bauern flüchtete in den Burgkeller. Die Bündischen warfen brennendes Stroh und ein Fäßchen Pulver durch die Luftlöcher hinunter. Krachend flog es auf, und alle bis auf drei erstickten und verbrannten. Das Gewölbe barst, die Steine wurden weit umhergeschleudert, so daß die Bündischen zurückwichen. Aber auch ein Stück der Ringmauer war im Rücken der Schwarzen eingestürzt. Florian Geyer sah es. »Hinaus!« schrie er den Seinigen zu. Der lange Lienhart sprang an seine Seite, und ihre gezückten Schwerter deckten den Rückzug der Ihrigen. Es war nur noch ein ganz kleines Häuflein. In der Verwirrung der Explosion, dem aufgewühlten Staub und der Dunkelheit gelang es allen, Florian Geyer und dem langen Lienbart als den letzten, das Freie zu gewinnen.

Das südlich von der Burg gelegene Gehölz nahm sie in seinen Schutz, ehe es den Bündischen deutlich wurde, was geschehen war. Der nicht große Wald steckte voll Bauern, die sich vor den berittenen Söldnern hierher gerettet hatten, wohin ihnen die Reiter nicht folgen konnten. Der Brand der Dörfer Ingolstadt, Sulzdorf, Bütthart und Giebelstadt rötete den Himmel über dem Wald, und wie in Blut schwamm der abnehmende Mond herauf. Von Moos her, wo der Truchseß inzwischen das Lager aufgeschlagen hatte und die Herren sich an den Vorräten der bäuerlichen Wagenburg gütlich taten, schmetterten die Trompeten und dröhnten die Pauken zur Siegesfeier.

Eben stellte sich dort auch reumütig das Fußvolk ein, das gemeutert hatte. Der Truchseß verzieh ihm nicht etwa aus Großmut, denn einer solchen war sein Herz nicht fähig, sondern weil er es für die große

Blutsarbeit, die ihm noch oblag, nicht entbehren konnte. Der Tag bei Königshofen und besonders der heutige Tag hatten ihn sehr viele Menschen und Pferde gekostet. Von der erlesenen Schar kehrte kaum der dritte Teil aus den Burgruinen zurück. Die berittenen Wachen, die bisher das Gehölz umkreist hatten, wurden jetzt von Posten des zu Kreuze gekrochenen Fußvolks abgelöst. War die »Sauhatz« beendigt, so gab es am Morgen wohl noch eine fröhliche Jagd auf Kleinwild.

Florian Geyer versammelte bei dem feurigen Widerschein des Himmels und dem bleichen Mondlicht, die das Walddunkel unheimlich durchdämmerten, die Flüchtlinge und versuchte, ihnen Mut einzuflößen. Er legte ihnen dar, daß sie eine sichere Beute des Todes werden müßten, wenn sie abwarteten, bis der Tag den Fußknechten das Eindringen in das Gehölz gestattete. Es wäre ihnen ja auch zu gut bekannt, daß der Wolf eher ein Schaf als der Truchseß einen Bauern verschone. Von Jugend auf und als Jäger mit der ganzen Gegend genau bekannt, versprach er ihnen, sie sicher über den Main und nach Würzburg zurückzubringen, wenn sie ihm folgten. Etwaige Streifwachen brauchten sie nicht zu fürchten, da sie alle gut bewaffnet wären. Immer aber sei es ruhmvoller, mit den Waffen in der Hand zu sterben, als sich hier im Wald feige erwürgen zu lassen.

Die Entmutigung war jedoch zu groß, und nur ein ganz kleines Häuflein schloß sich ihm und seinen wenigen Schwarzen an. Nur ihre noch vollen Pulvertaschen und Handrohre gaben sie den letzteren. Unterdessen hatte der lange Lienhart am Waldrand die Lage ausgekundschaftet und kam jetzt zurück. Darauf unternahm Florian Geyer mit großem Lärm einen scheinbaren Vorstoß gegen Sulzdorf zu, eilte, als die Landsknechte dort von allen Seiten zuhauf kamen, durch das Gehölz zurück und brach im Süden in Richtung Allersheim aus. Sein ungestümer Angriff zersprengte die überraschten Landsknechte, bevor ihnen die Kameraden zu Hilfe kommen konnten, und er erreichte glücklich den bewaldeten Seeberg bei jenem Dorf.

Erschöpft von der fast ununterbrochenen Kampfarbeit seit dem Morgen, warfen sich die Entronnenen auf die Erde. Nur einer fehlte, und der lange Lienhart rief jäh auffahrend: »Alle Hagel, wo ist denn der Etschlich? Und ich sah ihn doch noch, als wir aus dem Holz vorbrachen.« Auch andere hatten ihn da noch gesehen, keiner konnte jedoch weitere Auskunft geben, und auf den Ruf seines Namens, den der lange Lienhart mehrmals mit aller Kraft erschallen ließ, erfolgte keine Antwort. Man mußte ihn verloren geben.

Die Pein des Durstes trieb die Flüchtlinge trotz ihrer Ermüdung weiter. In Euershausen erreichten sie die Heerstraße, die über Giebelstadt nach Würzburg führte. Bei dem Wirtshaus war ein fließender Brunnen, auf den sich alle gierig stürzten. Florian Geyer hämmerte unterdessen mit seinen Eisenfäusten den Wirt aus dem Schlaf. Erst nach einer guten

Weile steckte derselbe den Kopf vorsichtig zu einem Fensterchen heraus, zog ihn aber schleunigst wieder zurück, als er der späten Gäste ansichtig wurde. Er hatte Angst vor der Rache der Bündischen, deren berittene Söldner auf der Verfolgung der Bauern auch durch Euershausen gefegt waren. Nur die Drohung, sich mit Gewalt Eingang zu verschaffen, bewog ihn endlich, die Haustür aufzusperren. Die Flüchtlinge verlangten vor allen Dingen Brot und fielen dann heißhungrig über dasselbe her. Hatte doch seit dem Aufbruch von Heidingsfeld keiner einen Bissen gegessen. Dem langen Lienhart wollte es trotzdem nicht schmekken, selbst der Wein nicht, den Florian Geyer zum Nachttrank bringen ließ. Er brummte Unverständliches vor sich hin und schüttelte wieder und wieder den Kopf. Florian Geyer saß in tiefem Nachdenken da.

»Und jetzt laßt uns jeder seine Straße ziehen«, sprach er, nachdem er die ganze Zeche aus seiner Tasche beglichen hatte, so daß ihm nur ein paar Heller übrigblieben, und sie wieder auf der Gasse standen. »Wer über den Main will, hat es von hier am nächsten nach Ochsenfurt. Haltet euch aber auf meinen Ruf in den nächsten Tagen bereit. Denn der Tanz ist noch nicht aus. – Ich denke, wir spielen ihnen wohl noch zum Kehraus auf.«

Sie schüttelten einander die Hände und zerstreuten sich in die Nacht. Florian Geyer, der lange Lienhart und ein paar von den Schwarzen, die aus Reichardtsrode waren, schlugen einen Landweg ein, der weiter südlich die nach Rottingen führende Heerstraße durchschnitt und sie dann nach Bieberehren brachte, wo die Steinach in die Tauber sich ergießt. Hier trennten sich die letzten von Florian Geyer und dem langen Lienhart, der dem obersten Hauptmann der Schwarzen Schar erklärte, er bleibe, wo jener bleibe. So wanderten die beiden allein die Tauber aufwärts weiter und erreichten nachmittags Rothenburg.

Die Wache am Klingentor und die wegen des Feiertages zahlreichen Menschen auf den Gassen machten große Augen, als sie die beiden und besonders Florian Geyer in seiner vollen Rüstung zu Fuß daherkommen sahen. Vor dem Haus von Menzingens trennten sie sich. Der lange Lienhart wollte bei seinem Schwager, dem Ratmann und Wirt zum ›Roten Hahn‹, nächtigen: »Du hast mich also vollkommen verstanden?« fragte Florian Geyer, und als der lange Lienhart bejahend nickte, fügte er hinzu: »Dann morgen in aller Frühe, ich verlasse mich auf dich. Auf ein hoffentlich glücklicheres Wiedersehen, alter Kamerad!«

Der lange Lienhart wiederholte den Wunsch und schritt der Schmiedgasse zu, während Florian Geyer in das Haus des Ritters Stephan trat. Derselbe stand im Begriff auszureiten. Er war allein zu Hause, seine Gattin mit ihrer Tochter einer Einladung des Fräuleins von Badell in ihren Garten gefolgt. Er prallte vor Florian Geyer förmlich zurück. »Um Gottes willen, was ist geschehen?« fragte er mit weitgeöffneten Augen.

»Das ist bald erzählt«, erwiderte der Gast so ruhig wie immer. »Doch helft mir erst aus der Rüstung. Seitdem ich am Pfingstabend von Euch ging, bin ich nicht aus ihr herausgekommen.« Und er berichtete in wenigen Worten von der Niederlage bei Ingolstadt, während der Hausherr, ungeschickt vor Aufregung, ihm den erbetenen Knappendienst leistete. Alles Blut wich aus seinen Wangen, und fast tonlos kam es über seine Lippen: »Dann ist alles verloren!« Florian Geyer aber erwiderte mit dem Ton voller Überzeugung: »Nein, noch ist nichts verloren! – Doch gönnt mir einen Trunk und einen Imbiß. Ich hab's bitter nötig.«

Es fiel Stephan von Menzingen schwer, sich äußerlich so weit zu fassen, daß er seinem Diener unauffällig die nötigen Befehle erteilen konnte. Bis sie vollzogen waren, ging er voll Unruhe sporenklirrend hin und her, ohne Barret und Reitschaube abzulegen. Florian Geyer, der sich körperlich ermüdet am Tisch niedergelassen hatte, mußte erst seine von Staub und Hitze ausgetrocknete Kehle mit einem Becher Wein erfrischen, bevor er den kalten Speisen zusprechen konnte. Seine Ruhe steigerte noch die Aufregung des Herrn Stephan, der sich zu ihm gesetzt hatte. Nach einigen Bissen begann er endlich: »Nein, es ist noch nichts verloren. Was von dem fränkischen Heer nicht erschlagen wurde, das ist freilich in alle Winde versprengt. Die Zeit ist bisher leider zu kurz gewesen, um die Bauern im Kriegshandwerk zu festigen. Aber sie werden es noch lernen. Und meine Schwarze Schar ist leider Gottes aufgerieben. Ich mag's Euch wohl gestehen, daß sie das Vertrauen, das ich in sie setzte, mehr als gerechtfertigt hat.«

»Aber was soll denn geschehen?« unterbrach ihn Stephan von Menzingen, fieberhaft an seinem Schnurrbart zerrend.

»Aber die Bauern von Schwäbisch Hall besitzen noch ihre Waffen, die Schenken von Limburg haben den Artikelbrief angenommen, und der Gaildorfer Haufen dort ist noch in keiner Schlacht gewesen. Fordern wir dazu die Bauern des Rothenburger Gebiets wieder auf – und Brennecken, der lange Lienhart, ist überzeugt, daß sie dem Ruf folgen werden –, so steht in wenigen Tagen ein neues Heer im Rücken des Truchseß. Waffen, Pulver und Geschütz liegen hier in der Stadt genug, und die hiesige Bürgerschaft, so glaub' ich, natürlich nicht die Patrizier und Protzen, ist gewiß ebenso willig zum Kampf wie die von Würzburg, Meiningen, Bamberg und anderen geringeren Bundesstädten. Es geht halt ihnen allen an den Kragen, wenn sie sich nicht wehren.«

Das Blut war wieder in Herrn Stephans Gesicht zurückgekehrt. Er atmete wieder auf. »Die niederen Zünfte Rothenburgs stehen fest zu mir«, versicherte er. »Ob aber der Rat im guten seine Rüst- und Vorratskammern öffnen wird, das möcht' ich bezweifeln.«

»So muß er dazu gezwungen werden«, rief Florian Geyer nachdrücklich. Es muß sich jetzt zeigen, ob er nur auf die Gelegenheit wartet, von dem beschworenen Bund abzufallen. Unsere gestrige Niederlage wird ihn günstig dünken. Dann ist seine Zeit um. Fegt ihn hinweg.«

»Meiner Treu, an mir soll es wahrlich nicht fehlen«, versicherte Menzingen. »Sein Maß ist übervoll.«

»Ihr müßt einsehen«, fuhr der Gast fort, »daß, wenn Würzburg sich nur noch eine kurze Zeit hält, sich der Truchseß und die Fürsten zurückziehen müssen, wenn sie nicht ringsum eingeschlossen werden wollen, daß es trotz aller von ihnen erfochtenen Siege gar übel mit ihnen steht.«

»Wohl, aber kann Würzburg sich noch halten?« fragte von Menzingen, während er seinen Schnurrbart links und rechts durch die Finger gleiten ließ.

»Ich werde dafür Sorge tragen«, beruhigte ihn der Gast. »Ich gehe von hier nach Rimpar, bringe die Bauern auf dem Gramschatzer Wald in die Waffen, wenn es noch nicht geschehen sein sollte, rufe Hans Schnabel mit den Bildhäusern von Meirichstadt herbei, und mich dünkt, daß es mit solcher Macht wohl gelingen sollte, den Würzburgern von Norden her Luft zu machen, während der lange Lienhart mit den Limburgern und Gaildorfern von Süden her vordringt. Und jetzt noch eines! Wendel Hipler – er soll sich von Königshofen glücklich gerettet haben, wär's nicht so, der Truchseß hätt' es schon in alle Welt ausposaunen lassen –, Wendel Hipler, der überall gute Verbindungen hat, erzählte mir, als er in Würzburg war, daß der Aufstand wieder an allen Enden auszubrechen drohe, von Salzburg bis an den Bodensee und längs des Rheintals. Die Allgäuer rüsten sich, Memmingen zu belagern, Weißenburg und Worms sind auf seiten der Bauern getreten, und in Münster soll es gewaltig gären. Würzburg braucht sich also nicht gar so lange zu halten.«

Die etwas vorgewölbten dunklen Augen Stephans von Menzingen glänzten unter den breiten Lidern. Der ungebeugte Mut und die Kühnheit Florian Geyers erfüllten auch ihn mit Zuversicht. Noch besprachen beide verschiedene Punkte des Planes, als ihnen gemeldet wurde, daß ein Ratsbote den Herrn Florian zu sprechen begehre. Der Mann war in seiner Amtstracht und trug an einer Kette um den Hals ein Blechschild mit dem Wappen der freien Reichsstadt. »Nun, Liesegang, was bringt Ihr, daß Ihr selbst am Feiertag im Dienst seid?« sprach Stephan von Menzingen den ihm bekannten Diener mit einem Anflug von Vertraulichkeit an. Dieser aber erwiderte mit der unnahbarsten Amtsmiene, die er anzunehmen vermochte: »Ein wohlweiser Rat schickt mich, dieses Schreiben dem hochgeborenen edlen Herrn Florian Geyer zu Geyersberg zu eignen Händen zu überantworten.«

Florian Geyer nahm den großen, mit dem Ratssiegel versehenen Brief, öffnete ihn und las. Eine zornige Röte stieg in sein Gesicht. Dann lachte er kurz auf und sagte, nachdem er zu Ende gelesen hatte, mit Ironie zu Liesegang, der wie eine Schildwache dastand: »Meldet dem wohlweisen Rat, daß ich, der hochgeborene edle Herr und Ritter Florian Geyer von Geyersberg, es mir als zur höchsten Ehre gereichend betrachten werde, den Staub dieser gastlichen Stadt von den Füßen zu schütteln.«

»Werd' es pflichtschuldigst vermelden«, antwortete der Bote und ging steif zur Tür hinaus.

Florian Geyer reichte den Brief Stephan von Menzingen und sagte: »Da, lest! Der Rat weist mich aus. Morgen früh soll ich die Stadt verlassen.«

»Hölle und Teufel, das wagt der Rat?« fuhr Stephan von Menzingen hoch und schlug mit der geballten Faust auf das Schreiben.

»Braucht Ihr einen Beweis, daß er bundesbrüchig ist, hier habt Ihr ihn«, äußerte Florian Geyer, und sein Gastfreund schnaubte: »Und ich will's ihm in die Zähne drücken! Er und das ganze Stadtjunkertum sollen hinweggeblasen werden wie Federn vom Wind.«

Gleiches gelobten die Bürger, die der lange Lienhart im ›Roten Hahn‹ bei ihren Feiertagsschoppen fand. Allerdings waren auch sie über die fürchterliche Niederlage bei Ingolstadt höchst bestürzt. Der lange Lienhart richtete jedoch ihren Mut wieder auf, indem er ihrer Zaghaftigkeit den Heldenmut der Schwarzen im Dorf und Schloß Ingolstadt gegenüberstellte, auf den Beistand der Haller und Gaildorfer verwies und seine Überzeugung aussprach, daß die Rothenburger Bauern wieder auf sein würden, sobald sie sähen, daß die Städter endlich Ernst machten. Die Hauptsache aber sei, daß Florian Geyer noch lebe und nicht daran denke, sein Schwert wegzuwerfen. Das übrige tat der Wein, und mancher Becher wurde auf das Wohl Florian Geyers geleert.

Der lange Lienhart war vorsichtig genug, mit dessen Absichten, in die er auf ihrer langen Wanderung eingeweiht worden war, nicht offen herauszukommen. Unumwunden sprach er erst davon, als er später mit dem Metzger Fritz Dalk, dem Gerber Jos Schad, dem Weingärtner Hans Mack und noch ein paar ebenso entschlossenen Männern allein war. Sie wollten eher ihr Leben lassen, als daß die Patrizier und Protzen für sich die Fettaugen von der Suppe schöpften.

»Aber jetzt, wer hilft mir zu einem Gaul?« fragte der lange Lienhart, ehe sie sich trennten. »Ich und der Florian, wir haben beide unsere Rösser nicht mehr aus dem Schloß retten können.«

Fritz Dalk versprach ihm, daß er eines zu jeder Stunde in seinem Stall finden würde. Er hielt auch sein Wort, und der lange Lienhart trabte am nächsten Morgen aus dem Kobolzeller Tor, vorüber an dem Wallfahrtskirchlein und über die steinerne Brücke, die in drei Stockwerken die Tauber überspannte, gen Schwäbisch Hall.

Neuntes Kapitel

Noch am Abend des zweiten Pfingstfeiertages berieten Erasmus von Muslor und Konrad Eberhard mit dem Bürgermeister und ihren vertrautesten Gesinnungsgenossen. Nach den schweren Niederlagen der Bauern bei Königshofen und Ingolstadt glaubten sie von der Furcht vor jenen befreit sein zu dürfen, und Konrad Eberhard drängte mit der ganzen Schärfe seines Wesens darauf, die Maske der Brüderschaft, die durch die Abberufung der beiden städtischen Vertreter von der Versammlung zu Würzburg bereits sehr durchsichtig geworden war, ganz fallenzulassen. Man entschloß sich dazu. Die beiden Räte und der Ausschuß wurden zur gemeinsamen Sitzung berufen, und Georg Bermeter trug vor, daß die Bürgerschaft nunmehr vor allen Dingen an ihre eigene Sicherheit zu denken habe. Man müsse daher unverzüglich den Frieden mit dem Schwäbischen Bund suchen und zu diesem Zweck eine Gesandtschaft an den Truchseß von Waldburg schicken.

»Also das ist eure Bundestreue gegen die Bauern?« erhob Stephan von Menzingen sich mit rollenden Augen. »Anstatt ihnen in ihrer Not beizustehen, wollt ihr sie feige im Stich lassen.« Ein Murren erhob sich, es hatte aber nur zur Folge, daß er seinen Vorwurf der Feigheit mit dem Zusatz wiederholte; »Sie krönt nur euren Wortbruch, denn Meineid war es bereits, daß der Rat den Geyer von Geyersberg der Stadt verweisen ließ. – Schreit, soviel ihr wollt«, fuhr er mit einer Löwenstimme fort, als ihn die Versammlung durch Geschrei und Lärmen am Weitersprechen zu hindern versuchte. »Es ist meine Pflicht als Obmann des Ausschusses, die Stadt vor dem Schaden zu bewahren, den ihr über dieselbe bringt. Denn durch eure Hasenherzigkeit stürzt ihr sie und euch selbst ins Verderben, anstatt sie und euch zu retten. Die Unterwerfung wird uns nichts eintragen als die Verachtung des Feindes, der uns nur um so ärger bedrücken wird. Unser Heil liegt in seiner Achtung. Wir müssen sie ihm abzwingen. Schon die Klugheit gebietet es, selbst wenn ihr nicht mannhaft kämpfen, sondern nur erträgliche Friedensbedingungen erhalten wollt. Rothenburg ist fest und stark genug, um dem Truchseß die Stirn bieten zu können. Vor unseren Mauern wird er den leichten Lorbeer lassen, den er den kriegsunkundigen Bauern abgewonnen hat. Daher laßt uns die Stadt in den besten Verteidigungszustand setzen, Kriegsvolk annehmen und uns mit aller Macht rüsten.«

Nicht seine Gründe, sondern die Kraft seiner Stimme hatte gesiegt, so daß es ruhiger und ruhiger geworden war. Jetzt brach der Lärm von neuem los, man wollte niemand mehr zu Wort kommen lassen. »Abstimmenl Abstimmen!« schrien die Gegner von Menzingens, von den Sitzen aufspringend und mit den Füßen stampfend.

Eine erdrückende Mehrheit erhob die Hände für den Vorschlag Bermeters, und selbst von dem Ausschuß stimmten nur wenige gegen denselben. Es sollte also um Entschuldigung und Gnade gebeten werden, und Erasmus von Muslor, Konrad Eberhard und Thomas Zweifel, der Stadtschreiber und Chronist, wurden mit diesem Auftrag zum Truchseß geschickt.

Sie fanden ihn in Heidingsfeld im Pfarrhaus. »Ei, kommt Ihr?« riefen ihnen die Fürsten, Grafen und Ritter, die bei ihm in der Stube waren, entgegen. »Kriecht ihr zu Kreuze? Es ist just Zeit, wir wollten sonst selbst gekommen sein und euch daheim gesucht haben.«

Der Truchseß selbst warf ihnen ihre Treulosigkeit gegen den Schwäbischen Bund und ihren Vertrag mit den Bauern mit den härtesten Worten vor. Demütig ließen sie den Sturm über sich ergehen, nur Thomas Zweifel beugte das Haupt nicht. Er gehörte seiner Gesinnung nach durchaus zu den Alten, aber er war ein Mann, ein ehrlicher, furchtloser Mann. Und unerschrocken trat er auch gegen die äußerst drückenden Friedensbedingungen auf, die der Truchseß Rothenburg auferlegen wollte. Unterstützt durch die diplomatische Gewandtheit des Herrn Erasmus und nicht zuletzt durch ein silbernes Kredenzgeschirr, das der Rat dem Truchseß durch die Gesandten überreichen ließ, gelang es ihm, die Forderungen um manches herunterzuhandeln. Vor allem gelang es, die verlangte Brandschatzung von sechzigtausend Gulden auf den zehnten Teil herabzumindern. Dagegen blieb der Truchseß unbeugsam dabei, daß die Stadt dem Bund die Bestrafung der Bauern überlasse.

Der Innere Rat krönte das Werk seiner Botschafter durch einen doppelten Meisterzug seiner Perfidie. Er legte nämlich die Brandschatzung nicht nach dem Vermögen der Bürger um, sondern verteilte sie gleichmäßig nach der Zahl der Häuser innerhalb der Ringmauern, wobei auf jedes bewohnte Haus sieben Gulden entfielen. Den Nichtzahler traf die Strafe der Verbannung auf dreißig Meilen Weges. Da mußten von den Ärmsten viele mit Frau und Kind hinwegziehen, und auf diese Weise entledigte sich der Rat des unruhigsten Elementes der Stadt. Mit dem Einziehen der Steuer, die für die Wohlhabenden eine Kleinigkeit war, die Armen dagegen schwer drückte, wurde aber Stephan von Menzingen als einer der drei Steuerer Rothenburgs beauftragt und dadurch bei dem Volk allgemein verhaßt gemacht.

Nach der Verfassung Rothenburgs durfte kein Bürger ein ihm vom Rat übertragenes Amt ablehnen. Für Stephan von Menzingen war die Schlinge, in der man ihn fangen wollte, ein letzter Grund, um gemäß seiner jüngsten Besprechung mit Florian Geyer zu handeln. Wieder hielt er mit seinen getreuesten Anhängern im Haus des Kilian Etschlich geheime Zusammenkünfte, und wie er, so waren auch sie von der Notwendigkeit überzeugt, umgehend einen entscheidenden Schlag gegen den regierenden Rat zu führen. Nur Krätzer, der in seinem ›Roten Hahn‹ die beste Gelegenheit hatte, die öffentliche Stimmung zu erkunden, hatte Bedenken. Noch am Pfingstsonntag war es dem Komtur Christian gelungen, der Entmutigung wegen der Schlacht bei Königshofen entgegenzuwirken. Gewaltig hatte er in St. Jakob gegen die Obrigkeit gepredigt und ihr die Schuld an den blutigen Verfolgungen, welche die Bauern erlitten, zugeschrieben. Denn lediglich ihre unerträgliche Unterdrückung hätte die armen Leute zur Empörung getrieben, und wer sie dafür verantwortlich machte, das seien Hunde und Schweine. Allein, die Kunde von der Niederlage bei Ingolstadt dämpfte die Wirkung nur allzubald wieder, und selbst Christ Heinz, Melchior Mader und Lorenz Diem mußten bekennen, daß das Volk wie ein nasser Schwamm war und nicht Feuer fangen wollte.

Es kam dazu, daß Erasmus von Muslor und Konrad Eberhard wieder an die Spitze der Regierung traten. Georg Bermeter hatte mit der ungerechten Umlage der Brandschatzung und der Bestellung von Menzingens zum Eintreiber der Reaktion den letzten Dienst geleistet. Belastet mit der Verantwortung für alle Maßregeln, welche die Stadt untreu gegen den Schwäbischen Bund, zweideutig gegen den Markgrafen Kasimir, treulos gegen die Bauern gemacht hatten, durfte er jetzt sein Amt niederlegen und sich in sein hübsches Haus in der Herrengasse zurückziehen. Durch das Vertrauen aller Parteien und seinen wohlwollenden Charakter ins Amt gerufen, schied er dank seiner Schwäche aus demselben, verspottet und mißachtet von denen, die ihn mißbraucht hatten, gehaßt und verwünscht vom Volk, das sich um die Freiheit betrogen sah. Im Gegensatz zu Mephistopheles hätte er von sich sagen können, daß er stets das Gute gewollt und stets das Böse geschaffen habe.

Wer sich irgendwie bloßgestellt oder mißliebig gemacht hatte, hielt sich fortan nicht mehr für sicher in der Stadt. Es kamen viele Bürger ins Rathaus und zeigten an, daß sie auf die Messe nach Nördlingen oder anderweitig in ihren Geschäften verreisen müßten. Ehrenfried Kumpf kannte den Haß, den ihm die Geschlechter entgegenbrachten, eben weil er zu ihnen gehörte, zu gut, um für sich einen Schutz darin zu sehen, daß er nur auf inständiges Bitten des Inneren Rates die Vertretung der Stadt in Würzburg übernommen hatte. Er verließ die Stadt, und sein ganzes Vermögen wurde beschlagnahmt. Selbst der junge Spelt entwich. Max Eberhard warnte das Fräulein von Badell wegen ihres Schützlings. Er selbst dachte nicht an Flucht. Wie hätte er in so gefahrvoller Zeit die Geliebte und ihre Mutter verlassen sollen? Da Dr. Karlstadt zu bekannt war, um nicht an den Toren selbst in einer Verkleidung angehalten zu werden, half Max dem Fräulein, den kleinen Doktor in der Dunkelheit aus ihrem Haus in einem Korb über die Stadtmauer hinunterzulassen. »Wie einen Minnesänger, der zu seiner Liebsten ins Fenster gestiegen ist«, meinte das alte Fräulein und konnte bei dem Vergleich ein Auflachen nicht unterdrücken. Er entkam glücklich und beschloß sein stürmisches Leben friedlich als Professor in Basel. Auch Pater Melchior, dessen Hochzeit mit der Schwester des blinden Mönches das Fräulein in ihrem Haus ausgerichtet hatte, Valentin Ickelsamer, der Lateinlehrer, und selbst der Komtur Christian entkamen noch in der letzten Stunde, obwohl das ekelhafte Geschmeiß der Verräter, das die Reaktion aus ihrem eigenen Leib erzeugte, überall umherkroch.

Gabriel Langenberger, der schwindsüchtige Wirt des ›Bären‹, schüttete jetzt feurige Kohlen auf das Haupt des Herrn Erasmus, und dieser dankte ihm nicht mehr mit notdürftig verhehltem Ekel. Der Patriot wollte in seinem Gasthaus munkeln gehört haben, daß die Flüchtlinge mit Hilfe der Bauern und im Einverständnis mit ihren zurückgebliebenen Freunden die Stadt zu überfallen beabsichtigten. Den Verkehr sollten die Franziskaner vermitteln. Ohne Zeitverlust nötigte der Rat die Mönche, ihr Kloster an der Burg mit einem Bruderhaus im Herzen der Stadt zu vertauschen. Dem Stadthauptmann Albrecht von Adelsheim befahl er, um die Bauern einzuschüchtern, Schwarzenbronn, die Geburtsstätte des langen Lienhart, Leuzenbrunn, die Pfarrei Leonhard Denners, Spielbach und etliche andere Dörfer niederzubrennen. Hieronymus Hassel und noch einige Junker begleiteten ihn und seine Knechte wie auf einer lustigen Badfahrt.

Nun entschloß sich auch Stephan von Menzingen, die Stadt einstweilen zu meiden. Es wurde ihm nachgerade deutlich, daß er auf Schritt und Tritt von den Spähern des Rates umschlichen wurde. Waren seine ehrgeizigen Pläne unausführbar, so blieb ihm doch die Vergeltung an seinen Feinden sicher. Er wollte zum Markgrafen Kasimir. Seines Schutzes war er gewiß, und sicher war er sich auch, daß er Rothenburg, wie er ihn kannte, sein hinterhältiges Benehmen teuer bezahlen lassen würde.

Es war Kirchweih in Rothenburg. Von dem fröhlichen Leben und Treiben, das sonst an diesem Tag in der Stadt herrschte, war heuer nichts zu spüren. Keine Maien und Tannen schmückten die Häuser, und die Bürger, die das Recht besaßen, ihren eigenen Wein auszuschenken, hatten in ihren geräumigen Vorhäusern die langen Tische und Bänke fast umsonst ausgestellt. Furcht und Erbitterung hielten die ländliche Bevölkerung fern, die sonst an diesem Sonntag in hellen Scharen zur Stadt strömte. Den Hausierern und dem fahrenden Volk der Quacksalber, Gaukler und Lustigmacher verwehrte die geheime Furcht des Rates den Einlaß. Während in seinem Haus die Pferde bereitgestellt wurden, hörte Stephan von Menzingen den Dr. Deutschlin ein letztes Mal in St. Jakob predigen. Um seinen Reiseanzug zu verbergen, hatte er einen feinen Kamelotmantel übergeworfen. Mit Kilian Etschlich verließ er die Kirche und blieb am Rathaus vor der Bude eines Goldschmiedes im Gespräch mit ihm stehen. »Halte die Freunde zusammen«, so lautete sein letztes Wort. »Im Süden und Westen ziehen bereits die Unwetter wieder auf.« Da fielen plötzlich die Stadtknechte über ihn her, überwältigten ihn und schleppten ihn zum Turm, ehe er sein Schwert unter dem langen Mantel hatte ziehen können. »Helft, ihr Bürger! Helft, ihr Brüder!« rief er den Leuten auf dem Marktplatz zu. Aber es rührte sich keine Hand, und eine Stimme schrie: »Lieber, die Bruderschaft hat ein Ende!«

Nur Dr. Deutschlin fühlte Erbarmen mit ihm und bat auf der Kanzel, daß man Mitleid mit dem gefangenen Bruder haben und ihn aus dem Gefängnis erretten möge. Da ließ der Rat auch ihn ergreifen und zugleich den blinden Mönch.

Florian Geyer hatte schon am Abend des zweiten Feiertages vor Toresschluß Rothenburg wieder verlassen. Er durfte seinem eisernen Körper auch noch die neue Anstrengung zumuten. Stephan von Menzingen hatte ihn mit seinem kräftigsten Pferd ausgestattet. Um dem Heer des Truchseß, von dem er Würzburg bereits eingeschlossen wähnen mußte, auszuweichen, wechselte er bei Klein-Ochsenfurt auf das rechte Mainufer über. Der abnehmende Mond kam herauf und schwamm auf der Himmelsbläue wie ein Boot auf dem Wasser eines stillen Bergsees langsam dahin. Sein mildes Licht löste allmählich die hohe geistige Anspannung, in der sich der einsame Reiter nun schon seit zweimal vierundzwanzig Stunden befand. Freundlichere Bilder und Gedanken tauchten in ihm auf und drängten die politischen und kriegerischen Erwägungen zurück. Er hatte Else und ihre Mutter noch gesprochen, bevor er aufs Pferd gestiegen war. Nun vergegenwärtigte er sich wieder das klare, tiefe und bei allem Ernst doch so weibliche milde Wesen des edlen schönen Mädchens. Er hatte sie liebgewonnen wie eine junge Schwester, und er dachte daran, daß, so heftig gärend auch die Gegenwart war, die Zukunft Deutschlands geborgen sei, solange es noch solche Frauen wie Else gab. Sie leitete ihn zu seiner eigenen Frau über, und das bevorstehende Wiedersehen mit Frau und Kind, wenn es auch nur kurz sein konnte, veranlaßte ihn, seinen Gaul, den er in einen gemächlichen Schritt hatte fallen lassen, wieder anzutreiben. Auf vielfach sich kreuzenden Landwegen erreichte er über Rottendorf und Lengfeld das Stammhaus der Grumbachs, als die Sonne zu seiner Rechten schon seit einigen Stunden aufgegangen war und den alten Trutzbau mit ihrem Licht verjüngte.

Rimpar lag innerhalb der scharfen Biegung, mit der die von Osten kommende Pleichach gen Süden sich wendet, um bei Würzburg in den Main zu münden, nachdem sie ein liebliches Tal zwischen mäßigen Höhen in vielfachen Windungen durchflossen hat. Der Boden, auf dem die sehr geräumige Burg stand, erhob sich nur wenige Fuß über den Spiegel des rasch hingleitenden Flüßchens, das ihre Mauern und Türme im Norden und Westen bespülte. Fester als durch die Natur war Rimpar durch die Baukunst. Seine Ringmauern, Türme und Tore waren von einer erstaunlichen Dicke. Ob sie aber den Ungeheuern von

Mauerbrechern, wie der Scharfmetze, der Nachtigall, der Singerin, die eben das Licht der Welt zu erblicken begannen, zu widerstehen vermochten, mußte sich erst noch zeigen. Die Zerstörungswut ist erfindungsreicher als die Verteidigung, und daran sind bis jetzt noch alle Völker zugrunde gegangen. Der Haupteingang der Burg befand sich auf der Westseite, wo sich in geringer Entfernung von ihr die elenden Hütten des Dorfes Rimpar am Fuß einer Höhe erstreckten. Gen Norden, jenseits der Pleichach, bedeckte der Gramschatzer Wald, der westlich an den Main grenzte, das Hügelland.

Auf diesen und das Dorf schauten die Fenster der beiden Stuben, die Frau Barbara Geyer bewohnte. Es waren dieselben, die sie schon als Mädchen bewohnt hatte. Vor den westlichen Fenstern befand sich ein plumper Balkon, und darunter lag der kleine Burggarten. Die Stallungen, Vorratshäuser und Knechtwohnungen lagen auf der Ostseite. Das Schloß selbst bildete ein Viereck mit einem hohen Wachturm, dem Bergfried, in der Mitte.

Frau Barbara winkte dem Gatten, als er durch das äußere Burgtor einritt, ihren Willkommensgruß vom Balkon zu. In einem Morgenrock aus weißem Leinen, umwogt von ihren rotblonden Locken, die Wangen hochgerötet, so stand sie dort oben. Sie hatte sich eben das Haar ordnen wollen, als sie seine Einlaß begehrende Stimme vernahm, und war hinausgeflogen. Einige Augenblicke später schloß er ihre hohe, volle Gestalt in seine Arme. »Gott sei Dank, daß du endlich da bist«, seufzte sie und schaute ihm in die ernsten Augen, die voll Liebe auf ihr ruhten. Es verriet sich in den Worten mehr als die Sehnsucht nach ihm, die ihr fast unerträglich geworden war, seit ihr Bruder ihr seinen letzten Gruß gebracht und sie nun jeden Tag sein Kommen erwartet hatte. Sie fühlte sich von einer drückenden Last befreit, der Last der Einsamkeit und der Untätigkeit. Denn war Rimpar auch ihr Vaterhaus, so hatte sie doch in demselben nichts mehr zu tun, nicht mehr in die Wirtschaft einzugreifen, wie vor ihrer Verheiratung und wie sie es auf Giebelstadt gewohnt war.

Den Gedanken an die Gefahren, von denen ihr Gatte fortwährend umringt war, hatte sie mit großer Fassung ertragen, Trost, Mut und Kraft in ihrem Kind suchend und findend, wenn ihr das Herz schwer war. Sie liebte ihren Gatten, gewiß, und sie verehrte und bewunderte seinen reinen, großen Charakter, aber die höchste Liebe der Frau ist nicht diejenige zu ihrem Gatten, sondern die zu dem Kind, das sie ihm geschenkt hat, und sie ist auch die reinste. Zu diesem ihrem größten Schatz mußte er Frau Barbara zuerst folgen, nachdem sie ihm mit froher Geschäftigkeit Knappendienste geleistet und ihm geholfen hatte, die Rüstung abzulegen. Den schlanken Zeigefinger an die Lippen legend, damit er kein Geräusch mache, führte sie ihn in die Schlafkammer, wo die Wärterin, die sie aus Giebelstadt mit sich genommen hatte, an dem Bettchen des Kindes saß. Die Frau wollte ihm den Rockzipfel küssen. Er duldete es aber nicht, sondern gab ihr die Hand, und sie blieb neben dem Paar stehen und suchte in der Miene des Vaters die Spiegelung ihres Stolzes auf das Kind. Der Kleine hatte den Tag früher als die Hähne angekräht und holte jetzt das Versäumte nach. Das Köpfchen mit den rotblonden Löckchen, die so fein wie Spinnfäden waren, in die linke Hand geschmiegt, während die rosig-fleischige Rechte geballt auf der Federdecke ruhte, die runden Wangen vom Schlaf rot wie Äpfel, so lag er gleichmäßig atmend da. Hand in Hand blickte das Paar auf ihn, die Mutter mit zärtlich-stolzen Augen. Der Vater fürchtete, ihn durch seinen Kuß zu wecken. Er küßte dafür die feinen Lippen der Mutter.

»Ist er nicht groß und stark geworden?« fragte diese, und er pflichtete ihr scherzend bei: »Oh, ein Herkules in der Wiege!«

Die Wärterin nickte befriedigt, und Frau Barbara versicherte: »Er fängt auch schon an zu sprechen.«

»Natürlich in der Muttersprache«, neckte Herr Florian. »Ich meine, in derjenigen, die nur das Mutterohr versteht.«

Die Wärterin schüttelte protestierend den Kopf. Frau Barbara drohte ihm lächelnd mit dem Finger. »Aber komm«, sagte sie, »du mußt dich nach dem nächtlichen Ritt jetzt stärken und auch ausruhen.«

Er war es zufrieden, und sie stiegen von der Wohnstube aus die steinerne Wendeltreppe in das erste Stockwerk hinunter, wo sich das gemeinschaftliche Wohn- und Eßzimmer befand. Es war ein großer Raum, in dem seit einem Menschenalter nichts erneuert worden war und der einen mehr unfreundlichen als behaglichen Eindruck machte. Hier hatte Florian Geyer seine Frau kennengelernt, die ihn für einige Augenblicke verließ, um ein Frühstück zu bestellen. Damals hatte er nicht darauf geachtet, wie dunkel die Ledertapeten mit dem verblichenen Golddruck, wie tiefgebräunt die dicken Eichenbalken der Decke waren. Er sah es auch jetzt nicht, auch nicht, daß die Sessel und Bänke alt und abgenutzt, die Überzüge und Stickereien verblichen und auch wohl zerrissen waren. Schwarz gähnte der weite Kamin, in dem man einen ganzen Hammel am Spieß hätte rösten können. In der Mitte des Zimmers, wo ein hölzerner Hirschkopf mit einem natürlichen Geweih von sechzehn Enden als Kronleuchter herabhing, stand eine große Tafel von beinahe schwarz gewordenem Eichenholz auf plumpen gewundenen Beinen.

Nur eine kleine Weile, und Frau Barbara hatte ihn mit Hilfe einer Magd, die ihr folgte, mit einem geräucherten Schweineschinken und kaltem Rinderbraten samt Zubehör gedeckt. Frau Barbara legte ihrem Gatten vor und freute sich, daß es ihm so gut schmeckte. Nach einiger Zeit aber bewölkte sich ihre weiße Stirn, und sie seufzte. Als er darauf fragend zu ihr hinüber sah, sagte sie mit bebenden Lippen: »Verzeih mir! Ich dachte daran, wann wir endlich wieder unter unserem eigenen Dach bei Tisch sitzen werden. Wir waren so glücklich auf Giebelstadt.« Ihre blauen Augen füllten sich mit Tränen.

»Ich wollte, daß ich deine Frage bestimmt beantworten könnte«, erwiderte er mitleidig. »Wir müssen ausharren! An Frieden ist nicht eher zu denken, als bis der Feind niedergerungen ist. Ich hoffe, dies ist der letzte Gang mit ihm.«

Vom Hof herauf erschollen Hufschlag, Rüdengebell und laute Rufe.

»Das ist Wilhelm«, sagte die junge Frau. »Er hat jeden Tag gefragt, ob ich nicht wüßte, wann du kommst. Ich lasse dich mit ihm allein. Wir haben in seiner Gegenwart doch nichts voneinander.«

Als ihr Bruder, der im Jagdanzug war, hereintrat und seinem Schwager zum Gruß die Hand reichte, die sich wie immer feuchtkalt anfühlte, verließ sie die Wohnstube, ohne daß er einen Versuch gemacht hätte, sie zurückzuhalten.

»Du kommst von der Jagd?« fragte Florian Geyer, während Wilhelm von Grambach sich auf den früheren Platz seiner Schwester setzte, sich deren unbenutzt gebliebenen Gedeckes bediente und sich den Becher füllte.

»Was soll man denn sonst treiben?« erwiderte er, trank und schnitt sich darauf ein tüchtiges Stück von dem Rinderbraten ab. »Eine schöne Jagd übrigens! Die Herren Bauern schießen mir das Wild zusammen, und ich hab' das Nachsehen. Sie haben ja jetzt das Recht dazu.«

»Was man sonst treiben soll, fragst du?« bemerkte Florian Geyer. »Aber ich dachte, wir hätten das in Heidingsfeld besprochen. Du hast also die Bauern im Wald noch nicht zum Bund gerufen?«

»Ist mir nicht eingefallen«, trotzte sein junger Schwager. »Weißt du, was ich auf Rimpar für eine Bescherung fand, als ich vom Marienberg heimkam? Vier von unseren Burgen hatten die Bauern unterdessen zerstört: Essenfeld, Pleichach, Altenhohenbach und Geroldshofen. Und da sollte ich den Roßmucken noch ein gutes Wort sagen?«

»Du vergißt, daß du damals noch in den Reihen ihrer Feinde standest und daß diese Roßmucken heute deine Waffenbrüder sind«, ermahnte ihn Florian Geyer mit gerunzelter Stirn.

»Solche Waffenbrüder soll der Teufel holen«, grollte der Junker. »Sag mir lieber, wie es in Würzburg steht, statt mir die Leviten zu lesen. Bin dazu halt zu alt.«

»Trotzdem muß ich deine Unbotmäßigkeit aufs schärfste rügen«, sprach sein Schwager streng. »Wie soll das Ganze wirken, wenn die einzelnen Glieder versagen? Und in welcher Welt lebst du, daß du von Würzburg nichts weißt? Ist's doch nicht viel mehr als eine Stunde bis dort. Nun, der Truchseß Jörg steht vor der Stadt.«

Wilhelm von Grumbach starrte ihn groß an. »Und du hier?« fragte er nach einer kleinen Weile ungläubig.

»Eben darum!« Florian Geyer schob Teller und Becher von sich und teilte ihm mit wenigen Worten die Niederlage der Bauern bei Königshofen und Ingolstadt mit. Wilhelm schnellte von seinem Stuhl hoch, so daß dieser hinter ihm zu Boden polterte. »Du bist auf der Flucht?« zischte er mit hochrotem Gesicht. »Und das ist das Ende? Oh, ich Dummkopf!« Er schlug sich mit geballter Faust vor die Stirn.

»Dein Spiel mag zu Ende sein, meines ist es nicht«, entgegnete Florian Geyer und fügte mit einem Anflug von Geringschätzung hinzu: »Nun, der Bischof wird dir ja nach wie vor ein gnädiger Herr sein.«

Wilhelm Grumbach stieß einen Fluch aus, schenkte sich einen Becher voll, den er auf einen Zug hinunterstürzte, und lief in der Stube hin und her. Dann warf er sich in einen der beiden, mit schwarz gewordenem Leder bezogenen Lehnstühle, die zu Seiten des Kamins standen, und ächzte: »Was kann denn noch geschehen?«

»Nichts, wenn du nicht gesonnen bist, die Scheide deines Schwerts wegzuwerfen«, antwortete sein Schwager trocken.

»Und wenn?« fragte Wilhelm von Grumbach mit gespannten Blicken.

Florian Geyer verließ seinen Platz am Tisch und setzte sich ihm gegenüber. »So höre denn«, hob er an und entwickelte ihm, wie Stephan von Menzingen, seinen Feldzugsplan, auf die Streitkräfte hinweisend, die zu dessen Durchführung den Bauern noch zur Verfügung ständen.

Den Ellenbogen auf die Seitenlehne des Stuhles, den Kopf in die Hand gestützt, hörte Wilhelm von Grumbach zu, mitunter einen scharfen Blick aus seinen stahlblauen Augen auf den Sprechenden werfend. Mit zusammengezogenen Brauen sagte er, ohne den Kopf zu heben, als jener schwieg: »Ich glaub's nicht, daß sich Würzburg auch nur eine Woche lang gegen den Truchseß halten kann. Und nachher ...?«

»Auch dann ist noch nichts verloren, nur darf es sich nicht ergeben«, erwiderte Florian Geyer ohne Zögern. »Es stehen dort noch fünftausend Mann, während der Truchseß bei Königshofen und Ingolstadt bedeutende Verluste erlitten hat. Können sie die Stadt trotzdem nicht halten, bis der Entsatz zur Stelle ist, so müssen sie sich ohne Zeitverlust mit allen Vorräten, die sie zusammenraffen können, herausziehen. Der Gramschatzer Wald ist bald erreicht, und er deckt den Rückzug in die nur wenige Stunden entfernten Berge zwischen Röhn, Spessart und den Vogelsbergen. Dort stehen wir in einer uneinnehmbaren Festung. Die berittenen Söldner, die der Bauer so fürchtet, vermögen nichts in den Waldgebirgen, die durch Verhaue und Abgrabungen leicht zu schützen sind. Und auch die langen Spieße der Fußknechte sind in den Wäldern wenig nütze, abgesehen davon, daß sich eben jetzt erwiesen hat, wie wenig Verlaß auf das Fußvolk ist. Der Bauer, der seine Handwehr zu führen weiß, streckt es aus dem Gebüsch nieder, ehe es seiner noch ansichtig wird. Die Kriegskunst des Truchseß fällt dort nicht schwer ins Gewicht. Sie wird lahmgelegt durch die Ortskenntnis der Bauern, die

Weg und Steg im Gebirge wie ihre Kappe kennen und darum nach allen Seiten hin Ausfälle in fruchtbare Gegenden zu machen imstande sind. Zudem fehlt es dort nicht an Eisenschmieden, die leicht in Waffenwerkstätten umgewandelt werden können, und abgehärtete Männer gibt es im Überfluß. Dort sind wir unbesiegbar.«

»Lieber des Teufels als des Bischofs«, rief Wilhelm von Grumbach, der den Oberkörper allmählich aufgerichtet hatte und Florian Geyer mit Augen betrachtete, in denen sich so etwas wie Bewunderung verriet. Er sprang auf.

»Und jetzt, bitte, besorg mir Schreibgerät und zwei zuverlässige Boten. Wir haben keine Zeit zu verlieren.«

»Und wohin die Boten?« fragte der Junker.

»Nach Würzburg der eine, um Hans Bermeter zu benachrichtigen, was er zu tun habe. Nach Meirichstadt der andere, damit Schnabel mit seinen Bildhäusern sogleich hierher aufbreche.«

Federn, Tinte und Papier gab es nur in der Amtsstube im Erdgeschoß. Wilhelm von Grumbach holte es selbst herbei und gab dann seinem vertrauten Diener Matthäus Lang den Auftrag, die Boten auszuwählen, während Florian Geyer die Briefe schrieb.

Thes Lang mochte fünf bis sechs Jahre älter als sein Herr sein. Er war der Sohn eines Leibeigenen aus dem Dorf Rimpar, als Hofjunge auf die Burg gekommen und hier in die Gunst Wilhelms als dessen Spielkamerad und Prügelknabe für alle dummen und schlechten Streiche hineingewachsen. Oft genug war er freilich nicht nur der Sündenbock, sondern auch Mitschuldiger und Anstifter. Dabei war er ebenso geschickt in vielen Dingen, wie er, genau wie der Junker, unerschrokken, ja waghalsig war, wenn es darauf ankam. Für seinen Vorteil alles einzusetzen, war er ebenso bereit wie sein junger Herr.

Ein Ding, das man Gewissen nennt, besaß er nicht, und nur Verleumdung hätte von ihm behaupten können, daß er seinen Mitmenschen je freundlich gesinnt gewesen wäre. Allerdings war er schlau genug, es zu verschleiern, wo er nicht frech sein durfte. Daß Junker Wilhelm ihn durchschaute, muß bezweifelt werden. Er war nicht der Mann dazu, sich über einen Leibeigenen den Kopf zu zerbrechen. Wenn es noch ein Pferd oder ein Hund gewesen wäre! Deren gute oder schlechte Eigenschaften zu erkunden, hätte der Mühe gelohnt. Es genügte ihm, daß Matthäus Lang ihm, ohne zu fragen, gehorchte, allen seinen Launen und schlechten Instinkten schmeichelte, ihnen auch durch die Tat Vorschub leistete und immer Rat wußte. Da Wilhelm von Grumbach vor ihm kein Geheimnis daraus gemacht, in welcher Absicht er Florian Geyer in Heidingsfeld aufgesucht hatte, so vertraute er ihm auch jetzt an, welchem Zweck die beiden Boten dienen sollten.

»Hm«, meinte Thes, während er seinen breiten Unterkiefer mit der Hand umfaßte und die Augen zusammenkniff, »wenn die Briefe nicht von Euch, sondern von dem Ritter geschrieben sind, so können wir sie ja wegschicken. Ihr dürft in diesen Sachen nix Schriftliches von Euch geben, gnädiger Herr. Ich will selbst nach Würzburg gehen und scharf zusehen, wie's dort steht. Nach Meirichstadt wollen wir den Wendland schicken. Er ist klug und Eurem Schwager ergeben.«

So geschah es denn auch, und erst als die Briefe befördert waren, gestattete es sich Florian Geyer, den während dreier Nächte versäumten Schlaf nachzuholen. Thes Lang kehrte gegen Abend zurück. Er war über die Höhe gegangen, die bei dem Dorf Rimpar allmählich zu einer weit ausgebreiteten Hochfläche ansteigt und vor Würzburg in Weinbergen ziemlich steil abfällt. Die Höhe war von dem Feind noch nicht besetzt gewesen, und er hatte seinen Brief für Bermeter am Pleichacher Tor abgeben können. Die Wache sei guten Mutes gewesen, berichtete er, und aus der Stadt heraus sei stark in Richtung St. Burkhard, das der Truchseß besetzt habe, geschossen worden. Auf das rechte Mainufer sei der Feind noch nicht übergegangen.

Schlimm waren dagegen die Nachrichten, die Wendel am nächsten Tag aus Melrichstadt brachte. Der Kurfürst von Sachsen hatte am Pfingstsonntag den Bildhauser Haufen geschlagen, Wilhelm von Henneberg hatte seinen Eidschwur vergessen und sich mit ihm verbunden. Die Bürgerschaft von Meiningen, feige verzagend, hatte Hans Schnabel gefangengenommen und gegen die Gewähr von Straflosigkeit für die Stadt an den Henneberger ausgeliefert. Das Schlimmste aber sollte Florian Geyer nicht mehr erfahren, nicht, daß der lange Lienhart in sein Verderben geritten war. Die Untertanen von Schwäbisch Hall hatten der Stadt neu gehuldigt. Die Bauern der Schenken von Limburg, eingeschüchtert durch die blutigen Siege des Truchseß, hatten sich mit ihren Herren vertragen und ihre Waffen abgeliefert, und der Haufen der Gaildorfer hatte sich zerstreut. Als der lange Lienhart trotzdem unverzagt seinen Auftrag zu erfüllen trachtete, wurde er eines Tages überfallen und erstochen, nachdem sein gewaltiges Schwert die Mehrzahl von ihnen den dunklen Pfad des Todes vorangeschickt hatte.

Die Hiobsbotschaft Wendlands vermochte die Entschlossenheit Florian Geyers nicht zu beeinflussen. Er traf seine Vorkehrungen auf alle Fälle, durchforschte den Gramschatzer Wald nach der geeignetsten und durch Verhaue am leichtesten zu schützenden Rückzugslinie und bemühte sich, die Bauern der Walddörfer in die Waffen zu bringen. War der Tag voll Mühe und Sorge, um so wohltuender war die Ruhe am Abend auf Rimpar bei Frau und Kind. Wilhelm von Grumbach störte sie nicht, denn ihm waren kleine Kinder und noch mehr ihr Geschrei widerwärtig. Frau Barbara verbarg ihre schweren Gedanken, wußte sie doch, daß ihren Gatten nichts davon abhalten könnte, das Schwert für die Freiheit zu führen, solange noch ein Atemzug in ihm war. Für ihn waren es die glücklichsten Stunden, seitdem er aus seinem väterlichen Burghaus ausgezogen war, und sie besänftigten den Ernst und die Strenge seines Wesens zu einer großen Milde.

In der Nacht vom Donnerstag auf den Freitag nach Pfingsten wurde die Stille noch spät durch lautes Pochen an das äußere Burgtor unterbrochen. Ein reitender Bote mit einem Schreiben für Wilhelm von Grumbach begehrte Einlaß. Thes Lang nahm ihm dasselbe ab und trug es zu seinem Herrn, den er erst aus dem Schlaf wecken mußte. Sein Dank dafür waren Schimpfworte. Thes störte sich nicht daran, sondern meinte, während er Licht machte: »Es ist vielleicht gut, keinen unnötigen Lärm zu machen. Der Brief kommt von Eurem Bruder, gnädiger Herr.« Da fuhr dieser mit den bloßen Füßen aus dem Bett, griff nach dem Brief und zerschnitt die Schnur, die ihn umschloß, mit seinem Dolch, der stets in seinem Bett lag. Wie krumme Türkensäbel und Zaunpfähle starrten ihm die ungelenken Schriftzüge entgegen. Thes mußte ihm das Licht halten, und er enträtselte laut lesend mit nicht geringer Mühe und mancher Stockung, die ihn ungeduldig machte, folgendes:

»Lieber Bruder Wilhelm!

Viktoria! Aus ist der Bauernrummel! – Heut um sieben Uhr in der Früh ist der Truchseß samt allen Fürsten, Grafen und Rittern mit vieler Pracht, mit zweieinhalbtausend beritten Söldner und etlichem erlesenen Fußvolk durch das Rennweger Tor, das allein aufgesperrt wurde, eingezogen in Würzburg. Alle Bürger waren auf dem Markt aufgestellt, die der Landstädte auf dem Judenplatz, die Bauern auf dem Rennweg. Alle ohne Waffen. Herr Jörg fuhr zuerst die Würzburger mit gar rauhen Worten an, und es standen vier Scharfrichter mit ihren breiten Schwertern ihm zur Seite. Ihrer fünf wurden sogleich gerichtet. Zuvor mußte der Jakob Köhl seinen Kopf lassen, war von Ingolstadt in einem Weg bis Eivelstadt entritten, aber von seinen Mitbürgern dem Rat zu Würzburg überantwortet worden, auf daß selbiger ihnen Gnade vom Truchseß schaffe. Und wurd' er jetzt aus dem grauen Eckardsturm herausgeholt, wo er in der Gefangenschaft gelegen hatte. Und von den Bürgern aus den Landstädten wurden neunzehn mit dem Schwert gerichtet. Nachher auf dem Rennweg von den Bauern sechsunddreißig Hauptleute und Fähnriche, und die übrigen mußten mit weißen Stöcken in den Händen aus der Stadt ziehen. Der Bermeter, was der Buben größter und Hauptverursacher war, ist aber beizeiten entwichen. Mich nimmt's Wunder, daß die fünftausend Bürger und Bauern, die in der Stadt lagen, den Truchseß so geduldig erwarteten wie die Hammel den Metzger, und war die Stadt doch noch zwei Tage vorher auf dem rechten Mainufer nicht eingeschlossen, so daß sie hätten entweichen können. Ist die Meinung, daß der Rat, der mit dem Truchseß verhandelte, den dummen Teufeln vorgespiegelt hat, daß auch sie in die Begnadigung mit eingeschlossen seien, die der Truchseß der Stadt bewilligte. Waren sie auf diese Weise die Zugabe bei dem

Handel, daß der Truchseß die Würzburger so leicht beim Schopf nahm. – Lieber Wilm, ich geb Dir dieses alles zu wissen, auf daß Du daraus ersehen magst, daß mit dem Truchseß nicht gut Kirschen essen ist. Er ist einer von denen, die selbst beim Wein nicht fröhlichen Gemütes werden. Wir haben ihm und den Fürsten auf dem Schloß ein Mahl herrichten lassen, als er in Heidingsfeld ist eingerückt. Und ist dabei unmenschlich gesoffen worden, so daß selbige Nacht schier keiner in seinem Bett schlief, sondern an dem Ort, wo er unter den Tisch gefallen war. Den Truchseß hab' ich aber nicht einmal lachen hören. –

Datum am Donnerstag Medardus, Anno domini 1525.

Hans von Grumbach.«

Der Bruder desselben ließ das Blatt sinken, und seine Augen begegneten den lauernd auf ihn gerichteten seines Vertrauten. Eine Weile schwiegen beide. Thes sprach zuerst. Das Licht auf den Tisch setzend, sagte er: »Der Brief ist deutlich. Ihr müßt auf eine günstigere Zeit warten, dem Bischof den Fuß auf den Nacken zu setzen. Glücklicherweise habt Ihr noch nichts getan, was Euch den Rückweg verlegt ...«

»Und meine Bruderschaft mit den Bauern?« fragte Wilhelm von Grumbach mit sorgenvoll in Falten gezogener Stirn.

»Aber davon weiß keiner außer dem Ritter von Geyersberg, und der wird Euch nicht verraten, ist ja Euer Schwager«, versuchte Thes ihn zu beruhigen. »Überdies wird er gut daran tun, sich irgendwo anders in Sicherheit zu bringen, nachdem sein Unternehmen zu Wasser worden ist.«

»Ja, er muß so bald wie möglich von Rimpar fort«, pflichtete der Junker ihm bei. »Aber wohin? – Das ist freilich nicht meine Sache.«

Er sprang auf und lief auf nackten Füßen und im bloßen Hemd hin und her. Thes nahm seinen mit Pelz gefütterten Morgenrock und hielt ihm denselben ausgebreitet entgegen. »Aber«, fuhr Wilhelm, in die Ärmel hineinfahrend, fort, »wo fände er einen Versteck, so gefürchtet wie er ist, in dem er nicht aufgespürt und verraten würde, Thes?« Er setzte sich wieder auf den Bettrand und ließ es in seinem Grübeln geschehen, daß Thes ihm die Morgenschuhe über die nackten Füße stülpte. »Er schweigt, gewiß«, murmelte er. »Aber ... aber wenn er gefangen wird, wenn er auf die Folter gespannt wird?« Er riß die Augen weit auf und starrte seinen Vertrauten an. »Ach, die Qualen der Folter, Thes!«

»Sie haben freilich schon manchen zum Sprechen gebracht«, bemerkte dieser leise.

»Sie haben den Thomas Münzer grausam gefoltert, bevor sie ihn hinrichteten«, äußerte Wilhelm von Grumbach beklommen und wischte sich den kalten Schweiß von der Stirn. »Mancher hat schon auf der Folter Verbrechen gestanden, die er nie begangen hat. Es ist furchtbar.« Er stand auf und schlurfte in der Stube hin und her. »Nur das Grab ist stumm«, murmelte er nach einer Weile, trat an eines der Fenster und schaute in die vom Mond durchdämmerte Nacht hinaus. Wieder nach einer Weile fragte er, ohne sich dabei umzusehen: »Was sagtest du, Thes?«

Dieser, an dem Tisch stehend, auf dem das Licht brannte, hatte nicht den Mund aufgemacht. Jetzt antwortete er; »Nichts, aber der Junker hat recht, daß nur das Grab stumm ist.«

Wilhelm von Grumbach wandte sich vom Fenster ab, schritt die Stube ein paar Mal auf und ab und begann dann wieder, vor Thes stehenbleibend, während eine dunkle Röte sein Gesicht überzog: »Er kann seinen Feinden nicht lange entgehen. Sie haben ja ihre Spione überall. Und an die Schande denken zu müssen, die sein Tod als Verbrecher über uns alle bringt, nicht nur über seine Frau und sein Kind, sondern auch über uns, seine Schwäger, und das ganze Geschlecht der Grumbachs! Hölle und Teufel! Das darf nimmer geschehen, Thes!«

»Freilich nicht, wenn's einer verhindern kann«, pflichtet ihm jener leise und gedehnt bei.

»Du sollst für frei erklärt werden«, zischte Wilhelm von Grumbach und trat noch näher an ihn heran. »Ich gebe dir mein Ehrenwort darauf. Und einen Hof will ich dir schenken ...«

Beider Augen tauchten tief ineinander, und dann sagte Thes Lang: »Meiner Treu, ich verlang' nix Besseres, als dem gnädigen Junker zu Dienst zu sein.«

»Er ist mein Fluch, der Florian«, sagte Wilhelm von Grumbach mit einem tiefen Atemzug und deutete auf einen Sessel am Tisch, während er sich selbst auf den gegenüberstehenden setzte. »Du erinnerst dich wohl noch, wie er vor einigen Jahren zuerst nach Rimpar kam? Damals hat er es mir, mir und dem Hans in den Kopf gehämmert, daß der Adel für den Franz von Sickingen zum Schwert greifen müßte, wenn wir nicht für alle Zeit Pfaffen- und Fürstenknechte bleiben wollten. Ja, mein Fluch, denn ohne ihn hätte ich an solche Geschichten nimmer gedacht. Aber laß uns beraten.«

»Aufgeschoben ist nicht aufgehoben«, meinte Matthäus Lang mit einem Grinsen seines breiten Gesichts. Und beide berieten, bis der junge Tag grau in die Stube hereinkroch.

In dem Burggarten erwachten die Vögel. Ihr Gesang scheuchte den Schlaf von Florian Geyers Lidern, aber er blieb noch eine Weile still liegen. Er hatte einen schönen Traum gehabt. Die Bauern hatten sich im ganzen Reich wieder erhoben. Sie kämpften jedoch nicht mehr in jeder Landschaft für sich allein, sondern als ein einiges und durch die Einigkeit gewaltiges Heer. Und er führte es von Sieg zu Sieg gegen die Bedränger der armen Leute. Eine letzte gewaltige Schlacht entbrannte, und gebrochen war der Feinde Macht für alle Zeit. Das wilde Kriegsgeschrei wandelte sich in froher Lieder Schall, und er wanderte mit seiner Frau Hand in Hand durch blühende Fluren. Die Burgen auf den Höhen, die Klöster in den Tälern waren verschwunden, entgürtet die

Städte ihrer Mauern. Überall regte sich heiter der Fleiß. Es gab keine Herren und Knechte mehr, sondern nur noch freie Menschen.

Er war nicht abergläubisch, dennoch schien ihn der Traum ein gutes Anzeichen zu sein. Es kam dazu, daß die Würzburger sich allem Anschein nach tapfer hielten, sonst hätten sie seinen Rat ja befolgt, und er schöpfte daraus die Hoffnung, daß sie sich behaupten würden, bis der lange Lienhart mit dem Entsatz erschien. Das dürfte sich jeden Augenblick ereignen. So trennte er sich denn nach dem Frühstück in gehobener Stimmung von den Seinigen, um auch noch die nördlichst an der Wern gelegenen Walddörfer zu organisieren. Überall hatte er die Bauern zum Kampf entschlossen gefunden. Frau Barbara trat mit dem Kind auf dem Arm auf den Balkon und sah ihm nach, bis ihn der Wald aufnahm, dessen höchstes laubumlocktes Haupt sonnig aus dem Blättermeer sich erhob. Seine ungewöhnlich heitere Stimmung hatte auch sie angesteckt und die Nachwirkung eines bösen Traumes zerstreut, aus dem sie sein Morgenkuß geweckt hatte. Sie hatte geträumt, daß er und sie mit dem Kind von Feinden umstellt waren, so daß ein Entrinnen unmöglich war. Da hatte er sein Schwert gezogen, um erst sie, dann den Kleinen und zuletzt sich selbst zu erstechen. Schon hatte sie die funkelnde Schwertspitze auf ihr Herz gerichtet gesehen, da war sie von seinem Kuß erwacht. Sie hatte ihm den Traum nicht erzählt.

Etwa eine Stunde später kam ihr Bruder zu ihr auf die Stube und fragte nach Florian. Als er hörte, daß derselbe in den Gramschatzer Wald gegangen sei, machte er: »Hm! Hm! Er hätte nicht gehen sollen, wenigstens nicht allein!«

»Warum denn nicht?« fragte seine Schwester verwundert.

»Weil mir zu Ohren gekommen ist, daß seit gestern nachmittag allerlei Gesindel in der Gegend aufgetaucht ist, auch im Dorf Rimpar. Nun, dein Mann ist ja immer gut bewaffnet.«

Damit entfernte er sich wieder, die Schwester in Unruhe zurücklassend. Nach kurzem Besinnen ließ sie durch die Wärterin Wendland zu sich rufen. Sie wollte ihn ihrem Gatten zu dessen Schutz nachschicken.

»Wendel«, redete sie ihn an, sobald er kam, »hast du auch davon gehört, daß sich im Dorf und der Umgebung seit gestern allerlei Gesindel hat blicken lassen?«

Er schüttelte seinen ergrauten Kopf. »Von Gesindel ist mir nichts bekannt, Herrin. Ich war just im Dorf. Es ist in dieser Nacht der Reitersbub von dem Ritter Hans von Grumbach dagewesen und zwischen Tag und Tau wieder fortgeritten. Der soll erzählt haben, daß Würzburg eingenommen worden ist.«

Frau Barbara schrie erschreckt auf. »Seit gestern morgen. Ja, hat der Junker Wilhelm der gnädigen Frau denn davon nichts erzählt? Weil ich wußte, daß auch aus dem Dorf etliche in Würzburg gewesen sind, hab' ich dort erfragen wollen, ob's auch wirklich wahr ist.«

»Und es ist wirklich wahr?« fragte Frau Barbara in der schrecklichsten Erwartung.

»Leider ja, Euer Gnaden«, bestätigte Wendland mit einem traurigen Kopfnicken. »Und es ist über alle Maßen grausig gewesen. Alle, die nicht den Aufruhr mit dem Tod haben büßen müssen, sind aus der Stadt gewiesen worden. Weiße Stäbe haben sie halten müssen. Das hat ein Zeichen des Friedens sein sollen. Vor der Stadt ist aber das Fußvolk raubgierig und blutdürstig über sie hergefallen, hat ihnen ihre Habe und die Kleider vom Leib gerissen und sie mißhandelt, so daß ihrer nicht viele mit dem Leben davongekommen sind. Dies haben sie mir in Rimpar erzählt, waren auch gar übel zugerichtet worden.«

Frau Barbara hatte für seinen weiteren Bericht kein Ohr gehabt. Daß Würzburg in der Gewalt des Truchseß war, bohrte und wühlte in ihrem Herzen. Sie begriff nicht, warum ihr Bruder ihr davon nichts gesagt hatte. Hatte er sie schonen wollen? Zartgefühl gehörte jedoch nicht zu seinen Eigenschaften, wie sie ihn kannte. Aber Florian mußte es sofort erfahren, damit er seine Zeit nicht unnütz verlor. Sie bat Wendland, ihm nachzugehen, um ihn von der Einnahme Würzburgs zu benachrichtigen. Er würde ihn in den Dörfern an der Wern finden, und sie beschrieb ihm den Weg durch den Gramschatzer Wald, so gut sie konnte. Er möchte sich ein Pferd geben lassen, vielleicht holte er ihn noch vorher ein. An die Gefahr, auf die ihr Bruder hingewiesen hatte, glaubte sie nicht mehr.

Wendland versprach ihr, zu eilen. Sie ging auf den Balkon, um ihn fortreiten zu sehen. Es kam ihrer Ungeduld wie eine Ewigkeit vor, bis sie ihn die Burg verlassen und den Weg nach dem Wald einschlagen sah. Und wenn Florian nun erfuhr, daß alles verloren war, daß er umsonst gekämpft, umsonst das Lebensglück der Seinigen geopfert hatte! Sie preßte die Hände gegen ihre Schläfen, in denen das Blut dumpf pochte, auf das Herz, das ihr zu zerspringen drohte. Ruhe- und rastlos ging sie in der Stube auf und ab und schaute wieder und wieder durch die Fenster und vom Balkon, ob er noch nicht käme. Und wenn er nun wiederkam, welch ein Wiedersehen, nachdem er in der Frühe so ahnungslos, so heiter, so zuversichtlich von ihr Abschied genommen hatte! Die Wärterin brachte ihr das Kind, das nach der Mutter verlangte. Sie nahm es, aber sie vermochte nicht, es wie sonst zu hätscheln, mit ihm zu tändeln und zu kosen. Es begann zu weinen, und sie konnte es nicht mit ihrer Zärtlichkeit beruhigen wie sonst. Sie gab es der Wärterin zurück und befahl ihr, mit ihm in den Garten gehen. Ihre Gedanken aber knüpften an das Kind an, was sollte jetzt aus seinem Vater, was aus ihnen werden? Sie versuchte es sich vorzustellen. Es gelang nicht. Es war alles dunkel und verworren in ihr, außer ihr, und sie saß da und starrte auf einen Fleck. Und Florian kam nicht! Stunden verrannen auf diese Weise. Barbara wußte nicht, wie viele. Ein dumpfes

Gewirr von Stimmen drang an ihr Ohr. Sie hob lauschend den Kopf und eilte auf den Balkon. Aber sie sah nichts weiter als einen Haufen Menschen, der in das innere Burgtor drängte. Als sie in die Stube zurücktrat, hörte sie, wie in der Burg Türen geräuschvoll zugeschlagen wurden, und ein Laufen auf den Gängen und Stiegen.

Sie öffnete ihre Stubentür und jetzt stieg von unten dasselbe Stimmengewirr herauf, das sie vorher gehört hatte. Wie ein Pfeil flog sie die Wendeltreppe hinunter. Die große Halle im Erdgeschoß war voll Menschen. Bauern, männliches und weibliches Burggesinde. Das Murmeln und Summen verstummte bei Barbaras Erscheinen. Man wich scheu zur Seite, und sie erblickte auf einer Trage ausgestreckt, wachsbleichen Angesichts ihren Gatten. Mit einem markerschütternden Schrei warf sie sich über ihn. Er war tot.

Er war meuchlings erschossen worden, die Kugel des Mörders war ihm durch den Rücken in das Herz gedrungen. Ein Waldvogt hatte ihn auf seiner Streife am Fuße jenes Berges gefunden, den die Sonne am Morgen zuerst begrüßt und dem sie am Abend ihren letzten Kuß zuhaucht. Die Leiche hatte zum Teil in einem Sumpf gelegen, Blutspuren verrieten, daß sie von der Mordstelle dorthin geschleppt worden war, der Meuchelmörder aber, aus Furcht selbst zu versinken, den Toten dann hingeworfen hatte. Darauf deuteten die tief eingedrückten Fußspuren am Rande des Sumpfes. Weitere Spuren von dem Täter waren nicht zu finden gewesen. So berichtete der Waldvogt dem Junker Wilhelm. Seine Schwester erfuhr alles erst später.

»Man muß genauer nachforschen, ich werde selbst hinkommen«, sagte Wilhelm von Grumbach laut. »Kein Zweifel, der Täter ist unter dem Gesindel zu suchen, das seit gestern in der Gegend umherstrolcht.«

»Mit Verlaub, gnädiger Herr«, widersprach Wendland, »das kann nicht sein, sonst wär' die Leiche ausgeraubt. Das hat ein böser Bube getan.« Er hatte sich auf seinem Hinritt im Wald verirrt, und der Unterförster, auf den er gestoßen war, hatte ihn auf den rechten Weg führen wollen, so waren sie beide an die Unglücksstelle gekommen.

Wilhelm von Grumbach begnügte sich damit, stumm mit den Schultern zu zucken, und trat dann zu seiner Schwester, die bei Wendlands letzten Worten den Kopf erhoben hatte und sich verstört umschaute. Der Junker zuckte unwillkürlich zusammen bei diesem Blick aus ihren trockenen, heißen Augen. »Gott wird den Mord nicht ungerächt lassen«, sagte er. »Fasse dich, arme Schwester. Überlasse mir die Sorge für den Toten!« Und da sie fortfuhr, ihn anzustarren, setzte er leise hinzu: »Bedenke, daß dieser beklagenswerte Tod ihn vor dem schimpflicheren durch den Henker und dich und uns alle vor der Schande bewahrt.«

Da schrie sie wie wahnsinnig auf: »Ein böser Bub hat's getan. Hast du's gehört?«, und ihr Kopf fiel schwer auf die Brust des geliebten Toten.

Der Schrei wurde von keinem wieder vergessen, der ihn hörte, und die Worte trugen den Keim eines Verdachts in sich, der wuchs und wuchs und den Namen Wilhelm von Grumbachs brandmarkte. Der Berg im Gramschatzer Wald aber, an dessen Fuß die Leiche des reinsten und edelsten Freiheitshelden jener Tage gefunden wurde, erhielt von dem Volk, für das er kämpfte und starb, den Namen Geyersberg.

Zehntes Kapitel

Es war am Morgen des 28. Juni, als der Wächter von dem Rathausturm den Schreckensruf erschallen ließ: »Sie kommen!« Im Nu waren die Gassen von Rothenburg wie ausgestorben, alle Krämerbuden, Läden und Haustüren geschlossen. Denn derjenige, der kam, war der Markgraf Kasimir von Brandenburg. Der Truchseß war mit seiner Streitmacht zum Rhein abberufen worden, wo die Revolution frisch aufloderte, nachdem er im Bistum Würzburg schrecklich mit Schwert und Feuer gehaust hatte. Der Markgraf und der Erbmarschall Joachim von Pappenheim waren von ihm beauftragt worden, an seiner Stelle das Strafgericht an Rothenburg zu vollziehen. Da hatte selbst den Herren vom Inneren Rat das Herz gebebt, und sie hatten eiligst Konrad Eberhard, Hieronymus Hassel und noch einige von den Geschlechtern dem Markgrafen entgegengeschickt, der von Bamberg heranzog, wo er wie auch in den eigenen Landen gleich dem Truchseß gewütet hatte. Dem Bischof von Bamberg hatte das nicht genügt, und der Kirchenfürst fuhr noch fort, auf eigene Faust mit dem Henker Umzug im Bistum zu halten. Der Markgraf hatte die Abgesandten nicht empfangen, sondern seinen Marsch auf Rothenburg fortgesetzt und sie erst nach mehreren Tagen in Burgbernheim beschieden, daß er mit seinem gesamten Kriegsvolk sein Lager in Rothenburg nehmen und den Einzug sich erzwingen werde, wenn man ihm denselben verweigere. Sein Geheimschreiber Anton Graber hatte sie geflissentlich die Vollmacht des Truchseß lesen lassen, die den Markgrafen und Joachim von Pappenheim beauftragte, das Gebiet Rothenburgs »mit der Tat zu beschädigen, mit Totschlag, namentlich Brand und Plünderschatzung, dazu in all andre Weg sie nach Gelegenheit der Sachen und eines jeden Verschuldung zu strafen«. Dennoch fehlte es in Rothenburg nicht ganz an solchen, die den Marktgrafen als Retter sahen und seine Ankunft ungeduldig erwarteten.

Frau Margarethe von Menzingen und die Ihrigen erhofften von ihm die Befreiung des Gatten und Vaters. Max Eberhard war, sobald er von dessen Gefangennahme erfahren hatte, zu den Angehörigen des Ritters geeilt, um sie mit Rat und Tat zu unterstützen. Else sank ihm von Tränen erschöpft an die Brust, die Mutter war wundersam gefaßt. Die Unwetterwolke, die drohend über ihrem Haupt gehangen hatte, seitdem sie mit ihrem Gatten wieder vereinigt war, hatte sich entladen, und furchtbar war der Blitz niedergefahren, aber er hatte allem ungewissen Bangen ein Ende gemacht. Ihr blondes Haar war unter der Folterqual unbestimmter Schreckensbilder völlig ergraut. Jetzt kannte sie das Schrecklichste, das ihrem Gatten bevorstand, und sie raffte sich zur Tat auf. »Seine Feinde wollen ihn töten, und sie sind seine Ankläger und Richter zugleich, da kann nur ein Mächtigerer helfen!« So sprach sie in tränenlos bitterem Schmerz zu Max, und er mußte ihr beipflichten. Denn hätte er es nicht bereits aus der Geschichte gewußt, so lehrte es ihn die Gegenwart, daß es im Bürgerkrieg keine Gerechtigkeit gibt, sondern nur der Wahlspruch gilt: »Wehe dem Besiegten!«

Sie wollte den Beistand des Markgrafen anflehen, und Max begleitete sie nach Bamberg, der weinfröhlichen Fünfhügelstadt, wo der Markgraf im Rathaus an der Steinbrücke über die Regnitz gerade sein Hauptquartier hatte. Sein Geheimschreiber führte die tief gebeugte, ganz in Schwarz gekleidete Frau und Max herein. Markgraf Kasimir war keine Heldengestalt, er war für eine solche nicht groß genug und zu beleibt, und seinen Zügen waren die Spuren seines ausschweifenden Lebens aufgedrückt. Der Graf von Pappenheim war der stattlichere von beiden, auch der freiere und rückhaltlosere in seinem Wesen, während der Markgraf unbedenklich in der Wahl seiner Mittel war und eine Beleidigung niemals vergab.

Er empfing Frau von Menzingen sehr gnädig, duldete nicht, daß sie vor ihm niederkniete, und versprach ihr, daß sie sich nicht vergebens an ihn gewendet haben sollte. »Wie dünkt Euch das, Ihr Herren«, so wandte er sich an den von Pappenheim und den Feldmarschall von Wiesenthau, die bei ihm waren, »daß diese Reichsstädter meinem getreuen Diener an Leib und Leben wollen? Gottes Marter, sie sollen wohl die Hände von ihm lassen!« Zu Max Eberhard, der eine Bittschrift ausgearbeitet hatte, sagte er, dieselbe in Empfang nehmend: »Ihr steht bei mir in einem guten Gedächtnis wegen der Geschicklichkeit, mit der Ihr den Ritter vor dem Reichskammergericht verteidigt habt.«

Frau von Menzingen kehrte voller Hoffnung zurück. Es erreichte auch ein Schreiben von dem Markgrafen den Inneren Rat, worin er »die gütliche Bitte« stellte, seinen Diener und Lehnsmann, dem er in Gnaden geneigt sei, »seines Gefängnisses ohne Entgeld ledig zu geben oder zum wenigsten bis in Ausführung seiner Unschuld zu betagen«. Der Rat antwortete damit, daß er den Bürger, der es gewagt hatte, die Ehefrau eines Ratsfeindes nach Bamberg zu fahren, in den Turm werfen ließ, und daß Frau Margarethe im Rathaus einen Eid schwören mußte, Leib und Gut nicht aus der Stadt zu entfernen.

Aber nun kam der Markgraf selbst nach Rothenburg. Der Feldmarschall Christoph von Wiesenthau besetzte mit der Vorhut das Galgentor, und etwas später erfolgte der Einzug des Heeres. Eine Abteilung gepanzerter Söldner ritt durch die Würzburger und Georgengasse voraus auf den Markt. Ihr folgten in guter Ordnung die Geschütze und ein Teil der Fußknechte. Hierauf erschienen der Markgraf und Joachim von Pappenheim in funkelnder Rüstung auf ihren Streitrossen an der Spitze eines großen Reitergeschwaders. Die Fähnlein der Landsknechte bildeten den Schluß. Die Geschütze wurden so auf dem Hauptmarkt aufgestellt, daß sie alle auf denselben mündenden Gassen im Visier hatten. Reiter und Fußvolk lagerte auf allen Plätzen und Gassen. Es war ein wildes, malerisches Bild. Geplündert wurde nicht, so daß die Bürgerschaft mit dem Schrecken davonkam. Nur die städtischen Scheunen wurden aufgebrochen und Hafer, Heu und Stroh aus ihnen entnommen.

Der Markgraf mit seinem Stab erhielt Quartier in dem Jagtsheimerschen Haus, das auch den Kaiser Max bei seinem letzten Besuch aufgenommen hatte. Es ist das erste Haus in der Herrengasse, dem Rathaus gegenüber, und grenzt an das Geschlechter-Tanzhaus. Ein Erker mit pyramidenförmiger Bedachung, darunter ein Steinbild der Jungfrau Maria mit dem Kind zieren die auf den Markt vorspringende Ecke des geschmackvollen Hauses.

Hier begrüßte Erasmus von Muslor an der Spitze des Inneren Rates den Markgrafen und überreichte ihm nach altem Brauch ein ansehnliches Geschenk an Wein, Fischen und Hafer. Die Stirn des Markgrafen war gerunzelt und blieb es. Mit scharfen Worten hielt er dem Rat vor, daß er seine gütliche Bitte wegen des Ritters von Menzingen unbeachtet gelassen habe, schnitt Erasmus von Muslor die Entgegnung ab und forderte, daß ihm die Urgicht des Ritters, das heißt, dessen Aussage auf der Folter, ohne Verzug zugestellt würde. Auch die Urgichten des Dr. Deutschlin und des blinden Mönches wollte er sehen. Ferner verlangte er ein Verzeichnis der Rädelsführer in Stadt und Land. »Vergeßt nicht, Ihr Herren, daß das Blut, das ich jetzt zu vergießen gezwungen bin, über Euer Haupt kommt. Hättet Ihr meine Hand, die ich Euch wiederholt bot, angenommen, als es noch Zeit war, so wäre dieser ganze Aufruhr im Keim erstickt worden.« Mit diesen Worten entließ er sie in Ungnade.

Er verfiel dem gewöhnlichen Irrtum der Machthaber. Ebensogut hätte er durch Gewalt einen Vulkan am Ausbruch hindern können wie das jahrhundertelang mißhandelte Volk an der Empörung. Und er vergaß, daß die Reaktion ihren augenblicklichen Sieg nicht ihrer Stärke, sondern hauptsächlich den Fehlern ihrer Gegner verdankte. Sein ungnädiger Empfang machte die Ratsherren eher halsstarrig als geschmeidig.

Konrad Eberhard gelobte bei seinem Eid, daß der Markgraf ihnen ihre Beute nicht entreißen sollte. Seine Erbitterung überstieg diejenige seiner Kollegen, weil er seinen Sohn wie mit unzerreißbaren Ketten an die Familie des Verfehmten gebunden sah. Es kostete ihn einen schweren Kampf, daß er nicht auch den eigenen Sohn auf die Proskriptionsliste setzte, welche die Herren nun in der Ratsstube entwarfen, wie Max es nur der Rücksicht auf seinen Vater zu verdanken hatte, daß sein Name auf den Zetteln fehlte, von denen der Stadtschreiber das Verzeichnis der Rädelsführer für den Markgrafen zusammentrug.

Was aber den Herren die Namen in die Feder diktierte, waren keineswegs nur politische Beweggründe, sondern vorwiegend persönliche

Feindschaften, nicht selten solche aus den allergeringfügigsten Ursachen, ja selbst nur nach Hörensagen und Klatsch. Kein Wunder, daß auf der Liste, die Thomas Zweifel am nächsten Morgen dem Markgrafen überreichte, nicht weniger als hundert Todeskandidaten standen. Dr. Deutschlin, der Komtur Kaspar Christian, der blinde Mönch und Dr. Karlstadt eröffneten die lange Reihe. Es folgten Stephan von Menzingen, das Ratsmitglied Christ Heinz und Ehrenfried Kumpf und zum Schluß dreiundsechzig Bürger, denen man an nichts anderem Schuld zu geben wußte, als daß sie über Kaiser, Fürsten und Rat übel geredet und geäußert hätten, bei den Bauern stehen und bleiben zu wollen. Aus den Landgemeinden waren dreißig Namen dabei, die den Herren gerade so eingefallen waren.

Nun war es den eifrigen Verrätern passiert, daß sie manchen ihrer Mitbürger nicht mit seinem Tauf- und Familiennamen aufgeschrieben hatten, sondern mit der Bezeichnung, dem Bei- oder Spitznamen, unter dem nicht selten schon sein Vater in der Stadt allgemein bekannt war, so daß man darüber seinen eigentlichen Namen vergessen hatte. Thomas Zweifel hatte die Zettel der Ratsherren getreu abgeschrieben, und der Markgraf las daher mit hochgezogenen Brauen u. a. in dem Verzeichnis: »Der Weber bei unserer Frauen Kapellen, der die Greußerin hat. – Des blinden Mönchs Schwager, ein Wagner. – Jörg Hörners Schwager, ein Seiler. – Ein Weber im Bart, Wittling genannt. – Der lange Huter, der seine Frauen so übel hält und schlägt.«

Der Markgraf warf dem Stadtschreiber die Liste unwillig hin und verlangte, daß er überall den Geschlechts- und Taufnamen hinzufüge. Thomas Zweifel jedoch, der sich dem Truchseß gegenüber mannhaft behauptet hatte, beugte sich auch vor dem Markgrafen nicht. »Euer Fürstliche Gnaden«, wies er das Ansinnen zurück, »ich habe die Namen getreu meiner Pflicht zusammengeschrieben, so wie sie von den Herren des Rats aufgezeichnet worden sind. Des näheren mich zu erkundigen, steht nicht in meiner Amtsbefugnis.« Dabei blieb er und rettete dadurch manchen Kopf.

Während der Nacht auf Samstag den 30. Juni wuchs auf dem Marktplatz vor der Herren-Trinkstube ein unheimliches Gerüst empor. In der Frühe blies ein Trompeter in allen Gassen, und ein Herold rief aus, daß sich um sieben Uhr die ganze Bürgerschaft bei Strafe an Leib und Leben einzufinden habe. Max Eberhard erschien wie alle anderen. Er war auf das Schlimmste gefaßt, denn es erschien ihm höchst unwahrscheinlich, daß die Rache den Verteidiger von Menzingen und das Mitglied des Verfassungsausschusses verschonen sollte. Nur das schmerzte ihn, daß er von der Geliebten nicht hatte Abschied nehmen können, und seine Augen suchten die Fenster ihres Hauses. Sie waren verhängt. Aber aus den anderen Häusern und von den Dächern schauten ängstlich neugierige Frauen genug auf die bleichen Gesichter im Ring, der von den langen Spießen des Fußvolkes eingezäunt war. Jetzt kamen die Herren und Ritter. Hans von Seckingen hielt im Namen des Markgrafen der Bürgerschaft eine donnernde Strafrede, worauf sie dem Schwäbischen Bund aufs neue Gehorsam geloben mußte.

Schon atmete sie erleichtert auf, denn sie glaubte, das Ärgste überstanden zu haben. Da zog der von Seckingen die Liste der dem Tode Geweihten hervor und befahl jedem, den er aufrufen würde, beiseite zu treten. Weil aber keiner auf einen anderen als seinen wirklichen Namen vorzutreten sich für verpflichtet hielt, etliche auch beizeiten entwichen waren, so blieben nur neunzehn im Netz hängen. Unter diesen die Freunde Fritz Dalk, Jos Schad, Melchior Mader, Lorenz Diem und Hans Mack, die, wie im Leben, so auch in dieser letzten Stunde zusammenhielten. Vier andere Meister, die ebenfalls dem Henker verfallen waren, zeigten sich weniger mannhaft. Sie fielen mit Jammergeschrei vor dem Markgrafen auf die Knie und flehten, daß sie sich wenigstens verantworten dürften.

Während die Aufmerksamkeit auf sie gerichtet war, drängte der Metzger Fritz Dalk mit seinen herkulischen Armen die neben ihm stehenden Fußknechte auseinander und schuf dadurch eine Lücke, durch die seine Freunde und er rasch hindurchschlüpften. Ehe die Söldner sich besannen oder, richtiger wohl, sich besinnen wollten, stürmten sie schon die obere Schmiedgasse hinunter und gewannen durch das Kobolzeller Tor das Freie. Jene vier anderen Meister ließ der Markgraf einstweilen in den Turm legen. Somit waren von den Todesopfern nur zehn übriggeblieben, darunter der greise Schulrektor Wilhelm Bessenmayer und ein Priester namens Hans Kumpf, den man krank aus seinem Haus in den Ring getragen hatte. Er war ein Vetter des Altbürgermeisters. Diese wurden auf der Stelle mit dem Schwert hingerichtet. Ihre Leichen blieben bis zum Abend auf dem Marktplatz liegen und wurden dann in eine gemeinsame Grube auf dem ehemaligen Judenkirchhof geworfen.

Nach diesem ersten, bluttriefenden Akt des Trauerspiels begab sich der Markgraf in die Burg. Dorthin hatte der Rat schon vor dem Einzug Kasimirs die Dorfgemeinden auf diesen Tag bestellt, um ihre Waffen abzuliefern und der Stadt neu zu huldigen. Die Bauern waren bei der Kapelle auf der Vorderburg aufgestellt. Ihre Haltung war zwar äußerlich demütig, aber es versteckte sich darunter weniger Furcht als Erbitterung. Mancher Blick auf das Fußvolk und die Reiter, die aus den Haufen abgelegter Waffen sich gierig das Beste heraussuchten, verriet es. Es war eine erstaunliche Menge vorzüglicher Geschütze vorhanden. Die Herren aber erwartete hier eine große Enttäuschung. Denn als Hans von Seckingen die Namen der Hauptverursacher und Anführer verlas, siehe, da waren diese bis auf einen so klug gewesen, von der Schlachtbank fernzubleiben. Diesen Einfältigen, Hans Holmpach hieß er, allein köpfen zu lassen, lohnte der Mühe nicht. Er wurde in den Turm geworfen und die anderen nach erneuter Huldigung in die Heimat entlassen.

Der hinkende Bote kam jedoch in Gestalt einer Brandschatzung von zwanzigtausend Gulden nach, die unbarmherzig eingetrieben wurde.

Am Nachmittag suchte Fräulein von Badell ihre unglückliche Freundin auf, der der Rat selbst den traurigen Trost verweigerte, ihren Gatten im Gefängnis sehen zu dürfen. Es braucht wohl kaum gesagt zu werden, daß das alte Fräulein fast täglich zu ihr kam, um sie wenigstens von ihren ständigen Gedanken abzulenken, wenn sie schon nicht helfen konnte. Freilich hatte ihr derber frischer Humor durch die Ereignisse der letzten Zeit einen gar ätzenden Beigeschmack erhalten. Heute kam sie in einer besonderen Angelegenheit. Dr. Max hatte vorgeschlagen, den Beistand des Markgrafen nochmals anzurufen, und zwar in Begleitung einiger ehrenhafter und angesehener Bürger der Stadt. Fräulein von Badell war damit einverstanden gewesen, hatte aber geraten, ihr die Anfrage bei den Bürgern zu überlassen. Sie sagte: »Geht Ihr zu Ihnen, so werden sie es Euch abschlagen, und Ihr werdet ihnen nicht in das Gesicht sagen können, daß der eigentliche Grund ihrer Weigerung die Feigheit sei. Laßt mich machen, ich werde mit meiner Meinung nicht zurückhalten und ihnen das Mauseloch verstopfen, so daß sie nicht entschlüpfen können.« Jetzt kam sie mit der Nachricht, daß ihre Bemühungen von Erfolg gekrönt gewesen wären und die Bürger Frau von Menzingen morgen früh zu dem Markgrafen begleiten würden.

»Und es kann nicht schaden, wenn Ihr die Else mitnehmt, liebe Frau«, fügte sie noch hinzu.

So geschah es denn auch. Markgraf Kasimir empfing sie und ihre Begleiter noch huldvoller als in Bamberg. Denn Frau Margarethe hatte ihm unter der Hand durch seinen Geheimschreiber zweitausend Gulden Lösegeld anbieten lassen, und Elses Schönheit, deren Adel durch die schwarze Tracht in einer rührenden Weise hervorgehoben wurde, verfehlte auf den Frauenkenner ihre Wirkung nicht. Er entließ Frau von Menzingen mit der tröstlichen Versicherung, daß die Feinde ihres Gatten im Angesicht seiner Gerechtigkeit zu Schanden werden sollten.

»Und Ihr, werte Herren«, wandte er sich an die Bürger, die sie begleiteten, »sagt der Bürgerschaft, daß ich zwar unnachsichtig streng gegen die Rotte der Bösewichter bin und nicht ruhen werde, bis ich sie mit Stumpf und Stiel vernichtet habe, daß aber die Gutgesinnten auf mich bauen können wie auf einen Felsen.«

Sein Trost war keine eitle Vertröstung. Er hatte sich von seinem Geheimschreiber über die Urgichten Stephans von Menzingen und der beiden Geistlichen eingehend informieren lassen und war überzeugt, die Angelegenheit leicht zu seiner Zufriedenheit erledigen zu können. Zu diesem Zweck hatte er den Inneren Rat nach Beendigung des Gottesdienstes – denn es war Sonntag – zu sich befohlen.

»Ich bin erstaunt über das Wesen, das ihr um die Sache macht, ehrbare Herren«, so sprach er, die Akten zur Hand, die pünktlich Erschienenen an. »Was steht denn Großes in den Urgichten? Daß der Menzingen den Karlstadt gespeist und gegen Verbot in die Stadt gelassen hat, daß er den Bürgern geraten hat, einen Ausschuß zu bilden und als Steuerer seine eigene Steuer in der Rolle ausgelöscht hat. Das ist sicher strafbar, aber doch kein todeswürdiges Verbrechen. Und was Deutschlin und der blinde Mönch auf der Folter bekannt haben, das ist vollends die Strenge nicht wert. Fast übereinstimmend räumen sie ein, daß sie mit Karlstadt verkehrt, seine Lehre vom Sakrament gebilligt, gegen die Messe gepredigt und die Obrigkeit gescholten haben, weil sie die Verkündung des lauteren Evangeliums verhinderten. Das ist alles. Gottes Marter, wer behielte seinen Kopf noch auf den Schultern, wenn ich nach Eurem Maß messen wollte? Legt ihnen eine Geldbuße auf, aber gebt sie frei, und ich will Eurer Stadt in Gnaden gewogen bleiben.«

Der Haß aber machte die Ratsherren blind, so daß ihnen mehr daran gelegen war, ihre Feinde zu vernichten, als sich die Gunst des Markgrafen zu sichern. Sie weigerten sich hartnäckig, dessen Verlangen zu erfüllen, drohten ihm selbst mit einer Klage beim Bund, und Konrad Eberhard erklärte ihm in ihrem Namen: »Der Rat kann in Euer fürstlich Gnaden Begehr nicht einwilligen. Denn wenn Ihr den Menzingen und die beiden Geistlichen unbestraft laßt, so ist den zehn, die gestern gerichtet worden sind, von fürstlicher Hoheit ein höchstes Unrecht geschehen. Denn just die drei, das sind die rechten Verursacher und Häupter der ganzen Empörung.« Hieronymus Hassel fügte hinzu: »Auch haben der Deutschlin und der blinde Mönch öffentlich gepredigt, daß fürderhin keine Zehnten, nicht Tranksteuer noch Klauengeld mehr entrichtet werden sollen. Wenn das nicht Aufruhr ist, was ist's?«

Dem Markgrafen schwoll die Zornader auf der Stirn, und er verabschiedete den Rat mit den Worten: »Überlegt's noch einmal! Denn eher soll mir die Zunge verdorren, als daß ich in Euer Begehren einwillige.« Der Graf von Pappenheim äußerte, als beide allein waren: »Wozu mit den Holzköpfen noch länger sich placken? Auf diese Weise kommt Euer Gnaden mit ihnen nicht zu Rande. Schickt eine Rotte Fußknechte, um die Gefangenen aus dem Turm zu holen, und basta.«

Markgraf Kasimir machte in das Kerbholz der Stadt einen neuen und sehr tiefen Einschnitt. Verständlich, daß seine Laune dem mit kleinen goldenen Sternen besäten silbergrauen Damast glich, in den er von Kopf bis Fuß bekleidet war, als er sich einige Stunden später zu dem Bankett begab, das ihm der Rat aus dem Säckel der Stadt in dem großen Saal des Rathauses gab. Er hielt es auch nicht der Mühe für wert, das Grau seiner Mißstimmung zu verbergen, und die Ehrbaren, die er einiger Worte würdigte, konnten sie bezeugen. Erasmus von Muslor begleitete ihn und nannte ihm die Namen der so wenig schmeichelhaft Ausgezeichneten. Die goldenen Sterne gewannen jedoch an Kraft, als sein Feldherrnauge die Schar der Frauen und Jungfrauen musterte und unter ihnen die schöne Gabriele entdeckte. Sie trug ein blaues Gewand aus knisterndem Atlas mit gelbbunten Schlitzen über einem gelbseidenen Unterkleid. Ein kurzes Krägelchen von dem Stoff und der Farbe des Oberkleides und ebenfalls gelb gefüttert, schwebte auf ihren nackten Schultern, ohne den reizend gewölbten Busen neidisch zu verhüllen. Das schwarze Haar war in zwei dicken Flechten, die von Perlen durchschlungen waren, über die Stirn gelegt, so daß sie einem Diadem glichen, und Gabriele trug den feinen Kopf so stolz, als ob ihn wirklich ein Krönlein zierte. Es war aber ein anderer Dämon als der des Hochmutes, der aus ihren großen schwarzen Augen schaute.

Sobald der Markgraf sie sah, schritt er geradewegs auf sie zu und sagte zu Herrn Erasmus, während sie vollendet höfisch zu Boden sank, wie sie es von der Schwester Lamberta gelernt hatte: »Ihr seid ein beneidenswerter Mann, Bürgermeister, daß Ihr ein solches Kleinod in Eurem Haus hegt.« Gabriele senkte die langbewimperten Augen, um sie desto strahlender wieder aufzuschlagen, und er fuhr fort, ihr kernige Schmeicheleien über ihre Reize zu sagen. Erasmus von Muslor mußte den Spielleuten auf den Bänken, die sonst Richter und Schöffen einnahmen, verstohlen ein Zeichen geben, damit ihre Musik endlich die Gäste zu Tisch brachte. Sie waren längst hungrig, und die Speisen drohten zu verderben.

Frau von Muslor war die Tischdame des Markgrafen, und er begnadigte sie mit dem bleichen Abglanz des Wohlgefallens, das Gabriele ihm einflößte. Sabine hatte ein Unwohlsein vorgeschützt, um an dem Bankett nicht teilnehmen zu müssen. Die Freundschaft zwischen ihr und Gabriele hatte gänzlich Schiffbruch erlitten. Ihre von Florian Geyer zurückgewiesene Leidenschaft hatte Gabriele grenzenlos er- und verbittert, und sie verbarg es kaum notdürftig, wie verhaßt ihr die alten Verhältnisse waren. Lieber den Tod, als in ihnen weiterleben! Ihre Vergangenheit fortwährend durchwühlend und durchgrübelnd, machte sie Max dafür verantwortlich, daß sie geworden war, wie sie war, erschien ihr dessen Liebe zu Else als der Urquell aller ihrer Leiden. Und sie erinnerte sich, was sie dem Paar geschworen hatte. Der Augenblick war gekommen, den Schwur zu erfüllen. Das Blut, das nun auch in Rotbenburg geflossen war, berauschte sie, belebte sie. Und es war, als ob dieser Rausch sich in ihrem ganzen Wesen verriet, so daß sie die Blicke des Markgrafen immer wieder zu sich zwang. Nach dem ersten Gang schickte er ihr seinen Pagen mit dem Ersuchen, ihr einen Zutrank widmen zu dürfen. Verbindlich neigte er seinen Becher gegen sie, und sie dankte ihm mit einem Lächeln, das ihn veranlaßte, seinen gekräuselten Schnurrbart zu liebkosen. Nach dem zweiten Gang kam er, um mit ihr zu plaudern. Ihr alter, stets schnöde von ihr behandelter Verehrer, der Junker von Hornburg, der sie zu Tisch geführt hatte, wollte dem Markgrafen seinen Platz überlassen. Er zog es aber vor, hinter ihrem Stuhl stehen zu bleiben, den Duft ihres Haares einzuatmen und die Blicke in ihren Busen zu tauchen, wenn sie denselben nicht mit ihrem Fächer schützte. Später sandte er ihr einen Teller mit Konfekt, und dann nahm er ohne Umstände den Platz an ihrer Seite ein und verließ ihn erst gegen Ende der Tafel wieder.

Von dem, was beide bald scherzend, bald lachend, bald ernst und eindringlich miteinander sprachen, gelang es ihrer Nachbarschaft kaum ein Wort aufzufangen, und wenn, dann war es eine Beteuerung von seiner Seite, die bestätigte, was alle sahen, daß es ihm nämlich Gabrieles Reize angetan hatten. Konrad Eberhard beobachtete sein Mündel unablässig, begegneten sich aber ihre Blicke, so vermochte er in den ihrigen nichts von dem zu lesen, wonach er so begierig spähte. Sie spielte ein hohes Spiel, aber sie spielte es für sich allein und ohne Rücksicht auf ihn, der sie unter seinem Einfluß glaubte. Endlich erhob sich der Markgraf. »Es bleibt also bei unserer Verabredung, schöne Gabriele, und ich hole Euch zu dem Spazierritt ab«, sagte er laut zum Abschied. Sie neigte stumm den Kopf und schlug ihren Fächer auseinander, um ihre erhitzten Wangen zu kühlen. Bevor der Markgraf bald darauf den Saal verließ, zog er noch Erasmus von Muslor zur Seite und sprach vertraulich eine kurze Zeit mit ihm.

Am nächsten Morgen erschien der Markgraf zu Pferd vor dem Haus des Ersten Bürgermeisters, und dann sah man die schöne Gabriele auf ihrem Rappen an seiner Seite durch die Stadt zum Rödertor reiten, wo sechs berittene Söldner zu ihrem Geleit warteten.

Es war noch vor dem Frühstück. Von den festen Versicherungen des Markgrafen beruhigt, lagen Frau Margarethe und ihre Tochter nach den vielen in Kummer und Tränen durchwachten Nächten in ihrem zum Hof hinausgehenden Schlafgemach noch im Morgenschlummer. Sie hörten nicht den dumpfen Trommelschlag, der die Einwohner zu einem neuen blutigen Schauspiel auf den Markt rief. Stephan von Menzingen, Dr. Deutschlin und der blinde Mönch bestiegen nacheinander das Schafott. Geistlichen Zuspruch verschmähten sie. Nur der blinde Mönch ergriff noch das Wort und sprach mit seiner weithin schallenden Stimme, der die Rothenburger so oft auf den Gassen und Plätzen gelauscht hatten: »Brüder, seid getrost, wir sterben für die Freiheit, aber die Freiheit stirbt nicht mit uns!« Stehend empfing er den Todesstreich.

Nach ihnen fielen die Köpfe der vier Bürger und Hans Holmpachs, die vorläufig in den Turm geschickt worden waren, sowie die dreier Bauern-Hauptleute, die den Fußknechten zufällig in die Hände geraten waren. Sie alle starben, wie die Blutzeugen versicherten, mit der größten Standhaftigkeit. Und weil man eben bei der Henkersarbeit war, so ließ der Rat gleich noch einen Schmied wegen Totschlages, der Markgraf einen widerspenstigen Landsknecht und ein Edelmann zwei seiner abtrünnig gewordenen Hintersassen köpfen. Das Blut floß wie ein roter Bach über den Markt und die abschüssige Schmiedgasse hinab. Auch diese Leichen blieben sämtlich bis zum Abendgeläut auf dem Marktplatz liegen, worauf sie von dem Totengräber zu den bereits früher Gerichteten in die Grube auf dem Judenkirchhof geworfen wurden.

Als der Markgraf Kasimir von Brandenburg von seinem Spazierritt zurückkehrte, war das blutige Werk getan. Die Betäubung und den Jammer der Frau von Menzingen und der Ihrigen zu schildern, als sie das Entsetzliche erfuhren, wer vermöchte es? Der Markgraf kam allein nach Rothenburg zurück. Die schöne Herodias setzte ihren Ritt im Geleit der Söldner nach Schloß Onolzbach fort, um nie wiederzukehren. Sie hatte alle Bande zerrissen, die sie an ihre Vaterstadt knüpften. Der Markgraf aber zog noch am selben Tag mit seinem Kriegsvolk ab, um andernorts seines Henkeramtes zu walten.

Bereits am Tag nach seinem Einzug in Rothenburg hatte er je ein Fähnlein Fußvolk und hundertfünfzig Reiter nach Brettheim und Ohrenbach geschickt, um diese beiden Hauptherde der Revolution zu zerstören. Die Brettheimer stellten sich tapfer zur Wehr, und es wurden viele von ihnen erschlagen, auch Jörg Metzler fiel – eine traurige Sühne des Kleinmutes, mit dem sie vor Königshofen sich zerstreut hatten, anstatt in die Schlacht einzugreifen. Das Kriegsvolk zog mit sechshundert Stück Vieh und dreißig Wagen voll Beute aus dem in Flammen aufgehenden Dorf ab.

Ohrenbach war das einzige Dorf des Rothenburger Gebietes, das auf die Aufforderung des Rates an die Landschaft, sich auf Gnade und Ungnade zu ergeben, hin stumm geblieben war, obwohl es durch den unseligen nächtlichen Sturm auf den Marienberg und die Schlacht bei Ingolstadt den größten Teil seiner waffenfähigen Männer eingebüßt hatte. Durch Flüchtlinge der Schwarzen Schar, die sich mit Florian Geyer durchgeschlagen hatten, kam die Kunde von diesen Geschehnissen sowie von dem feurigen Heldentod Simon Neuffers nach Reichardtsrode und Ohrenbach.

Und als ob des Schrecklichen noch nicht genug wäre, erschien an demselben Tag, an dem der Truchseß von Waldburg in Würzburg eingezogen war, die schwarze Hofmännin in Ohrenbach. Es war nach dem Abendläuten, und die Dörfler standen und saßen vor den Häusern und bei der Linde, als die schwarze Hofmännin daherkam. Ihre Kleider waren zerfetzt, und das graue Haar hing ihr in wirrer Auflösung um das dunkelbraune, runzlige Gesicht. Sie war barhäuptig, hatte den Kopf gesenkt und sprach unaufhörlich mit sich selbst, die Neugierigen nicht beachtend, die sich ihr auf der Dorfstraße anschlossen. Vor der Linde blieb sie stehen, hob den Kopf und blickte um sich, als ob sie aus einem Traum erwachte. Der Bann ihrer unheimlich glühenden Augen hielt die Leute stumm. Sie strich sich das greise Haar aus der Stirn, stützte sich schwer auf den weißen Stecken, den sie in der Hand hielt, und fragte, während sie sich nochmals langsam umschaute: »Feiert die Freude der Pauken? Ist das Jauchzen der Fröhlichen aus? Jubeln sollt ihr und springen, denn die Welt geht unter. Hört, wenn ihr Ohren habt zu hören! Den Tod sah ich reiten auf einem fahlen Pferde, und er trug den Ornat eines Bischofs. Der Bischof von Würzburg war es, und die Hölle folgte ihm nach. Und ihm war Macht gegeben zu töten – zu töten mit dem Schwert, mit dem Hunger und mit reißenden Wölfen. Und ich sah, wie sie töteten, erbarmungslos, dort, zu Würzburg, in des Bischofs Stadt!« Sich hoch aufreckend und mit gesteigerter Stimme schilderte sie wild-phantastisch die Greuel des Blutgerichts, deren Augenzeugin sie am Morgen in Würzburg gewesen war, so daß den Zuhörern das Blut in den Adern gerann. »Ihr ächzt und stöhnt?« fuhr sie fort. »Aber so beschaffen ist die Gerechtigkeit Gottes und seine Barmherzigkeit mit uns armen Leuten.« Sie lachte schrill auf.

»Und wer bist du?« fragte der alte Neuffer, der unter der Linde saß, sein Grausen unterderdrückend. Die schwarze Hofmännin wandte ihm ihre Augen zu und fragte: »Weißt du es noch, wer du bist, alter Mann? Feuer, Tränen und Blut haben meinen Namen ausgelöscht.«

»Aber es ist die schwarze Hofmännin«, rief einer, der bei dem Fähnlein des langen Lienhart gestanden hatte. Da nannte Martin Neuffer ihr seinen Namen und lud sie ein, auf seinem Gehöft zu übernachten. Der Name machte sie aufmerksam. Wahrscheinlich war es die Erinnerung an Simon gewesen, die sie unbewußt nach Ohrenbach geführt hatte. Sie sah ihn nachdenkend eine Weile an, schüttelte dann aber den Kopf und seufzte: »Ich kann halt gar nix mehr behalten.«

»Was tut's?« ermutigte der Alte sie. »Komm jetzt schon mit. Ich hab' dich bereits gekannt, als du noch jung warst, zu Niklashausen, und auch den Hans Böheim und deinen Enkel.«

Da schrie sie auf: »Verbrannt, gemordet, und der Bischof lebt!«

Der alte Neuffer faßte ihre Hand und wollte sie mit sich ziehen. »Du mußt etwas essen und schlafen«, sagte er mitleidig. Sie aber riß sich los und rief: »Wer kann schlafen bei dem Jammergeschrei des zertretenen Volks? Es läßt mich nicht ruhen. Ich höre es immer, es erfüllt die Welt. Horch! Horch! Der jüngste Tag bricht an. Ich muß Gericht halten. Wehe! Wehe! Wehe!« Mit großen Schritten enteilte sie in die sinkende Nacht.

Die Enttäuschung ihrer felsenfesten Überzeugung, dort, wo Hans Böheim einst verbrannt worden war, hatte sie irrsinnig gemacht. Noch länger als ein Jahr sah man die Unglückliche im Lande umherschweifen, dann war sie verschollen.

Als der alte Neuffer zu Hause von ihr erzählte, bemerkte seine Schwiegertochter, sie wundere sich, daß sie nicht auch den Verstand verloren habe. Sie konnte sich über den Tod Simons nicht fassen und wies jeden Trost ab. Der Vater und Käthe hätten leicht ihr zusprechen, klagte sie, denn deren Verluste wögen den ihrigen nicht auf. Sie hätte nicht nur den Mann, sondern auch den Vater ihrer Kinder verloren. Was nun aus diesen und ihr werden sollte? Sie hätte es ja von Anfang an gesagt, daß der Aufstand schlecht ausgehen würde, der Bauer sich aber nicht belehren lassen. Bei ihrem Hang, das Schwere sich noch schwerer zu machen, grub ihr Schmerz sich in eine an Feindseligkeit grenzende Bitterkeit gegen den Verstorbenen ein, daß er so etwas über sie und die Kinder gebracht hatte. Ihre Tätigkeit erlahmte darüber, so daß Käthe zu der äußeren Wirtschaft auch die Sorge für die innere so gut wie ganz übernehmen mußte. Warum sollte sie noch arbeiten, sie mußten ja doch alle zugrunde gehen, jammerte Ursel. Der alte Neuffer trug den Verlust des Sohnes, ohne zu klagen, aber er verfiel sichtlich, und sein stilles Leid schnitt Käthe am ärgsten ins Herz. Dazu lag oben in der Kammer noch einer, der zwar ihres Trostes nicht bedurfte, denn er lag im Wundfieber, um so mehr aber ihrer Betreuung und Pflege. Das war ihr Vetter Kaspar Etschlich.

Von Blut und Staub bedeckt, fiebernd, schwankend, so war er plötzlich auf dem Gehöft erschienen, hatte den Namen Käthes gelallt und war ihr ohnmächtig vor die Füße gefallen. Glücklicherweise verstand sich der Dorfschmied Wieland ein wenig auf Wunden. Käthe ließ ihn rufen, sobald Kaspar zu Bett gebracht worden war. Eine leichte Hand hatte er nicht, und der Schmerz rief den Kranken auf einige Minuten ins Bewußtsein zurück, während er die Wunde untersuchte. Es war eine bedenklich aussehende Kopfwunde, über der das von Blut und Staub verfilzte Haar eine dicke, hartgewordene Decke bildete, die erst aufgeweicht und weggeschnitten werden mußte.

Käthe vergalt ihrem Vetter jetzt reichlich die Pflege, die er einst Hans Lautner hatte angedeihen lassen, und sie war um so fürsorglicher, als sie sich bewußt war, daß ihre Liebe zu letzterem die Ursache war, aus der Kaspar den Schergaden mit dem Feldlager vertauscht hatte. Dank ihrer Pflege besserte sich der Zustand Kaspars allmählich. Es dauerte aber noch lange, bis er ihr sein Geschick seit dem mörderischen Kampf bei Ingolstadt erzählen konnte. Er war trotz des Hiebes über den Kopf, den er bei dem erfolgreichen Vorstoß aus dem Gehölz erhalten hatte, mit den anderen noch eine Strecke gelaufen und dann niedergestürzt, mitten in einem blühenden Flachsfeld. Die Fußknechte hatten die Fliehenden nicht verfolgt, die Reiter hätten sie schwerlich entrinnen lassen, denn sie waren wie Bluthunde auf die Bauern abgerichtet. Die kalte Morgenluft brachte Kaspar zu sich. Vorsichtig aber hob er nur den Kopf ein wenig, um sich zurechtzufinden, und dann kroch er auf Händen und Füßen von der Stelle, wo er gelegen hatte, eine gute Strecke seitwärts weg. Denn die Flüchtlinge hatten ihre Spur in dem Flachsfeld nur allzu deutlich hinterlassen. Eine Zeitlang blieb alles still, nur die Lerchen sangen über dem blühenden Feld. Dann vernahm Kaspar den dumpfen Schritt vieler Marschierenden und das Klirren von Waffen. Das Herz pochte ihm in heftigen Schlägen, aber er regte sich nicht. Das Geräusch zog sich am Rand des Feldes hin, und jetzt erhob sich ein wildes Geschrei, Schüsse fielen häufig und häufiger. Mühsam richtete er sich auf die Knie auf, und sein Haar sträubte sich empor. Das Wäldchen war von Fußknechten umstellt, und er sah sie in dasselbe eindringen, sah an ihren Armbewegungen, daß sie niederstachen, was sie trafen, hörte die Schüsse, mit denen sie die Bauern von den Bäumen, auf die sie sich geflüchtet hatten, herunterschossen, als ob sie Vögel wären, hörte das entmenschte Lachen der Jäger, das Jammern und Schreien des erbarmungslos zur Strecke gebrachten Wildes. Trotz seines Entsetzens war er noch so besonnen, daß er nicht aufsprang und davonlief. Aber er kroch in der entgegengesetzten Richtung weiter, bis ihn die Kraft verließ. Ein fürchterlicher Durst peinigte ihn, die Kopfwunde schmerzte, und die höher und höher heraufkommende Sonne versengte ihn. Grabesstille breitete sich über dem Wald aus. Erst als es zu dunkeln begann, wagte er, das Feld zu verlassen. Er kam auf eine Landstraße und sah hinter sich die rauchenden Trümmer eines Dorfes. Es war Giebelstadt. Wie er sich allmählich bis Ohrenbach weitergeschleppt hatte, daran konnte er sich nur ganz dunkel erinnern.

Mittlerweile traf der Befehl des Rats ein, daß sich die männliche Einwohnerschaft Ohrenbachs ohne Ausnahme bei Strafe an Leib und Leben am Morgen des 30. Juni auf der Burg zu Rothenburg einzufinden habe, um den Untertaneneid zu erneuern und die Waffen abzuliefern. Wendel Haim berief die Gemeinde auf den Dorfplatz. Es kamen aber auch die Frauen und Käthe mit ihnen, und als er das Ratsschreiben verlesen hatte, rief die Frau des Schmieds in die darauffolgende Stille: »Dorfmeister, die Sache geht uns Frauenvolk just so nah an wie euch Mannsleuten, und darum verlangen wir auch mitzuberaten.«

»Ja, aber die Frauen dürfen halt nicht mitreden in der Gemeinde«, wehrte Wendel Haim die Zumutung ab, und der Stellmacher Rubin rief grob: »Die Frauen haben das Maul zu halten.«

Die Frauen zahlten ihm mit scharfer Zunge die Beleidigung heim. Die Wielandin stemmte die Fäuste in die Hüften und rief: »Nun, es könnt' schon mancher von uns recht sein, wenn sie ihrem dummen Mann den Kopf abschnitten.«

Lachen und Schelten antwortete ihr. Da näherte Käthe sich Haim und bat: »Dorfmeister, vergönn mir nur ein Wörtchen! Mitstimmen wollen wir nicht.«

»Ruhe«, rief die Frau des Schmieds, »die Käthe soll reden!«

Wendel Haim gewährte es. Und als sie nun auf der Bank stand, des Mädchens kräftige, schlanke Gestalt, die sich seit dem Tod Lautners höher gestreckt, während ihre Stirn über den leicht zusammenfließenden Brauen bedeutender sich gewölbt hatte, da wurde es wirklich still. Wie eine junge Tanne unter den Stürmen des Himmels sich biegt und fester einwurzelt, so war Käthe an Leib und Seele erstarkt unter den Leiden und all den schweren Anforderungen, die ihr das Schicksal aufgebürdet hatte. Die Leute aber dachten bei ihrem Anblick wohl, daß sie die Schwester Simons war, vollends als ihre nußbraunen Augen mit einem ernsten und tiefen Blick auf sie herabschauten, und sie verhielten sich still. Sie war freilich ein wenig verlegen und rot, als sie jetzt alle Augen auf sich gerichtet sah, dennoch begann sie mutig: »Mir scheint, daß die Gnade der Herren just so ausschaut wie ihre Ungnade. Wie aber die beschaffen ist, das wissen wir alle.« Sie erinnerte an das Blutgericht des Truchseß in Würzburg, der seinen Henker Berthold Aichelin stets mit sich führte und ihn seinen lieben Gevatter nannte. Sie erinnerte an die Grausamkeit des Markgrafen Kasimir, der in Kitzingen siebenundfünfzig Bürgern die Augen hatte ausstechen lassen, weil sie geäußert haben sollten, daß sie ihn nicht mehr sehen wollten, und der jeden Bauer, den er fing, am Weg an die Bäume hing.

»Nun, so dumm sind wir nicht, daß wir uns in Rothenburg stellen«, riefen verschiedene Männer ihr zu.

»Nein, ihr laßt's darauf ankommen, daß sie euch holen«, warf die Wielandin ihnen entgegen.

»Da müssen wir doch auch dabeisein! Haben wir nicht unsere Wehren?« hieß es wieder.

»Freilich habt ihr die«, fiel Käthe mit ihrer hellen Stimme ein, legte ihnen aber dar, daß ihre Zahl zu gering sei, um der Übermacht der Herren mit Erfolg widerstehen zu können. Und als dem keiner zu widersprechen vermochte, fuhr sie fort: »Ich wüßte wohl was! Wenn ihr nicht nach Rothenburg kommt, werden sie nach Ohrenbach kommen. Aber sie sollen das Nachsehen haben. Wir ziehen mit unserem Vieh, mit allem Hab und Gut in die Wälder. Dahin wagen sie sich nicht. Der Konz Hart kennt die Wälder wie seine flache Hand und wird uns an einen sicheren Ort bringen. Das Dorf wird das Kriegsvolk freilich mit Feuer anzünden und verderben, was zu verderben ist. Ein Haus kann man wieder aufbauen, das Leben aber nicht, wenn es einmal hin ist. Hab und Gut ist gerettet, und das Dorf bauen wir wieder auf, sobald wieder Ruhe im Land wird. Das kann jetzt nimmer lang dauern. Gott im hohen Himmel sei's geklagt, daß wir armen Leute überall unterlegen sind. Das wär' aber halt zu dumm, daß wir uns totschlagen lassen, wo es keinem mehr was nützt. Wär's anders, lieber sterben wollt' ich, als euch vom Kampf abhalten. Zeit haben wir aber keine zu verlieren. Es muß halt jeder gleich Hand anlegen, wenn wir uns das Unsrige bergen und retten wollen.«

Es war, als ob sie allen das Leben wieder gegeben hätte, und als nach ihr der Dorfmeister Haim auf die Bank stieg und fragte, ob man den

Rat Käthes annehmen wolle, da antworteten Männer und Frauen, jung wie alt einhellig mit ja. Käthe wurde von den Frauen geherzt und geküßt, und die Männer schüttelten ihr die Hand. Zu Kaspar äußerte sie nachher: »Mir tut's Herz weh, daß ich ihnen nicht anders hab' raten können.«

Leicht war das Herz wohl niemand bei den in allen Häusern und Gehöften unverzüglich vorgenommenen Rüstungen zur Flucht. Im nächsten Morgengrauen begann der Auszug. Voran wurden die Rinder, Schweine und Ziegen getrieben. Dann kamen in langer Reihe die mit Acker- und Hausgerät, mit Frucht, Lebensmitteln und Wein beladenen Wagen. Auch die uneingespannten Pferde mußten als Lasttiere dienen, und von den Männern und Frauen, die zu Fuß neben der Karawane hergingen, trug jeder Bündel und Packen. Es wollte niemand selbst das Wertloseste zurücklassen. Das Vieh brüllte, grunzte und meckerte, als wüßte es, daß es seine alten Ställe nicht wiedersehen würde, die plumpen Räder ächzten und knarrten, die Frauen weinten und klagten, und nur die Kinder waren der Abwechselung wegen vergnügt, während die Männer meistens stumm und finster dahinschritten. Die Kranken, die Käthe unter ihre besondere Obhut genommen hatte, waren so gut wie möglich auf die Wagen gebettet worden. Kaspar hatte sich entschieden geweigert, mit Ursel und ihren beiden Kindern zu fahren, wie schwach er sich auch noch fühlte. Konz Hart kannte in den dichten Waldungen, die sich westwärts bis an die Tauber erstreckten, einen gut verborgenen Ort. Dort wurde das Lager aufgeschlagen. Nicht lange, so standen unter und zwischen den Bäumen eine Menge Hütten aus Reisig, Zelte aus Saatleinen und leeren Getreidesäcken, und Buden aus Haus- und Stubentüren, die von vielen ausgehoben und mitgeführt worden waren. Die Leinewandplanen über manchem Wagen boten ebenfalls ein Obdach.

Es war in der Tat die höchste Zeit zur Flucht gewesen. Denn schon zwei Tage später fiel das Kriegsvolk in das verlassene Dorf ein und hauste um so wütender, als es nicht die geringste Beute zu machen gab. Konz Hart, der auf Kundschaft ging, sah bis auf die Kirche und das Pfarrhaus nichts als Brandruinen, und selbst die alte Linde war von den Vandalen nicht verschont geblieben. Sie hatten Feuer um dieselbe gelegt und sie zu verbrennen versucht, weil es sie wohl zu viel Mühe und Zeit gekostet hätte, sie umzuhauen.

Kaspars Wunde heilte in der Waldluft vorzüglich. Das Wohlgefühl der Genesung sowie das ständige Beisammensein mit Käthe verlieh seinen Tagen im Wald einen köstlichen Reiz. Beeinträchtigt wurde diese Stimmung nur dadurch, daß er von seinem Vater und dieser von ihm nichts wußte. Er sprach zu Käthe davon, nach Rothenburg zu gehen. »Der alte Mann muß doch erfahren, daß sein lieber Sohn dem Tod eine Nase gedreht hat, just wie es mir Herr Florian in Ingolstadt geweissagt hat«, sagte er. Käthe widersetzte sich seiner Absicht. Er sei nicht nur noch zuwenig bei Kräften für den weiten Weg, sondern wage als Schwarzer auch sein Leben dabei. Eine Botschaft täte es auch. Er gab nach, meinte jedoch, daß auf solchem Gang jeder Ohrenbacher leicht seinen Kopf in Rothenburg vergessen könnte. Käthe dachte eine kleine Weile nach, dann erbot sie sich zu gehen. Ein froher Schreck ergriff Kaspar. »Das wolltest du tun, und für mich?« rief er mit feuerrotem Gesicht. »Nun«, entgegnete sie, »er ist doch mein Onkel, und an einer Frau wird sich der Rat doch nicht vergreifen.«

»Aber du vergißt, daß auch du bei den günstigen lieben Herren noch in der Kreide stehst. Und auch wenn nicht, ich könnts von dir nimmer annehmen. Aber ich dank' dir vieltausendmal für deine Güte.«

»Gar zu dumm wär's freilich, wenn sie mich in den Turm schmissen. Es war halt nicht schön dort. Und diesmal könntest du mich nicht rausholen.« Sie lachte, und es klang hell, wie einst in besseren Tagen.

Die Frau des Schmiedes, die eben vorüberging, blieb verwundert vor dem Paar stehen, das auf der Deichsel des Wagens saß, unter dessen Plane Frau Ursel und ihre Kinder Unterschlupf gefunden hatten. »Bist du lustig?« fragte sie das Mädchen. »Es tut einem gut, in all der grauen Trübsal so ein Lachen zu hören. Was hast du denn?« Käthe teilte es ihr mit. »Gut wär's schon, wenn wir wüßten, wie's in Rothenburg ausschaut und ob wir wieder heim können«, antwortete sie. »Aber der Etschlich hat recht, du darfst nicht hin.« Nachdenklich fuhr sie sich mit der Hand über den Mund und fügte entschlossen hinzu: »Ich will gehen. Abgemacht.«

Sie entzog sich dem Dank der beiden, indem sie sich mit langen Schritten entfernte. »Oh, Käthelein«, murmelte Kaspar. Das Herz wollte ihm über die Lippe, aber er zwang es zurück, stand auf und ging. Das Mädchen blieb noch eine Weile sinnend sitzen.

Frau Wieland tat am anderen Morgen als Vorwand ein Paar Hühner in ihren Korb und machte sich mit einer Fülle von Aufträgen an die Krämer auf den Weg. Um Mittag entlud sich ein Gewitter über dem Wald, das sich zwar bald verzog, aber der Regen dauerte fort. Der Schutz, den die Wipfel der alten Tannen, Buchen und Eichen gewährten, hielt nicht lange vor, und das Naß der Wolken drang in alle Zelte und Hütten. Da versuchte denn ein jeder sich zu schirmen, so gut er konnte, und man vernahm im Lager kaum ein anderes Geräusch als das Rascheln und Rieseln des Regens. Hier und dort zündete einer Feuer an, um sich zu trocknen, aber es gab mehr Qualm als Hitze. Der alte Neuffer, der mit Kaspar eine Reisighütte teilte, saß auch bei solch einem mürrischen Feuer. Kaspar hatte sich in der Hütte auf das Lager aus Blättern und Moos gestreckt und eine Pferdedecke über sich gebreitet. Er dachte an Käthe, an Hans Lautner, an Simon, den langen Lienhart, Florian Geyer. Das war ein trauriges Denken bei dem steten Geriesel und dem Plätschern des Regens. Plötzlich verdunkelte sich der Eingang, und eine Stimme fragte: »Schläfst du?« Es war Käthe, die zum Schutz gegen den Regen ein Tuch über Kopf und Schultern geworfen hatte. Kaspar sprang auf. »Ist das ein Wetter«, sagte sie, in die Hütte tretend. »Und wie wird's erst im Herbst sein?«

»Da seid ihr wohl schon längst wieder in Ohrenbach«, tröstete er und schob ihr von den beiden vorhandenen Strohstühlen einen hin.

»So gewiß ist das doch noch nicht«, erwiderte sie und legte das Tuch ab. »Der Markgraf ist freilich abgezogen, es heißt aber, daß jetzt der Rat auf eigene Faust sein Mütchen kühlt. Den Fritz Völkner soll er auch haben hinrichten lassen.«

»Sie ist also aus Rothenburg zurück, die Wielandin?« fragte Kaspar gespannt.

Käthe bejahte. »Sie hat was Schreckliches in Rothenburg gesehen«, sagte sie. »Der Pfarrer Stöcklein aus Neusitz ...«

Kaspar unterbrach sie: »Ich kenn' ihn, ich bin in seinem Haus gewesen und hab' von seinem Brot gegessen und von seinem Wein getrunken. Er wollte nicht mit ausziehen, sondern seine Gemeinde in der evangelischen Freiheit unterrichten!«

»Die Wielandin sah ihn am Pranger stehen«, fuhr Käthe mit leise bebender Stimme mit ihrem Bericht fort. »Gebrandmarkt ist er auf beide Backen, und mit Ruten haben sie ihn geschlagen und nachher ins Elend gestoßen.«

»Gerechter Gott!« rief Kaspar entsetzt. »Aber mein Vater, Käthe? Mein Vater?«

Sie sah ihn mit einem tief mitleidigen Blick an, und es wollte ihr beinahe der Mut versagen, ihm die Botschaft auszurichten, die sie der Schmiedin nur abgenommen hatte, um sie ihm schonender mitzuteilen. Zögernd sagte sie: »Die Frau hat sein Haus nicht gefunden – bloß den Ort, wo es gestanden hat. Während die Bürger darin ihre heimlichen Zusammenkünfte abgehalten haben, hat's der Rat dem Erdboden gleichmachen und Salz darauf streuen lassen, und es darf dort nie wieder ein Haus gebaut werden.«

Kaspar lachte wie toll auf. Käthe erhob sich und wollte nach seiner Hand greifen. Schon rief er jedoch: »Und er hat sterben müssen!« Er kauerte auf seinem Lager und verbarg das Gesicht in den Händen. Käthe setzte sich weinend zu ihm, legte den Arm um seinen Hals und flüsterte mitleidig: »Armer Kaspar!« Eine Weile saßen sie so. Dann ließ er die Hände sinken und sagte mit bitterem Hohn vor sich hin: »Recht muß Recht bleiben, war immer sein Wort. Aber sein Maß war von jeher zu lang für die Geschlechter, da haben sie's um seinen Kopf kürzer gemacht, und jetzt stimmt's.«

»Oh, Kaspar, red nicht so grausam, ich hab' den Onkel ja auch liebgehabt«, bat sie.

Er wandte ihr sein Gesicht zu, sah die Tränen in ihren Augen und seufzte schwer. Dann blickte er wieder weg und murmelte, auf die Erde starrend: »Jetzt bin ich halt heimatlos. Ein Lump auf der Landstraße.«

»Aber nein«, rief sie nachdrücklich. »Du bleibst bei uns. Und es werden ja auch wieder bessere Zeiten kommen.«

»Das geht nicht, ich muß wieder auf die Wanderschaft«, schüttelte er den Kopf. »Das ist verkehrt, denn Arbeit findest du jetzt nimmer. Aber ich lass' dich nicht fort, Kaspar!« Und ihre Wange dicht an die seinige drückend, fügte sie leise hinzu: »Ich hab' dich ja von Herzen lieb.«

Da zuckte er in die Höhe, blickte Käthe mit groß sich öffnenden Augen an und fragte mit ungewisser Stimme: »Ist's wahr?« Sie nickte mit dunkelrotem Gesicht, schlang beide Arme um ihn und küßte ihn auf den Mund, und er preßte sie an sich und wollte sie nicht mehr loslassen. Der Wirbelsturm in seinem Herzen machte ihn stumm.

Es hatte unterdessen zu regnen aufgehört, und nur von den Bäumen tropfte es noch. Als beide Hand in Hand aus der Hütte traten, leuchtete im Westen über dem Wald die Abendröte. Die Nachricht, daß Markgraf Kasimir das Rothenburger Gebiet geräumt habe, hatte das ganze Lager aufgeregt. Noch an demselben Abend wurde beschlossen, nach Ohrenbach zurückzukehren. Denn man traute sich zu, den Stadtknechten des Rates im Notfall erfolgreich Widerstand leisten zu können.

Dementsprechend erfolgte dann auch die Rückwanderung der Ohrenbacher, und sie begannen mit dem Wiederaufbau ihrer schrecklich verwüsteten Heimstätten. Der Rat ließ sie auch vorläufig gewähren. Denn er war klüger als die Junker, die derart verblendet waren, daß sie gegen ihre Hörigen und Hintersassen mit schweren Gefängnis- und unerschwinglichen Geldstrafen, Strang und Richtschwert erbarmungslos zu wüten fortfuhren und sich dadurch selbst zugrunde richteten. Die Ehrbaren von Rothenburg sahen beizeiten ein, daß sie sich allzutief ins eigene Fleisch schneiden würden, wenn sie dem, was sie Gerechtigkeit nannten, noch länger freiesten Lauf ließen.

Noch ein anderer Umstand zwang sie, ein Auge zuzudrücken. Adam von Thüngen behauptete nämlich, daß die Rothenburger während der Belagerung des Frauenberges in dem Haus seiner Mutter etliche wertvolle Kleinodien geraubt hätten, und forderte dafür von dem Rat Ersatz. Als Rothenburg diesen zu zahlen sich weigerte, rottete er sich mit vielen adeligen Gesellen, unter denen natürlich Zeisolf von Rosenberg und Philipp von Finsterlohr nicht fehlten, zusammen, fiel in das Rothenburger Gebiet ein, verwüstete die Fruchtfelder, brannte die Dörfer nieder und trieb die Viehherden und Bauern fort. Auf Schloß Thüngen teilte er mit den Raubgesellen die Beute. Zuletzt erschien er frech auf den Höhen an der Tauber gegenüber von Rothenburg und beschoß die Stadt. Seine Kanonen trugen jedoch nicht so weit, und Albrecht von Adelsheim wehrte ihn von der Burg aus mit den überlegenen Geschützen Rothenburgs so gründlich ab, daß er das Wiederkommen vergaß.

In solcher Not hatte der Rat den Bürgern die Waffen zurückgegeben und eifrig Kriegsvolk geworben. Aber die Knechte trafen erst ein, als die wüste Fastnacht der Junker zu Ende war, und weil sie doch ihr Handgeld nicht umsonst genommen haben wollten, so gingen sie auf Plünderung aus, und die entwaffneten Bauern vermochten sich ihrer nicht zu erwehren. Eine Bande von ihnen stattete auch Ohrenbach einen Besuch ab.

Es war gegen Mittag, als die Sturmglocke ihn ankündigte. Denn dem Frieden mit Rothenburg mißtrauend, hatten die Ohrenbacher seit ihrer Rückkehr aus dem Wald eine Wache auf den Kirchturm gestellt. Die meisten waren auf den Feldern, um von der Roggenernte einzubringen, was die Söldner des Markgrafen Kasimir in ihrer Wut auf den Halmen übriggelassen hatten. Sogleich liefen die Männer mit ihren Sensen und Heugabeln ins Dorf, wo schon die raubgierige Bande den gen Rothenburg führenden Eingang, dessen verbrannte Pforte und Schanzpfähle noch nicht erneuert worden waren, zu bestürmen begann. Sie stieß aber auf einen hartnäckigen Widerstand, denn die im Dorf Zurückgebliebenen, selbst Greise, halbwüchsige Knaben und Frauen, hatten auf das Glockenzeichen die Wehren von den Wänden gerissen, Käthe den Spieß ihres Vaters, und sich den Landsknechten entgegengeworfen. Konz Hart, der eben auf der Tenne vom hochbeladenen Erntewagen die Garben Kaspar und Käthe auf den Fruchtboden zugereicht hatte, kämpfte mit seiner Heugabel unter den vordersten. Käthe führte neben ihm mannhaft den Spieß, während Kaspar vor allem darauf bedacht war, sie mit seinem langen Stoßdegen zu decken, und Wendel Hahn nebst etlichen Schützen hinter der Dornhecke mitten unter die Landsknechte feuerte. Zur höchsten Wut entflammt, drangen diese mit wildem Geschrei vor, und es wäre jetzt trotz Kaspars Achtsamkeit um Käthe geschehen gewesen, wenn Konz Hart nicht mit seiner Gabel den auf ihre Brust gerichteten Spieß zur Seite geschlagen hätte. In demselben Augenblicke – es war für das Häuflein der Verteidiger die höchste Zeit – fielen die von den Feldern herbeieilenden Bauern mit ihren Sensen und Heugabeln den Landsknechten in den Rükken und zwangen sie, schleunigst Fersengeld zu geben, ein paar Tote zurücklassend. Aber auch die Ohrenbacher hatten einigen Verlust zu beklagen. Ein Flamberg hatte Konz Hart den Schädel gespalten, während er den Tod von Käthe abwehrte. Ein Grab in seinem Heimatdorf, aus dem ihn die Herren vertrieben hatten, war alles, was der unglückliche Hörige sich erkämpft hatte. Käthe hatte ihm nur noch durch einen Blick danken können.

Es war ein öffentliches Geheimnis, daß der Bischof Konrad seinem Vetter das Geld zu dem Rache- und Raubzug gegen Rothenburg gegeben hatte. Die Zeit der Abrechnung der Sieger untereinander war angebrochen. Das Kommende warf seine unheimlichen Schatten voraus, auch über den Glanz, mit dem Erasmus von Muslor jetzt die Vermählung seiner Tochter mit dem obersten Stadthauptmann Albrecht von Adelsheim feierte. An der Wand des Hochzeitssaales stand als ein Menetekel in blutiger Schrift von der Hand Stephans von Menzingen der Name des Markgrafen Kasimir von Brandenburg. Zwar hatte er Stephans und der beiden Geistlichen Köpfe ihren erbitterten Feinden für die Liebeshuld der schönen Gabriele preisgegeben, aber das machte die ihm zugefügten Beleidigungen nicht wett. Rothenburg mußte sie ihm mit der Abtretung der im Aischgrund gelegenen Dörfer und sieben anderer Ortschaften außerhalb der Landhege aufwiegen und überdies die Kosten seines Zuges nach Rothenburg bezahlen.

Käthe und Kaspar – auch er in bäuerlicher Tracht – standen an dem Grab Hans Lautners, als der Hochzeitszug aus der Ehetür des Münsters von St. Jakob herauskam. Die Stadtmusikanten gingen voran und spielten lustige Weisen, und der Zug glitzerte und flimmerte von Seide, Damast und Samt in allen Farben, von bunt wallenden Federn und goldenem Schmuck. Aber von echter Fröhlichkeit war in den Mienen der Gäste nicht viel zu spüren, am wenigsten in denen der Braut. Starren Auges schritt sie unter der Brautkrone im langen Schleier und nachschleifendem weißen Atlasgewand daher. Sie sah aus, als ob sie tot wäre und nichts mehr von all dem, was rings um sie vorging, sie berührte. Es war eine erloschene Seele, ohne Schmerz und ohne Freude. Sie wußte, daß Florian Geyer ermordet worden war und daß ihre einstige Freundin als Maitresse zu Ansbach herrschte.

Käthe bemitleidete sie. Kaspar wartete mit einem finsteren Gesicht, daß der Hochzeitszug ein Ende nähme. Der Zufall hatte sie zu dessen Zeugen gemacht. Sie kamen von der verfluchten Hofstatt, auf der er das Licht der Welt erblickt hatte. Als der Zug und die Gaffer verschwunden waren, schritt er Käthe voraus zur Würzburger Gasse, wo sie in die Wohnung des Dr. Max Eberhard gingen. Dieser war jetzt ein vielbeschäftigter Advokat, denn jeder, der sich während des Aufruhrs irgendwie durch die Bauern geschädigt glaubte, versuchte sich nun an ihnen zu erholen. Es regnete Klagen, und die Bauern kamen zu Max, damit er sie verteidige. Auch Kaspar war in die Stadt gekommen, um seine Hilfe in Anspruch zu nehmen. Er wollte gegen den Rat auf Ersatz seines vernichteten väterlichen Eigentums klagen. Max Eberhard erkannte ihn trotz seiner bäuerlichen Tracht sofort wieder, und mit lebhafter Anteilnahme erfuhr er, daß seine hübsche Begleiterin dieselbe war, die er einst wegen ihrer Bedrohung der schönen Gabriele hatte verteidigen wollen. Er redete Kaspar sein Vorhaben aus. Der Rat fuße auf einem, wenn auch barbarischen Gesetze, wonach nicht nur das Leben, sondern auch Hab und Gut der Hochverräter dem Staat verfallen. Kaspar könne daher nur die Gnade des Rates anflehen. »Ich und den Rat um Gnade bitten? Lieber leg' ich meinen eigenen Kopf auf den Block!« rief Kaspar.

»Ihr würdet auch umsonst bitten, da Ihr selbst zu den schwarzen Schafen gehört«, antwortete Max. »Ehrenfried Kumpf hat, wie ich höre, den Rat auf das bewegendste ersucht, ihm die Rückkehr zu den Seinigen zu gestatten, ist aber abschlägig beschieden worden, obwohl er nur dem Beschluß des Rates gemäß gehandelt hat. Ich fürchte, daß er Rothenburg nie wiedersehen wird.«

Die Befürchtung wurde wahr. Ehrenfried Kumpf starb fern von Rothenburg und den Seinigen. Besser erging es Hans Flux, dem die Heilbronner ihr feiges Liebäugeln mit der Revolution aufbürdeten. Er verklagte die Stadtväter bei dem Reichskammergericht und erstritt seine Wiederaufnahme in die Stadt und die Herausgabe seines beschlagnahmten Vermögens gegen eine geringe Strafe. Am traurigsten war das Schicksal Wendel Hiplers. Während Jörg Metzler aus Ballenberg seit der Schlacht bei Königshofen verschollen war, nahm der Bauernkanzler aus seinem Versteck seinen Handel gegen die Grafen Hohenlohe wieder auf, die nun geltend machten, daß sie einem Hochverräter nichts schuldig seien. Um seine Sache nachdrücklich zu betreiben, wagte er sich verkleidet und mit einer falschen Nase auf den Reichstag zu Speyer, wurde erkannt, niedergeworfen, gefoltert und starb im Gefängnis mit dem bitteren Gefühl, daß alles, was sein kluger, weitblikkender Geist zum Wohl des gesamten Vaterlandes ersonnen und erstrebt hatte, unrettbar gescheitert war.

Letzteres war die Ansicht Max Eberhards nicht, der Kaspar und Käthe riet, Rothenburg je eher, je besser hinter sich zu lassen. Denn so großmütig sei der Rat nicht, daß er die Vögel wieder fliegen ließe, die ihm von selbst ins Garn gingen. Jedoch bewirtete er das Brautpaar erst, so gut er es als Junggeselle vermochte. Heiter konnte unter den herrschenden Umständen das kleine Mahl nicht verlaufen. Max Eberhard sagte deshalb zu Kaspar, als sie sich trennten: »So trostlos die Zeit ist, die unzähligen Opfer sind nicht umsonst gebracht worden. Was wir nicht erreichen konnten, unsere Kinder werden es erreichen.«

»Und meiner Meinung nach haben die Herren keine Ursache, sich ihres Sieges zu freuen«, äußerte Kaspar. »Zu Boden haben sie die armen Leute freilich geschlagen, aber überwunden haben sie sie nicht.«

In der Tat hatten die Ströme Blutes, welche die Herren vergossen hatten, das Feuer wohl dämpfen, jedoch nicht auslöschen können. Es glomm noch jahrelang und loderte bald hier, bald dort wieder hell auf. Die unzähligen Geächteten – Banditen wurden sie genannt –, die sich in die Schweiz, in die Wälder und die zerstörten Burgen geflüchtet hatten, wurden des Schürens nicht müde, während der Feuerschein der brennenden Herrenhöfe und Scheunen, der nachts bald hier, bald dort den Himmel rötete, von dem unversöhnlichen Haß der Besiegten zeugte. Er war gegenseitig.

Auch zwischen Max Eberhard und seinem Vater kam es zu keinem Ausgleich, und er wurde vollends von der patrizischen Gesellschaft Rothenburgs geächtet, als er nach Ablauf des Trauerjahres Else, die Tochter des Hochverräters, als seine Frau heimführte. Er aber ließ sich dadurch in seiner Gesinnung nicht beirren, sondern blieb ein Anwalt der Armen.

Als im Herbst Ohrenbach wieder aus den Trümmern erstanden war, heiratete Kaspar die lang umworbene Käthe. Ihr Bruder Andreas kam von Tauberzell herüber und traute das Paar. Gleichsam als Brautfackel, obwohl es ein zufälliges Zusammentreffen war, loderte in derselben Nacht Haltenbergstetten, die Burg des Junkers Zeisolf von Rosenberg gen Himmel.

Kaspar wurde unter der Anleitung seiner klugen Frau ein tüchtiger Bauer. Es war dem niedergetretenen Volk bei strenger Strafe verboten, von den Ereignissen des Jahres 1525 zu sprechen. Dennoch wurde davon in allen ländlichen Hütten immer weiter geflüstert, und Kaspar Etschlich ließ sich am wenigsten den Mund verbieten. Wenn an den langen Winterabenden die Nachbarn zusammensaßen und die Spinnräder surrten und schnurrten, dann wurden die Erinnerungen an die Revolution lebendig, dann erzählte Kaspar von Florian Geyer und holte auch wohl das von ihm bei Ingolstadt gerettete schwarze Fahnentuch mit der golden aufgehenden Sonne hervor. Und es blieben die Hoffnungen lebendig, und sie wuchsen, daß die Sonne der Freiheit eines Tages in Wirklichkeit aufgehen würde über dem geknechteten und entrechteten Volk.

Ende.

Sienkiewiczs mit dem Nobelpreis ausgezeichnetes Werk um die schöne Christin Lydia vor dem Hintergrund der Christenverfolgung im Rom des 1. Jhs. n. Chr.

ISBN 3-89996-091-2